Sky hat die Schatten ihrer Kindheit hinter sich gelassen. Der wichtigste Mensch in ihrem Leben ist ihr Pflegebruder Freddy, in dessen Firma sie arbeitet. Doch als die Beziehung zu Freddy Risse bekommt, ist sie plötzlich allein. Sie kündigt ihren Job und kauft sich ein Haus in Middledip – in dem idyllischen Ort, wo sie sich das erste Mal zu Hause gefühlt und magische Weihnachten verbracht hat. Die Bewohner nehmen sie herzlich auf und mit einem Mal ist Sky Teil des Weihnachtslichterwettbewerbs. Während des festlichen Schmückens verbringt sie viel Zeit mit dem attraktiven Daz. Langsam öffnet sie ihm ihr Herz, doch zu groß ist die Angst, erneut verletzt zu werden. Aus heiterem Himmel erscheint Daz' Ex auf der Bildfläche und will ihn zurückgewinnen. Sky muss sich entscheiden: Ist sie bereit, für ihr Winterglück an Daz' Seite alles zu geben?

Hier werden Weihnachtsträume wahr –
die WinterWeihnachtsZauber-Reihe:

Band 1: Winterzauberküsse
Band 2: Mistelzweigzauber
Band 3: Wunderkerzenzauber
Band 4: Schneeflockenglitzern
Band 5: Zimtsternträume
Band 6: Sternschnuppenfunkeln
Band 7: Winterglücksträume

Sue Moorcroft ist SPIEGEL-Bestsellerautorin. In Deutschland geboren, verbrachte sie ihre Kindheit auf Malta und Zypern und lebt nun in England. Ihr Roman »Winterzauberküsse« stand mehrere Wochen auf der Bestsellerliste. Auch die folgenden Weihnachtsbücher zeigen, dass Sue Moorcroft Weihnachten einfach zauberhaft findet. Neben dem Schreiben entwirft sie Kurse für die London School of Journalism und ist als Bloggerin aktiv.

Tanja Hamer, Jahrgang 1980, hat ihr Anglistikstudium in Mainz absolviert und arbeitet seit 2012 als selbständige Übersetzerin. Sie lebt mit ihrer Familie in München.

Weitere Informationen finden Sie auf www.fischerverlage.de

SUE MOORCROFT

Winter GLÜCKSträume

Roman

Aus dem Englischen
von Tanja Hamer

FISCHER Taschenbuch

Aus Verantwortung für die Umwelt hat sich der S. Fischer Verlag zu einer nachhaltigen Buchproduktion verpflichtet. Der bewusste Umgang mit unseren Ressourcen, der Schutz unseres Klimas und der Natur gehören zu unseren obersten Unternehmenszielen.

Gemeinsam mit unseren Partnern und Lieferanten setzen wir uns für eine klimaneutrale Buchproduktion ein, die den Erwerb von Klimazertifikaten zur Kompensation des CO_2-Ausstoßes einschließt.

Weitere Informationen finden Sie unter: www.klimaneutralerverlag.de

FSC www.fsc.org
MIX
Papier | Fördert gute Waldnutzung
FSC® C083411

Deutsche Erstausgabe
Erschienen bei FISCHER Taschenbuch
Frankfurt am Main, Oktober 2023

Die Originalausgabe erschien 2022 unter dem Titel
»A White Christmas on Winter Street« bei Avon, HarperCollins, London

Redaktion: Christiane Branscheid

Satz: Dörlemann Satz, Lemförde
Druck und Bindung: CPI books GmbH, Leck
Printed in Germany
ISBN 978-3-596-70909-0

Für Ann Cooper,
ein langjähriges und hochgeschätztes
Mitglied von Team Sue Moorcroft.
Vielen Dank, Annie!

Erstes Kapitel

Sky beendete das Gespräch und wandte sich wieder ihrem Laptop zu. »Klingt, als würde Ramsey seine Deadline halten«, sagte sie zu Freddy.

»Gut«, murmelte er, ohne von seinem Computer aufzusehen.

Minnie, Skys Auszubildende zur Immobilienentwicklerin, gab von ihrem Platz an dem dritten Schreibtisch im Büro aus einen ihrer spitzen Kommentare ab. »In dem Telefonat hast du Freddy als deinen Bruder bezeichnet, aber das ist er nicht. Er *war* dein *Pflege*bruder, mehr nicht.«

Vor einigen Monaten hatte sich Freddy Hals über Kopf in Minnie verliebt, und die anspruchsvolle Frau mit dem akkuraten Bobhaarschnitt und ihrer vornehmen Sprache hatte seine Gefühle erwidert. Ihre Freunde bezeichneten ihn als »Minnies raue Seite«, auch wenn sie insgeheim von seiner beinahe goldfarbenen Haut und den dunklen Ringellöckchen, die er von seiner verstorbenen Großmutter aus Trinidad geerbt hatte, beeindruckt waren. Er hatte Sky einmal ein Foto von ihr gezeigt, einer strahlenden Frau in einem tropischen Garten, die ihre Haare in ein rotes Tuch gewickelt hatte. Sky hatte ihn darum beneidet, seine Oma gekannt zu haben.

»Wir sind das nächste an Bruder und Schwester, was jeder von uns aufzuweisen hat«, sagte Sky zu Minnie und kehrte zu ihren Notizen zurück. Schweigen senkte sich über das Büro, so dass nur noch das Rauschen des Verkehrs draußen im Gewerbegebiet von Cambridge und das Klappern der Tastaturen aus dem Verwaltungsbüro nebenan zu hören waren.

Es nagte an Sky, dass Freddy es nicht schaffte, Minnies Gehässigkeiten zu zügeln. Okay, sie und Freddy hatten nur dreizehn Monate lang ein Zuhause bei einer Pflegemutter geteilt – der glücklichste Abschnitt in Skys Kindheit. Doch später, als sie mit sechzehn ihre launische, unzuverlässige Mutter Trish Murray verlassen hatte, war es Freddy gewesen, der Sky bei sich auf dem Fußboden hatte schlafen lassen und dafür gesorgt hatte, dass sie nicht wieder zurückgeschickt wurde. Sie hatte ihren Namen ändern lassen und hieß seitdem Terran, was »von der Erde« bedeutete. Inzwischen war Sky neununddreißig und Freddy dreiundvierzig, und sie leitete mit ihm gemeinsam *Freddy Walker Immobilien*. Für Sky war Freddy wie ein Bruder, und sie wünschte, er würde sich für ihre Beziehung einsetzen, wenn seine Freundin diese so kleinredete.

Sky sah auf die Uhr. Die Registrierung für die morgige Auktion lief um drei Uhr aus, und sie hatte vor, persönlich teilzunehmen. Sie hatte es so verkauft, dass sie sichergehen wollte, dass *Freddy Walker Immobilien* der Deal keinesfalls durch die Lappen ging, sollte die Internetverbindung im entscheidenden Moment versagen, aber in Wahrheit ging es ihr um die Immobilie. Das Eckhaus in Middledip, dem Dorf, in dem Sky und Freddy damals von der liebevollen Pflegemutter aufgenommen worden waren. Nan Heather hatten »ihre Kinder« sie genannt.

In dem Moment strahlte Minnie Freddy an. »Bereit fürs Mittagessen, Fred-fred?«

»Klaro«, antwortete Freddy flapsig, aber mit einem zärtlichen Lächeln für seine Liebste.

Sky beobachtete sie, wie sie ihre Jacken anzogen und dabei kaum die Augen voneinander abwenden konnten, was ihnen einige Schwierigkeiten mit den Reißverschlüssen und Knöpfen bereitete. Beim Rausgehen drehte sich Freddy noch mal zu Sky um. »Bis später, Kumpel.« Er nannte jeden »Kumpel«, unabhängig vom Geschlecht. Aus dem unterprivilegierten Jungen, der Freddy einst gewesen war, war zunächst ein Bauarbeiter geworden, der rasch zum Vorarbeiter und schließlich Projektmanager aufgestiegen war. Inzwischen verdiente er als Immobilienentwickler Unsummen. Dennoch hatte er sich nie die Mühe gemacht, seinen Akzent und sein Vokabular an seine teuren Autos und schicken Klamotten anzupassen. Sky dagegen hatte anderen genau zugehört, um sich eine etwas distinguiertere Sprechweise anzueignen.

Nach ein paar Minuten hörte Sky eine Tür schlagen und das Schnurren von Freddys Lexus.

Sie stand auf, machte sich Kaffee und nahm dann ihr Sandwich heraus, von dem sie hin und wieder einen Bissen nahm, während sie durch ihre Arbeitsmails scrollte, ein paar Berichte las und einem Kunden antwortete, der bereit war, in ein neues Projekt zu investieren.

Als Nächstes öffnete sie ihren privaten Posteingang. Der Oktober-Newsletter von einem Reisebüro erinnerte sie daran, dass sie noch nicht entschieden hatte, wie sie ihre Weihnachtsferien verbringen wollte. Ein festlicher Skiurlaub in der Schweiz konkurrierte in ihrem Kopf mit einem deutlich weniger weihnachtlichen Strand in Dubai, wobei ihre Tendenz doch eindeutig bei den frischverschneiten weißen Pisten und Glühwein lag. Zweifellos würde Freddy Weihnachten mit Minnie verbringen, also musste sie wenigstens nicht noch eine andere Person in ihre Entscheidung miteinbeziehen. Andere Beziehungen und Freundschaften waren in letzter Zeit eingeschlafen. Sie wollte zu gern wieder Raum schaffen für neue, aber die Arbeit nahm im Moment den größten Teil ihres Lebens in Anspruch.

Wenn die Baubranche nicht über Weihnachten und Neujahr eine Pause einlegen würde, hätte sie gern am Eckhaus gearbeitet, ein Team aus Maurern zusammengestellt, Elektriker, Klempner, Fliesenleger und Dekorateure angeheuert, um Freddys Pläne in die Tat umzusetzen.

Sie grinste, als sie sich den Werbetext dafür vorstellte.

Richten Sie sich Ihr Büro vorübergehend in einem gemütlichen Cottage ein und verbringen Sie Weihnachten damit, Arbeitspläne umzusetzen und für termingenaue Lieferung von Materialien zu sorgen! Bewundern Sie die festliche Beleuchtung des Dorfpubs, gesellen Sie sich zu den Weihnachtssängern, wenn sie durch unsere zehn Straßen ziehen, und genießen Sie anschließend eine heiße Schokolade im Café. Sie konnte sich aus ihrer Kindheit an kein Café erinnern, aber ihren Recherchen zufolge gab es jetzt eines im Dorf. Und es gab natürlich mehr als zehn Straßen – allerdings nicht viel mehr.

Das Eckhaus an der Winter Street Nummer eins stand auf einem großen Grundstück, das die Grenze zwischen dem ursprünglichen Dorf und dem Gebiet des moderneren und begehrteren Bankside Estate bildete. Das Haus stand leer und war umgeben von einem überwucherten, vernachlässigten Garten. Kurzum, die Immobilie war reif für eine umfassende Sanierung.

Sky seufzte sehnsüchtig. Sie hatte sich sofort in das Eckhaus verliebt, als Freddy ihr den Link zu der Anzeige im Auktionskatalog geschickt hatte. Es war genau in dem Moment gewesen, als sie bereit war, eine weitere Immobilie für ihr eigenes Portfolio zu kaufen. Hätte sie es nur zuerst gesehen … Aber sie würde auf keinen Fall versuchen, es Freddy vor der Nase wegzuschnappen.

Während sie sinnlose Träume hegte, das vernachlässigte, aber wunderschöne Haus zu restaurieren, plante Freddy, es stattdessen in zwei schicke kleine Stadthäuser und zwei Studio-Apartments zu verwandeln. Sky wusste, dass seine Neugestaltung wesentlich profitabler sein würde als ihre Phantasie-Restaurierung, immerhin hatte sie selbst die *Entwicklungs- und Leistungspotenzial-Analyse* erstellt. Das Eckhaus war weder denkmalgeschützt, noch lag es in einem Landschaftsschutzgebiet, und bei der Begehung vorab hatte der Baugutachter Freddys Vorhaben als für »zu den Plänen der ansässigen Nachbarschaft passend« befunden. Es fiel jungen Leuten schwer, sich für den Kauf einer Immobilie auf dem Land zu entscheiden, und der Umbau des Eckhauses würde perfekte Heime für junge Familien schaffen.

Sky hatte Freddys Absicht in Frage gestellt, den Großteil der originalen, hellgrauen Natursteinfassade mit vorgefärbtem Polymerputz zu überdecken und das Schieferdach durch eine synthetische Version zu ersetzen, hatte allerdings nur Kommentare über gute Dämmung zur Antwort bekommen. Und was war mit den alten Bäumen …? Nun, die, die den Kontrolleur vom zuständigen Amt interessierten, wie die stattliche, weiße Birke im Vorgarten, sollten nicht gefällt werden. Auf der verlängerten Einfahrt und einem praktischen Parkplatz sollten Parkmöglichkeiten für bis zu drei Autos entstehen. Das Eckhaus-Projekt, wie es im Büro inzwischen genannt wurde, konnte Freddy einen ordentlichen Profit bescheren.

Sky hatte keine Wahl gehabt, als Zeichnungen und Studien für die Bewertung vor der Auktion in Auftrag zu geben. Sollte der Hammer zu ihren Gunsten fallen, hätten sie nur zwanzig Tage Zeit, den Kauf abzuschließen.

Dass Sky sich nach dem Eckhaus sehnte, war ihr Geheimnis, dachte sie, während sie einen weiteren Newsletter mit dem Titel *Fangen Sie heute mit Ihren Weihnachtseinkäufen an!* löschte. Wenn *Freddy Walker Immobilien* den Zuschlag bekam, würde sie die Umbauarbeiten beaufsichtigen und Middledip regelmäßig besuchen, vielleicht mehrere Male pro Woche. Ihr wurde warm ums Herz, wenn sie daran dachte, wie sie als vernachlässigte Zehnjährige, die ein Zuhause gebraucht hatte, bei Nan Heather angekommen war. Der vierzehnjährige Freddy, der schon dort gewohnt hatte, hatte ihr die Dorfkinder vorgestellt. Sky hatte gewusst, dass sie anders war, weil sie eine Pflegemutter hatte und in der Schule ein kostenloses Mittagessen bekam, aber Freddy war genauso anders gewesen. Das hatte ihre Verbindung zueinander verstärkt.

Ihr einziges Weihnachten in Middledip war magisch gewesen. Eine Feier im Bürgerhaus des Dorfes, der größte, funkelndste Weihnachtsbaum, den Nan Heather in ihr kleines Häuschen hatte quetschen können, das wunderbarste Weihnachtsessen, abgerundet mit einem Christmas-Pudding … und *Geschenke*. Geschenke! Mal- und Zeichensachen, ein Glitzertop und neue Sportschuhe, Bücher und Handschuhe. Freddy hatte ihr eine Bleistiftkiste aus Pappmaché gebastelt. Sky, die höchstens an ein paar Weihnachtsleckereien in der Schule, eine betrunkene Mom, eine kalte Wohnung, Dosenessen und nur den Fernseher als Gesellschaft gewöhnt war, fühlte sich wie in einem romantischen Weihnachtsfilm. *Ein echtes Weihnachtsfest für Sky* hätte er heißen können, oder *Weihnachten bei Nan Heather.*

Wehmütig erinnerte sie sich an Nan Heathers strahlendes Lächeln. Zusätzlich zu warmen Mahlzeiten und warmer Kleidung, die passte, hatte Nan Heather ihnen auch Liebe und Sicherheit geboten.

Sky war bestürzt gewesen, als ihre Zeit in Middledip kurz vor ihrem zwölften Geburtstag zu Ende gegangen war. Trish hatte sich eine Wohnung in Bretton gesichert, am Rande von Peterborough, und sich selbst für fähig erklärt, sich wieder um Sky zu kümmern. Genau genommen, überlegte Sky, während sie eine weitere Werbemail löschte, hatte Trish die Wohnung wahrscheinlich bekommen, *weil* sie sich in der Lage fühlte, wieder für Sky zu sorgen. Vermutlich war sie in einer Nacht-und-Nebel-Aktion aus ihrer alten Wohnung in Bettsbrough verschwunden, als sie die Miete nicht mehr zahlen konnte, und hatte dann auf Sofas geschlafen oder in einem besetzten Haus, während Sky bei Nan Heather in Pflege war. Oder vielleicht war sie mit jemandem zusammen gewesen, der keine Kinder um sich haben wollte. Wie auch immer, als sich Trish schließlich wieder um eine Wohnung bewarb, hatte sie entschieden, Sky wäre ein wichtiger Haken im richtigen Kästchen.

Sky dachte nicht gern an die Zeit in der neuen Wohnung, die nicht wärmer oder weniger karg gewesen war als die alte, wo sie nachts wach gelegen und sich nach der Behaglichkeit und Liebe bei Nan Heather zurückgesehnt hatte.

Da der Umzug auch einen Schulwechsel nach Peterborough bedeutet hatte, hatte sie von da an nur noch per Mail über den öffentlichen Computer in der Bibliothek mit Freddy in Kontakt bleiben können. Auf diesem Weg erfuhr Sky mit vierzehn von ihm, dass er seinen Schulabschluss geschafft hatte und sein Leben bei der Pflegemutter gegen eine Lehre und ein eigenes Zimmer tauschte. Nan, die zu diesem Zeitpunkt bereits fünfundsechzig gewesen war, ging in Rente und gab die Pflegemutterschaft auf. Sky hatte gerade herausgefunden, dass Trish drei Monate in eine Entzugsklinik musste, und war voller Vorfreude davon ausgegangen, wieder zu Nan Heather nach Middledip zurückkehren zu können. Sie hatte Freddys Nachricht voller Enttäuschung angestarrt.

Für den wütenden Teenager, der sie damals gewesen war, hatte es sich angefühlt, als würde Nan Heather sie im Stich lassen.

Auch wenn die Pflegefamilie, bei der sie in Peterborough gelandet war, sehr nett gewesen war und ihre neuen Pflegeeltern ihr Briefmarken gegeben hatten, um »mit wichtigen Leuten in Kontakt zu bleiben«, hatte Sky aufgehört, Nan Heather zu schreiben. Falls in der Zeit von Trishs Entzug, die zu vier und schließlich fünf Monaten geworden war, Post von Nan Heather in Bretton angekommen war, hatte Sky davon nichts gesehen, als sie widerwillig dorthin zurückgekehrt war. Trish hätte sowieso alle Briefe weggeworfen. Sie hatte nie viel für Papier übriggehabt, außer man konnte einen Joint daraus drehen.

Leider hatte Freddy seine Beziehung zu Nan Heather ebenfalls schleifen lassen, während er mit der Zielstrebigkeit der Jugend seine Karriere aufbaute. Jetzt, siebenundzwanzig Jahre nachdem Sky Middledip verlassen hatte, war Nan Heather sicher nicht mehr da.

Sky klickte auf das Video auf ihrem Laptop, um sich die virtuelle Besichtigung des Eckhauses für die Auktion noch einmal anzusehen. Das Äußere des Hauses war schnell abgehandelt, da die wild wuchernden Bäume und Sträucher das Grundstück regelrecht erstickten. Aber das Innere war wunderschön: große, altmodische Zimmer mit staubigen Kronleuchtern; ein cremefarbener Herd und ein weißes Porzellan-Spülbecken, eingebettet in Küchenschränke aus Massivholz. Einige Zimmer protzten mit freigelegten Steinwänden oder Schnörkeln aus geschwungenem Gusseisen vor den Fenstern, wie in einer mediterranen Villa.

Sky hatte das Grundstück schon besucht, Freddy dies aber verschwiegen. Sie hatte befürchtet, er könnte sie bitten, Minnie mitzunehmen, doch sie hatte nicht gewollt, dass Minnie herablassend auf das Dorf schauen und damit angeben würde, dass ihr Heimatort viel schicker war – auch wenn es stimmte.

Die Winter Street war etwa achthundert Meter von Nan Heathers Häuschen entfernt, aber Sky hatte es dennoch genossen, eine wertvolle Stunde lang wieder in Middledip zu sein, auch wenn sie über sich selbst lachen musste. *Warum bist du so aufgeregt, wieder Middledip-Luft zu atmen? Du warst nur ein gutes Jahr hier, als du ein Kind warst. Niemand wird sich an dich erinnern.* Vielleicht lebten noch ein paar Verwandte von Nan Heather – sie hatte eine Tochter, einen Schwiegersohn und zwei Enkel, die ein wenig jünger gewesen waren als Sky –, aber für sie würde Sky nur eines der vielen Kinder sein, die kurzzeitig bei Nan Heather untergekommen waren.

Sky schaute die letzten Minuten des Videos, das mit einem letzten Blick durch den Flur mit der hohen Decke und einem Zoom auf das Milchglasfenster der Eingangstür endete. Dann wandte sie sich wieder der Registrierung für die morgige Auktion zu, ehe sie einen Kunden kontaktierte, um mit ihm ihren Enthusiasmus über die Renovierung seines neuen Investments zu teilen, einer Doppelhaushälfte vor den Toren Cambridges. Sie hatten die Arbeiten gestern abgeschlossen. Neue Fenster, Türen und Böden hatten das Haus vollkommen verändert, genau wie sie es versprochen hatte – und sie brauchte die Bestätigung des Eigentümers, dass sie es nun auf dem Mietmarkt anbieten konnte.

Sie notierte sich gerade die vielversprechenden, zu erwartenden Mieteinnahmen, als Freddy ins Büro geplatzt kam, Minnies Hand in seiner.

Er strahlte von einem Ohr zum anderen, seine Jacke stand offen. Ein feuchter brauner Fleck verunzierte die Hosen seines silbergrauen Anzugs.

Sky verharrte mit den Fingern über der Tastatur, während sie das matschige Knie anstarrte. »Bist du hingefallen? Oder musstest du einen Reifen wechseln?« Dann bemerkte sie Minnies Blick, der nicht bloß verklärt, sondern auch … triumphierend war? Ihr wurde flau im Magen.

Minnie strahlte. »Fred-fred hat mir gerade einen Antrag gemacht! Er ist mitten auf der Straße auf die Knie gegangen, nicht wahr, Liebling? Wir werden heiraten. Wir sind nur reingekommen, um dir zu sagen, dass wir zum Cambridge-Einkaufszentrum gehen, um den Ring zu kaufen. Ich stehe ja auf Diamanten.«

Mit den Händen immer noch albern in der Luft, wurde Skys Herz mit einem Mal bleischwer. »Heiraten?«, wiederholte sie stumpfsinnig.

Verschämt schwang Freddy Minnies Hand. »Es ist irre, oder?«, meinte er. »Ich wette, das hättest du in einer Million

Jahren nicht erwartet.« Er drückte Minnie an sich, wobei er sie fast von den Füßen riss.

Sky schluckte schwer, vor Bestürzung war ihr ganz schlecht. »Glückwunsch«, murmelte sie.

»Danke!«, erwiderte Freddy glücklich, dem offensichtlich entging, wie sehr sich Sky die Gratulation abringen musste. »Phantastisch, nicht wahr?« Dann sagte er an Minnie gewandt: »Wolltest du nicht Pipi machen? Deshalb sind wir doch zurückgekommen.« Pipi war Freddys Versuch, vor Minnie höflich zu sein.

Sky war es sonnenklar, dass Minnie nur eine Ausrede gebraucht hatte, um Skys Gesicht zu sehen, wenn sie die Neuigkeit erfuhr.

»Oh. Stimmt ja.« Obwohl sie leicht enttäuscht wirkte, dass sie das Feld räumen musste, gab Minnie Freddy noch einen knallenden Kuss und wandte sich zum Gehen. Im Türrahmen zum Verwaltungsbüro blieb sie stehen, offenbar um die frohe Kunde zu verbreiten, wie Sky aus den überraschten Ausrufen urteilte.

Sky blieb mit Freddy und seinem matschigen Knie zurück. Sie spürte eine Traurigkeit, die sich über sie senkte, wie der Oktobernebel vor den Bürofenstern über die Stadt. »Wow«, sagte sie. Dann wieder »Wow«, und »Glückwunsch«. Sie räusperte sich. »Das ist eine Überraschung.« Eine entsetzliche.

Freddy wippte auf den Fersen und vergrub die Hände in den Taschen. »Yep.«

Sky dämmerte, dass sie die kurze Abwesenheit Minnies nutzen musste. »Das wird bestimmt interessant, oder? Wenn Minnie meine Auszubildende, aber mit dem Chef verheiratet ist, meine ich.«

Freddy schlenderte zu seinem Schreibtisch und klickte ziellos mit der Maus herum, während er auf seinen Bildschirm starrte. »Das ist nur eine Frage der Gewöhnung, Kumpel.«

»Klar.« Sky versuchte, ruhig zu bleiben, indem sie tief durchatmete. Mit Freddy zu arbeiten war eine wahre Freude gewesen, bis Minnie dazugekommen war. Sie war unzuverlässig, aber sehr von sich überzeugt – Eigenschaften, die Freddys normalerweise so scharfem Verstand zu entgehen schienen.

Im vergangenen Monat hatte Freddy Minnie das Recht eingeräumt, bei einer Auktion einzukaufen, was sie sogleich grandios vermasselt hatte, indem sie bei einem live gestreamten Event versehentlich ein Ladenlokal gekauft hatte. Das vorangegangene Objekt war im letzten Moment zurückgezogen worden, doch es war Sky unbegreiflich, dass Minnie nicht bemerkt hatte, wie der Auktionator das Objekt zweiunddreißig aufgerufen hatte, einen Laden mit Wohnung darüber, anstatt Objekt einunddreißig, ein leeres Grundstück.

All das schwirrte Sky im Kopf herum, als sie durch zusammengepresste Lippen antwortete: »Eine Menge Gewöhnung, würde ich sagen. Ich nehme an, Minnie wird weiter hier arbeiten?«

»Natürlich.« Freddy kniff die Augen zusammen und starrte auf etwas auf dem Computerbildschirm, was ihm ermöglichte, Skys Blick auszuweichen. Sein schmutziges Knie schien ihn zu verhöhnen, brauner Matsch auf dem feinen Zwirn. »Aber nicht morgen. Wir nehmen ein langes Wochenende, um es Minnies Familie zu erzählen. Mal sehen, was sie von mir halten – ein Rohdiamant mit losem Mundwerk.« Er musste erst gar nicht erwähnen, dass er seine eigenen Eltern nicht mit den frohen Neuigkeiten belästigen würde. Er wüsste noch nicht einmal, wo er anfange sollte, nach seiner Mum zu suchen, und er konnte sich kaum daran erinnern, dass es mal jemanden in seinem Leben gegeben hatte, den er »Dad« genannt hatte.

»Oh«, machte Sky tonlos. »Freddy, ich bin mir nicht sicher, ob ich …«

Minnie rauschte wieder ins Zimmer, rechtzeitig, um Sky zu unterbrechen. »Wir haben auch vor, Weihnachten mit meiner Familie zu verbringen, Sky. Sorry, dass wir dich nicht einladen können, aber du bist eben nur Fred-freds Pflegeschwester, nicht seine leibliche.« Sie senkte verschwörerisch die Stimme. »Wir wollen lieber nach vorn blicken als zurück zu unglücklichen Anfängen.«

Sky errötete. Sie und Freddy waren Opfer dieser »unglücklichen Anfänge« gewesen, aber Minnie ließ es so klingen, als wäre Sky irgendwie dafür verantwortlich. Trotzdem versuchte sie, freundlich zu bleiben. »Freddy und ich haben so manche Weihnachten miteinander verbracht, aber dieses Jahr war das Thema noch gar nicht aufgekommen. Ich werde wahrscheinlich etwas buchen, entweder in …«

Minnie unterbrach sie erneut. »Wir müssen los. Hast du diesen Laden schon wieder abgestoßen?«

Sky schnappte nach Luft. Hatte Minnie vergessen, dass Sky ihre Vorgesetzte war und nicht umgekehrt? Und dass es Minnies Schlamassel war, den Sky aufräumte? Freddy kratzte sich unbeholfen im Nacken, schaffte es aber nicht, Minnie zu korrigieren. Sky richtete ihre Antwort trotzdem an ihn. »Wie abgesprochen, ist der Laden auf dem Markt. Wenn es in acht Wochen keine Interessenten gegeben hat, werde ich ihn wieder zur Auktion stellen.«

»Mach das«, antwortete Freddy nach einer winzigen Pause grimmig.

Er verhielt sich, als wäre es Sky gewesen, die den Fehler begangen hatte. Ihr Herz machte einen Satz. Würde es von jetzt an so laufen in Freddy Walkers Büro? Minnie, die über Sky thronte mit ihrem Verheiratet-mit-dem-Boss-Status? Und Freddy, der erwartete, dass Sky sich damit abfand, anstatt den Respekt zu erhalten, der ihr als Freddys rechte Hand zustand?

Als wollte er diese Drohung bestätigen, fuhr Freddy fort. »Die Auktion für das Eckhaus ist morgen. Weißt du noch, was du zu tun hast?«

In Skys Ohren rauschte das Blut. »Nicht höher bieten als dreihundertfünfzig – obwohl ich denke, dein Limit sollte bei vierhunderttausend liegen«, fügte sie hinzu.

Das veranlasste Minnie, ihren Senf dazuzugeben. »Du kennst die Regeln. Niemals Freddys Limits überschreiten.«

Dieses offensichtliche Kräftemessen ließ Sky eine Augenbraue hochziehen. »Wurde ›Kaufe keinen Laden, wenn du eigentlich ein leeres Grundstück kaufen sollst‹ in die Regeln aufgenommen?«

In Freddys Augen blitzte es auf, und für einen kurzen Moment dachte Sky, er würde lachen und ihren Treffer anerkennen. Stattdessen ließ er Minnie sich bei ihm einhaken und ihn zur Tür ziehen. »Nein«, sagte sie leichthin. »Aber ›Verärgere nicht die Frau des Chefs‹.«

Selbst Freddy schien verunsichert von diesem Niveau an Dreistigkeit, und er verdrehte den Kopf, um Sky einen Blick über die Schulter zuwerfen zu können.

Sie sprang protestierend auf, zog scharf die Luft ein und dachte an all die Sechzehnstundentage und Sechs- oder Siebentagewochen, die ihre Liebe zu ihrem Job verlangt hatte; die ungenutzten Urlaubstage, die Beförderung, von der Freddy oft gesprochen, die er aber nie in die Tat umgesetzt hatte. Ihr Traumjob verwandelte sich vor ihren Augen in eine untragbare Albtraumstelle. »Ich kündige, Freddy«, sagte sie leise, aber mit fester Stimme.

Freddy lachte kurz auf, als würde er sie nicht ernst nehmen, und legte Minnie den Arm um die Taille. »Ja, klar. Bis Montag, Kumpel. Schreib mir morgen, ob du das Haus im guten alten Middledip ergattert hast, ja?«

Vor Wut und Trauer blieben Sky die Worte im Halse stecken.

Das frischverlobte Paar stolzierte aus dem Büro. Die Tür fiel hinter ihnen zu.

Sky ließ sich in ihren Schreibtischstuhl fallen, vor Schock schwindlig. Freddy hatte sie im Stich gelassen. Sie konnte damit leben, dass er Minnie ihr vorzog – aber nicht damit, dass er seelenruhig mit ansah, wie Minnie Skys Würde mit Füßen trat, die in Kroko-Christian-Louboutins steckten.

Hölzern wandte sie sich ihrem Laptop zu und tippte:

Sehr geehrter Freddy Walker,
nur eine kurze Mitteilung, um meine verbale Kündigung zu bestätigen. Mir stehen noch fünf Wochen Urlaub zu, und da ich nie einen Vertrag unterschrieben habe, nehme ich diese Zeit als Kündigungsfrist und betrachte meine Beschäftigung bei Freddy Walker Immobilien *mit sofortigem Effekt als beendet, gültig ab heute, 27. Oktober.*

Sie druckte ihren Text aus und unterzeichnete das Blatt mit zitternden Händen, ehe sie es auf Freddys Schreibtisch legte. Eine Kopie schickte sie ihm per E-Mail, für den Fall, die Kündigung würde im Chaos seines Arbeitsplatzes untergehen.

Sie verbrachte eine Stunde damit, Dinge zu Ende zu bringen,

an diesem, ihrem letzten Tag als Entwicklungsmanagerin, inklusive eines Besuches auf der Webseite des Auktionshauses, wo sie sich Immobilien markierte, die für ihr Portfolio in Frage kämen. Ein neues, eigenes Projekt würde ihr eine gute Überbrückung bieten, bis sie entschieden hatte, was sie als Nächstes tun wollte, nachdem sie den Job, den sie dachte für immer zu haben, verloren hatte.

Eine Träne blieb an ihren Wimpern hängen. Sie blinzelte sie weg.

Dann legte sie ihr Diensthandy und ihren Laptop auf den Schreibtisch und ließ sie dort zurück. Ihr eigenes Handy steckte in ihrer Tasche, und ihr Computer stand zu Hause in ihrem schicken Apartment in einem umgebauten Industriegebäude in Mill Park.

Wie in Trance fuhr sie jetzt dorthin und ging im Kopf ihre Vergangenheit durch, während sie mit dem Verkehr kämpfte und Fahrradfahrer verfluchte. Zwei Jahre war es her, seit sie das Apartment gekauft hatte. Vorher hatte sie drei Jahre in einer anderen Wohnung mit ihrem netten blonden Freund Blake gewohnt. Zwei Jahre davor hatte sie ein Haus mit Garten hinter sich gelassen, als ihr temperamentvoller Ehemann Marcel genug gehabt hatte von ihrem arbeitsbesessenen Lebensstil. Er hatte ihr vorgeworfen, dass sie sich hinter ihrer Arbeit verschanzte, aus der Angst heraus, einer realen, lebendigen Person zu vertrauen würde sie doch nur verletzen. Sky hatte sich an Freddys Schulter ausgeheult und dann umso tiefer in die Arbeit gestürzt.

In Sachen Freundschaft war sie erfolgreicher gewesen als bei Beziehungen, aber irgendwann hatte sie auch ihre Freunde aus den Augen verloren. Eloise war in die Staaten gezogen, Luisa hatte einen Job in einer anderen Stadt angenommen, deren

Name Sky nicht mehr einfiel, Marsha war Mutter geworden, und die Weihnachtskarte, die Sky ihr vor ein paar Jahren geschickt hatte, war im Januar mit der Notiz »Empfänger verzogen« zurückgekommen.

Diese negativen Konsequenzen ihrer Besessenheit davon, heruntergekommene Immobilien in wunderschöne Häuser und profitable Investments zu verwandeln, gingen ihr durch den Kopf, als sie auf einem Parkplatz für Elektroautos vor ihrem Apartmentkomplex hielt. Nachdem sie das dicke Kabel angeschlossen hatte, nahm sie den Aufzug ins oberste Stockwerk. Langsam entledigte sie sich ihrer Bürokleidung. Sie wusste, dass sie jetzt noch mehr in der Luft hing als damals, als sie sich aus dem Leben ihrer Mutter verabschiedet hatte. Damals hatte sie wenigstens einen Plan gehabt – auf Freddys Fußboden zu schlafen, bis sie die Schule beendet hatte und genug Geld für eine eigene kleine Wohnung verdienen konnte; hart zu arbeiten und für sich selbst zu sorgen, damit niemand sie mehr enttäuschen konnte.

Aber jetzt war ihr anspruchsvoller, erfüllender Job dahin, Freddy hatte sie verletzt, und ihr blieb nichts.

Sie schlenderte in die Küche, konnte aber weder etwas essen noch trinken. Es war, als hätte ihr Herz seinen normalen Rhythmus vergessen. Es hämmerte wie verrückt in ihrer Brust, so dass sie kaum noch Luft bekam. Panisch und in einem plötzlichen Anflug von Platzangst warf sie sich ihre Jacke wieder über und stürmte durch die Tür und die Treppen hinab, in Richtung Fußgängerzone. Wie ein wahnsinniger Jogger in Jeans und Jacke lief sie benachbarte Straßen entlang, als könnte sie die schrecklichen Ereignisse des Tages hinter sich lassen, indem sie ihre Schritte dem Rhythmus ihres Herzens anpasste.

Es funktionierte nicht.

Freddy würde Minnie heiraten, die vom ersten Tag an vorgehabt hatte, Sky aus Freddys Leben zu verdrängen, sobald sie ihren Hintern in seine Richtung geschwenkt hatte.

Sky zwang sich, ihre Schritte zu verlangsamen, als ihr die Leute seltsame Blicke zuwarfen. Ihre Beine fühlten sich an wie Gummi, und sie hielt taumelnd an, gab vor, ein Fenster mit Halloween-Dekoration aus geschnitzten Kürbissen im Fenster einer Erdgeschosswohnung zu betrachten.

Freddy und *Freddy Walker Immobilien* waren aus Skys Leben verschwunden. Die Erfüllung war vorbei; die Befriedigung der Recherche, der Organisation, die geistige Arbeit und das Zusammenstellen guter Teams von Handwerkern. Sie hatte mit Freddy eine Vision geteilt und war zuversichtlich gewesen, die versprochene Beförderung würde irgendwann Wirklichkeit werden.

Sie hatte nicht vorhergesehen, dass Freddy es endlich schaffen würde, eine Beziehung länger als sechs Monate zu halten, geschweige denn mitten auf der Straße auf die Knie zu gehen, um einen Heiratsantrag zu machen.

Sie hatte definitiv nicht vorhergesehen, jemals bei *Freddy Walker Immobilien* zu kündigen und Freddy den Rücken zu kehren. *Freddy!*

Zweites Kapitel

Obwohl sie total erschöpft war, wusste Sky, dass sie nicht würde schlafen können. Sie schleppte sich ins Bett und schaltete den Fernseher an. Ihr gewohntes Trostpflaster hatte sich seit ihrer Kindheit, in der sie oft alleingelassen worden war, nicht verändert.

Naturdokus.

David Attenborough war ihr Lieblingstierfilmer – ging das nicht jedem so? –, aber sie konnte immer etwas finden, das sie in eine andere Welt versetzte und sie die Realität vergessen ließ. Heute Abend versank sie in einer Sendung über nachtaktive Tiere, danach lief etwas über Eisbären. Die schrumpfenden Pole brachten sie zum Weinen. Zumindest redete sie sich ein, dass das der Grund für die Tränen war, die den Fernsehbildschirm verschleierten.

Schließlich schlief sie ein, eingelullt von dem gedämpften, beruhigenden Geräusch der Stimme von Ralf Little, der *Monkey Life* moderierte.

Ihr erster wacher Gedanke am Freitagmorgen war: *Ich habe gekündigt*. Ein Schauer des Erschreckens durchlief sie. Sie ließ sich wieder in ihre Kissen fallen und warf einen Blick auf ihr

Handy. Keine Nachrichten von Freddy. Vielleicht konnte sie ihre Kündigung noch zurückziehen und …

Und Freddy würde Minnie immer noch heiraten, die Sky als Hindernis sah, Freddys Vergangenheit auszulöschen.

Dennoch plagten sie Schuldgefühle.

Hätte sie wirklich alles hinschmeißen sollen? Die Angestellten des Verwaltungsbüros hatten vermutlich gestern Abend abgesperrt und würden heute wieder arbeiten. Freddy würde am Montag zurückkehren. Aber … nein. Freddy würde denken, dass er Besseres von ihr erwarten konnte, als ihre Stelle aufzugeben. Sie konnte ihn in ihrem Kopf sagen hören: *Wenn du nicht mit Minnie arbeiten kannst, dann hättest du mir Zeit geben sollen, dich zu ersetzen, Kumpel.*

Sie zuckte zusammen. Selbst wenn Freddy eine besitzergreifende, arrogante Frau heiratete, war er immer noch *Freddy*. Die weiße Bettdecke bis zum Kinn gezogen, starrte sie die glatten grauen Wände und die weiße Decke an, während ihr Gewissen mit ihrem Gefühl der Verletztheit rang.

Zumindest hatte sie sich für die Auktion registriert, auf der heute das Eckhaus versteigert werden sollte. Das würde sie noch für Freddy tun.

Tief seufzend setzte sie sich im Bett auf und griff nach ihrem Handy, um eine E-Mail zu verfassen.

Hi, Freddy,

ich habe gestern überreagiert. Ich hoffe, du hast ein fabelhaftes Wochenende und ihr feiert schön. Lass uns am Montag reden. Wir werden schon einen Weg finden.

Sie konnte vorschlagen, dass Minnie nicht länger Skys Auszubildende war. Freddy hatte sowieso vor, seiner neuen Verlobten irgendwann ihr eigenes Kundenportfolio zu geben, also konnte er das auch gleich tun und sie selbst betreuen. Jetzt, da sie etwas getan hatte, fühlte sie sich schon besser, ging in ihrem schicken, weißen Badezimmer duschen, ehe sie sich einen rostfarbenen Hosenanzug und cremefarbene Stiefeletten anzog.

Ihr derzeitiger gehobener Lebensstil war lange ein unerreichbar scheinender Traum gewesen. Sie föhnte sich die Haare und ließ den Blick über das Flachdach des benachbarten Wohnblocks und den Park schweifen. Sie erinnerte sich daran, dass sie vorgehabt hatte, als Person zu wachsen, sich selbst zu verbessern und vielseitiger zu werden, wie ein Immobilienportfolio. Reisen hatte es in ihrer Kindheit nicht gegeben, also hatte sie bei ihrer ersten Arbeitsstelle alle Einladungen von Kollegen angenommen, hatte die freundlichen jungen Frauen, die ihr ganzes Leben lang schon Familienurlaube hatten erleben dürfen, sie durch Flughäfen führen lassen oder sich von ihnen zeigen lassen, wie man mit dem Zug zu Musikfestivals fuhr, mit Rucksack und Zelt auf dem Rücken. Clubs waren verlockend gewesen, Shopping eine Fähigkeit, die sie erst noch lernen musste.

Wenn sie so zurückblickte, war diese Work-Life-Balance gesund gewesen. Hatte sie das Streben nach Erfolg erst über alles gestellt, seit sie bei Freddy Walker angefangen hatte?

Sie versuchte, die unangenehmen Gedanken zu verdrängen und sich auf die Auktion und ihre vertraute, tröstliche Rolle zu konzentrieren, in der sie gut war.

Das Eckhaus würde um die Mittagszeit versteigert werden; ein paar andere Immobilien, an denen sie für ihr eigenes Portfolio interessiert war, waren früher an der Reihe. Das Geld war bereits auf der Bank, verdient mit anderen Immobilien, die sie besaß. Sie war ein Profi, wenn es darum ging, zu kaufen, zu restaurieren, zu vermieten und zu refinanzieren.

Gerade als sie die Arme in die Jacke schob, tauchte eine Benachrichtigung auf ihrem Handybildschirm auf. *E-Mail: Freddy*. Ein Schauer lief ihr über den Rücken, als sie die Mail öffnete und mit wachsendem Entsetzen las:

Ehrlich gesagt glaube ich du hast recht wahrscheinlich ist nicht genug platz in der firma für Minnie und dich. Lass es uns bei deiner kündigung belassen kumpel x

Sie schnappte nach Luft. Selbst mit Freddys üblicher Ablehnung von Großbuchstaben und Satzzeichen, die bei ihm höchstens von der Autokorrektur eingefügt wurden, war es kaum möglich, es anders zu interpretieren. Wirklich? *Wirklich?* Das war es für sie und *Freddy Walker Immobilien*? Das Ende von dreizehn Jahren gemeinsamem Erfolg? Mit flauem Gefühl im Magen und zitternden Fingern berührte Sky Freddys Namen in ihrer Liste der Kontakte und wartete darauf, dass der Anruf durchging. Es war, als würde ihr Leben um sie herum zusammenbrechen.

Es klingelte zweimal, dann ertönte Freddys Stimme. »Nicht jetzt, Sky, Kumpel«, fuhr er sie an.

Erneut durchflutete sie eine Welle von Schock und Schmerz. »Ich will nur mit dir reden …«

»Ich habe gesagt, jetzt *nicht*, verdammt.« Er legte auf.

Zitternd warf Sky das Handy auf ihr Bett. Wie eine Schlafwandlerin ging sie zu ihrer offenen Küche mit den modernen mattgrauen Einbauschränken und holte sich ein Glas Wasser. Sie brauchte ein paar Minuten, um sich zu sammeln, dann löste Wut den Schmerz ab.

Also, das war es dann. Freddy hätte es nicht deutlicher machen können, dass Sky in der nächsten Phase seines Lebens keine führende Rolle mehr spielen würde. Er hatte etwas Besseres gefunden, auch wenn Sky das nicht getan hatte. Der Verrat schmerzte so sehr, dass sich ihr fast der Magen umdrehte.

Sie sammelte ihre Sachen zusammen, schlüpfte in den schwarzen Wollmantel und nahm den Aufzug ins Erdgeschoss. Eine Stunde später parkte sie vor dem Konferenzzentrum in Peterborough, wo die Auktion abgehalten wurde. Sie bestätigte ihre Registrierung am Eingang und betrat dann die abgeschlossene Atmosphäre des Auktionssaals. Automatisch wählte sie einen Platz, wo sie für den Auktionator gut sichtbar war.

Keine der Immobilien, an denen sie Interesse hatte, war bisher unter den Hammer gekommen. Sie saß regungslos auf dem roten Stuhl und hörte mit halbem Ohr dem Heben und Senken der Stimme des grauhaarigen Auktionators zu, wobei sie die Assistenten beobachtete, die aufmerksam die Bieter im Blick hatten, damit ihnen keine erhobene Hand entging. Es war, als würde Sky über allem schwebend dabei zusehen, wie die Mitarbeiter Gebote per Telefon oder Internet entgegennahmen, Bieter im Saal nickten oder den Kopf schüttelten und ihre Bieterkarte in die Luft streckten. Der Hammer wurde an die Seite des Pults geschlagen, jedes Mal, wenn ein Objekt verkauft wurde.

Die erste potenzielle Immobilie für Sky war Nummer vierzig, ein Haus, das so gut in Schuss war, dass es nur das traurige Zeugnis davon sein konnte, dass ein armer Tropf seine Kreditraten nicht mehr hatte bezahlen können. Es zu kaufen würde wenig Arbeit bedeuten, ehe sie es vermieten könnte, aber auch wenig Potenzial, um den Wert zu steigern. Sie hatte einmal einen solchen guten Handel mit einem bezugsfertigen Haus in Cambridge gemacht, das sie tatsächlich nur durchfegen musste, ehe sie es mit einem Bruttogewinn von sechzigtausend weiterverkauft hatte, was es ihr wiederum ermöglicht hatte, eine andere Immobilie umzubauen, so dass dort kleine Wohnungen für hilfsbedürftige junge Leute entstanden waren.

Dieses Mal gingen die Gebote zu hoch.

Der Auktionator leierte seinen Text herunter, die Bieter rutschten auf ihren Sitzen herum und husteten.

Irgendwann hörte Sky: »Objekt achtundfünfzig. Vier Schlafzimmer, alleinstehende Immobilie auf großzügigem Eckgrundstück, gefragte Dorflage, komplett sanierungsbedürftig.« Das silberne Haar des Auktionators begann in dem überheizten Raum nach vorne zu fallen. »Höre ich ein Eröffnungsgebot von zweihunderttausend?«

Mit einem Mal sah sie den Saal in voller Farbe und scharfem Fokus.

Objekt achtundfünfzig war das Eckhaus. Freddy erwartete von Sky, dass sie bot. Trotz allem würde sie es für ihn erwerben, wenn sie es in seinem Rahmen von dreihundertfünfzigtausend Pfund bekommen würde.

Ein Gebot jagte das andere. Der erste Bieter war ein Mann mit dunklen, glänzenden Haaren, der auf der anderen Seite des Gangs drei Reihen vor ihr saß. Er war ruhig und konzentriert, im Gegensatz zu einer Frau genau vor ihr, die ihre Gebote mit ruckartigem Nicken begleitete. Von der Richtung der deutenden Hand des Auktionators zu urteilen, befanden sich zwei weitere Bieter hinter Sky und ein stellvertretender Bieter des Auktionshauses nahm von ganz vorne teil.

Die Gebote kletterten rasch auf dreihunderttausend. Als der Betrag bei dreihundertvierzigtausend anlangte, waren alle ausgestiegen, bis auf die zuckende Frau und den Typ mit den glänzenden Haaren. Sky saß immer noch regungslos da, bereit für Freddy den Arm zu heben, wenn sie konnte.

Bei dreihundertfünfzig schüttelte die Frau den Kopf, anstatt zu nicken. Sie hatte sich offenbar den gleichen Rahmen gesetzt wie Freddy.

»Dreihunderteinundfünfzig?«, schlug der Auktionator vor.

Der Glänzende-Haare-Kerl nickte. Als er sich zur Seite drehte, erblickte Sky einen leichten Dreitagebart und hohe Wangenknochen.

Der Auktionator benutzte den ganzen Arm, um auf ihn zu zeigen, wie ein Dalek mit seiner Strahlenwaffe. »Der Herr hier vorne für dreihunderteinundfünfzig. Dreihunderteinundfünfzigtausend Pfund.«

Er ließ den Blick über den Saal schweifen, mit diesem intensiven Starren und diesem zeigenden Arm, während seine Assistenten neben ihm ebenfalls den Raum überflogen. »Keine weiteren Gebote? Ich verkaufe. Zum ersten …«

Sky fragte sich, was der Glänzende-Haare-Typ sich als Obergrenze gesetzt hatte.

»… zum zweiten …«

Glänzende-Haare-Typ hielt seine Karte bereit, um sie jederzeit wieder in die Luft zu reißen.

Ein Verlangen nach dem Haus überkam sie, nach dem Dorf, nach etwas, an das sie sich festhalten konnte. Mit klarer Stimme rief Sky »dreihundertsechzig« und hob die rechte Hand.

Der Mann mit den glänzenden Haaren drehte sich in seinem Stuhl um, und sein dunkler Blick richtete sich auf sie. Sie beobachtete, wie er versuchte, dahinterzukommen, warum sie kurz vor dem letzten Hammerschlag erst eingestiegen war und das mit einem Sprung anstatt mit einem kleinen Schritt.

Stumm klärte sie ihn auf: *Um dich zu überraschen und zu destabilisieren.*

»Neue Bieterin«, rief der Auktionator zufrieden und schwang seinen ausgestreckten Arm in Skys Richtung. »Dreihundertsechzig sind geboten. Dreihundertsechzig, danke, Madam.« Der Arm schwenkte zurück zu dem Mann. »Dreihunderteinundsechzig, Sir?«

Glänzende-Haare-Typ sah Sky abwägend an, dann seinen Katalog, als würde der die Antwort liefern, ob er sich mit ihr anlegen sollte oder nicht.

»Dreihunderteinundsechzig, Sir?«, wiederholte der Auktionator drängelnd.

Nach einer Sekunde nickte der Mann, aber es war ein schnelles, unsicheres Nicken, ganz ohne sein vorheriges, ruhiges Selbstvertrauen.

Er hat seine Obergrenze überschritten. Wahrscheinlich überlegte er, wie viel mehr er zusammenkratzen kann, dachte Sky emotionslos. Sie war noch gut im Rahmen der vierhunderttausend, die sie ohnehin schon die ganze Zeit für die richtige Obergrenze für das Eckhaus gehalten hatte. »Dreihundertfünfundsechzig«, rief sie und hielt die Karte in die Höhe, um den Auktionator dazu zu bringen, den Hammer fallen zu lassen.

Ihr Gegner schüttelte den Kopf.

Sky verspürte einen triumphierenden Rausch, als der Hammer schließlich fiel. Der Auktionator verkündete ihre Kartennummer. Ein Mitarbeiter des Auktionshauses mit grauem Schnauzbart scheuchte sie in Richtung des Tisches, wo die Verträge unterzeichnet wurden, während die Stimme des Auktionators sich hob und senkte, als er zur nächsten Immobilie überging. Sky gab routiniert ihre Daten an: Führerschein, Nachweis über ihren Wohnort und andere Details, die für die Sicherheitsüberprüfung notwendig waren. Sie leistete die Anzahlung und bezahlte die Verwaltungsgebühr, was eines Anrufs bei ihrer Bank bedurfte, und unterzeichnete dann das Memorandum. Der Mann mit dem grauen Schnurrbart erinnerte sie daran, dass es sich um ein bedingungsfreies Bieterverfahren handelte und der Verkauf innerhalb von zwanzig Tagen abgeschlossen sein musste. Sie nickte. Es war alles vertraut und doch surreal.

Sie steckte ihre Kopie des Memorandums ein und stand mit zittrigen Knien auf. Was würde Freddy von ihr denken, wenn er erfuhr, dass sie das Eckhaus für sich selbst gekauft hatte anstatt für die Firma? Sie hatte ihn nicht aufs Kreuz gelegt, aber sie hatte auch noch nie etwas getan, was als Wildern auf seinem Territorium bezeichnet werden konnte.

Draußen in ihrem Auto auf dem kühlen grauen Parkplatz hielt sie inne, um nachzudenken, und plötzlich überkam sie ein Gefühl von Panik, als würde sie fallen, versinken. Sie hatte keine Pläne, musste sich mit niemandem treffen.

Seit dem Tag, als sie der kaum ansprechbaren Trish Murray erklärt hatte, dass sie weggehen würde, die schäbige Wohnung hinter sich gelassen hatte und mit dem Rucksack über der Schulter die verdreckte Treppe hinabgestiegen war, weil der Aufzug wie immer kaputt gewesen war, hatte sie gewusst, was sie zu tun hatte. Zu Freddys Wohnung gelangen. Ihren Schulabschluss mit den bestmöglichen Noten machen – viermal eine Eins plus, viermal eine Eins und zweimal eine Zwei. Einen Ausbildungsplatz bei einer Wohnungsbaugesellschaft ergattern, für ihren Berufsabschluss lernen, im Job vorankommen. Hart arbeiten. Den ganzen Tag arbeiten. So viele Tage wie möglich arbeiten.

Jetzt war es erst zwei Uhr nachmittags und tatsächlich völlig egal, in welcher Richtung sie den Parkplatz verlassen würde.

Sie überlegte fieberhaft, was sie tun könnte, dass nichts mit ihrer Rückkehr in ihre leere Wohnung zu tun hatte … und entschied sich für die Immobilie, die sie gerade erworben hatte. Das Eckhaus gehörte noch nicht offiziell ihr, aber sie konnte sich im Dorf ein wenig umschauen. Sie hatte Hunger. Sie konnte das Café ausprobieren, das auf der Facebook-Seite von Middledip erwähnt wurde. Voll frischer Motivation ließ sie den Wagen an und verließ den Parkplatz.

Auf der Schnellstraße, die schon seit Ewigkeiten mit Verkehrshütchen abgesteckt zu sein schien, war nicht viel Verkehr, und sie brauchte nur eine halbe Stunde, um aus der Stadt heraus, durch Bettsbrough und bis Middledip zu fahren.

Sie parkte vor dem Eckhaus und starrte durch die Windschutzscheibe. Der Himmel war stahlblau, hatte fast die gleiche Farbe wie die Steinwände, die durch einen Dschungel aus Bäumen und Gestrüpp zu sehen waren. Was einmal eine Koniferenhecke gewesen war, explodierte nun förmlich, wie Popeyes Spinat, wenn er die Dose zerquetschte.

Da es niemanden gab, den sie stören konnte, stieg sie aus, knöpfte ihren Mantel zu und trat an das Gartentor. Winter Street und Great Hill Road trafen sich hier, die Hauptstraße war ganz in der Nähe. Das protestierende Quietschen ignorierend, öffnete sie das Gartentor und folgte dem Pfad an überhängenden Büschen vorbei bis zur Haustür aus Eichenholz, mit Milchglasfenster und übergroßem, rostigem Türklopfer.

Sie blieb stehen und kam sich plötzlich ziemlich albern vor. Was tat sie hier? Die einzigen Bewohner des Hauses waren Staubmäuse, und die konnte sie nicht beseitigen, bis sie am 17. November den Vertrag unterzeichnet hatte.

Der Winterwind blies ihr um die Beine, als sie zu dem verrosteten, gusseisernen Tor zurückging und dann nach rechts in die Winter Street abbog, an der wuchernden Hecke vorbei, die den halben Bürgersteig unbenutzbar machte. Eine benachbarte, ordentlich getrimmte Ligusterhecke schien damit angeben zu wollen, wie eine schöne Hecke auszusehen hatte. Sky fand sich am Rande des Bankside Estates wieder. Gebaut aus sandfarbenem Backstein oder in einem altrosa Ton, folgten die Häuser ein paar grundlegenden Designs; die Gärten waren durchweg gepflegt.

Die Winter Street ging in die Top Farm Road über, wo die Grundstücke größer wurden, einige mit Säulen vor dem Eingang, andere mit Solarzellen auf dem Dach. Mit der Dorfmitte als Ziel bog sie nach links ab, überquerte die New Street, wo wie in der Winter Street an einem Ende neue Häuser standen, während man am Übergang zum älteren Teil des Dorfes an der Ladies Lane auch auf ein paar alte Steinhäuser stieß.

Jetzt kannte sie sich wieder aus. Links, am Bürgerhaus und den Sportanlagen vorbei, zum Pub *Three Fishes* an der Ecke. Stimmt, sie befand sich in der Hauptstraße, wo die Bushaltestelle war. Dort, vor einem Backsteinhäuschen mit einem Springbrunnen im Vorgarten, war sie jeden Morgen in den Bus gestiegen, als sie mit elf Jahren ins Bettsbrough Community College gewechselt war.

Da gab es eine Autowerkstatt. War die damals schon dort gewesen? Sie runzelte nachdenklich die Stirn und verlangsamte ihre Schritte. Stiefeletten mit den Absätzen waren nicht für längere Spaziergänge geeignet, aber sie ignorierte die brennenden Stellen an ihren Füßen und betrachtete den Dorfladen gegenüber der Werkstatt. Damals hatte er *Crowthers* geheißen. Jetzt stand *Booze & News* auf dem Schild.

Sie bog um die Ecke auf die Kreuzung *The Cross* und musterte die Häuschen in der Rotten Row. Sie wusste, wie vermutlich jeder, der mit Immobilien zu tun hatte, dass »Rotten Row« eine Verfälschung von »Rue le Roi« oder »King's Street« war, aber es musste ein winziger König gewesen sein, nach dem diese Straße benannt war, in der Nan Heathers Haus stand.

Das Häuschen wirkte beinahe unverändert. Dieselbe goldene Ligusterhecke, derselbe rissige Betonpfad zum Seiteneingang. Sky starrte zu den Dachgauben hoch und fragte sich, wer jetzt wohl hier lebte und ob die Nachbarn sich an Nan Heather erinnerten. Sie beschloss, der Sache auf den Grund zu gehen, sobald das Eckhaus wirklich ihr gehörte – bei dem Gedanken musste sie sich kneifen, um es zu glauben –, und bog nach rechts ab. Da war das Café *The Angel*, ein Haus aus rotem Backstein im viktorianischen Stil, das ein wenig von der Straße zurückversetzt stand. Sky nahm sich einen Moment Zeit, um die alten Backsteine und die mit Fensterkreuzen versehenen Schiebefenster zu bewundern. Dann lockten die beleuchteten Fenster sie mit dem Versprechen auf eine dampfend heiße Tasse Kaffee. Sie ging zur Eingangstür.

Die Einrichtung im Innern war meergrün gehalten, und die Bodenfliesen formten ein fröhliches, mehrfarbiges Mosaik. Gerade als sie bei der glänzenden Glastheke ankam, dankbar um die gemütliche Wärme nach der Kälte draußen, hörte sie eine etwas steif klingende Stimme: »Glückwunsch zum Siegergebot.«

Erschrocken fuhr sie herum.

Der Mann mit den glänzenden Haaren, der gegen sie geboten hatte, starrte sie aus Augen, dunkel wie Kohle, an. »Sie sind das doch, oder? Sie haben gerade das Eckhaus gekauft?«

»Das habe ich.« Obwohl sein Gesichtsausdruck eher finster war, bedachte sie ihn mit einem höflichen Lächeln. »Tut mir leid, dass sie verloren haben.« In der Regel verzogen die Bieter bei Immobilienversteigerungen kaum eine Miene, wenn sie bei der Auktion nicht gewannen. Sie wurde so gut wie nie von Konkurrenten angesprochen – schon gar nicht, wenn das Auktionshaus dreißig Minuten entfernt lag. »Sie wohnen in Middledip?«, fragte sie, um sicherzugehen, dass er ihr nicht gefolgt war.

»Das tue ich. Kann ich Ihnen einen Kaffee spendieren?«, bot er an, ehe er weniger hastig hinzufügte: »Vielleicht einen Snack? Ich hatte noch nichts zu Mittag.«

Sie zögerte. Eigentlich hatte sie ihre Nachrichten lesen und nachsehen wollen, ob Freddy versucht hatte, die Wogen wieder zu glätten. In diesem Fall würde sie ihm erklären, warum sie das Eckhaus für sich selbst gekauft hatte.

Der Glänzende-Haare-Typ wirkte etwas ungehalten wegen seines Verlusts bei der Auktion, aber Sky konnte nur einen freien Tisch ausmachen, weshalb sie am Ende vermutlich sowieso mit ihm zusammensitzen würde. »Nun ja … danke.« Zu ihrem Kaffee entschied sie sich für einen Wrap mit Camembert und Weintrauben und ging vor, um den Tisch zu sichern, während er mit dem Tablett folgte.

Er gesellte sich zu ihr und legte Zuckertütchen und Papierservietten auf den Tisch. »Daz Moran«, stellte er sich vor, während er ihr gegenüber Platz nahm. »Darragh, eigentlich, aber alle nennen mich Daz.«

»Sky Terran«, erwiderte sie und bedankte sich für den Wrap, dessen Verpackung sie sofort aufriss. Der milde Käseduft ließ sie zum ersten Mal, seit Freddy mit seinem dreckigen Knie das Büro betreten hatte, wieder Appetit verspüren. »Ist Darragh ein irischer Name?«

Er nickte und schüttete den Inhalt eines Zuckertütchens in seinen Kaffee. »Meine Eltern sind zum Studieren nach England gekommen.« Er wechselte das Thema. »Ich hatte gehofft, das Eckhaus für ein Projekt mit meinen Freunden zu erwerben.«

»Tut mir leid«, wiederholte sie, ohne es wirklich zu meinen. Schlechte Verlierer hatten auf einer Auktion nichts verloren. Man steckt einen Haufen Arbeit in ein Projekt, dann kommt jemand daher und überbietet einen und alles war umsonst. So war eben das Spiel. »Wozu wolltet ihr das Haus haben?«

Daz packte sein Thunfischsandwich aus und hielt inne, um sich Mayonnaise vom Finger zu lecken. »Schlafsäle. Abenteuerunterkünfte, wie wir es nennen. In der Gegend gibt es Einrichtungen für Outdooraktivitäten. Die brauchen Schlafgelegenheiten für die Kinder und Lehrer oder Jugendleiter. Wir warten schon seit Ewigkeiten darauf, dass das Eckhaus auf den Markt kommt. Es wäre perfekt. Wir haben fünf Schlafsäle mit jeweils vier Doppelstockbetten geplant, Duschräume und einen Speisesaal. Jetzt stehen wir mit leeren Händen da.«

Sie hatte Mitleid mit ihm, dass er so viel Hoffnung in den Kauf gesteckt hatte, aber ihr fiel nur ein Grund ein, warum er weiterhin Energie in diese Unterhaltung stecken sollte, wo der

Hammer doch gefallen war. Sie kaute auf ihrem Wrap und genoss die Cremigkeit des Käses und die Süße der roten Trauben. »Wenn Sie in Middledip wohnen, schätze ich, Sie haben mir das Mittagessen spendiert, um sich eine Chance zu verschaffen, herauszufinden, was ich mit der Immobilie vorhabe.«

Er leugnete es nicht. Sein Gesichtsausdruck wurde wieder ernst, was seine Wangen hohl wirken ließ und seine Kieferpartie wie aus Stein gemeißelt. »Das Eckhaus steht auf einem großen Grundstück, und im Dorf gibt es Befürchtungen, dass irgendein Investor es abreißen und einen modernen Wohnkomplex hochziehen könnte. Ich wohne selbst in der Winter Street.« Er fixierte sie mit seinem Blick.

»Ein Immobilienunternehmen hätte schon längst eine Machbarkeitsstudie durchgeführt«, entgegnete sie, provoziert davon, wie er ›irgendein Investor‹ betont hatte, als meinte er damit einen kaltschnäuzigen Immobilienhai. »Die Parkplatzsituation ist unbefriedigend, wenn man vorhat, dort mehrere Wohnungen zu schaffen, selbst wenn die Planung das Fällen von Bäumen erlauben sollte. Es ist unwahrscheinlich, dass eine Erlaubnis für ein mehr als zweistöckiges Gebäude in einer solch ländlichen Gegend erteilt würde, und die bestehende Bausubstanz ist solide, also ist eine Abrissgenehmigung ebenso unwahrscheinlich.«

Er blinzelte unter diesem Schwall an Informationen. »Also, wenn Sie keine Investorin sind … was haben Sie dann mit dem Haus vor?«

Seine Annahme, was ihren Beruf anging, zu korrigieren würde mit Sicherheit eine Menge weiterer Fragen nach sich ziehen, also hielt sie kurz inne, um den Moment zu genießen und den freudigen Rausch, der stark genug war, die Unsicherheit, was ihre Zukunft und ihre Trauer um Freddy anging, kurzeitig zu verdrängen.

»Nicht dass es jemanden etwas anginge«, entgegnete sie mit zuckersüßer Stimme, »aber ich beabsichtige, dort zu wohnen.«

Drittes Kapitel

Es war früh am Abend, als Daz seine Freunde Ismael und Vern an seiner Haustür in der Winter Street begrüßte. »Also, wie ich euch schon in der Nachricht gesagt habe, konnte ich das Eckhaus nicht bekommen. Tut mir leid, Jungs. Ein schöner Investor bin ich.« Er schob sie nach drinnen und schloss die Tür hinter ihnen, bevor zu viel der kalten Oktoberluft mit ihnen hineingelangen konnte.

Ismaels Augen und Haare waren sogar noch dunkler als Daz' eigene, seine Haut hatte einen mediterranen Goldton, der mit seiner zyprischen Abstammung einherging, und, wie Vern, hatte er Kontakte zu erlebnispädagogischen Einrichtungen. Seufzend sagte er: »Du bist überboten worden. Wir wussten, dass die Konkurrenz eventuell über ein größeres Budget verfügt.«

Vern blickte verdrossen drein. Seine blonden Haare passten zu seinen blassblauen Augen. »Es wäre perfekt gewesen für unsere Zwecke, aber wir werden einfach weitersuchen müssen.«

Sie folgten Daz in die Küche, wo sie ihre Jacken über Barhocker warfen und sich am Küchentresen niederließen, während Daz im Kühlschrank nach Bier suchte. Als er fündig geworden war, schob er seinen Freunden zwei Dosen über die weiße Quarzoberfläche der Arbeitsplatte zu. »Danke, dass ihr hergekommen seid, obwohl wir uns eigentlich im Pub treffen wollten. Wilf ist oben und spielt Computer.« Mit »oben« meinte er das ausgebaute Dachgeschoss, wo er arbeitete und wo seine Computerspielausrüstung aufgebaut war, die wie ein Magnet wirkte auf den elfjährigen Wilford Brown. Er senkte die Stimme. »Seit sein Dad ins Gefängnis gekommen ist und Wilf und seine Mum im Dorf wohnen, ist er oft hier. Er ist völlig verloren, der arme Junge. Zu erfahren, dass Lewis ein Betrüger war, muss niederschmetternd gewesen sein. Er hat das Gefühl, als würde das ganze Dorf über ihn lästern.«

Vern öffnete die Bierdose. »Ich kenne sie zwar nur durch dich, aber seine Mum wird Wilf bestimmt heimholen, wenn du sie darum bittest, oder nicht? Sie scheint echt in Ordnung zu sein.«

»Ja, Courtney ist toll, aber Wilf kann ruhig hier sein.« Daz zog sich einen der weißen Barhocker heran. »Sie hat ihm erlaubt, bis acht zu bleiben, und ich werde ihn nicht früher rauswerfen.« Daz war mit Wilfs Dad Lewis aufgewachsen, und der einzige Brief, den Daz von ihm aus der Haft erhalten hatte, war eine Bitte gewesen. *Ob Courtney meine Frau bleibt, ist zweifelhaft, aber sie wird immer Wilfs Mum sein, also bitte habe ein Auge auf sie und den Jungen, wenn es dir möglich ist.* Obwohl Daz nicht wirklich eine Aufforderung gebraucht hätte, Courtney und Wilf zu unterstützen, hatte er sich doch angewöhnt, seinen eigenen Schock und seine Enttäuschung über Lewis' Verhalten herunterzuspielen.

Das vergangene Jahr hatte einer Achterbahnfahrt an Veränderungen geglichen. Daz' hübsche, aber launenhafte Freundin

Abi hatte ihn im November verlassen, um nach London zu ziehen; Lewis war im Januar verhaftet worden, woraufhin Wilf und Courtney im September nach Middledip umziehen mussten. Courtney hatte keine Chance mehr gesehen, das riesige Haus in Bettsbrough ohne Lewis' Gehalt zu halten.

Ismael und Vern waren tolle Kerle, aber sie waren vergleichsweise erst kurz mit Daz befreundet. Beide waren als Erwachsene nach Middledip gezogen, wohingegen Daz schon sein ganzes Leben hier wohnte. Sie waren beide verheiratet, aber Daz war Single, seit Abi in Richtung der verlockenden Großstadtlichter davongeflattert war. Ismael war gerade Vater geworden, Vern hatte zwei Kinder im Grundschulalter … und Daz hatte keinerlei Erfahrung als Vater, versuchte aber dennoch für einen orientierungslosen Elfjährigen da zu sein. Nichtsdestotrotz, sich gemeinsam mit Vern und Ismael in die Planung der Abenteuerunterkünfte zu stürzen hatte geholfen, ihn von der Tatsache abzulenken, dass Lewis inhaftiert war. Jetzt konnte er das zermürbende Gefühl der Enttäuschung darüber, dass ihnen das Eckhaus durch die Lappen gegangen war, nicht abschütteln.

Ihm war nicht klar gewesen, wie sehr er sich die Veränderung wünschte, die das Projekt mitgebracht hätte, bis sie ihm verweigert worden war.

»Armer Wilf«, meinte Ismael mitfühlend. »Es ist unglaublich hart, wenn jemand, zu dem man aufsieht, einen so im Stich lässt.«

»Ich fand es selbst schwer genug, wie muss es da erst für einen Elfjährigen sein«, stimmte Daz grimmig zu. »Lewis hat in einer Bank gearbeitet. Er muss gewusst haben, dass sein Betrug früher oder später auffliegen würde.« Wie wenn man auf einen blauen Fleck drückt, um zu sehen, wie weh es tat, verspürte er den Drang, immer wieder zu testen, wie sehr es ihn schmerzte, dass Lewis eine vertrauensvolle Position missbraucht hatte, um Kunden auszunehmen.

Vern nahm einen Schluck von seinem Bier. »Ich weiß nicht genau, was er getan hat. Ich habe nur in der Zeitung gelesen, dass eine Frau beteiligt war.«

Daz senkte den Blick, als trüge er eine Mitverantwortung für die Taten seines ältesten Freundes. »Sie war eine alte Bekannte aus der Uni. Schwerkrank. Sie brauchte eine spezielle Behandlung in der EU, und er hat ihre GoFundMe-Webseite organisiert. Er war Leiter einer kleinen Bankfiliale in der Innenstadt, und als das Geld aus den Spenden aufgebraucht war, hat er einen älteren, alleinstehenden Kunden mit gutem Einkommen ins Visier genommen und ihm angeboten, sein Konto zu betreuen. Dann nahm er im Namen dieses Kunden einen Kredit auf, nahm das Geld und bediente die Schulden über das Einkommen des Mannes. Er leitete die Kontoauszüge auf die Bankfiliale um, damit der Kunde ›nicht davon belästigt wurde‹. Als weitere Behandlungen nötig waren … fand er weitere ältere, alleinstehende Kunden, die er ausnehmen konnte – bis einer von ihnen online seine Kontoauszüge einsah und die Wahrheit ans Licht kam. Lewis wurde wegen Veruntreuung zu vier Jahren Haft verurteilt.«

»Wow.« Vern schüttelte entsetzt den Kopf. »Hast du ihn schon besucht … im Gefängnis?« Das letzte Wort schien ihm schwer über die Lippen zu kommen.

Daz hatte eine erprobte Antwort auf diese Frage, die den Vorteil hatte, wahr zu sein, aber gleichzeitig seinen Widerwillen, Lewis unter den gegebenen Umständen zu sehen, verschleierte. »Ich stehe auf seiner Liste der für den Gefängnisbesuch zugelassenen Freunde und Familienmitglieder, aber ich will nicht, dass er seine Besuche an mich verschwendet. Er braucht sie für seine Familie.« Er hatte noch andere, ähnliche Verdrängungstaktiken: Er wollte nicht Lewis' Vorrat an privatem Geld mit Anrufen dezimieren, selbst E-Mails kosteten vierzig Pence, weil jede Nachricht ausgedruckt und zu dem jeweiligen Häftling gebracht werden musste. *Dem Häftling*. Den Begriff bloß zu denken, verursachte Daz einen Kloß im Hals. Natürlich hätte er auch etwas für Lewis' Häftlingskonto spenden können, um den Kontakt zwischen ihnen zu finanzieren. Aber das hatte er nicht getan.

Es bereitete ihm ein schlechtes Gewissen, aber er war nicht der Einzige, der Lewis aus dem Weg ging. Wilf hatte bisher jeglichen Kontakt mit seinem Vater abgelehnt.

Courtney dagegen besuchte ihn alle zwei Wochen, obwohl er ihre Welt auf den Kopf gestellt hatte. Sie sagte, er respektiere sowohl Daz' als auch Wilfs Gefühle.

Ismael schien zu spüren, dass ein Themenwechsel angebracht war. »Was hat der Käufer denn mit dem Eckhaus vor? Weißt du das?«

Daz setzte die Ellenbogen auf die kühle weiße Quarzplatte, die Abi unbedingt hatte kaufen müssen, um sie dann vor einem Jahr einfach zurückzulassen, wie alles andere im Haus auch, inklusive Daz. »Sie sagt, sie will darin wohnen.«

Ismaels zog die dunklen Brauen hoch. »Hat sie etwa eine riesige Familie? In dem Haus könnte man eine Garnison unterbringen.«

Daz zuckte mit den Schultern und trank noch einen Schluck Bier. »Ich konnte sie schlecht ins Kreuzverhör nehmen, was ihre

Familie angeht. Sie hat allerdings gesagt, sie wolle es nicht abreißen und auch keinen hässlichen Wohnkomplex hochziehen.«

Ismael schnaubte. »Meinst du, das hätte sie dir gegenüber zugegeben? Vielleicht hat sie dich als besorgten Dorfbewohner erkannt und dir erzählt, was du hören wolltest.«

Obwohl ihm bei dem Gedanken nicht ganz wohl war, lachte Daz nur. »Komm schon, du zerstörst meinen Glauben an die Menschheit. Und ich habe ihr einen Kaffee spendiert.« Das Leuchten in ihren Augen, als sie gesagt hatte, *ich beabsichtige, dort zu wohnen*, hatte ihn glauben lassen, dass sie keinerlei Absichten hegte, ihr wunderschönes Dorf zu verschandeln. Andererseits hatte sie auch meinen können: *Ich beabsichtige, dort zu wohnen … bis ich die Baugenehmigung habe. Dann stopfe ich das Grundstück voll mit Kaninchenstall-großen Wohnungen und schlage so richtig Profit daraus.* War Sky Terran so kaltschnäuzig und berechnend?

Er zog sein Handy hervor und tippte ihren Namen in das Suchfeld. Nachdem er mehrere Schreibweisen ihres Namens ausprobiert hatte, runzelte er die Stirn. »Das scheint ihr LinkedIn-Profil zu sein. Verdammt. Sie ist Entwicklungsmanagerin bei einer Immobilienfirma. Das ist ein anderes Wort für Investor, oder?« Er seufzte schwer und versuchte, sich daran zu erinnern, ob Sky Terran wirklich gesagt hatte, dass sie keine Investorin war. »Obwohl ich davon ausgehe, dass auch ein Investor irgendwo wohnen muss, wie jeder andere auch.«

Ismael sah interessiert auf. »Wie war sie denn so, Daz?«

»Geschäftsfrau, Ende dreißig, würde ich sagen.« Nachdenklich nahm Daz einen Schluck Bier und genoss das Prickeln der Kohlensäure im Mund.

»Hübsch?«, hakte Ismael nach. »Vielleicht hat ihr gutes Aussehen dich geblendet, so dass du ihren schändlichen Plan nicht erkennen konntest.« Sein vielsagendes Grinsen deutete darauf hin, dass er die Enttäuschung des Tages leichter verwand als Daz.

Daz stellte verärgert fest, dass seine Wangen unwillkürlich heiß wurden, als er an ihre schlanke Figur und ihr glänzendes honigblondes Haar dachte, das sie am Hinterkopf zu einem Dutt gedreht hatte. Obwohl er ihre Selbstbeherrschung und ihre Attraktivität noch gut vor Augen hatte, log er. »Ist mir nicht aufgefallen.«

Fußgetrappel auf der Treppe kündigte Bewegung über ihnen an, und Sekunden später stürmte Wilf lautstark über den Holzboden des Flurs. »Mum hat geschrieben. Muss los«, rief er kurz angebunden und steckte die Füße in seine schmutzigen, nicht gebundenen Turnschuhe. Seine braunen Augen wanderten zu Vern und Ismael, und er sagte etwas verspätet: »Hallo.« Dann zog er sich die Kapuze seines Hoodies vom Kopf, was seine mausbraunen Haare in alle Richtungen abstehen ließ.

Vern und Ismael lächelten und erwiderten seinen Gruß. Daz stand auf. »Ich begleite dich zurück, Wilf.«

»Nicht nötig.« Wilf riss seine Jacke von der Garderobe und zog sich die Kapuze über den Kopf. Der Rest der Jacke hing ihm lose über den Rücken.

Gutmütig zwinkerte Daz ihm zu. »Wohl nötig, weil ich es deiner Mum versprochen habe.« Daz' Haus lag auf der anderen Straßenseite der Winter Street und etwas weiter oben. Middledip war wirklich ein gemütliches kleines Dorf, aber die Dunkelheit ließ Courtney nervös werden.

Die anderen Männer erhoben sich ebenfalls und zogen ihre Jacken an. Während er seine leere Bierdose in den Recycling-

Eimer warf, sagte Ismael: »Wir gehen noch ins *Three Fishes*. Kommst du nach, Daz?«

Daz wollte nicht fragen »Trefft ihr euch mit euren Frauen?«, weil das nur unterstreichen würde, wie seltsam es immer noch für ihn war, nicht mehr Teil eines Pärchens zu sein, oder als würde es gar nahelegen, dass er sich nicht vollständig fühlte als Single. Stattdessen nickte er. »Wenn ich es schaffe. Wartet aber nicht auf mich.«

Kurz darauf schloss er die Haustür ab und Vern und Ismael schlenderten die Straße hinab, unter den Straßenlaternen hindurch, die Schultern hochgezogen, während der feuchte Nebel über den Asphalt wirbelte.

Wilf ging neben Daz her, seine Schnürsenkel waren noch immer nicht gebunden. »Also, dieses Survival-Spiel, das ich gerade gespielt habe«, fing er an und zog die Jacke gegen den kalten Wind fester um sich, ohne die Arme durch die Ärmel zu stecken. »Das ist eines, das du testest, oder?«

»Stimmt. Qualitätskontrolle. Dieses Spiel ist geeignet für dein Alter«, fügte er hinzu, um Wilf wissen zu lassen, dass er ihn nichts spielen lassen würde, das in die »Ab achtzehn«-Kategorie gehörte, wie Resident Evil.

Er schaute sich nach Autos um, ehe sie die Straße überquerten, um den einminütigen Weg bis zu dem kleinen Haus anzutreten, das Courtney und Wilf bewohnten. Die meisten Häuser der Bankside waren zwischen fünfundzwanzig und dreißig Jahre alt, aber ihres war ein Neubau, der sich zwischen zwei der ursprünglichen Häuser quetschte – winzig, im Vergleich zu ihrem alten Haus in Bettsbrough. Die Fenster waren klein, und das Dach fiel nur nach einer Seite hin ab. Daz fand, es sah aus wie ein übergroßer Schuppen aus Backstein. Als Courtney wieder zurück ins Dorf gezogen war, hatte sie gehofft, dass Graham, Lewis' Vater, sie unterstützen würde. Mit ihren eigenen Eltern, die in Lancashire wohnten, verstand sie sich nicht gut. Graham schien allerdings bisher zu sehr versunken in seinem Gram, um diese Hoffnungen zu erfüllen. Er schien sein Haus in der Port Road kaum noch zu verlassen, und Wilf besuchte ihn nur ungern, weil er ihn zu miesepetrig fand. Dennoch mochte Courtney das neue Haus – es war perfekt für jemanden mit begrenzten handwerklichen Fähigkeiten und geringem Einkommen. Innen war es in Ordnung, was das Wichtigste war.

Wilf schlurfte über den Bürgersteig, wahrscheinlich um die lockeren Turnschuhe nicht zu verlieren. »Dieses Spiel gibt es noch nicht zu kaufen, oder?«

Daz schloss den Reißverschluss seiner Jacke bis ganz oben und zog die Schultern hoch. »Nein, es ist noch nicht veröffentlicht.«

Der Asphalt schimmerte schwarz, während sie an erleuchteten Häusern und geparkten Autos vorbeigingen. Wilf ließ nicht locker: »Also, kann ich das den Kindern in der Schule erzählen?«

»Na, klar.« Daz wusste, dass der Übergang von der Grundschule zur weiterführenden Schule für Wilf nicht so einfach gewesen war, und er legte dem Jungen eine Hand auf die Schulter, die sich auf Höhe von Daz' Ellenbogen befand. »Wenn du die anderen beeindrucken willst, kannst du sagen, es ist ein 2D-Sandbox-Spiel, das auf verschiedenen Plattformen erhältlich sein wird. Der Titel ist allerdings noch Betriebsgeheimnis und deshalb noch nicht bekannt gegeben worden. Hast du irgendwelche Probleme damit gehabt?«

Sie näherten sich dem scheunenartigen Haus. Courtneys

Auto stand in der Einfahrt, und ein Fenster im Erdgeschoss war erleuchtet. Wilf legte nachdenklich die Stirn in Falten. »In Level achtzehn lief es nicht ganz rund. Ich habe das Problem gelöst, wie man sich zwei Nächte Schutz verdient, aber es hat irgendwie geflackert.«

»Du hast es auf dem PC gespielt, richtig? Dann schaue ich mal, ob es auf der Xbox besser läuft.« Daz drückte sich an dem Auto in der Einfahrt vorbei.

Wilf stapfte quer über den kleinen Rasen, öffnete die Haustür und rief: »Bin zu Hause.« Dabei kickte er seine nassen Schuhe aus, warf die Jacke über das Treppengeländer und sauste die Treppe hoch.

Courtney tauchte im schmalen Flur auf, die glatten, schwarzen Haare hinter die Ohren gestrichen. Aus mütterlicher Fürsorge suchte ihr Blick gleich ihren Sohn. »Hi, Wilf, alles okay?« Auf ihrer Stirn zeigten sich in letzter Zeit fast immer horizontale Sorgenfalten. Sie verlor Gewicht, und der Saum ihrer Jeans schleifte über den Teppich, weil die Hose so tief auf die Hüfte gerutscht war.

»Ja, alles gut«, erwiderte Wilf, ohne anzuhalten, obwohl er seiner Mum noch ein kurzes Lächeln zuwarf. Das Klicken einer Tür ein paar Sekunden später ließ darauf schließen, dass er in seinem Schlafzimmer verschwunden war.

Courtney pustete die Backen auf. »Ich glaube, was Wilf sagen wollte, ist: ›Guten Abend, Mum. Mir geht es gut, danke. Wie geht es dir? Tschüs, Daz. Danke, dass du mich auf deinem Computer hast spielen lassen. Ich gehe jetzt auf mein Zimmer.‹«

Daz lachte leise. »Ich kann mich nicht daran erinnern, mit elf so gnädig gewesen zu sein.«

Ihr Lächeln ließ die Falten auf der Stirn für eine Sekunde

verschwinden, und auf ihren Wangen zeigten sich Grübchen. »Nein. Ich glaube, ich habe die meiste Zeit darüber geseufzt, was für unzumutbare Ansprüche die Erwachsenen an mich hatten. Hast du noch Zeit für einen Kaffee?«

»Klar.« Da ihm bewusst war, dass Courtney sich in dem neuen Leben, das ihr aufgedrückt worden war, isoliert fühlte, erwähnte Daz nicht, dass Vern und Ismael im Pub auf ihn warteten. Nun, da sie das Eckhaus nicht umbauen würden, hatten sie kein gemeinsames Projekt mehr, das sie verband. Im neuen Bewusstsein über die lockere Ebene ihrer Freundschaft – und dass sie eben nicht Lewis waren –, folgte er Courtney in die Küche. Im Verkaufsportal war sie als »Eat-in-Küche« bezeichnet worden, was offenbar bedeutete, dass sie zu klein war, um als Wohnküche durchzugehen. »Zu blöd, dass ich das Haus bei der Versteigerung nicht bekommen habe.« Er hatte ihr deswegen bereits eine Textnachricht geschrieben.

Sie ging zu der glänzenden schwarzen Kaffeemaschine und holte ein paar Kapseln aus einer Schublade. »Ja, sorry. Hatte auf der Arbeit keine Zeit, zu antworten, und dann hab ich's vergessen. Schande über mein Haupt.« Aber sie klang eher teilnahmslos als mitfühlend, und die Sorgenfalten waren zurückgekehrt. Sie reichte ihm eine Tasse mit dampfendem Kaffee und ließ sich auf einen der Bistrostühle an dem winzigen Esstisch sinken.

Daz nahm den anderen Stuhl. »Wie läuft es denn so?« Es war eine eher rhetorische Frage, weil nichts mehr gut gelaufen war seit dem Tag, als Lewis sie vom Polizeirevier in Bettsbrough angerufen und ihr mit gepresster Stimme gesagt hatte, dass er auf dem Polizeirevier in Bettsbrough war und nicht wusste, wie lange er dortbleiben musste. Die arme Courtney. Sie hatte angenommen, er half der Polizei dabei, irgendeinen Gauner festzusetzen, der die Bank betrog … Nie hätte sie gedacht, dass Lewis es war, der die Kunden betrog.

Selbst als Lewis es endlich zugegeben hatte, war es ihr schwergefallen zu glauben, dass er in betrügerischer Absicht Kredite aufgenommen hatte, um seiner alten Flamme Evira auf dem europäischen Festland eine experimentelle Behandlung für ihren Magenkrebs zu finanzieren. Courtney hatte schon immer von Evira gewusst, die im gleichen Studentenwohnheim gelebt hatte wie Lewis – dass Lewis verrückt nach ihr gewesen war, sie ihn aber nur als Kumpel gesehen hatte. Es war ein Schock für Courtney gewesen, dass sie nicht nur wieder Kontakt zueinander hatten, sondern dass er auch alles aufs Spiel gesetzt hatte, um ihr ein Überleben zu ermöglichen. Seine verzweifelte Aktion war in jederlei Hinsicht fehlgeschlagen. Als Courtney die Wahrheit schließlich akzeptiert hatte, war sie am Boden zerstört gewesen. Daz konnte es ihr nicht verübeln.

Die ganze Zeit von Lewis' Suspendierung über die Ermittlungen bis hin zu seiner Anklage hatten Lewis und Courtney die furchtbare Geschichte geheim gehalten, und so hatte Daz all das erst im Nachhinein erfahren. Vielleicht hatte Lewis auf mildernde Umstände gehofft, da seine Straftat ein fehlgeleiteter Versuch gewesen war, einen anderen Menschen zu retten. Der Richter hatte allerdings festgestellt, dass Evira weder Lewis Ehefrau noch eine enge Verwandte war und dass Betrug und Missbrauch von Vertrauen in keinem Fall akzeptable Methoden waren, jemanden zu unterstützen. Darüber hinaus hatte Lewis die sterbende Frau auch noch in dem Glauben gelassen, das Geld käme von Spendern, womit er sie unabsichtlich in das Verbrechen hineingezogen hatte.

Courtney, die völlig erschüttert war, hatte für Wilf versucht, eine Fassade der Normalität aufrechtzuerhalten und deshalb zunächst zugestimmt, alles zu verheimlichen. Dann war Daz eines Tages vorbeigekommen, um Wilf einen Controller fürs Computerspielen zu bringen – einen Prototyp, den er getestet hatte und nicht zurückgeben musste –, und hatte Lewis zu Hause angetroffen, obwohl er eigentlich bei der Arbeit hätte sein sollen. Seine unschuldige Nachfrage, warum Courtney in Tränen aufgelöst war, hatte die hässliche Wahrheit ans Licht gebracht, wie ein Monster in einem Albtraum.

Er konnte das Bild nicht mehr aus seinem Gedächtnis löschen, wie Lewis mit schuldbewusster Miene dagesessen hatte, Schweißperlen auf der blassen Haut. *Lewis.* Wie hatte Lewis so vom rechten Pfad abkommen können? Lewis war so lange ein fester Bestandteil in Daz' Leben gewesen, dass er es nie geglaubt hätte, wenn ihm jemand anderes außer Lewis selbst von den Geschehnissen erzählt hätte.

Und jetzt klaffte eine Lücke in Daz' Leben, wo früher Lewis gewesen war.

»Alles okay, denke ich«, antwortete Courtney nicht sehr überzeugend, womit sie Daz aus seinen Gedanken riss. »Bis auf den ätzenden Job.« Courtney brauchte jetzt das Gehalt eines Vollzeitjobs anstatt ihrer bisherigen Vierundzwanzigstundenwoche, was sie dazu gezwungen hatte, den »ätzenden Job« in der Verwaltung eines Hotels anzunehmen, im Gegensatz zu der abwechslungsreichen, netten Stelle mit Kundenkontakt, die sie vorher innegehabt hatte. Erst vor kurzem war sie bei einem Bewerbungsgespräch für eine Stelle im Sekretariat der Grundschule in Bettsbrough gewesen, doch sie wartete noch auf Rückmeldung. Es würde zwar weniger Geld geben, dafür wäre sie dann für den Zuschuss zum Familieneinkommen qualifiziert und sie könnte die Schulferien mit Wilf verbringen, was ihr Leben deutlich einfacher machen würde.

Sie kam auf ein Thema zu sprechen, das ihr nicht aus dem Kopf zu gehen schien. »Viele Frauen hätten bestimmt schon den Kontakt zu Lewis abgebrochen. Aber ich muss an Wilf denken. Wie kann ich ihn ermutigen, seinen Vater zu besuchen oder mit ihm zu telefonieren, wenn ich Lewis gleichzeitig abserviere? Wilf ist wütend und verwirrt genug.«

Daz nippte an seinem Kaffee. Er war selbst wütend und verwirrt, also wie musste es dann erst Courtney und Wilf gehen, aber er wusste, seine Rolle in diesem Gespräch war es, zuzuhören und möglichst neutral zu antworten. »Du musst nicht jetzt gleich eine Entscheidung treffen.« Er konnte Courtney nicht ermutigen, sich von Lewis scheiden zu lassen, gleichzeitig war es unmöglich, ihr zu raten, bei ihm zu bleiben.

Sie schlug die Hände vors Gesicht, sodass ihre nächsten Worte gedämpft klangen. »Lewis hat vorhin angerufen und wollte mit Wilf sprechen. Ich habe ihm gesagt, dass Wilf bei dir ist, aber auch, dass er einem Telefonat mit ihm immer noch nicht zugestimmt hat.« Sie ballte die Hände zu Fäusten. »Lewis hat geweint.« Sie schluckte hörbar. »Was passiert, wenn Lewis rauskommt? Wenn Wilf wieder mit seinem Dad spricht, lasse ich Lewis hier leben und mein Bett teilen, für Wilf? Lewis hat mich betrogen, als er all das hinter meinem Rücken und für eine andere Frau getan hat. Warum hätte er das tun sollen, wenn er keine Gefühle für sie hätte?«

Daz konnte nichts anderes tun als ihr den Arm tätscheln und ihr tröstende Worte zuraunen. Er unterstützte Courtney und Wilf, weil sie seine Freunde waren, aber das bedeutete nicht, dass er diese Art Gespräche mochte. In gewisser Weise war Evira die »andere Frau« gewesen, auch wenn es in diesem Fall nicht um Sex gegangen war.

Courtney richtete sich auf, zog ein Taschentuch aus der Tasche und schnäuzte sich die Nase. »Dann hat Graham angerufen.« Die Wut ließ ihre Wangen glühen und ihre Augen funkeln. »Wir haben uns gestritten.«

Daz runzelte die Stirn. »Es ist gerade nicht schwer, mit Graham in Streit zu geraten. Er ist ein reizbarer alter Mann.«

Sie nickte und warf ihr feuchtes Taschentuch in den Mülleimer neben sich. In dieser kleinen Küche war beinahe alles in Reichweite. »Er hat mich gefragt, was los ist.«

»Ich nehme an, er macht sich Sorgen um Lewis. Es ist schwer, nicht darüber nachzudenken, was ihm da drinnen wohl passiert.« Daz sagte oft »da drinnen« anstatt »im Gefängnis«. »Gefängnis« war ein hässliches Wort.

Courtney nahm sich ein frisches Taschentuch und schnäuzte sich wieder die Nase, mit einem wütenden Trompetengeräusch. »Nein«, sagte sie mit tonloser Stimme. »Er will wissen, was zwischen mir und dir *läuft*. Er hat uns quasi vorgeworfen, eine Affäre miteinander zu haben.«

»Was?« Daz rutschte die Kaffeetasse aus der Hand, so dass die Hälfte des Inhalts über den Tisch schwappte, ehe er sie wieder fing. Er starrte Courtney entgeistert an.

Sie schnaubte, ihre vorherige Teilnahmslosigkeit war erneut von Zorn abgelöst worden. »Mit einer großzügigen Schimpftirade einschließlich einiger F-Wörter habe ich ihm gesagt, er soll die schmutzigen Gedanken sein lassen und dass du toll bist zu Wilf und mir, was man von Graham nicht gerade behaupten kann. Er meinte, er *schäme* sich für das, was Lewis getan hat.

Ich habe ihm gesagt, dass ich genau weiß, wie sich das anfühlt, allerdings noch gemischt mit ›erniedrigt‹, ›am Boden zerstört‹ und ›zutiefst verletzt‹.« Mit einem Mal schien die Energie sie zu verlassen. Sie fuhr sich mit den Händen über die Augen. »Die Familien werden genauso bestraft wie die Häftlinge.«

»Ich weiß.« Er traute sich nicht, Courtney den Arm um die Schulter zu legen, obwohl er sie früher, als Lewis noch da war, immer mit einer Umarmung und einem Kuss auf die Wange begrüßt hatte. Stattdessen ging er zur Spüle und holte einen Lappen, um den Kaffee aufzuwischen. Seine Hände zitterten vor Wut. Wo war Graham gewesen, als Courtney zähneknirschend Möbel verkauft hatte, weil sie sich einschränken musste? Als sie sich den Blicken der Leute hatte stellen müssen, die sie und Wilf nach dem Skandal anstarrten? Graham wohnte nur zehn Gehminuten von seinem Enkel und seiner Schwiegertochter entfernt, und doch hatte er sie noch nicht einmal besucht.

Courtney schniefte. »Hattest du mal Kontakt zu ihm?«

Daz wusste, dass sie nicht von Graham sprach, sondern von Lewis. Sie stellte ihm die gleiche Frage mehrere Male pro Woche. »Nicht seit dem ersten Brief.« Er warf den Lappen in die Spüle und nahm wieder auf seinem Stuhl Platz. Es kostete ihn einiges an Überwindung, anzubieten: »Würde es dir die Sache erleichtern, wenn ich versuchen würde, ein Telefonat mit Lewis einzurichten?« Er betete schon fast laut, dass sie nein sagen würde.

»Nein.« Sie seufzte. »Es hat mich nur interessiert.«

Sie saßen schweigend da. Daz quälte sein schlechtes Gewissen, weil er erleichtert war, Lewis weiterhin meiden zu können, was ziemlich einfach war, solange er im geschlossenen Vollzug untergebracht war. Brodelte im Dorf ebenfalls die Gerüchteküche, was die Motive für seine Unterstützung von Courtney und Wilf anging? Würden sie bis zu seinen Eltern vordringen, die im älteren Dorfteil wohnten?

Eine Träne sickerte aus Courtneys Auge und blieb an ihrer Wimper hängen. »Ich habe meine Schwester für Weihnachten eingeladen. Sie sagte, wir könnten zu ihr kommen, aber dass sie nicht hier hochkommen würde. Sie will nicht hier sein und sich den urteilenden Blicken aussetzen. Sie hat mich gefragt, warum wir nicht gleich weggezogen sind, anstatt nach Middledip zu kommen.« Sie nahm sich noch ein Taschentuch, mit dem sie ihre Augen abtupfte. »Vielleicht hätte ich das tun sollen, aber ich dachte, hierher zurückzukehren würde einen guten Mittelweg bieten – Wilf aus seiner direkten Umgebung rausholen, in der wir gelebt haben, ihm aber gleichzeitig noch die Möglichkeit geben, auf die gleiche weiterführende Schule zu gehen wie seine Freunde. Aber sie wissen nicht, wie sie mit ihm umgehen sollen. Sie reißen blöde Witze und sie haben ihm den Spitznamen ›Verbrecher‹ gegeben.« Eine Träne tropfte ihr aufs Shirt. »Natürlich sind die Kinder aus dem Dorf auf die Middledip-Grundschule gegangen und nicht auf die Oak Road in Bettsbrough. Er kennt sie nicht, und er hat Angst davor, was sie über ihn denken könnten.«

»Kinder«, brachte Daz knurrend hervor, dem selbst nach Heulen zumute war, wenn er an den armen Wilf dachte.

Erst über eine Stunde später hatte Daz das Gefühl, gehen zu können. Vielleicht war ein großes, fettes Pint Bier jetzt das Richtige, um ihn aufzuheitern, überlegte er und schritt auf den Pub zu anstatt in Richtung seines eigenen Hauses. Der Weg führte ihn an dem wuchernden Chaos von einem Garten vorbei, der das Eckhaus umgab. Er wandte den Blick ab. Dieser

Abend wäre so anders verlaufen, wäre es ihm gelungen, das alte Haus zu kaufen. Er, Ismael und Vern würden jetzt zusammensitzen und aufgeregt Pläne schmieden. Er fragte sich, ob sie jemals ein anderes Haus finden würden, das auch nur halb so geeignet war. Die riesigen Zimmer des Eckhauses hatten sich perfekt als Schlafsäle angeboten.

In der Great Hill Road ging er unter der noch nicht angeschalteten Weihnachtsbeleuchtung an den Straßenlaternen hindurch und dachte an Sky Terran, die ihn so aalglatt überboten hatte. Ismael hatte angedeutet, dass Daz von einem hübschen Gesicht abgelenkt worden war, aber es war einfach ein Fall von einem fetteren Bankkonto gewesen.

Er kannte diese Fernsehsendungen über Immobilieninvestoren. Sie waren reich. Ihnen ging es nur um den Profit.

Viertes Kapitel

Sky fühlte sich nervös wie ein Schulkind, das die Ferien nicht erwarten konnte.

Normalerweise verbrachte sie ihre Sonntage damit, Sachen im Haus zu erledigen oder Papierkram, den sie von der Arbeit mitgebracht hatte, aber sie war zu unruhig, um zu putzen oder zu bügeln. Und sie war arbeitslos.

Arbeitslos. Sie hatte es noch immer nicht ganz verinnerlicht.

Es gab Papierkram, dem sie sich hätte widmen können, aber sie schob ihn beiseite und zog stattdessen ihre Jacke an, um in den frühen Winter hinauszutreten. Sie genoss das Glitzern des Raureifs, als sie an Fenners Cricket-Feld vorbeischlenderte und um Parker's Piece herum, wo die Stämme kahler Bäume auf dem Rasen von heruntergefallenen Blättern umgeben waren, als würden ihnen die Hosen um die Knöchel schlackern.

Eltern spielten mit ihren Kindern Ball auf dem feuchten Gras, was Sky mit einem Mal ein unausweichliches Gefühl der Einsamkeit vermittelte. Sie mochte Kinder, hatte sich aber nie eigene gewünscht. Marcel hatte ihr einmal vorgeworfen, zu sehr daran gewöhnt zu sein, keine Blutsverwandten zu haben. Sie hatte ihn korrigiert: »Ich habe keine Blutsverwandten, die ich *kenne* – abgesehen von meiner Mum, falls sie noch am Leben ist. Mum muss Eltern gehabt haben und vielleicht andere Familienmitglieder, aber ich habe nicht versucht, sie zu finden. Eine Familie, die Trish Murray hervorgebracht hat …? Schwierig.«

Trish war erst sechszehn gewesen, als sie Mutter geworden war. Nachdem Sky gegangen war, hatte sie vermutlich keine weiteren Kinder bekommen, da sie eigentlich nur noch Beziehungen mit Frauen geführt hatte. Sky war immer davon ausgegangen, dass sie schwanger geworden war, während sie ihre Sexualität noch ausprobiert hatte. Was Skys Vater anging, hatte Trish bloß gesagt: »Ich war betrunken. Damals war ich auf jeder Menge Partys unterwegs.«

Nicht sehr erbaulich.

Irgendwann ließ die frische Luft Sky hungrig werden. Sie kehrte in ein gemütliches Café ein und verschlang Rührei auf Toast mit zwei Tassen heißer Schokolade.

Als sie ihre Rastlosigkeit endlich abgeschüttelt hatte, war sie bereit, nach Hause zurückzukehren und an dem Kauf des Eckhauses zu arbeiten. Es war wirklich eine Bereicherung für ihr Immobilienportfolio, das bereits aus der Wohnung, in der sie wohnte, zwei Einfamilien- und einem Mehrfamilienhaus bestand.

Ihr Küchentresen diente ihr als Schreibtisch, wo sie die Niederschrift des Verkaufs einscannte und gemeinsam mit den anderen Unterlagen an ihren Anwalt schickte, bereit, den Verkauf am 17. November rechtskräftig zu machen. Sie stellte sich vor, wie es sein würde, in das Eckhaus in der Winter Street 1 einzuziehen. Es war die Gelegenheit, ein neues Leben zu beginnen – und hoffentlich ein ausgeglicheneres.

Sie ignorierte den Anflug von Traurigkeit, als sie daran dachte, dass Freddy sich nicht noch einmal bei ihr gemeldet hatte, und schloss den Laptop. Sie machte es sich auf der Couch gemütlich und schaltete eine Dokumentation über Languren an, Äffchen, die sich gegenseitig über die Dächer einer indischen Stadt jagten.

Sie gähnte, als sie die Kissen zurechtrückte. Dieser Workaholic hatte gekündigt.

Am Montag gönnte sie es sich, auszuschlafen. Eingekuschelt in ihre Daunendecke lauschte sie dem Regen, der ans Fenster trommelte, und fragte sich, was im Büro wohl los war.

Irgendwann stand sie auf, machte sich Frühstück und dachte über ihren Umzug nach Middledip nach. Die Entscheidung, welche Möbelstücke sie mitnehmen würde, war einfach: alle. Ihre beiden Sofas, das Bett, ihr Schminktisch und zwei Beistelltische würden kaum eine Ecke eines der riesigen Zimmer im Eckhaus füllen. Was sonst würde sie für den Einzug brauchen? In ihrer Wohnung war so vieles bereits eingebaut. Sie ging erneut eins nach dem anderen die Fotos des Hauses durch.

Die Küche besaß altmodische Holzschränke, einen Herd und eine Spüle. Sie öffnete ein neues Dokument und begann eine Liste: *Tisch, Stühle, Kühl-Gefrier-Kombi, Mikrowelle.* Sie sah sich das Video vom Rundgang durch das Haus noch einmal an und stellte sich vor, sie selbst würde langsam durch die Zimmer schreiten. Sie suchte sich ein Schlafzimmer aus, dessen Fenster zum dschungelartigen Garten hinausging, mit Stuckverzierungen um die Lampen und an den Deckenleisten. Dann fügte sie hinzu: *Kleiderschrank oder Kleiderstange.* Die Bodendielen könnten phantastisch aussehen, wenn sie das Holz abschliff und polierte, aber vermutlich waren sie mit der Zeit abgesunken, so dass es durch die Ritzen ziehen würde. *Billiger Teppich für den Anfang*. Das Badezimmer war höhlenartig, mit einem hoch hängenden Spülkasten und einer monströsen Badewanne. Der Boiler schien allerdings in Ordnung zu sein. *Elektrische Dusche mit Durchlauferhitzer über der Badewanne?* tippte sie auf der Tastatur ihres Laptops. Es würde bedeuten, dass sie Geld für etwas ausgab, das sie dann doch noch ändern würde, aber diese Badewanne zu füllen würde Ewigkeiten dauern und einen Haufen Energie verschwenden.

Am unteren Rand ihres Bildschirms tauchte ein roter Kreis auf, der die Ankunft neuer E-Mails meldete. Unfähig zu widerstehen, klickte sie auf das Icon. Eine Liste ungelesener E-Mails sprang ihr aus ihrem Geschäftsposteingang entgegen. Nichts von Freddy.

Sie blinzelte perplex und löschte dann ihren E-Mail-Account von *Freddy Walker Immobilien* aus ihrem Mailprogramm. Freddy würde von dem Arbeitscomputer, den sie zurückgelassen hatte, darauf zugreifen können.

Ihr persönlicher Posteingang zeigte nur vier neue Nachrichten an, alle von Wohltätigkeitsorganisationen oder Reisegesellschaften. Es war eine knallharte Erinnerung daran, wie wenig Leute ihr schrieben oder sie anriefen, wenn es nicht um die Arbeit ging. Ihr Handy lag stumm auf dem Küchentresen. Nachdenklich drehte sie es mit den Fingerspitzen auf der glänzenden Platte. Dann fügte sie ihrer Liste an Dingen, die sie brauchte, wenn sie nach Middledip zog, noch einen Punkt hinzu: *Freunde*.

Es war schon fast Mittagszeit, als es an ihrer Tür klingelte. Auf der Suche nach den Kisten von ihrem letzten Umzug hatte sie gerade die Matratze von ihrem Doppelbett gehievt, um an den Stauraum darunter zu gelangen. Sie brauchte zehn Sekunden, um sich loszureißen und das Wohnzimmer zu durchqueren, bis sie an der Haustür und ihrer Sprechanlage angekommen war. Atemlos fragte sie: »Hallo?«

»Bin hier, um mit dir zu sprechen, Kumpel.« Freddy klang grimmig.

Ihr Herz pochte wie wild in ihrem Brustkorb. »Du kennst den Weg.« Sie drückte auf den Türöffner, dankbar, dass ihre Stimme nicht gezittert hatte, öffnete die Wohnungstür und wartete auf das Ping des Aufzugs. Als es ertönte, trat Freddy heraus, keinen Fussel auf dem Wollmantel, die dunklen Haare über den Augen gelockt, der Gesichtsausdruck sowohl angriffslustig als auch defensiv. Sie trat einen Schritt zurück, um ihn hineinzulassen, und kurz darauf saßen sie sich auf den zwei Sofas gegenüber.

Sky wurde schwer ums Herz. Freddy sah so vertraut aus, und doch hatte sie das Gefühl, als wäre er nicht mehr der Junge, der früher für sie eingetreten war, wenn sie in der Schule geärgert worden war, und der ihr schließlich eine Stelle in seiner eigenen Firma angeboten hatte und mit dem sie bis spät in die Nacht an ihren Projekten gearbeitet hatte, sich gegenseitig mit ihren Ideen beflügelnd, so dass es sich kaum nach Arbeit angefühlt hatte. Wäre bloß Minnie nicht dazugekommen.

»Was führst du im Schilde?«, fragte er. »Ich akzeptiere deine Kündigung nicht, also kannst du es gleich wieder vergessen.«

Sie lächelte schief über seine übliche Art, direkt zur Sache zu kommen. »Du hast sie schon akzeptiert«, stellte sie fest.

Er runzelte finster die Stirn. »Habe ich nicht.«

Sky holte ihr Handy vom Küchentresen und suchte Freddys E-Mail heraus.

Ehrlich gesagt glaube ich du hast recht wahrscheinlich ist nicht genug platz in der firma für Minnie und dich. Lass es uns bei deiner kündigung belassen kumpel x

Freddy nahm ihr das Telefon aus der Hand und las. Mit jedem Wort verfinsterte sich seine Miene noch weiter. Er zog sein eigenes Handy aus der Tasche und scrollte hektisch. Dann verlangsamte sich seine Bewegung. Er steckte das Handy wieder ein und wandte den Blick ab.

Stille.

Skys Gedanken überschlugen sich. Sie schluckte mühsam. »Du hast diese Mail noch nie gesehen, oder? Du warst es nicht, der sie geschrieben hat.« Minnie? Wenn ja, dann war es überaus schlau von ihr, Freddys »Stimme« zu imitieren, genau wie seinen Widerwillen, Satzzeichen zu gebrauchen.

Freddy kratzte sich im Nacken.

»Meine alte Stelle ist nicht länger tragbar«, sagte sie leise.

Er starrte aufs Fenster. Der Regen hatte sich in Schneeregen verwandelt, der an der Scheibe hinabrutschte wie zerbrochene Sterne. »Aber ich war es nicht, der diese E-Mail geschickt hat.« Anscheinend war er nicht bereit, zuzugeben, wer es getan hatte, obwohl es verdammt offensichtlich war.

»Ich habe versucht, dich anzurufen, um mit dir zu reden. Du hast mich abblitzen lassen – ›nicht jetzt, verdammt‹ –, und das warst eindeutig du«, stellte sie fest.

Er ließ die Schultern hängen. »Genau in dem Moment gab

es einen heiklen Moment mit meinem zukünftigen Schwiegervater. Er scheint zu denken, Minnie hätte jemanden unter ihrer Würde ausgewählt, nur um ihre Eltern zu ärgern. Deshalb hat er sich aufgeregt. Sorry. Ich wollte dich später zurückrufen …« Er brach ab. Auf seinem Gesicht zeigten sich mehr Falten, als sie je bei ihm gesehen hatte. Sky hielt die Luft an und hoffte insgeheim, er würde sagen: »Überlass es mir. Ich werde nicht zulassen, dass du rausgedrängt wirst, Kumpel.« Aber das tat er nicht.

»Was ist mit den Projekten, an denen du gearbeitet hast?«, fragte er mit heiserer Stimme.

Sie versuchte, sich nicht anmerken zu lassen, wie sehr es sie verletzte, dass er tatsächlich so verliebt in Minnie war, dass er bereit war, Sky für sie zu opfern. »Ich habe dir immer alles weitergeleitet, also bist du auf dem Laufenden. Es gibt Berichte für jeden Job. Minnie kann übernehmen.«

Ihr entging nicht sein alarmierter Ausdruck, als er den Blick vom grauen Wetter draußen wieder zu ihr wandern ließ. »Wie wäre es, wenn du von zu Hause arbeitest? Du hast deine eigene Kundenliste.«

Sie lächelte traurig. »Ich wäre also nicht im Büro, würde nichts mitkriegen und nicht mehr Teil davon sein? Dann kann ich gleich mein eigenes Ding machen, ehe ich das tue.«

Er wischte die Vorstellung mit einer Handbewegung weg. »Ich glaub' nicht, dass das moralisch vertretbar wäre. Außer du ziehst weg, meine ich. Man fängt kein eigenes Geschäft an, so nah an seinem vorherigen Arbeitgeber, weißt du?«

Die Ungerechtigkeit dieser Aussage traf sie hart. »Das hast du doch auch getan, als du *Freddy Walker Immobilien* gegründet hast. Und in meinem Vertrag gibt es keine Wettbewerbsklausel … da ich nie einen Vertrag *unterschrieben* habe. Ein Glück habe ich diese Beförderung nie bekommen, von der du immer gesprochen hast, denn dann hätte ich Verpflichtungen gegenüber der Firma, die mich davon abhalten würden, wegzugehen.« Sie erwiderte seinen Blick, ohne zu blinzeln. »Ich habe mich noch nicht entschieden, was ich tun werde, aber wenn ich in der Gegend um Cambridge Immobilien kaufen und verkaufen will, wirst du dich damit abfinden müssen.«

Freddys Blick wurde weicher, als er das Thema wechselte. »Ich weiß, Minnie kann manchmal etwas schwierig sein, aber ich liebe sie. Ich habe noch nie jemanden geliebt …« Er musste innehalten, um zu schlucken. »Und sie liebt mich auch.«

Skys Widerstand schmolz dahin.

Ihre Wut und ihr Schmerz schwanden.

Wenn es eines gab, was sie sich für Freddy wünschte, dann war es Liebe. Sie sagte mit sanfter Stimme: »Deshalb versuche ich, mich elegant herauszuziehen. Es ist das Beste, wenn ich gehe.«

Wieder entstand eine lange Pause. Ihr Herz schlug langsam und schwer. Sie stand nicht auf, um Tee zu machen, den Freddy jeden Tag literweise in sich hineinkippte, das starke, milchige Aufgussgetränk, das er als *Bau-Drink* bezeichnete. Weiche Knie und zitternde Hände würden sicher verraten, wie schwer ihr das alles fiel, wie laut die Stimme in ihrem Kopf schrie: »Nein, Freddy! Lass Minnie sitzen und entscheide dich für mich …«

Aus dem Nichts fragte er: »Für wie viel wurde das Haus in Middledip versteigert? Oder warst du nicht bei der Auktion?«

»Dreihundertfünfundsechzig«, antwortete sie. Mist. Sie hätte ihm das vorher schon per E-Mail schreiben sollen. Mit einem dumpfen Gefühl der Unvermeidlichkeit wurde ihr bewusst, dass sich die Lage von schlimm zu schlimmer entwickeln würde.

»Oh.« Er pustete die Backen auf und streckte entspannt die langen Beine vor sich aus. »Schade, dass wir es nicht bekommen haben.«

Die Worte schienen in ihrem Hals zu kratzen, als sie gestand: »Ich habe es bekommen.«

Ganz langsam verengten sich seine Augen zu Schlitzen. »Du hast was?«

Sie sah ihm in die Augen. »Deine Obergrenze war dreihundertfünfzig. Du wolltest nicht höher gehen.« Sie machte sich nicht die Mühe, ihn daran zu erinnern, wie herablassend er mit ihr über das Thema gesprochen hatte. »Ich habe nicht geboten, bis der Betrag überschritten war.«

Er sprang auf, das Kinn gereckt, wie sie es schon so lange von ihm kannte. »Du brauchst nicht zu denken, dass du meine Pläne verwenden kannst.«

»Nein, weil sie dein geistiges Eigentum sind. Du weißt, dass ich das weiß und dass ich deine Pläne sowieso nicht mochte«, erwiderte sie. »Ich habe noch nicht entschieden, was ich mit dem Haus mache, aber es wird nicht bis zur Unkenntlichkeit umgebaut, wie du es vorgehabt hast.«

Sie starrten sich an. Er schüttelte den Kopf. »Ich bin enttäuscht von dir, Sky.«

»Dann sind wir gegenseitig voneinander enttäuscht.« Sie hielt inne, um ihre Gedanken zu ordnen. Obwohl sie nicht davon ausging, dass die Prinzessin und der Rohdiamant für immer zusammenbleiben würden, filterte sie die Gehässigkeit aus ihrer Stimme heraus, als sie sagte: »Du suchst nach einem Weg, einen Streit zu provozieren, damit du mir die Schuld für all das geben kannst. Damit würdest du dich besser fühlen. Aber du sollst wissen, dass ich mir für dich wünsche, dass eure Beziehung funktioniert. Ich liebe dich wie einen Bruder.«

Trotz ihrer Bemühungen, sie zurückzuhalten, traten ihr Tränen in die Augen. Sie sah nicht, wie Freddy zur Tür ging, sie hörte sie nur hinter ihm ins Schloss fallen.

Er war weg.

In Romanen saßen die verletzten Heldinnen immer mit trockenen Augen da, zu verletzt, um zu weinen. Sky allerdings heulte wie ein Schlosshund und putzte sich wenig elegant die Nase mit Küchenpapier. Es gab keinen magischen Weg zurück zu der Situation, wie sie früher mit Freddy gewesen war, solange Minnie, das Luder, nicht von der Bildfläche verschwand. Sie liebte Freddy nicht nur wie einen Bruder, sondern er war der einzige Mensch, der ihr einfiel, den sie im Moment überhaupt liebte. Sky war weich geworden, und Freddy war ihr mit Härte begegnet. Er hatte sie zurückgewiesen, und sie war am Boden zerstört.

Es entging ihr nicht, dass sie heftiger um Freddy trauerte, als sie es um Marcel oder Blake je getan hatte. Nur Freddy hatte die Macht, sie so zu verletzen.

Als der Strom an Tränen endlich versiegt war, setzte sie sich hin, um nachzudenken. Ihr Bett war immer noch auseinandergenommen, und die Umzugskisten standen bereit, gefüllt zu werden. Was war ihr Langzeitziel, wenn sie mit dem fertig war, was sie für das Eckhaus wollte, wie auch immer das aussehen würde? Trotz ihrer mutigen Worte ihrem Pflegebruder gegenüber verspürte sie keine überragende Lust, allein im Immobilieninvestment tätig zu werden.

Vielleicht sollte sie etwas ganz Neues ausprobieren. Mit den

Mieteinnahmen und ohne weitere Verpflichtungen konnte sie tun, was sie wollte.

Ich könnte das Eckhaus restaurieren, es verkaufen oder vermieten und weiterziehen. Der Gedanke, dieses wunderschöne Haus für jemand anderen zu renovieren, dämpfte ihren Enthusiasmus.

Ich könnte das Eckhaus restaurieren und dort wohnen und mein Leben auf andere Weise verändern. Das fühlte sich besser an. Aber auf welche Weise? *Ausbildung. Freiwillige Arbeit.*

Eine Vision der Naturdokumentationen, die sie so liebte, schob sich in ihren Kopf. Sie wandte sich ihrem Laptop zu und gab das Wort »Ökologie« in die Suchleiste ein. Sekunden später wurde sie überschwemmt von Vorschlägen für Studiengänge, die mit Ökologie oder Artenschutz zu tun hatten.

Ihre Voraussetzungen, an einer Uni angenommen zu werden, waren gut. Während ihrer Anstellung bei der Wohnungsbaugesellschaft hatte sie zusätzliche Qualifikationen in Betriebswirtschaftslehre, Wirtschaftsmanagement sowie Marketing erlangt. Träumend betrachtete sie die Fotos von Studenten im Vorlesungssaal. Stell sich einer vor, die kleine Sky, einst aufgewachsen in einem schäbigen Apartment, mit einer Mutter, die an so manchem Abend nicht heimkehrte, würde eine Vollzeitstudentin sein. Sie konnte in Cambridge auf die Uni gehen und von Middledip aus zum Campus fahren.

Sie runzelte die Stirn. War es das, was sie wollte?

Nein. Freiwilligenarbeit passte besser zu ihr. Sie begann eine neue Suche. *Wow.* Spannende Möglichkeiten. Die *Critter Care Wildlife Society* bot Kost und Logis an, wenn man bei der Aufzucht geretteter Wildtiere in British Columbia half. Oder wenn es sie eher zum Nordpol zog, könnte sie helfen, sich um Eisbären zu kümmern, die nicht mehr allein in der Wildnis überleben konnten. Sie stellte sich verschneite Landschaften und Blockhütten vor. In solch beengten Verhältnissen mussten die Leute doch enge Freundschaften zueinander aufbauen – solange sie nicht mit einer Minnie zusammengesteckt wurde, die immer versuchte, sich bei Vorgesetzten einzuschleimen und sich selbst zur Anführerin zu machen.

Sie surfte noch eine Weile weiter, ohne sich für irgendetwas anzumelden.

Stattdessen setzte sie Kaffee auf, kehrte zu ihrer Liste an Dingen, die sie im Eckhaus brauchen würde, zurück und änderte *Freunde* in *Viele Freunde* ab, ehe sie schmunzelnd hinzufügte: *Glück*. Glücklich zu sein war ein Ziel in sich, genau das Richtige für eine neue Sky Terran.

Zu guter Letzt bot sie ihre Wohnung im Internet zur Vermietung an. Zumindest auf absehbare Zeit würde sie in Middledip leben.

Fünftes Kapitel

Am 17. November war Sky endlich die rechtmäßige Besitzerin des Eckhauses.

Die Schlüssel fest in der Hand, kämpfte sie sich durch das Gestrüpp bis zur Haustür und betrat den Flur. Ein staubig modriger Geruch schlug ihr entgegen, den sie in sich aufsog, als wäre es Chanel. »Du bist mein neues Zuhause«, sagte sie zu dem Haus und hörte das Versprechen, das in ihrer Stimme lag, als sie bis unter die hohe Decke hallte.

Das folgende Wochenende verging wie im Flug. Sie musste die Elektrogeräte anschließen, eine Dusche einbauen, eine glänzende neue Mikrowelle für den Küchentresen kaufen, einen Termin für die Boilerwartung vereinbaren und eine Wandladestation für ihr Elektroauto in der Scheune installieren. In dem Zimmer, das sie sich als Wohnzimmer ausgesucht hatte, sowie in den beiden Erdgeschosszimmern, die miteinander verbunden waren und von denen sie keine Ahnung hatte, wie sie sie verwenden würde, ließ sie die Kamine fegen.

Dann zog sie ein. Immer wieder entschuldigte sie sich bei den Männern vom Umzugsunternehmen dafür, dass sie sich einen Weg durchs Gestrüpp schlagen mussten, das sie ganz offensichtlich draußen halten wollte. Der Umzugswagen, genau wie ihr weißer BMW, musste auf der Straße parken, weil die Einfahrt völlig überwuchert war.

Nachdem das Umzugsunternehmen weg war, stand Sky im Wohnzimmer.

Zweige klopften leise an die Fenster, als wollten sie Sky daran erinnern, wie viel Arbeit noch vor ihr lag, wenn sie nur dafür sorgen wollte, dass etwas Licht ins Erdgeschoss fallen konnte. Die Stuckdecken waren staubig, die Dielenbretter verblasst, aber Sky mochte die Atmosphäre des Zimmers. Es schien zu ihr zu sprechen. Ein mit Fliesen verkleideter, gusseiserner Kamin schien geradezu nach einem schönen Wandspiegel darüber zu schreien; die Fenster bettelten um weiche, rosafarbene Samtvorhänge; Leuchter aus Keramik und Kristall verlangten, genau dort zu bleiben, wo sie waren. Sky legte den Kopf in den Nacken, um die altmodische Pracht zu bestaunen, stellte sich vor, wie sich in den vorsichtig polierten Kristallen das Licht eines Weihnachtsbaums in der Ecke und einer Lichterkette am Kaminsims spiegelte.

Wie nicht anders zu erwarten, wirkten ihre Sofas in dem hohen Raum verloren, und deren moderner elfenbeinfarbener Stoff passte nicht zu dessen verblasster Schönheit – wie zwei neue Mitschüler, die noch ihre alte Schuluniformen trugen.

Sie ging zum hinteren Teil des Raumes, den sie »Großes Zimmer« getauft hatte. Hier trat man durch bodentiefe Fenster auf eine Terrasse, oder vielmehr hätte man dies tun können, wenn sie nicht fast vollständig mit unkontrolliert wuchern-dem Grünzeug bedeckt gewesen wäre, dem die viel zu hohen Bäume das Licht raubten. Flügeltüren trennten den hinteren Teil des Großen Zimmers vom vorderen, der dem Wohnzimmer ähnelte, allerdings noch vernachlässigter wirkte. Vielleicht hatte der letzte Besitzer den Raum nicht oft benutzt.

Sky begann mit dem Putzen. Zuerst rückte sie den Staubmäusen mit dem Staubsauger zu Leibe. Anschließend säuberte sie mit einer weichen Bürste die dekorativen Stuckelemente, ehe sie die Fenster und letztendlich die Böden und Schränke putzte. In ihrem Schlafzimmer hängte sie die Vorhänge aus ihrem Apartment auf – noch mehr moderner Leinenstoff, aber dieses Mal in Rot –, auch wenn sie von diesem Fenster aus keine benachbarten Häuser sehen konnte und während des Winters ohnehin nur im Dunkeln schlafen gehen und aufwachen würde. Sie würden den Durchzug minimieren, bis Sky entschieden hatte, ob die Fenster ersetzt oder nur repariert werden mussten.

Sie hielt inne, um in den dschungelartigen Garten hinauszuschauen. In den Jahren der Vernachlässigung waren die Bäume ineinander verwachsen, Laubbäume, die ihre kahlen Zweige mit denen dunkelgrüner Nadelbäume verwoben, als versuchten sie, deren grüne Kleidung zu teilen. Eine nackte Weißbirke ließ die Äste hängen, eine kurznadelige Fichte schien sich an einer langnadeligen Kiefer vorbeischieben zu wollen, und ein anderer Baum, den sie für einen Kirschbaum hielt, zeigte schon braune Knospen, als freute er sich bereits darauf, seine rosafarbenen Blüten zu zeigen. Sky liebte Blüten.

Sie würde den Garten nicht völlig wild belassen, denn das passte nicht zu ihrem Wunsch, das Eckhaus aus seinen Jahren der Verwahrlosung zu befreien. Und was war mit Frühlingsblumen oder blühenden Sträuchern, die sich unter den Bäumen verbargen? Auf diese Weise erstickt, konnten sie ihrer Aufgabe, Bienen und Schmetterlinge anzuziehen, wohl kaum nachkommen. Es war nicht bloß so, dass sie den Wald vor lauter Bäumen nicht sehen konnte – sie konnte das Haus vor lauter Bäumen nicht sehen oder die Bäume vor lauter Bäumen.

Liebe für ihr neues Zuhause machte sich in ihrer Brust breit. Ihr fiel kein einziger Ort ein, an dem sie gelebt hatte – und das waren inklusive Pflegefamilien zwölf verschiedene Wohnorte gewesen –, an dem sie sich so zu Hause gefühlt hatte.

Nan Heathers Haus war natürlich nah herangekommen.

Sky arbeitete weiter, putzte die Bäder und die Küche, machte nur eine kurze Pause, um ein paar Sandwiches zu essen, bis sie kurz vor Mitternacht ihr Bett frisch bezog und dann hineinfiel. Es war das erste Mal seit Monaten, dass sie abends nicht einen Gedanken an Freddy oder *Freddy Walker Immobilien* verschwendete.

Skys Herz hämmerte, als sie erwachte. Im Dämmerlicht erkannte sie die Schatten und Umrisse nicht gleich, oder die mit Kisten vollgestellten Nischen.

Dann fiel ihr ein, dass sie im Eckhaus war und streckte sich genüsslich, berührte mit den Händen den kühlen, unebenen Putz der Wand hinter dem Kopfteil des Bettes. Ein Blick auf ihr Handy sagte ihr, dass es halb neun war – später, als sie sonst aufwachte – und plötzlich konnte sie es nicht erwarten, in den Tag zu starten. Sie sprang aus dem Bett und ging auf Zehenspitzen über den kalten Holzboden, um die Vorhänge zurückzuziehen.

Es war ein trockener Tag. Es überkam sie das Bedürfnis, den Dschungel abzuholzen, wie sie den Garten inzwischen nannte.

Das Eckhaus brauchte wieder Luft zum Atmen und Tageslicht. Das Leben hatte Sky gelehrt, dass man nichts verschwenden sollte, und das galt auch für die Zeit. Der Möbelkauf konnte warten. Sie schlüpfte in ein Paar Jeans und einen dicken Pullover, aß an den hölzernen Küchentresen gelehnt, weil sie noch keinen Tisch oder Stühle besaß, Toast zum Frühstück.

Während sie frühstückte, schaute sie Youtube-Videos über das Zurückschneiden älterer Bäume. Als sie bei ihrem zweiten Kaffee angekommen war, den sie aus einer der eleganten weißen Porzellantassen trank, die in dieser rustikalen Küche weniger passend erschienen als in ihrem schicken Apartment in Cambridge, hatte sie eine Liste notwendiger Werkzeuge erstellt. Eine Stunde später hatte sie über Internet-Kleinanzeigen gebrauchte Baum- und Gartenscheren, eine Kettensäge, eine Stichsäge, eine Heckenschere und einen Häcksler erworben. Außer dem Häcksler waren alle elektrischen Werkzeuge mit Akkus versehen, was sie beruhigte. Sie hatte sich schon versehentlich irgendwelche herumliegenden Kabel durchschneiden sehen. Nach einer weiteren Suche hatte sie noch zwei verstellbare Leitern mit einem verbindenden Zwischenelement gefunden, von dem aus sie sicher würde arbeiten können.

Es war bereits nach zwei Uhr, bis sie alle Sachen eingesammelt hatte. Für den Häcksler, der, wie der Verkäufer so schön beschrieben hatte, »klobig und hässlich« war, aber dafür »riesige Äste in einen Haufen Späne« verwandeln konnte, musste sie extra fahren. Sie lud gerade die Kettensäge aus und beschloss, als Erstes den Weg zur Haustür freizumachen, als eine Frau in den Vierzigern den Bürgersteig entlanggestapft kam. Ihr roter Schal flatterte im Wind, und eine Bommelmütze wackelte auf ihren langen, dunklen Haaren.

»Hallo!«, rief sie.

Sky hielt inne und fragte sich, warum eine Fremde sie so anstrahlte. Dann fiel ihr ein, dass sie in Middledip war und sie erwiderte das Lächeln. »Hi.«

»Sind Sie die neue Besitzerin?« Die Frau kam atemlos zum Stehen. »Und Sie legen gleich los, wie ich sehe. Sagen Sie mir bitte, dass diesen hier das letzte Stündchen geschlagen hat.« Sie machte eine Armbewegung in Richtung der Nadelbäume, die das Eckhaus verbargen, als wollten sie den Prinzen von Dornröschen fernhalten.

Skys Lächeln erstarb. »Ich werde diese alten Bäume nicht fällen, wenn es das ist, was sie sagen wollen.«

So wie die Frau enttäuscht die Backen aufblies, war es genau das, was sie hatte sagen wollen. »Es ist nur so, dass sie die ganze Straße verschandeln.« Sie seufzte. Dann fügte sie hinzu, als hätte sie sich gerade erinnert, was höflich war: »Ich bin übrigens Jessie. Oder Jess. Die Winter Street macht dieses Jahr beim regionalen Weihnachtsstraßen-Wettbewerb mit, und ich bin die Organisatorin. Wir übernehmen von der Great Hill Road, die in den letzten Jahren angetreten ist. Wir haben alle unsere Gärten sauber und ordentlich hergerichtet, bereit die Lichter anzubringen … und dann ist da noch Ihrer.« Sie bedachte Sky mit einem vielsagenden Blick, als wäre der Garten des Eckhauses ein beschämend ungezogenes Kind.

Skys automatische Reaktion war, vorzugeben, zu beschäftigt zu sein für solche Gemeindeangelegenheiten, aber dann fiel ihr ein, dass sie jetzt für gar nichts mehr zu beschäftigt war. Und sie hatte sich doch vorgenommen, Freunde zu finden, oder nicht? Sie lächelte wieder, ehe sie sich in den Kofferraum beugte und Schutzhelm, Schutzbrille, Ohrenschützer und Handschuhe herausholte, die sie im Baumarkt gekauft hatte. »Worum geht es denn bei diesem Weihnachtsstraßen-Wettbewerb?«

Jess erklärte es ihr mehr als bereitwillig. »Die lokale Tageszeitung richtet den Wettbewerb aus und die Unternehmen aus der Umgebung finanzieren ihn. Die Teilnehmer übertreffen sich gegenseitig darin, ihre Straße in eine glitzernde Weihnachtswelt zu verwandeln. Aus ganz Cambridgeshire nehmen Straßen teil. Die Gewinner wählen einen wohltätigen Zweck aus, an den die Spende geht. Dieses Jahr sind es zehntausend Pfund.«

Sky war ernsthaft beeindruckt. »Wow. Welchen wohltätigen Zweck hat sich die Winter Street ausgesucht?«

»Das Chester-Haus.« Jess kam näher, der Wind wehte ihr die Haare um den Rand der Wollmütze. »Es ist eine wohltätige Aktion in Bettsbrough, die jungen Menschen hilft, die kein Dach über dem Kopf haben.«

Sky legte ihre Schutzausrüstung neben der Kettensäge ab. »Okay. Ich werde die Bäume zurückschneiden und dekorieren … auf meine eigene Weise.«

Jess Augenbrauen sausten nach oben, ihr Mund öffnete sich erfreut – bis die letzten Worte des Satzes eingesickert waren, dann verengte sie die Augen zu Schlitzen. »Auf Ihre eigene Weise?«

Sky ließ den Blick über die Bäume schweifen, die den Bürgersteig überwucherten, wie zu große Kinder auf dem Spielplatz, die die kleineren ärgerten. »Meine Lichter werden solarbetrieben sein. Selbst um diese Jahreszeit sollte es noch genügend Tageslicht geben, um sie aufzuladen. Es wäre toll, wenn sie die anderen Leute ermutigen könnten, das Gleiche zu tun, oder zumindest LEDs zu verwenden, keine uralten, energiefressenden Glühbirnen«, fügte sie hinzu.

Jess nickte eifrig. »Einige meiner Lichter sind auch solarbetrieben, weil es kostenlos ist. Ich werde den Vorschlag über die Whatsapp-Gruppe verbreiten. Viele müssen sowieso noch ihre Lämpchen kaufen und haben vielleicht gar nicht über die Möglichkeit von Solarlichtern nachgedacht.«

»Dann bin ich dabei«, stimmte Sky zu. Sie betrachtete die dornigen Brombeersträucher, die sich durch die Masse an Vegetation webten. »In der Mitte von alldem steht eine einzelne Weißbirke. Die würde toll aussehen mit blinkenden Lichtern.«

»Elisabetta liebte diesen Baum.« Jessie seufzte. »Sie liebte ihren Garten. Sie wäre sicher untröstlich, ihn in diesem Zustand zu sehen.«

Sky zog die Schultern hoch, als ein eisiger Wind durch die Straße fegte und der klare Nachmittagshimmel eine frostige Nacht ankündigte. »Elisabetta? Sie kennen die Dame, die hier gewohnt hat?«

Jess nickte und zog sich die Mütze tiefer über die Ohren. »Eine sehr nette Dame. Sie stammte ursprünglich aus Italien, hat aber jahrzehntelang hier gelebt. Alle waren furchtbar traurig, als sie starb. Das Haus ist ewig nicht verkauft worden – daher auch der Urwald, mit dem sie sich jetzt rumärgern müssen.«

Sky grinste. »Nicht ganz ein Urwald, aber ja. Etwas verwildert.«

Jessie rümpfte die Nase. »Ich würde vermutlich alles rausreißen und den Garten neu anlegen, wenn ich Sie wäre«, gestand sie. »Mit schönen Bodendeckern und einer breiteren Einfahrt.«

»Die Einfahrt habe ich noch nicht gefunden.« Sky lachte. »Aber diese alten Bäume zu fällen würde einem Verbrechen gleichkommen. Denken Sie doch mal an die Tiere, denen sie damit ihr Zuhause rauben würden. Man sollte mehr Bäume pflanzen und sie nicht abholzen. Sie wissen ja, sie säubern die Luft von Kohlendioxid und geben uns unseren Sauerstoff.«

Jess trat mit einem leicht alarmierten Gesichtsausdruck zurück. »Mann, Sie sind schon ganz schön grün, oder? Aber sie haben ja recht. Ich dachte bloß, wie klein der Garten aussieht, wenn er so zugewachsen ist. Dabei könnte er so schön sein.«

Sky musterte das dschungelähnliche Chaos. »Ich werde ihn wieder schön machen, ohne ihn zu zerstören. Und ich werde mich beeilen müssen, damit ich fertig werde, ehe die Vögel im Frühjahr ihre Nester bauen.«

»Nun dann«, sagte Jessie in einem Tonfall, der suggerierte, dass sie nicht recht wusste, was sie von Sky halten sollte. »Klingt gut. Danke, dass Sie beim Weihnachtsstraßen-Wettbewerb mitmachen wollen. Die anderen werden sich freuen. Das große Einschalten der Lichter wird am ersten Dezember um sieben Uhr abends erfolgen, okay? Wir planen ein kleines Straßenfest mit Glühwein und Plätzchen. Radio Bettsbrough wird darüber berichten.« Mit einem hastigen Abschiedsgruß eilte Jessie in der gleichen Richtung davon, aus der sie gekommen war, ihre rote Mütze und ihr Schal leuchteten vor dem Winterhimmel.

Sky schleppte ihre Einkäufe den Pfad entlang. Wieder einmal musste sie das Gestrüpp zurückbiegen, das sich an ihrer Jacke festzuhalten schien. An der linken Seite des Hauses befand sich ein Schuppen, der offensichtlich als Werkstatt genutzt worden war und in dem sie Steckdosen fand. Von den Grundrissen wusste sie, dass es hinten am Schuppen eine Treppe geben musste, die auf das flache Dach führte, aber im Moment war sie vollkommen von wuchernden Sträuchern verdeckt. Mit einiger Mühe schaffte Sky es, die Holztür zu öffnen und ihre Einkäufe drinnen abzustellen.

Als sie das erledigt hatte, sah sie auf die Uhr. Ihr blieb wahrscheinlich noch eine Stunde Tageslicht an diesem kurzen Wintertag. Sie konnte mit dem Gestrüpp neben dem Pfad anfangen. Die Baumschere in der einen und die Gartenschere in der anderen Hand kämpfte sie sich zurück zu dem schwarzen Eisentor, dem sie früher oder später auch eine neue Schicht Lack spendieren würde. Vermutlich eher später.

Zunächst suchte sie die Kanten der alten Steinplatten, die weiter außen lagen, als sie erwartet hatte. Das war ein Job für die Baumschere. Sie beäugte einen Stechpalmenbusch mit roten Beeren und musste daran denken, dass ein ordentlicher Haarschnitt die ganzen schönen Beeren kosten würde. Sie seufzte. Die Natur zu achten war immer ein Balanceakt, und Menschen und Tiere mussten nebeneinander existieren können. Sie konnte den Garten nicht unkontrolliert weiterwachsen lassen, bis das Haus völlig begraben war. Beherzt ging sie mit der Baumschere zu Werke und begann den Busch zurückzuschneiden. Schon bald sammelte sich zu ihren in Winterstiefel verpackten Füßen ein Haufen stacheliger Blätter und knallroter Beeren, und sie verzog das Gesicht, als sie die nackten, spindeldürren Äste sah, die sie freigelegt hatte. Sie wusste, dass die Blätter wiederkommen würden, aber im Moment sah die Pflanze aus wie die Haarbürste eines Riesen.

Plötzlich hörte sie eine Stimme vom Gartentor. »Hallo, Nachbarin.« Sie drehte sich um und erblickte eine kleine, lächelnde Frau in den Siebzigern, die unter ihrem preiselbeerfarbenen Mantel türkise Cowboystiefel trug.

»Hallo«, grüßte Sky zurück, noch leicht irritiert von den Stiefeln und gleichzeitig ein wenig neidisch auf deren freche Extravaganz.

Die ältere Frau hatte den Austausch der Grüße offenbar als Einladung verstanden und betrat den Garten. »Ich bin Marietta Honey. Ich wohne nebenan.« Sie lachte glucksend. »Ich nenne Sie nicht Honey – das ist mein Nachname. Das führt oft zu Verwirrung, weil ich angeblich einen leichten amerikanischen Akzent habe.«

Sky musste unwillkürlich lächeln. Der Akzent war mehr als leicht. »Ich bin Sky Terran. Sind Sie denn Amerikanerin?«

Marietta schüttelte den Kopf, so dass ihre Ohrringe im schwindenden Nachmittagslicht blitzten. »Hier in Middledip geboren und aufgewachsen, aber ich habe einen Amerikaner von einem der Luftstützpunkte kennengelernt und bin mit ihm nach Kansas gezogen. Er ist vor fünf Jahren von uns gegangen, und ich bin wieder heimgekehrt.« Sie hielt nicht inne, um sich Beileid abzuholen. »Warum kommen Sie nicht auf einen Kaffee und Kekse zu mir rüber? Ich denke, das Licht wird Sie sowieso bald verlassen.«

Da der Himmel tatsächlich schon so blass war, dass er die winterliche Dämmerung ankündigte, und sie froh war, eine weitere Anwohnerin der Winter Street kennenzulernen, erwiderte Sky: »Das klingt gut.« Es war neu für sie, nicht durch die Aufgaben des Tages zu hetzen, und es fühlte sich gut an. Keine Besichtigung, die auf sie wartete, während sie im Verkehr feststeckte; keine Berichte, die geschrieben werden mussten – sie schob einfach die abgeschnittenen Zweige beiseite und verstaute ihr Werkzeug. Dann schloss sie das Haus ab, auch wenn ihr dabei wieder einfiel, dass Nan Heather das nie getan hatte, fast so, als würde es einen Verrat am nachbarschaftlichen Vertrauensverhältnis bedeuten. Sie fragte sich, ob irgendjemand im Dorf immer noch so vertrauensvoll war.

Marietta wartete auf sie, die freundlichen braunen Augen blitzten. »Okay, dann wollen wir mal.« Die zierliche Frau wandte sich nach rechts und tat, als müsste sie sich durch die über den Bürgersteig hängenden Äste der Hecke kämpfen, deren trockene Nadeln und Zapfen den Boden bedeckten.

»Ich werde morgen damit anfangen, sie zurückzuschneiden«, erklärte Sky und fühlte sich dafür verantwortlich, dass die wuchernden Pflanzen sie dazu zwangen, im Gänsemarsch zu gehen.

Es stellte sich heraus, dass die ordentlich getrimmte Ligusterhecke nebenan zu Mariettas Haus gehörte. Sie betraten einen mit Steinplatten gepflasterten Pfad, genau wie der am Eckhaus, den Sky angefangen hatte freizulegen.

Marietta drehte sich zu Sky um. »Ihr Haus und meines sind die letzten vom ursprünglichen Dorf. Der Rest der Winter Street ist das, was die Leute ›das Neue Dorf‹ nennen – Bankside Estate.«

»Ihr Haus ist wunderschön.« Sky hielt inne, um eine kleine Bank, die in Richtung Sonnenuntergang ausgerichtet war, und das winterliche Skelett einer Kletterpflanze, die sich um einen rostigen Zierbogen wand, zu bewundern. Das Haus selbst war klein und bestand hauptsächlich aus Stein, abgesehen von einem kleinen, cremefarben gestrichenen Teil aus Backstein. Sein Dach war mit den gleichen Ziegeln gedeckt wie das Eckhaus. Rautenförmig verbleite Fensterscheiben reflektierten die letzten der tief einfallenden Wintersonnenstrahlen.

Marietta öffnete eine Holztür an der Seite des Hauses. »Treten Sie doch ein.« Sie warf ihren Mantel über den Pfosten des schmalen Treppengeländers. Darunter trug sie einen lila-pink gestreiften Pullover. Zügig ging sie voran in die Küche, die nur wie eine kleine Erweiterung des Flurs wirkte. Es war sehr gemütlich, wie Sky feststellte, als sie der Frau folgte. Freigelegte Balken waren mit Haken versehen, an denen Schlüssel, Scheren und ein einzelnes Hufeisen sowie eine Rolle Klebeband hingen. Die Lampe an der Decke besaß einen blumigen Lampenschirm, der das Licht dämpfte, während draußen die Dämmerung hereinbrach.

»Als dieses Haus gebaut wurde, war es als Arbeiterwohnung gedacht.« Marietta füllte den Wasserkessel und nahm zwei Tassen und kleine Teller aus einem Regal. Anschließend löffelte sie löslichen Kaffee aus einer Dose in die Tassen und stellte eine Zuckerdose und eine Milchflasche auf den Tisch. »Meine Tante hat es mir vererbt. Sie hatte keine eigenen Kinder, und vor ihr hatte das Haus meiner Großmutter gehört. Das Dorf ist wirklich etwas ganz anderes als Kansas City, aber es war genau das, was ich gebraucht habe.« Marietta stellte noch eine Keksdose aus Keramik auf den Tisch, die die Form eines traurig dreinblickenden Hundes hatte, dessen dunkelroter Hut der Deckel war. Sie bedeutete Sky mit einer Handbewegung, auf einem der Stühle Platz zu nehmen und hob den Hut des Hundes hoch, um den Inhalt zu präsentieren. »Ich weiß, es ist erst November, aber ich habe schon mal meine Zimtkekse und Lebkuchen ausprobiert.«

»Mm, wunderbar.« Sky schnupperte begeistert in die würzig duftende Dose und nahm sich dann einen Lebkuchen in Form eines Weihnachtsbaumes, der mit Zuckersternen verziert war, und einen Zimtkeks, der so mit Zuckerguss dekoriert war, dass er aussah wie der Kopf eines Schneemanns inklusive fröhlichem, rotem Schal.

Marietta strahlte zufrieden und suchte sich selbst einen Lebkuchenstern und eine Zimtkeks-Schneeflocke heraus. »Alles, was mit Küche zu tun hat, fällt mir leicht«, sagte sie bescheiden. »Ich habe einen jungen Freund, der immer gern für einen Keks vorbeischaut, und er kann ein bisschen Aufmunterung gerade gut gebrauchen. Er lebt mit seiner Mom – ich meine, seiner *Mum* – gleich hier die Winter Street rauf.« Sie deutete über ihre Schulter in eine Richtung. »Ich würde sagen, Sie haben einiges vor im Garten«, fuhr sie fort.

»Ach, nur ein wenig.« Sky schluckte den vorzüglichen Lebkuchen hinunter und lachte. »Ich freue mich schon darauf. Das Haus ist bewohnbar, aber ich kann kein Fenster austauschen oder die Regenrinnen überprüfen lassen, solange die Bäume es so ersticken.«

Marietta zog die ergrauten Augenbrauen hoch. »Ganz allein, Liebes? Kein helfender Mann? Kein Team an Gärtnern?«

Sky nahm den Schneemann-Keks in die Hand. »Ich werde mir Hilfe holen, wo es nötig ist, aber ich habe vor, so viel wie möglich selbst zu machen – mit Hilfe meiner Werkzeuge«, fügte sie hinzu. »Ich bin fit und handwerklich nicht unbegabt.«

Marietta tauchte ihren zweiten Keks in den Kaffee und schob ihn sich in den Mund, wobei Kaffee auf den Tisch tropfte. »Haben Sie denn keine Arbeit, zu der sie gehen müssen?«, wollte sie wissen, als sie den Mund wieder leer hatte.

»Im Moment ist das Eckhaus meine Arbeit. Ich habe Mieteinnahmen aus anderen Immobilien, die ich besitze, also werde ich nicht verhungern.« Sky knabberte an ihrem Keks, während sie erklärte, wie ihr letzter Job es ihr vergleichsweise leichtgemacht hatte, Eigentümerin und Vermieterin zu werden.

»Und was haben Sie dann mit ihrem neuen Zuhause vor?«, fragte Marietta und beugte sich neugierig über ihre Kaffeetasse.

Sky musste an ihr Gespräch mit Daz Moran im Café denken. Es schien, als würde es die Anwohner der Winter Street tatsächlich interessieren, was aus dem Eckhaus wurde, und sie konnte es ihnen nicht verübeln. Jeder Immobilieninvestor, der etwas auf sich hielt, würde es in ein Mehrfamilienhaus verwandeln und den Vorgarten so stark wie möglich zurückschneiden, um mehr Parkplätze zu schaffen. Der Charakter des Hauses würde geopfert, auf den Schuppen ein zweites Geschoss gebaut und, wie Freddy es geplant hatte, die originalen grauen Steine großflächig verputzt werden, um alt und neu zu verbinden.

Sie verschwieg, dass sie das Eckhaus in einem Anflug von Wut und Intuition gekauft hatte, und einer überwältigenden Sehnsucht folgend, dieses schöne Haus zu besitzen und nach Middledip zurückzukehren, in der Hoffnung auf ein glücklicheres Leben. Sie wollte nicht zugeben, dass sie keinen wirklichen Plan gehabt hatte. Stattdessen wählte Sky ihre Worte mit Bedacht: »Ich möchte daraus ein großzügiges und gemütliches Heim für eine Familie machen.«

Marietta nahm die Tasse in die zierlichen, faltigen Hände. »Es war einmal ein Farmhaus und gehörte zur Carlysle Farm. Sie nannten es die ›Obere Farm‹, weshalb die Winter Street in die Top Farm Road mündet. Ich nehme an, dass einmal ein Vorarbeiter der Farm darin gelebt hat und jemand weniger Wichtiges in meinem Haus, bis die Gebäude verkauft wurden. Als ich ein Kind war, standen Ihr und mein Haus am Rande des Dorfes. Ich bin immer vom Haus meiner Eltern zu diesem kleinen Häuschen gelaufen. Damals gehörte es meiner Oma. Mit ihr habe ich Bohnen gepflückt oder Teig geknetet.« Sie lächelte wehmütig. »Sie hat mir Shortbread und Milch gegeben. Wer in Ihrem Haus gewohnt hat, daran kann ich mich nicht erinnern. Elisabetta hat es gekauft, während ich in den USA gelebt habe. Dann, etwas später, schrieb mir Tante May, dass die ›Obere Farm‹ verkauft werden sollte, um eine Reihe neuer Häuser zu bauen.«

Sky war fasziniert. Einige der Details kannte sie bereits aus dem Verkaufsprozess, aber Marietta brachte Leben in die Geschichte. »Hat Elisabetta allein hier gewohnt?«

Marietta lächelte und hielt Sky auffordernd die Keksdose hin. »Ursprünglich nicht. Sie hatte einen Mann und drei oder vier Kinder. Nun, die Kinder waren die Nichten und Neffen ihres Mannes, aber sie zog sie groß, als wären es ihre eigenen, nachdem deren Eltern verstorben waren. Aber einer nach dem anderen sind sie zurück nach Italien gegangen, und dann ist ihr Mann gestorben. Der Grund, warum es so lange gedauert hat, das Eckhaus zu verkaufen, war der, dass die Nichten und Neffen in Italien erst ausfindig gemacht werden mussten, um die notwendigen Formalitäten abzuwickeln.«

Sky hauchte ein leises »Oh«, als sie die ergreifende Geschichte hörte. »Haben die Kinder sie jemals wieder besucht, nachdem sie nach Italien zurückgegangen sind? Oder hat Elisabetta sie besucht?«

Marietta zuckte die Schultern. »Kinder bauen sich ihr eigenes Leben auf, manchmal weit weg. Wahrscheinlich haben sie viel zu tun.« Nach einer kurzen Pause fügte sie hinzu: »Elisabetta ist, ein paar Jahre nachdem ich zurückgekommen bin, gestorben, aber ich habe sie noch kennengelernt. Sie war natürlich ein bisschen verloren, allein in dem riesigen Haus, aber sie liebte es. Sie und ihr Mann waren dort glücklich, und sie wollte es nicht verlassen. Ich glaube, sie war jeden Tag in ihrem Garten.«

»Das Eckhaus berührt einen, geht einem direkt ans Herz«,

gestand Sky. »Haben Sie Ihre Familie in den USA zurückgelassen?«

Die ältere Dame seufzte schwer. »Nun, nicht wirklich. Mein Sohn, Ira, lebt in Indonesien. Als mein Mann Hal gestorben war, schien es egal zu sein, ob ich in Großbritannien oder den USA lebte, was Ira betraf. Ein Skype-Anruf ist ein Skype-Anruf, und eine Flugreise ist eine Flugreise.« Ihre Miene hellte sich auf. »Ira und seine Frau und die Kinder kommen an Weihnachten zu mir, ich kann es kaum erwarten.«

Obwohl sie sich fragte, wo sie in einem so kleinen Häuschen alle schlafen würden, erwiderte Sky: »Das klingt wunderbar.«

»Ist es auch.« Marietta seufzte glücklich. »Hals Familie ist noch in Kansas. Sie ist vor ein paar Generationen aus Deutschland dorthin ausgewandert. Der Nachname wurde H-ö-n-e geschrieben, aber die Amerikaner lasen es als ›Honey‹, also wurde es irgendwann so übernommen.« Marietta wechselte das Thema. »Wie wäre es, wenn Sie ein paar Leute aus dem Dorf kennenlernen würden? Heute findet das Pubquiz statt, und ich bräuchte dringend noch jemand Junges und Schlaues in meinem Team.« Sie lächelte hoffnungsvoll.

Dieses Mal war es nicht der Reflex, »Sorry, bin zu beschäftigt« zu sagen, der Sky zögern ließ. Sie war *nicht* beschäftigt und ärgerte sich ohnehin jedes Mal, wenn sie feststellte, dass ihre Impulse Blake und Marcel recht gaben, die immer behauptet hatten, dass sich ihr Leben nur um die Arbeit drehte. Es war das Wort »Pub«. Pubs waren nicht gerade toll, wenn man den Geruch von Alkohol hasste. »Danke«, sagte sie vorsichtig. »Im *Three Fishes*?«

Marietta kicherte. »Ein Pubquiz muss in einem Pub stattfinden, und wir haben nur den einen.«

Und wahrscheinlich war er der Mittelpunkt der Aktivitäten in Middledip, an denen Sky gern teilnehmen wollte. Sie würde mit dem bisschen Biergeruch schon klarkommen. »Klingt super.«

Nachdem sie vereinbart hatten, dass Marietta um sieben bei ihr klingeln würde und sie dann gemeinsam zum Pub gehen konnten, verabschiedete sich Sky und entschied sich, den Nachmittag mit einem Spaziergang durchs Dorf abzurunden. Diese Sache mit der Freizeit gefiel ihr immer besser.

Sie schlenderte in die Hauptstraße und bog rechts ab, was sie am *Three Fishes* vorbeiführte. Der Pub erstrahlte bereits in weihnachtlichem Glanz, als wäre das Steinhaus mit einer Mini-Galaxie aus weiß leuchtenden Sternen zusammengeprallt. Stechpalmenbüsche in Blumenkübeln glitzerten, Fenster und Türen trugen blinkende Rahmen und beleuchtete Rentiere jagten über Fensterbänke.

Ein paar hundert Meter weiter stand ein aufblasbarer, von innen beleuchteter Weihnachtsmann vor dem *Booze & News*, so dass er weithin zu sehen war. Sky lächelte bei der Erinnerung daran, wie Nan Heather Freddy oder Sky immer zum Einkaufen in den Dorfladen geschickt hatte. Hier hatte sie das Glück eines neuen Phänomens in ihrem Leben verspürt: Taschengeld auszugeben. Nan hatte ihr ein Pfund pro Woche gegeben, kein Vermögen, aber genug, um Süßigkeiten zu kaufen. Bis dahin hatte Sky nur Süßes bekommen, wenn einer ihrer Freunde ihr großzügigerweise etwas abgegeben hatte, abgesehen von der Weihnachtsfeier in der Schule oder dem wundervollen Weihnachten, als Sky eine Kiste Schokoriegel beim Buchstabierwettbewerb gewonnen hatte. Vielleicht war es dieser Moment gewesen, an dem sie verstanden hatte, dass eine gute Ausbildung der Schlüssel zu einem besseren Leben war, überlegte sie, während sie ihre Kapuze tiefer ins Gesicht zog. Sie hatte weder an eine Mütze noch einen Schal gedacht, um den eisigen Wind davon abzuhalten, ihr um den Nacken zu wehen.

Zusätzlich zu ihrem Taschengeld war es möglich gewesen, sich weitere fünfzig Pence von Nan Heather zu verdienen, wenn man am Samstagmorgen sein Zimmer aufräumte. Sky hatte es immer geschafft. Manchmal hatte Freddy sie dazu gebracht, auch sein Zimmer aufzuräumen und ihr dann die Hälfte seiner fünfzig Pence abgegeben, was bedeutet, dass er fünfundzwanzig Pence dafür bekommen hatte, rein gar nichts zu tun. Es musste ein Omen dafür gewesen sein, wo Skys Platz in Freddys Leben auch später sein würde – ihre Arbeit vergrößerte sein Einkommen.

Sie lächelte über die Erinnerungen. Der Asphalt glitzerte vor Frost, als sie um die Ecke bog und schließlich in der Rotten Row ankam. Langsamer werdend schritt sie an den kleinen Reihenhäuschen vorbei, die gemütlich im sanften Schein der Straßenlaternen lagen und zwischen denen Lichterketten im Wind tanzten. Sie drehte den Kopf automatisch in Richtung von Nan Heathers altem Haus, genau wie am Tag der Auktion, als sie daran vorbeigegangen war.

Dann blieb ihr Blick am Fenster im Erdgeschoss hängen, wo eine zusammengesunkene Figur in die einsetzende Dunkelheit zu starren schien. Das Licht der Lampe hinter der Person ließ sie als Silhouette erscheinen, aber Sky war sich ziemlich sicher, dass es sich um eine Frau mit Brille und vom Alter gebeugten Schultern handelte. Es war, als hätte sich eine der Lichterketten aus der Verankerung gerissen und sich wie ein Lasso um ihre Füße gelegt, denn sie stolperte und wäre um ein Haar hingefallen.

Die Person hob einen Arm und winkte freundlich, wenn auch ein wenig zittrig.

Sky schlug das Herz bis zum Hals, *bumm, bumm, bumm.* Es schien die Geräusche des Windes und des Straßenverkehrs auf der Hauptstraße hinter ihr zu übertönen. Ganz langsam hob sie den Arm, um zurückzuwinken.

Das konnte nicht sein. Oder etwa doch …?

Mit weichen Knien ging sie den schmalen Pfad entlang, der zum Haus führte. Nach ein paar tiefen Atemzügen klopfte sie an die Tür und fluchte dann in sich hinein. Sie hatte nicht daran gedacht, dass die Person im Fenster vielleicht nicht mobil genug war, um an die Tür zu kommen. Sky könnte auch einfach zum Fenster gehen, aber würde es die Frau nicht erschrecken, wenn eine Fremde – *vermeintliche* Fremde – an die Scheibe trat und hineinschaute? Verdammt. Sie hätte sich zuerst umhören sollen, die Fühler ausstrecken, zum Beispiel heute Abend im Pub oder beim Besitzer des Dorfladens, wer auch immer das jetzt war …

Ganz langsam öffnete sich die Tür.

Die Frau, die Sky entgegenblickte, stützte sich auf ein Gehgestell. Ihre Locken waren dünn geworden, und das Gesicht runzlig wie eine Walnuss … Aber das Lächeln war noch genau das Gleiche wie damals, voller Wärme und Zuneigung.

»Nan Heather«, hauchte Sky, die ihren Augen kaum trauen konnte.

Das Lächeln der alten Frau wurde breiter, und ihre Augen hinter den dicken Brillengläsern leuchteten auf. »Willst du nicht reinkommen?«, fragte sie mit brüchiger Stimme. »Das Stehen fällt mir ein bisschen schwer.«

»Natürlich«, setzte Sky an, aber Nan Heather schlurfte bereits zu dem einfachen Tisch in der Mitte der kleinen, altmodischen Küche – einer Küche, die Erinnerungen auf Sky einstürmen ließ, als sie eintrat und die Tür hinter sich schloss. Die Küchengeräte waren zum Teil erneuert worden, aber die weiß gestrichenen Schränke waren noch dieselben. Selbst der ausgediente Holztisch sah aus, als wäre es noch der, an dem Sky und Freddy Nans berühmtem Auflauf hinuntergeschlungen und Apple Crumble zum Nachtisch verputzt hatten.

Die alte Frau ließ sich auf einen Küchenstuhl fallen, auf dem ein abgewetztes gelbes Kissen lag. »Setz dich doch, Küken.«

Mit einem surrealen Gefühl nahm sich Sky einen Stuhl. »Ich weiß nicht, ob du dich an mich erinnerst«, sagte sie.

Nan Heather lachte knarzend. »Ich denke schon. Zumindest erkenne ich deine Stimme. Ich sehe nicht mehr besonders gut, und du bist erwachsen geworden.« Ihre Falten veränderten die Winkel, wenn sie lächelte. »Du bist eines meiner Kinder.« Es war eine Feststellung, keine Frage, und sie schien sie mit Freude zu erfüllen. »Sky?«

Sky wurde warm ums Herz, nicht nur weil Nan Heather noch am Leben war, sondern auch weil sie sich an sie erinnerte, aber am meisten, weil Nan gesagt hatte »meine Kinder« und nicht »meine Pflegekinder«. »Ja, ich bin Sky«, brachte sie mit erstickter Stimme hervor.

Nan Heather streckte eine zittrige Hand über den Tisch aus und legte sie auf den Ärmel von Skys Mantel. »Sky Murray«, hauchte sie. »Die kleine Sky Murray. Hallo, mein Küken.«

»Hallo, Nan Heahter.« Sky lachte, doch ihre Stimme bebte vor Emotionen. »Ich heiße jetzt Sky Terran.« Sie tupfte sich eine Träne weg, die sich aus ihrem Augenwinkel gestohlen hatte.

Nan Heather ergriff ihre andere Hand. »Du hattest das vordere Schlafzimmer, und Freddy Walker das hintere. Es war nicht leicht, dich zum Lachen zu bringen, aber wenn es geklappt hat, hat es dein gesamtes Gesicht zum Leuchten gebracht. Du hast dich mit den anderen Kindern angefreundet, aber du bist Erwachsenen immer voller Misstrauen begegnet. Ich sehe es noch vor mir, wie du Freddy in den Schulbus gefolgt bist, als du auf die große Schule in Bettsbrough gewechselt bist. Du warst über ein Jahr bei mir, bis deine Mum wieder ein bisschen auf die Beine gekommen war.« Ihr Lächeln erstarb, als bräuchte es eine Pause davon, all die Falten hochzuziehen. »Ich bin als Pflegemutter in Ruhestand gegangen. Du und Freddy wart meine letzten Kinder.« Eine Träne lief ihr über das zerfurchte Gesicht und blieb an ihrem Mundwinkel hängen.

»Ich weiß«, flüsterte Sky. Nan Heathers runzliges Gesicht verschwamm vor ihren Augen. »Es tut mir leid, dass ich den Kontakt nicht gehalten habe.«

»Du hattest dein Leben zu leben«, erklärte Nan Heather heiser. »Ich habe immer gehofft, dass sich die Dinge zum Positiven gewendet haben und du einfach zu beschäftigt warst, um zu schreiben.«

Sky plagten Gewissensbisse. »Das Leben mit meiner Mutter kam nie an den Punkt, dass sich die Dinge ›zum Positiven‹ hätten wenden können. Ich fürchte … Tut mir leid, dir das zu sagen, aber ich war sauer auf dich, weil du mich nicht wieder zu dir nehmen konntest, als ich wieder in eine Pflegefamilie musste.« Ihr Lachen klang erstickt. »Ich wusste, du hattest jedes Recht, in Ruhestand zu gehen, aber ich war ein wütendes Kind.«

Die dünnen, verschrumpelten Finger drückten Skys Hand.

»Es stand dir zu, dich so zu fühlen. Es tut mir leid, Küken.« Eine Träne tropfte von Nans Wange, und eine weitere folgte langsam in der gleichen Furche, auch wenn sie wieder ein raues Lachen hören ließ. »Ich wusste nicht, dass du es bist, als ich dir gewinkt habe. Ich winke immer, wenn ich jemanden vorbeigehen sehe. Erzähl! Was führt dich nach Middledip? Ich kann es noch gar nicht glauben, dass du hier bist. Es ist, als wäre es schon Weihnachten. Hol mal die Dose mit dem Shortbread, Küken. Weißt du noch, wo sie steht?«

Sky ging automatisch zum rechten Küchenschrank und holte eine zerkratzte Blechdose heraus. »Das erinnert mich daran, wie es war, nach der Schule zum Duft frischgebackener Kekse nach Hause zu kommen.« Sie nahm nur ein kleines Stückchen der süßen, krümeligen Leckerei, schließlich hatte sie schon bei Marietta Kekse gegessen, und erzählte Nan Heather davon, wie sie bei Freddy gearbeitet hatte. Ihre Probleme miteinander sparte sie aus und kam gleich zu ihrem Umzug ins Eckhaus. »Ich habe schon ein paar Nachbarn kennengelernt. Eine hat mich dazu gedrängt, bei dieser Sache mitzumachen, irgendeinem Weihnachtsstraßen-Wettbewerb.«

Nan Heathers Tränen waren inzwischen getrocknet, und sie strahlte. »Letztes Jahr hat meine Tochter Mo – erinnerst du dich an Mo? – mich herumgefahren, damit ich die Lichter anschauen konnte. Sie haben dem alljährlichen Lichterfest in Blackpool Konkurrenz gemacht.« Ihr Lächeln wurde schwächer, ihre Augen waren durch die Brillengläser unnatürlich vergrößert. »Ich bin jetzt zweiundneunzig und nicht mehr gut zu Fuß.« Dann lachte sie. »Sag Freddy Walker, dass ich mich freue, dass er so erfolgreich ist, ja? Erinnere ihn an mich.« Ihr Lächeln bröckelte. »Ich erinnere mich noch so gut an euch *beide*. Freddy war so selbstbewusst, aber du, du warst immer still und bedächtig.« Dann seufzte Nan. »Mo kommt um sechs, um mich zum Abendessen abzuholen, also sollte ich mich besser mal umziehen. Wir haben das Wohnzimmer in ein Schlafzimmer für mich umgewandelt mit einer kleinen Nasszelle in der Ecke. Es ist wirklich praktischer, nicht immer diese Treppe hochkraxeln zu müssen. Sie ist leider nicht für einen Treppenlift geeignet.«

Sky schielte zur Küchenuhr hoch. Es war bereits viertel vor sechs, Nan Heather hatte die Zeit schon bis auf die letzte Minute ausgereizt. »Kann ich dir noch mit irgendetwas helfen, bevor ich gehe?« Sie war sich nicht sicher, ob es gut war, hierzubleiben und hallo zu Mo zu sagen. Was, wenn Mo es satthatte, dass Nan Heathers Pflegekinder auftauchten und sie ihre Mutter aufs Neue mit anderen teilen musste. Vielleicht würde sie das Zusammentreffen auf einen anderen Tag verschieben.

»Ich komme zurecht, Küken«, erklärte Nan Heather, die schon außer Puste war, nachdem sie sich am Tisch hochgezogen hatte. »Aber du kommst doch mal wieder vorbei, jetzt, wo du wieder hier bist?«

Sky lächelte, während ihr Tränen in den Augen brannten. »Du wirst schon bald genug von mir haben.«

Nan Heather hielt inne, eine Hand an der Tür, von der Sky noch wusste, dass sie ins Esszimmer führte, was wiederum in der einen Richtung zum Wohnzimmer führte und in der anderen zur Treppe. »Das bezweifle ich doch sehr«, verkündete sie mit ihrem krächzenden Lachen. »Schreib deine Telefonnummer auf diesen weißen Notizblock neben dem Telefon.« Sie nickte in Richtung des Festnetztelefons, das auf einem Fensterbrett stand. »Mo oder meine Enkeltochter Hannah werden sie mir einprogrammieren, so dass ich nur eine Taste drücken muss, um zu wählen.«

Sky tat wie geheißen, und mit einem letzten, widerwilligen Abschiedsgruß und dem Gefühl, als würde sie gleich aufwachen und herausfinden, dass das ganze Treffen nur ein wunderschöner Traum gewesen war, setzte sie ihren Weg die Port Road entlang fort. Sie folgte der New Street und der Top Farm Road bis nach Bankside Estate, so dass sie vom anderen Ende in die Winter Street einbog. Sie wollte sehen, wie ihre Nachbarn mit den Weihnachtsdekorationen vorankamen. Und tatsächlich, sobald sich ihre Augen an die Dunkelheit gewöhnt hatten, konnte sie die gespenstischen Umrisse von Eiszapfen und Schneeflocken an langen Schnüren ausmachen.

Sie würde sich ganz schön ins Zeug legen müssen, ihren verrückten, überwucherten Garten zurückzuschneiden, um aufzuholen, aber die Vorstellung erfüllte sie mit einem tröstlichen Gefühl von Gemeinschaft.

Sechstes Kapitel

Ein paar Stunden bevor Daz an diesem Abend ausging, hatte er eine von Abis überschwänglichen, schwatzhaften E-Mails erhalten, die ihm nur aufs Neue vor Augen führte, dass er keine Freundin mehr hatte. Ein beigefügtes Foto von ihr in einem engen pinken Kleid machte ihm genauso bewusst, dass er seine sexuelle Energie *nicht* verloren hatte.

Seine wenigen Abenteuer nach Abi schienen schon eine Weile her zu sein. Er hatte sich bei einer dieser Dating-Apps angemeldet, musste aber feststellen, dass es dort wie in einem Haifischbecken zuging. Eine Frau machte sich zehn Jahre jünger und machte ihm das zweifelhafte Kompliment, sein Profilbild sei so heiß, dass sie angenommen hätte, er würde mit einem besonders positiven Fake-Profil Catfishing betreiben. Warum sie ihm dennoch ein »Super Like« gegeben hatte, war ihm ein Rätsel. Einige der Frauen waren auf der Suche nach Liebe gewesen, andere nach Sex. Er hätte etwas dazwischen bevorzugt, aber er schien den richtigen Ausdruck für die passende Beziehungsform nicht zu finden. Mit all dem ghosting, benching und love bombing waren Dating-Apps für ihn scheinbar nicht das Geeignete.

Er grübelte über seine Situation nach, während er an gemütlich beleuchteten Häuschen vorbei zum *Three Fishes* ging. Gegen den schneidenden Wind schlug er den Kragen hoch und hielt an, um Autos vorbeizulassen, deren Reifen Spuren im Raureif hinterließen.

Es war friedlich, allein zu leben, aber er hatte sich noch nicht daran gewöhnt, allein zu schlafen. Eine einvernehmliche Trennung war eine seltsame Sache. Sie hinterließ ein Loch in deinem Leben, aber keine Wut oder Trauer, um es zu füllen. Er hatte nicht diesen ausschlaggebenden Moment erlebt, Abi mit einem anderen im Bett zu erwischen; sie hatte ihn nicht bei irgendwelchen ungesetzlichen Aktivitäten ertappt – wie Courtney Lewis.

Das Ende war einfach gekommen, weil Daz Abi nicht genug geliebt hatte, um sein Leben für sie umzukrempeln. Vor allem, weil sie zu flatterhaft gewesen war, um mal eine Sache wirklich durchzuziehen, und weil sie ihn nicht genug geliebt hatte, um eine vielversprechende Karriereaussicht für ihn zu opfern. Er hatte ein Bild von ihr vor Augen, wie sie ihn ungläubig und entsetzt anstarrte. *Aber von Frauen wird immer erwartet, dass sie für die Karriere des Mannes den Wohnort wechseln!* Worauf er traurig geantwortet hatte: *Und manche von ihnen weigern sich auch.* Das endgültige Ende ihrer Beziehung war der Moment gewesen, an dem sie ihren neuen Arbeitsvertrag und den Mietvertrag für die Wohnung zwischen überfüllten, hochaufragenden Gebäuden in Borough unterzeichnet hatte.

Das Großstadtleben war absolut nichts für ihn, doch Abi schien sich dort, nur einen kurzen Spaziergang von der London Bridge entfernt, genauso wohl zu fühlen wie hier im Ort. Ihre E-Mail war schon fast poetisch.

Ich bin umgeben von ratternden Zügen und rauschendem Verkehr, während The Shard wie ein gesichtsloser Glasriese die Skyline beherrscht – sehr inspirierend. Ich verirre mich immer noch zwischen den vielen Ausgängen der U-Bahn-Haltestelle London Bridge, *die zwischen Cafés und Bars aus dem Boden auftauchen.*

Er war froh, dass sie ihr neues Leben so mochte, aber er würde immer die getrimmten Hecken und Steinmauern der Kleinstadthäuschen bevorzugen – und definitiv keine »gesichtslosen Glasriesen«, die den Himmel verschandelten.

Der *Three Fishes* kam in Sicht, der Inbegriff der gemütlichen Dorfkneipe, einladend geschmückt mit Weihnachtsbeleuchtung.

In seiner vertrauten Gemeinschaft würde er immer jemanden zum Plaudern finden. Nicht auszudenken, das einzutauschen gegen die unzähligen, seelenlosen Bars in London und die beinahe nie endende Mischung an Leuten, die sie füllten. Kurz nach Abis Umzug hatte er sie einmal besucht, und sie war mit ihm in einen viktorianischen Pub gegangen, der Blumen in Kästen am Fenster hatte. Auch wenn er von außen ganz schön gewesen war, hatte ihn das Gedränge drinnen abgeschreckt. Die Leute schrien sich die Seele aus dem Leib, um sich verstehen zu können. Die meisten drängten sich an Stehtische, und nur wenige hatten das Glück, einen der unbequemen bankartigen Sitze am Rand zu ergattern. Und die Toiletten im Keller hätten verboten werden müssen. Ja, der Dorfpub passte viel besser zu ihm.

Und wenn er ehrlich war, war es Lewis, den er in diesen alten Mauern vermisste, nicht Abi.

Es war schrecklich gewesen, von den Abgründen zu erfahren, die in seinem besten Freund schlummerten, aber Daz schauderte es bei dem Gedanken, dass Lewis nun gefangen war in einer kalten, fremden Welt voller Betonwände und unheimlicher Fremder. Abgeschottet. Ohne Privatsphäre. Ohne Freiheit. Lange Nächte. Verschlossene Türen. Wie roch es wohl im Gefängnis? Wie klang es?

Um seine finstere Stimmung noch zu verstärken, hatten Vern und Ismael ihm mitgeteilt, dass sie Räumlichkeiten für die Abenteuerunterkünfte gefunden hatten. »Das Haus ist ideal, es muss fast nichts umgebaut werden«, hatte Vern ihm begeistert erzählt, als er nachmittags bei Daz vorbeigekommen war. Dann war sein Blick bedauernd geworden. »Aber … es kann nur gemietet werden. Sorry, Kumpel.« Räumlichkeiten zu mieten bedeutete, dass sie keinen Investor benötigten und Daz damit nicht mehr gebraucht wurde. Er hatte sich ein Lächeln abgerungen. »Das verstehe ich natürlich. Danke, dass du es mir gesagt hast.« Aber es hatte sich angefühlt wie ein Schlag in die Magengrube. Erneut war ihm bewusst geworden, wie perfekt es gewesen wäre, mit Vern und Ismael daran zu arbeiten, das Eckhaus und seine großzügigen Zimmer in Schlafsäle und die großen Badezimmer in Duschräume zu verwandeln. Er hatte gehofft, eine dauerhafte Rolle übernehmen zu können und nicht nur am Anfang beteiligt zu sein.

Denn er hasste seinen aktuellen Job.

Hasste ihn.

Jeder, der sagte, »sei vorsichtig, wenn du dein Hobby zum Beruf machst«, hatte so was von recht. Er hatte gewusst, wie selten es gelang, ein Computerspiel zu entwickeln, das ein großer Konzern kaufen wollte. Als man ihm im Zusammenhang damit auch noch einen Job angeboten hatte, hatte er, ohne zu zögern, angenommen und seine alte Anstellung bei einem IT-Logistikunternehmen aufgegeben. Wie naiv er gewesen war. Er hatte nicht erkannt, dass es ein üblicher Trick war, ihn aus strategischen Gründen in den »Schoß« der Firma zu ziehen, um – wie er inzwischen annahm – zukünftige Ansprüche seinerseits im Keim zu ersticken. Dummerweise war die Stelle, die man mit ihm besetzt hatte, nicht wie erwartet im Entwicklungsbereich gewesen, sondern in der Qualitätssicherung. »Ein Team führen«, es hatte machbar geklungen, aber es war Plackerei, denn das Testen von Computerspielen war eine eintönige Aufgabe, und Teamleiter zu sein bedeutete nur zusätzliche Berichte schreiben zu müssen.

Er seufzte. Er war bereit gewesen, auszusteigen, es als Erfahrung zu verbuchen und sich mit der Summe zu trösten, die sein Spiel ihm eingebracht hatte. Dieses Geld hatte er in das Eckhaus stecken wollen.

Wenn sein Gebot nur gewonnen hätte.

Er bog um die Ecke und passierte die Fassade des Pubs, dessen Lichter wie ein Willkommensgruß an alle Dorfbewohner strahlten, die sich nach freundlichen Gesichtern und unverfänglichem Geplauder sehnten. Die Tür wurde von Weihnachtsbäumen und Stechpalmenbüschen flankiert, die so mit kleinen weißen Lichtern behängt waren, dass es aussah, als hätte man sie darin paniert.

Er schob die schwere Holztür auf – und seufzte enttäuscht. Haden, einer der Kneipenbesitzer, stand am Mikrophon, die kurzen Haare ordentlich zurückgekämmt, die schwarz gerahmte Brille glänzte. »Das heutige Pubquiz beginnt um acht Uhr!«, verkündete er gerade mit donnernder Stimme.

Daz blieb in der Tür stehen. Verdammt. Er mochte keine

Quizabende, und er war sowieso schon nicht gerade bester Laune.

Jeder Tisch war besetzt, und Elvis, der andere Besitzer, verteilte Stifte und notierte sich die einzelnen Teams, die am Quiz teilnehmen wollten. Haden hatte Elvis' vorherigen Partner im Pub ausbezahlt. Der Quizabend war auf seinem Mist gewachsen – genau wie Fantasy Football und andere lärmende Störfaktoren, die Daz zu meiden versuchte. Elvis war mehr für das Essen zuständig, und er führte die Tradition eines Weihnachtsessens im *Three Fishes* fort, bei dem jeder Dorfbewohner willkommen war, der nicht wusste, wo er sonst an Weihnachten hingehen sollte. Dieses Jahr stand die Dekoration des Pubs unter dem Motto »A White Christmas« und zusätzlich zu etwa einer Million blinkender weißer Lichter, die die Bar zierten, häufte sich auf Fensterbänken und Simsen der Kunstschnee. Sogar die Decke war auf wundersame Weise mit dem Zeug ausgekleidet worden, als wäre der Gastraum eine Schneehöhle.

Daz war kurz davor, wieder in den frostigen Abend hinauszutreten, als er die Stimme seiner Mutter vernahm. »Da ist ja Darragh! Hallo, mein Schatz!«

Er erblickte sie an einem Tisch in der Nähe des Kamins, an dem sie mit seinem Vater, Len und Marietta – Freunden seiner Eltern – und einer jüngeren Frau saß. Ihr langes, wallendes Haar fiel über eine Schulter ihres Pullovers, der feine Schwung ihrer Augenbrauen verlieh ihr einen Ausdruck der Verwunderung. Für Daz war es zu spät, um noch zu fliehen. Er schob sich an den volbesetzten Tischen vorbei, grüßte Melanie aus dem Laden, Carola aus dem Café, Gabe, der Streuner aufnahm, und Alexia, die wie er hier aufgewachsen war. Seine

Eltern erhoben sich beide, um ihn zur Begrüßung herzlich zu umarmen.

»Darragh«, sagte sein Vater mit seiner tiefen Stimme und strich sich das graumelierte Haar zurück. »Du siehst aus, als würdest du frieren. Komm doch näher ans Feuer.«

Daz' Mutter, Sara, war immer noch eine gutaussehende Frau, auch wenn ihr volles Haar sich von golden in silbern verwandelt hatte und sie nun eine Brille trug. Ihre Augen strahlten durch die Brillengläser. »Dein Dad und ich warten auf einen Tisch im Restaurantbereich. Iss doch mit uns zu Abend.« Sie hob eine Hand, um ihm die Haare aus dem Gesicht zu streichen, eine gewohnte, mütterliche Geste, so vertraut, dass es ihn zum Lächeln brachte. Die Atmosphäre des Dorfpubs übte seine spezielle Magie auf ihn aus, und er spürte, wie sich seine Laune schlagartig verbesserte.

»Ich habe schon gegessen«, sagte er bedauernd. »Aber wir machen einfach was aus, dann treffen wir uns bald mal zum Abendessen.«

Marietta grüßte ihn mit einem fröhlichen »Hey, mein Junge«, und er gab ihr einen Kuss auf die weiche Wange.

Dann wandte er sich höflich der Frau zu, die stumm neben Marietta saß, um sich vorzustellen, doch dann erkannte er sie: Es war die verdammte Frau, die ihm das Eckhaus vor der Nase weggeschnappt hatte. Mit offenem Haar und blassblauem Pullover über der Jeans anstelle der hochgesteckten Haare und des Hosenanzugs sah sie aus wie eine andere Person – immer noch attraktiv und sexy, aber anders. Und sie war hier, in seinem vertrauten Umfeld, wo er vorgehabt hatte, sich zu entspannen.

»Hallo, mal wieder«, sagte sie unbeeindruckt.

»Oh«, machte er. »Sky, richtig?« Er konnte seiner Stimme den Mangel an Begeisterung selbst anhören.

Sie schenkte ihm ein winziges Lächeln. »Sky Terran. Und du bist Daz.«

Die von seiner Mutter geraunte Korrektur in »Darragh« ignorierend, wandte er sich an den ganzen Tisch: »Braucht sonst noch jemand etwas von der Bar?« Es waren alle versorgt, und als er mit seinem Getränk zurückkehrte, hatten sich seine Eltern umgesetzt, so dass der einzige freie Platz sich zwischen ihnen befand. Er unterdrückte ein Grinsen, ob ihrer allzu offensichtlichen Bemühungen, seine volle Aufmerksamkeit zu bekommen.

Sara suchte auch gleich das Gespräch. »Abi hat mir heute eine E-Mail geschickt.« Ihr Blick war zärtlich und fragend. Seine Eltern waren traurig gewesen, als Abi gegangen war, aber nicht überrascht. Seit Abi als Teenager ihre Eltern verloren hatte, hatte es nicht viel gegeben, was sie hier hielt, und vermutlich hatten sie schon früher bemerkt, dass sie nicht so an diesem Ort hing wie Daz. Sie war überhaupt nur hierhergezogen, weil Daz sie gebeten hatte, ihre Wohnung in Peterborough zu verlassen und ein Haus mit ihm zu kaufen. Seine Eltern hatten ihm gegenüber zugegeben, dass sie Abi für übermäßig anspruchsvoll hielten und er hatte nichts dagegenhalten können. Sie war eindeutig eigensinnig und launisch, was in die gleiche Kategorie fiel.

»Sie hat mir auch geschrieben.« Er nahm den ersten Schluck von seinem Guinness, das im Licht schwarz schimmerte. »Courtney wird sie dieses Wochenende in London besuchen. Ich habe ihr etwas von Abis E-Mail vorgelesen, und Courtney hat Witze darüber gemacht, dass dieser ganze Spaß und das

Sich-Amüsieren absolut schrecklich klingen würden, deshalb habe ich ihr den Ausflug vorgeschlagen. Es war ganz spontan, weil es das einzige Wochenende vor Weihnachten ist, an dem Abi es einrichten konnte. Wilf bleibt bei mir.« Er trank noch einen Schluck des dunklen, schweren Bieres und spürte, wie er sich entspannte, als der Alkohol zu wirken begann.

Saras Brillengestell war blau, was gut zu ihren silbergrauen Haaren passte. Sie drückte seinen Unterarm. »Du bist ein guter Mann. Es wird der armen Courtney guttun, mal rauszukommen. Sie kann sicher ein paar Weihnachtseinkäufe erledigen.«

Daz sagte nichts dagegen, auch wenn er wusste, dass Courtneys Budget eher für den Markt in Bettsbrough als die Geschäfte in Borough geeignet war. »Ich fahre sie morgen früh nach Peterborough, von wo aus sie den Zug nach London nimmt.«

Er verschwieg, dass er Courtney so viel half, weil diese am Verzweifeln war. Sie wusste nicht, wie sie die Betreuung für Wilf über zwei Wochen Weihnachtsferien hinbekommen sollte, während sie selbst nur ein paar Tage Urlaub nehmen konnte. »Das Schuljahr hat nur noch dreieinhalb Wochen, und ich habe immer noch nichts von dem Job in der Schule gehört und keinen blassen Schimmer, wie ich die Betreuung deichseln soll«, hatte sie gejammert. »Hätte Lewis nicht noch vier oder fünf Jahre warten können, bevor er seinen großen Coup startet? Dann hätte ich Wilf allein zu Hause lassen können. Ich habe Graham um Hilfe gebeten, aber er hat nur ausweichend reagiert. Wilf will auch gar nicht zu ihm, Graham ist in letzter Zeit immer so mies drauf.«

Daz hatte gewusst, was er sagen würde, ehe er es sagte. »Wilf kann zumindest ein paar der Weihnachtsfeiertage bei mir verbringen.« Er konnte nicht mitansehen, wie Courtney sich abmühte, wenn er ihr doch helfen konnte, auch wenn es bedeutete, dass er mit Wilf im Haus tagsüber weniger schaffen würde und bis spätabends arbeiten musste, um seine Abgabefristen einzuhalten.

Auch wenn es keinen richtigen Zusammenhang gab, fachte dieser Gedanke seine Verärgerung über Sky Terran erneut an. Sie war es, die ihn daran hinderte, seine derzeitige Stelle aufzugeben und sich den Abenteuerunterkünften zu widmen. Er schielte zu ihr hinüber, gerade als sie ihr Gespräch mit Marietta kurz unterbrach, um die Arme zu überkreuzen, den Saum ihres Pullovers zu greifen und ihn sich über den Kopf zu ziehen. Darunter kam ein einfaches weißes T-Shirt zum Vorschein.

Dass sie sich ein Kleidungsstück auszog, auch wenn es noch so unschuldig, beiläufig passiert war, machte ihn an. *Wow, sie ist echt heiß.*

Als kurz ein BH-Träger aufblitzte, wandte er schnell den Blick ab und ärgerte sich über sich selbst. Er war wütend auf sie und konnte wirklich nicht gebrauchen, dass sie ihn derart reizte. Er runzelte die Stirn und nahm noch einen großen Schluck von seinem Guinness. *Dieses verdammte Weibsbild.*

Eine der Bedienungen kam zu ihnen geeilt, das Haar in einem ordentlichen Dutt am Hinterkopf zusammengedreht und mit Lametta umwickelt. »Sara? Len? Euer Tisch ist jetzt bereit.«

Daz stand auf, um seine Eltern wieder zu umarmen, und versprach ihnen, sie im Laufe der Woche mal zu besuchen. Als sie weg waren, starrte er in sein Bierglas. Es war fast leer. Er konnte schnell austrinken, nach Hause gehen und seinen Abend mit Netflix verbringen. Aber dann fiel ihm auf, dass er verpasst hatte, wie Sky zur Bar rübergegangen war. Sie bekam gerade ihre Bestellung, und neben zwei Getränken, die offenbar für sie und Marietta bestimmt waren, stellte der Barkeeper noch ein frisches Guinness vor ihr ab. Sie bezahlte und schaffte es gerade so, alle drei Getränke zurück zu ihrem Tisch zu tragen.

Er beäugte das Guinness missmutig.

»Marietta hat bezahlt, ich habe es nur geholt«, sagte sie mit einem schnellen Lächeln, ehe sie Marietta ein Glas Weißwein und eine Handvoll Wechselgeld reichte und dann mit einer klaren Flüssigkeit für sich selbst wieder Platz nahm.

»Oh. Das wäre doch nicht nötig gewesen, Marietta.« Unbeholfen setzte er sich wieder hin.

Ihre Augen funkelten verschmitzt. »Das war nicht ohne Hintergedanken. Jess und Ruth sind normalerweise in meinem Team fürs Pubquiz, wir nennen uns Mariettas Brainiacs, aber Jess hat mir geschrieben, dass sie noch bei einem Treffen wegen des Weihnachtsstraßen-Wettbewerbs sind und es nicht rechtzeitig schaffen. Ich habe gehofft, ihr könntet stattdessen meine Teammitglieder sein.« Sie legte den Kopf schief und schenkte ihm ein gewinnendes Lächeln.

»Nun, ja …«, setzte er zögernd an, nicht sicher, wie er einer älteren Dame, die seine Nachbarin und eine Freundin der Familie war, etwas ausschlagen konnte.

Marietta nahm das offensichtlich als Zustimmung, denn sie wechselte das Thema. »Sky hat mir gerade erzählt, dass sie früher schon im Dorf gewohnt hat.«

Daz sah überrascht auf. »Wirklich?« Er musterte Sky, während er versuchte, sie in seinem geistigen Verzeichnis aller Dorfbewohner ausfindig zu machen.

Marietta hob das Weinglas. »Kennst du Heather Elsworth, die in der Rotten Row, Ecke Cross Street wohnt? Sie war Skys

Pflegemutter. Ich kenne Heather nur vom Sehen, weil sie jetzt schon älter ist und nicht mehr viel rausgeht. Aber ich bin mir sicher, deine Mum kennt sie.«

»Ich weiß, wen du meinst.« Daz schlürfte den Schaum von seinem frischen Pint und betrachtete Sky mit neu gewecktem Interesse. »Als du mir gesagt hast, dass du in Middledip wohnen würdest, hast du nicht erwähnt, dass du eine Rückkehrerin bist.«

Sky zuckte mit den Schultern. »Es war nur ein Jahr etwa, aber ich war hier sehr glücklich.«

»Es ist ein glückliches Dorf«, murmelte Daz. Ihr Haar schimmerte rötlich, als der Raum für das Quiz erhellt wurde. Ihr Körper wirkte durchtrainiert, aber auch kurvig, und ein weiterer Anflug von Lust erinnerte Daz an seinen derzeitigen Mangel an Sex. Und warum waren ihm Skys Augen vorher nie aufgefallen? Sie waren blassgrün, so schön wie ein Wintermeer. Als sich ihre Blicke trafen, vergaß er einen Moment lang, dass sie ein Hindernis war, vergaß den Lärm des Pubs um sich herum, vergaß Netflix …

Sky wandte sich ab, als Marietta sie einem Schrank von Mann vorstellte, der an ihrem Tisch aufgetaucht war. Daz' Miene verfinsterte sich, als er feststellte, dass es Bell war, einer dieser Angebertypen, die normalerweise nur beim Nachnamen genannt wurden, die Kneipengänger, die sich um die Dartscheibe versammelten und den großen Fernseher in Beschlag nahmen, um Sport zu schauen. Er war etwa drei Jahre älter als Daz, in der Schule war er als ein lauter, störender Vollhorst mit peinlich schlechten Anmachsprüchen bekannt gewesen. Seit jener Zeit war er harmloser geworden, zu seinen Freunden zählte Daz ihn trotzdem nicht. Vor ein paar Jahren hatte er Abi zu einem Kuss unter dem Mistelzweig gedrängt, mit der Art von Beharrlichkeit, die zu jeder Zeit inakzeptabel gewesen wäre, nicht nur wenn ihr Freund direkt neben ihr saß, wie es bei Abi der Fall gewesen war. Daz war damals gleich aufgesprungen, was Bell zum Rückzug bewegt hatte, aber trotzdem. Dreist.

Sky lächelte, ihre Lippen bogen sich in den Mundwinkeln und ihre Augenbrauen hoben sich in einem Ausdruck kühler Überraschung, als Marietta sagte: »Sky, das ist Bell. Er war auch ein Pflegekind von Heather. Setz dich doch zu uns, Bell.«

Der Mann nahm die Einladung ohne Zögern an, Daz würdigte er nicht eines Blickes. »Hallo, Sky.« Interesse blitzte in seinen Augen auf. »Die liebe, alte Nan Heather, was? Frag mich, wie vielen Kindern sie geholfen hat. Wunderbare Frau.«

»Jetzt können Mariettas Brainiacs ein Team mit vier Mitgliedern stellen«, freute sich Marietta händereibend.

Als Haden zum Mikro zurückkehrte und rief »Alle bereit?«, seufzte Daz und fand sich mit der Unausweichlichkeit ab, an diesem Abend einer von Mariettas Brainiacs zu sein. Da er zur Genüge vertraut war mit dem Pubquiz, wusste er, dass die Rolle des Zuschauers noch weniger unterhaltsam war, als in einem Team mitzuspielen.

Während Haden die Regeln erklärte – »… wenn ich jemanden erwische, der ein Handy in der Hand hat, ist das Team sofort disqualifiziert …«– , beobachtete Daz, wie Bell Sky belagerte.

Dann verkündete Haden: »Sorry, Leute, kleines Problem mit den Quizfragen.« Er schaltete das Mikro aus und tippte stirnrunzelnd auf seinem Tablet herum. Das verschaffte Daz die Gelegenheit, bei Skys und Bells Gespräch mitzuhören. Er erfuhr, dass beide im Alter von zehn Jahren bei Nan Heather in

Pflege gekommen waren, nur Bell sechs Jahre früher als Sky. Da Daz wusste, dass Bell um die fünfundvierzig war, musste Sky neununddreißig sein. Daz selbst war zweiundvierzig.

Er konnte sich nicht daran erinnern, dass Bell ein Pflegekind gewesen war. Daz war damals immerhin erst sieben gewesen, aber irgendwie passte es zu dem Teenager, als den er Bell kannte, der Unsicherheit hinter einer großen Klappe versteckte. Wieder einmal war Daz dankbar, in einer großartigen Familie aufgewachsen zu sein.

»Es war nur in der Zeit, in der sich meine Mom von meinem Dad getrennt hat«, erzählte Bell gerade. »Der alte Sack brauchte ein bisschen Ermutigung, um sich zu verpissen.«

Daz wartete gespannt, ob Sky eine ähnliche Geschichte vorzuweisen hatte. Offenbar schon. »Meine Mum war wie ein chronisch unzuverlässiger Teenager. Ich war zweimal in Pflege – hier und in Peterborough. Ich dachte immer, wenn Mum eine Pause wollte, sagte sie dem Jugendamt, dass sie mich allein ließ, weil sie nicht klarkam. Irgendwann fiel ihr auf, dass es einfacher war, eine Wohnung zugewiesen zu bekommen, wenn man ein Kind hatte, also verlangte sie mich zurück.« Sie versuchte offenbar, es scherzhaft klingen zu lassen, aber Daz fühlte sich genauso wie Marietta dreinschaute – entsetzt.

Bell verzog das Gesicht, als wollte er sagen, dass er das Gefühl kannte, spielte an dem Bierglas herum, das an seinem Arm festgewachsen zu sein schien. »Hast du noch Kontakt zu ihr?«

Sky schüttelte den Kopf. »Bin abgehauen, als ich sechzehn war. Hab bei meinem Pflegebruder Freddy auf dem Fußboden geschlafen, bis ich mir ein eigenes Zimmer leisten konnte.«

Eine Erinnerung blitzte in Daz' Kopf auf. »Freddy – hat er auch bei Nan Heather gewohnt?«

Sky drehte den Kopf und diese hellen, faszinierenden Augen fanden seinen Blick. »Ja, Freddy Walker. Vier Jahre älter als ich.«

»Er war einen Jahrgang über mir. Bist du zufällig auch mit dem Schulbus gefahren?« Daz zog die Augenbrauen nachdenklich zusammen, während er versuchte, aus den Tiefen seines Gehirns eine vage Erinnerung hervorzuziehen. Da war ein kleines Mädchen, das mit Freddy in den Bus gestiegen war. Sie hatte kaum alt genug gewirkt, mit der Grundschule fertig zu sein. Wenn das Sky gewesen war, hatte sie inzwischen definitiv mehr Kurven bekommen.

Sie nickte, aber genau in dem Moment fand Haden die Lösung für das technische Problem, was auch immer es gewesen sein mochte, und tippte ein paar Mal aufs Mikro, um die Aufmerksamkeit der Gäste auf sich zu lenken. Marietta nahm den offiziellen Antwortbogen für die Brainiacs an sich und legte einen zusätzlichen Stift auf ein Schmierpapier in der Mitte des Tisches. Darauf konnten die Teammitglieder Vorschläge kritzeln, um zu vermeiden, von anderen Tischen belauscht zu werden.

Haden begann. »Frage eins. Welches britische Fußballteam ist als *The Gunners* bekannt?«

Bell schnappte sich den Stift und schrieb *Arsenal*.

»Frage zwei. Welcher der Gallagher-Brüder in der Rockband Oasis ist der ältere?«

Daz nahm den Stift und schrieb, *Noel*.

Marietta wusste, dass beim Backgammon jeder Spieler mit fünfzehn Steinen beginnt, und Bell, dass Alan Jones 1980 die Formel-Eins-Weltmeisterschaft gewonnen hatte. Daz wusste, dass das Schlagen zweier Figuren in einem Zug beim Schach

Rochade genannt wurde. Jedes Mal trug Marietta die Antwort auf den offiziellen Bogen ein.

»Da es schon fast Dezember ist«, tönte Hadens Stimme durch den Pub, während Elvis und die junge Frau mit dem Lametta in den Haaren hinter der polierten Holzbar standen und leise Getränke ausgaben. »Wie lauten die Namen der Rentiere des Weihnachtsmannes?«

Während eine Nebendiskussion entbrannte, ob man es ›Rehntiere‹ oder ›Renntiere‹ aussprach, schrieb Marietta auf: *Rudolph, Dasher, Dancer, Prancer, Vixen, Comet, Cupid, Donner und Blitzen.*

Etliche Kulturfragen ernteten bloß ratlose Blicke oder zögerliche Schätzungen, dann kam der Teil unter dem Oberbegriff »Natur« und Sky verwandelte sich in ein Superhirn. Sie wusste nicht nur die meisten Fragen – sie wusste sie *alle*.

Daz beobachtete amüsiert, wie sie in ihrer runden Handschrift notierte, das Herdwick eine Schafrasse war und Gloucestershire Old Spot eine Schweinerasse, dass die weiche Unterseite eines Pferdehufs Strahl genannt wurde und dass man nie einen Pinguin und einen Eisbären in der freien Wildbahn zusammen sehen würde, weil sie an entgegengesetzten Polen lebten.

Nach der finalen Frage tauschte Marietta den Antwortbogen mit dem Nachbartisch – einem Team von der örtlichen Autowerkstatt, die sich Rattys Garagistas nannten. Die Korrektur ergab, dass Skys Antworten alle richtig waren.

»Wir haben gewonnen!«, rief Marietta, als jedes Team die Punktzahl des Bogens, den es korrigiert hatte, bekannt gab. »Zwanzig Pfund, bitte. Ich denke, ich taufe uns um in Mariettas Dreamteam.« Sie beschlossen, von den zwanzig Pfund noch eine Runde Getränke zu kaufen und den Rest in die Spendenbox an der Bar zu stecken. Da Sky nur Leitungswasser trank, profitierte der wohltätige Zweck ganz ordentlich.

Als Carola vom Café *The Angel*, die auch für das Bürgerhaus zuständig war, einen Wettbewerb ankündigte, bei dem der ungewöhnlichste Weihnachtsbaum gekürt werden sollte – als Beispiel hielt sie ein Bild hoch, von einem Baum, der komplett aus gestapelten grünen Büchern bestand –, nahm Marietta ihre Jacke von der Stuhllehne. »Also, das war aufregend, aber ich gehe jetzt mal besser nach Hause ins Bett.«

Sky griff auch nach ihrem Mantel, und Bell sprang auf. »Ich begleite die Damen nach Hause.«

»Ich kann sie begleiten, wir wohnen eh alle in der Winter Street«, sagte Daz schnell. Er traute Bell noch immer nicht recht.

Sie winkten Sara und Len zum Abschied durch den Torbogen in den Speisesaal zu, entließen Bell zu seinen biertrinkenden Kumpels und machten sich im Licht der Straßenlaternen an der Hauptstraße auf den Weg. »Huch«, rief Marietta, hüllte sich eng in ihren übergroßen Mantel und band sich den Schal um die Ohren. »Dieser Wind bringt Schnee mit oder ich will nicht mehr Marietta Honey heißen.«

Sky zog die Kapuze tiefer ins Gesicht. »Ich will morgen draußen arbeiten, also hoffentlich nicht. Auf meinem Handy ist kein Schnee vorhergesagt.«

Marietta schnaubte verächtlich. »Ich kann riechen, wenn Schnee kommt.« Sie blies eine weiße Atemwolke in die Luft, um zu beweisen, wie kalt es war.

Daz ging zwischen den beiden Frauen, die süße, alte Marietta hatte sich freundschaftlich bei ihm untergehakt, und Sky ging mit den Händen in den Manteltaschen neben ihm. Als sie das Eckhaus erreichten, bog sie mit einem fröhlichen »Gute Nacht« durch das Gartentor ab.

»Nacht«, erwiderte Daz und ließ den Blick wehmütig in Richtung des großen alten Hauses schweifen, auch wenn nicht viel davon zu sehen war vor lauter Bäumen. Er brachte Marietta noch eine Tür weiter und ging mit ihr zwischen den Hecken hindurch, die ihr Haus vor Blicken schützten. »Es ist stockduster hier«, beklagte er sich und schaltete die Taschenlampenfunktion an seinem Handy ein, weil der Boden vor ihm in einem schwarzen Loch zu verschwinden schien.

Marietta lachte. »Das ist immer so nachts.«

»Das liegt daran, dass du keine Beleuchtung hast und die Hecke zweieinhalb Meter hoch ist.« Er hielt das Handy in die Luft, damit Marietta das Schloss erkennen konnte, das sie mit dem Haustürschlüssel zu öffnen versuchte.

»Ich werde mehr als genug Beleuchtung haben, wenn ich erst mal mein Haus für den Weihnachtsstraßen-Wettbewerb dekoriert habe. Ich habe tonnenweise Lichterketten bestellt«, erklärte Marietta. Sie hielt kurz inne, ehe sie mit fast schon einstudiert wirkender Beiläufigkeit hinzufügte: »Obwohl ich mir ja schon ein wenig Sorgen mache, was diese Leiter angeht.«

Daz stellten sich die Haare zu Berge bei der Vorstellung, wie die kleine, alte Marietta mit Lichterketten im Arm eine Leiter hochkletterte. »Soll ich dir helfen? Wilf kommt bestimmt gern mit.«

»Das wäre wunderbar«, säuselte Marietta, wobei sie sehr amerikanisch und sehr zufrieden klang. Aber sie drehte sich noch einmal um, ehe sie ins Haus ging. »Was hältst du von meiner neuen Nachbarin?«

»Sky?«, fragte Daz, als ob sie noch andere neue Nachbarn hatte. »Scheint okay zu sein.«

»Bloß okay?« Marietta klang entrüstet, als sie die Schwelle zu ihrem Haus betrat. »Sie ist eine faszinierend schöne Frau, die auch noch was im Kopf hat. Sie hat allerdings mehr Päckchen zu tragen als ein UPS-Fahrer in Kansas City.«

Damit verschwand sie durch die Haustür. Daz stieß sich den Zeh auf dem Rückweg durch den dunklen Garten, während er sich fragte, wie viele Päckchen ein Paketbote in Kansas City wohl auslieferte und ob Marietta von Skys Kindheit gesprochen hatte, ob sie noch mehr von ihr wusste – oder ob sie einfach geraten hatte.

Daz und Sky hatten nicht den besten Start miteinander gehabt, trotzdem war ihm nicht entgangen, dass sich bei dem Gespräch über ihre Mutter ein dunkler Schatten über ihr Gesicht gelegt hatte – auch wenn sie versucht hatte, dies hinter Scherzen zu verbergen. Allein diese Kindheit wäre schon genug Ballast für jeden.

Siebtes Kapitel

Wenn es um Schnee ging, erwies sich Mariettas Spürnase als zuverlässiger als Wetter-Apps oder die Wettervorhersage im Fernsehen. Nach einem eiskalten Samstag erwachte Middledip am Sonntag in einer Winterlandschaft, die Häuschen von Schnee bedeckt wie gefrorene Holzscheite.

Das Erste, was Daz an diesem Morgen hörte, war Wilf, der wie verrückt an seine Schlafzimmertür hämmerte und rief: »Es hat geschneit!«

Daz sah auf die Uhr und stöhnte. »Warum bist du an einem Sonntag vor acht Uhr schon wach?«

Wilf antwortete, als wäre Daz schwer von Begriff. »Weil ich dich fragen will, ob ich im Schnee spielen kann.«

Da er dafür verantwortlich war, Wilf dieses Wochenende zu bespaßen, schüttelte Daz widerwillig den letzten Rest Schlaf ab und warf sich seinen Bademantel über, ehe er seine Schlafzimmertür öffnete.

Wilf stand grinsend davor, seine Haare standen ihm seitlich ab und bildeten wie üblich vorne eine kleine Tolle. Das blaue Schlafanzugoberteil trug den Schriftzug *Zzzz … recharging* und ein Bild von einem Controller. Er hüpfte von einem nackten

Fuß auf den anderen und gestikulierte in Richtung des Fensters am Ende des Flurs. »Sieh doch nur.«

Daz musste zugeben, dass der Anblick magisch war. Eine Schneelandschaft mit sanften weißen Hügeln und Schatten, die schon fast blau aussahen im frühen Wintermorgenlicht. Jeder Zweig und jedes Blatt der Weißdornhecke trug einen winzigen weißen Mantel, und der Rasen in seinem Garten glich einer unberührten Decke aus Watte, aus der nur vereinzelt ein paar Grashalme hervorlugten, wie kleine Hände, die um Hilfe winkten.

Ja, es war Sonntag, und er hatte wegen eines hartnäckigen Fehlers in einem Spiel bis spät in die Nacht gearbeitet, aber Daz erinnerte sich daran, wie es war, elf zu sein. Drinnen zu bleiben, wenn der erste Schnee darauf wartete, dass man ihn zu Schneebällen formte? Keine Option. »Also, dann«, sagte er und wuschelte Wilf durch die Haare, so dass sie nun überall abstanden. »Zieh dir was Warmes an, denn deine Mum wäre sicher nicht begeistert, wenn ich dich mit einer Lungenentzündung zurück nach Hause schicke. Wir essen noch schnell ein Schinkensandwich und dann gehen wir raus.«

»Ja!« Wilf verschwand in dem Zimmer auf der anderen Seite des Flurs, das sein Schlafzimmer war, wenn er Daz besuchte.

Daz zog sich an, ehe er nach unten lief, um den Schinken zu braten und den Wasserkocher aufzusetzen.

Nach dem Frühstück, das Wilf beinahe in einem Happs herunterschlang, machten sie sich auf den Weg. Daz gut verpackt in seine Daunenjacke, während Wilf mit offener Jacke und der Mütze schief auf dem Kopf herumsauste und Schneebälle formte. Glücklicherweise war er ein miserabler Werfer, und Daz blieb davon verschont, einen eiskalten Schneeball ins

Gesicht zu bekommen. Über ihnen brachen die grauen Schneewolken auf und machten blauem Himmel Platz.

Wilf war ganz außer Atem vor lauter Rennen und Schlittern. »Ist nicht genug für ’nen richtigen Schneemann, oder? Ich wünschte, ich hätte einen Schlitten.«

»Wir haben hier aber keine Hügel«, stellte Daz fest. »Schlitten fahren auf geradem Boden geht nicht besonders gut.«

»Du könntest mich doch ziehen.« Wilf lachte, die Wangen vor Kälte gerötet und die Augen glitzernd wie der Schnee.

Lachend, leuchtend – das war es, wie Kinder aussehen sollten, nicht verloren und unsicher, wie Wilf es oft tat, dachte Daz. Erneut verfluchte er Lewis. Doch im Moment jedenfalls war Wilf glücklich. Daz genoss das Knirschen des frischen, unberührten Schnees unter den Stiefeln, als sie das Wohngebiet allmählich hinter sich ließen und in Richtung der Reitwege gingen, die Middledip umgaben.

Wilf hatte Daz gerade erklärt, dass er mal ein Spiel erfinden sollte, das nur im Schnee stattfand, doch als sie den verschneiten Fußweg betraten, blieb Wilf abrupt stehen. Stumm beobachtete er drei Menschen, die auf sie zukamen, zwei Jungs etwa in Wilfs Alter und ein Mann, den sie mit »Dad« ansprachen. Die Kinder lachten und bewarfen sich mit Schnee. Daz sagte »Guten Morgen«, aber Wilf schwieg finster.

Daz wurde schwer ums Herz, als er sah, wie der Spaß und die Freude aus dem Gesicht des Jungen verschwanden und sich stattdessen ein Schatten darüber schob, wie Gewitterwolken, die über einer Landschaft aufzogen. Die geröteten Wangen wurden blass, und kein Funkeln lag mehr in seinem Blick, sondern eher ein wütendes Glimmen.

Mit unbeholfenen Bewegungen ging Wilf wieder dazu über,

Schnee zusammenzukratzen und schleuderte die Schneebälle dann wild um sich, jeder Wurf von einem wütenden Luftschnappen begleitet. »Ich treffe einfach gar nichts«, meckerte er und schoss einen Schneeball wahllos auf einen Baumstumpf, an dessen dem Wind zugewandter Seite Schnee klebte. Der Schneeball zerbrach harmlos auf dem Boden, und Wilf knurrte und kratzte den Schnee mit seinen behandschuhten Händen jetzt so vehement zusammen, dass er Erde und Blätter mit aufhob, die das Weiße des Schnees beschmutzten.

Daz konnte nur hilflos zusehen, wie der innere Konflikt aus dem Jungen herausbrach. Die glücklichen Jungs mit ihrem Vater hatten Wilfs Wunde wieder aufgerissen, und er konnte es ihm nicht verübeln, dass er ein Ventil für seine Gefühle brauchte. Er war nicht nur, was das große, luxuriöse Haus anging, entwurzelt, sondern auch aus seinem glücklichen Leben gerissen worden – und all das war Lewis' Schuld, der eigentlich derjenige sein sollte, der mit Wilf durch den Schnee stapfte.

Als Wilf es geschafft hatte, einen weiteren Schneeball zu formen, sagte Daz in möglichst lockerem Tonfall: »Dreh die Schulter des Arms, der nicht wirft, in Richtung deines Ziels.«

Wilf hielt inne, er atmete schnell. Scheinbar ohne große Motivation, befolgte er Daz' Vorschlag und drehte die linke Schulter zum Baumstumpf.

»Jetzt dreh den Oberkörper zu deinem Ziel und strecke dein Handgelenk und deinen Ellenbogen aus, wenn du wirfst. Halte die Hand auf dein Ziel gerichtet, wenn du loslässt«, wies Daz ihn an und machte es ihm mit seiner leeren Hand vor.

Wilf verdrehte die Augen, aber als er Daz' trockenen Wurf nachahmte, riss er verblüfft die Augen auf. Der Schneeball war zwar nicht weit genug geflogen, aber er hatte genau auf den

Baumstumpf zugehalten. Ohne zu sprechen, aber offensichtlich wieder ruhiger, sammelte er erneut Schnee zusammen, ohne sich zu beklagen, dass die gestrickten Handschuhe inzwischen durchgeweicht waren. Nachdem er die glitzernde weiße Masse sorgsam in den Händen verdichtet hatte, trat er ein wenig näher an den Baumstumpf heran, drehte die linke Schulter, holte aus und schleuderte den Schneeball mit einem »Yeah« von sich. In einem funkelnden Schauer explodierte das kalte Geschoss auf dem toten Holz.

Daz klatschte Beifall. »Phantastisch. Vielleicht musst du mit Baseball anfangen.«

Wilfs verbissene Miene machte einem vorsichtigen Lächeln Platz, seine Mütze saß schiefer auf dem Kopf denn je, als er die nassen Handschuhe ausschüttelte. »Das war cool«, sagte er und klatschte dann die Hände zusammen, offensichtlich um das Heiß-kalt-taub-Gefühl aus den frierenden Händen zu vertreiben.

Da man kein Genie sein musste, um vorherzusehen, dass die Handschuhe schnell durchweichen würden, hatte Daz ein Paar dehnbare Handschuhe von sich eingesteckt, die er bei seinen Snowboardversuchen unter den Skihandschuhen getragen hatte. Er wedelte damit in der Luft. »Sag mir einfach, wenn du mit dem Schneeballwerfen fertig bist, dann kannst du gegen die hier tauschen.«

»Bin fertig«, erklärte Wilf sofort. »Meine Hände sind eiskalt.« Er klapperte dramatisch mit den Zähnen, als er mühsam seine nassen Handschuhe von den geröteten Händen zog und schnell in die leuchtend blauen schlüpfte, die Daz ihm reichte.

Sie gingen weiter, marschierten Seite an Seite, die Augen zusammengekniffen, weil die gleißende Sonne vom Schnee reflektiert wurde. Als Daz bemerkte, dass Wilf versuchte, mit ihm im Gleichschritt zu gehen, verkürzte er seine Schritte, um es ihm leichter zu machen. Wilf war klein für sein Alter, obwohl er etwas Schlaksiges an sich hatte, das einen Wachstumsschub ankündigte.

Nach ein paar Minuten auf dem verschneiten Fußweg verlangsamte Wilf seine Schritte und verdrehte den Hals in Richtung eines kleinen Wäldchens aus jungen Bäumen. »Was macht die da?«

Daz beschattete seine Augen mit der Hand, um zu sehen, worauf Wilf deutete. Zwischen den kahlen Bäumen und den dünnen Ästen hockte eine Person regungslos da. Sie trug einen weiten schwarzen Mantel und eine rotweiße Mütze, die wie ein Leuchtsignal in der farblosen Winterwelt wirkte. Eine einzelne Spur im Schnee zeigte ihren Weg an den ruhigen, abgelegenen Platz. »Ich weiß auch nicht.« Daz trat verunsichert vom Pfad runter, wo er das Federn von Grashalmen unter dem Schnee spürte. Die Person bewegte sich nicht. Ihre Arme schienen um ihren Bauch geschlungen zu sein. In seinem Kopf überschlugen sich die Gedanken. Vielleicht eine Blinddarmentzündung? Fehlgeburt? Verdammt, er hoffte nicht. »Wir sehen besser nach, ob es ihr gutgeht.« Er schielte auf sein Handy, während er auf die Baumgruppe zuging, und stellte erleichtert fest, dass er Empfang hatte, für den Fall, dass er einen Notarzt rufen musste.

Aber als sie sich der Frau näherten, wandte sie ihnen den Kopf zu. Sie sah kein bisschen aus, als wäre sie in Not. Genau genommen, lächelte sie ruhig und freundlich, ein paar Sommersprossen bedeckten ihre Nase, und ihre Wangen waren vor Kälte rosa.

Es war Sky Terran.

Daz' Schritte kamen ins Stocken. »Wir dachten, du wärst vielleicht verletzt«, rief er, halb entschuldigend und halb genervt. Er kam sich dumm vor, so ungestüm durch die verschneite Landschaft gestapft zu sein, nur um festzustellen, dass die Person, von der er gedacht hatte, sie bräuchte seine Hilfe, die gleiche war, die seine Pläne durchkreuzt hatte.

»Was machst du da?«, fragte Wilf, ehe Daz umkehren und den Jungen wieder mitnehmen konnte.

Skys meerglasgrüne Augen ruhten auf ihm. »Ich lese Geschichten im Schnee. An normalen Tagen sind sie unsichtbar. Sieh selbst. Geh aber da entlang, damit du sie nicht zertrittst.« Sie winkte ihn heran. Kurz darauf hockte Wilf neben ihr und starrte staunend auf den verschneiten Boden.

»Diese Spuren stammen von Vögeln«, erklärte sie ihm und deutete auf winzige Fußspuren mit drei spitzen Zehen vorne und einem hinten. »Siehst du, wie sie erst da entlanggehüpft sind und dann da lang? Ich glaube, es könnten Amseln gewesen sein, die auf dem Boden nach Würmern oder Beeren und Samen gesucht haben.« Sie zeigte auf eine andere Stelle. »Ein Hase ist dort entlanggehoppelt. Das ist leicht zu erkennen, weil seine Spuren aus zwei Kreisen von den Vorderpfoten und zwei Ovalen von den Hinterpfoten bestehen. Siehst du, wie nah sie beieinander sind? Das kommt daher, dass Hasen ihre Hinterläufe fast genau dort aufsetzen, wo zuvor ihre Vorderläufe gewesen sind. Der Hase hat vermutlich gehofft, noch etwas Gras zu finden, das nicht vom Schnee bedeckt ist. Dann sind da noch Spuren von einem Fuchs, der in der gleichen Richtung unterwegs war. Ich hoffe, der Hase hat es noch heil nach Hause geschafft.« Sie grinste, und Wilf grinste mit. Er schien ziemlich begeistert zu sein von ihr und ihrer Geschichte. Sie legte den Kopf schief. »Es könnte auch ein Hund gewesen sein, der ohne sein Herrchen hier herumgelaufen ist. Was denkst du? Ich glaube eher, es war ein Fuchs, wegen der Form der Zehen.«

»Fuchs«, stimmte Wilf sofort zu. »Ich glaube, er hat den Hasen erwischt und ihn aufgefressen.«

»Blutrünstig«, kommentierte Sky lächelnd, »aber nicht unwahrscheinlich. Alle Lebewesen brauchen Nahrung.« Sie richtete sich auf. Ihre Aufmerksamkeit blieb auf Wilf gerichtet. Aus unerfindlichen Gründen ärgerte Daz sich darüber, dass er nicht in ihren Bannkreis aufgenommen wurde.

Sie drehte sich um und zeigte in Richtung ihrer eigenen Fußabdrücke, die von den Bäumen zu einer Hecke führten, neben der sie offenbar vorher hergelaufen war. »Ich habe dort hinten die Spuren eines Dachses entdeckt. Sie sehen so niedlich aus, wie kleine Bärenspuren. Das verrät uns, dass der Schnee vor dem Morgengrauen gefallen sein muss. Weißt du, woher ich das weiß?«

Wilf starrte Sky an, als gäbe es nichts auf der Welt, was er lieber wissen wollte. »Nein. Woher?«

»Weil Dachse nachtaktiv sind. Mr. oder Mrs. Dachs haben wohl im Dunkeln herumgeschnüffelt, auf der Suche nach kleinen Erdhöhlen, die sie mit ihren breiten Pfoten aufgraben können.« Sie machte eine Bewegung mit den Fingern, als würde sie etwas aufkratzen. Ihre Lippen waren in einem Lächeln halb geöffnet. Daz musste an Mariettas Beschreibung von Sky denken. »Faszinierend schön« hatte sie sie genannt. Es war nicht nur eine oberflächliche Schönheit, musste er sich zähneknirschend eingestehen, sondern eine, die von innen zu leuchten schien – ein Leuchten, das keines ihrer »Päckchen« hatte dämpfen können.

»Um eine neue Höhle für sich selbst zu graben?« Sein Stirnrunzeln verursachte eine winzige Falte an Wilfs Nasenwurzel.

»Eher, um ein kleineres Tier auszugraben, um es zum Abendessen zu verspeisen«, erwiderte Sky ehrlich. »Obwohl Dachse auch für sich selbst Tunnel graben. Soll ich dir die Spuren zeigen?« Erst jetzt sah sie Daz an. »Wenn das okay ist?«

»Natürlich. Es ist faszinierend«, antwortete er höflich. Er folgte Sky und Wilf zurück zur Hecke. Skys Mantel war am Saum voller Schnee, weil sie sich hingehockt hatte, ein weißer feiner Staub, der im Gehen allmählich abgeschüttelt wurde. Die rote Bommel an ihrer Mütze wippte im Takt ihrer energischen Schritte. Bei der kahlen, dornigen Hecke angekommen, zeigte sie ihnen den Pfotenabdruck eines Dachses im Schnee – vier Zehen, vier Krallen, die fast genauso lang waren, und einen Pfotenballen.

»Cool. Können wir auch ein Eichhörnchen aufspüren?«, fragte Wilf, dem die neue Aktivität offensichtlich Spaß bereitete.

Sky neigte wieder nachdenklich den Kopf. »Ich denke, die Eichhörnchen werden sich bei diesem Wetter in ihren warmen Nestern in den Bäumen verstecken oder in den Dächern von Häusern. Im Winter kommen sie nur an schönen Tagen raus. Ich könnte dir Rehspuren zeigen, aber die sind in meinem Vorgarten, und ihr seid vielleicht noch nicht bereit, wieder zurück ins Dorf zu gehen.«

»Doch, sind wir. Wir sind schon ewig draußen«, meinte Wilf, ohne nach Daz' Meinung zu fragen.

Daz ging wieder hinter ihnen und hörte zu, wie Sky mit ihrer klaren Stimme Wilf erzählte, dass Spuren von Hirschen wie zwei Kommas aussahen und dass sowohl Rothirsche als auch

Rehe in Großbritannien beheimatet waren. Es war nichts mehr von dem wütenden Kind zu sehen, das wie wild mit Schneebällen um sich warf und das Wilf vor wenigen Minuten noch gewesen war. Geschichten aus dem Schnee zu lesen hatte seine Aufmerksamkeit so sehr gefesselt, dass er – zumindest vorübergehend – seine Niedergeschlagenheit vergessen zu haben schien. Daz war Sky dankbar dafür. Er würde Courtney früher oder später von Wilfs schwierigem Moment erzählen müssen, aber das konnte warten. Courtney hatte ihr freies Wochenende verdient.

Während er den angeregt Plaudernden folgte, fiel ihm auf, dass er sich dieses Wochenende auf Wilf konzentriert hatte, anstatt daran zu denken, wo Courtney hingefahren war – nämlich zu Abi. Es war erst zwei Tage her, da hatte er ziemlich viel an Abi gedacht, und an das Sexleben, das sie gehabt hatten. Ihm kam in den Sinn, dass ihre blonde Mädchenhaftigkeit im Vergleich zu Sky langweilig wirkte. Doch bei dem Gedanken fühlte er sich sofort schlecht. Abi war hübsch und etliche Jahre lang seine Freundin gewesen. Sie hatten gute Zeiten miteinander gehabt.

Die drei folgten dem Reitweg bis Church Close und bogen dann in die Port Road ein, die nach Bankside Estate führte. Ein paar Minuten später ging Sky voran durch das alte gusseiserne Gartentor an der Ecke der Winter Street. Die abgeschnittenen Zweige der Büsche, die bis vor kurzem den Pfad blockiert hatten, waren von Schnee bedeckt. Sky führte Wilf unter einem großen schlanken Baum hindurch, dessen Rinde von weißen Flecken übersät war.

»Hier«, hörte Daz sie sagen. »Siehst du, was ich mit den Kommas gemeint habe?«

Daz stellte sich auf Zehenspitzen, um über ihre gebeugte Gestalt sehen zu können. Es stimmte. Jeder Hufabdruck sah aus wie zwei kleine zueinander zeigende Kommas.

Wilf schaute sich im Garten um. »Was hast du mit diesen Bäumen gemacht?« Er zeigte mit Daz' blauem Handschuh auf drei konische Formen, die aus der Hecke aus Kiefern geschnitten worden waren, die parallel zur Straße wuchs.

Sky lachte. »Ich habe sie in Weihnachtsbäume verwandelt. Jessie, die auch in der Straße wohnt, hat mir erzählt, dass die Winter Street dieses Jahr den Weihnachtsstraßen-Wettbewerb gewinnen will, und mein Garten war bisher das hässliche Entlein. Sie wollte, dass ich alles runterschneide, aber das habe ich nicht vor. Die Natur braucht Bäume und wir Menschen auch. Ich habe ihr gesagt, dass ich sie stattdessen in Form bringen und dekorieren würde. Es ist allerdings ein Haufen Arbeit. Ich stelle mir dafür eine Leiter an den Baum, wie ein Gerüst, dann schneide ich zwischen dem Baum und seinem Nachbarn alles runter und die Zweige, die runterfallen, stecke ich in den Häcksler. Dann säge ich den Baum in der Höhe ab, in der ich ihn haben will – damit das Eckhaus wieder sichtbar wird – und stecke die Spitze auch in den Häcksler. Dann ist das Zurechtstutzen dran.«

Wilf unterbrach sie neugierig. »Was ist ein Häcksler?«

Sky schob ihn in Richtung des Schuppens seitlich vom Haus, der zu einem Zimmer für die Betreuer hätte ausgebaut werden sollen, wenn Daz' Gebot ihm das Eckhaus gesichert hätte. »Ich zeige ihn dir«, sagte Sky. Nachdem sie das Vorhängeschloss mit ein paar schnellen Drehungen geöffnet hatte, zog sie mit einiger Mühe die Tür auf, vor der sich der Schnee türmte. Dann zerrte sie eine große rote Maschine auf zwei Rollen heraus, die ein elektrisches Kabel hinter sich herzog. »Bitte zurücktreten«, rief sie, als das Gerät auf festem Boden stand. Sie zog eine Schutzbrille auf, die an einem Griff hing, und ließ den Motor der Maschine an, der lautstark aufheulte.

Wilf gefiel der Lärm sichtlich. »Cool!«

Daz zuckte zusammen und hätte sich am liebsten die Finger in die Ohren gesteckt.

Sky nahm einen herumliegenden Ast und fütterte ihn dem Biest, das wütend kaute und dann ein Häufchen Holzspäne ausspuckte. »So, fertig«, sagte sie und schaltete den Häcksler wieder aus, der mit einem Grummeln verstummte. »Normalerweise sammele ich die Späne in eine Tüte oder verteile sie unter den Bäumen – das siehst du jetzt nicht mehr wegen des Schnees. Dann machen sich die Würmer ans Werk und bereichern damit den Boden.«

Wilf bestaunte immer noch die laute Maschine. »Darf ich auch mal?«, fragte er eifrig und streckte die Hand aus, als wollte er versuchen, die richtige Kombination an Schaltern rauszufinden, um den Häcksler wieder zum Leben zu erwecken.

Sky legte die Hand auf die Knöpfe, um ihn davon abzuhalten. »Dafür brauchst du die Erlaubnis von deinem Dad, und du musst die Schutzbrille aufziehen.« Sie warf Daz einen fragenden Blick zu.

Sofort verfinsterte sich Wilfs Miene. »Mein Dad ist im Gefängnis.« Er ließ die Hände sinken und starrte zu Boden.

»Oh.« Sky sah von Daz zu Wilf und wieder zurück. »Das tut mir leid.« Sie errötete, als sie bemerkte, dass sie einen wunden Punkt getroffen hatte, indem sie angenommen hatte, dass Daz Wilfs Vater war.

Daz legte Wilf einen Arm um die Schultern. »Ich bin ein

Freund der Familie. Seine Mum ist für ein paar Tage in London, deshalb ist Wilf bei mir.« Er drückte die Schultern des Jungen.

Skys Blick wanderte zu Daz. »Ich habe gehört, wie du am Freitagabend deinen Eltern erzählt hast, dass jemand nach London fährt, aber ich habe gerade mit Marietta geredet und es nicht richtig mitbekommen. Sorry, dass ich was Falsches gesagt habe, Will.« Sie wirkte ehrlich betroffen, die Augen groß und die Augenbrauen zusammengezogen.

»Wilf«, korrigierte Wilf sie.

Sie lächelte, so dass sich ihre Grübchen zeigten. »Ich bin Sky.«

Das ließ den Jungen aufhorchen. »Sky? Wie …?« Er zeigte auf den blauen Himmel über ihnen, über den ein paar vereinzelte Wölkchen zogen, wie die Vorhut einer Armee.

»Genau«, erwiderte sie. »Und mein Nachname ist Terran, was ›Erde‹ bedeutet. Also heiße ich Himmel und Erde. Tut mir leid mit deinem Dad.«

»Ja. Es nervt echt, so einen blöden Dad zu haben. Wir mussten hierherziehen, in ein blödes, kleines Haus, und ich kenne niemanden im Schulbus.« Wilf runzelte die Stirn und blinzelte schnell, als wollte er die Tränen zurückhalten.

Auch wenn Daz den Impuls hatte, Wilf zu umarmen und mit ihm nach Hause zu gehen, hielt er sich zurück. Wilf war durchaus in der Lage, für sich selbst zu sprechen, wenn er nach Hause gehen wollte. Sie waren nur ein paar hundert Meter weg.

Sky trat einen Schritt näher, als wollte sie ihm damit Trost spenden, da sie Wilf noch nicht gut genug kannte, um ihn zu umarmen. »Also wohnt ihr noch nicht so lange in der Winter Street? Das haben wir dann wohl gemeinsam, ich bin erst am

Donnerstag hier eingezogen.« Sie zögerte. »Es muss schlimm sein, von deinem Dad getrennt zu sein.«

Wilf zuckte bloß mit den Schultern.

»Ich kann nur versuchen, es mir vorzustellen«, fuhr sie fort, »denn ich hatte nie einen Dad. Zumindest hat mir meine Mum nie verraten, wer er war.«

Das ließ Wilf wieder den Blick heben und sie fragend anschauen. »Wie kann das sein? Hat sie ihn vor dir versteckt?«

Daz musste unwillkürlich über seine unschuldige Weltsicht lächeln. Wilf hatte vielleicht viel Schlimmes erlebt, aber er war nicht so verdorben, dass er wie Daz die naheliegende Schlussfolgerung zog.

Sky lachte und an ihren Augen bildeten sich Fältchen. Sie tätschelte Wilf die Schulter. »Ich glaube, es war eher so, dass sie so viele männliche Freunde gehabt hat, dass sie selbst nicht wusste, wer, äh, verantwortlich war.«

»Oh. Okay.« Von dem verlegenen Blick zu schließen, war nun auch bei Wilf der Groschen gefallen. Nach einem kurzen Moment fragte er: »Nervt es auch, keinen Dad zu haben?«

Sky zuckte mit den Schultern. »Ich denke schon. Allerdings kannte ich es nicht anders. Es hat aber genervt, dass meine Mum nicht gut darin war, sich um mich zu kümmern. Wäre ein Dad da gewesen, hätte er es vielleicht besser gemacht.« Sie schob den Häcksler wieder in den Schuppen, wobei Wilf ihr bereitwillig half. Dann fügte sie ohne eine Spur von Selbstmitleid hinzu: »Andere Leute haben sich manchmal um mich gekümmert. Einmal auch hier in Middledip. Ich habe bei einer Dame gewohnt, die Nan Heather heißt. Bei ihr war ich sehr glücklich.« Als der Häcksler ordentlich geparkt war, griff sie nach etwas Weißem in einem Regal.

»Deshalb bist du wiedergekommen, um in diesem Haus zu wohnen?« Wilf kam näher, um zu sehen, was sie geholt hatte.

»Einer der Gründe.« Sky zeigte ihm, was sie in der Hand hielt. »Siehst du diese Förmchen? Ich habe sie gekauft, um Meisenknödel für die Vögel zu machen. Ich dachte, wenn sie die Form von Sternen und Schneemännern bekommen, kann ich sie als Dekoration für den Weihnachtsstraßen-Wettbewerb in die Bäume hängen. Was meinst du?«

Wilf nahm zwei Hälften einer Schneemannform in die Hände. »Cool. Kann ich dir helfen, sie zu machen? Was sind Meisenknödel?«

Skys Augen funkelten amüsiert, weil Wilf mitmachen wollte, ohne zu wissen, was es überhaupt bedeutete. »Vögel brauchen Fett und Samen während des Winters, also mischt man beides zusammen und drückt es in eine Form. Ich glaube, du wärst sehr gut darin.« Sie musterte die Sternenform, dann blitzten ihre Augen schelmisch auf. »Aber schau mal, was wir jetzt schon damit machen können.« Sie trat vor die Tür und kratzte eine Hälfte der Form über den schneebedeckten Boden, bis sie gefüllt war, dann ging sie zu einem der dünnen Äste der Birke und schloss die Form um seine dünne Spitze. Als sie die zwei Formhälften vorsichtig aufklappte, hing ein aus Schnee geformter Stern am Baum. »Hier. Eine Weißbirke mit weißem Stern.«

»Abgefahren!«, staunte Wilf. Eifrig begann er, die Schneemannform ebenfalls mit Schnee zu füllen.

Sky wandte sich lächelnd an Daz, die ungewöhnlichen Augen blitzten im Sonnenlicht. »Ich habe noch eine Weihnachtsbaumform. Willst du es versuchen?« Sie holte sie aus dem Schuppen und warf sie ihm zu. Er machte bereitwillig mit, schließlich war er kein eingebildeter Schnösel, der sich zu fein war, Schneekugeln zu formen.

Als sie gemeinsam Schnee zusammenkratzten und jubelten, wenn die Formen erfolgreich an den Bäumen hängenblieben oder aufstöhnten, wenn die Schneedekoration zerbröckelte, hatte Daz den flüchtigen Gedanken, dass es sich so anfühlen musste, ein Elternteil zu sein. Zu ihren guten Zeiten hatte er Lewis und Courtney in solchen Situationen mit Wilf erlebt, und es war seltsam, einen solchen Moment ausgerechnet mit Sky Terran zu teilen.

Als sie den Großteil des Schnees in Skys Garten in Matsch verwandelt hatten, gab Wilf die blauen Handschuhe an Daz zurück. »Die sind jetzt auch nass.«

»Glückwunsch«, erwiderte Daz augenrollend. »Sky, deine Handschuhe sind auch durchgeweicht.«

Sky zuckte mit den Schultern und schälte die Hände aus dem nassen Stoff. »Definitiv Zeit für ein heißes Getränk.« Fast schon schüchtern fügte sie hinzu: »Möchtet ihr auch etwas?«

»Klaro«, rief Wilf, schon halb auf dem Weg zu dem großen Steinhaus. »Gibt's heißen Kakao?«

»Gibt es«, bestätigte Sky grinsend. Sie wandte sich Daz zu und hob fragend eine Augenbraue, wobei sie zögerlich und schon fast verletzlich aussah.

»Kaffee?«, schlug er vor und ihm wurde klar, dass sie zögerte, weil sie nicht sicher war, ob er eingeladen werden wollte.

»Sicher«, antwortete sie.

Er meinte, ein erfreutes Blitzen in ihren Augen entdeckt zu haben.

Nachdem sie ihre Gäste in den Flur gescheucht hatte, zog sie sich Mütze und Mantel aus und hängte beides über einen

Haken an der Wand. Ihr Pferdeschwanz fiel ihr über den Rücken.

Daz hatte das Haus natürlich schon einmal besichtigt, aber als Gast hier zu sein und nicht als Besitzer war immer noch hart für ihn. Er sah sich sorgfältig um, bewunderte die alte Treppe, die sich vor ihnen erhob und dann in zwei Richtungen teilte. Sky führte den Weg an der Treppe vorbei in die Küche, die noch ziemlich genauso aussah, wie Daz sich erinnerte, abgesehen davon, dass sie nun sauber und nicht mehr von einer zentimeterdicken Staubschicht bedeckt war. Der Geruch nach gebuttertem Toast, der offenbar noch vom Frühstück in der Luft hing, verlieh der Küche eine heimelige Atmosphäre.

»Lasst uns mit den Getränken ins Wohnzimmer gehen. Ich habe hier noch keine Sitzgelegenheiten«, meinte Sky und drückte Wilf eine Keksdose in die Hand, als wüsste sie nur zu gut, wie oft Kinder in seinem Alter das Bedürfnis hatten, etwas zu essen. Mit schnellen Bewegungen bereitete sie heißen Kakao für sich selbst und für Wilf und einen Kaffee für Daz zu. Sie folgten ihr über den Flur und durch eine hohe Tür in eines der Wohnzimmer, wo zwei Sofas standen, die in der Raummitte gestrandet zu sein schienen, wie die ersten Gäste bei einer Party. Sky nahm auf einem Sofa Platz und Daz und Wilf auf dem anderen.

Wilf machte nicht den Eindruck, als würde ihm das Fehlen von Möbeln oder Fotos und Bildern an den Wänden auffallen oder das Kratzen und Klopfen von Zweigen an den Fenstern. Er begann, Sky von Minecraft zu erzählen, einem seiner aktuellen Lieblingsspiele.

Sky hörte aufmerksam zu, obwohl sie zugab, nie die Zeit gefunden zu haben, sich mit Computerspielen zu beschäftigen.

»Vielleicht wenn ich das Haus und den Garten unter Kontrolle habe«, meinte sie mit einem Schulterzucken, das so viel sagte wie: Warum nicht.

Wilf sah sich schließlich doch im Zimmer um. »Wohnt hier noch jemand?«

Sky zog eine Augenbraue hoch. »Nur ich.«

»Oh.« Wilf vergrub die Nase nachdenklich in seiner Tasse. »Wir haben auch mal in so einem großen Haus gewohnt, aber da waren wir zu dritt«, sagte er, als er wiederauftauchte. »Wenn du hier allein wohnst, musst du sicher jede Menge leerer Zimmer haben.«

Eine Abfolge verschiedener Ausdrücke huschte über Skys Gesicht, jeder mit einer anderen Emotion verbunden, wie es Daz schien. Überraschung. Bedauern. Vielleicht sogar Reue. »Das stimmt«, erwiderte sie ruhig. »Aber ich hatte das Gefühl, das Haus wartete darauf, dass jemand kommt und es liebhat.«

Daz konnte sich einen bissigen Kommentar nicht verkneifen. »Als du mich überboten hast, wirktest du schon fast besessen davon.«

Sie errötete, und ein Hauch von – was? Verzagtheit? – kroch in ihre Stimme. »Mein Job hatte sich gerade in Luft aufgelöst, und ich wollte das Haus unbedingt.« Sie starrte in ihre Tasse. Anders als Wilf, schaffte sie es, ihren Kakao zu trinken, ohne einen Milchbart zu bekommen.

Ihre bedrückte Antwort ließ ihn seine Boshaftigkeit sofort bereuen. »Was willst du machen, wenn das Haus fertig ist?«, fragte er in einem bemüht freundlichen Tonfall.

Ihr Mund wurde schmal. »Ich habe darüber nachgedacht, noch einmal zu studieren, aber ich denke, vielleicht sollte ich bei einem Freiwilligen-Programm mitmachen.«

»Was denn für eine Art von Programm?« Er stellte sie sich vor, wie sie eine Ausbildung bei den Samaritern machte, mit diesem speziellen, nachdenklichen Ausdruck auf dem Gesicht.

Sie strich sich gedankenverloren durch den Pferdeschwanz, die Stirn gerunzelt. »Ich könnte ehrenamtlich als Bürgerbeauftragte in einem Naturschutzgebiet arbeiten oder als Freiwillige bei einer Tierschutzorganisation. Ich habe sogar von einem Projekt gelesen, wo man mit geretteten Eisbären arbeiten kann, falls ich den Drang verspüre, für drei Monate nach Kanada zu verschwinden.«

Wilf machte große Augen. »Echte Eisbären?«

»Echte Eisbären«, bestätigte sie. Während sie weiter über schmelzende Pole redete, ließ sie die Haare über eine Schulter fallen. Sie schimmerten im Sonnenlicht, das durchs Fenster fiel. Daz war davon so abgelenkt, dass er fast nicht mehr zuhören konnte.

Er wurde zurück in die Realität gerissen, als Wilf sagte: »Daz und ich essen heute Abend Pizza. Willst du auch kommen?«

Daz blinzelte, als er Skys unsicheren Blick bemerkte. »Das ist wirklich nett«, meinte sie. »Aber ich esse kein Fleisch, und darauf ist nicht jeder eingestellt.«

Es war die perfekte Gelegenheit für Daz zu sagen: »Sorry, ich hab nur Salami-Pizza.« Aber da war noch Wilf … Er begegnete dem hoffnungsvollen Blick seines kleinen Freundes, der mit so vielem klarkommen musste und der so positiv auf alles reagiert hatte, was Sky ihm an diesem Vormittag gezeigt hatte. Er sah sie an und erkannte in ihrem Blick, dass sie mit einer Ausrede seinerseits rechnete, um sie nicht um sich zu haben. »Es gibt Pizza mit Käse und Tomaten«, sagte er, ohne weiter darüber nachzudenken. »Wäre das in Ordnung?«

Sie musterte ihn einen Moment lang forschend. »Mehr als in Ordnung«, meinte sie dann. »Danke für die Einladung. Wann soll ich da sein?«

Wilf grinste. »Jederzeit.«

Daz' Vorschlag war etwas aufschlussreicher: »So gegen sieben?« Und als Sky ihm ein strahlendes Lächeln zuwarf, fiel es ihm schwer, sich daran zu erinnern, dass sie dieses »verdammte Weibsbild« war, das seine Pläne durchkreuzt hatte.

Achtes Kapitel

Sky hatte im Haus genug Arbeit, um sich ein Jahr lang zu beschäftigen, wenn sie bloß wüsste, was sie damit vorhatte.

Nachdem Daz und Wilf gegangen waren, starrte sie nachdenklich durch die Fenster im Wohnzimmer. Der Schnee auf den Bäumen und Büschen taute, die Tropfen verursachten Pockennarben in der weißen Decke auf dem Boden, genau wie ihr Gewissen gerade ihre Freude am Eckhaus durchlöcherte.

Leere Zimmer.

Wilfs Kommentar war ihr unter die Haut gegangen und hatte sich dort festgesetzt, kratzte an ihrem Sinn für soziale und ökologische Verantwortung. Sollten einzelne Menschen wirklich so große Häuser bewohnen und Energie verschwenden, um leere Zimmer zu heizen und zu beleuchten? In einem durchschnittlichen Haushalt in Großbritannien lebten zwei Komma vier Personen, eine Statistik, die Freddys Plänen zugrunde lag, das Eckhaus in kleinere Wohneinheiten zu verwandeln.

Ihr Ziel, das Haus wieder in seiner vorherigen Pracht erstrahlen zu lassen, prallte mit der Frage aufeinander, ob es richtig war, dass eine alleinstehende Frau so viel Wohnraum besaß, wenn sie sich ihren Wunsch nach einem Leben in Middledip doch auch mit einem kleinen Häuschen wie dem von Marietta hätte erfüllen können.

Und doch schmerzte sie der Gedanke daran, das Haus nur zu renovieren und dann an eine Familie zu verkaufen.

Vielleicht hätte sie den mürrischen Daz und seine Kumpel doch das Haus für energiegeladene Jugendliche auf Abenteuerfahrt ersteigern lassen sollen. Das hätte die Zimmer gefüllt, ohne das Äußere des Hauses zu zerstören.

Aber sie *wollte* das Eckhaus! Sie wollte, dass es wieder schön war, mit einem Garten, den man genießen konnte. Sie sehnte sich danach. Ihre Vernunft hatte kein Recht, ihr mit diesen Zweifeln die Suppe zu versalzen. Sie hatte ihr neues Zuhause völlig verdient erworben.

Ruckartig setzte sie sich auf und riss den Blick von der verschneiten Szenerie vor dem Fenster los. Sie musste ihre Zweifel mit Aktivität zum Schweigen bringen.

Also holte sie ihr Handy und warf sich der Länge nach aufs Sofa, um auf den üblichen Kleinanzeigen-Webseiten nach einem Küchentisch und Stühlen zu suchen. Wenn sie sich schon schuldig machte, auf dem Planeten zu viel Raum einzunehmen, konnte sie zumindest einen minimalen Beitrag zu seiner Rettung beitragen, indem sie die Möbel für das Haus gebraucht kaufte.

Sie stutzte. Auf dem Sperrbildschirm war eine Benachrichtigung, dass sie ein E-Mail von einer Firma namens Avenue Properties bekommen hatte. Was konnten die von ihr wollen? Sie kannte die Firma, weil sie in Grantchester, gleich neben Cambridge, ihren Sitz hatte und ein Konkurrent von *Freddy Walker Immobilien* war. Freddy machte immer Witze über den Namen, weil er seiner Meinung nach implizierte, nur »reiche Schnösel«

anzusprechen, die in einer Allee wohnen wollten. Sky tippte auf die Benachrichtigung, und die E-Mail öffnete sich.

Sehr geehrte Ms. Terran,
wären Sie daran interessiert, mich und meinen zweiten Geschäftsführer, Kris Mason, zu einem informellen Gespräch zu treffen? Avenue Properties repräsentiert qualitätsbewusste Kunden, und wir würden uns über die Gelegenheit freuen, unser Projekt-Entwicklungsteam um ein wertvolles neues Mitglied bereichern zu können.
Mit freundlichen Grüßen
Alicia Sanders

Sky las voller Verblüffung. Also, das war mal direkt. Sie hatte Alicia Sanders ein paar Mal getroffen, sie war eine taffe Frau in den Sechzigern, die offensichtlich keine Scheu hatte, sich zu nehmen, was sie wollte. Sie musste davon gehört haben, dass Sky Freddys Firma verlassen hatte, und sich irgendwie ihre E-Mail-Adresse beschafft haben. Ihren Designerklamotten und dem ständig neuen Mercedes zufolge war Alicias Geschäft ein Erfolg. Sky konnte sich Freddys Reaktion nur zu gut vorstellen, wenn sie bei Avenue Properties anfangen würde …

Ihre Augen füllten sich mit unerwarteten und ungewollten Tränen. Wie sollte sie je erfahren, wie seine Reaktion ausfiel?

Seit der Auseinandersetzung in ihrer Wohnung Ende Oktober hatten sie und Freddy nicht mehr als eine Textnachricht ausgetauscht. Das offizielle Prozedere, das ihre Anstellung beendete, war unpersönlich über die Verwaltung in sterilen Briefen und E-Mails abgehandelt worden, in denen man ihr nicht einmal alles Gute für die Zukunft gewünscht hatte. Vielleicht steckte Minnie hinter dieser unterkühlten Vorgehensweise, aber

Sky wusste, dass Freddy verletzt war, weil Sky sich aus seinem geliebten Geschäft zurückgezogen hatte. Er würde sich nicht eingestehen, dass es seine Schuld war, dass er Minnie alles hatte durchgehen lassen, weil er verliebt war.

Kurz dachte Sky daran, Kontakt zu Minnie aufzunehmen, doch dann verwarf sie die Idee wieder. Minnie wollte Freddy nicht nur für sich allein, sondern sie betrachtete Sky auch als lebende Verbindung zu seiner Vergangenheit – einer Verbindung, die sie kappen wollte.

Ihr wurde schwer ums Herz.

Sie vermisste es, von ihm »Kumpel« genannt zu werden, vermisste die Betriebsamkeit im Büro, wenn ein Projekt gut lief, Freddys Zufriedenheit, wenn sie es geschafft hatte, eine Baugenehmigung durchzubringen, seine Freude über ihren gemeinsamen Erfolg. »Nicht schlecht für zwei verlauste Kids aus Nothingsville, was, Kumpel? Wir zeigen es ihnen allen, oder?« Sky wusste, dass er mit »allen« jeden meinte, der vernachlässigte, unterprivilegierte Kinder so behandelte, als wären sie selbst schuld an ihrer Situation.

Sie musste an einen wütenden Freddy mit rotem Kopf denken, der von einem Lehrer aus der Flut an Schülern im Schulkorridor herausgepickt und gefragt worden war, warum er nie ein Schul-Sweatshirt trug. »Hab kein verdammtes Sweatshirt«, hatte Freddy patzig erwidert.

Nach einer kurzen Zurechtweisung über die Verwendung von Schimpfwörtern in der Schule hatte der Lehrer breitspurig gesagt: »Ich warte immer noch auf eine Erklärung, warum du kein Sweatshirt hast.«

Seine herablassende Art, die keinerlei Empathie zeigte, hatte Freddys – zugegebenermaßen kurze – Zündschnur entfacht.

»Weil niemand mir ’nen scheiß Pulli gekauft hat.« Freddy hatte damals nachsitzen müssen, weil man natürlich nicht auf diese Weise mit einem Lehrer reden durfte.

Aber er hatte auch ein Sweatshirt bekommen. Der Lehrer hatte es Freddy mit unwirscher Miene in die Hand gedrückt. »Hier. Es war bei den Fundsachen. Ich habe deinen Namen reingeschrieben, damit es nicht wieder verlorengeht.«

Sowohl er als auch Freddy hatten gewusst, dass das verlorene Sweatshirt niemals Freddy gehört hatte, aber es war das nächste an einer Entschuldigung gewesen, was Freddy erwarten konnte. Sky musste bei der Erinnerung an den unbeholfenen Versuch des Lehrers, seine Taktlosigkeit wiedergutzumachen, unwillkürlich lächeln.

Dann fragte sie sich, was Freddy wohl zu dem kleinen Wilf gesagt hätte, wenn er dabei gewesen wäre. »Armer kleiner Kerl«, vermutlich, was Wilf mit Sicherheit war. Ein armer kleiner Kerl, der Sky das Gefühl gegeben hatte, als würde ihr jemand einen spitzen Gegenstand ins Herz rammen. Was dachten die Bewohner von Middledip wohl über Wilfs Dad, der im Gefängnis saß? Wussten es die Kinder in der Schule? Wilf wirkte wie jemand, der oft allein war und noch keinen Anschluss gefunden hatte. Er hatte die Wahrheit herausposaunt, obwohl er Sky kaum gekannt hatte. Es war dadurch ausgelöst worden, dass sie Daz für seinen Dad gehalten hatte, aber er hätte auch einfach sagen können, »Er ist nicht mein Dad«. Stattdessen schien der Aufenthaltsort seines Vaters geradezu aus ihm herauszuplatzen, als wäre die Wahrheit zu groß und zu furchtbar, um sie für sich zu behalten.

Armer kleiner Kerl. Tränen brannten in ihren Augen, und sie blinzelte sie weg. Mann, sie war emotional wegen eines Jungen, den sie kaum kannte. Als Wilf sie zum Pizzaessen eingeladen hatte, war ihr der Widerwillen in Daz Morans Blick nicht entgangen, aber Wilfs Vorfreude hatte überwogen. Daz schien ihr die Sache mit dem Haus noch nicht verziehen zu haben, aber er war ein erwachsener Mann. Er würde darüber hinwegkommen. Wilf dagegen war noch ein Kind.

Sie schloss die Mail von Avenue Properties wieder, ohne sie zu beantworten, und öffnete stattdessen die örtlichen Kleinanzeigen. Tische zu kaufen war einfacher, als sich mit emotionalem Ballast herumzuschlagen, oder damit, eine Zukunft zu planen, wenn man sich vom Leben gebeutelt fühlte.

Am Abend machte sich Sky auf den Weg, Daz' Haus zu finden. Winter Street Nummer zwanzig, hatte er gesagt. Wilf hatte hinzugefügt, dass er und seine Mum in der Nummer einunddreißig a wohnten. Sie passierte Mariettas Hecke und folgte der Straße, wobei sie immer wieder die Hausnummern überprüfte. Ein kleiner weißer Stumpf in einem Vorgarten sah aus wie die Überreste eines Schneemanns, und hin und wieder leuchtete ein Riss in der Straße weiß, als hätte ihn jemand angemalt. Davon abgesehen gab es keine Spur mehr davon, dass Middledip noch am Morgen einem Winterwunderland geglichen hatte.

Ihr Blick blieb am Dach eines Doppelhauses hängen, weil über seine Regenrinne eine dicke, künstlerisch geschwungene Decke aus Schnee hing, die aussah, als würde sie jeden Moment auf den nächsten Besucher hinabrutschen. Sky brauchte eine Sekunde, um zu merken, dass es nur eine Dekoration war. Sie blieb stehen und blickte sich um. In der Dunkelheit entdeckte sie überall die Schatten von Kabeln an den Häusern, und ihr fiel auf, dass jedes Haus mit Lichterketten und Girlanden geschmückt war, die, zumindest im Moment noch, nur wenn man genau hinschaute, im Schein der Straßenlaternen zu erkennen waren. Auf einem Dach war der Schatten einer Figur auszumachen, neben einem Schornstein eine weitere. Eine Reihe Eiszapfen baumelte von einem Dachrand wie winzige Bergsteiger, die aneinander festgebunden waren. Lichterketten waren überall herumgewunden und angebracht und ineinandergeschlungen, bereit, zum Leben erweckt zu werden.

Ah. Der Weihnachtsstraßen-Wettbewerb.

Sie bekam einen Schreck. Jess hatte etwas von einem großen »Einschalten« am ersten Dezember gesagt, und heute war …?

Sie zog hastig ihr Handy hervor. Sonntag, 27. November. Ach, verdammt. Sie hatte Dekoration und Solarlichter versprochen, und bisher hatte sie rein gar nichts davon, abgesehen von vage an Weihnachtsbäume erinnernden Kiefern. Sie hatte zu viel Zeit damit verbracht, ihr abgeschnittenes Grünzeug zu schreddern und Fußspuren im Schnee zu folgen und von ihrem Haus zu träumen.

Sie zog die Schultern hoch und seufzte schwer. Nun, sie war in den Ort gezogen, wild entschlossen, ein Teil der Gemeinschaft zu werden, also würde sie nicht gleich bei der ersten Hürde umfallen. Jess hatte gesagt, das Lokalradio würde das Ereignis übertragen. Es wäre schrecklich, wenn der Moderator das verwahrloste Haus an der Ecke erwähnen und die Winter Street damit in Rückstand geraten würde.

Stirnrunzelnd ging sie weiter und fand kurz darauf Nummer zwanzig auf der anderen Straßenseite. Es war ein großes, modernes alleinstehendes Haus aus hellem Backstein. Eine Holzvertäfelung aus Lärche bedeckte die Wand zwischen dem geziegelten Dach und dem Vordach, das sowohl die Veranda als auch die integrierte Garage überspannte. Und, natürlich, war das Haus geradezu überhäuft mit unbeleuchteten Lichterketten.

Sky schritt die Kieseinfahrt entlang und betätigte den Türklopfer. Im gleichen Moment stand schon Daz in der Tür. Er trug ein geripptes Rundhalsshirt und schwarze Jeans. Beides passte ihm wie angegossen. Sie nahm sich einen Moment Zeit, um zu verinnerlichen, wie gut sein fitter Körper zu seinem dunklen Jamie-Dornan-Look passte.

»Hey, schön, dass du es einrichten konntest«, sagte er höflich und trat beiseite, um sie hereinzulassen.

Wilf kam in den Flur gesaust und schlitterte auf Socken über das Laminat. »Cool. Jetzt können wir Pizza essen. Ich bin am Verhungern. Wir haben Lichterketten aufgehängt. Daz hat mir erlaubt, den großen Tacker zu benutzen. Mit Mariettas Haus haben wir noch nicht angefangen. Wir haben bei unserem Haus auch ein paar angebracht, aber ich muss Mum sagen, dass sie noch mehr Lichter besorgen soll. Sie kommt heute Abend wieder, aber es wird spät, deshalb schlafe ich hier und gehe morgen direkt zur Schule.« All das war in Höchstgeschwindigkeit aus ihm herausgesprudelt, während Sky ihren Mantel öffnete.

Daz warf ihr ein kurzes Lächeln zu, das ihr wohl sagen sollte: *Wilf ist aufgeregt. Kannst du dich darauf einlassen?*

Sky war gern bereit dazu und wandte Wilf ihre volle Aufmerksamkeit zu, während Daz ihren Mantel aufhängte. »Seid ihr etwa schon bereit für das große Anschalten?« Sie stöhnte theatralisch. »Ich habe nicht mal die Lichter gekauft. Ich muss dringend in die Gänge kommen.«

Wilfs riss hoffnungsvoll die Augen auf. »Soll ich dir helfen, sie zu bestellen? Ich kann dir eine Seite im Internet zeigen, wo Daz und Mum ihre Lichterketten bestellt haben.«

»Klingt gut.« Sky ließ sich von ihm aus dem quadratischen Flur führen. Überrascht von sich selbst, stellte sie fest, dass sie grade Hilfe akzeptiert hatte – etwas, worin sie meistens nicht gut war –, auch wenn sie eigentlich nur Wilf nicht den Spaß verderben wollte. Vielleicht war das in einer so eng verwobenen Gemeinschaft normal. Das geräumige, L-förmige Wohnzimmer war in zwei Bereiche geteilt. In einem standen Sofas und Sessel, während der Essbereich von einem weißen Quarztresen mit schwarzen Vinylhockern beherrscht wurde, der in eine Hochglanzküche mit grauen Hängeschränken mit kupferfarbenen Griffen und einer Arbeitsfläche aus dem gleichen weißen Quarz überging. Die gesamte Einrichtung wirkte wie aus einem Magazin mit dem Titel »Modernes Wohnen«. »Schönes Haus«, kommentierte sie höflich.

Daz sah sich um. »Entspricht eher dem Geschmack meiner Ex als meinem eigenen, aber es ist gemütlich.«

»Es ist ein Wohn-Esszimmer«, warf Wilf ein, der offenbar an der Konversation teilhaben wollte.

»Ein angenehmer Wohnraum, aufgeteilt durch Funktion und Mobiliar«, fügte Sky ernst hinzu, die Formulierung verwendend, die sie ihren Kunden immer gab, wenn sie eine potenzielle Investition präsentierte.

Wilf zuckte mit den Schultern und kam auf die wichtigen Dinge zurück. »Können wir jetzt die Pizzas in den Ofen schieben, Daz? Kann ich Hawaii haben?«

»Klar, kannst du.« Daz wuschelte ihm liebevoll durch die Haare, als er in die Küche ging.

Da ein Erwachsener zufriedenstellend beschäftigt war, wandte sich Wilf der anderen zu. »Sollen wir jetzt deine Lichter bestellen, Sky? Daz' Laptop steht hier und die Webseite, die wir benutzt haben, ist noch offen.« Er nahm einen glänzend silbernen Laptop vom Küchentresen und setzte sich damit an den Esstisch.

»Ähm … ist das okay?« Sky warf Daz einen fragenden Blick zu, als sein Laptop ohne große Umschweife geöffnet wurde und Wilf begann, darauf herumzutippen.

Daz antwortete mit einem schiefen Lächeln, das nur den einen Mundwinkel hochzog, aber dennoch seine hohen Wangenknochen hervorhob. »Ist schon gut, solange du deine eigene Kreditkarte benutzt.«

Sky hatte eine Kreditkarte dabei, die in ihrer Handyhülle steckte, also setzte sie sich Schulter an Schulter mit Wilf an den Tisch, der gleich damit begann, ihr zu erzählen, wer schon welche Lichter bestellt hatte.

Sky drehte den Computer so, dass sie den Bildschirm besser sehen konnte. »Lass uns erst mal bei E-Bay und Gumtree schauen, ob wir etwas Gebrauchtes bekommen.«

»Dieser Wettbewerb kostet ein Vermögen«, rief Daz aus der Küche. »Jess und ihre Freunde wollen unbedingt gewinnen, aber das einzige Entgegenkommen, das sie hinsichtlich der Kosten bisher gezeigt hat, ist der Hinweis in der Whatsapp-Gruppe auf die Vorteile von solarbetriebenen Lichtern.«

Sky beobachtete ihn, wie er Teller und Besteck aus den Schränken holte. »Ich glaube, das stammt von mir. Ich versuche Ressourcen zu schonen, wo es geht.«

Allerdings enttäuschten sie E-Bay, Gumtree und Facebook-Marketplace heute, da sie nichts anzubieten hatten außer neuer Produkte. »Entweder sind alle ausverkauft oder man darf sie nicht Secondhand verkaufen«, stellte Sky fest. Auf Wilfs empfohlener Seite suchte sich Sky optimistisch einen Vorhang aus blinkenden Lämpchen und Eiszapfenlichter für die linke vordere Ecke des Hauses aus. Sie nahm sich fest vor, bis zum 23. Dezember, wenn die Jury ihr Urteil fällte, wenigstens so viel vom Haus freigelegt zu haben. Außerdem kaufte sie noch alles, was sie für die Bäume zu brauchen glaubte.

Als sie sich schließlich um den modernen Esstisch versammelten, umhüllt vom köstlichen Duft nach heißem Käse und Tomaten, abgerundet von einem Hauch Knoblauchbrot, war sie zwar deutlich ärmer, aber ihre Einkäufe waren erledigt. Daz hatte sich ein Bier geöffnet, Wilf trank Milch und Sky Wasser. Wilf plauderte zwischen großen Bissen und während er sich Käsefäden vom Kinn kratzte. Er erzählte Sky, wie Daz die Eiszapfen-Lichterkette am Dach angebracht hatte, als der meiste Schnee weggetaut war, aber dass Wilf den Sternenvorhang an das Verandadach hatte hängen dürfen. »Marietta hat einen riesigen Stern für ihr Dach bestellt«, fügte er hinzu, ehe er nach einem weiteren Stück Pizza Hawaii griff.

Während Wilf seinen Mund wieder füllte, übernahm Daz den Smalltalk. »Als meine Mutter dich bei dem Pubquiz kennengelernt hat, war ihr nicht bewusst, dass du diejenige bist, die Elisabettas Haus gekauft hat, sonst hätte sie sich bestimmt nach deinen Plänen erkundigt. Sie waren befreundet.« Sein Lächeln schien um ein paar Grad wärmer geworden zu sein. Seine Augen waren dunkel wie schwarzer Kaffee, passend zu seinen dunklen, glänzenden Haaren. Seine Augenbrauen waren gerade, wie Linien, die mit eiligem Strich ausgeführt worden waren, und er sah nicht so aus, als hätte er sich heute schon rasiert. Sky mochte keine Bärte, aber Stoppeln fand sie durchaus ansprechend.

Ein Flattern in ihrer Magengegend überraschte sie.

»Du hast doch gesagt, du willst die Bäume behalten, oder?«, fuhr Daz fort.

Hörte sie da einen Anflug von Besitzanspruch in seiner Stimme? Ein Hauch von Selbstgerechtigkeit, falls sie vorhatte, doch Bäume zu fällen, weil sein Projekt ihnen erlaubt hätte zu bleiben? Da fragte er die Falsche. »Der einzige Grund, weshalb ich einen Baum fällen würde, wäre, wenn er ein Sicherheitsrisiko darstellt. Ich wünsche mir mehr Bäume auf dem Planeten, nicht weniger. Ich werde Vogelhäuschen und Fledermauskästen aufhängen.«

»Was sind Fledermauskästen?«, fragte Wilf, den Mund voll Pizza, ein Komma aus geschmolzenem Käse im Mundwinkel.

»Das sind Kästen, in denen die Fledermäuse wohnen können«, antwortete Sky. »Einige britische Arten sind bedroht, da ihre Lebensräume – die Orte, wo sie in der Natur wohnen – nach und nach verschwinden.«

»Warum denn?« Wilf hörte auf zu essen, um besser zuhören zu können.

Sky nahm sich ein frisches Stück Pizza und klappte es von den Ecken her zusammen, so dass der flüssige Käse nicht hinunterrutschen konnte. »Die Menschen verbauen Wälder und Felder oder lassen eine Straße mittendurch führen. Fledermäuse ziehen in die Gärten, um ihren Lebensraum zurückzubekommen.« Sie grinste über seinen verzückten Gesichtsausdruck und fasste weitere Fakten zusammen, die einen Elfjährigen interessieren könnten. »In dem verwachsenen Dschungel um mein Haus muss es ein Geschwader an Käfern geben, also leben vielleicht jetzt schon Fledermäuse dort.«

Sie bemerkte, wie Daz sie ansah, und errötete unmerklich. »Den Planeten zu retten ist so ein Ding von mir.«

Sein Lächeln war herzlich, und sie fragte sich, ob es das erste Mal war, dass er sie anlächelte und es auch so meinte. »Das ist toll. Ich bin wohl davon ausgegangen, dass ein Immobilieninvestor den Garten mit dem Bulldozer plattmachen würde.« Daz nahm seine Bierflasche und prostete ihr zu.

Überrascht und den spitzen Tonfall beim Wort »Immobilieninvestor« wahrnehmend, biss Sky in ihre Pizza und kaute langsam, um sich Zeit zu geben, ihre vorangegangenen Gespräche noch einmal im Kopf durchzuspielen. Bei der Immobilienversteigerung hatte sie ihn für den »Glänzende-Haare-Typ« gehalten, aber sie hatten kein Wort miteinander gewechselt, bis er sich im Café *Angel* vorgestellt hatte. Abgesehen davon, dass sie ihm versichert hatte, nicht vorzuhaben, einen Wohnblock anstelle des Eckhauses hochzuziehen, hatte sie ihm nur gesagt, dass sie ins Dorf kam, um hier zu wohnen. Das Pubquiz …? Nein, da hatten sie nicht über Berufliches gesprochen. Auch nicht am Morgen im Schnee. »Woher weißt du, dass ich Immobilieninvestorin bin?«, fragte sie.

Daz hielt inne, die Bierflasche halb zum Mund geführt. »Ich … ähm …« Er räusperte sich und sah ertappt aus. »Ich habe dich bei LinkedIn gefunden. Dort stand, du wärst Immobilienentwicklerin.«

»Entwicklungsmanagerin für Immobilien«, korrigierte sie leise. »Das war ich zumindest, bei der Firma meines Pflegebruders. Warum hast du mich im Internet gesucht? Haben du und deine Kumpel darüber nachgedacht, euer Budget zu erweitern und mir ein Angebot für das Haus zu machen? Aber als ihr herausgefunden habt, dass ich *Immobilieninvestorin* bin …«, sie sprach das Wort in gespielt angewidertem Tonfall aus, »… habt ihr beschlossen, mit einer solch skrupellosen Sorte Mensch keine Verhandlungen einzugehen?« Sie deutete mit dem Stück Pizza auf ihn. »Nur zu deiner Information, ein heruntergekommenes, vernachlässigtes Haus zu kaufen und zu restaurieren, nach modernen Energiestandards, ist nichts Schlechtes. Es hilft der Nachbarschaft und schafft ein neues Zuhause, wo vorher vielleicht nur ein Schandfleck gewesen war. Wenn es einen Profit abwirft, dann habe ich damit auch kein Problem.«

Wilf, der ebenfalls ein Pizzastück in der Hand hielt, sah zwischen Daz und Sky hin und her, um herauszufinden, worum es hier eigentlich ging.

Daz zuckte mit den Schultern, das Licht der Lampe über dem Tisch reflektierte auf seinen Haaren. »Ich war nur interessiert.« Dann hielt er inne. Seine Augen weiteten sich, als würde ihm bewusst, dass sie denken könnte, er meinte *interessiert* interessiert – also, interessiert an ihr.

Die Vorstellung verursachte wieder ein Flattern in ihrem Bauch. Ihr war die Spannung zwischen ihnen keineswegs entgangen, aber sie hatte angenommen, es wäre die falsche Art von Spannung. Die richtige Art schien abwegig, schließlich hatte Daz seine dunklen Augen überall, nur nicht auf ihr. Sie überspielte ihre Unsicherheit, indem sie sich an Wilf wandte und ihm von »Mikrowäldern« erzählte, der Bewegung, schnellwachsende, heimische Bäume auf kleiner Fläche anzubauen. Wilf hörte mit höflichem Interesse zu, während er seine restliche Pizza vertilgte, war jedoch deutlich weniger gefesselt von Bäumen als von Fledermäusen.

»Kann ich ein bisschen auf deinem Computer spielen, Daz?«, fragte er nach dem Essen.

Daz sah auf seine Armbanduhr. »Aber nur eine halbe Stunde. Deine Mum hat gesagt, du sollst um halb zehn im Bett sein und das Licht ausmachen.«

Wilf verschwand nach oben, während Daz Kaffee für Sky und sich machte. Als er die grauen Tassen zu den Sofas trug, wartete er höflich, bis Sky sich einen Platz ausgesucht hatte, so dass er ihre Tasse auf einem kleinen Glasbeistelltisch neben ihr platzieren konnte.

Da sie ihn nicht gegoogelt hatte, fragte sie: »Was machst du beruflich?« Seinem großzügigen Haus und dessen neu wirkender Einrichtung zufolge war es ein guter Job.

Er nahm auf der schwarzen Couch Platz und balancierte seine Kaffeetasse auf dem Oberschenkel, den Henkel festhaltend. »Ich leite ein Team aus Testern zur Qualitätssicherung von Computerspielen. Mein Arbeitsplatz ist oben unter dem Dach.«

»Wie ein verrückter Wissenschaftler?« Sie pustete auf den heißen Kaffee.

»Total irre«, stimmte er augenzwinkernd zu. »Das denke ich oft, wenn ich das gleiche Level immer und immer wieder auf verschiedenen Plattformen durchspiele. Natürlich hat es auch Vorteile – flexible Arbeitszeiten, Spiele noch vor ihrer Veröffentlichung spielen zu können oder zu Konferenzen eingeladen zu werden, die das reinste Paradies für Nerds sind.« Er hielt inne, ehe er hinzufügte: »Ich habe selbst ein Spiel entwickelt und hatte Glück, dass ich mit einem Surviver Roleplay erfolgreich war.« Skys Blick musste ihre Ratlosigkeit verraten haben, denn er erklärte schnell: »Menschen, die versuchen, einen imaginären Planeten zu besiedeln. Es hat inzwischen eine große Community, und mein derzeitiger Arbeitgeber hat es mir für ein nettes Sümmchen abgekauft, daher rührt meine potenzielle Rolle als Investor bei Ismaels und Verns Plänen für das Wohnprojekt.« Ein Schatten huschte über sein Gesicht, und er konzentrierte sich einen Moment lang auf seinen Kaffee. »Sie haben jetzt wohl etwas gefunden, das sie mieten können. Etwas zu Gutes, um es sich entgehen zu lassen, offensichtlich.«

Sky empfand Mitgefühl für ihn. Gleich bei ihrem ersten Gespräch war klar gewesen, wie viel er daraufgesetzt hatte, das Eckhaus für die Abenteuerunterkünfte zu erwerben. »Sorry, dass ich dich bei der Auktion überboten habe. Aber es gibt immer Immobilien, in die man investieren kann. Und das ist ohne Partner noch einfacher. Davon lebe ich, bis ich mich entschieden habe, was ich als Nächstes tun will.«

Ihr Mitgefühl, so aufrichtig es auch war, schien ihn nicht zu trösten. »Das Projekt mit Ismael und Vern war nicht nur in finanzieller Hinsicht attraktiv«, erwiderte er gepresst. Dann sah er sie forschend an. »Du besitzt noch weitere Häuser? Außer dem Eckhaus, meine ich?«

Sie versank tiefer in dem Sofa. Die Möbel waren nicht nur stylisch, sondern auch gemütlich. »Zwei kleine Einfamilienhäuser in Peterborough, das Apartment, in dem ich vorher gewohnt habe, und ein größeres Objekt.«

Er zog missbilligend die Augenbrauen hoch. »Lass mich raten. Es ist eines dieser Mehrparteienhäuser, wo junge Leute wohnen, bevor sie sich eine eigene Wohnung leisten können. Ich habe gehört, sie sind sehr profitabel. Die Bewohner leben wie Studenten und nerven ihre Nachbarn mit ihren ständigen Partys.«

Auch wenn sein Vorwurf nicht ernst gemeint war, hatte Sky das Bedürfnis, darauf zu reagieren. »Ich weiß es nicht. Ich war nie die Art von Studentin, die Zeit für Partys hatte. Alle meine Qualifikationen habe ich berufsbegleitend zu einem Vollzeitjob erworben. Das Objekt ist ein Haus in Mehrfachbelegung, aber ich arbeite mit einer Hausverwaltung zusammen, die Erwachsene mit Problemen unterstützen. Das können Lernschwierigkeiten sein, geistige Krankheiten oder jemand, der von der Straße runtermuss. Durchschnittlich bleiben die Leute dort zwei Jahre. Ein Mitarbeiter vor Ort hilft den Bewohnern und ermutigt sie zu mehr Selbstständigkeit im Alltag.« Sky nippte an ihrem Kaffee, der schön cremig war, genau wie sie ihn mochte. Sie sah, wie Daz unbehaglich den Blick senkte, fügte aber dennoch hinzu: »Solche Häuser stellen eine durchaus berechtigte Wohnform dar. Nicht jeder kann sich ein großes Haus leisten.«

Daz rutschte auf seinem Sitz herum. »Punkt für dich. Du hast mir meine Privilegien vor Augen geführt. Ich bin gesund, bin bei mich liebenden Eltern in einem netten, sicheren Ort aufgewachsen. Ich habe nicht einmal einen Studienkredit an der Backe, weil meine Eltern mir das Studium bezahlt haben. Ich verdiene mein Geld durch die Freizeitindustrie.«

Sie lächelte, überrascht, dass er in der Lage war, seine Unbedachtheit zuzugeben. »Warum solltest du dieses Leben nicht haben? Du arbeitest hart, und du scheinst Wilf zu helfen, was du vermutlich nicht tun müsstest.«

Sein Gesichtsausdruck entspannte sich. »Mit Wilf Zeit zu verbringen ist keine Pflicht. Ich kenne ihn seit seiner Geburt, er ist ein toller Junge, der mit einer schrecklichen Situation klarkommen muss.«

Gegen ihren Willen verspürte Sky eine gewisse Neugier. Sie warf schnell einen Blick in Richtung Flur, um sicherzugehen, dass Wilf nicht gerade nach unten kam, und senkte die Stimme. »Darf ich fragen, weshalb sein Dad dort ist, wo er ist? Nur, wenn es in Ordnung ist, sonst verstehe ich das natürlich auch«, fügte sie hastig hinzu.

Daz' Miene verfinsterte sich. »Du musst keine Angst vor Lewis haben, wenn er nach Middledip zurückkehrt«, erwiderte er knapp. »Sein Verbrechen fällt unter Wirtschaftskriminalität. Er hat seine Position bei einer Bank ausgenutzt, um … einem Freund zu helfen.«

Sky dachte kurz über die Information nach. »Einem weiblichen Freund?«, fragte sie spitzfindig.

Daz runzelte die Stirn. »Ja. Aber sie waren *nur* befreundet. Sie war krank und ihre einzige Hoffnung war eine Behandlung, die sie in Großbritannien nicht bekommen konnte.«

Wow. Das musste aber eine besondere Freundschaft gewesen sein. Sky versuchte einen Moment lang, es sich vorzustellen. »Wie niederschmetternd für Wilf. Courtney muss dir sehr dankbar sein für deine Hilfe.«

In Daz' Augen blitzte Wut auf. »Lewis' Dad, Graham, denkt, ich bin hinter Courtney her. Das bin ich aber nicht. Sie ist die Frau meines ältesten Freundes, und wir sind nicht aneinander interessiert. Graham sollte aus seinem Loch aus Selbstmitleid steigen und etwas Hilfreiches tun, anstatt seine Vorurteile zu füttern.« Er stieß sich vom Sofa ab, ging zum Fuß der Treppe und rief: »Wilf. Zeit ist um, Kumpel. Ab ins Bett oder deine Mum macht dir die Hölle heiß.«

Wilfs Lachen schallte die Treppe runter. »Mums Hölle ist etwa so heiß wie der Schnee heute.«

Daz lachte mit, dann joggte er nach oben, um noch etwas anderes zu sagen. Sky hörte seine Stimme, gefolgt von Wilfs, gedämpft und entfernt. Weil es Wilf gewesen war, der sie eingeladen hatte und nicht Daz, trank sie ihren Kaffee aus. Wenn Daz wiederauftauchte, konnte sie sich ihren Mantel geben lassen, ihm für die Gastfreundschaft danken und gute Nacht sagen. Sie setzte sich auf der Kante des Sofas zurecht.

Aber Daz kam nicht wieder runter. Seine Stimme schien sich zu entfernen. Zwar konnte Sky noch das Auf und Ab der Worte hören, aber sie klangen noch weiter weg. Aus Langeweile checkte sie ihr Handy. Sie hatte eine Bestätigungsmail für die Bestellung der Lichter bekommen, für die sie gerade ein Vermögen ausgegeben hatte. Auf Instagram entdeckte sie eine alte Schulfreundin, die ihr Neugeborenes im Arm hielt, und kommentierte das Bild mit einem »Glückwunsch! Ihr seht beide wunderschön aus«. Sie schaute ein Youtube-Video, in dem Nagelpistolen mit Tackern verglichen wurden, dann sah sie auf die Uhr. Daz war schon ewig weg, und immer noch hörte sie seine Stimme von irgendwo. Las man einem Elfjährigen noch eine Gutenachtgeschichte vor? Wenn ja, musste es »Herr der Ringe« sein, und zwar alle Bände.

Sie wünschte, sie hätte sich gemerkt, wo er ihren Mantel hingetan hatte, damit sie sich aus dem Staub machen konnte. Sie überlegte schon, Türen zu öffnen und in Schränken nachzusehen, blieb dann aber doch sitzen und seufzte. Endlich hörte sie Daz' Schritte auf der Treppe.

»Tut mir leid.« Er fuhr sich mit den Fingern durch die Haare. »Eine Kollegin aus meinem Team hat angerufen, um mir mitzuteilen, dass sie am nächsten Projekt nicht mitarbeiten kann, weil sie eine schlimme Diagnose erhalten hat. Ich konnte das Gespräch leider nicht abkürzen.«

Skys Ärger verflog. »Natürlich nicht. Das wäre nicht nett gewesen. Soll ich …« Sie wollte sagen, »… meinen Mantel nehmen und dich in Ruhe lassen«, aber sie wurde von seinem Handy unterbrochen, das erneut klingelte.

Er ging dran mit: »Ich mach dir auf«, und verschwand wieder im Flur.

Sky hörte, wie er leise etwas sagte und eine Frauenstimme antwortete. Sky seufzte. Schöner Mist. Wenn das Frauenbesuch war, jetzt da Wilf im Bett war, würde sie auch ohne ihren verdammten Mantel nach Hause rennen, wenn es nötig war.

Aber in dem Moment tauchte Daz mit einer kleinen, zierlichen Frau wieder auf. Ihre schwarzen Haare waren ganz glatt, und als sie Sky erblickte, blieb sie stehen und sah sie mit sorgenvoller Miene an. »Wenn ich euch störe, dann …«

»Tust du nicht«, sagten Sky und Daz wie aus einem Mund. Daz fuhr fort: »Sky, das ist Wilfs Mum, Courtney. Courtney, das ist Sky, die das Eckhaus gekauft hat.«

Sofort blitzte es in Courtneys Augen auf. »Wirklich?«, fragte sie an Sky gewandt. »Dir eilt dein Ruf voraus.« Sie grinste und warf Daz einen solch belustigten Blick zu, dass Sky es ihr nicht übelnehmen konnte.

»Er hat mich Immobilieninvestor genannt. Ich glaube, das ist seine schlimmste Beleidigung«, entgegnete Sky.

Daz schritt an ihnen vorbei in die Küche. »Ich nehme einen Whiskey. Was kann ich den Damen bringen?«

Courtney ließ sich auf dem Sofa nieder. »Weißwein, bitte.

Ich habe dieses Wochenende mit Abi so viel getrunken, da kann ich genauso gut weitermachen. Bist du dabei, Sky?«

Verlockt von Courtneys offener Art, setzte sich Sky wieder, sagte aber: »Wasser ist gut für mich, danke.«

Daz' Stimme hallte aus der Küche. »Wenn du keinen Alkohol möchtest, kann ich dir auch was anderes anbieten. Ich habe Softdrinks oder Heißgetränke.«

»Heiße Schokolade? Pfefferminztee?« Sky wollte nicht noch mehr Kaffee trinken, sonst würde sie heute Nacht kein Auge zutun.

»Warte kurz.« Schranktüren wurden geöffnet und wieder geschlossen, ehe Daz rief: »Ich habe Pulver für heiße Schokolade mit Haselnuss gefunden. Ist das okay?«

»Super, danke«, erwiderte sie.

Er klapperte in der Küche herum, und Sky wandte sich wieder Courtney zu. Diese schien sie zu mustern. Sky lächelte. »Du hast einen großartigen Sohn. Es war Wilf, der mich für heute Abend zum Pizzaessen eingeladen hat. Wir haben uns beim Spazierengehen im Schnee kennengelernt und uns über Tiere unterhalten.«

Courtney wirkte erfreut. »Wilf hat mir Bilder vom Schnee über Whatsapp geschickt. In London ist keiner angekommen.«

Daz kam mit einem Weinglas und einer Tasse zu ihnen. »Sky hat Wilf von Hasen erzählt und Amseln, die Spuren im Schnee hinterlassen. Er war wie gebannt.« Er ging wieder, um sich sein eigenes Getränk in einem Whiskyglas zu holen. Sky konnte den Alkohol riechen, als er an ihr vorbeiging. Er setzte sich aufs Sofa, in gebührendem Abstand zu Courtney, um freundschaftlich, aber nicht zu kuschelig rüberzukommen. Sein Blick richtete sich auf Sky. »Trinkst du gar nichts?«

Sie lächelte und verkniff sich zu sagen, »Würde ich nichts trinken, würde ich an Dehydrierung sterben, oder nicht?«, was sie manchmal in ihren weniger geduldigen Momenten schon auf diese Frage erwidert hatte. »Keinen Alkohol«, antwortete sie stattdessen. »Meine Mum war ein abschreckendes Beispiel.«

Courtney zog die Augenbrauen hoch. »Das klingt nicht gut.«

»War es auch nicht.« Sky pustete auf ihre heiße Schokolade und sog den schokoladig-nussigen Duft ein.

»Ich weiß nicht, wie ich es ohne Wein durch die vergangenen Monate geschafft hätte.« Courtney verzog das Gesicht.

Sky wollte nicht, dass sich diese nette, erschöpft wirkende Frau kritisiert fühlte, denn die Welt war nicht voll mit Trish Murrays, die ein Leben in die Welt setzten, nur um es dann in einem Nebel aus Alkohol zu verdrängen. »Ich sage nicht, dass du das versuchen solltest. Ich will einfach nicht so sein wie meine Mum, und die Neigung zu Alkoholmissbrauch kann vererbt werden.«

Courtneys Lächeln war zurück. »Das kann ich gut verstehen. Wie lebt es sich denn so im Eckhaus? Ich bin überrascht, dass du es zwischen all den Bäumen überhaupt findest.«

Froh über den Themenwechsel grinste Sky. »Ich liebe es. Ich werde den Garten auf Vordermann bringen und das Gebäude unter die Lupe nehmen, bis ich mich entschieden habe, was ich als Nächstes tun will.« Das schien ihr ein vernünftiges Ziel zu sein – entscheiden, nicht zu entscheiden.

Aber, als könnte sie ihr die Überlegungen und Unsicherheiten an der Nase ablesen, sagte Courtney zu Sky: »Wenn du das Haus und das Dorf so magst, dann bleib doch hier.« Und urplötzlich spürte Sky, wie ihr Tränen in die Augen traten. Nachdem Freddy und Minnie sie nicht um sich hatten haben wollen – und auch Daz nicht wirklich –, war es Balsam für ihre verletzte Seele.

Sie schluckte die Emotionen runter und ging zu einem Thema über, auf das die meisten Eltern nur zu gern eingingen – ihren Nachwuchs. »Wilf hat mir geholfen, Lichter für den Weihnachtsstraßen-Wettbewerb zu kaufen.«

Courtney verdrehte die Augen. »Er ist verrückt danach. Wenn ich nicht auf größere Einbindung in die Gemeinschaft aus wäre, würde ich Jess und ihren Freunden sagen, dass die Kosten nicht gerade das sind, was man als frisch Alleinerziehende gebrauchen kann.« Sie grinste, aber es war nicht ganz echt. »Sieht aus, als müsste ich irgendwo extra Kohle auftreiben, um mir die Kinderbetreuung über die Weihnachtsferien leisten zu können.«

Sky war sich so deutlich bewusst, derzeit nicht an einen Job gebunden zu sein, dass ihr die Worte über die Lippen kamen, ohne dass sie groß darüber nachgedacht hätte. »Wenn Wilf mal zu mir kommen mag, kann er das gern machen.«

Courtney schnappte nach Luft. »Machst du Witze?«

Sky bemerkte, dass auch Daz sie überrascht ansah, und ihre Wangen glühten vor Scham. Einen Moment lang hatte sie vergessen, dass gute Eltern ihre Kinder nicht bei Fremden ließen. »Sorry«, plapperte sie erschrocken. »Du weißt ja gar nichts über mich – ich bin nur die verrückte Frau vom Eckhaus.« Dann, als Courtney wirkte, als würde sie gleich in Tränen ausbrechen, rappelte sie sich hastig auf und tat so, als würde sie auf die Uhr sehen. »Kannst du mir sagen, wo du meinen Mantel versteckt hast, Daz? Ich wollte gar nicht so lange bleiben. War nett, dich kennenzulernen, Courtney. Gute Nacht.«

Sie eilte aus dem Zimmer, wobei sie sich bewusst war, dass

ihr Daz dicht auf den Fersen war. Er holte den Mantel aus einem Schrank und hielt ihn ihr altmodisch auf, so dass sie hineinschlüpfen konnte. Obwohl sie aufgewühlt war, machte ihr Herz einen Sprung, weil sie sich in dem Moment so nahe kamen und ihr Rücken fast seinen Oberkörper gestreift hätte. Seine Arme lagen zwar nicht um sie, aber er hielt sie so.

Sein Atem streifte tatsächlich ihr Ohr, als er murmelte: »Das war sehr nett von dir. So wenige Leute bieten Courtney Hilfe an, dass sie wohl davon überwältigt war.«

Langsam drehte sich Sky um, so geschockt, dass sie nicht einmal einen Schritt zurückwich, um aus dem engen Bereich seiner Körperwärme herauszutreten. »Wirklich?«, flüsterte sie und blickte ihm forschend in die dunklen Augen. »Ich dachte, sie fände mein Angebot unangemessen.«

Sein Mund verzog sich zu einem leisen Lächeln. »Es war großzügig von dir. Sie hat eine harte Zeit hinter sich und ist etwas nah am Wasser gebaut.«

»Verstehe. Denke ich«, murmelte sie und versuchte, sich Courtneys ungläubige Worte wieder ins Gedächtnis zu rufen. *Machst du Witze?*, hatte sie gesagt, und Sky hatte gedacht, sie meinte damit so was wie: *Vergiss es.* Aber hatte Courtney vielleicht sagen wollen: *Meinst du das ernst?*

Genauso leise wie eben fragte er: »Würdest du wirklich helfen?«

Sie zuckte unbeholfen mit den Schultern. »Wenn er nichts dagegen hat, im Garten zu werkeln oder Fernsehen zu schauen. Computerspiele habe ich leider nicht.« Als Daz sie nur unergründlich anstarrte, riss sie einfach die Haustür auf und eilte in den Wind davon, der ihr Schneeregen ins Gesicht blies.

Sie empfand tiefes Mitleid für Courtney, die in einem so zerbrechlichen Zustand zu sein schien, dass ein einfaches Hilfsangebot sie zusammenbrechen lassen konnte.

Neuntes Kapitel

Daz versuchte, während seiner Arbeitsstunden prinzipiell keine sozialen Verpflichtungen wahrzunehmen, aber am Montag machte er zum Mittagessen eine Ausnahme für die berühmte Karotten-Koriander-Suppe seiner Mum. Er schrieb heute eh nur Berichte und hatte sich eine Pause verdient.

Sara hatte ihr Arbeitsleben mit der strengen Disziplin der Wirtschafts- und Finanzwelt verbracht, aber nun, da sie in Rente war, entspannte sie sich beim Kochen. Daz bestrich eine Scheibe Vollkornbrot mit Butter, um es in die Suppe zu tunken. Hier am Eichentisch in der Küche des Hauses, in dem er aufgewachsen war, kam er zur Ruhe. Es lag ganz in der Nähe der Middledip-Grundschule, Lewis hatte gleich auf der anderen Seite der Schuleinfahrt gewohnt.

»Ich habe Apfelkuchen für dich gebacken, Darragh.« Sara lächelte, während Len die Suppenschüsseln abräumte. Das Rezept für den Apfelkuchen hatte Sara aus Irland mitgebracht, und sie gab immer eine Spur Zimt dazu.

Len rieb sich genüsslich den Bauch. »Den liebe ich.«

Sara warf ihm einen scharfen Blick zu. »Für dich nicht, bis du dich rasiert hast.«

Daz lachte. Sein Vater ließ sich einen Bart wachsen, was seiner Mutter nicht gefiel. Sie diskutierten schon seit Tagen darüber. »Ich esse dein Stück mit, Dad«, bot er großzügig an.

Len setzte eine flehentliche Miene auf, aber Sara bedachte ihn nur mit einem strengen Blick, auch wenn ihre Augen schelmisch funkelten, bevor sie ihm doch ein großes Stück Apfelkuchen auf den Teller schob. Sara, da war sich Daz sicher, würde bald wieder einen glattrasierten Ehemann haben. Er beobachtete, wie sie miteinander scherzten und stellte fest, dass er neidisch war auf ihre liebevolle Beziehung zueinander.

Kurz darauf verabschiedete er sich wieder, um weiterzuarbeiten. Lächelnd stellte er sich vor, wie sie sich gleich zusammen ein Nickerchen auf der Couch genehmigen würden.

Er überquerte gerade die Port Road in Richtung Bankside Estate, als ihm eine Person auffiel, die es sehr eilig zu haben schien. Er verrenkte sich den Hals, um an dem großen roten Weihnachtsmann vorbeischauen zu können, der vor der Grundschule aufgestellt war, und erblickte den Mann wieder, ehe er hinter einer Ligusterhecke verschwand, die so verwildert war, dass sie sogar die überwuchernden Kiefern am Eckhaus in den Schatten stellte.

Es war Graham.

Daz zögerte. Das Haus war ihm einmal so vertraut gewesen wie sein Elternhaus, das er gerade verlassen hatte. Er wechselte die Richtung, ging an dem großen, roten Weihnachtsmann vorbei auf die wilde Hecke zu und trat durchs Gartentor. In dem ehemals makellosen Vorgarten ließen ungeschnittene Rosen in Beeten voller Unkraut ihre braunen, vom Frost kahlen Köpfe hängen. Blätter bedeckten zu großen Teilen das Gras, das so lang war, dass es sich schon niederlegte.

An der Haustür angekommen, deren rautenförmiges Fenster von einer Netzgardine verschleiert war, hob er den gusseisernen Türklopfer und ließ ihn mit lautem Krachen niedersausen.

Als eine Minute verging, ohne dass jemand zur Tür kam, versuchte er es erneut.

Er war kurz davor, sich zum Gehen zu wenden, als sich der Vorhang bewegte. Dann ging die Tür mit einem schleifenden Geräusch auf. Graham lugte heraus. Sein Haar konnte einen Schnitt und eine Bürste gebrauchen.

Daz setzte ein Lächeln auf. »Hi, Graham. Wie geht es dir?«

Der ältere Mann ließ die Hand vom Türgriff fallen. »Oh. Du bist es, Darragh.« Dann fügte er mürrisch hinzu: »Du kannst reinkommen, wenn du willst.«

»Danke.« Daz folgte ihm den Flur entlang, wo sich Werbeprospekte bis über die Fußleiste stapelten. Der Geruch von gekochtem Kohl lag in der Luft. Sie gingen ins Wohnzimmer, wo im Fernseher eine Sendung über Gartenpflege lief – *wie ironisch*, dachte Daz.

Graham schaltete das Gerät aus. »Kann ich was für dich tun?« Er klang gehetzt, als hätte er noch eine lange Liste an Aufgaben vor sich. Weder bot er Daz einen Stuhl an noch etwas zu trinken – ein verlässlicher Indikator dafür, dass er nicht in der Stimmung für längere Besuche war.

»Nein«, erwiderte Daz, froh, dass Courtney Graham nicht drängte, ihr mit Wilf über Weihnachten zu helfen. Dieses sauer riechende Haus war kein Ort für einen trauernden Jungen. Graham fühlte sich vielleicht nicht danach, in seinem Fenster einen blinkenden Weihnachtsbaum aufzustellen, aber er hatte doch wohl genug Zeit, die Werbeprospekte wegzuwerfen und mal mit dem Staubsauger durchs Haus zu gehen. »Ich war bei meinen Eltern zum Mittagessen und dachte mir, ich sehe mal nach, wie es dir geht.«

Graham zuckte die Schultern. Vermutlich sollte das »deprimiert und niedergeschlagen« heißen, also beschloss Daz, dass es wenigstens einen Punkt gab, in dem er Graham beruhigen konnte. »Du hast angeblich Courtney gegenüber angedeutet, dass sie und ich ein Verhältnis haben könnten, und ich wollte dir nur sagen, dass dem nicht so ist. Sie braucht Hilfe, ich unterstütze sie.« Er hoffte, dass auch der Subtext bei Graham ankam, der lautete: *weil du es nicht tust.*

Graham wandte den Blick ab. »Ich habe nur nach dir und ihr gefragt. Es ist nicht so, als hätte ich ihr etwas vorgeworfen. Sie hat es falsch aufgefasst. Ich wollte nur für meinen Sohn die Augen offenhalten. Es ist schlimm genug, dass er an diesem Ort eingesperrt ist …« Er brach ab und schluckte. »Wenn seine Mutter noch am Leben wäre, hätte es ihr das Herz gebrochen.«

»Ich weiß.« Daz nahm wahr, wie der ältere Mann die Schultern hängen ließ und wie ungepflegt sein Äußeres war. Die Einsamkeit und die Trauer waren ihm anzusehen. Einerseits empfand Daz Mitleid mit ihm, andererseits wollte er ihm am liebsten sagen, dass er sich in den Griff bekommen, sich frische Kleidung anziehen und in die Winter Street kommen sollte, um ein paar Stunden mit seinem Enkel und seiner Schwiegertochter zu verbringen. Stattdessen hörte er sich selbst anbieten, Grahams Hecke zu trimmen.

»Die Hecke?«, schnaubte Graham. »Ich kann mir doch keine Gedanken um die verdammte Hecke machen, wenn ich meinen Jungen im Gefängnis besuchen muss.«

Daz verließ ihn mit gemischten Gefühlen. Graham schaffte es, Lewis zu besuchen, während Daz sich nicht dazu überwinden konnte. Doch es schien ihm sämtliche Energie zu entziehen. Er hatte seinen Besuch nicht einmal zur Tür gebracht.

Auf seinem Weg nach draußen blieb Daz kurz stehen, um sich ein Foto in Grahams schmalem Flur anzusehen. Es war bei einem Familientreffen vor ein paar Jahren aufgenommen worden. Alle – inklusive Graham – lächelten und prosteten mit ihren Getränken in Richtung Kamera. Wilf strahlte breit, einen halb aufgegessenen Burger in die Luft haltend. Lewis hatte die Arme um seine Frau und seinen Sohn gelegt.

Glückliche Zeiten.

Draußen war der Winterhimmel perlgrau, als würde er mehr Schnee bereithalten. Daz schritt unzufrieden die Ladies Lane entlang und bog in die New Street ein. Er fragte sich, ob er im Umgang mit Graham zu sanft gewesen war – oder zu hart. Er ging nach links in die Winter Street und bemerkte eine Person in dunkelblauem Overall, die Äste über den matschigen Boden schleifte. Sky Terran. Der große, rote Häcksler, den sie Wilf vorgeführt hatte, stand neben ihr. Sie blickte auf und winkte ihm mit einer behandschuhten Hand. Daz nickte und winkte zurück. Es wäre netter gewesen, kurz stehen zu bleiben, aber er hatte Feedbackbögen auszufüllen.

Er hasste den Teil seines Jobs, der mit Berichten zu tun hatte.

Einen Dschungel zurückzuschneiden sah aus, als würde es besser zu seiner Laune passen – überflüssige Äste mit der Kettensäge abschneiden und sie in den kreischenden Häcksler stecken. Wäre es nicht toll, wenn er seine negativen Gefühle genauso rausschneiden und zerstören könnte?

Sky wünschte, Wintertage wären nicht so kurz. Im besten Fall hatte sie Tageslicht von acht Uhr morgens bis halb fünf am Nachmittag. Oder sie wünschte, sie könnte schneller arbeiten – aber die Äste waren schwer und unhandlich, genau wie die Kettensäge.

Es war Dienstag und ging schon wieder auf die Dämmerung zu, als sie noch damit beschäftigt war, die Kiefern in Form zu bringen. In nur zwei Tagen, am Donnerstag, war der erste Dezember, also der große Anschalt-Tag. Es wäre schon eine Mühe, nur die Bäume auf der Seite der Winter Street mit Lichterketten zu verzieren.

Ihre Beine waren zittrig vom ständigen Hoch- und Runterklettern von der Leiter. Ihre Arme schmerzten, während sie weiter das ewig hungrige Maul des Häckslers fütterte, gelbe Ohrenschützer dämpften das betäubende *neeeeaaaauuuu* und die Schutzbrille bewahrte ihre Augen vor herumfliegenden Zweigen. *Neeeaaauuu. Neeeaaauuu. Neeeaaauuu.* Das Schreddern war längst nicht mehr so unterhaltsam wie zu Beginn. Selbst mit den schweren Gartenhandschuhen fühlten sich ihre Hände an wie mit Kiefernnadeln gespickt. Ihre Haare waren mit Spinnweben bedeckt und Staub und Dreck war ihr in den Kragen gefallen.

Neeeaaauuu.

Im Augenwinkel sah sie zwei Gestalten auf sich zukommen. Sie erschrak und zog den gebogenen Ast in ihrer Hand versehentlich wieder zurück, was den Häcksler unzufrieden rülpsen ließ. Ihre Besucher waren Jessie und eine andere Frau. Sky schaltete die Maschine ab, die nach kurzem Rumpeln verstummte.

»Hallo, Sky.« Jessie strahlte und trat näher. Sie sah aus wie aus einem Marks-and-Spencer-Schaufenster mit ihrem schicken Wollmantel und kariertem Schal und Mütze. Ihre beigen Lederstiefeletten schienen Skys grüne Gummistiefel auszulachen. »Sind sie beschäftigt?«

Sky nahm die Schutzbrille und die Ohrenschützer ab und hätte am liebsten geantwortet: *Nein, ich lasse diese Maschine bloß laufen, um euch zu nerven.* Stattdessen rang sie sich ein Lächeln ab. »Ein kleines bisschen.« Sie benutzte Finger und Daumen in Handschuhen, um einen Abstand von ein paar Zentimetern anzuzeigen.

Jessie kicherte, als hätte Sky einen super Witz gerissen. »Wir dachten, wir sehen mal nach Ihnen. Das ist die Mitorganisatorin des Weihnachtsstraßen-Wettbewerbs, Ruth.«

Sky grüßte höflich. Ruth wirkte neben Jessies schlanker Figur gedrungen. Sie war vermutlich Mitte fünfzig mit grauen, buschigen Haaren, die ihr bis über das ausgeprägte Kinn fielen.

Ruth räusperte sich, und Jessie setzte eine entschuldigende Miene auf, als wüsste sie, was kam und bedauerte die Notwendigkeit. »Sie sehen nicht so aus, als wären Sie rechtzeitig für das große Anschalten bereit«, stellte Ruth unumwunden fest.

Sky sah sich in dem verworrenen Durcheinander aus sich auftürmenden Ästen um, die ihren Gang zum Häcksler erwarteten, und den drei noch nicht gestutzten Bäumen auf der Seite der Winter Street. Die Späne, die der Häcksler produzierte, waren herumgeweht worden und formten Dünen, wie in einer Mini-Sahara. »Ich tue mein Bestes«, erklärte sie höflich, wie sie fand, unter den gegebenen Umständen.

Ruths Mund wurde schmal. »Alle anderen sind fertig. Das große Anschalten ist am Donnerstag, wissen Sie. In zwei Tagen«, fügte sie mit dringlichem Tonfall hinzu.

Sky war nicht in der Laune, sich bei Ruth, einer praktisch Fremden, zu entschuldigen, dass sie diese monumentale Aufgabe noch nicht geschafft hatte, obwohl die Deadline noch nicht einmal erreicht war. Sie klopfte sich die Holzspäne von den Handschuhen. »Sie dürfen gern mitanpacken. Würden Sie lieber mit der Kettensäge in die Bäume steigen – das ist allerdings sehr anstrengend für die Arme – oder lieber Äste zum Häcksler schleppen? Oder Sie könnten sich einen Sack nehmen und Holzspäne aufsammeln.«

Ruth und Jessie tauschten Blicke, die so viel sagten wie: *Ach, herrje. Sie stellt sich quer. Sie wird die ganze Straße runterziehen.*

Sky wischte sich über die Schutzbrille und bereitete sich darauf vor, den Häcksler wieder anzuwerfen. In einem etwas weniger provokativen Tonfall schlug sie vor: »Vielleicht gehe ich einfach wieder an die Arbeit? Am Donnerstag steht doch nur das Anschalten der Lichter an, und ich bin sicher, bis dahin werde ich welche aufgehängt bekommen.« Sie war sich zwar nicht sicher, aber es war zwecklos, dieses Treffen unnötig zu verlängern. »Die Bewertung der Jury findet erst kurz vor Weihnachten statt, was mir noch genug Zeit gibt, das zu beenden, was ich begonnen habe.«

Ruth reckte herausfordernd das Kinn, aber Jess schaltete sich eilig ein: »Das klingt gut. Wir werden Sie nicht länger aufhalten.« Sie schob die andere Frau vor sich her, auch wenn Ruth ihr noch einen langen Blick über die Schulter zuwarf, als wäre das Thema für sie noch nicht erledigt.

Sky schaltete den Häcksler wieder ein und er gab ein Brüllen von sich, das beide Frauen zusammenzucken ließ, während sie versuchten, sich einen Weg über den mit Zweigen bedeckten Weg zu bahnen. Die Büsche hatte Sky eigentlich zurückgeschnitten, um den Pfad wieder begehbar zu machen, aber das dumme Ding wurde ständig wieder von frischen Zweigen und Blättern begraben, während sie weiter sägte und schredderte.

Eine Stunde später kam eine zierlichere Gestalt den Pfad entlang. Marietta grinste aus den Tiefen ihres roten Mantels, dessen aufgestellter Kragen ihr fröhliches Gesicht umrahmte. »Hey, du! Ich habe gehört, du hattest Besuch von Jessie und Ruth«, rief sie über den Lärm des Häckslers.

»Hey.« Dieses Mal legte Sky bereitwillig eine Pause ein, zum einen, weil sie den Großteil des Haufens abgeschnittener Äste inzwischen zu Holzspänen verarbeitet hatte und nun eh mit einem neuen Baum weitergemacht hätte, zum anderen, weil sie Marietta mehr mochte als Jessie und Ruth. Der Hauptgrund war aber, dass Marietta ein Tablett mit dampfenden Tassen voller heißer Schokolade und einem Teller mit Keksen vor sich hertrug. »Die Speisen der Götter«, sagte Sky, während sie ihre Handschuhe auszog, um eine Tasse und einen Keks entgegenzunehmen. »Ja, Jessie und Ruth waren hier.« Sie biss herzhaft in einen Double-Chocolate-Chip-Cookie.

Marietta lachte gurgelnd. »Ruth hat dich als stur bezeichnet.«

»Das stimmt«, gab Sky zu. »Und Ruth war anmaßend.«

»Das hat sie manchmal so an sich«, räumte Marietta ein. »Mach dir keine Sorgen. Egal, was die Organisatorinnen denken, die Welt wird nicht untergehen, wenn du am Donnerstag nicht die richtige Menge an Bling-Bling aufzuweisen hast.«

Sky nahm sich noch einen Keks. Schon verrückt, wie viel besser man sich gleich fühlte, wenn man von jemandem mit Schokolade überrascht wurde. »Es ist ja nicht so, als würde ich hier die Beine hochlegen. Das haben sie auch gesehen, als sie wie die Weihnachtspolizei aufmarschiert sind. Aber es gibt Grenzen, wie viel man allein schaffen kann.«

»Natürlich«, stimmte Marietta in tröstlichem Tonfall zu. »Aber du sparst dir noch etwas Energie für das Pubquiz am Freitag auf, oder?« Sie warf Sky einen Seitenblick zu.

Sky musste unwillkürlich lächeln. »Mir war nicht bewusst, dass ich zugestimmt habe, wieder eine von Mariettas Brainiacs zu sein.«

»Aber du *musst* wieder mitmachen.« Marietta setzte eine gespielt entsetzte Miene auf. »Du weißt einfach so viel.« Sie hielt ihr den Keksteller verlockend vor die Nase, als würde das die Abmachung besiegeln.

Irgendwie fand wieder eines der süßen Gebäckstücke den Weg in Skys Hand. »Ich habe bei den Naturfragen gepunktet. Dieses Mal gibt es da vielleicht gar keine.«

»Die gibt es jede Woche.« Marietta strahlte.

Sky zögerte und dachte ans *Three Fishes*, wo es warm und einladend gewesen war, aber die Luft auch biergeschwängert. »Vielleicht. Ich möchte gern noch mal Nan Heather besuchen.« Aber Marietta sah so enttäuscht aus, dass sie hinzufügte: »Ich schätze, das kann ich auch am Samstag noch machen.«

Mariettas Lächeln kehrte sofort wieder. »Danke, Liebes. Das weiß ich zu schätzen.« Sie beendeten ihren Nachmittagssnack und Marietta stapfte in ihren Cowboystiefeln mit dem Tablett davon. Frisch gestärkt, hob Sky die Kettensäge auf.

Als die Dämmerung einsetzte, verstaute sie ihre elektrischen Werkzeuge im Schuppen. Leitern und Gerüste sollte man eigentlich nicht im Garten lassen, wo Einbrecher sie finden und benutzen konnten, aber sie war viel zu müde, um sie alle einzusammeln. Eine Leiter bewegte sie allerdings noch, um damit auf das flache Dach des Schuppens zu klettern, wo sie die Solarkollektoren auslegte, damit sie Mittwoch und Donnerstag Zeit zum Aufladen hatten.

Sie hielt inne, um sich umzusehen. Eine Schicht aus braunen Blättern bedeckte das Flachdach, aber als sie ein wenig davon beiseitekickte, stellte sie erfreut fest, dass es stabil genug war, um gepflastert zu werden. Nahe an der Wand des Hauses erblickte sie ein paar Dinge, die von den Fenstern aus nicht zu sehen gewesen waren – ein hölzerner Liegestuhl und ein hübscher gusseiserner Tisch und dazu passende Stühle. Eine niedrige Brüstung rahmte drei Seiten eines offenen Platzes ein, der offenbar eine Sonnenterrasse gewesen war. »Phantastisch«, hauchte sie und vergaß vor Freude sogar ihre Erschöpfung.

Sie ging zu dem hinteren Teil der Terrasse, wo sie eine Steintreppe fand, deren untere Hälfte von Pflanzen bedeckt war, die Nachfahren von Jacks Bohnenranke sein mussten. Sie zeigte darauf. »Ihr seid fällig, sobald ich mit dem Vorgarten durch bin. Diese Terrasse wird im Sommer wunderbar sein.« Sie frohlockte beim Gedanken daran, Snacks hier rauszubringen. Bestimmt schien hier herrlich die Sonne hin. Elisabetta hatte die Terrasse offensichtlich auch gern benutzt. Sky stutzte, als sie bemerkte, dass sie gerade davon ausgegangen war, noch im Haus zu wohnen, wenn der Sommer kam.

Ihr Blick fiel auf eine kleine Erhebung an der Wand, die von Blättern bedeckt war. Sie trat näher, um herauszufinden, was es war, und entdeckte ein paar grüne Gartengummistiefel – genau wie ihre eigenen. Sie schienen auf ihre Besitzerin zu warten, die niemals zurückkommen würde. Sky musste schlucken, als sie an die ihr unbekannte Elisabetta dachte, von der alle sagten, dass sie dieses Haus so geliebt hatte.

Sie schüttelte ihre anfänglichen Zweifel ab. Das Haus war jetzt in ihrer Verantwortung, und sie würde die Sonnenterrasse wunderschön machen. Und sie würde einen Weg finden, Elisabettas Stiefel zu bepflanzen oder sie irgendwie anders Teil des Ganzen sein zu lassen.

Als sie die Leiter wieder hinabstieg, hatte sie das Gefühl, dass ihre kürzlich getroffene Entscheidung, nichts zu entscheiden, richtig gewesen war.

Nachdem sie lange und heiß geduscht und sich den Baumdreck des Tages aus den Haaren gewaschen hatte, war sie bereit, ihren grünen Lieblingspulli und ihre leicht ausgebeulte lila Jogginghose anzuziehen und sich etwas zu essen zu machen.

Schon beim Zubereiten ihres Omeletts mit Salat wünschte sie sich, mehr von Mariettas Keksen zum Nachtisch zu haben. Zu Musik von Gayle und Adele aß sie ihr Abendessen im Schneidersitz im Wohnzimmer. Danach spülte sie ab. Sie hatte zwar einen Küchentisch gekauft, aber der Verkäufer, der sich bereiterklärt hatte, ihn ihr für zehn Pfund extra mit seinem Van zu liefern, konnte das erst am Wochenende einrichten.

Sie hatte gerade ihr Buch zur Hand genommen, in dem es um einen Griechen ging, der sich als Teenager in eine irische Touristin verliebt hatte und sie dann zwanzig Jahre später über Social Media kontaktiert, als es an ihrer Haustür klopfte. Sie hielt überrascht inne. Vielleicht war es Marietta. Sie legte das aufgeschlagene Buch aufs Sofa und eilte zur Tür.

Es war Courtney, die in einen schicken schwarzen Mantel gehüllt, eine rote Baskenmütze auf den schwarzen Haaren auf der Türschwelle wartete, als Sky öffnete. »Bist du gerade beschäftigt? Ich habe dir einen Kuchen gebacken, zum Einzug.« Sie streckte ihr eine umgedrehte Keksdose entgegen.

Ein Schauer von Glück durchströmte Sky ob dieser freundlichen Geste. »Wie toll. Komm rein«, sagte sie und trat einen Schritt zurück. »Ich wollte mir gerade einen Tee machen und habe schon bedauert, dass ich nichts Süßes dazu habe.«

Courtney nickte verständnisvoll, während sie eintrat und die Tür hinter sich schloss. »Dann muss ich wohl deine Gedanken gelesen haben. Das Haus ist ja wirklich wunderschön.« Sie strich über die kunstvoll gedrechselte Abschlusskugel auf dem Pfosten des Treppengeländers, ehe sie ihren Mantel darüberhängte.

Kurz darauf hatten sie es sich auf dem Sofa gemütlich gemacht, Sky mit Pfefferminztee und Courtney mit kohlschwarzem Kaffee. Courtney sog den duftenden Dampf ein und seufzte glücklich. »Wunderbar. Ich weiß, es soll einen wach halten, aber ich bin immer so müde, dass es das nicht tut.« Sie nahm einen genüsslichen Schluck. »Wilf hat mir erzählt, dass du früher schon in Middledip gewohnt hast. Das haben wir gemeinsam. Mein erstes Zuhause mit meinem Mann lag in Bankside Estate, ehe wir nach Bettsbrough gezogen sind.« Courtney warf Sky einen unsicheren Blick zu. »Wilf meinte, er hat dir von Lewis erzählt.«

Sky zögerte. Sie wollte nichts sagen wie, »Was, dass dein Mann einsitzt?« und Wilf in Schwierigkeiten bringen, weil sie ihn verpetzte.

Courtney schien ihr Zögern zu bemerken, denn sie stellte klar: »Dass Wilfs Dad im Gefängnis ist, meine ich.« Ein Schatten huschte über ihr Gesicht. »Der arme Wilf fühlt sich unglaublich im Stich gelassen und ist wütend.«

»Es muss für euch beide sehr schwer sein«, meinte Sky. Sie hatte Courtney erst zweimal kurz gesehen, aber es fiel ihr leicht, mit ihr warm zu werden. Es war schön, sich in einem Gefühl von Freundschaft mit einer Frau fallen zu lassen, die in ähnlichem Alter war und so freundlich und offen wirkte – ganz anders als Minnie, die von Missgunst und Hintergedanken zerfressen wurde. Aber Sky wollte nicht an die hochnäsige Minnie denken, die sich selbst für etwas Besseres als das normale Volk hielt – abgesehen von Freddy, dessen Bankkonto und Liste an Erfolgen genauso attraktiv waren wie er selbst – also schlug sie vor: »Sollen wir deinen wunderbaren Kuchen mal anschneiden?«

»Es ist Zitronenkuchen«, sagte Courtney, als würde es ihn weniger wert machen.

Sobald sie beide mit Kuchen versorgt waren, warf Courtney Sky einen schuldbewussten Blick zu. »Ich bringe den Kuchen nicht, ohne dass ich ein Anliegen habe. Es geht um Wilf.« Sie wand sich sichtlich. »Hast du das ernst gemeint, als du sagtest, er könnte während der Weihnachtsferien manchmal zu dir kommen?«

Sky schluckte einen Bissen leckerer, zitroniger Süße runter. »Natürlich. Mit so was würde ich niemals Scherze machen.«

Courtneys Schultern entspannten sich sichtlich und sie lächelte zaghaft. »Tut mir leid, wenn meine Reaktion am Sonntagabend dich verwirrt hat. Daz meinte, du wärst so schnell abgehauen, weil du dachtest, etwas Unpassendes gesagt zu haben. Aber ich war nicht entsetzt – ganz im Gegenteil. Ich konnte mein Glück nicht fassen.«

Sky versuchte, sich in Courtneys Lage zu versetzen. »Ich dachte, ich wäre dir zu nahe getreten, als ich angeboten habe, mich um deinen Sohn zu kümmern, wo du mich doch kaum kennst. Eltern müssen vorsichtig sein.«

»Aber manchmal dauert es nicht lange, um ein Gefühl für eine Person zu bekommen«, erwiderte Courtney ernst. »Daz sagt, Wilf mag dich und dass du ihm offen von einem Problem in deiner eigenen Kindheit erzählt hast – ich hoffe, es ist okay, das anzusprechen? Wilf hatte das Gefühl, du würdest ihn verstehen.«

Sky wurde warm ums Herz, wenn sie daran dachte, dass sie vielleicht ein Kind mit Nöten getröstet hatte. »Wenn es Wilf nichts ausmacht, dass ich im Garten zu tun habe, ist er jederzeit willkommen.«

Courtney sah aus, als wäre sie den Tränen nahe. »*Danke* dir. Ich gebe dir meine Kontaktdaten, und natürlich ist Daz auch nur die Straße runter, falls etwas sein sollte. Er hat auch angeboten, ihn mal zu nehmen, also dachte ich, vielleicht könnt ihr euch abwechseln? Die Schule endet am 21. Dezember und fängt am vierten Januar wieder an.«

Als Courtney die Tage aufzählte, an denen sie freinehmen konnte, um selbst bei Wilf zu sein, zog Sky ihr Handy heraus und machte sich Eintragungen in ihrem Kalender. »Sag mir einfach, an welchen Tagen du mich brauchst, wenn es nicht mehr so lange hin ist.«

Courtney fasste sich theatralisch an die Brust, um ihre Dankbarkeit auszudrücken. »Du hast keine Ahnung, wie mich das erleichtert. Wenn diese Ferien vorbei sind, wird hoffentlich alles einfacher. Ich habe heute die Zusage für einen Job im Sekretariat der Grundschule bekommen, für den ich mich beworben hatte.«

Sky setzte an, ihr zu gratulieren, aber Courtney war nur auf ihren Sohn konzentriert. »Ich weiß manchmal wirklich nicht weiter. Der arme Wilf will nichts mit Lewis zu tun haben –

und ich kann es ihm nicht verübeln.« Sie hielt inne, um ein Taschentuch zu finden, mit dem sie sich die Nase putzen konnte. Sky gab ihrer neuen Freundin einen Moment, sich wieder zu sammeln. Dann fuhr Courtney fort. »Ich habe keine Ahnung, ob unsere Ehe das überlebt.« Sie fuhr sich mit den Fingern durchs Haar, so dass es abstand, ein bisschen wie bei Wilf. »Ich weiß, Daz hat dir erzählt, warum Lewis von der Bank gestohlen hat – um Eviras Behandlung zu finanzieren. Er war in sie verliebt, als er jung war«, fügte sie ehrlich hinzu. »Ich glaube ihm, dass sie seine Gefühle nicht erwidert hat und ihre Beziehung immer platonisch war. Aber unser Glück auf Spiel zu setzen …? Es fühlt sich wie ein höllischer Verrat an, uns jetzt mit den Konsequenzen klarkommen zu lassen. Ich habe mich sogar gefragt, ob Wilf und ich wegziehen und unseren Nachnamen ändern sollten. Nicht dass ich wüsste, wie so was geht.«

»Das ist nicht schwer«, erzählte Sky. »Ich habe es auch getan.«

Courtney sah sie interessiert an. »Ach, ja? Du warst verheiratet? Und bist zu deinem Geburtsnamen zurückgekehrt?«

»Nein.« Sky lachte schnaubend. »Den Namen meines Exmannes Marcel Moynault habe ich nie angenommen. Er hat mir deshalb immer vorgeworfen, mich nicht wirklich auf ihn einzulassen. Nein, ich wollte den Namen meiner Mum nicht mehr tragen, also wählte ich Terran. Es bedeutet ›Erde‹, und ich mochte die Vorstellung, Himmel und Erde zu sein.«

»Das ist wunderschön«, meinte Courtney mit verträumtem Blick. »Vielleicht suche ich mir auch einfach einen Namen aus. Courtney Hoffentlich-wird-alles-besser. Courtney Will-keine-Frau-eines-Häftlings-mehr-sein.« Sie lächelte unverhohlen.

»Bist du Single? Hast du es mal mit Online-Dating versucht? Ich denke darüber nach, es zu probieren. Lewis ist nicht in der Position, sich beschweren zu können, nachdem sein Tun mich mit einem Sohn mit gebrochenem Herzen, längeren Arbeitszeiten, weniger Geld und einem Umzug in ein kleineres Haus zurückgelassen hat. Zudem ist mein Schwiegervater nicht in der Lage, sein eigenes Unglück zu überwinden, und ist mir keinerlei Hilfe. Irgendwie muss ich Stress abbauen.«

Sky zuckte mitfühlend zusammen. »Ich hatte noch keine Zeit, über Dating nachzudenken, aber ein paar Abendessen oder mal ein Ausflug ins Kino klingen nicht schlecht, jetzt, da ich weniger zu tun habe.« Sie erklärte, was ihr Job bei *Freddy Walker Immobilien* gewesen war und wie nah sie ihrem Pflegebruder gestanden hatte, bis Minnie auf der Bildfläche erschienen war. »Ich habe mich zu sehr von Freddy und meiner Arbeit abhängig gemacht«, gab sie zu. »Meine Freunde sind immer weniger geworden, ohne dass ich es wirklich bemerkt hätte.« Dann fragte sie neugierig: »Hast du vor, ›verheiratet‹ in dein Dating-Profil einzutragen?«

Courtney zuckte mit den Schultern und pickte ein paar Kuchenkrümel von ihrer Hose. »Vielleicht ›getrennt lebend‹? Viel getrennter, als wenn einer hinter Gittern sitzt, kann man kaum sein. Minnie klingt echt anstrengend«, fügte sie hinzu, was sie für Sky noch sympathischer machte. Dann verzog sie das Gesicht. »Ich fühle mich noch so gar nicht in Weihnachtsstimmung. Meine Schwester hat uns nach Cornwall eingeladen, aber ich werde mich nicht auf eine so lange Reise machen, wenn ich nur so wenige freie Tage habe. Genau genommen wünschte ich, wir wären in Narnia, dann könnte es immer Winter sein, aber niemals Weihnachten …« Sie brach ab und schlug sich die Hand vor den Mund. »Mir ist gerade erst aufgefallen, dass ich dich gar nicht gefragt habe, was du an Weihnachten vorhast, wo ich dich doch darum gebeten habe, dass du dich um Wilf kümmerst.«

Sky war unbesorgt. »Ich habe keine Pläne. Ich hatte vor, wegzufahren, aber das war noch, bevor ich das Haus gekauft habe. Hier gibt es genug zu tun, und im Dorf gibt es bestimmt Feierlichkeiten, bei denen man sich anschließen kann – und natürlich ist da noch die Weihnachtslichter-Straßen-Sache.« Sie erzählte ihr von Jessies und Ruths Besuch heute, wobei sie es lustig klingen ließ, anstatt zuzugeben, dass sie sich überrumpelt gefühlt hatte und sie es noch schlimmer gemacht hatte. Einen Garten zurechtzustutzen schien ein geringes Problem im Vergleich zu einem Ehemann im Gefängnis und einem niedergeschlagenen Sohn.

Courtney kicherte. »Sie haben einfach zu viel Zeit. Sie sind besessen von diesem verdammten Wettbewerb.« Sie sah bedauernd auf die Uhr. »Ich muss nach Hause zu Wilf. Lass es mich wissen, falls du irgendwelche interessante Weihnachtsaktivitäten im Dorf entdeckst, ja? Besonders wenn es etwas für Wilf wäre. Er meint immer, die Kinder im Dorf hätten bereits Freunde, aber ich glaube, er bleibt lieber für sich, weil er Angst vor Zurückweisung hat.« Sie stand auf.

Sky erhob sich ebenfalls. »Ich selbst musste mehrere Male solche Veränderungen mitmachen. Es kann eine Weile dauern, bis man dazugehört. Mein Pflegebruder hat das geschafft, indem er die Kinder mit blöden Witzen zum Lachen gebracht hat, wie den, dass er Freddy genannt wurde, weil seine Mum zu arm gewesen war, ihn ›Frederick‹ zu nennen.« Ihr Lachen zitterte unerwartet, als sie ihre neue Freundin den Flur entlang begleitete, also wechselte sie das Thema. »Lewis kommt nicht raus für Weihnachten?«

Courtney zog ruckartig die Augenbrauen hoch. »Er hat im Januar eine vierjährige Haftstrafe angetreten. Wenn alles gutgeht, kommt er nach zwei Jahren auf Bewährung frei.« Ihr Gesichtsausdruck wirkte unschlüssig. »Oder es gibt die Möglichkeit, dass er früher rauskommt, wenn er eines dieser Fuß-Dinger trägt. So oder so braucht er eine Adresse, zu der er nach Hause kommen kann. Er fragt manchmal danach, wenn ich ihn besuche, offensichtlich in der Hoffnung, dass ich sage, er muss natürlich kommen und wieder mit seiner Frau und seinem Sohn zusammenleben. Wenn ich mich weigere, sagt er ›Ich liebe dich‹ und ich glaube es ihm sogar. Ich muss tun, was für meinen Sohn am besten ist, aber es gibt so vieles, was wir noch klären müssen, und ich weiß nicht, ob es gelingen wird.« Sie hielt inne und verzog das Gesicht. »Evira … die Behandlung war am Ende nicht erfolgreich. Das tut mir sehr leid, aber irgendwie macht es mich noch wütender. Das ist kalt von mir, oder? Als hätte ich das alles akzeptieren können, hätte sie es überlebt – was nicht der Fall gewesen wäre.« Als sie ihren Mantel anzog und nach draußen trat, schnupperte sie in die Luft. »Dein Garten riecht nach frischgeschnittenem Holz. Bis bald.« Mit einem Winken eilte sie den Pfad entlang – oder zumindest dort, wo er sein sollte, wäre er nicht mit Zweigen und Spänen bedeckt.

Sky sah ihr nach. Sie fühlte sich hilflos, was den Konflikt der anderen Frau anging. Sie waren noch nicht so weit gekommen, Handynummern auszutauschen, aber das würden sie noch. Die arme Courtney steckte in einer schrecklichen Situation fest, aber sie hatte eine Offenheit und Wärme an sich, die Sky

Hoffnung machte, darauf eine Freundschaft aufbauen zu können.

Eine Stunde später klopfte es erneut an Skys Haustür. Sie hatte noch eine blaue Weste zu ihrer Wohlfühlkleidung hinzugefügt, da es im Haus kühler geworden war, doch erst als sie die Tür öffnete und Daz davorstehen sah, wurde ihr bewusst, dass Grün, Blau und Lila nicht zueinander passten, die Jogginghose ausgebeult und die Weste zu bauschig war.

Daz trug eine dunkelgrüne Fleecejacke, die der Farbe der Nadelbäume in ihrem Garten glich, und die Straßenlaternen hinter ihm verliehen seinem dunklen Haar einen besonderen Glanz. »Hi«, sagte er. »Tut mir leid, dass ich unangemeldet vorbeikomme, aber ich habe deine Handynummer nicht.«

Sky fiel auf, wie sauber, glänzend sein Haar wirkte und dass er sich am Abend rasiert haben musste. Sie brauchte einen Moment, um zu merken, dass er auf etwas wartete. Und dann erst, was es war. »Oh!«, beeilte sie sich zu sagen. »Komm doch rein.«

»Danke.« Er folgte ihr in das große, spärlich möblierte Wohnzimmer, wo ein Feuer im Kamin brannte, und zog seine Fleecejacke aus. Darunter trug er Jeans und ein langärmeliges Oberteil. »Marietta hat mir erzählt, du bräuchtest Hilfe mit dem Garten.«

»Oh, schon okay. Du arbeitest doch selbst den ganzen Tag«, winkte sie ab. Sie war immer noch darauf programmiert, Hilfe erst einmal abzulehnen. »Es wird nicht das Ende der Welt sein, wenn nicht alles perfekt aussieht für den großen Tag des Anschaltens.« Es würde nur einigen ihrer neuen Nachbarn Bauchschmerzen verursachen, mehr nicht.

Daz wand sich sichtlich. »Wenn ich morgen nicht komme, um dir zu helfen, wird Marietta Bell fragen, ob er es tut.«

Sky versuchte erfolglos herauszuhören, was er ihr damit sagen wollte. »Aber ich komme schon zurecht.« Sie lächelte für den Fall, dass sie undankbar klang, aber sie hatte nicht vor, das Klischee zu bedienen, dass eine Frau nur einen Mann brauchte, der ihr zu Hilfe eilte, wenn sie Probleme hatte. Sie musste sich einfach mehr anstrengen, das war alles. Das Leben hatte sie früh gelehrt, dass es besser war, sich auf sich selbst zu verlassen, wenn man nicht enttäuscht werden wollte.

Daz ließ den Blick durch den Raum schweifen und betrachtete die Stuckverzierungen und Simse. Schließlich sah er wieder Sky an. »Ich weiß nicht wegen Bell.«

Sie begriff Daz' seltsames Verhalten nicht. »Was weißt du nicht?«

Seine Augenbrauen formten eine harte Linie. »Vielleicht bin ich vorbelastet, weil er vor ein paar Jahren meine Exfreundin Abi auf unangenehm aufdringliche Art angebaggert hat. Manche Leute denken vielleicht, es sei Pflicht, sich unter einem Mistelzweig zu küssen, aber ich sehe das anders.«

Sie zog die Augenbrauen hoch. »Das tue ich auch. Danke für die Warnung, aber ich komme wirklich zurecht.«

Er musterte sie eindringlich. »Courtney und Marietta meinen, du beißt dich durch, aber Jessie und Ruth machen dir das Leben schwer.«

Sie lachte. »Okay, ich liege in ihrem Zeitplan zurück, aber der Vorgarten hat länger gedauert, als ich gehofft hatte. Für die Beurteilung kurz vor Weihnachten wird alles fertig sein.«

Er senkte den Blick und wischte geistesabwesend einen Fussel von seiner Jeans. »Courtney meint, du willst ihr mit Wilf helfen. Dir ist wahrscheinlich nicht bewusst, was für eine riesige Erleichterung das für sie ist. Es ist ein großer Gefallen, also warum lässt du dir nicht im Gegenzug von mir helfen?« Er sah sie an, sein Blick war fest und überzeugend.

So langsam verstand Sky, warum jemand denken könnte, dass zwischen Daz und Courtney etwas lief. Er unterstützte sie wirklich sehr, wenn er sogar ihre vermeintliche Schuld begleichen wollte.

Sie dachte einen Moment lang darüber nach. Vermutlich würde sie im Dorf keine Freunde finden, wenn sie alle von sich stieß. Es gab immer noch jede Menge zu tun; ihre Kräfte ließen nach. Sie stellte sich vor, was ein Paar helfender Hände ausrichten könnte, vor allem starke Hände, wie die von Daz. Sie seufzte leise und sagte: »Nun, ja … wenn du mal eine Stunde oder zwei erübrigen könntest. Danke dir.«

Ein Lächeln huschte über sein Gesicht. »Super. Ich komme morgen früh vorbei.« Er streckte sich und ließ die Hände hinter dem Kopf liegen. Eine Braue leicht angehoben, betrachtete er sie.

Sky drehte nervös eine Haarsträhne zwischen den Fingern. Vielleicht fragte er sich, ob ihr Outfit ein Kaleidoskop darstellte, das nicht zu Ende gedreht worden war. Oder vielleicht wollte er ihr höflich die Gelegenheit geben, auch etwas zu sagen, da er bisher das Gespräch beherrscht hatte. »Geht es Wilf gut?«, fragte sie.

Sein Grinsen ließ seine Augen leuchten. »Ja, ihm geht's gut. Er war vorhin bei mir, bis Courtney ihn abgeholt hat. Sie kam ein paar Minuten zu spät, also tat er so, als würde er streng auf die Uhr schauen, und sagte zu ihr: ›Weißt du eigentlich, wie viel Uhr es ist?‹. Ich musste lachen, und Courtney hat mich böse angefunkelt.«

Sky lachte unwillkürlich mit. »Toller Junge.«

»Ja.« Ein nachdenklicher Ausdruck huschte über sein Gesicht. »Sky«, setzte er an. Dann hielt er inne, um über einen Fleck auf seinem Oberschenkel zu reiben, und lenkte ihren Blick damit auf seine langen Beine und die perfekt sitzende Jeans. »Courtney hat mir erzählt, ihr habt über Dating geredet.«

»Sie scheint dir ja alles verraten zu haben, über was wir gesprochen haben«, scherzte sie, aber ihr Herzschlag beschleunigte sich unwillkürlich. Daz hatte nicht vor, sie nach einem Date zu fragen, oder? Bisher hatte er nicht den Eindruck gemacht, als hätte er ein solches Interesse an ihr.

Seine Augenbrauen senkten sich wieder. »Ich verstehe, warum Courtney verletzt genug ist, darüber nachzudenken.«

Aha. Lewis Aufenthalt schlug inzwischen große Wellen. Es ging Daz nicht um Sky, sondern um Courtney. Sky versuchte, zu verhindern, dass sich ihre Wangen röteten.

Sein Blick ruhte wieder auf ihr, und er verzog das Gesicht, so dass seine Lippen auf eine Seite wanderten und sich seine Nase bewegte, wie bei einem Hasen. »Ich glaube, ich dachte, ich könnte dich dazu bringen, ihr auszureden, eine Affäre zu beginnen. Aber jetzt, wo ich es laut ausgesprochen habe, klingt es lächerlich.«

Ja, das war es auch, zum einen, weil Sky nicht vorhatte, Courtney irgendetwas auszureden. Es ging Sky nichts an, und genauso wenig war es Daz' Aufgabe, zu entscheiden, ob Lewis Courtneys Loyalität verdiente. Sie beschloss, eine andere Perspektive aufzuzeigen. »Vielleicht ist es nur eine ›Affäre‹, wenn sie sich als verheiratet begreift? Ich weiß, dass sie vor dem Gesetz verheiratet ist, aber emotional …?«

»Ich verstehe, was du meinst.« Er wirkte nicht glücklich darüber. »Sie hat auch gesagt, dass du ihr von deiner Namensänderung erzählt hast und dass sie darüber nachdenkt, das auch zu tun. Es ist, als würde sie Lewis Schritt für Schritt verlassen. Lewis ist mein ältester Freund.«

Sie lehnte sich in die Kissen und zog die Beine an. »Dann ist es verständlich, dass du es seltsam findest, untätig danebenzustehen, falls Courtney sich entschließen sollte … sich auf ein Abenteuer einzulassen. Oder zwei.«

»Zwei?« Er schloss die Augen, als hätte er Schmerzen. »Ich nehme an, sie denkt über Online-Dating nach, um es von ihrem Zuhause fernzuhalten. Und von Wilf.«

Dass Daz sich so weit öffnete, diese Themen mit ihr zu besprechen, obwohl er ihr gegenüber bisher eher reserviert, ja sogar abweisend gewesen war, zeigte ihr, wie viel Courtney und Wilf ihm bedeuten mussten. Sie sagte mit sanfterer Stimme: »Ich weiß nicht, ob ihre Überlegungen schon so weit gehen. Man kann auch ein Date haben, ohne gleich miteinander ins Bett zu gehen.« Dann, als sie bemerkte, wie er die Stirn runzelte, fiel ihr auf, dass er noch gar nicht von Ins-Bett-Gehen gesprochen hatte, und sie errötete erneut. »Vielleicht sucht sie nur nach einem Leben außerhalb ihrer Situation. Ich verstehe, warum sie den Gedanken an ein paar aufregende Dates attraktiv findet – dem Alltag entfliehen, nichts Ernstes.«

Er starrte sie ein paar Sekunden lang an. »Das Leben hat ihr jede Menge Mist serviert«, räumte er ein. »Tut mir leid, dass ich dich mit alldem belästigt habe.« Er stand auf und zog sich seine Fleecejacke wieder an. »Dann bis morgen.« Er ging in Richtung Flur.

»Nur wenn du dir noch sicher bist, wegen morgen früh«, meinte sie, überrascht davon, wie abrupt er das Gespräch beendet hatte.

»Bis dann«, rief er. Und Sky blieb nichts anderes übrig, als die Tür anzustarren, die hinter ihm zufiel. Es war eine massive Eichentür, und sie krachte mit einem Rumms ins Schloss, als wollte sie unterstreichen, wie vorbei die Unterhaltung war.

Zehntes Kapitel

Erst als er das Eckhaus hinter sich gelassen hatte, schloss er seine Fleecejacke. Daz wusste, dass er völlig überstürzt davongeeilt war, wie ein Hund zum Futternapf.

Es war aber nicht Hunger nach Essen, der ihn überkommen hatte. Es war Hunger nach ihr.

Er wollte Sky Terran – aber er wollte nicht, dass sie es bemerkte.

Selbst in ihrer seltsamen Aufmachung – war dieser mehrlagige Baggy-Look im Trend? – hatte er sie heiß gefunden. Ihr rotgoldenes Haar, das ihr locker über die Schulter gefallen war. Die funkelnden Augen, die blassrosa Haut, das nervöse Lecken ihrer Lippen … ihr leichtes Erröten, als sie von Sex gesprochen hatte.

Bis zu diesem Moment war er nur auf Courtney konzentriert gewesen. Als sie gekommen war, um Wilf abzuholen, hatte sie so glücklich gewirkt wie lange nicht mehr, ein Lächeln in den Augen war aus ihr herausgeplatzt: »Was für eine nette Frau Sky ist!« Es war großartig gewesen, sie von der Zukunft sprechen zu hören – von Weihnachten, dem großen Anschalten, ihre Erleichterung, was Wilfs Betreuung anging.

Bis sie angefangen hatte, übers Dating zu reden.

Das war der Punkt, an dem sich seine Freude in Ärger verwandelt hatte. Courtney war nicht *seine* Frau, aber konnte er einfach dastehen und nichts sagen?

Sobald Courtney und Wilf nach Hause aufgebrochen waren, war er in die andere Richtung davongegangen, um zu sehen, was er von Sky erfahren konnte. Er war sich inzwischen sicher, dass sie wie ein Igel war – weich und süß unter ihrer pieksigen Schale. Die gute alte Marietta, die sich überall einmischen musste, und ihre Hinweise, dass jemand Sky mit den Bäumen helfen sollte, hatten ihm die perfekte Ausrede für einen Besuch verschafft. Nachdem er tagelang Berichte geschrieben hatte, erschien ihm das Arbeiten mit der Kettensäge an der frischen Luft gerade sehr attraktiv.

Aber er hatte sich vollkommen verhaspelt, als er Sky vorgeschlagen hatte, sich bei Courtney einzumischen. Er war ins Schwimmen geraten, und als Sky Bett und Dating in einem Atemzug erwähnt hatte, war sein Fokus dahin gewesen.

Die Umrisse seines Hauses tauchten in der Dunkelheit auf, die Kabel der Lichterketten waren im Schein der Straßenlaternen auszumachen, als hätte jemand das Haus mit losen Fäden umwickelt. Genau wie die benachbarten Häuser wartete es nur auf das große Anschalten, das eine normale englische Straße in eine funkelnde Glitzerwelt verwandeln würde, die alle anderen Weihnachtsstraßen-Glitzerwelten in den Schatten stellen sollte.

Sobald er das Haus betreten hatte, ließ er sich aufs Sofa fallen und sah auf sein Handy. Er entdeckte eine Nachricht der Whatsapp-Gruppe, die er mit Ismael und Vern zusammen aufgemacht hatte, als sie ihr gemeinsames Geschäftsprojekt planen wollten. Ismael schrieb: *Hey, Daz, ich und Vern haben morgen frei und wollen uns für ein Mittagsbierchen im 3 Fishes treffen. Auch Lust?*

Daz freute sich, dass sie an ihn dachten. Er tippte eine Antwort. *Komme gern, wenn ich es schaffe, aber ob ihr es glaubt oder nicht, ich helfe morgen Sky Terran, ihre Bäume zu schneiden. Sie wird von der Weihnachtslichter-Mafia unter Druck gesetzt wegen des großen Anschaltens am Donnerstag. Versuche für ein Stündchen dazu zu kommen.*

Er musste nicht lange auf eine Antwort warten, die dieses Mal von Vern kam. *Braucht ihr noch Hilfe? Wäre dabei.* Fast gleichzeitig schrieb Ismael: *Ich auch. Wie viel Uhr?*

Daz vereinbarte eine Zeit, froh über diesen Beweis, dass ihre Freundschaft nicht nur wegen des Eckhaus-Projekts bestanden hatte.

Als Nächstes öffnete er eine E-Mail von Abi.

Wow, ist es nicht kalt geworden? London sieht so schön aus mit all den Lichtern. Oxford Street und Piccadilly sind hell erleuchtet. Bin gestern Abend den ganzen Weg dorthin und zurück gegangen, nur um die Atmosphäre zu genießen.

Daz hatte keine Ahnung, wie weit das war, also sah er bei Google Maps nach. Zwei Komma drei Meilen pro Weg. Nicht so weit wie ein kompletter Rundgang der Fußwege um Middledip, aber es fühlte sich vermutlich weiter an, wenn man Schulter an Schulter mit Menschen ging und endlos viele Straßen überqueren musste. Abi fuhr fort:

Hatte eine tolle Zeit mit Courtney am Wochenende. Sie hat mich auch mal zu sich eingeladen. Das wird sicher komisch! Weiß gar nicht, ob ich dann auf ihrer Couch oder auf deiner schlafen soll.;)

Daz verspürte einen unerwarteten Stich. Was? Abi würde doch nicht erwarten, dass sie bei ihm übernachten durfte? Als er ihr antwortete, umging er diese Frage geflissentlich.

Am Mittwochmorgen frühstückte er, während die Sonne rot glimmend am Horizont erschien, als wäre ein Riese erwacht und hätte ein Licht angeschaltet, das gerade außerhalb des Blickfeldes lag.

Heute würde Daz mal seine Arbeit vergessen und stattdessen ein paar Bäume kurz und klein hacken.

Als er um Viertel nach acht beim Eckhaus ankam, war Sky bereits im Garten. Die geflochtenen Haare schwangen in einem Zopf über den Rücken des ausgeblichenen khakifarbenen Parkas. Er wollte ihr gerade von Vern und Ismael erzählen, als die beiden auch schon durchs Tor geschlendert kamen. Der blonde Vern und der dunkelhaarige Ismael – beide grinsten. Ismael stellte sich Sky ohne Umschweife vor. »Ich hoffe, du hast nichts dagegen, dass wir uns selbst eingeladen haben. Uns interessiert, was du hier tust, wo wir es schon nicht selbst tun dürfen.«

»Und nichts für ungut, was das angeht«, fügte Vern hinzu und zog sich eine blau-graue Mütze auf.

Daz bekam ein schlechtes Gewissen, als er sah, wie großmütig und reif sich seine Freunde verhielten angesichts der Tatsache, dass Sky das Haus bekommen hatte. Er wusste, dass seine Reaktion weniger erwachsen ausgefallen war.

Sky wirkte verunsichert. »Seid ihr sicher, dass es euch nichts ausmacht, mir zu helfen? Ihr habt doch bestimmt selbst zu tun, und …«

»Kein Ding«, riefen sie im Chor.

Sky zögerte immer noch, und Daz fragte sich, ob er sie vorher hätte fragen sollen, anstatt Vern und Ismael einfach zum Eckhaus zu bestellen. Jetzt, da er darüber nachdachte, schien sie eher der unabhängige Typ zu sein. Aber sie erhob keine weiteren Einwände, und so starteten sie in einen energiegeladenen Morgen, an dem Daz die Kettensäge schwang, Ismael die Stichsäge führte und Vern den Häcksler fütterte. Sky leitete die Operation vom Boden aus, von wo aus sie genau sehen konnte, welche Äste gekappt werden mussten. Daz hatte keine Ahnung, wie sie das alles allein geschafft hatte. Sie musste ständig vom Gerüst runter und wieder hinaufgeklettert sein. Es war Wahnsinn, dass sie schon so weit gekommen war.

Der Vormittag verging. Gestrüpp wurde geschreddert, größere Äste zersägt und als Feuerholz für den Winter gelagert. Die Sägespäne füllten sie in Bauschuttsäcke, die Sky im Schuppen fand. Sie schafften die letzten drei Bäume, die an der Winter Street standen, in ein paar Stunden und machten dann auf der anderen Seite an der Great Hill Road weiter.

Bei einer Kaffeepause suchte Sky im Internet nach Verwendungsmöglichkeiten für Sägespäne. »Man kann sie mit Wachs vermischen und Kaminanzünder daraus machen«, sagte sie zwischen Schlucken aus ihrer Tasse, die Nase von der Kälte gerötet.

Ismael vergrub seine freie Hand in der Jackentasche. »Ratty und die anderen aus der Werkstatt benutzen Sägespäne, um Ölflecken wegzubekommen, falls du welche übrig hast.«

Sky grinste, ihre Haare waren gespickt mit Kiefernnadeln und Blättern. »Der hintere Garten ist viermal so groß. Ich glaube, ich werde genug haben.« Sie wandte sich wieder ihrem Handy zu. »Sägespäne sind gut bei vereisten Wegen, besser als Salz, weil Salz ins Wasser gelangt und den Lebewesen schadet.«

»Sie sorgt sich um die Umwelt«, erklärte Daz den anderen.

Sky nickte. »Das stimmt. Ich mag unseren Planeten und alles Leben darauf.« Dann schaute sie den Pfad entlang in Richtung ihres Gartentores und seufzte. »Na, ja, sagen wir das meiste.«

Daz folgte ihrem Blick und entdeckte Ruth, die in den Garten starrte. »Vom Herumstehen wird die Arbeit nicht erledigt«, rief sie ihnen zu.

»Stimmt nicht«, erwiderte Sky. »Eine Pause, um sich zu stärken, wird uns helfen, besser zu arbeiten. Ein müder Körper und ein müder Geist machen Fehler.«

Ruth zuckte verärgert mit den Schultern und stapfte in Richtung Hauptstraße davon.

»Ich denke jedenfalls, dass das so ist«, meinte Sky fröhlich und nahm ihnen die leeren Tassen ab. Kurz darauf schleppte sie einen riesigen Sack voller Holzspäne davon. Sie arbeitete genauso hart wie die anderen auch. Ihre Bewegungen schienen leicht und ihr schlanker Körper stark.

Später machten sie es sich auf dem Küchenboden auf ihren Jacken gemütlich und aßen zu Mittag. Sky hatte ihnen Käse-Tomaten-Toast gemacht, dazu dampfende Tassen Tee und zum Nachtisch Zitronenkuchen, als wäre sie eifrig darauf bedacht, ihnen zumindest ein wenig die Mühen zu entgelten.

»Der Kuchen ist von Courtney«, sagte sie und leckte sich die Finger, als sie ihr Stück verputzt hatte. »Und Marietta backt großartige Kekse. Ich habe mir offensichtlich den richtigen Wohnort ausgesucht.« Sie bedachte Daz mit einem neckenden Lächeln, als wollte sie ihm Gelegenheit geben, sich darüber zu beschweren, dass sie das Eckhaus gekauft hatte.

Er nahm sie nicht wahr. Er wünschte sich nicht mehr, dass sie nie nach Middledip gekommen wäre.

Als Wilf nach der Schule in den Garten gestürmt kam, legte Sky einen Arm um ihn, als wäre er ihr kleiner Bruder. »Wenn du dir was anderes anziehst, kannst du uns gern helfen. Ich habe dir ein Stück Kuchen aufgehoben, weil ich mir dachte, dass du vielleicht noch vorbeikommst.«

Wilf sah sie mit einem so bewundernden Blick an, dass Daz ihm »Schleimer« zuraunte. Wilf lachte und lief nach Hause, um sich umzuziehen. Er kam in Lichtgeschwindigkeit zurück, schlang seinen Kuchen hinunter und schüttete eine Dose Purdey's hinterher, ein Energy Drink, von dem Daz noch nie etwas gehört hatte, den Wilf aber mit vor Begeisterung großen Augen entgegennahm. Dann setzte er sich eine Schutzbrille auf und fütterte ein paar Minuten lang den Häcksler. Als er merkte, dass er mit Verns Geschwindigkeit nicht mithalten konnte, schnappte er sich eine Schaufel und kratzte Schmutz aus der alten Einfahrt, die zur Great Hill Road hinausführte und deren Tor sie gerade freigeschnitten hatten.

Sie arbeiteten alle zusammen in einem lärmenden Durcheinander aus Stimmen und motorbetriebenen Werkzeugen. Es war schon nach halb fünf und die Dämmerung begann einzusetzen, als sie Feierabend machten. Sie standen mitten im Garten, um die Fassade des Hauses zu begutachten, die endlich wieder aus den wuchernden Bäumen aufgetaucht war. Das Ziegeldach war bemoost und von Flechten bedeckt, die grauen Steinwände sahen aus, als wären sie für die Ewigkeit gebaut. Die Rahmen der Flügelfenster waren mal weiß gestrichen gewesen, doch die Farbe blätterte ab. Verrostete gusseiserne Fallrohre und Regenrinnen waren mit Schnörkeln und Riffelungen verziert.

»Wow«, machte Sky atemlos, ihre grünen Augen strahlten vor Freude. »Die Bäume sehen aus, als hätten sie einmal Waschen, Schneiden und Legen beim Friseur bekommen.« Sie zog einen Handschuh aus und streichelte den Stamm des großen weißen Baumes in der Mitte des Gartens, der jetzt befreit war von seinem Gefängnis aus wild wuchernden Brombeersträuchern. »Ist die Weißbirke nicht wunderschön? Und ich habe eine Einfahrt! Vielen Dank euch allen.«

Daz, Vern und Ismael klopften sich den Staub von der Arbeitskleidung und sagten ihr lächelnd, dass sie es gern getan hatten, wohingegen Wilf nach mehr Kuchen verlangte.

»Kommt sofort«, rief eine vertraute Stimme, und Marietta kam den Pfad entlanggestapft, eine Schale selbstgemachter Brownies in der einen und eine Flasche Limonade, die einen Hut aus Papierbechern trug, in der anderen Hand. Sie standen im Garten beisammen, während die Dunkelheit um sie hereinbrach und nur noch vom Schein der Straßenlaternen und dem fahlen Mondlicht erhellt wurde, mampften Brownies und schlürften Limonade. Um sich warm zu halten, jetzt, da sie sich nicht mehr körperlich betätigten, stampften sie mit den Füßen.

Dann sagte Wilf zu Sky: »Willst du, dass Daz dir mit den Weihnachtslichtern hilft? Denn die brauchst du für das große Anschalten morgen Abend. Es gibt auch was zu Essen und zu Trinken und so.«

Sky verkniff sich ein Grinsen. »Ich bin mir sicher, Daz hat morgen noch was anderes zu tun.« Sie tätschelte Wilf die Schulter. »Er hat schon so viel getan, wenn man bedenkt …« Sie brach ab.

Daz fragte sich, ob sie hatte sagen wollen »… wenn man

bedenkt, was für ein Arsch er am Anfang wegen des Hauses gewesen ist.«

Aber stattdessen fuhr sie fort: »… dass er einen Vollzeitjob hat und ein eigenes Haus, um das er sich kümmern muss. Und deiner Mum und dir hilft er auch.«

»Ja«, meinte Wilf und wischte diese Leistungen einfach beiseite. »Aber …«

»Ich werde dir helfen«, schaltete sich Daz ein, ehe er wusste, wie ihm geschah. »Wäre doch eine Schande, so weit zu kommen und dann das große Anschalten zu verpassen. Du willst doch nicht von Ruths Weihnachtskartenliste gestrichen werden.«

Sky prustet los vor Lachen. Es war vielleicht das erste Mal, dass er sah, wie sie aus vollem Herzen lachte, den Kopf in den Nacken geworfen, so dass ihr der dicke Zopf über den Rücken schwang. »Ich werde dieses Mal nicht widersprechen. Wenn du eine Stunde übrighast, wäre das super.« Dann wandte sie sich an Ismael und Vern. »Und ich glaube, ihr habt beide euren freien Tag geopfert, um mir zu helfen? Ihr seid meine Helden, wirklich.«

Kurz darauf zerstreute sich die Gruppe. Daz begleitete den erschöpften Wilf die Winter Street entlang, um zu sehen, ob seine Mum schon von der Arbeit zurück war. Plötzlich wurde ihm bewusst, dass dieser Tag der schönste gewesen war, seit Lewis im Gefängnis saß.

Sky duschte und beobachtete, wie Kiefernnadeln im Abfluss verschwanden. Der Tag war wie im Flug vergangen, voller harter Arbeit, aber auch mit einem Gefühl von Kameradschaft und Gemeinschaft. Sie dachte darüber nach, dass alles nur dadurch zustande gekommen war, dass sie Hilfe angenommen hatte, was ihr eigentlich nicht ähnlich sah. Offenbar musste sie die Leute auch in ihr Leben lassen, wenn sie nicht allein sein wollte. Dieser Gemeinschaftssinn war etwas, an das sie sich erst noch gewöhnen musste.

Als sie aus der Dusche kam, setzte sie sich im Schneidersitz auf den Boden, um sich die Haare zu föhnen. Anschließend rief sie noch einmal die Website auf, die Wilf ihr gezeigt hatte. Sie wollte noch ein paar Lichternetze kaufen. Für die Lieferung am nächsten Tag zahlte sie zehn Pfund extra. Es war sicher lustig, Ruths Gesicht zu sehen, wenn Skys Garten in einem solchen Lichterglanz erstrahlte, dass er noch vom Mond aus zu sehen war.

Jetzt, wo ihre Haare wieder trocken waren, beschloss sie, noch eine Runde im Dorf spazieren zu gehen, ehe sie ihr Abendessen zubereitete. Sie war immer noch nicht daran gewöhnt, sich so früh am Abend vor den Fernseher zu setzen. Also zog sie sich Mantel, Mütze und Schal an. Die Temperaturen waren selbst für den letzten Tag im November ziemlich niedrig. Mit den Händen in den Manteltaschen machte sie sich auf den Weg, um den Rest des Bankside Estates zu erkunden – die Great Hill Road entlang bis zur Top Farm Road, ein kurzer Blick in Hilary Close und eine Besichtigung der Scott Road. In The Close erspähte sie einen Fußweg, der zur Hauptstraße zurückführte, wo das *Three Fishes* wie ein Leuchtfeuer aus Lichterketten und Weihnachtsbäumen erstrahlte.

Sie blieb nicht stehen. Ihre Füße trugen sie weiter die Hauptstraße hinunter, und kurz darauf befand sie sich in der Rotten

Row. Wie beim letzten Mal entdeckte sie Nan Heathers zierliche Gestalt im Fenster. Ihr Herz machte einen glücklichen Sprung und sie eilte den Pfad entlang. Durch die Glasscheibe rief sie: »Nan Heather, ich bin's, Sky.«

Nan strahlte, nickte enthusiastisch und zeigte in Richtung der Tür seitlich am Haus. Einen Moment später betrat Sky das Haus und die vertraute Küche. Von da ging sie durchs Esszimmer und klopfte leise an die Tür zum Wohnzimmer.

»Komm rein, Küken«, hörte sie Nan Heathers brüchige Stimme rufen und drehte am Türgriff. Die alte Frau erhob sich mit Hilfe des Gehgestells aus dem Sessel. »Was für eine schöne Überraschung«, sagte sie und breitete die Arme aus.

Sky hatte einen Kloß im Hals, als sie vorsichtig die zerbrechliche, gebeugte Nan Heather umarmte. Sie drückte ihre Wange an die silbernen Locken und atmete den Duft nach Shampoo und Keksen ein, der sich in all den Jahren, seit sie in dem kleinen Schlafzimmer mit dem großen Fenster gewohnt hatte, nicht verändert zu haben schien. Ihre Augen brannten, als sie daran dachte, dass Nan Heather der beste Mensch im Leben der jungen Sky gewesen war.

»Es ist schön, dich zu sehen«, sagte sie unbeholfen.

Als sie sich voneinander lösten, schimmerten die Augen der alten Frau genauso feucht wie Skys eigene. »Komm, wir setzen uns«, schlug sie krächzend vor und deutete auf zwei Sessel, die sich gegenüberstanden. Sie nahm das Gehgestell zur Hilfe und ging langsam, Schritt für Schritt darauf zu.

Da sie erkannte, wie sich Nan Heather um Selbstständigkeit bemühte, versuchte Sky erst gar nicht, ihr zu helfen, sondern setzte sich auf den anderen Sessel. »Was für ein schönes Zimmer«, sagte sie, als sie den Blick schweifen ließ. Ein schmales

Bett stand in einer Ecke, so dass der Raum halb Schlafzimmer und halb Wohnzimmer war. Der bernsteinfarbene Teppich passte zu den braunen und goldenen Samtvorhängen an den Fenstern. Ein Fernseher stand in einer Ecke, und ein tragbares Radio lag in der Nähe von Nan Heathers Ellbogen. Sky konnte sich nicht erinnern, wann sie das letzte Mal ein solches Radio gesehen hatte – ein kleiner silberner Kasten mit Drehknopf und Antenne.

»Ich habe meiner Tochter Mo erzählt, dass du wieder da bist«, sagte Nan Heather. »Und meiner Enkelin Hannah. Sie waren ganz neugierig. Möchtest du etwas trinken? Du könntest uns beiden einen heißen Kakao machen.«

»Sehr gern.« Sky sprang auf und kehrte in die Küche zurück, wo sie – nach den Anweisungen von Nan Heather – Kakao, Milch und Zucker fand. Ihr fiel sogar wieder ein, dass Nan Heather ihren Kakao am liebsten ganz milchig trank. Als sie ihre Mission erfüllt hatte, trug sie die zwei schokoladig dampfenden Tassen zurück ins Wohnzimmer.

»Hast du schon mit Freddy gesprochen?«, fragte ihre Gastgeberin neugierig.

Sky verspürte einen Stich in der Magengegend und musste sich zusammenreißen, um nichts von dem Kakao zu verschütten. »Noch nicht«, sagte sie wahrheitsgemäß und nahm wieder Platz. Aber sie hörte selbst, wie ihre Stimme bebte. Sie sah Freddy vor sich – erst so, wie sie ihn kannte, vor neuen Ideen strotzend, und dann seine erschütterte, versteinerte Miene, als sie ihn zum letzten Mal gesehen hatte, in ihrer Wohnung in Cambridge. Er war so enttäuscht gewesen.

Seitdem herrschte Funkstille.

Nan Heather wirkte verdutzt. »Keine Eile, Küken. Nur, wenn

du das nächste Mal mit ihm sprichst, sag ihm einfach, dass ich mich noch gut an ihn erinnere, ja?« Dann fuhr sie fort, Sky von Hannah zu erzählen, die mit ihrem schwedischen Ehemann Nico und zwei kleinen Stieftöchtern hier im Ort lebte. »Und mein Enkel Rob wohnt mit seiner Frau Leesa in Bettsbrough. Sie erwarten ein Kind, weißt du?«, schwärmte Nan Heather. »Weihnachten ist so schön mit kleinen Kindern. Sie freuen sich immer so, nicht wahr?«

Sky erwiderte ein »Natürlich«, auch wenn ihre persönliche Erfahrung damit auf die Nichten und Neffen von Marcel und dann von Blake beschränkt war. Es hatte schon Spaß gemacht, den Kindern dabei zuzusehen, wie sie Päckchen aufrissen und Kartons in Garagen für ihre neuen Autos umfunktionierten oder Möbel in Gefahr brachten, weil sie auf todschicken Rollern herumsausten, aber sie hatte diese Kinder nur flüchtig gekannt. Ihre Gedanken wanderten zu Courtney und ihren Sorgen, welche Art von Weihnachtsfest sie Wilf in diesem Jahr würde bieten können.

»Meine Mo und ihr Mann, Jeremy, veranstalten jedes Jahr ein großes Weihnachtsessen. Und am Heiligabend laden sie die Nachbarn zur Weihnachtsfeier ein.« Nan Heather hielt inne, um ihre Tasse an den Mund zu führen und einen Schluck Kakao zu nehmen. Sie hielt die Tasse in beiden Händen. »Ich kann so lange bleiben, wie ich will, aber es ist gut, die eigenen vier Wände zu haben, nicht wahr?«

»Das verstehe ich sehr gut.« Sky lachte. »Ich glaube, mir war nicht klar, wie riesig das Eckhaus tatsächlich ist.« Das stimmte nicht ganz, sie hatte die exakten Dimensionen auf dem Papier genau gekannt, aber jetzt, wo sie mit ihren wenigen Möbeln eingezogen war, schien noch so viel Platz übrig zu sein. Sie erzählte Nan Heather von ihrer kleinen Arbeitsmannschaft, mit deren Hilfe sie es heute geschafft hatte, den Vorgarten in Ordnung zu bringen, und zeigte ihr Fotos auf dem Handy.

Nan Heather beäugte sie kurzsichtig. »Erzähl mir von deinen Plänen für das Haus.« Ihre Augen hinter den Brillengläsern funkelten.

Sky lachte bedauernd. »Ich fürchte, meine Pläne sind noch nicht gemacht. Ich genieße das Haus gerade einfach.«

»Und was denkt Freddy?« Nan strahlte erwartungsvoll.

Skys Kehle war plötzlich wieder wie zugeschnürt. »Er hat es noch nicht gesehen, seit ich eingezogen bin. Er ist so beschäftigt mit seiner Firma. Er heiratet auch bald, weißt du. Seine Verlobte heißt Minnie.«

»Ooh! Hast du vielleicht ein Foto von ihnen?« Nan Heathers runzlige Wangen hoben sich beim Lächeln.

»Von Freddy habe ich eins, denke ich.« Sky beugte sich über ihr Handy, während sie durch ihre Fotos scrollte, und verbarg ihr Gesicht, bis sie sich ein Lächeln abringen konnte. »Hier ist eins. Das ist im Büro, dann kannst du auch gleich sehen, wo er arbeitet. Ich habe das Bild für unseren Firmen-Newsletter gemacht.«

Freddy grinste hinter seinem Schreibtisch hervor. In einer Hand hielt er einen Satz Baupläne, in der anderen das Telefon. Seine Krawatte lag neben ihm auf dem Schreibtisch, sein Jackett hing über der Stuhllehne. Die dichten Locken fielen ihm in die Stirn.

Nan Heather starrte den Bildschirm an. »Was für ein Mann aus ihm geworden ist«, stellte sie seufzend fest. »Wenn er dich mal besucht, bringst du ihn doch auch zu mir, oder, Küken?«

Sky rutschte das Herz in die Hose und in diesem Moment

wusste sie, dass sie den Kontakt zu ihm wieder aufnehmen musste. Sie würde Freddy zu dieser wundervollen Frau bringen, die ihnen die Liebe und Fürsorge geschenkt hatte, die ihre leiblichen Familien ihnen nicht hatten geben können. »Das mache ich«, sagte sie bestimmt.

Eine Stunde später, als sie die Kakaotassen gespült und sich verabschiedet hatte, schrieb sie Freddy auf dem Nachhauseweg eine Nachricht. *Nan Heather ist noch gesund und munter. Sie würde dich so gerne einmal sehen.* Sie dachte kurz nach und löschte den letzten Satz wieder. Das war die falsche Herangehensweise. Sie wollte keine Schuldgefühle auslösen. Stattdessen schrieb sie: *Solltest du mal in der Nähe sein und Lust auf einen Kaffee haben, würde sie dich gern sehen.* Aber damit war sie auch nicht zufrieden. Es war zu schwammig. Löschen, löschen, löschen. *Ich habe ihr versprochen, dass ich dich für einen Besuch zu ihr bringe, falls du mal bei mir vorbeikommst.*

Es war fast zehn Uhr abends, als ihr Handy das Eintreffen einer Antwort verkündete. *Gut zu wissen dass es sie noch gibt danke für die info.* Automatisch im Kopf die Kommas setzend, erkannte Sky, dass Freddy nicht bereit war, sich auf irgendetwas festzulegen. Sie seufzte niedergeschlagen, nicht sicher, wer wütender auf wen war – sie auf Freddy oder Freddy auf sie.

Sie ging ins Bett und verlor sich in ihrem Roman. Hin und wieder übertönte das Geräusch eines auf der Winter Street vorbeifahrenden Autos den Wind, der in den Bäumen säuselte. Langsam schloss sie die Augen.

Ihr Herz mochte in Aufruhr sein, aber wenn es irgendwo würde Ruhe finden können, dann in Middledip.

Elftes Kapitel

Es war Donnerstag, der erste Dezember, und mal wieder begann der Tag damit, Leitern aufzustellen. Dieses Mal würde sie allerdings Eiszapfen-Lichterketten an Regenrinnen befestigen und bunte Lichter an den Ästen der Bäume. Sky fing früh an, und Daz hielt sein Wort und gesellte sich kurz darauf zu ihr, passend gekleidet in Jeans und beigen Arbeitsstiefeln, dazu eine Skijacke. Sky begrüßte ihn und stellte fest, wie leicht es ihr fiel, seine Hilfe anzunehmen. Middledip veränderte sie jetzt schon.

Der Himmel war so grau wie Eis auf einer Pfütze, und ihre Finger wurden taub im schneidenden Wind. »Die Winter Street sollte diesen Wettbewerb besser gewinnen«, sagte Sky knurrend, als sie Mittagspause machten, um sich bei einer Suppe aufzuwärmen.

Daz lümmelte auf seiner Jacke auf dem Küchenboden und schnaubte. »Ich habe schon Courtneys Haus geschmückt, meins und Mariettas. Du bist Anfänger.«

Sie lachte. »Oder du bist ein Trottel.« Daz war inzwischen viel netter, seit er ihr das mit dem Eckhaus nicht mehr nachzutragen schien.

Sie kehrten zur Arbeit zurück, schuftend, frierend, fluchend, und dann tauchte Wilf auf, ganz außer Atem, weil er von der Bushaltestelle zu ihnen gerannt war, um sie in der letzten Stunde zu unterstützen. Sie taten so, als hätten sie noch nicht jedes einzelne Lichterband getestet, damit er sich den Spaß machen konnte, Schalter zu betätigen und zu jubeln, wenn ganze Netze aus baumelnden Lichtern zum Leben erwachten, auch wenn ihr Leuchten im Tageslicht nicht richtig zur Geltung kam. Sky hatte eine besondere Lampe aufgehoben, die er aufhängen durfte. Sie hatte die Form einer geneigten Gießkanne, aus deren Brause ein Schwall aus blinkenden Lichtern zu fließen schien. Er hängte die Kanne mit einem so glücklichen Grinsen an den dafür vorgesehenen Haken, dass Sky ein paar Tränen hinunterschlucken musste, selbst Daz räusperte sich verdächtig.

Mit einem Schmutzfleck auf der Wange sagte Wilf aufgeregt zu Sky: »Du kannst sie jedes Mal sehen, wenn du den Pfad entlanggehst.« Er klang so neidisch, dass Sky bei nächster Gelegenheit ihr Handy zückte und heimlich noch eine Gießkanne mit Lichterkette bestellte, dieses Mal an die Lieferadresse Winter Street 31a – zu Courtney und Wilf.

Schließlich hatten sie alle erdenklichen Eiszapfen und Blinklichter aufgehängt. Selbst Wilf war zufrieden. Skys Garten schlummerte nur noch, bis die Dunkelheit hereinbrach und es Zeit war für das große Anschalten. Dann würde er in voller Pracht erstrahlen. Wilf hing am Gartentor und berichtete eifrig über die Aktivitäten weiter die Straße runter. »Jessie und Ruth stellen schon die Tische für die Getränke und das Essen auf. Das fängt um sechs an, und das Anschalten ist um sieben. Sollen wir dich abholen? Mum und Daz und ich holen auch schon Marietta ab.«

»Das wäre toll«, erwiderte Sky, die sich freute, bereits zu ihrer Gruppe zu gehören, obwohl sie grade mal gut zwei Wochen in der Winter Street wohnte. Sie riskierte einen Seitenblick auf Daz, um zu sehen, ob er die Stirn runzelte, aber sie stellte fest, dass er ebenfalls lächelte. Er hatte ein schönes Lächeln, und er zeigte es inzwischen öfter.

Daz wuschelte Wilf über die Haartolle. »Komm schon, Kumpel. Ich wette, du hast Hausaufgaben, die noch vor dem Fest erledigt werden müssen.«

Wilf stöhnte und machte ein Würgegeräusch, wobei er mit theatralischer Geste die Schultern hängen ließ, ging dann aber doch mit, um das Unvermeidbare hinter sich zu bringen.

Sky verbrachte noch eine Weile damit, Kabel zu sortieren, damit alle Schalter auf dem Boden neben dem Schuppen zusammenliefen, und ging dann auch nach drinnen. Sie wollte sich mit einer heißen Badewanne aufwärmen, ehe die Festlichkeiten zum großen Anschalten begannen.

Sky war schon vor sechs Uhr fertig. Eingepackt in Thermounterwäsche, Pullover und Jeans und in ihren Mantel gehüllt, abgerundet mit ihrer cremefarbenen Norwegermütze und dem roten Schal und Handschuhen, war ihr schnell zu warm, um drinnen auf die anderen zu warten.

Sie trat in den Garten. Die kahlen, frischgeschorenen Formen der Bäume hoben sich vor dem Schein der Straßenlaternen ab, und die Luft war so kalt, dass es ihr im Hals brannte. Von den Brombeeren befreit, erhoben sich die gespenstischen Arme der ehrwürdigen Weißbirke in die Dunkelheit, ihre dürren Finger auf einer Höhe mit der Dachrinne. Sie war wirklich ein schönes Exemplar, dachte Sky. Als sie nach oben sah, blitzte plötzlich ein riesiger Stern erst weiß, dann rot und dann blau auf. Marietta überprüfte wohl eine ihrer Dekorationen auf dem Dach. Dann hörte Sky Wilfs Kichern. Vermutlich steckte er hinter dem zu frühen Aufleuchten.

Fröhliche Stimmen waren am anderen Ende der Straße zu hören, wahrscheinlich die der Helfer, die an den Tischen die Erfrischungen verkauften, von denen Wilf so begeistert erzählt hatte. Der vertraute Klang von »White Christmas« ertönte und als wäre es das Signal, öffneten sich überall Haustüren, und die Nachbarn riefen »Frohe Weihnachten!«, vermutlich zum ersten Mal in diesem Jahr.

Sky wusste, wie sie sich bei Geschäftstreffen oder knallharten Auktionen zu verhalten hatte, aber das hier war etwas anderes. Es war der Moment gekommen, dass sie offiziell in die Winter-Street-Gemeinschaft eintreten sollte und plötzlich war ihr flau im Magen. Sie hoffte, dass die Mehrzahl der Anwohner wie Marietta war und nicht wie Ruth.

Dann hörte sie Wilfs atemlose Stimme in ihre Richtung hallen. »Ich hole Sky ab.« Seine hüpfende kleine Gestalt tauchte in den gerade erst geschaffenen Lücken zwischen den Kiefern auf und dann stürmte er durchs Gartentor. »Cool, du bist schon fertig«, rief er fröhlich. »Los, komm. Es gibt Hot Dogs.«

Hot Dogs standen nicht wirklich auf Skys Liste an Dingen, über die sie sich freute, aber sie lachte mit ihm, als er sie auf den Bürgersteig der Winter Street scheuchte, wo Marietta, Courtney und Daz schon auf sie warteten.

Marietta belohnte sie mit einer herzlichen Umarmung. »Lasst uns einen Glühwein holen.«

Courtney umarmte Sky ebenfalls und hakte sich dann freundschaftlich bei ihr unter. »Geh nur voran, Marietta.«

In der Mitte der Winter Street, in der Nähe von Wilfs und Courtneys Haus, waren die Tische aufgebaut worden. Sie trugen Röcke aus rotem und weißem Krepp-Papier, das mit silbernem Lametta verziert war. Ein paar Leute, die sich dort versammelt hatten, sangen »White Christmas« mit. Daz kaufte Glühwein in Plastikbechern für Marietta, Courtney und sich selbst und würzige Limonade für Sky und Wilf von einer großen Frau, deren rotgelocktes Haar unter einer Elfenmütze hervorquoll, an der sogar ein paar spitze Öhrchen befestigt waren.

»n'Abend«, sagte eine fröhliche Stimme, und Sky drehte sich zu einem grinsenden Ismael um, der ein Baby in einer Babytrage vor den Bauch geschnallt hatte. Neben ihm ging eine Frau. »Das ist Linsey, meine Frau«, stellte er sie Sky vor.

Linsey lächelte Sky freundlich an. »Willkommen in Middledip. Und der da gerade Ismaels Jacke vollsabbert, das ist unser Baby, Leo.«

»Na, toll.« Ismael verzog das Gesicht.

Mit gespielt ernster Miene schüttelte Sky Leos kleine, in einem Handschuh steckende Hand. »Hallo, junger Mann. Du bist ja süß.«

Ismael tat so, als würde sie ihn meinen, und Linsey verpasste ihm einen Knuff in die Seite.

Daz kaufte Ismael ebenfalls einen Glühwein, während Linsey auch lieber Limonade nahm. Marietta begann mit Linsey über die Dorfschule zu plaudern, während sich die Straße immer weiter füllte und sich Trauben um die Verkaufsstände bildeten.

An dem Tisch, wo es warme Snacks zu kaufen gab, hinter dem die gefürchtete Ruth stand, zückte Sky ihren Geldbeutel. Sie hatte nicht vor, Daz ein zweites Mal bezahlen zu lassen. Lächelnd wandte sie sich an Ruth. »Was gibt es denn hier?«

»Hot Dogs oder Suppe«, erwiderte Ruth mit einem Gesicht wie eine mürrische Marionette.

»Ich will einen Hot Dog«, krähte Wilf. »Bitte«, fügte er hastig hinzu, als Courtney missbilligend die Augenbrauen hochzog.

Courtney und Daz wählten auch einen Hot Dog, und Ruth packte sie in kleine weiße Papiertütchen ein.

»Was ist es für eine Suppe?«, fragte Sky, die immer noch entschlossen war, nett zu bleiben.

»Huhn«, entgegnete Ruth knapp.

»Also, nichts für mich«, sagte Sky und zog einen Schein heraus, um die Hot Dogs zu bezahlen.

Ruth sah noch mürrischer aus als zuvor. »Wir sammeln Geld für einen wohltätigen Zweck, das wissen Sie schon, oder?«

Sky zuckte mit den Schultern. »Dann sollten Sie auch was für Vegetarier verkaufen.«

Ruth verdrehte die Augen. Das tat sie wirklich. Direkt vor Sky. »Geben Sie mir eine Minute, ich grabe Ihnen eine Karotte aus.«

Sky klatschte das Geld auf den Tisch und seufzte. »Keine Sorge, ich gehe zum nächsten Stand und kaufe stattdessen ein Stück Kuchen.«

Wilf sah besorgt aus. »Kann ich jetzt keinen Kuchen mehr haben, wo ich den Hot Dog bekommen habe?« Er schielte auf seine halb gegessene Wurst im Brötchen.

Courtney lachte. »Lasst uns alle Kuchen essen. Er sieht lecker aus.«

Sie ließen Ruth und ihre schlechte Laune hinter sich und versammelten sich um den Kuchenstand. Sky wählte einen Butter-Flapjack, Courtney und Wilf nahmen Schoko-Muffins und Daz entschied sich für ein Stück vom Victoria Sponge Cake.

Während Sky ihren Flapjack genoss und Limonade schlürfte, die sehr lecker, aber auch so kalt war, dass es ihr an den Zähnen weh tat, erblickte Sky eine Gruppe Leute, die sich um einen blonden Mann scharten, der einen Rollstuhl schob. »Nan Heather«, rief Sky erfreut, als sie die Frau im Rollstuhl erkannte. Alle Köpfe der Gruppe drehten sich in ihre Richtung, während Nan Heather, die eingepackt war wie ein Päckchen, in Mantel und Decken und einer Fleecemütze, die unter ihrem Kinn zusammengebunden war, ihr mit einem dicken Handschuh zuwinkte.

Sky errötete, als sie bemerkte, dass Nan Heather mit ihrer Familie zusammen war. Sky war nur eines der Pflegekinder. Aber nachdem sie so lautstark gegrüßt hatte, konnte sie schlecht nicht zu ihr gehen. Sie erkannte Mo, Nan Heathers Tochter, und lächelte ihr zu. »Ich denke nicht, dass Sie sich an mich erinnern …«

»Sky Murray«, unterbrach Mo sie mit strahlendem Lächeln. »Und lass uns doch Du sagen. Ich bin Mo.« Sie sah aus, als wollte sie Sky die Hand schütteln, aber Sky hatte in der einen ihren Flapjack und die Limonade in der anderen. »Mum hat erzählt, dass du wieder in der Stadt bist. Wir müssen uns mal auf einen Kaffee treffen und ein bisschen plaudern.« Sie drehte sich zu den Leuten um, die hinter ihr standen. »Das ist mein Mann, Jeremy, meine Tochter Hannah, die du vielleicht mal als Kleinkind gesehen hast, ihr Mann Nico und ihre Kinder, Maria und Josie.«

Die Mädchen lächelten, als ihre Namen erwähnt wurden, und die ältere, Josie, die etwa zehn sein musste, lugte an Sky vorbei zu Wilf. »Hi«, grüßte sie ihn. »Wie sind die Hot Dogs?«

Wilf wirkte überrascht, dass er angesprochen wurde, aber er brachte ein unsicheres Lächeln zustande. »Gut. Die Muffins sind aber noch besser.«

Josie drehte sich zu ihrem Vater um, dem blonden Mann, Nico. »Darf ich einen Muffin haben?«

»Und ich auch?«, fragte die kleine Maria, die um die vier Jahre alt sein musste.

Der Vater lächelte gutmütig. »Josie, kauf mal fünf Muffins für uns alle, bitte.« Er reichte ihr etwas Geld.

Die Mädchen liefen zum Kuchenstand, und Hannah sagte zu Sky: »Ich fürchte, ich kann mich nicht an dich erinnern, aber Nan hat sich so gefreut, dass du wieder hier bist. Sie liebt es, wenn Pflegekinder sie besuchen, und es ist seit Jahren nicht mehr vorgekommen.«

Sky wurde warm ums Herz vor Freude. »Wirklich?«, krächzte sie. »Sie war so unglaublich nett zu mir.«

»War? Bin ich das nicht mehr?«, fragte Nan Heather, was alle zum Lachen brachte.

Josie und Maria kehrten zurück. Mehrere Kinder zwischen etwa neun und dreizehn folgten ihnen. Josie schnappte sich einen Muffin und warf ihrem Dad die Tüte mit den restlichen zu. Dann baute sie sich mit einem kleinen Hüpfer vor Wilf auf. »Darfst du mit uns spielen? Maria muss bei Hannah und Dad bleiben, aber wir anderen dürfen allein herumlaufen, solange wir in der Winter Street bleiben.«

Nach kurzem Zögern und einem misstrauischen Blick in Richtung des größten, ältesten Jungen hinter Josie erwiderte

Wilf: »Cool.« Dann an Courtney gewandt: »Ist das okay, Mum?«

Courtney lächelte breit. »Von mir aus gern.« Wie ein kleiner Fischschwarm sausten die Kinder die Straße hinab davon.

Courtney strahlte Hannah und Nico an. »Es ist so nett von eurer Tochter, Wilf miteinzubeziehen. Es fällt ihm schwer, bei den Dorfkindern Anschluss zu finden. Wir haben eine schwierige Zeit hinter uns.«

»Kinder finden am Ende immer einen Weg«, sagte Nan Heather weise.

Während die anderen sich über Kinder unterhielten und Daz mit jemandem sprach, den Sky nicht kannte, plauderte sie mit Nan Heather, die es schaffte, ihren Muffin zu mampfen, ohne sich ihrer Handschuhe zu entledigen.

Auch wenn alle unglaublich nett zu ihr waren, wollte Sky sich irgendwann nicht länger bei Nan Heathers Familie aufdrängen und verabschiedete sich. Sie schlenderte weiter und genoss das Gemurmel der vielen Leute und die lächelnden Gesichter überall. Die Musik war inzwischen zu »Let it Snow« übergegangen, das aus einem Lautsprecher an der Ecke eines der Verkaufsstände dröhnte.

Sie hatte gerade ihren leeren Limonadenbecher in die praktisch am Straßenrand stehende Recyclingtonne eines Nachbarn entsorgt und sich einen Kaffee gekauft, der aus heißem Wasser und Instantpulver bestand und mit einem Schuss Milch aus dem Tetrapack verfeinert worden war, als Wilf vor ihr auftauchte, die Schar Kinder im Schlepptau.

»Hast du noch vor, Meisenknödel zu machen und damit deine Bäume zu dekorieren?«, wollte er wissen. »Können meine Freunde uns dabei helfen?«

Sky konnte sich ein Grinsen nicht verkneifen, wie schnell seine anfängliche Isolation verpufft war und er die Gruppe schon jetzt als »seine Freunde« bezeichnete. »Natürlich. Aber nicht heute Abend, okay? Am Wochenende.«

»Okay, cool«, erwiderte Wilf, und er und die Kinder wandten sich wieder zum Gehen.

Dann erstarrte Sky. Der größte Junge fragte Wilf: »Stimmt es, dass dein Dad im Gefängnis sitzt?« Seine Stimme klang nicht unfreundlich, aber es wirkte, als erwartete er eine Antwort. Wie auf glühenden Kohlen wartete Sky ab. Würde Wilf sich wieder verschließen, wenn genau die Art von Fragen kam, die er gefürchtet hatte? Sky machte sich bereit, einzuschreiten.

Aber Wilf murmelte, »Ja«. Er scharrte mit einem Turnschuh am Rand des Bürgersteigs.

»Echt jetzt?«, fragte Josie, als dachte sie, er mache Witze.

»Ja, echt«, bestätigte Wilf und scharrte mit dem anderen Fuß.

Sky zögerte noch. Sie würde sicher nicht stumm dabeistehen, wenn sie es ihm schwermachten, aber es wäre natürlich besser, wenn er diesen kniffligen Moment allein meisterte.

»Wofür denn?« Der große Junge beäugte Wilf misstrauisch.

»Das ist unhöflich, Eiran«, zischte Josie und bedachte ihren großen Freund mit einem strafenden Blick.

»Diebstahl«, antwortete Wilf dennoch.

»Oh«, machte Eiran. Als er die Antwort ohne Widerworte zu akzeptieren schien, entspannte sich Sky ein wenig.

Ein Mädchen, das genauso alt zu sein schien wie der große Junge, klang mitfühlend, als sie sagte: »Ziemlich ätzend für dich.«

»Ja.« Wilf sah sie an und nickte. Mit seinen struppigen Haaren, die unter seiner Beanie-Mütze hervorschauten, und seinen schmalen, hängenden Schultern, sah er so verletzlich aus, dass Sky den Atem anhielt und betete, dass die Dorfkinder nicht blöd reagieren würden. Kinder konnten Umstände akzeptieren, die nicht die Schuld des Kindes waren – oder, wie Tiere, sich gegen eines der ihren wenden, das bereits verletzt war.

Aber dann sagte Josie: »Weißt du schon, was du zu Weihnachten bekommst? Ich wünsche mir ein eigenes iPad, und Dad sagt, er denkt darüber nach. Von meinem Onkel Rob und meiner Tante Leesa habe ich mir einen Kreidekamm gewünscht.«

»Was ist denn ein Kreidekamm?«, wollte Wilf wissen.

Josie erklärte mit ernster Miene die Feinheiten des besonderen Kammes, mit dessen Hilfe man sich einen Regenbogen aus Kreide in die Haare kämmen konnte. Die Kinder entfernten sich langsam.

Sky atmete erleichtert auf, dass das Gefängnisthema offenbar so glimpflich abgehandelt worden war und schaute sich suchend nach Courtney um. Doch es war Daz, der plötzlich direkt hinter ihr stand.

Er starrte Wilf hinterher. »Ich habe zwar nicht alles davon verstanden, aber ich habe gesehen, dass du zugehört hast. Ist bei Wilf alles okay?«

»Scheint so.« Sie gab ihm in Kurzfassung wieder, was sie mitbekommen hatte.

Daz runzelte zunächst die Stirn, doch als sie geendet hatte, wirkte er wieder entspannt. »Es ist normal, dass Kinder neugierig sind. Lass uns einfach hoffen, dass Wilf heute Abend zu der Erkenntnis gelangt, dass die Dorfkinder in Ordnung sind.«

Plötzlich ertönte eine dunkle Stimme hinter ihnen. »Hi, Sky.«

Sky fuhr herum und erblickte Bell, der mit in die Jackentaschen gehakten Daumen vor ihr stand. »Hallo.« Sie bemerkte, wie sich Daz' Miene verfinsterte, und ihr fiel wieder ein, was er über Bell erzählt hatte. Dass er angeblich mal seine Freundin angebaggert hatte.

»Kann ich dir einen Wein spendieren?«, fragte Bell und nickte in Richtung des Glühweinstandes.

Sky hob ihre Kaffeetasse. »Bin versorgt, danke.«

»Kuchen?«, versuchte es Bell weiter.

»Ich hatte schon einen«, gestand Sky. Dann, weil sie nicht wieder erklären wollte, warum Hot Dogs und Hühnersuppe nicht zu ihrem Lebensstil passten, sagte sie schnell: »Oh, seht mal, ist das nicht das Lokalradio?«

Sie drehten sich alle zu einem Auto um, auf dessen Seite die Aufschrift »Radio Bettsbrough« prangte. Jess sprang sofort auf den Mann zu, ein einsamer Moderator mit einem Rucksack voller elektronischer Geräte und einem Mikrophon.

Marietta trat zu ihnen, die nächste Tasse mit dampfendem Glühwein in der Hand. »Ah, gleich mehrere von Mariettas Brainiacs an einem Ort«, rief sie. »Wir sind doch alle bereit für das Pubquiz morgen, oder, Leute?«

»Ich werde da sein«, versprach Sky. »Ich fand es lustig letztes Mal.« Mehr als sie erwartet hatte. Eine gute Abwechslung zu ihrem alten Leben und den einsamen Abenden am Laptop. Sie stutzte. Wow. War das wirklich sie, die da negativ über den Job dachte, den sie so geliebt hatte?

»Ja, klar. Bin dabei«, sagte Bell.

Daz' Antwort kam etwas zögerlicher. »Du kannst mit mir rechnen, Marietta. Zumindest diese Woche noch.«

Dann unterbrach Jess eine herzhafte Darbietung von »Fairytale of New York«, als sie ein Mikrophon in die Lautsprecheranlage steckte. »Hallo, Winter Street«, sagte sie, zu nah am Mikro, so dass es laut quietschte und damit das Jubeln überdeckte, das sie als Antwort erhielt.

»Alles klar«, fuhr sie atemlos fort. »Zeit für das große Anschalten! Ich brauche alle, die ihre Lichter am Haus anschalten, auf ihrer Position. Ich zähle dann von zehn runter und auf ›Los‹ schalten wir alle gleichzeitig die Lichter an, okay? Danach kommt ihr wieder her und trinkt mit uns noch einen Glühwein oder esst einen Kuchen, denn wir haben noch sehr viel übrig. Alle Einnahmen gehen als Spende an das Chester House.«

Einzelne Menschen lösten sich aus dem Gedränge und eilten zu ihren Häusern, darunter auch Sky. Erst als sie schon fast am Ende der Straße war, fiel ihr auf, dass Bell einen Schritt hinter ihr ging. Sie drehte sich überrascht zu ihm um.

Er scharrte betreten mit dem Fuß. »Ich dachte, ich begleite dich besser. Es ist so dunkel.«

Sie lachte. »Gleich wird es das nicht mehr sein, oder? Ich komme schon zurecht.«

Er wirkte geknickt. »Ich dacht nur … eine Frau allein unterwegs.«

»Na, gut, okay«, sagte sie. »Danke. Es ist eine nette Geste.«

Bis sie an ihrem Gartentor angekommen war und die stattliche Reihe an Bäumen, die wie eine Ehrenwache an der Grenze des weitläufigen Gartens standen, passiert hatte, war Jess schon wieder am Mikro, die Stimme vorfreudig erhoben. »Sind wir alle bereit?«

»Aah. Fast.« Sky rannte den Pfad entlang zu ihrer Sammlung

an Schaltern neben der Schuppentür. Bell war immer noch einen Schritt hinter ihr.

»Zehn …«, ertönte Jess' Stimme durch die kalte Luft. »Neun … acht …« Andere stimmten lautstark ein, so dass sich Jess beeilen musste, um mitzukommen. »Sieben … sechs …« Und dann wurden die Stimmen plötzlich wieder leiser, als stattdessen ein allseitiges »Ooh« und »Aah« erklang.

»Oh … es schneit«, stellte Sky überrascht fest und musste blinzeln, als ihr ein paar Flocken ins Gesicht flogen. »Was für ein perfektes Timing.«

»Ja, super«, stimmte Bell zu und stellte seinen Kragen auf. Dann zog er sich noch eine Mütze über die Stoppelhaare.

Es schien, als hätten alle innegehalten, um die Schneeflocken zu bestaunen, die vom tintenblauen Himmel schwebten, doch dann fuhr Jess' Stimme über den Lautsprecher fort: »Selbst der Schnee ist gekommen, um mit uns zu feiern. Fünf … vier … drei … zwei …«

Sky verharrte mit den Fingern über den ersten vier Schaltern. »Eins … LOS!«, rief Jess, und Sky begann hektisch mit dem Anschalten. Winzige Lichter in den Bäumen erwachten zum Leben, während sie weiter an den Schaltern herumfummelte. Die nächsten Bäume begannen zu leuchten, und dann noch mehr. Bell beugte sich zu ihr und half ihr, Schalter umzulegen, so dass die Weißbirke erst in der Mitte und dann auch in der Baumkrone im Lichterglanz erstrahlte.

»Ich könnte dir alle in einen Schalter zusammenlegen«, bot Bell an.

Sky drückte noch weitere Schalter. »Nach heute Abend werden sie bei Dunkelheit automatisch angehen. Aber, danke trotzdem.« Weiter die Straße hoch begannen die Leute zu jubeln und zu klatschen. Mariettas Stern leuchtete auf dem Dach in Rot, dann Weiß und Blau. Zwischen den Bäumen glommen immer mehr Lichter an den anderen Häusern auf.

Sky war fertig damit, die Schalter zu drücken und richtete sich auf, um sich umzusehen. Sie lachte erfreut. »Es ist wie in einer Eishöhle. Vielleicht habe ich es ein wenig übertrieben.« Es gab keinen einzigen Busch oder Baum, der nicht funkelte. Eiszapfen-Lichterketten baumelten von den Regenrinnen und von jedem Fensterbrett, und die Gießkanne, die Wilf an einem Ast aufgehängt hatte, schien einen Schwall aus Blinklichtern auf den Boden zu schütten. Sky konnte die Schneeflocken fast nicht mehr sehen, die sie kalt im Gesicht berührten, so gleißend war das weiße Leuchten um sie herum. »Lass uns mal die ganze Winter Street in all ihrer Pracht bewundern.«

Sie lief eilig den Pfad entlang und durchs Gartentor, dann blieb sie stehen, um den majestätischen Anblick der Winter Street zu genießen. Es glitzerte und funkelte, als wäre sie in Diamanten und bunte Juwelen gehüllt. Weiß war am hellsten, aber es gab auch rote Weihnachtsmänner und blaue Eiszapfen, grüne Stechpalmenzweige, goldene Sterne, beleuchtete Schneemänner, Weihnachtssocken, Schlitten, Rentiere, Schneeflocken, Zuckerstangen, Glocken und Kränze.

»Wie schön« sagte sie atemlos. Jegliche Vorbehalte, die sie gegenüber dem Weihnachtsstraßen-Wettbewerb gehegt hatte, waren vergessen.

»Echt toll«, stimmte Bell zu.

Nach und nach begannen die Leute zu klatschen und zu johlen. Der Radiomoderator nahm das Mikro und heizte die Stimmung zusätzlich an. »Ja, ja, applaudiert nur kräftig, ihr habt es euch verdient! *Was* für ein Zusammenrücken der Gemeinschaft. *Was* für ein Vorbild nachbarschaftlicher Zusammenarbeit. Sie haben eine stinknormale Straße in Cambridgeshire in die Christmas Street verwandelt.«

»Ich wette, das nimmt er für den Beitrag auf, den er senden wird«, stellte Sky fest. »Und er hofft, von der Lokalzeitung zitiert zu werden. Und da ist der Fotograf, schau! Er macht wie wild Fotos.«

Marietta streckte zwischen ihren Hecken den Kopf heraus, die nun mit silbernen und goldenen Lichtern verziert waren. »Habt ihr meinen Stern schon gesehen?«, rief sie und ging rückwärts, um ihn selbst besser betrachten zu können. »Schaut mal, wie das Baby leuchtet. Ich wollte etwas ganz da oben, weil von meinem Haus sonst nicht viel zu sehen ist von draußen. Die ganze Straße sieht aus wie das Schloss der Eiskönigin.« Sie platzierte sich zwischen Sky und Bell und hakte sich bei ihnen unter. »Lasst uns mehr Glühwein holen. Glühwein im Schnee – haben wir nicht ein Glück?«

»Ich bleibe bei Kaffee.« Sky grinste zu ihrer zierlichen Nachbarin hinunter, die glücklich genug war, schon mehrere Becher Wein intus zu haben.

»Für mich auch Kaffee«, sagte Bell. »Ich gebe eine Runde aus.«

Wilf kam auf sie zugerannt. »Ist das nicht der Wahnsinn, Sky? Kann ich mir deinen Garten anschauen, weil ich dir ja geholfen habe? Ich will die Gießkanne im Dunkeln sehen. Wenn es wieder schneit, können wir uns dann wieder die Geschichten im Schnee ansehen? Können meine Freunde mitkommen?«

»Natürlich, natürlich.« Sky sah zu Bell, der abwartend dastand. »Danke trotzdem.« Er wirkte enttäuscht, also fügte sie hinzu: »Vielleicht ein anderes Mal?« Dann ließ sie sich von

Wilf am Arm zurück durch ihr eigenes Gartentor ziehen. Sie musste über den Jungen lachen, ohne Unterlass plapperte er, erzählte ihr von Daz' Haus und ihrem Haus und Mariettas Häuschen. »Hast du Mariettas Stern gesehen? Er ist riesig.«

»Schwer zu übersehen.« Als sie auf den Pfad traten und Wilf innehielt, um die Pracht zu bewundern, bemerkte sie noch eine andere Person, die hinter ihnen aufgetaucht war. Sie drehte sich um und stand Daz gegenüber. »Kommst du, um deine Arbeit zu bewundern?«, fragte sie.

Er hatte sich eine Mütze über die dunklen Haare gezogen, die bereits von Schneeflocken bedeckt war, genau wie die Schultern seiner Jacke. »Beeindruckend.« Auch Courtney und Marietta stießen zu ihnen. Gemeinsam schlenderten sie die Straße entlang und bestaunten ein funkelndes Haus nach dem anderen. Auch alle anderen waren unterwegs und dazwischen flitzte der Radiomoderator herum und nahm O-Töne auf.

»Wir haben Bienenlichter«, prahlte Wilf, als sie bei Courtneys Haus ankamen und er zeigte Sky einen Busch, in dem es von leuchtenden Bienen nur so wimmelte.

Sie setzte eine angemessen beeindruckte Miene auf. »Ich wünschte, die hätte ich gesehen, dann hätte ich sie auch gekauft.«

Bei Daz' Haus hörte sie geduldig zu, während Wilf erklärte, welche Eiszapfen er aufgehängt hatte und dass der Weihnachtsmann und der Schlitten auf dem Dach seine Idee gewesen waren. Während er und Daz sich freundschaftlich zankten, wer mehr Lichter aufgehängt hatte, nahm Courtney Sky beiseite.

»Ich habe ein Online-Dating-Profil erstellt«, raunte sie ihr zu.

»Wow, das ist vielleicht abgegangen. Die Männer müssen nur darauf warten, dass neue Profile auftauchen.« Courtney zog eine Grimasse. »Ich habe noch auf nichts geantwortet. Ich bin noch so daran gewöhnt, verheiratet zu sein. Es ist hart, sich davon loszumachen, egal, wie zwiespältig meine Gefühle Lewis gegenüber sind.« Der Schnee fiel nun dichter, und sie zog ihren Schal enger, weil ein paar Flocken ihr in den Nacken gerieselt waren.

Ehe Sky etwas erwidern konnte, kam Wilf zu ihnen gelaufen. »Bitte, kann ich noch einen Muffin haben?«

Sofort wechselte Courtney wieder in den Mum-Modus und legte ihrem Sohn liebevoll den Arm um die Schulter. »Ich glaube, du hattest genug. Alle gehen jetzt nach Hause. Die anderen Kinder müssen auch ins Bett, und ich denke, Daz kann auch mal eine Pause gebrauchen, nachdem er in der halben Straße die Beleuchtung angebracht hat.«

Der Junge seufzte theatralisch, beugte sich jedoch dem Unvermeidlichen. »Dann kann ich von meinem Schlafzimmer aus die Lichter sehen, oder?«

Sky bemerkte jetzt erst, dass Courtney recht hatte. Familien kehrten zu ihren Häusern zurück, Kinder schlitterten auf der dünnen Schneeschicht, die gefallen war, die müdesten von ihnen wurden von ihren Vätern auf den Schultern getragen, andere kauten auf den letzten Resten von Kuchen oder Hot Dogs. Die Leute, die noch um den Glühweinstand und die anderen Tische herumstanden, waren hauptsächlich Erwachsene ohne Kinder. Bells massige Figur war leicht zu erkennen. Er sah immer wieder die Straße rauf in ihre Richtung.

Sky umarmte Wilf und Courtney zum Abschied und beobachtete, wie sie die Straße zu ihrem eigenen Heim überquerten, dann machte auch sie sich auf den Heimweg. »Ich sehe nur noch mal schnell nach Marietta. Es ist ziemlich rutschig«, sagte sie zu Daz. Der Schnee fiel nun dichter, und sie zog sich die Kapuze über den Kopf.

Er lachte. »Je mehr Wein sie trinkt, desto rutschiger wird es werden.« Zu Skys Überraschung ging er neben ihr her, anstatt zu seiner eigenen Haustür abzubiegen, wie sie es erwartet hatte.

Als sie sich dem Stand näherten, löste sich Marietta von der Gruppe. »Ihr vergesst aber nicht den Quizabend morgen, oder?«, verlangte sie, als hätte sie Sorge, sie hätten inzwischen ihre Meinung geändert.

Sie versicherten ihr, dass sie kommen würden. »Ich gehe jetzt nach Hause«, fuhr Sky fort. »Willst du mich begleiten?«

»Klar, Liebes.« Marietta winkte den paar wenigen Leuten und rief ihnen einen Gutenachtgruß zu.

Sky war sich nicht sicher, ob Marietta dachte, Sky brauchte ihre Gesellschaft, anstatt dass sich Sky Sorgen machte, dass die ältere Frau fallen könnte. Inzwischen blieb der Schnee liegen, fluffig und weiß, aber trügerisch rutschig. Wie auch immer, Marietta plauderte freundschaftlich, während sie in ihren halb versteckten Garten voranging. »Du musst mir dieses Mal nicht leuchten, Daz«, scherzte sie mit einer Armbewegung in Richtung der Lichterketten, die sich um die Laube und die Bank wanden. Auf der Türschwelle hielt sie inne und fummelte mit dem Schlüssel herum.

Sky kam näher, bereit, Marietta nach drinnen zu folgen, um sicherzugehen, dass es ihr gutging. Dann drehte sich der Schlüssel, Marietta trat über die Schwelle und fuhr mit einem strahlenden Lächeln herum. »Muss aufs Klo, Leute. Gut' Nacht.«

»Kommst du denn allein …«, setzte Sky an, aber die Tür schloss sich bereits mit hörbarem Klicken. Im Gehen drehte

Sky sich um und stieß gegen Daz' festen, warmen Oberkörper.

»Oh! Sorry.«

Er entschuldigte sich gleichzeitig und versuchte, ihr auszuweichen. Sie gerieten ins Straucheln und jeder hielt sich am anderen fest. Sky stockte der Atem, als ein Schauer sie durchfuhr.

Sie schielte zu Daz hoch. Er starrte sie ebenfalls an, die Brauen verwirrt hochgezogen, die Lippen geöffnet. Hatte er auch etwas gespürt, oder war sie ihm nur auf den Zeh getreten? Sein Griff verstärkte sich kurz, dann ließ er die Arme fallen.

»Nun, wir werden hier wohl nicht gebraucht«, brachte er hervor.

Er lächelte schwach und trat dann beiseite, um sie den Pfad vorangehen zu lassen, der nun in funkelnden Lichtern erstrahlte. »Wie werden deine Solarkollektoren denn mit der Schneedecke klarkommen?«, fragte er.

Sky stutzte. »Verdammt. Daran habe ich noch gar nicht gedacht … Uff!« Dieses Mal war Daz von hinten gegen sie gestolpert und hätte sie fast von den Beinen geholt.

»Sorry. Wir sind wie zwei Kleinkinder.« Er lachte, es hatte einen vollen, tiefen Klang.

Ihr eigenes Kichern wirkte ein wenig atemlos. »Ich werde auf dieses verdammte Schuppendach steigen und den Winkel der Kollektoren anpassen müssen, so dass der Schnee hinunterrutschen kann. Im Moment liegen sie fast horizontal.«

»Du kannst doch bei diesem Schnee nicht auf das Dach klettern«, widersprach er, als sie zwischen den Hecken hervortraten.

»Kann ich schon«, korrigierte sie ihn. »Auch wenn es leichter wäre, wenn ich die Treppen von der Terrasse nach oben schon freigelegt hätte. Und die Terrasse selbst auch«, fügte sie hinzu.

Er wandte sich ebenfalls nach links. »Wir sollten es gemeinsam erledigen, für alle Fälle. Es ist dunkel.«

Sie blieb stehen und warf einen Blick auf die funkelnden, glitzernden Weihnachtslichter, die jedes einzelne Haus zierten. »Dunkel? Es wundert mich, dass noch kein Flugzeug hier gelandet ist, das die Winter Street für eine Landebahn gehalten hat.«

Er lachte wieder. »Okay, nicht dunkel. Aber alle Heimwerkerseiten schreiben, man soll allein keine Leitern benutzen.«

»Das stimmt«, gab sie zu. »Ich ignoriere diesen Ratschlag in der Regel, aber es klingt vernünftig, bei dieser Witterung vorsichtig zu sein.«

Kurz darauf holten sie eine Leiter aus dem Schuppen und lehnten sie an die Wand. Sky gab Daz keine Chance, den Gentleman zu spielen und an ihrer Stelle aufs Dach zu klettern, sondern stieg leichtfüßig die Sprossen empor. Als sie sich über die Kante schwang, blinzelte sie in einem plötzlichen Wirbel aus Schneeflocken.

Daz folgte ihr, und sie entschieden sich schnell für ein Spalier an der Wand, an dem sie die Sonnenkollektoren aufhängen konnten. »Das Fensterbrett oben drüber bietet ein wenig Schutz«, meinte Sky schnaufend, während sie den Schnee von den Kollektoren schob. Im Nu waren ihre Handschuhe patschnass.

Daz wischte mit seinem Ärmel über eine andere Platte. »Lass uns fertig werden. Es ist verdammt ungemütlich hier oben. Der Wind spuckt mir Schnee in den Nacken.«

»Du bist gern noch auf ein heißes Getränk eingeladen, wenn wir fertig sind.« Ein Kollektor löste sich von dem Platz, an den sie ihn gerade gehängt hatte, doch sie schaffte es gerade noch, ihn aufzufangen. »Morgen werde ich mir eine dauerhaftere Lösung einfallen lassen müssen«, meinte sie seufzend.

Irgendwann hatten sie alle Kollektoren angebracht und konnten wieder vom Dach steigen und die Leiter im Schuppen verstauen.

Sky fand eine leere Kiste, die sie über das Bündel aus Lichtschaltern am Boden stülpte, um sie vor Nässe zu schützen, dann eilten sie mit klappernden Zähnen ins warme Haus. »Ich werde noch den Kamin anzünden, um die Zentralheizung zu verstärken.« Ein offenes Feuer war nicht wirklich umweltfreundlich, aber Strom zu verschwenden, wenn es einen Vorrat an trockenem Holz im Schuppen gab, war es genauso wenig. Sie war noch weit davon entfernt, ihr neues Haus in ein Ökohaus zu verwandeln.

Sie warfen ihre Jacken über einen altmodischen Heizkörper im Flur, damit sie trocknen konnten. Dann sauste Sky ins Wohnzimmer, um das Feuer zu entzünden, und ging dann weiter in die Küche.

Daz kam hinterher, die Arme verschränkt. »Der Abend schien allen gut gefallen zu haben.« Sein Blick folgte ihren Bewegungen, während sie den Teekessel füllte und aufs Kochfeld stellte.

Sie lachte und holte nebenbei Tassen und Löffel aus dem Schrank. »Das Beste war, als Wilf sich den Dorfkindern angeschlossen hat. Courtney war ganz aus dem Häuschen vor Freude.«

»Hoffen wir mal, dass es ihm hilft, sich besser einzuleben.« Er hob zwei überkreuzte Finger. Immer wenn er über Wilf sprach, leuchteten seine Augen und er wirkte irgendwie glücklicher – viel glücklicher, als wenn er über Wilfs Vater redete. Vielleicht hatte sie sich geirrt und die Schatten in seinem Blick rührten gar nicht von seinem Ärger über das verpasste Eckhaus. Sie fragte sich, wie es sich anfühlte, einen Freund zu haben, den man sein ganzes Leben lang kannte und der einen dann so enttäuschte.

Plötzlich wurde ihr bewusst, dass diese Beschreibung auch mehr oder weniger auf Freddy zutraf, also wusste sie, dass Daz vermutlich auch ein Gefühl von Leere, Ungläubigkeit und Verwirrung mit sich herumtrug. Sie nahm sich vor, verständnisvoller zu sein.

Als der Kaffee fertig war, trugen sie ihre Tassen ins Wohnzimmer und schlossen die Tür zum Flur hinter sich. »Das Feuer wird den Raum bald aufwärmen«, sagte Sky, aber sie setzten sich trotzdem beide auf dasselbe Sofa, das näher an den tanzenden Flammen stand. Daz legte die Hände um die dampfende Tasse. Sein Haar war zerzaust von der Mütze.

»Ich nehme an, Bell hat sich benommen heute Abend?«, fragte er zögerlich. »Es geht mich ja nichts an«, fügte er schnell hinzu, »aber ich mag den Kerl nicht, und ich habe das Gefühl, ich müsste … sichergehen.«

Sie musterte ihn von der Seite. »Es war alles in Ordnung. Ich weiß, er hat deine Freundin angebaggert …«

»Ex-Freundin«, korrigierte er.

»… aber er hat sich tadellos verhalten. Er hat immer wieder versucht, mir einen Kaffee auszugeben, und er wollte mich in der Dunkelheit beschützen, mehr nicht.« Sie wandte ihre Aufmerksamkeit ihrem Getränk zu, das sie möglichst warm genießen wollte.

Einen Moment lang nippten sie schweigend an ihrem Kaffee. Dann seufzte Sky nachdenklich. »Weißt du, wenn wir alle danach beurteilt würden, wie wir als Kinder gewesen sind, wäre ich vorlaut, unwirsch, wütend, wahrscheinlich ein bisschen verwahrlost. Ich würde jeden Satz mit dem F-Wort spicken.« Sie bemerkte ein amüsiertes Aufblitzen in seinen Augen, als sie das F-Wort erwähnte, und fügte ernst hinzu: »Mein Vorbild war eine Frau, die trank, Gras rauchte, ihr Kind vernachlässigte und häufiger log, als dass sie die Wahrheit sagte. Sie hat betrogen, was ihre Bezüge anging, und alles versoffen, was nicht niet- und nagelfest war.«

Das Lachen verschwand von Daz' Gesicht.

Sky schlürfte ihren Kaffee und versuchte den schlechten Geschmack der Vergangenheit aus ihrem Mund zu spülen. »Nachdem ich von ihr weggekommen bin, habe ich nachgeahmt, wie nette Leute sich verhalten und wie sie sprechen. Leute wie du. Ich habe versucht, in jeglicher Hinsicht das Gegenteil meiner Mutter zu werden – bis heute.« Ihre Lippen bebten. »Ich erzähle dir das, weil Bell auch in Pflege war, als seine Mum versucht hat, von seinem Dad loszukommen, was darauf hindeutet, dass sein männliches Vorbild alles andere als vorbildlich war und vielleicht die Wünsche von Frauen nicht wirklich respektiert hat. Ich will nicht sagen, dass es in Ordnung ist, wenn Bell versucht, deine Freundin ohne ihre Zustimmung zu küssen, natürlich nicht. Aber wenn es nur einmal vorgekommen ist, waren es vielleicht seine Wurzeln, die einen Moment lang aufgeblitzt sind – besonders nach ein paar Gläsern Weihnachtspunsch.« Sie rümpfte die Nase und fügte hinzu: »Alkohol hat auf manche Leute einen schlechten Einfluss.«

Das Knistern des Feuers war das einzige Geräusch. Schließlich seufzte Daz. »Punkt für dich. Ich werde darüber nachdenken und versuchen, ihn nicht vorschnell zu verurteilen. Tut mir leid, dass deine Mum ihren Job nicht gut gemacht hat«, fuhr er fort. »Du hast einen langen Weg hinter dir, und es scheint, als hättest du alles allein geschafft. Du bist ein faszinierender Mensch.«

Mit einem beschämten Lachen stellte Sky ihre leere Tasse auf dem Boden ab und zog die Beine an. Ihr war jetzt warm, und sie fühlte, wie sich die Art tiefe Entspannung einstellte, die einen am Ende eines körperlich aktiven Tages überkam. »Nan Heather hat einen großen Beitrag geleistet, mich in die richtige Richtung zu schicken«, erzählte sie. »Und später mein Pflegebruder Freddy. Er war schon ein bisschen länger aus der Kindheit raus, so dass ich seinem Beispiel folgen konnte. Eine Ausbildung beginnen. Hart arbeiten.«

Daz wandte sich ihr zu, ein Bein angewinkelt, so dass sein Knie fast ihre Hüfte berührte. »Er ist dir offensichtlich sehr wichtig. Erzähl mir von ihm.«

Auch wenn ihr jedes Mal schwer ums Herz wurde, wenn sie an Freddy dachte, stellte sie fest, dass sie trotzdem über ihn reden wollte, und vielleicht war Daz genau der Richtige, um es zu verstehen. Er war selbst von einem alten Freund enttäuscht worden. Freddy war nicht nur wie ein Bruder für sie, sondern auch ihr bester Freund. »Ähnlicher familiärer Hintergrund wie ich«, erklärte sie. »Auch er war bei Nan Heather in Pflege. Hat beim Bau gelernt und genug Grips gehabt, schnell in leitende Positionen zu gelangen. Als er achtundzwanzig war, hatte er Geld und Kontakte gesammelt, und als die Wirtschaft dann zusammenbrach, hat er angefangen, zurückübereignete Häuser aufzukaufen. Als er dreißig war und ich sechsundzwanzig, hat er mir einen Job angeboten. Ich hatte meine Ausbildung und einen Abschluss bei einer Wohnungsbaugesellschaft gemacht, verfügte also über die notwendigen Fähigkeiten. Mein Job bei der Wohnungsbaugesellschaft war nicht schlecht, und es gab einige Frauen in meinem Alter, mit denen ich mich gut verstand, aber es war nichts im Vergleich zu dem, was ich dann mit Freddy gemeinsam erreicht habe.« Sie schielte zu Daz, um zu sehen, ob in seinen dunklen Augen noch Interesse lag, ehe sie fortfuhr. »Sein Kerngeschäft besteht darin, im Namen von Investoren Immobilien zu kaufen und in Stand zu setzen, damit die sie dann entweder mit hohem Profit weiterverkaufen oder zu ihrem Mietbestand hinzufügen.«

Während er zuhörte, hatte er einen Ellenbogen auf der Sofalehne aufgestützt, wodurch sich sein Shirt über seine Brust spannte. Da sie sich beide einander zugewandt hatten, saßen sie sich nun gegenüber. »Was war deine Aufgabe?«, wollte er wissen.

»Ungefähr das Gleiche wie Freddy. Projekte finden, sie auswerten, passende Immobilien für die Entwicklung voranbringen. Normalerweise habe ich mich um die Finanzen gekümmert. Einer meiner Exfreunde, Blake, hat mir mal gesagt, anstelle eines Herzens hätte ich ein Sparschwein.« Sie grinste, obwohl Blake es damals nicht als Scherz gemeint hatte.

Er stützte den Kopf in die Hand. »Wer waren deine Kunden?«

»Ich darf natürlich keine Namen nennen«, sagte sie. »Aber einige waren Profisportler mit lukrativen, aber absehbaren Karrieren, die keine Rente zu erwarten hatten. Während sie gut verdienen, investieren sie in Immobilien, von deren Mieteinnahmen sie dann leben können, wenn sie das Trikot an den Nagel hängen. Da kommen wir dann ins Spiel. Oder besser Freddy«, korrigierte sie sich, als ihr aufs Neue bewusst wurde, dass es kein »wir« mehr gab, wenn es um Freddy ging.

Daz dachte einen Moment nach. »Du klingst so leidenschaftlich, wenn du über deinen Job redest. Ich frage mich, warum du gekündigt hast.«

Sie lachte, doch es klang unsicher. »Seine Freundin konnte mich nicht leiden. Sie war meine Auszubildende, und als Freddy ihr einen Antrag gemacht hat … nun, da war meine Stelle plötzlich nicht mehr länger tragbar.« Das Bild von Freddys schmutzigem Knie blitzte vor ihrem inneren Auge auf. Dazu Minnies triumphierendes Elfengesicht.

Daz berührte sie am Arm, den Blick fest auf sie gerichtet. »Das muss schmerzhaft gewesen sein.«

»Ja«, sagte sie nur, bevor sich ihre Augen mit Tränen füllten. »Das Schlimmste, was hätte passieren können.«

Der Raum verschwamm vor ihren Augen, während ihr die Tränen über die Wangen liefen. »Tut mir leid«, brachte sie mit erstickter Stimme hervor, entsetzt und beschämt, dass ihre Gefühle sie so übermannt hatten. Aber es war, als wäre der ganze Stress der vergangenen fünf Wochen wie in einer neuen Welle über sie hereingebrochen, und die Gewissheit, dass Freddy nicht mehr länger Teil ihres Lebens war, drohte sie in den Abgrund zu ziehen. Es war einfach zu viel. Sie bekam keine Luft.

Das Sofa senkte sich etwas ab, dann legten sich warme Arme um sie, hielten sie an eine breite Schulter gedrückt. Eine Hand streichelte ihr den Rücken. Ihr Brustkorb entspannte sich genug, um wieder Luft in ihren Körper fließen zu lassen, und sie schluchzte hicksend. »Ich habe ihm Anfang der Woche von Nan Heather geschrieben, und er hat immer noch eisig reagiert. Minnie – seine Freundin – behandelt mich, als wäre ich hinter Freddy her, aber er ist wie ein Bruder für mich. Er ist alles, was ich habe.«

Die beruhigende Hand streichelte weiter ihren Rücken, und sie spürte einen leichten Druck auf dem Kopf. Hatte Daz ihr gerade einen Kuss auf die Haare gegeben?

Während sie überlegte, ob sie sich das eingebildet hatte, versuchte sie ihr nächstes Schluchzen wegzuatmen. Doch da war es wieder.

Allmählich hatte sie sich wieder unter Kontrolle, zog ein Taschentuch aus ihrer Jeanstasche und schnäuzte sich. Dann richtete sie sich in seinen Armen auf und sah ihm in die Augen. In ihnen lag Sorge. »Ich nehme an, ich sehe beschissen aus«, sagte sie ehrlich. »Meine Haut wird immer fleckig und rosa, wenn ich weine. Ich weine fast nie. Aber danke für die Umarmung. Und die Küsse«, fügte sie hinzu. Sie konnte es nicht unerwähnt lassen.

Seine Augenbrauen zuckten, als wäre er überrascht, dass sie die Küsse bemerkt hatte. Dann zeigten sich Lachfältchen um seine Augen. »Ich glaube, mir hat noch nie eine Frau dafür gedankt, dass ich sie geküsst habe.«

»Ist 'ne Weile her bei mir. Ich habe wohl vergessen, wie man sich richtig verhält.« Ein Schniefen, das von einem Lachen abgelöst wurde, produzierte ein peinliches Schnauben. »Oh, *nein*. Jetzt grunze ich schon.« Sie putzte sich schnell die Nase.

Ein tiefes Lachen ertönte in Daz Brust, so dass sein Körper an ihrem bebte. »Noch ein erstes Mal.«

Seine Arme blieben um sie gelegt, warm und stark. Sky bemerkte plötzlich, dass ihr Atem schneller ging. Das musste es sein, was sie so zittrig machte. Es war wunderbar, wieder in den Armen eines Mannes zu liegen. Sie genoss es, schloss die Augen und atmete seinen Geruch ein. Dann streiften seine warmen, weichen Lippen ihren Mund, und jedes Haar an ihrem

Körper stellte sich auf und ließ ihre Haut kribbeln – und noch andere Stellen.

Sie riss die Augen auf und starrte in Daz' dunkle, endlos tiefe Augen, von ihrer eigenen Reaktion überrascht. Wann hatte sie das letzte Mal … *Erregung* empfunden?

»Sollte ich mich entschuldigen?«, fragte er leise.

Wo er sie gerade mit Lust entfacht hatte? Langsam lehnte sie sich nach vorne und strich mit ihren Lippen über seine. »Nur wenn ich es auch tun sollte.«

In seinen Augen blitzte es amüsiert auf. »Das könnte ein faszinierendes Spiel werden«, meinte er gedehnt. Sein Blick fiel auf ihren Mund.

Das Signal war zu deutlich, um es zu ignorieren. Sie beugte sich nach vorn und küsste ihn wieder, dieses Mal neigte sie dabei den Kopf. Er zog sie an sich. Er öffnete die Lippen und strich mit der Zunge über ihre. Mit einem winzigen Stöhnen erwiderte sie den Kuss und er wurde heißer, drängender, inniger. Sie wollte nicht, dass er aufhörte. Sie konnte keinen klaren Gedanken mehr fassen und rückte noch näher an ihn heran, bis sie fast auf Daz' Schoß saß. Sie spürte seine Erektion.

Er sog so scharf die Luft ein, dass es sie nicht gewundert hätte, wenn er seine Zunge verschluckt hätte.

»Habe ich dir weh getan?« Sie versuchte, ihr Gewicht zu verlagern, wobei ihr sein gerötetes Gesicht und seine funkelnden Augen auffielen.

»Nein.« Erneut schnappte er nach Luft, zog sie zu sich und knabberte an ihrem Hals. Überrascht quietschte sie auf. Seine Hände glitten nach unten und umfassten ihre Pobacken. Er presste ihre Hüfte gegen seine. Jetzt spürte sie die ganze Größe seiner beeindruckenden Erektion. Sie bewegte sich auf ihm, küsste ihn wieder. Nur verschwommen kam ihr der Gedanke, dass sie völlig unüberlegt handelte. Daz war ein Nachbar und sie trieb es gerade sozusagen »auf der eigenen Türschwelle«. Keine gute Idee. Bis auf die letzten Tage hatte er sich so verhalten, als mochte er sie nicht einmal besonders.

Natürlich war es nicht zwingend notwendig, dass er das tat, nur weil er sie begehrte, aber für sie war es eigentlich eine Grundvoraussetzung.

Vielleicht hatten seine Gedanken ähnliche Wege eingeschlagen, denn er flüsterte: »Ich sollte besser gehen.« Doch gleichzeitig streichelte er weiter über ihre Brüste und stöhnte tief auf.

»Okay.« Aber sie konnte auch nicht widerstehen, in einen weiteren Kuss einzutauchen. Sie stand in Flammen – körperlich; geistig sprangen ihre Gedanken zwischen der Sache mit dem Nachbarn und diesem Mögen-Begehren-Dilemma und ihrer übermächtigen Begierde hin und her. Alles, was sie sicher wusste, war, dass sie diesen Mann wollte.

Eine Stimme sagte: »Oder du könntest bleiben.« Erst da wurde ihr bewusst, dass diese Stimme ihr gehörte.

Ohne ein weiteres Wort fanden seine Hände den Saum ihres Pullis und zogen ihr den weichen Strickstoff über den Kopf. Das T-Shirt darunter folgte und nahm das Haarband mit, so dass ihr das vorher zum Pferdeschwanz zusammengefasste Haar locker über die Schultern fiel. Er hielt inne, sein Atem ging schwer. Dann setzte er sich etwas sicherer aufs Sofa und zog sie richtig auf seinen Schoß, während er ihren Anblick genoss. »Du bist wunderschön«, murmelte er und vergrub den Kopf zwischen ihren Brüsten und rieb die Wangen an der weichen Haut über dem Rand ihres BHs.

Sie öffnete selbst den Verschluss, weil sie wusste, wie hilflos Männer damit waren, wenn sie aufgeregt waren. Und Daz war aufgeregt. Man merkte es seinen Bewegungen an, seinem heißen Atem, der ihre Haut berührte, kurz bevor sein Mund es tat.

Die Zeit schien stillzustehen.

Sie half ihm aus seinem Shirt und ließ sich dann rückwärts von seinem Schoß rutschen, damit er sich erheben und seine Jeans öffnen konnte. Als sie ihm die Hose auszog, kamen seine Boxershorts gleich mit. Daz sog scharf die Luft ein, als er plötzlich frei war. Irgendwie schafften sie es, sich ihrer restlichen Kleidung zu entledigen. Seine Hände glitten über ihren nackten Körper, streichelten und drückten sanft, seine Fingerspitzen erkundeten ihre erogenen Zonen und ließen ihre Knie weich werden. Sie klammerte sich an seine Schultern.

Gemeinsam sanken sie auf den Teppich vor dem Feuer. Sky nahm die Hitze wahr, die auf ihrer Haut spielte, doch sie konzentrierte sich ganz auf Daz, auf seinen Körper. Sie strich über die feinen Haare auf seinen festen Pobacken und ließ dann ihre Hände nach vorne gleiten und legte sie um seine samtige Länge.

Ihr Handy begann zu klingeln.

»Fuck«, sagte er – passenderweise.

»Vergiss es«, hauchte sie, während sie mit den Daumen über die glatten Linien an seiner Leiste fuhr. Das Smartphone klingelte noch fünf Mal, dann hörte es auf.

»Solltest du besser nachsehen …?«, fragte er.

»Die Mailbox geht schon dran.« Sie bog sich ihm entgegen, um seine Härte an ihrem Bauch zu spüren. »Hast du was dabei?«

»Ja.« Schwer atmend, zog er seinen Geldbeutel aus dem

Knäuel seiner Jeans und warf ein Kondom auf den Teppich neben sie.

Sky half ihm nicht dabei, es sich überzustreifen, sie sah ihm lieber zu.

Dann glitt er über sie und drang langsam und tief in sie ein. Vollkommen, bis eine Welle der Lust sie mit sich riss.

Es war, als erwachte sie unter dem Teppich vor dem Kamin und nicht darauf. Daz' Arme und Beine, vom Schlaf schwer, waren um sie geschlungen, während die Überreste des Feuers sie sanft wärmten. Vom Wirbelwind ihres Liebesspiels hinweggerissen, waren sie erschöpft eingeschlafen.

Daz bewegte sich und gab ein verschlafenes »Mm« von sich. »Das war phantastisch«, murmelte er und kuschelte sich noch enger um sie.

Sie erwiderte ein zustimmendes »Mm«, zufrieden und entspannt.

Seine Brustmuskeln unter ihrer Wange spannten sich an, als er den Arm hob, um einen Blick auf seine Apple Watch zu werfen. »Es ist kurz nach zwei«, stellte er fest, ehe er den Arm wieder fallen ließ. Er seufzte.

»Was?«, fragte sie verschlafen.

Er seufzte wieder. »Ich wollte dich gerade fragen, ob ich bei dir bleiben soll, aber dann habe ich mir vorgestellt, wie ich zwischen der hellen Weihnachtsbeleuchtung die Winter Street zurückgehe, wenn sich die Leute morgens fertig machen …«

»Oh.« Sie dachte darüber nach, wie viele Nachbarn wohl aus dem Fenster schauen würden, wenn sie die Vorhänge aufzogen.

»Ich bin mir nicht sicher, ob ich in der Gemeinschaft schon verwurzelt genug bin, um den Tratsch auszuhalten.«

»Dachte ich mir.« Er küsste ihren Nacken. »Ich ziehe mich mal an.«

Es war eine direkte, erwachsene Art, mit der Situation umzugehen, dachte sie schläfrig. Kein Davonschleichen, während sie schlief. Sie zog sich ebenfalls an, um ihn zur Haustür zu bringen.

Er lugte nach draußen. »Der Schnee ist fast weg. Niemand wird meine verräterischen Fußspuren entdecken«, flüsterte er.

Sie lachte schnaubend. Er drückte die Haustür noch einmal zu, während sie sich einem letzten warmen Kuss hingaben. Ihren Geruch auf seiner Haut, trat er in den Garten, der von Lichterketten taghell erleuchtet war, und schritt den Pfad entlang bis auf die Straße.

Seine Gestalt blitzte zwischen den Bäumen noch ein paarmal kurz auf, dann war er verschwunden.

Sky gähnte, als sie die Tür abschloss, und verschob das Abräumen der Tassen auf den nächsten Morgen. Sie stellte allerdings noch das Funkenschutzgitter um den Kamin und holte ihr Handy aus dem Wohnzimmer, ehe sie nach oben ging, wo sie ihre Kleidung gegen einen Fleecemorgenmantel tauschte. Ein schnelles Zähneputzen und dann fiel sie ins Bett. In ihre Decke gekuschelt, dachte sie über die unerwartete Leidenschaft nach, die zwischen ihr und Daz entbrannt war.

Im Halbschlaf erinnerte sie sich daran, dass ihr Handy geklingelt hatte, und sie fragte sich, wer sie so spät an einem Donnerstagabend angerufen hatte. Wahrscheinlich hatte sich jemand verwählt.

Dennoch angelte sie sich ihr Handy vom Nachttisch und sah auf ihr Display, wo der verpasste Anruf angezeigt wurde.

Der Anrufer war: *Freddy Walker*.

Sky konnte danach kaum schlafen. Obwohl sie lieber noch in der Erinnerung an ihr Liebesabenteuer mit Daz vor dem Kamin geschwelgt hätte, kehrten ihre verräterischen Gedanken immer wieder zu Freddy und dem möglichen Grund für seinen Anruf zurück.

Um acht Uhr morgens beschloss sie, dass man freitags um diese Uhrzeit durchaus jemanden zurückrufen konnte. Auf dem Sofa zusammengerollt, während die Wintersonne ihre Strahlen durch das Fenster im Wohnzimmer schickte und die Weißbirke draußen schimmert, fasste sie sich ein Herz. Zu ihrer Verwirrung war es Minnie, die den Anruf entgegennahm.

Sky grüßte sie knapp und sagte dann: »Ich rufe nur Freddy zurück. Er hat mich gestern Abend nicht erreicht.«

Minnies Stimme war frostig. »Muss ein Versehen gewesen sein. Er hat dich nicht angerufen.«

Verdammt. In all den Stunden, die Sky wachgelegen hatte, war ihr diese Möglichkeit nicht in den Sinn gekommen. Aber gerade, als sie wieder auflegen wollte, hörte sie Freddys tiefe Stimme im Hintergrund. »Ich habe Sky angerufen, Babe. Muss sie was fragen.«

»Oh.« In Minnies Stimme lag entsetzte Empörung, als hätte sich Freddy eine Warze zu Weihnachten gewünscht.

Kaum war Freddy am Telefon, legte er los. »Du läufst also zur Konkurrenz über?«

Jegliche Hoffnung, dass ihr Pflegebruder angerufen hatte, um ihr ein Friedensangebot zu machen, verpuffte. Sie runzelte die Stirn. »Ich weiß nicht, wovon du sprichst.«

»Alicia von Avenue Properties – sie hat Interesse an dir, stimmt's? Ich habe sie neulich beim Branchentreffen gesehen, und da hat sie es mir erzählt.«

»Oh.« Sky hatte die Sache mit Avenue Properties schon wieder ganz vergessen. Sie öffnete den Mund, um zu sagen: »Ich habe ihr nicht einmal auf die E-Mail geantwortet«, aber Freddy war noch nicht fertig.

»Denk nicht mal daran«, zischte er. »Ich werde nicht zulassen, dass meine ganze Ausbildung der Konkurrenz zugutekommt.«

Ausbildung? Sky spürte Wut in sich aufsteigen. Sie verengte die Augen zu Schlitzen. »Ich hatte bereits jahrelange Erfahrung, als ich zu *Freddy Walker Immobilien* gekommen bin. Ich habe Wissen und Kontakte *mitgebracht*.« Mit seidenweicher Stimme fügte sie hinzu: »Du musst dir keine Sorgen darum machen, was zwischen Alicia und mir passiert.« Und damit beendete sie das Gespräch.

Als Nächstes öffnete sie ihren Posteingang und fand Alicias E-Mail. Sie war so wütend, dass Freddy zugelassen hatte, dass Minnie alles zerstörte und er nun versuchte, die Regeln zu bestimmen, dass sie fast einem Treffen zugestimmt hätte. Aber das wäre eine reine Trotzhandlung gewesen. Also atmete sie ein paarmal tief durch und tippte dann ihren Dank für ihren interessanten Vorschlag an Alicia, erklärte aber, dass sie noch nicht sicher sei, wie ihr weiterer Berufsweg aussehen solle.

Sie steckte ihr Handy ein, schnappte sich Jacke und Stiefel

und ging raus zum Schuppen, bereit, sich bewaffnet mit der Kettensäge dem Garten hinter dem Haus zu stellen.

Freddy war ihr altes Leben. Ihr neues Leben rief nach ihr.

Zwölftes Kapitel

Daz erwachte am Freitagmorgen mit diesem Gefühl, dass etwas passiert war.

Hitze stieg in ihm auf, als ihm die Stunden auf dem Boden vor Skys Kamin wieder einfielen. Oh, *das* war passiert. In der einen Minute hatten sie miteinander geredet, in der nächsten hatte sie angefangen zu weinen, dann hatten sie sich geküsst. Und dann …

»Wahnsinn«, murmelte er lächelnd und streckte sich unter der Decke aus, was ihm seine vom Teppich wund gescheuerten Knie und Ellenbogen in Erinnerung rief. Er hatte nicht eine Sekunde darüber nachgedacht, das Liebesspiel zu unterbrechen, um ihr vorzuschlagen, lieber in ihr Bett umzuziehen. Abgesehen davon, dass er ein wenig ramponiert war, empfand er eine wohltuende Erschöpfung – und ja, auch frische Erregung, weil seine Erinnerung ihn mit Bildern von Sky versorgte. Ihre blasse Haut, die im Feuerschein schimmerte, das Haar, das locker um ihren Oberkörper und ihre wunderschönen Brüste fiel.

Wahnsinn. Von diesem ersten Funken Lust über das Abbauen der gegenseitigen Vorurteile bis zu wahnsinnigem Sex innerhalb einer Woche – das konnte man schon als rasante Entwicklung bezeichnen.

Und Sky war so heiß! Sie war eine Frau, die wusste, was sie wollte, und sich nicht davor scheute, danach zu verlangen. Oder es sich zu nehmen. Diese berauschende Lust, die sie miteinander erlebt hatten, machte ihn glücklicher, als er es seit langem gewesen war. Er war Single, sie war Single. Ein bisschen »Erwachsenen-Spaß« konnte etwas Schönes sein. *War* etwas Schönes gewesen, korrigierte er sich zufrieden.

Er dachte über seine Gefühle nach und kam zu dem Schluss, dass er Sky mochte, nun, da er sie besser kannte, besonders, da sie so nett zu Wilf und Courtney war.

Marietta hatte Sky eine umwerfend schöne Frau mit Köpfchen genannt, und damit hatte sie recht. Skys Reaktion auf die Frage, ob er die Nacht bei ihr verbringen sollte, war perfekt gewesen: weder zu anhänglich noch zu abweisend. Besonders in Anbetracht der Tatsache, dass sie beide weiter in ihrer funkelnden, mit Lichtern überfluteten Straße leben würden, wäre es sicherlich vernünftig, die Sache langsam angehen zu lassen.

Als er aufgestanden war und unter der Dusche stand, ertappte sich Daz dabei, wie er »All I Want for Christmas is You« vor sich hin summte. Das Lied war gestern aus dem Lautsprecher getönt, als die Anwohner der Winter Street Glühwein und Hot Dogs verzehrt hatten. Es musste ihm im Kopf geblieben sein.

Seine gute Laune hielt an, während er sich ein Frühstück gönnte und dann mit seinem zweiten Kaffee auf den Dachboden stieg, um zu arbeiten. Die Feedback-Phase des letzten Projekts war abgeschlossen, und sein neues Projekt war ein Monster-Zähmer-Spiel, was immer lustig war, auch wenn er vorgegebenen Mustern folgen musste, um die erforderlichen Daten zu erhalten.

Ein paar Stunden später lief er die Treppe runter, um sich Kaffee und Kekse zu holen. Es gab Tage, da war das Treppensteigen seines dreistöckigen Hauses die einzige Bewegung, die er bekam. Vielleicht würde er Wilf nachher noch zu einem Spaziergang überreden, wenn er nach der Schule vorbeischaute. Das ließ ihn wieder an Sky denken und an die Stunden, die sie mit der Dekoration ihres Gartens verbracht hatten. Verdammt, sie arbeitete hart, verlor nie die Nerven. War gut im Lösen von Problemen. Sah süß aus in einer Wollmütze. Sah heiß aus in ihrer lieblichen Haut …

Als er den Flur durchquerte, fiel sein Blick auf einen weißen Umschlag auf der Fußmatte. Er blieb stehen und hob ihn auf. Er warf ihn auf die Arbeitsplatte in der Küche, um Wasser aufzusetzen, ehe er ihn öffnete. Aber als er den Vermerk in der linken oberen Ecke des Umschlags erblickte, erstarrte er.

Zelle 4, Trakt E

Es war Lewis' Handschrift.

Langsam nahm er den Umschlag wieder in die Hand. Er ließ den Daumen unter die Lasche gleiten und riss ihn auf. Der Brief war auf dem linierten Papier eines Notizblocks geschrieben und um ein Formular herum gefaltet. Mit klopfendem Herzen strich Daz die Seiten glatt. Auf dem Formular stand »Besuchserlaubnis«. Sein Name war der einzige, der darauf vermerkt war.

Er holte tief Luft, weil er wusste, dass er den Brief lesen musste, auch wenn er es nicht wollte.

Lieber Daz,
hey, Mann, wie geht es dir? Ich habe oft an dich gedacht.
Bitte, benutze das beigefügte Formular und komm mich besuchen, ja? Dad war neulich hier, auch wenn er es hasst (was ich ihm nicht verübeln kann). Courtney kommt alle paar Wochen, aber es gibt Dinge, die ich einfach nicht mit ihr besprechen kann, wegen der Spannungen zwischen uns.

Kein Wunder, dachte Daz. Immerhin hatte Lewis ihr ganzes Leben auf den Kopf gestellt. Er las weiter:

Ich weiß, es ist viel verlangt, aber ich wäre dir wirklich unendlich dankbar. Es ist wichtig. Ich mache mir Sorgen um Courtney und Wilf. Außerdem wäre es großartig, deine hässliche Visage mal wiederzusehen und zu hören, was in Middledip und darüber hinaus so los ist. Hier drinnen fühlt man sich wie im Gefängnis, LOL.
Wie auch immer, komm vorbei, wenn du es schaffst.
Die Hoffnung stirbt zuletzt.
Lewis

Daz faltete den Brief und das Formular wieder zusammen. Sowohl sein Appetit als auch seine gute Laune waren dahin, und er bereitete den Kaffee wie auf Autopilot zu. Während er ihn trank, starrte er geistesabwesend aus dem Fenster. Die große Weißdornhecke sah an frostigen Morgen wunderschön aus. Im Frühling würde sie vor cremefarbenen Blüten nur so strotzen. Heute jedoch war sie nur ein dorniger Haufen winterkahler Zweige, unscheinbar und langweilig.

Eine Besuchserlaubnis bedeutete nicht, dass er ihn besuchen *musste*. Es stand ihm frei, den Zettel genau wie den Brief zu ignorieren. Frei. Anders als sein ältester Freund. Sein Herzschlag beschleunigte sich wieder, während er mit seinem Gewissen rang.

Aus egoistischer Sicht wollte er nicht ins Gefängnis fahren.

Doch davon mal abgesehen, sollte er es eigentlich tun, wenn Lewis ihn brauchte.

Der Inhalt seiner Kaffeetasse wurde stetig weniger, während er hin und her überlegte und versuchte, mit Logik an eine emotionale Frage heranzugehen – die zwei Seiten in ihm zu versöhnen, die nicht zu versöhnen waren. Schließlich zog er sein Handy hervor und schrieb Courtney eine Nachricht.

Können wir uns später mal unterhalten, ohne dass Wilf dabei ist?

Die Antwort kam kurze Zeit später, als er bereits auf dem Dachboden in seinem großen schwarzen Sessel saß und den Bildschirm anstarrte, auf dem ein brauner Fellball, genannt Rundschke, sich weigerte, Beine auszubilden, obwohl seine Figur die dafür erforderlichen Wachstumshormone erfolgreich eingesammelt hatte.

Courtney schrieb: *Na, klar. Wenn er im Bett ist.*

Er lehnte sich wieder zurück, um herauszufinden, ob die Parrybellums und die Icyclops ebenfalls nicht auf die Wachstumshormone reagierten oder ob es nur die Rundschkes waren. Virtuelle Monster zu zähmen erschien wie eine sinnlose Tätigkeit im Vergleich zu dem Besuch seines Freundes im Gefängnis, der mit ihm seine Gedanken über seine Familie teilen wollte, von der er durch mehr als nur Wände und Gitterstäbe getrennt war.

Der Gedanke machte ihm zu schaffen. Als er seinen Kalender checkte, stellte er fest, dass er abends beim Pubquiz sein sollte. Das würde er heute nicht schaffen. Er schrieb Marietta eine Entschuldigung, dass er an diesem Abend doch nicht Teil ihres Teams sein konnte. Sie antwortete, dass sie Verständnis habe. Außerdem hatte sie ja noch Jessie, Ruth, Sky und Bell.

Kurz bedauerte er es, Sky nicht sehen zu können, und hoffte, Ruth würde nett zu ihr sein. Und Bell nicht zu nett.

Daz hatte es sich auf Courtneys für ihr kleines Wohnzimmer übergroßem Sofa gemütlich gemacht. Es stammte aus ihrem vorherigen, geräumigen Haus. Inzwischen war es schon nach zehn Uhr abends, aber Wilf fand immer wieder neue Gründe, nach unten zu kommen, als spürte er, dass Daz ihn aus dem Weg haben wollte. Sein Instinkt schien ihn dazu zu bringen, herausfinden zu wollen, warum.

Schließlich umarmte Courtney ihren Sohn und befahl in strengem Tonfall, dass er jetzt ins Bett zu gehen und dort bis zum Morgen zu bleiben hatte. Dann holte sie zwei Weingläser und eine Flasche Rotwein, ehe sie sich auf dem anderen Ende des Sofas niederließ. »Also, was gibt's?«, fragte sie Daz. Sie sah müde aus und zu dünn, aber sie brachte ein Lächeln zu Stande.

Daz hatte den ganzen Tag an fast nichts anderes als an dieses Gespräch gedacht. Er war schon kurz davor gewesen, das Treffen wieder abzusagen, als ihm aufgefallen war, dass Lewis vermutlich davon ausging, dass Daz den Inhalt des Briefes für sich behielt.

Er seufzte. Aber war eine solche Geheimnistuerei fair Courtney gegenüber? Wieder eine dieser verdammt schwierigen Fragen.

Courtney hatte die ganze beschissene Sache mit Lewis würdevoll ertragen. Trotz Wilfs offener Weigerung, mit seinem Dad zu sprechen, per Telefon oder Brief, ermutigte sie ihn weiterhin, es zu tun. Ihr Lebensstil war abgesunken, die Leute redeten schlecht über sie, Wilf war niedergeschlagen und verloren, und Courtney war mit alldem klargekommen. Vermutlich hätten die meisten Frauen Lewis längst aus ihrem Leben verbannt.

Nein, Courtney hatte es nicht verdient, dass Daz Lewis hinter ihrem Rücken besuchte. Im Versuch, ein bisschen Wahrheit von der ganzen Wahrheit zu trennen, sagte Daz: »Ich habe eine Besuchseinladung von Lewis bekommen. Ich wollte aber keinen Termin ausmachen, ohne es vorher mit dir zu besprechen.«

Ihre hellbraunen Augen wurden groß. Ihr Haar war durcheinander und sah, selbst für sein männliches Auge, so aus, als bräuchte es dringend mal wieder einen Schnitt. Es war wie eine sichtbare Erinnerung daran, mit welch knappem Budget sie leben musste. »Du gehst hin?« Sie klang überrascht, vielleicht sogar schockiert. »Du hast es bisher immer vermieden.«

»Stimmt.« Der Rotwein im Glas hatte eine rubinrote Farbe, schmeckte aber billig und sauer. Dennoch nahm er zwei Schlucke davon, während er seine Antwort abwog. »Er klang deprimiert. Wünscht sich, mal wieder was von der großen weiten Welt zu hören. Er tut mir leid.« Keine dieser Aussagen war eine Lüge, aber sie verschwiegen die eigentliche Botschaft. *Er will mit mir über dich reden* wäre definitiv ein Vertrauensbruch gegenüber Lewis. Dieser Tage fühlte sich sein Gewissen an wie eine Ratte in einem Labyrinth, die sinnlos umherirrt, um den richtigen Weg zu finden, wobei sie zu oft das Gefühl hat, dem falschen gefährlich nahe zu kommen.

»Verstehe.« Courtney nahm ihrerseits einen Schluck von der billigen Plörre und runzelte nachdenklich die Stirn.

»Macht es dir etwas aus?«, fragte Daz. »Du kannst deine Meinung frei äußern.«

Sie rieb sich die Stirn. »Ich habe keine ›Meinung‹ mehr. Alles, was ich habe, ist Verwirrung, Angst und Panik.«

Er verfluchte sein Gewissen, das ihm einen erneuten Stich versetzte. »Wenn mein Besuch bei ihm zu einer dieser Sachen beiträgt, sollte ich mich vielleicht besser weiterhin fernhalten.«

Sie lächelte plötzlich und sah dadurch für einen Moment wie die alte Courtney aus – die, die sich in Lewis verliebt und ihn glücklich gemacht hatte. Die Courtney, die in Daz' Erinnerung wesentlich mehr lachte und lächelte, als sie es jetzt tat. »Es ist kindisch, aber ich will dich gern auf meiner Seite des Spielplatzes wissen«, gab sie zu. »Aber du bist Lewis' bester Freund, und wenn du zu ihm gehen willst, geh.«

Lewis' bester Freund zu sein war in letzter Zeit nicht die leichteste Rolle, aber Daz wollte neutral bleiben. »Ich bin auch *dein* Freund, und ich versuche, auf keiner Seite zu stehen.«

»Ich weiß, und ich werde dich nicht unter Druck setzen«, antwortet sie ebenso neutral. Sie leerte ihr Glas und drehte den Deckel von der Weinflasche, ehe sie das bauchige Weinglas fast bis zum Rand füllte. »Vielleicht hilft es dir, Lewis wiederzusehen. Zu wissen, dass er hinter Gittern sitzt, macht es einfach, ihn im Geist zu dämonisieren – was auch Wilfs Problem ist. Wenn du ihn dann aber vor dir siehst, wie einsam und unsicher er ist in dieser fremden Umgebung, dann wirst du feststellen, dass er ein Mann ist, der einen Fehler gemacht hat. Aber er ist immer noch Lewis.«

Einen Moment lang konnte Daz sie nur anstarren, eine Frau,

der Unrecht getan wurde und die dennoch tapfer versuchte, das Richtige zu tun. »Das ist wohl das Großzügigste, was ich je gehört habe«, sagte er mit belegter Stimme, dann zögerte er. »Lewis hat geschrieben, dass ihn sein Dad besucht hat. Hast du Graham mal gesehen?«

»Nein«, erwiderte sie knapp. »Er scheint der Meinung zu sein, dass er als Einziger das Recht darauf hat, von Lewis' Tat betroffen zu sein.« Sie trank schweigend ihren Wein.

Als sie weitersprach, wechselte sie kurzerhand das Thema. »Wo wir schon von Leuten in fremden Umgebungen sprechen, wusstest du, dass Abi sich in London mit jemandem die Wohnung teilt?«

Er brauchte eine Sekunde, um den gedanklichen Sprung von Lewis im Gefängnis zu Abi in ihrem Londoner Großstadtleben zu vollziehen. »Sie hat einen Freund, meinst du? Ich nehme an, es ist ganz natürlich, dass sie nach vorne schaut.« Er ging kurz in sich, um zu sehen, ob es ihm etwas ausmachte, aber dem war nicht so. Irgendwann im vergangenen Jahr war es in seinem Herz angekommen, dass es aus war mit Abi und ihm, und sobald der anfängliche Schmerz überwunden war, hatte er das nun deutlich ruhigere Leben zu schätzen gelernt. Außerdem hatte er gestern Abend selbst einen ganz ordentlichen Schritt nach vorne gemacht. Hitze stieg in ihm auf, als das Bild von Sky vor seinem inneren Auge auftauchte, wie sie die Haare zurückwarf, während sie ihn ritt.

Courtney schüttelte den Kopf. »Sie hat keinen Freund. Einer Frau namens Kremena gehört die Wohnung, und Abi ist ihre Mitbewohnerin.«

»Ihre Mitbewohnerin?« Abi hatte keine eigene Wohnung?

Courtney warf ihm einen vielsagenden Blick zu. »Abi war so

darauf bedacht, dass ich sie an diesem speziellen Wochenende besuche, weil Kremena nicht da sein sollte. Abi hat in dieser Zeit in Kremenas Zimmer geschlafen und mir das winzige, vermeintliche Gästezimmer überlassen – das aber eigentlich ihr Zimmer ist. Sie muss ewig gebraucht haben, ihre Sachen umzuräumen, nur um vorzutäuschen, dass es ihre Wohnung ist … aber dann ist Kremena unvorhergesehen aufgetaucht. Sie haben sich gestritten. Deshalb bin ich auch abends früher zurückgekommen. Abi war es furchtbar peinlich, und Kremena war total sauer.«

Daz runzelte die Stirn. »Warum sollte Abi so etwas vortäuschen?«

Courtney verdrehte die Augen, weil er so auf dem Schlauch stand. »Sie wollte mich in dem Glauben lassen, dass sie genug Geld verdient, um sich eine ganze Wohnung leisten zu können. Ich glaube, das Leben in London ist härter, als sie es erwartet hatte. Nach ein paar Gläsern Wein hat sie mir erzählt, dass sie ihre Ziele nicht erreicht, also auch keine Boni kassieren kann. Sie hat sich für das Leben in der Stadt entschieden, damit sie keine Kosten fürs Pendeln hat, aber das bedeutet, dass sie für alles Londoner Preise zahlen muss.«

»Wow. Das klingt nicht gut.« Abi war wie ein Schmetterling, der hübsch durch Daz' Leben geflattert war und ihm Farbe und Spaß gebracht hatte. Der Gedanke, dass sie nun unglücklich war, machte ihn traurig.

»Es ist aber typisch Abi«, stellte Courtney fest.

»Ja«, stimmte Daz seufzend zu. »Ganz typisch.« Abi, die sich gern von Äußerem blenden ließ, hatte etwas gesehen, was sie dachte, haben zu wollen, und sich in den Kopf gesetzt, es zu bekommen. Da sie ein so großes Ding aus ihrer angeblich so tollen Karrierechance und ihrem veränderten Lebensstil gemacht hatte, wollte Abi jetzt die Illusion aufrechterhalten.

Courtney wirkte besorgt. »Du verrätst ihr doch nicht, dass ich es dir erzählt habe?«

»Nicht, wenn du das nicht möchtest.« Er wusste, wie unangenehm es sich anfühlte, von einem Freund betrogen zu werden. Er stellte sein leeres Weinglas auf den Tisch und erhob sich. »Ich denke, ich rufe morgen an und reserviere den Besuchstermin bei Lewis.«

Courtney sprach in ihr Weinglas. »Erzähl mir dann mal, wie es war.«

Daz zuckte innerlich zusammen, weil er wusste, dass er das wahrscheinlich nicht tun würde – zumindest nicht das, was auch immer Lewis mit ihm besprechen wollte, was Wilf und Courtney betraf. Er verabschiedete sich und trat allein in die eisige Nachtluft, kurzzeitig geblendet von der Weihnachtsbeleuchtung. Mann, das war so grell, dass es schon weh tat. Mit zusammengekniffenen Augen schielte er die Winter Street hinab und fragte sich, ob Sky schon vom Pubquiz zurück war. Er zögerte kurz, zog dann sein Handy hervor und schrieb ihr mit einem Daumen eine Nachricht, während er die Straße in Richtung seines eigenen Hauses überquerte. *Sorry, dass ich es nicht zum Pubquiz geschafft habe heute Abend. Ist es okay, wenn ich dich morgen mal anrufe? Xx*

Er war noch nicht mal an seiner Haustür angelangt, da hatte Sky ihm schon geantwortet. *Kein Problem mit dem Quiz. Ja, ruf an, wann du magst. Xx*

Okay. Also, das besserte seine Stimmung schon merklich. Er schloss die Tür auf und unterdrückte den Impuls, zu antworten: *Wie wäre es, wenn ich jetzt noch vorbeikomme? Xx.* Das hätte viel zu sehr nach einem Booty Call geklungen. Wenn er ehrlich war, dachte er, als er die Stiefel auszog und seine Jacke aufhängte, würde er sich auch genau das jetzt wünschen.

Am Samstagmorgen rief Daz die Webseite des Gefängnisses auf und las sich die Informationen für Besucher durch. Erstaunt stellte er fest, dass er angemessene Kleidung tragen musste – keine kurzen Hosen, Westen oder irgendetwas tief Geschnittenes. Außerdem sollte er einen Lichtbildausweis mitbringen und damit rechnen, dass seine Fingerabdrücke genommen wurden. Seine persönlichen Gegenstände würden für die Dauer des Besuchs in einem Spind verstaut werden und es könnte sein, dass ein Drogenhund ihn und seine Sachen beschnüffeln würde.

»Ernste Angelegenheit«, murmelte er in sich hinein. Widerwillig rief er die angegebene Nummer an und hing in der Warteschleife, bis er an der Reihe war, seinen Besuchstermin auszumachen. Kurz angebunden wies eine Frau ihm schließlich zwei Uhr nachmittags am Montag zu. Das Gefängnis lag etwa anderthalb Stunden nördlich von Middledip, aber er musste eine halbe Stunde früher da sein, um noch die Formalitäten zu erledigen. Dann noch eine halbe Stunde wegen des Verkehrs eingerechnet, was bedeutete, dass er am späten Vormittag schon losmusste.

Der Anruf hatte ihm den Appetit aufs Frühstück verdorben, er toastete sich trotzdem eine Scheibe Brot, die er sich reinzwang und mit Kaffee runterspülte.

Um sich aufzumuntern, rief er Sky an.

»Hey, du«, grüßte sie ihn schwer atmend, gerade als er dachte, sie würde nicht mehr drangehen. »Ich war gerade an der Kettensäge, und es hat einen Moment gedauert, bis ich gemerkt habe, dass mein Handy klingelt.«

Er lachte, die Last des Anrufs beim Gefängnis fiel von ihm ab. »Ich glaube nicht, dass ich je eine Frau gekannt habe, die die Kettensäge schwingen konnte.«

»Das ist aber ein ziemlich sexistischer Kommentar«, stellte sie fest, aber ihr Tonfall war amüsiert.

Er dachte darüber nach. Sexistisch war etwas, das er nicht oft genannt wurde. »Nö«, entschied er dann. »Es ist eine Tatsache. Wie viele andere Frauen kennst du denn, die mit der Kettensäge arbeiten?«

Sie kicherte. »Und was willst du damit sagen?«

Das Gezanke entspannte ihn. Er schlenderte zurück in die Küche und steckte noch zwei Brotscheiben in den Toaster, während er das Handy in der anderen Hand hielt. »Hast du später Zeit? Lust, im Pub was essen zu gehen?« Er war sich nicht sicher, wo sie miteinander standen. Vielleicht würde er ein richtiges Date irgendwo in einem schicken Restaurant in einer Nachbarstadt vorschlagen, wenn die Dinge sich weiterentwickelten. Für den Moment fühlte sich der Pub und die vertraute Umgebung passender an. »Ich meine, ich weiß, du trinkst nicht, aber du gehst für das Quiz in den Pub, deshalb dachte ich …«

»Das *Three Fishes* hat sich nicht wirklich bedrohlich angefühlt«, antwortete sie leichthin. »Mein Tisch und die Stühle werden in der nächsten Stunde geliefert, dann werde ich den Nachmittag damit verbringen, sie abzuschleifen, danach brauche ich noch ein bisschen Zeit zum Saubermachen. Wie wäre es mit acht Uhr?«

»Perfekt.« Da er sowieso bei ihr vorbeikommen würde, fügte er hinzu: »Soll ich dich abholen?«

»Okay«, erwiderte sie. Dann lachte sie, ein weiches, leichtes Lachen. »Mein Kalender füllt sich ganz schön dieses Wochenende. Wilf und seine neuen Freunde kommen morgen, um mir beim Herstellen der Meisenknödel zu helfen. Ich habe Courtney gefragt, ob sie auch kommen möchte, weil ich mir dachte, sie verbringt bestimmt gern Zeit mit Wilf am Wochenende, wo sie doch die ganze Woche arbeiten muss.«

»Definitiv. Sie ist eine tolle Mutter.« Er lächelte in sein Handy, nahm die Margarine aus dem Kühlschrank und schnappte sich ein Messer und einen Teller, um bereit zu sein, wenn das Brot aus dem Toaster sprang. Er wollte sich bei ihr bedanken, dass sie sich für Wilf und seine Freunde Zeit nahm. Es würde dem Jungen sicherlich helfen, eine bessere Verbindung zu den anderen Kindern aufzubauen, aber es schien ihm zu sehr auf dem Gebiet des Elternseins zu liegen, also fügte er nur hinzu: »Es ist nett von dir, ihnen deine Zeit zu schenken.«

»Ich mag Wilf und Courtney einfach sehr«, protestiert sie verwundert. »Ich bin nicht nett.«

Er lachte. »Ich finde dich sehr nett. Ist dir das noch nicht aufgefallen?«

Sie lachte, ein erfreutes, warmes, vertrautes Lachen.

Nach einem geschäftigen Tag des computergenerierten Monster-Zähmens war Daz bereit, seinen Abend mit Sky zu genießen, ihr zuzusehen, wie sie lächelte und mit ihr über den Tisch hinweg zu plaudern, in dem Pub, den er kannte, seit er alt genug war, mit seinen Eltern dort zum Essen hinzugehen.

Das *Three Fishes* war voll. Die Balken über ihrem Tisch waren so beladen mit Kunstschnee, dass er eine Lawine befürchtete, und so mit Lichterketten behängt, dass der Gastraum der Winter Street Konkurrenz machte. Die Geräuschkulisse aus angeregten Gesprächen und Gelächter erfüllte Daz mit einem wohligen Gefühl.

Vern saß mit seiner hübschen blonden Frau Joanna an einem Tisch in der Nähe, und als sie kurz zu ihnen kamen, um hallo zu sagen, grinste Joanna Sky an. »Also, du bist diejenige, die die Pläne der Männer für das Eckhaus durchkreuzt hat?«

Obwohl Sky das Grinsen erwiderte, als sie sagte: »Ich fürchte, ja«, meinte Daz, einen Schatten über ihr Gesicht huschen zu sehen.

Als die anderen zu ihren Plätzen zurückgekehrt waren und Elvis ihnen von hinter der Bar ein Pint Bier für Daz und einen grellgelben Orangen-Mocktail für Sky gebracht hatte, berührte er ihre Hand. »Wir sind darüber hinweg, das Eckhaus nicht bekommen zu haben, wirklich«, versicherte er ihr. »Es gehört ganz dir.«

Ihre Miene erhellte sich. »Ich mag es jeden Tag mehr«, gab sie zu. »Heute Morgen habe ich die Veranda so weit aufgeräumt, dass man die Steintreppen zur Sonnenterrasse wieder erreichen kann. Dann habe ich den alten Lack von dem Tisch abgeschliffen, den ich gekauft habe.« Sie spannte den rechten Oberarm an. »Das Eckhaus ist billiger als ein Fitnessstudio. Ich bin mir nur immer noch nicht sicher, wie mein Langzeitplan aussieht. Mein Gewissen nagt ein wenig an mir, weil ich mir sicher bin, dass es irgendwo eine Familie gibt, die jeden Zentimeter des Hauses füllen und es genauso lieben würde wie ich.«

Sie wurden von einer Kellnerin unterbrochen, die ihre Bestellung aufnehmen wollte. Sky wählte das Pilzrisotto und Daz

Steak mit Pommes. Als sie gegangen war, fragte Daz: »Würdest du wieder von hier wegziehen, wenn du das Haus verkaufen würdest?« Er war überrascht, wie enttäuscht er sich bei dem Gedanken fühlte.

Sie zog die Augenbrauen hoch. »Ich dachte, du würdest sagen, ›wenn du nicht dort leben willst, warum um alles in der Welt konnten wir es dann nicht haben?‹«

Er berührte wieder ihre Hand. »Ich habe dir gerade gesagt, dass ich darüber hinweg bin.« Und er begann eine Vorstellung davon zu bekommen, wie gern Sky irgendwo dazugehören wollte. »Warum fühlst du dich so schuldig, allein in dem Haus zu wohnen? In meinem Haus gäbe es mit Sicherheit auch noch Platz für mehr Leute, aber mir ist noch nie in den Sinn gekommen – genauso wenig wie den Millionen anderen wie mir, würde ich denken –, dass ich mich verkleinern sollte, nur aufgrund eines sozialen Bewusstseins.« Ehe sie sich fragen konnte, ob das bedeutete, dass er kein soziales Bewusstsein besaß, fügte er hinzu: »Außerdem könntest du immer noch eine eigene große Familie haben. Das Haus füllen.«

Sie errötete. »Als ich verheiratet war, wollte mein Mann Kinder. Ich war nur auf meine Karriere fixiert. Er ist nach Frankreich zurückgegangen und hat jemanden gefunden, der Zeit fürs Muttersein hatte.«

Er runzelte die Stirn und lehnte sich ein wenig zur Seite, um es einer Kellnerin zu erleichtern, sich zwischen den vollbesetzten Tischen hindurchzuschieben. »Aber es ist dein gutes Recht, eine Karriere zu wollen.«

Sie zuckte mit den Schultern. »Ich nehme an, es war auch sein gutes Recht, mehr von meiner Aufmerksamkeit zu wollen.«

Er dachte darüber nach. »Man könnte sagen, es war wie mit Abi und mir, als sie nach London ziehen wollte«, meinte er aufrichtig. »Wir wollten unterschiedliche Dinge und waren nicht bereit, Opfer zu bringen.«

Ihr Essen kam, dampfend heiß und duftend. Daz beobachtete Sky, wie sie ihre Serviette über dem Schoß ausbreitete und ihr Besteck zur Hand nahm. »Es ist schwierig, die Sky, die ich kennengelernt habe, mit der zusammenzubringen, die so karriereorientiert war. Ich sehe, wie hart du arbeitest«, fügte er hastig hinzu, »aber du nimmst dir immer Zeit für Wilf und Courtney. Und mich.«

In ihren grünen Augen blitzte es auf, als sie auf eine Gabel voll heißem Risotto pustete. »Vielleicht habe ich endlich meine Lektion gelernt.«

»Vermisst du deinen alten Job immer noch?« Ohne wirklich hinzusehen, schnitt er sich ein Stückchen Steak ab, zu beschäftigt, Sky zu betrachten, um es wirklich zu genießen.

Eine ihrer geschwungenen Augenbrauen hob sich. »Ich wünsche mir nicht mehr, dass ich nie gekündigt hätte.« Sie klang überrascht, fast so, als wäre es ihr gerade erst bewusst geworden. »Es war hart, wie sich mein Leben verändert hat, aber das Schlimmste daran war, die Beziehung zu meinem Pflegebruder zu verlieren.« Sie ließ den Blick über den gemütlichen Gastraum voller glücklicher Gesichter und Unmengen an Lametta schweifen. »Aber sieh doch, was ich dafür bekommen habe. Minnies Intrigen hatten auch etwas Gutes. Außer Freddy hatte ich keine Menschen mehr in meinem Leben, und das ist nicht gesund. Mir war nicht klar, dass die Zeit für eine Veränderung gekommen war, aber genau so war es.«

»Und das Schicksal hat dich nach Middledip verschlagen«,

sagte er, nur halb scherzend. Er wandte sich seinen Pommes zu, ehe sie kalt wurden. Nach ein paar Mundvoll fuhr er fort: »Für mich ist es auch Zeit, etwas zu verändern. Mein Job macht mir keinen Spaß mehr. Ich weiß nur nicht, was ich stattdessen tun soll.«

Sie sah ihn reumütig an. »Jetzt, da die Gelegenheit mit Ismael und Vern nicht mehr besteht? Aber das Eckhaus zu bekommen hätte dich bloß auch in einen *Immobilieninvestor* wie mich verwandelt.« Sie betonte Immobilieninvestor mit gespieltem Abscheu und machte sich mit den Fingern Teufelshörnchen.

Er lachte und hätte sich fast verschluckt. Sich die feuchten Augen reibend, gab er zu: »Ich habe meine Meinung über Immobilieninvestoren geändert. Besonders, wenn sie hübsch und sexy sind.«

Sie lächelte und wollte gerade zu einer Erwiderung ansetzen, als eine tiefe Stimme sagte: »Hallo, Sky.«

Daz sah auf und erblickte Bell, der an ihren Tisch getreten war. »Hi, Bell«, entgegnete Sky fröhlich und winkte mit der Gabel.

»Hi«, sagte Daz aus Höflichkeit.

Bell tat ohnehin so, als sei Daz nicht anwesend. »Ich fand es wirklich schön gestern Abend.« Er lächelte Sky an.

»Ich auch.« Sky sah Daz an und erklärte: »Mariettas Brainiacs haben wieder gewonnen.«

»Super«, sagte Daz.

»Das haben wir. Guten Appetit weiterhin. Bis nächste Woche dann.« Bell drehte seinen massigen Körper seitlich, um sich zwischen den Tischen hindurchzuschieben.

Daz versuchte, eine Augenbraue hochzuziehen, um den Ausdruck kühler Verwunderung wiederzugeben, den Sky so gut draufhatte, aber er wusste, dass seine Augenbrauen kompromisslos flach blieben, und nahm an, dass er eher aussah wie ein böser Pantomime. »Bilde ich mir das nur ein, oder hat er versucht, es so darzustellen, als hättet ihr gestern Abend ein Date miteinander gehabt? Vielleicht in der Hoffnung, dass ich den Wink verstehe und verschwinde?«

Mit einem unterdrückten Seufzen schob Sky ihren Teller von sich. »Nein, das muss wohl deine Einbildung sein.«

Oh-kay. Er hatte ihr versprochen, keine Vorurteile gegenüber Bell zu haben. Er suchte nach einem Weg, das Thema zu wechseln. Sky trug ihre Haare heute Abend in einem hohen Pferdeschwanz, der ihr über eine Schulter fiel. »Deine Haare sind wunderschön, vor allem wenn du sie wie neulich offen trägst.«

Ein zartes Lächeln spielte um ihre lieblichen Lippen, denn das war der Fall gewesen, als sie Sex miteinander gehabt hatten. »Ist es … dir nicht im Weg gewesen?«

Es war das erste Mal, dass sie auch nur andeutungsweise von ihrem Liebesabenteuer sprachen. Ein Feuer entzündete sich in ihm, als er sich nach vorne beugte. »Ich glaube nicht, dass wir uns irgendetwas hätten in den Weg kommen lassen, oder?«

Ihre Winter-Meer-Augen lächelten. »Würdest du etwas mehr …«, sie hielt inne, als suchte sie nach den richtigen Worten, »… Kontrolliertes bevorzugen?«

Er knurrte schon fast. »Außer Kontrolle war phantastisch. Obwohl«, fügte er nach einem kurzen Moment des Nachdenkens hinzu, »ich auch für langsam und sinnlich zu haben wäre, wenn du es gern ausprobieren willst.«

Ihre Pupillen weiteten sich unmerklich und winzige Reflexionen der Weihnachtsbeleuchtung tanzten darin. »Zu Vergleichszwecken?«

Er wollte gerade erwidern »Zu welchem Zweck auch immer«, als jemand anderes an ihrem Tisch auftauchte. Daz seufzte. Vielleicht war der Dorfpub doch nicht die beste Idee gewesen.

Dieses Mal war ihr Besuch Carola, die allen Dorfbewohnern als Leiterin des Bürgerhaus-Komitees, des Singkreises und als Organisatorin für alles, was organisiert werden musste, bekannt war. Durch ihre Arbeit im *Angel*-Café und als Stammgast im *Three Fishes* war sie in bester Position, Leute dazu zu bringen, zu helfen, zu spenden oder etwas zu kaufen, das ihrem neuesten Projekt diente. »Hallo, ihr zwei«, setzte sie fröhlich an, offensichtlich völlig ahnungslos, dass sie gerade eine aufgeladene Situation unterbrach. »Sky, hast du noch mal darüber nachgedacht, bei dem Wettbewerb für den ungewöhnlichsten Weihnachtsbaum mitzumachen?«

Sky lächelte, protestierte aber. »Wir haben doch erst gestern beim Quizabend das erste Mal darüber geredet. Ich wollte noch jemanden aus der Nachbarschaft fragen, ob er mitmachen möchte, aber habe ihn noch nicht gesehen.«

Carola war eifrig im Überzeugen. »Er wird sie schon auf Social Media gesehen haben – Leute, die Weihnachtsbäume aus Büchern oder Flaschen oder Handschuhen oder was auch immer basteln. Die Teilnahmegebühr beträgt fünf Pfund, und das Geld geht an Familienangehörige schwerkranker Menschen. Sie sollen bei den Fahrten zum Krankenhaus oder Übernachtungen unterstützt werden. Oft kann es hart sein, auch noch dieses Geld aufzubringen.«

Daz zückte das Portemonnaie. »Ich spende gern.« Er hatte nicht vor, am Wettbewerb teilzunehmen, aber er wusste, dass Carola immer für einen wirklich guten Zweck sammelte. Ihm kam ein Gedanke. »Vielleicht könnten wir im Dorf eines Tages auch mal für die Familien von Häftlingen sammeln? Sie leiden, auch wenn sie es nicht waren, die eine Straftat begangen haben.«

Carola sah ihn überrascht an. Dann trat Erkenntnis in ihren Blick, als wären die Worte »Oh, du meinst Lewis?« über ihrem Kopf in der Luft aufgetaucht. »Daran habe ich noch gar nicht gedacht, Daz. Danke. Nächstes Mal, okay?«

Sie schwirrte zum nächsten Tisch davon, ihre Stimme noch deutlich hörbar. »Hallo, ihr drei. Habt ihr euch überlegt, ob ihr beim Wettbewerb für den ungewöhnlichsten Weihnachtsbaum mitmachen wollt?«

Als Daz wieder Sky ansah, bemerkte er ein Glänzen in ihren Augen. »Das war nett von dir«, sagte sie leise. »Männer mit einem großen Herzen sind mir die liebsten.«

Obwohl ihm peinlich war, wie offensichtlich er das Thema aufgebracht hatte, das ihn ständig beschäftigte, beschloss er, seine bevorstehende Fahrt gen Norden, um Lewis zu besuchen, nicht zu erwähnen. Es hatte ihn den ganzen Tag schon gequält, und wer wäre besser geeignet, als diese wunderschöne, ungewöhnliche, herzliche Frau, um sein aufgewühltes Herz zu beruhigen? Er beugte sich zu ihr. »In diesem Fall – Lust auf einen Kaffee bei mir zu Hause?«

»Sehr gern«, erwiderte sie verheißungsvoll.

Dreizehntes Kapitel

Am Montagmorgen war es kalt im Schuppen, aber es war der perfekte Ort, um dreckige Arbeiten zu erledigen, deshalb war es Sky egal. Sie war nur zum Teil mit den Gedanken bei der Sache, als sie den Lack des letzten der sechs Küchenstühle abschliff. Die restlichen Gedanken galten Daz.

Sie hatte das schönste Wochenende seit langem erlebt. Samstagabend war genauso heiß gewesen wie das erste Mal, ihr Kaffee nur halb ausgetrunken, Daz stöhnend unter der Berührung ihrer Haare auf seinem nackten Körper, gefolgt von ihren Händen. Es war, als spürte sie immer noch seine Haut unter den Fingern und seinen Mund auf ihren Lippen.

Danach hatte sie noch wachgelegen, ihn beim Schlafen beobachtet. Erstaunt darüber, wie gut sie zueinander passten, prägte sie sich sein Gesicht ein, wie ihm die Haare über die Augen fielen, die Form seines Mundes und seiner Kieferpartie.

Am Sonntagmorgen hatte sie sein Haus früh verlassen, um ihr Versprechen Wilf gegenüber einzulösen, mit dem sie die Meisenknödel machen wollte, aber es war ihr nicht leichtgefallen, sich zu konzentrieren.

Wilf hatte zwei seiner neuen Freunde mitgebracht, Josie,

Nan Heathers Urenkelin; und Eiran, den großen Jungen, der Wilf wegen seines Vaters ausgequetscht hatte. Sky ließ sie Samen, Erdnüsse, Rosinen und Haferflocken abwiegen, dazu kam die doppelte Menge an Schmalz.

Courtney war mitgekommen. Sie beaufsichtigte die Kinder, die das Schmalz in einer Pfanne weich machten, bevor sie es dann in Skys größte Schüssel gossen und mit den trockenen Zutaten vermischten. »Knetet es alles mit den Fingern«, hatte Sky ihnen fröhlich aufgetragen, nachdem sie sichergestellt hatte, dass es nicht mehr zu heiß war.

Josie war ein echtes Energiebündel, und Eiran sah sich offensichtlich als Anführer der Gang, aber Wilf schlug sich nicht schlecht, lachte mit den anderen, als ihre Hände zusammenklebten und mit Fett und Samen verkrustet waren. Dann lehnten sich Sky und Courtney an die Küchenschränke, um zuzusehen, wie die Kinder die Masse in die Weihnachtsformen stopften, die Sky aus dem Schuppen geholt hatte, und in Joghurtbecher, die leicht glockenförmig waren. Nachdem sie Fäden in die fettigen Knödel gezogen hatten, steckten sie noch Stäbchen als Sitzstangen für die Vögel hinein.

Skys Kühlschrank war jetzt voller Meisenknödel, die bereit waren, aus den Formen genommen zu werden. Nach der Schule wollten die Kinder vorbeikommen, um sie in den Bäumen aufzuhängen. Das Einverständnis der Eltern war schon eingeholt, allerdings gab es ohnehin keine dunklen Ecken in der Winter Street, mit ihren Tausenden von Lichtern, die bei Einbruch der Dämmerung zu leuchten begannen.

Jetzt zog Sky ihre Schutzbrille und die alte Wollmütze ab, die den größten Teil des Staubes von ihren Haaren ferngehalten hatte, richtete sich auf und betrachtete zufrieden ihr Werk.

Sie hatte sich entschieden, die Möbel nicht zu streichen, sondern mit Stahlwolle und Wachs zu behandeln, was ihnen eine stumpfe Oberfläche verlieh, die zu den alten Küchenschränken passte.

Als ihr Handy klingelte, wühlte sie es unter ihren Lagen aus Jacken hervor. Sie hatte erwartet, dass es Daz war, aber zu ihrer Überraschung las sie Nan Heathers Namen auf dem Display. Auch wenn sie der alten Dame ihre Nummer gegeben hatte, war es doch das erste Mal, dass sie Gebrauch davon machte. Schnell ging sie dran. »Hallo, Nan Heather. Ist alles in Ordnung?«

Nan Heather klang etwas außer Atem. »Bist du zu Hause? Hast du gerade zu tun, Küken? Kannst du kurz bei mir vorbeikommen?«

Mit klopfendem Herzen warf Sky den Putzlumpen auf den Boden und streifte ihre Arbeitsjacke ab, ehe sie zur Schuppentür eilte. »Bin schon unterwegs. Dauert nur zwei Minuten.« Sie sprintete zum Haus. »Bist du verletzt?« Sie drückte die Haustür auf und eilte den Flur entlang zur Küche, wo ihre Autoschlüssel an einem Haken hingen. Ihre Gedanken rasten genau wie ihre Füße. Wenn Nan Heather verletzt war und Sky anrief, musste das bedeuten, dass ihre Tochter Mo und ihre Enkelin Hannah gerade nicht im Dorf waren. Sie würde sie so schnell wie möglich kontaktieren, wenn …

»Warum sollte ich verletzt sein?«, verlangte Nan Heather unwirsch. »Ich will, dass du vorbeikommst, weil Freddy hier ist. Ist er nicht groß und stark geworden, der Junge?«

Sky kam abrupt zum Stehen. Ihr wurde flau im Magen. »Freddy ist bei dir? Jetzt?«, fragte sie unnötigerweise.

»Ja, Küken. Ist einfach so aufgetaucht. Eine wundervolle

Überraschung! Dann bis gleich. Komm einfach rein, die Tür ist offen.« Nan Heather legte auf.

Sky stand auf den Fliesen in ihrer Küche, und ihr schwirrte der Kopf. Weil sie Nan Heathers Atemlosigkeit als Notfall interpretiert hatte, nicht als Aufregung über einen unerwarteten Besucher, hatte sie zugestimmt, vorbeizukommen. Freddy hatte Nan Heather offensichtlich genauso wenig über die Unstimmigkeiten zwischen ihm und Sky in Kenntnis gesetzt, wie es Sky getan hatte.

Sie hängte den Autoschlüssel wieder an den Haken. Wenn es kein Notfall war, gab es keinen Grund, warum sie nicht zu Fuß gehen sollte. Sie nahm sich sogar noch die Zeit, ihre abgewetzte Jeans gegen frische auszutauschen, sich die Haare zu kämmen und zu flechten, ehe sie sich Mütze und Mantel anzog und vor die Haustür trat. Sie gönnte sich noch einen Blick auf ihre frischgetrimmten Bäume und Büsche, auf denen der Winternebel noch eine dünne Schicht Feuchtigkeit hinterlassen hatte, auch wenn er gerade verschwunden war. Sie fragte sich, ob Freddy am Eckhaus vorbeigefahren war, um zu sehen, was sie in den Wochen, seit sie die Eigentümerin war, daraus gemacht hatte. Dann steckte sie die Hände in die Manteltaschen und schlenderte ohne große Eile in Richtung Rotten Row.

Minuten später klopfte sie und betrat Nan Heathers Häuschen. Nervös ging sie durch die Küche und wandte sich zum Wohnzimmer. Dort wartete Nan, ihr Gehgestell stand vor ihr und ihre Augen verschwanden fast in den Falten ihres Gesichts, das zu einem strahlenden Lächeln verzogen war. »Hast du gewusst, dass Freddy kommt?«, fragte sie, sobald Sky über die Schwelle getreten war.

»Absolut nicht«, gelang es Sky voller Aufrichtigkeit zu antworten. Sie beugte sich zu Nan Heather, um ihre dünnen Schultern zu umarmen, und wandte sich dann Freddy zu, der mit im Schoß gefalteten Händen in einem Sessel saß.

»Sky«, sagte er.

»Freddy«, erwiderte sie. »Das ist eine Überraschung.« Auch wenn sie sich noch nie so entfernt von ihm gefühlt hatte, tauschten sie einen Blick, der sagte: Wir tun es Nan Heather zuliebe. Es würde der alten Dame nur unnötig Sorgen bereiten, wenn sie wüsste, dass sie sich gestritten hatten und gerade kaum miteinander sprachen. Genau in diesem Haus hatte sie ihnen beigebracht, wie viel die Liebe einer Familie bedeuten konnte, das Konzept, Geschwister zu sein, das sie ihr Erwachsenenleben hindurch aufrechterhalten hatten … bis vor ein paar Monaten. »Wie geht's dir?«, fügte Sky hinzu und wünschte sich insgeheim, die Uhr ein Jahr zurückdrehen zu können, als sie noch miteinander gelacht und gescherzt hatten und Freddys Firma durch ihre Zusammenarbeit floriert hatte. Minnie war damals noch nicht einmal ein Name auf einer Bewerbung gewesen.

»Gut«, antwortete er neutral. »Dir? Genießt du das Leben in Middledip?«

»Total. Es ist ein ganz anderer Rhythmus. Wie geht es Minnie?« Sky bemerkte, wie ein nervöser Schatten über Freddys Gesicht huschte. Sein Haar war kürzer geschnitten als gewöhnlich, so als hätte er – oder jemand anderes – versucht, seinen Lockenkopf zu bändigen.

»Gut«, wiederholte er. »Geht in den Hochzeitsplanungen auf.«

Sky verspürte einen Stich bei dem Gedanken, dass sie keine

Einladung erhalten würde. Sie stellte sich eine riesige, sündhaft teure Feier vor und Freddy mittendrin – mit dem falschen Akzent, aber den richtigen Klamotten. Waren Minnies Freunde jetzt auch seine Freunde? Würden sie sich für ihn freuen? Oder fragten sie sich, wie Minnie mit jemandem wie Freddy Walker enden konnte? »Wie kommst du mit deinen zukünftigen Schwiegereltern zurecht?«, fragte sie. »Ist Minnies Dad in Ordnung?«

»Yep«, antwortete er. Ein Muskel in seinem Kiefer zuckte.

»Hast du nett mit ihm geplaudert?«, hakte Sky nach. »Nett geplaudert«, normalerweise in grimmigem Tonfall geäußert, war Freddys Ausdruck für eine schwierige Unterhaltung.

Zum ersten Mal blitzte es amüsiert in seinen Augen auf. »Ein paar Mal, in der Tat.«

Es sollte das letzte Mal sein in dieser Stunde, dass sie wirklich Kontakt zueinander aufbauten. Freddy ermutigte Nan Heather, über die gute alte Zeit zu sprechen, als ihre beiden zusätzlichen Schlafzimmer immer voller Kinder waren, die ihrer liebevollen Zuneigung bedurften. Er erzählte ihr von seiner Firma und der Gegend, in der Minnie und er nach einem Haus suchten. Sky plauderte über das Dorf, erwähnte, dass Nan Heathers Urenkelin gestern wegen der Meisenknödel bei ihr gewesen war. Aber Sky und Freddy wechselten kein direktes Wort mehr.

Nan Heather zeigte Sky einen intelligenten Lautsprecher, den ihr Enkel Rob ihr als vorgezogenes Weihnachtsgeschenk gebracht hatte. »So habe ich dich vorhin angerufen, Küken. Meine Hannah hat mir mit ihrem alten Handy Alexa eingerichtet. Sieh mal.« Nan Heather räusperte sich. »Alexa, ruf Sky Terran an.«

Alexas seidige Stimme hallte durchs Zimmer. »Anrufen bei

Sky Terran.« Und aus Skys Manteltasche ertönte ihr Handyklingelton.

»Das ist toll«, sagte Sky bewundernd. Plötzlich war ihr klar, wie Freddy in die Ecke gedrängt worden war, Sky zu dem Treffen dazuzuholen. Nan Heather musste Alexa ohne Vorwarnung angewiesen haben, Sky anzurufen, und er hatte nichts tun können, außer stumm danebenzusitzen.

»Alexa, erzähl einen Witz«, versuchte es Sky, und Nan Heather prustete los vor Lachen, als Alexa erzählte: »Treffen sich zwei Wellen im Meer, sagt die eine: Ich glaube, ich muss gleich brechen.«

Mit verschlagenem Grinsen sagte Freddy: »Alexa, spiel Heavy Metal«, und das Geplärr verzerrter E-Gitarren dröhnte aus dem Lautsprecher.

Nan Heather hielt sich die Ohren zu. »Alexa, aufhören! Du hörst doch nicht etwa diesen Radau, oder, Freddy Walker?«

Sky lachte bei der Erinnerung daran, wie die Musik von Nirvana und Slipknot aus Freddys Teenager-Zimmer gedrungen war und Nan Heather den Stecker seines Ghettoblasters hatte rausziehen müssen, um mit ihm reden zu können. »Alexa, spiel Weihnachtsmusik«, sagte sie, und die Musik wechselte plötzlich zu »I Wish it Could be Christmas Every Day«.

Ein paar Minuten später fiel Freddy plötzlich auf, wie spät es war, und er erklärte, dass er zu einem dringenden Meeting müsste, gab Nan Heather einen Kuss auf die Wange und eilte davon, nachdem er ihr noch gesagt hatte, dass sie auf sich aufpassen sollte. Sky bekam ein knappes »Bis dann, Sky« hingeworfen.

»Bis dann«, wiederholte sie und fragte sich, ob er so eilig aufgebrochen war, um zu verhindern, dass sie gleichzeitig gingen und sie vielleicht versuchen würde, ein tiefer gehendes Gespräch zu suchen.

Sie saß noch eine Weile bei Nan Heather, stimmte ihr zu, dass es schön gewesen war, Freddy zu sehen, und amüsierte sich mit ihr und Alexa. »Hast du auch so eine?«, fragte Nan Heather und tätschelte die kleine schwarze Box liebevoll.

Sky schüttelte den Kopf. »Nein. Aber ich habe Siri auf meinem Handy.« Sie zog ihr Handy heraus, um es ihr zu demonstrieren. »Es funktioniert ganz ähnlich. Hey, Siri«, sagte sie. »Textnachricht an Freddy Walker.«

Siri erwiderte: »Schreibe Textnachricht an Freddy Walker. Wie soll sie lauten?«

»Ich habe derzeit kein Interesse an dem Angebot von Alicia«, diktierte sie, weil sie beschlossen hatte, einer von ihnen musste sich ein wenig versöhnlich zeigen.

»Wunderbar«, meinte Nan Heather. »Was hat Freddy geantwortet?«

»Nichts, wahrscheinlich fährt er gerade Auto«, log Sky, die sah, wie eine Nachricht auf ihrem Sperrbildschirm angezeigt wurde. Freddys Freisprechanlage hatte ihm die Nachricht vermutlich vorgelesen und ihm erlaubt, eine Antwort zu diktieren, während er fuhr. *Bin froh dass du jetzt doch meiner Meinung bist*, hatte er geschrieben. Ihr stellten sich die Nackenhaare auf, ob seiner streitlustigen Erwiderung. Offensichtlich war bei Freddy das Memo über die Versöhnlichkeit noch nicht angekommen.

Sie rang sich ein Lächeln ab und steckte ihr Handy wieder in die Tasche. »Soll ich dir noch dein Mittagessen machen, bevor ich gehe, Nan Heather?« Sky vergrub ihre Verärgerung und ihren Frust in dieser kleinen Freundschaftstat, als sie der alten Dame einen Teller Suppe aufwärmte und ihr eine Scheibe

Brot mit Butter beschmierte, ehe sie wieder zu ihrer Arbeit im Schuppen zurückkehrte.

Auf der Schnellstraße warf Daz geistesabwesend einen Blick in die Rückspiegel und schlängelte sich durch den Verkehr. Er war so nervös wegen des Gefängnisbesuchs, als plante er, etwas zu Lewis hineinzuschmuggeln oder gar ihn hinaus.

Schneeflocken klatschten auf seine Windschutzscheibe, je weiter nördlich er kam, passend zu seinem winterlichen Gefühl. Der Verkehr floss langsamer, während die Straßenränder allmählich weiß wurden. Als er das Schild passierte, das ihn im Gefängnis willkommen hieß – da hatte aber jemand einen tiefschwarzen Humor bewiesen –, war er kurz davor, wieder umzudrehen und nach Hause zu fahren. Stattdessen folgte er den Fahrzeugen vor sich auf den Besucherparkplatz.

Er parkte und starrte den riesigen mit Stacheldraht gespickten Zaun an, dann die Flutlichter und das große Gefängnistor.

Trotz des rieselnden Schnees und der Rasenflächen, die die unterschiedlichen Blöcke umgaben, kam ihm nur das Wort »trostlos« in den Sinn. *Verdammt.* Er bekam schon vom Anschauen Herzrasen.

Er zwang sich, aus dem Auto zu steigen und folgte einem Strom an Menschen ins Besucherzentrum vor den Toren, seinen Besucherschein hielt er in der Hand. Drinnen führte ihn eine Frau in schwarzer Uniform zu einem Spind, wo er sein Handy, Schlüssel und Geldbeutel verstaute, aus dem er zuerst seinen Führerschein herausnahm. Mit nichts als ein bisschen Kleingeld bei sich wurde er ins Gefängnis durchgelassen. Ein männlicher Gefängniswärter in der gleichen dunklen Uniform kontrollierte seinen Ausweis, ließ einen Metalldetektor über ihn gleiten und nahm dann seine Fingerabdrücke und machte ein Foto von ihm. Ein Drogenhund und sein Hundeführer patrouillierten an ihm vorbei, beide schienen die gleiche finstere Miene aufgesetzt zu haben. Inzwischen war Daz so nervös, wie er es selten gewesen war.

Er schloss sich einer Gruppe schweigender Besucher an. Um Punkt zwei Uhr wurden sie einen Korridor entlanggeführt und durch zwei Tore in einen großen Saal, an dessen einem Ende ein Kiosk eingerichtet war. Am Boden fixierte Stühle waren in Gruppen arrangiert – immer ein roter Stuhl gegenüber drei blauen Stühlen. Er spürte, wie sich auf seiner Stirn Schweißperlen bildeten, als er Lewis erblickte, der ihm ein schwaches Lächeln zuwarf. Er war dünner geworden. Seine Haare waren kürzer und nicht mehr lässig gestylt. Sein Sweatshirt war schlicht blau, genau wie seine Jeans. Genau wie Courtney gesagt hatte, war es seltsam, ihn hier zu sehen, wo die wachsamen Blicke der an den Wänden postierten Gefängniswärter durch den Raum huschten.

»Sorry.« Eine Frau schob sich an ihm vorbei, und Daz bemerkte erst jetzt, dass er stehen geblieben war und einen Stau in der Schlange verursachte.

Er brachte seine Füße dazu, sich zu bewegen, während um ihn herum Grüße ausgetauscht wurden. Ein Kind begann zu weinen. Körperlicher Kontakt sollte auf ein Minimum reduziert bleiben, also schüttelte er seinem alten Freund nur kurz die Hand, als er endlich bei Lewis' Tisch ankam. »Hey.« Seine Knie waren weich, als er sich auf einen der blauen Sitze sinken ließ.

Lewis lächelte unsicher. »Schön, dich zu sehen, Daz. Danke, dass du gekommen bist.«

Daz rang sich ein Lächeln ab, aber es fühlte sich nicht natürlich an.

Lewis sah ihn mitfühlend an. »Ziemlich überwältigend, oder? Ich glaube nicht, dass ich mich jemals daran gewöhnen werde.«

Daz versuchte, sich zu entspannen. »Wie geht es dir?«

Lewis machte eine Handbewegung, als würde er die Worte wegwischen. »Mir geht's gut, abgesehen davon, dass ich diesen Ort hasse. Wir sind zu zweit in einer Einzelzelle, und ich versuche, so viele Jobs und Kurse wie möglich zu machen, um mich davon fernzuhalten. Ich berate zum Beispiel Häftlinge darin, wie sie mit Geld umgehen sollten. Die meisten werden bei ihrer Entlassung eine völlig veränderte finanzielle Situation vorfinden.«

»Das klingt doch gut.« Unangenehm berührt von der knappen Beschreibung von Lewis' neuem Leben, ließ Daz den Blick über den Raum schweifen. Die meisten Besucher beugten sich nach vorne, als versuchten sie die Distanz zu denen in den roten Stühlen zu minimieren. Von überall her waren Gespräche zu hören, unablässig, einige von leisem Lachen begleitet, andere eindeutig nicht. Körpergeruch vermischte sich mit dem Geruch nach Desinfektionsmittel und altem Essen. Daz sah zum Imbissstand, wo sich eine Schlange zu bilden begann. »Willst du einen Kaffee?«

Lewis schüttelte den Kopf. »Du verschwendest eine halbe Stunde mit Warten, wenn du da jetzt hingehst. Später wird die Schlange kürzer.«

»Okay.« Daz versuchte, sich möglich normal zu verhalten und wandte sich wieder der vertrauten und zugleich fremden

Gestalt seines Freundes zu. »Du hast geschrieben, du machst dir Sorgen um Courtney und Wilf. Ich glaube, es geht ihnen ganz gut. Wilf hat endlich Freunde gefunden in Middledip …«

»Ja, Courtney hat es mir am Telefon erzählt«, unterbrach ihn Lewis. Er zupfte an seiner Nagelhaut herum. »Ich hatte gehofft, du könntest mir mit etwas anderem helfen, das Courtney betrifft.«

Daz' Nackenhaare stellten sich auf, weil er ahnte, dass es gleich unangenehm werden konnte für ihn. »Und, mit was?«

»Ja … also …« Lewis hielt inne und drehte seinen Ehering am Finger. Dabei musterte er Daz, als könnte er in seinem Blick irgendetwas ablesen. »Dad hat gesagt, er glaubt, zwischen Courtney und dir läuft was.«

Wut kochte in Daz hoch. »Ich hoffe, du hast ihm gesagt, er soll die Klappe halten. Dein Dad soll seine Zeit besser darauf verwenden, Courtney zu unterstützen, anstatt sich solchen Mist auszudenken.« Er bemerkte, wie Lewis besorgt in Richtung der Wärter schaute, und senkte seine Stimme. »Hast du mich den ganzen Weg hier rausfahren lassen, um mir vorzuwerfen, dass ich deine Frau vögele? Wenn dem so ist, bin ich weg.« Ein Wärter beobachtete sie, aber das war Daz egal. Er war mehr als bereit, zu gehen.

Lewis zog entsetzt die Augenbrauen hoch. »Hey, hey, ich war noch nicht fertig. Ich wollte noch sagen, dass ich das nicht glaube. Bitte, geh nicht …« Er ließ den Kopf hängen und drückte Finger und Daumen auf die geschlossenen Augenlider. Seine Stimme klang gepresst. »Du bist nicht meine Sorge, Kumpel. Sie ist es. Ich stecke hier fest und habe keine Ahnung, was in ihrem Leben los ist. Sie war anfangs noch verständnisvoll, in Anbetracht der Umstände, aber jetzt spüre ich, wie sie sich zurückzieht.« Er wischte sich über die Augen. »Wilf will nichts mehr mit mir zu tun haben. Sie sagt, sie ermutigt ihn, mit mir am Telefon zu sprechen, aber woher soll ich wissen, dass das stimmt?«

Daz spürte, wie seine Wut verpuffte, als ihm bewusst wurde, dass er voreilige Schlüsse gezogen hatte. »Sorry, wenn ich das in den falschen Hals bekommen habe«, sagte er grimmig. »Courtney ist eine verdammte Heldin, wenn du mich fragst, und ich habe selbst gehört, wie sie Wilf sagt, er soll mit dir sprechen. Ich versuche, ihr ein guter Freund zu sein, nicht weil du mich in deinem Brief darum gebeten hast, sondern weil sie es verdient.«

Da er das Gefühl hatte, eine kurze Pause zu brauchen, stand Daz auf. »Ich hol uns mal was zu trinken.«

Dieses Mal widersprach Lewis nicht, aber er bat um weißen Tee. »Der Kaffee ist eine Brühe«, fügte er lakonisch hinzu.

Aufgrund dieser Insider-Information bestellte Daz für sich auch lieber Tee und trug dann die zwei Papierbecher zu Lewis zurück. Daz hatte auf der Webseite gelesen, dass die Häftlinge nicht aufstehen und herumlaufen durften, aber es wurde ihm jetzt erst bewusst, wie verletzlich Lewis wirkte, so an seinen Stuhl gefesselt wie ein unartiges Schulkind.

Er reichte ihm den Tee am Becherrand und nahm wieder Platz. Dann holte er tief Luft und wählte seine Worte mit Bedacht. »Du willst deine Familie retten, sehe ich das richtig?«

»Ja, ich will, dass meine Familie bestehen bleibt. Ich will es so sehr, auch wenn Courtney denkt, ich hätte es nicht verdient.« Lewis zog die Nase hoch und seine eingesunkenen Augen röteten sich. »Sie fühlt sich betrogen, aber ich habe nie mit Evira geschlafen. Ich habe nur versucht, sie am Leben zu halten, weil sie vom System im Stich gelassen wurde. Die Ergebnisse der Behandlung sahen zunächst vielversprechend aus, aber das Geld hat nicht gereicht. Es war eine Tragödie. Evira war eine wundervolle Frau, die alle möglichen Länder bereist hat, um dort wohltätige Arbeit zu leisten. Sie hat nie etwas für sich selbst zurückgelegt. Du hast sie einmal getroffen, als du mich an der Uni besucht hast, Daz.«

Daz erinnerte sich an die zierliche, lebhafte Evira, mit den langen braunen Haaren. Erinnerte sich, wie Lewis' Blick ihr stetig gefolgt war. »Du warst in sie verliebt«, sagte er leise. »Ihre Freunde nannten dich Schoßhündchen – ›Eviras Schoßhündchen, wenn sie einen platten Reifen hatte‹; ›Schoßhündchen wenn sie Geld leihen musste‹.«

Lewis errötete bei der Erinnerung daran, wie er der Gegenstand von Witzen gewesen war. »Courtney meinte, es wären meine alten Gefühle, die wieder zum Vorschein gekommen wären, und dass ich davon besessen wäre, Evira zu helfen. Wenn nur das Geld nicht ausgegangen wäre …« Er brach kläglich ab.

Auch wenn Daz sich nicht berechtigt fühlte, Eviras Chance zu überleben einzuschätzen oder zu sagen, was es wert war, stimmte er Courtneys Erklärung zu, warum Lewis alles aufs Spiel gesetzt hatte, auch wenn Lewis seine Taten für gerechtfertigt hielt. Vielleicht hatte ihn der Wahnsinn überkommen, als er erfahren hatte, dass es um das Leben seiner alten Flamme ging … Aber als die Zeit gekommen war, dafür zu bezahlen, war Courtney mit ihm nach unten gezogen worden. Unbeholfen sagte er: »Nur Courtney kann sagen, was für Courtney zählt.« Wieder mal fühlte er sich zwischen den Stühlen, eine Rolle, die er hasste.

Lewis stöhnte und rieb sich die Stirn. »Ich *habe* etwas für

Evira empfunden, aber das ist Jahre her. Damals war ich noch nicht einmal richtig erwachsen. Seit dem Moment, als ich Courtney getroffen habe, hat es für mich keine andere mehr gegeben.«

»Ich weiß.« Daz fühlte sich allmählich etwas sicherer, nicht mehr so eingeschüchtert davon, in einem Gefängnis zu sein. Er wollte gerade sagen, dass es Courtney war, die von Lewis Gefühlen erfahren sollte, nicht Daz, als Lewis das Thema wechselte.

»Wenn ich nächstes Jahr auf Bewährung rauskomme, brauche ich eine feste Adresse. Wenn Courtney und Wilf mich nicht zurückhaben wollen, werde ich in irgendeinem verdammten Hostel enden. Ich kann mir nicht vorstellen, dass Dad mich will. Er schämt sich zu sehr.« Lewis' Finger gruben sich in seine Oberschenkel.

Daz' eigene Gefühle gegenüber Lewis waren Enttäuschung und Desillusionierung. Er fragte sich, ob er in der Lage wäre, sich dazu durchzuringen, Lewis Unterschlupf zu gewähren, wenn er keinen anderen Ort fände. Wenn er ihn so ansah, fiel es ihm schwer, den Lewis zu erkennen, den er schon immer gekannt hatte; den Mann, der hart arbeitete, der seine Familie liebte und der ihm ein guter Freund gewesen war. »Aber du hast mich hierher bestellt, weil du dir Sorgen um deine Frau und dein Kind machst, oder?«, fragte Daz.

Lewis Lippen bebten. Dicke Tränen liefen ihm über die Wangen. »Ja. Sorry, wenn ich egozentrisch wirke. So wird man, wenn man so leben muss. Alles, woran man noch denken kann, ist, rauszukommen. *Natürlich* mache ich mir Sorgen um Courtney und Wilf. *Natürlich* will ich sie zurück. Ich will mein altes Leben zurück. Ich träume davon. Aber Courtney …« Er hielt inne und wühlte in seinen Hosentaschen, offensichtlich nach einem Taschentuch, denn als er keines finden konnte, wischte er sich mit einem unschönen Schniefen die Nase am Ärmel ab. »Courtney denkt darüber nach, sich mit Männern zu verabreden. Sie hat es mir erzählt. Man kann es ihr nicht mal verübeln«, murmelte er. »Aber das heißt nicht, dass ich nicht verzweifelt versuchen werde, sie zu halten.«

Daz wurde schwer ums Herz. Courtney war so weit gegangen, Lewis gegenüber zu erwähnen, dass sie ans Ausgehen dachte? Das deutete auf mehr als nur eine Idee hin. Wortlos stand er auf und ging zurück zu dem Verkäufer am Imbisstand, um ihn nach einer Papierserviette zu fragen. »Alles, was ich Ihnen anbieten kann, ist das«, meinte der Mann und hielt ihm eine blaue Rolle hin, von der er sich einen Fetzen abreißen durfte.

»Danke.« Er hielt das Papiertuch an einer Ecke, damit die Gefängniswärter sehen konnten, dass er nichts darin verbarg, und brachte es zu Lewis, damit dieser sich die Nase putzen konnte.

Sie tranken ihren Tee aus und sprachen stockend über das Dorf.

Daz dachte daran, ihm von Sky zu erzählen, doch dann erschien es ihm unpassend, mit einem Mann im Gefängnis darüber zu sprechen, wie er mit einer quirligen, intelligenten, höllisch heißen Frau Sex gehabt hatte. Stattdessen gab er wieder, was Courtney über Abi und ihr vorgetäuschtes Leben in London berichtet hatte, aber Lewis ging nicht wirklich darauf ein. »Ich hoffe, Courtney hat sich benommen, als sie Abi besucht hat«, meinte er düster.

Daz war froh, als die Stunde vorbei war. Zumindest, bis Lewis beim Verabschieden seine Hand drückte und murmelte: »Ich kann doch auf dich zählen, Daz, oder?«

Daz zögerte. »Wie meinst du das?«

Lewis wirkte verwirrt, dass er es ihm in Worte fassen musste. »Dass du Courtney davon abbringst, sich mit Männern zu verabreden.« Er ließ Daz' Hand nicht los, seine Finger gruben sich in dessen Haut. »*Bitte*, Daz! Du tust das für mich, oder? Bitte? Ich flehe dich an, Mann.«

Daz sah in das verzweifelte, verhärmte Gesicht seines ältesten Freundes. »Wenn ich es kann, ja«, murmelte er widerwillig. Noch völlig perplex, wurde Daz von einem Wärter in Richtung der Herde an Besuchern geschoben, die sich wieder zum Tor bewegten, während die Häftlinge auf ihren Stühlen sitzen blieben. Seine Gefühle spielten verrückt, ihm schwirrte der Kopf. Lewis hatte kein Recht, das von Daz zu verlangen … und doch, wer konnte ihm verübeln, dass er Angst hatte, seine Frau und seinen Sohn zu verlieren?

Und – unglücklicherweise – was lag da näher, als seinen ältesten Freund um Hilfe zu bitten?

Er fuhr nach Hause, wieder wirbelten ihm die Schneeflocken gegen die Windschutzscheibe und färbten die Landschaft weiß. Er dachte über das menschliche Bedürfnis nach, mit geliebten Menschen in Verbindung zu bleiben, das Lewis verzehrte. Wonach Daz gerade ein »menschliches Bedürfnis« verspürte, war ein starker Drink.

Vierzehntes Kapitel

Die Winter Street glitzerte, als Daz endlich zu Hause ankam. Als wollten sie den gefallenen Schnee feiern, hatten einige der Nachbarn ihre Weihnachtsbeleuchtung auf »flackernd« gestellt, und die pulsierenden blauen Eiszapfen ließen es auf den ersten Blick so aussehen, als befände sich ein Krankenwagen in der Straße.

Daz bog hinter einem geparkten Kleinwagen, der halb von Schnee bedeckt war, in seine Einfahrt ein und bemerkte, dass er offenbar das Licht in der Küche angelassen hatte. Der Schein drang durch das offene Wohnzimmer und dessen großes Fenster zu ihm. Er schloss die Tür auf und warf seine Jacke von sich. Erst als er seine Stiefel abstreifte, hörte er ein Rascheln und sah ruckartig auf. Und erstarrte.

Abi stand im Flur, die blonden Haare vom Licht hinter ihr beleuchtet. Seine Gedanken wanderten zurück zu dem Auto vor dem Haus. Wegen des Schnees hatte er es nicht erkannt, aber nun dämmerte ihm, dass es Abis war.

»Hallo, Daz«, sagte sie. »Ich bin einfach reingegangen. Ich hoffe, das war in Ordnung.«

Daz war kurz davor zu sagen: »Ehrlich gesagt nicht. Ich hatte einen beschissenen Tag, und es ist verdammt aufdringlich, einfach mein Haus zu betreten.« Aber etwas an Abis Tonfall hielt ihn davon ab, und er erinnerte sich daran, dass dies die Frau war, die er einmal geliebt hatte. Statt ihres üblichen Enthusiasmus für das Leben, den man ihr immer angehört hatte, klang sie abgestumpft. Und verloren. »Es ist eine ziemliche Überraschung«, sagte er hölzern. »Was ist los?«

Sie seufzte. »Ich kann es dir auch einfach gleich sagen. Es läuft nicht so für mich in London. Ich hatte einen heftigen Streit mit jemandem, und ich … ich habe meinen Job verloren.«

Er war geschockt. Ihren Job verloren? *Abi?* Was zur Hölle konnte sie getan haben? Er konnte sich vorstellen, dass sie sich mit ein paar Flunkereien besser hatte dastehen lassen oder sich bei ihrem Chef eingeschleimt hatte, aber nichts Schlimmeres. Ehe er sichs versah, war er bei ihr und berührte sie mitfühlend am Arm. »Wir setzen uns besser hin. Willst du was trinken?«

Er zog die Vorhänge zu, um die Festbeleuchtung draußen zu lassen, und kurz darauf saßen sie nebeneinander auf dem Sofa, jeder ein Glas Whiskey in der Hand, wie sie es so viele Male zuvor schon getan hatten. »Was ist passiert?«, fragte er.

Ihre Lippen verzogen sich zu der Parodie eines Lächelns. Ihr hübsches, elfenhaftes Gesicht war blass. »Hat Courtney dir erzählt, dass ich mir meine Wohnung mit jemandem teile?«

Er nickte. »Dass du die Untermieterin von jemandem bist.« Sie konnte genauso gut gleich wissen, auf welchem Stand er war.

Ein Schatten legte sich über ihre blauen Augen. »Ja. Die Londoner Preise sind unfassbar.« Ihre Lippen waren fast blutleer, als sie vorsichtig von der bernsteinfarbenen Flüssigkeit in ihrem Glas trank. »Die Wohnung gehört einer Kollegin – Kremena. Ab und zu geraten wir aneinander.«

Daz erinnerte sich an Courtneys Erzählung, dass Abi Kremenas Zimmer ohne ihre Erlaubnis bezogen hatte, um so zu tun, als sei sie die einzige Bewohnerin. Das konnte definitiv einen Streit hervorrufen.

Sie senkte den Blick auf den Whiskey, der im Schein der Stehlampe schimmerte. »Wir hatten eine sehr heftige Auseinandersetzung auf der Arbeit. Ich habe ein paar Schimpfworte vom Stapel gelassen, und mein Chef war mit Kunden in einem Konferenzraum nebenan, wo man wohl jedes F-Wort hören konnte. Ich hatte nicht gesehen, dass an der Tür des Zimmers ›belegt‹ stand, aber um es kurz zu fassen, er hat mich suspendiert.«

Er versuchte, die Geschichte zu verarbeiten. »Worüber habt ihr euch gestritten?«

Ihre Unterlippe zitterte. »Kremenas Freund hat mich angebaggert. Kremena hat ihn dabei erwischt, und er hat behauptet, *ich* hätte *ihn* angemacht.«

Hilflos tätschelte er ihr den Arm. Abi mochte vielleicht blauäugig und mit sich selbst beschäftigt sein, aber er hatte noch nie mitbekommen, dass sie auf dem Territorium einer anderen Frau gewildert hatte. »Und, was jetzt?«

Sie zuckte mit den Achseln. »Ich werde mit meinem Chef verhandeln müssen, dass er mir meinen Job wiedergibt. Ich kann nicht gefeuert werden, Daz. Wie um alles in der Welt soll ich einen anderen Job finden?« Sie schniefte und schüttelte ihre Haare zurück. »Ich bin nicht nur deshalb zurückgekommen, weil ich sonst nirgends hinkann. Ich hatte sowieso geplant zu kommen, um zu sehen, wie die Dinge stehen.«

Ihre Worte hallten in Daz' Ohren nach. Er starrte sie verwirrt an. »Wie meinst du das?«

»Ich habe einen Fehler gemacht.« Sie wischte sich eine Träne weg. »Ich war glücklicher hier mit dir als in meinem neuen, vermeintlich so tollen, neuen Leben.«

»Abi …«, setzte er unbeholfen an. Er war sich all der guten Zeiten bewusst, die sie miteinander gehabt hatten, aber dennoch erschüttert von dieser unerwarteten Kehrtwende.

Sie streckte die Hand aus und legte einen manikürten Finger auf seine Lippen. »Du musst mir nicht gleich antworten. Lass mich einfach kurz zu Atem kommen, bitte?«

Er starrte sie an. Sie hatte ihm einmal so viel bedeutet, und sie sah so verloren und niedergeschlagen aus, dass er es nicht über sich brachte, sie wegzuschicken, oder gar ihr klipp und klar zu sagen, dass es keine Wiederaufnahme ihrer Beziehung geben würde. Dieses Gespräch konnte noch ein oder zwei Tage warten.

Sie leerte ihren Whiskey, gerade in dem Moment, als Daz' Handy klingelte. Er warf einen Blick auf den Bildschirm und las *Al Silvester*. »Es ist mein Vorgesetzter.« Er überlegte noch, ob er drangehen sollte, aber es war noch vor sechs Uhr abends an einem Werktag, also war es nicht unzumutbar, dass Al anrief. Seufzend nahm er das Gespräch entgegen. »Hey, Al.«

»Gut, dass ich dich erreiche, Daz«, sagte Al am anderen Ende. »Können wir uns über Samantha aus deinem Team unterhalten? Sie bittet um ein eigenes Team, und ich würde gern deine Meinung dazu hören.«

Daz unterdrückte den Impuls zu sagen: »Sie kann gern mein Team haben.« Stattdessen ging er mit einem höflichen »Ich bin gern behilflich« in Richtung Treppe. Er stieg zum Dachboden hinauf, während er Als Beschreibung der Aufgaben eines Teamleiters zuhörte. Als wäre Daz nicht selbst ein Teamleiter.

Dass Al sich gern selbst reden hörte, gab Daz die Gelegenheit, seinen Schreibtisch zu erreichen und seinen Laptop aufzuklappen, wo er Samanthas Feedbackberichte öffnete, um mit Al darüber zu sprechen, wie gewissenhaft und gründlich sie war, und sicherlich organisiert genug, um andere zu führen.

Er hörte, wie es an der Tür klingelte. Al plapperte immer noch über Samantha, schien aber langsam zum Ende zu kommen, also ging Daz wieder nach unten. Als er im ersten Stock um die Ecke bog, sah er, dass Abi die Tür bereits geöffnet hatte. Im Flur standen plötzlich ein paar Koffer. Vermutlich hatte sie sie aus dem Auto geholt, während er am Telefon gewesen war.

Sky stand auf der verschneiten Türschwelle und starrte Abi verwundert an. Oh, Mist. »Warte kurz«, sagte er zu Al und sauste die letzte Treppe runter.

»Oh«, hörte er Abi sagen. »Ich bin Abi. Hat Daz dich erwartet? Wir sind grade … beschäftigt.« Was sie sagte, war nicht falsch, aber ihr Tonfall und ihre bedeutungsvolle Pause suggerierten eindeutig, dass Sky eine unerwünschte Unterbrechung darstellte.

Über Abis Schulter trafen sich Skys und sein Blick. In ihren hellgrünen Augen schienen Hunderte Fragen zu stehen. Dann sah sie die Koffer an, ehe sie sich wieder Abi zuwandte. »Es war nicht wichtig.«

Abi zuckte mit den Schultern und schloss die Tür, schon fast, ehe sich Sky zum Gehen gewandt hatte.

»Sky!«, rief Daz und versuchte, einen Fuß in die Tür zu bekommen, ohne Abi von den Füßen zu reißen oder sein Handy fallen zu lassen.

Sky ging unbeirrt weiter. Daz konnte schlecht auf Socken in den Schnee hinauslaufen. Er warf Abi einen finsteren Blick zu, den sie schmollend erwiderte, beendete so zügig wie möglich das Telefonat und wandte sich dann an seine Ex-Freundin. »Du wohnst hier nicht. Du schickst keine meiner Besucher weg.«

Abi schlug sich die Hand vor den Mund. »Oh, Daz. Es tut mir leid. Ich bin einfach so am Ende.« Damit schob sie sich an ihm vorbei und lief lautstark weinend die Treppe rauf. Die flatterhafte, launische, impulsive Seite von Abi hatte sich offenbar nicht verändert, und während er es oft gemocht hatte, nicht zu wissen, was sie als Nächstes tun würde – in Momenten wie diesem war das sicherlich nicht der Fall.

»Das Bett im Gästezimmer ist gemacht. Nimm das«, rief er ihr zähneknirschend nach. Er würde nicht zulassen, dass sie sich in seinem Zimmer, das einmal ihr gemeinsames Schlafzimmer gewesen war, verkroch, während er Sky hinterherging. Fluchend steckte er die Füße in seine Stiefel und zog sich die Jacke an, ehe er in die glitzernde Welt aus Schnee und Lichterketten hinaustrat. Irgendwo die Straße runter hörte er Kinder rufen. Ihre Stimmen klangen gedämpft durch den Schnee, der jetzt in kleinen, hübschen Flocken durch die Luft rieselte.

Daz schloss seine Jacke und eilte die Winter Street entlang bis zum Eckhaus. Abgesehen von dem hell erleuchteten Garten, dessen Lichter sich in den Fenstern spiegelten, brannte kein Licht im Haus. Fußspuren im Schnee führten vom Haus zur Straße, aber nicht in die andere Richtung. Er klingelte trotzdem an der Haustür und klopfte. Niemand öffnete. Er zog sein Handy hervor und rief Sky an, aber es ging nur die Mailbox dran, also schickte er ihr eine Nachricht. *Sorry, dass Abi so seltsam war. Sie hat Probleme in London und ist ziemlich fertig. Bitte, ruf mich an, so schnell wie möglich. Xx*

Ein paar Stunden später lag Daz im Bett, ohne einen Rückruf von Sky. Sie nahm auch nicht ab, wenn er anrief. Er dachte darüber nach, wie er noch vor ein paar Wochen mit guten Gefühlen an den Sex mit Abi zurückgedacht hatte. Jetzt lag sie nur einen Raum von ihm entfernt im Bett und er begehrte sie überhaupt nicht.

Er wollte nicht dass sie hier war.

Sky war in sein Leben getreten, lebhaft und quirlig, und hatte ihm den Kopf verdreht.

Sky weigerte sich, den Schmerz darüber zuzulassen, dass Daz' Ex mit Koffern und einer besitzergreifenden Einstellung zurückgekehrt war. Sie marschierte die Winter Street entlang und versuchte, sich vom Anblick aufblasbarer Weihnachtsmänner oder Schneemänner ablenken zu lassen, die ihre Nachbarn zu ihrer Dekoration hinzugefügt hatten.

Abi war zurück.

Es wäre schön gewesen, wenn Daz etwas gesagt hätte, bevor Sky es auf die harte Tour erfahren musste, aber das hatte er nicht. Das Leben war voller Enttäuschungen, und das war nur eine mehr.

Sie hätte nicht unangemeldet bei ihm auftauchen sollen. Es war ihr wie eine lustige Idee vorgekommen, aber offenbar unangebracht gewesen.

Vermutlich fühlte er sich zu nichts verpflichtet, schließlich hatten sie nur ein paarmal miteinander geschlafen.

Am Ende der Winter Street angekommen, bog sie in die Hauptstraße ein. Sobald sie das *Three Fishes* passiert hatte, waren die Häuschen etwas unaufdringlicher dekoriert als in der grell blitzenden Winter Street. Die echten Sterne waren sogar sichtbar. Sie wirkten, als hätte jemand den Nachthimmel mit Diamanten gespickt. Sie bewunderte ihre funkelnde Perfektion und verlangsamte die Schritte, während sie die einfache Schönheit des Sternenhimmels genoss.

Sie liebte diesen Ort, und darauf sollte sie sich konzentrieren.

Abi bei Daz anzutreffen war ein Schock gewesen. Aber, hey. Sie hatte auch andere Freunde gefunden, und Single zu sein war auch nichts Neues. Sie brauchte niemand anderen. Hatte sie das nicht immer wieder bewiesen?

Das war es zumindest, was sie sich auf dem Weg zu Nan Heather versuchte einzureden – und später, als sie auf dem Heimweg war.

Trotzdem schlug ihr Herz so laut, dass es ihre eigenen Schritte übertönte und Daz' erschrockener, schuldbewusster Gesichtsausdruck tauchte immer wieder vor ihrem inneren Auge auf.

Am Dienstag hatte die Wintersonne den morgendlichen Nebel vertrieben und einen strahlend schönen Dezembertag zurückgelassen. Daz wachte früh auf, checkte sein Handy auf Nachrichten oder Anrufe von Sky – nichts – und ging mit einer Tasse Kaffee hoch zu seinem Computerarbeitsplatz auf dem Dachboden, auch wenn er heute wenig Lust verspürte, Monster zu zähmen. Es erschien ihm ein sinnloses Unterfangen.

Er musste einen anderen Job finden.

Er musste seine Gedanken sortieren, was Lewis anging.

Er musste Abi loswerden.

Sie war noch nicht wieder aufgetaucht, obwohl er hören konnte, wie sie sich im Zimmer bewegte, das Geräusch von Schubladen, die geöffnet und geschlossen wurden. Mist. Sie packte aus. Er seufzte schwer. Er hatte ihr nicht gesagt, dass sie bleiben konnte, aber genauso wenig hatte er ihr gesagt, dass sie nicht bleiben konnte. Am Vorabend hatte ein Versuch, das Thema anzuschneiden, eine Flut aus Tränen provoziert, und er hatte sich Abis Drama nicht gewachsen gefühlt – nicht, nachdem der Besuch bei Lewis ihn so aufgewühlt hatte.

Er verließ das Haus kurz vor zehn, um bei Sky vorbeizuschauen. Als sie auf sein Klopfen hin nicht öffnete, ging er in Richtung seines Elternhauses weiter – sein Hafen, immer wenn er niedergeschlagen oder traurig war. Es hatte aufgehört zu schneien, aber es sah aus, als hätte jemand den Ort wie einen Zitronenkuchen mit Zuckerguss garniert. Er ging in Richtung Port Road, an der Schule vorbei, die in jedem Fenster Dekorationen aus buntem Papier hängen hatte. Leider wurden seine Pläne, ein persönliches Gespräch mit seinen Eltern zu führen, jäh durchkreuzt, als er sie beim Morgenkaffee mit Marietta und ein paar anderen ihrer Freunde antraf.

»Darragh«, rief Sara und sprang auf, um ihn in eine herzliche Umarmung zu ziehen. »Karottenkuchen oder Flapjack? Seht mal, wer hier ist – Darragh.«

Len kam aus der Küche und gab Daz einen Klaps auf die Schulter. »Mein neuer Vanillekaffee wird dir ein Lächeln aufs Gesicht zaubern. Ich mache dir eine Tasse.«

Marietta schlug die Beine übereinander. Ihre Füße steckten in den für sie typischen türkisfarbenen Cowboystiefeln. »Daz hat für mich den Stern auf dem Dach meines Hauses befestigt.

Ihr habt einen hilfsbereiten Sohn, Sara. Er ist immer so nett zu mir.«

»Das will ich doch hoffen,« meinte Sara lachend und wuschelte Daz durch die Haare. Unter dem zustimmenden Gemurmel kam sich Daz vor, als wäre er zehn.

Auch wenn er das große Stück Karottenkuchen mit einer dampfenden Tasse Kaffee genoss und locker mit den Bekannten seiner Eltern plauderte, verlor er kein Wort über Abi oder Lewis.

Als er sein Elternhaus wieder verließ, war der Nebel wieder aus dem Moor herübergezogen und hatte auch den letzten Sonnenstrahl verschluckt. Er versuchte, auch die Häuser zu verschlingen, die Straßen waren bereits in dichtes Grau gehüllt. Daz beschloss noch bei Graham vorbeizugehen, wenn er schon mal in der Nähe war. Es würde ihm das Leben einfacher machen, wenn er ihm klarmachen konnte, dass er absolut kein Interesse an Courtney hatte. Er stapfte durch den unberührten Schnee den Pfad entlang, an der überwucherten Hecke vorbei. Die Pflanzen des letzten Jahres streckten die kahlen Zweige durch die Schneedecke.

Graham brauchte eine ganze Minute, ehe er auf Daz' Klopfen reagierte. Dann stand er im Türrahmen und machte keine Anstalten, ihn hereinzubitten. »Hallo, junger Mann«, sagte er stumpf.

Daz setzte sein herzlichstes Lächeln auf. »Ich habe gestern Lewis besucht und dachte, es würde dich vielleicht interessieren, wie es ihm geht.«

»Und, wie geht's ihm?«, fragte Graham mit regungsloser Miene.

Daz zögerte. Er hatte sagen wollen, »Gut«, aber Lewis war

weit davon entfernt gewesen. Er war verunsichert und verwirrt und emotional gewesen. »Körperlich okay«, antwortete er stattdessen. »Dieser Ort zieht ihn runter. Er macht sich Sorgen um dich, genau wie um Courtney und Wilf, deshalb dachte ich, sehe ich mal, wie es dir geht.«

»Wie soll es mir schon gehen?«, erwiderte Graham. »Danke, dass du gekommen bist, Darragh. Auf Wiedersehen.« Daz starrte die geschlossene Tür an. Wieder hatte er keine Gelegenheit gehabt, zu erklären, dass zwischen ihm und Courtney nichts lief. Er machte sich auf den Heimweg, entmutigt und beunruhigt. Wie viele Leben hatte Lewis' Verbrechen noch zum Negativen beeinflusst?

Skys Auto stand nicht in der Einfahrt, und sie hatte nicht auf seine Versuche, sie zu kontaktieren, reagiert, also versuchte er es nicht noch einmal an der Haustür.

Als er zu Hause ankam, war es Mittag, aber er hatte keinen Hunger. Auf seinem Handy entdeckte er eine Nachricht von Courtney. *Können wir uns später treffen? Wilf geht nach der Schule mit einem seiner Freunde aus Bettsbrough nach Hause. Ich muss ihn erst um acht abholen. Bei mir nach der Arbeit? X*

Er hatte sich noch nicht entschieden, was er ihr sagen wollte, wenn sie sich das nächste Mal sahen, zum Teil, weil Abi ihm den Boden unter den Füßen weggezogen hatte, als sie einfach so bei ihm aufgetaucht war. Trotzdem schrieb er zurück: *Klar. X*

Dann fiel ihm auf, dass auch Abis Auto fort war, und er verspürte einen Anflug von Optimismus, dass sie wieder gegangen sein könnte. Ein schneller Blick ins Gästezimmer, in dem ihr Make-up und ihr Glätteisen verteilt waren, machte diese Hoffnungen zunichte. Es war schwer, sie zum Gehen zu drängen, wenn sie nicht da war, also ging er zu seinem Computer und versuchte es noch mal auf Skys Handy – ohne Erfolg. Dann suchte er im Internet nach Jobangeboten, die ihn interessieren könnten. Er stellte schnell fest, dass er nicht in der Stimmung war, um sich für irgendetwas zu interessieren.

Als es Zeit war, zu Courtney aufzubrechen, war Abi immer noch nicht zurück. Der Schnee auf dem Boden hatte sich in Matsch verwandelt, und der Nebel war dichter, so dass die Straße trotz all der Lichter düster wirkte. Courtney öffnete die Tür. Sie sah erschöpft aus, wie meistens in letzter Zeit. Der Kaffee war bereit, und sie machten es sich zusammen in die Küche gemütlich. »Also«, sagte sie. »Wie lief es mit Lewis?« Etwas in ihrem Blick sagte ihm, dass sie schon eine Ahnung hatte.

Er seufzte ungewollt. »Nicht besonders gut.«

Mitgefühl trat in ihre Augen. »Das Gefängnis ist nicht gerade ein Feriencamp, oder?«

Er schüttelte den Kopf. Ihm lagen die Worte auf der Zunge, aber er brachte sie nicht heraus.

»Hat er geweint?«, fragte sie leise.

Er warf ihr einen Blick zu. »Tut er das öfter?«

»Ja.« Ihre Lippe bebte.

Daz starrte sie an. »Sind alle deine Besuche bei ihm so? Das hast du mir nie erzählt.«

Sie stützte den Kopf in eine Hand. »Das ist nicht leicht zu erzählen.« Dann richtete sie sich auf und fixierte ihn mit einem Blick, der nicht wütend war, aber entschlossen. »Ich denke, ich weiß, um was er dich gebeten hat – dich einzumischen und die Entscheidungen, die ich in Bezug auf ihn treffe, zu beeinflussen, aber ich will, dass du das sein lässt, Daz. Ich werde mich nicht in eine bestimmte Richtung drängen oder mir ein schlechtes Gewissen einreden lassen.«

Es war offensichtlich nicht der beste Zeitpunkt, darauf hinzuweisen, dass es mehr schaden als nutzen würde, mit anderen Männern auszugehen. Sie hatte ihm eine klare Ansage erteilt, also konnte er nur abwarten, ob sich ein passenderer Moment ergeben würde. »Wann ist das Leben so kompliziert geworden, Courtney? Wie kann es so schwierig sein, zu wissen, wie man mit ihm umgehen soll?« Er winkte ab, weil er einfach nicht die richtigen Worte fand, um seine Betroffenheit auszudrücken.

»Willkommen im Club der Verlorenen und Verwirrten, Daz«, erwiderte Courtney sanft.

Sie redeten noch eine Weile, aber Daz hatte beschlossen, nicht zu erwähnen, dass Abi sich bei ihm eingenistet hatte. Die beiden waren gute Freundinnen, und sie würde sofort rüberkommen, sobald Abi wieder auftauchte, was es Daz nur schwerer machen würde, mit Abi das ernste Gespräch zu führen, das er plante.

Bei seiner Rückkehr fand er Abi am Herd vor. Sie strahlte ihn an. »Ich habe versucht, dir heute nicht im Weg zu sein, aber wir müssen beide etwas essen, also …« Sie machte eine Handbewegung über die Nudelsauce in der Pfanne. Eine seiner Leibspeisen.

Er vergrub die Hände in den Hosentaschen. »Das war nicht nötig.«

Auf leisen Sohlen trat sie zu ihm – ihre Füße steckten in flauschigen Plüschpantoffeln – und legte ihm die Hand auf den Arm. »Wir werden uns wieder aneinander gewöhnen müssen, nicht wahr?« Sie legte den Kopf schief und schielte unter den langen Wimpern zu ihm hoch. Früher hatte er das einmal hübsch und süß gefunden.

Doch jetzt blieb Daz unbeeindruckt. »Nicht wirklich. Du

musst dir überlegen, was du als Nächstes tust. Das hier ist nur übergangsweise.«

Ihr Lächeln erstarb. »Du wirst mich doch nicht gleich wieder rauswerfen, Daz? Nur für ein paar Tage?«

Es sollte ihm ein schlechtes Gewissen machen, und es funktionierte. »Nur für ein paar Tage.« Er verließ das Zimmer und versuchte wieder, Sky anzurufen. Als die Mailbox dranging, schrieb er ihr eine Nachricht. *Ich würde dich gern sehen.* Er nahm an, einen Kuss hinzuzufügen, wäre nicht angebracht, also schickte er nur diesen Satz.

Nach einem unangenehmen Abendessen mit Abi, bei dem sie redete und er nur zuhörte, piepste sein Handy. Hastig zog er es hervor, aber die Nachricht war nicht von Sky, sondern von Wilf. *Hast du deinen Weihnachtsbaum schon aufgestellt? Ich kann dir helfen, wenn du willst.*

Trotz seiner schlechten Laune musste er grinsen. Wilf war ein toller Junge. Er antwortete: *Dieses Wochenende, ja?* Seine Ex mochte noch so nervig sein und Sky ihn meiden, und Daz mochte unter der verwirrenden Loyalität zu Lewis leiden, aber dass Wilf einfach Wilf war, munterte ihn auf.

Fünfzehntes Kapitel

Immer wieder las Sky am Morgen Daz' Textnachrichten und hörte sich seine Mailbox-Nachricht an. Er klang gestresst, als er sagte, dass er es erklären wolle. Sie nahm an, dass Daz auch persönlich bei ihr vorbeigekommen war, denn als sie am Abend von Nan Heather zurückgekehrt war, hatte sie große Fußspuren entdeckt, die zu ihrer Haustür und zurückführten.

Sie konnte ihn zurückrufen.

Aber etwas in ihr wollte gern sein Gesicht sehen, während sie seine Erklärung hörte. Es fühlte sich außerdem sicherer an, erneut unerwartet bei ihm aufzutauchen, um zu sehen, wie er reagierte, wenn Abi noch da war. Beschämt? Kleinlaut? Ertappt? Oder würde er sein gewohntes, leichtes Lächeln aufsetzen, das beweisen würde, dass es tatsächlich eine akzeptable Erklärung für die Anwesenheit seiner Ex gab?

Sie zog ihren Mantel an, entschlossen, der Realität ins Auge zu sehen – und Daz eine Chance zu geben.

Aber sie kam nie dazu, an seine Haustür zu klopfen … Denn von der anderen Straßenseite aus erblickte sie Abi, die in ein sexy Negligé gehüllt verträumt aus Daz' Schlafzimmerfenster schaute.

Sky wandte sich schnell ab, bevor jemand sie entdeckte. Die Erniedrigung ließ ihr den Schweiß ausbrechen und sie schalt sich selbst, dass sie auch nur einen winzigen Moment lang hatte glauben können, die Wahrheit könnte anders aussehen.

Zurück in der Sicherheit des Eckhauses verbrachte sie den restlichen Tag damit, ihre Enttäuschung an ihrer neuen Essgruppe auszulassen. Als nachmittags das Telefon klingelte, während sie gerade den letzten Küchenstuhl wachste, hätte sie es in der Annahme, es sei wieder Daz, fast ignoriert. Sie hatte bisher all seine Anrufe von der Mailbox beantworten lassen. Sie würden das Abi-Gespräch führen, nur noch nicht jetzt.

Als sie Freddys Namen auf dem Display entdeckte, zögerte sie immer noch. War sie in der Laune, sich mit seiner aggressiven Haltung auseinanderzusetzen? Nein. Aber schließlich gewann doch ihre Neugier die Oberhand, und sie ging dran.

Freddy war nicht so kurz angebunden wie sonst mit ihr in letzter Zeit. »Da war ein Kerl, der nach dir gesucht hat, Kumpel«, sagte er.

»Wer denn? Was wollte er?« Im Schuppen war es so kalt, dass ihr Atem vor ihr in der Luft hängen blieb.

Er zögerte. »Sagt, sein Name sei Ron Murray und er sei dein Großvater.«

Sky erstarrte.

Als sie stumm blieb, fuhr Freddy fort. »Ich weiß. Verrückt, oder?«

Sky versuchte, die Bedeutung der Worte zu begreifen. »Ein Kerl namens Ron Murray hat nach mir gesucht und gesagt, er sei mein Großvater?« Sie kannte den Namen ihres Großvaters nicht. Sie wusste nicht einmal, ob Trish ihn kannte. Sie hatte irgendwann mal überlegt, einen Ahnenforscher zu beauftragen, um rauszufinden, ob sie noch irgendwo Verwandte hatte, aber dann hatte sie die Idee wieder verworfen, aus Sorge, sie würde nur Leute wie Trish finden. Sie hatte sich befreit und war zu jemand anderem geworden.

»Genau«, bestätigte Freddy.

Sky ließ sich auf den Stuhl fallen, an dem sie gerade gearbeitet hatte. »Wie sah er aus?«

»Wie der verdammte Weihnachtsmann. Glatze, weißer Bart.« Er klang schon fast wieder wie früher, immer zu Scherzen aufgelegt und vor nichts Respekt. »Hör zu, Kumpel, ich habe ihm nichts über dich erzählt, aber er hat seine Telefonnummer hiergelassen und mich gebeten, sie dir zu geben. Er meinte, er würde sich sehr freuen, von dir zu hören.«

Sky versuchte, die Information zu verarbeiten. Doch dann erinnerte sie sich an die Jahre ihrer Kindheit, voller Einsamkeit und Unsicherheit. Warum sollte er jetzt auftauchen? Wo war dieser vermeintliche Großvater die ganze Zeit gewesen? Ihr Handy piepste in ihrer Hand. »Ich habe dir gerade die Nummer geschickt«, sagte Freddy. »Wirst du ihn anrufen?«, fragte er dann, offenbar neugierig.

»Weiß nicht.« Sky stellte fest, dass sie zitterte. »Was glaubst du, will er?«

Freddy brauchte keine Erklärung, was Sky damit meinte. Genau wie sie wusste er, dass es sicherer sein konnte, sich nicht mit der eigenen Familie auseinanderzusetzen. »Kein' Plan. Er sah nicht aus wie ein Alki oder ein Kiffer. War gut angezogen, also denke nicht, dass er nur Kohle von dir wollte.«

»Gut«, erwiderte sie schwach. Es begann in ihren Ohren zu summen. Erst leise, dann immer lauter, bis ihr schwindelig wurde. Sie musste sich nach vorne beugen und die Augen schließen. »Ron Murray«, brachte sie hervor. »Sollte er echt sein, ist er Mums Dad. Hat er nach Sky Murray oder Sky Terran gefragt?«

»Terran«, antwortete Freddy. »Aber er wusste, dass du vorher Murray geheißen hast.«

»Wie hat er mich gefunden?« Als sie die Augen wieder öffnete, schienen sich die Stühle und der Tisch, an denen sie so hart gearbeitet hatte, um sie zu drehen, also schloss sie sie schnell wieder.

»Hab ich ihn gefragt, aber er hat dichtgemacht.« Nachdenklich fügte er hinzu: »Kann es ihm nicht verübeln, hab ja auch nix rausgerückt, was deine Kontaktdaten angeht.«

»Danke«, sagte sie automatisch. Dann, mit mehr Wärme in der Stimme: »Danke, Freddy. Ich denke darüber nach, was ich tun werde.«

»Guter Plan.« Er zögerte, ehe er in seinem gewohnt schroffen Tonfall hinterherschob: »Lass mal hören, was passiert ist, wenn du magst.«

Ein winziger Funken Hoffnung keimte in Sky auf, nach diesem ersten Hinweis darauf, dass sie auch in der Zukunft Kontakt haben würden. »Mache ich.«

Lange, nachdem Freddy aufgelegt hatte, saß sie noch allein im Schuppen und dachte nach. Ron Murray. Großvater. Opa. Opi. Namen, für die sie noch nie eine Verwendung gehabt hatte.

Nach einer Weile bemerkte sie, wie kalt ihr war. Auf wackligen Beinen ging sie nach drinnen und rollte sich auf dem Sofa zusammen, um Ron Murray zu googeln.

Es war kein besonders ungewöhnlicher Name, aber die ersten paar Treffer konnte sie schon aufgrund von Alter und Hautfarbe ausschließen. Ein Ron war eine Veronica, die konnte sie ebenfalls streichen.

Sie fand keine Ron Murrays, die auch nur ansatzweise aussahen wie der Weihnachtsmann.

Keine Ron Murrays, in denen sie auch nur die blasseste Ähnlichkeit zur mageren, blonden Trish Murray fand.

Sie öffnete ihre Textnachrichten und starrte die Nummer an, die Freddy ihr geschickt hatte. Die Tatsache, dass dieser Ron Murray jeder sein konnte, machte ihr Angst.

Sie dachte daran, Freddy noch mal anzurufen, um mit ihm darüber zu sprechen, jetzt, da sie Zeit gehabt hatte, die Neuigkeit sacken zu lassen, aber Minnie schien vorhin nicht in der Nähe gewesen zu sein. Sollte sich das geändert haben, würde sie sicherlich einen Riegel vorschieben und Freddy vielleicht dazu bringen, ihr wieder die kalte Schulter zu zeigen.

Daz war … nun, Daz war kaum noch ein Vertrauter, jetzt wo Abi in seinem Schlafzimmer war, und Courtney würde sicher arbeiten. So oder so, keiner von ihnen wusste, wie es sich anfühlte, die eigene Geschichte nicht zu kennen und Angst zu haben, in ein Hornissennest zu stechen, beim Versuch, sie offenzulegen.

Es gab da aber jemanden, der sich jahrzehntelang mit den dysfunktionalen, komplexen, teilweise verstreuten Familien von bedürftigen Kindern beschäftigt hatte. Sky warf sich den Mantel über. Sie rannte beinahe die Hauptstraße hinunter, um sich Rat zu suchen bei jemandem, dem sie vertraute. Nan Heather.

Aber als sie in der Rotten Row ankam, saß Nan Heather nicht wie üblich in ihrem Fenster.

Sky blieb stehen und versuchte, zu Atem zu kommen. Sollte sie klopfen? Sie wollte die alte Dame nicht stören, falls sie gerade ein Nickerchen machte oder im Badezimmer war. Während sie noch unschlüssig vor dem Haus stand, hielt ein Auto am Straßenrand, und Mo, Nan Heathers Tochter, stieg aus.

»Hallo, Sky«, grüßte sie. »Bist du hier, um meine Mutter zu besuchen?«

»Also, eigentlich …« Sky sah sich plötzlich mit der alten Sorge konfrontiert, dass Mo denken könnte, Sky wollte ihr die Mutter stehlen.

Aber Mo lächelte freundlich. »Ich fahre sie zu ihrer Vorsorgeuntersuchung beim Arzt. Wir haben aber noch zehn Minuten Zeit. Komm doch rein.«

»Ich kann auch ein anderes Mal wiederkommen.« Sky wich einen Schritt zurück.

Vermutlich hörte Mo das leichte Beben in Skys Stimme, denn sie warf ihr einen verschlagenen Blick zu. »Ehrlich gesagt, es wäre sogar praktisch, wenn du dich ein paar Minuten zu Mum setzen könntest, während ich schnell das Bad putze und ihre Wäsche rausschmuggele. Sie verbietet mir das immer, weil sie findet, dass ich zu viel helfe, aber, mal im Ernst, sie ist zweiundneunzig.« Dazu verdrehte sie grinsend die Augen. Sky folgte ihr ins Haus.

»Mum?«, rief Mo. »Sky Murray ist hier. Sie wird sich ein bisschen mit dir unterhalten, okay? Ich gehe nur noch eben aufs Klo, ehe wir nach Bettsbrough fahren.« Sky machte sich nicht die Mühe, Mo darauf hinzuweisen, dass sie ihren Nachnamen in Terran geändert hatte.

Nans brüchige Stimme kam aus dem Wohnzimmer. »Komm rein, Küken, komm rein.« Sie saß wartend in einem Sessel neben der Wohnzimmertür, die Jacke über dem Arm, offensichtlich bereit für die Fahrt zum Doktor. Mit einem verschwörerischen Zwinkern schlüpfte Mo durch die Tür zum Badezimmer und schloss sie hinter sich.

Jetzt, da Sky hier war und auch noch Mo im Zimmer nebenan wusste, haderte sie damit, wie sie anfangen sollte.

Nan Heather tätschelte ihr die Hand, ihre Haut war weich und dünn wie Papier. »Was ist los, Küken? Du siehst verängstigt aus. Den Gesichtsausdruck kenne ich noch aus der Zeit, als du ein kleines Mädchen warst. Ich dachte, das hättest du alles hinter dir gelassen.«

Da öffnete Sky den Mund, und die Worte purzelten nur so heraus. Sie beschrieb den Schock, den Freddys Anruf ausgelöst hatte. »Ron Murray könnte sonst wer sein«, endete sie atemlos. »Mum war eine Katastrophe, also, warum sollte er anders sein? Ich habe in Middledip meinen Frieden gefunden. Soll ich das wirklich aufs Spiel setzen?«

Nan Heather strich mit ihrem Daumen über Skys Handrücken. »Oh, mein Küken«, flüsterte sie. Ausnahmsweise wirkte sie ratlos. »Also, ich weiß nicht, was ich sagen soll. Es könnte schön sein. Oder es könnte die Büchse der Pandora öffnen. Tja.« Sie knabberte eine Weile auf ihrer Unterlippe, während Sky hoffnungsvoll auf weitere Weisheiten hoffte.

Nan Heather drehte langsam den Kopf, als würde ihr Nacken schmerzen, und schaute durchs Fenster nach draußen. Dann drehte sie den Kopf wieder zurück. Sie klang traurig, als wäre sie sich bewusst, dass sie ihre Pflegetochter enttäuschte. »Sky, das Einzige, was ich dir sagen kann, ist, dass ich denke, niemand außer dir kann diese Entscheidung treffen. Es tut mir leid.«

»Oh«, erwiderte Sky schwach. Sie versuchte, nicht zu enttäuscht zu klingen, aber Nan Heather hatte früher immer auf alles eine Antwort gewusst.

Mo kam mit entschuldigender Miene aus dem Bad und schaute auf ihre Uhr.

Sky stand auf. »Du hast recht, Nan Heather. Danke für das Gespräch. Sorry, wenn ich euch aufgehalten habe, Mo.«

Mit der Erkenntnis, dass sie die Wahrheit akzeptieren musste, trat sie wieder in die Kälte. Nan Heather war eine nette, liebevolle alte Dame, die ein Meilenstein in Skys Leben gewesen war, ein Leuchtfeuer der Liebe und Hoffnung – jemand, zu dem sie aufgesehen hatte und an den sie sich gern erinnerte. Aber sie konnte auch nicht zaubern.

Marietta hatte Daz nicht noch einmal an das Pubquiz erinnert, aber sie hatte ihn auch nicht aus dem Team geworfen, also ging er am Freitagabend auf dem Weg zum *Three Fishes* bei ihr vorbei, um sie abzuholen. Er hatte das Gefühl, etwas für sich tun zu müssen, anstatt sich von den negativen Gedanken an Lewis und Abi runterziehen zu lassen. Am Montag war Abi angekommen und er hatte ganze vier Tage Zeit gehabt, Sky zu erwischen, um ihr alles zu erklären. Aber er hatte es nicht geschafft. Genauso wenig war er darin erfolgreich gewesen, Abi wieder aus seinem Haus zu werfen. Immer wenn er versuchte, sie dazu zu bringen, ihren Arbeitgeber zu kontaktieren oder eine andere Bleibe zu finden, brach sie in Tränen aus. Mit einem theatralischen Griff in ihre Haare hatte sie behauptet, einen Arzt aufgesucht zu haben, der ihr ein Burn-out diagnostiziert und ihr etwas verschrieben hatte, das sie »Glücks-Pillen« nannte. Seitdem war Daz vorsichtig.

Sie hatte die vergangenen zwei Abende mit Courtney verbracht, aber Daz hatte sich ihr nicht angeschlossen, sie lediglich gebeten, Wilf nach Hause zu begleiten, da sie ohnehin den Weg ging, was bedeutete, dass er Courtney auch nicht oft gesehen hatte.

Aber genug war genug. Heute Abend war er wild entschlossen, das Pubquiz zu nutzen, um Sky zu treffen. Er fror auf Mariettas Veranda, nachdem er ein paar Mal geklingelt hatte, und dachte schon, er hätte sie verpasst. Als sie schließlich doch noch aufmachte, in ihrem knallroten Mantel und den türkisfarbenen Cowboystiefeln, zog sie fragend die Augenbrauen hoch. »Also, bist du heute Abend wieder ein Brainiac, was?«

»Ist das in Ordnung?«, fragte er. »Ich weiß, ich habe es letzte Woche nicht geschafft, es ist etwas dazwischengekommen.«

»Klar«, sagte Marietta, klang aber bedächtig.

Er trat zurück, um sie durch den Garten vorangehen zu lassen, während der rot-weiß-blaue Stern über ihnen blinkte. Auf dem Bürgersteig wartete sie auf ihn. »Kommt Sky auch?«, fragte er möglichst beiläufig und überkreuzte heimlich zwei Finger, dass die Antwort »ja« lauten würde, denn sonst hätte er sich den Quizabend völlig umsonst aufgehalst.

»Ja«, antwortete Marietta. Dann sah sie ihn an. »Sie wirkt gerade ziemlich verletzlich. Sie kam heute Nachmittag auf einen Kaffee und Kekse vorbei, aber sie war nicht sie selbst.«

Sein Herz machte einen Sprung, als wollte es durch die mit Lichterketten behängten Bäume in Skys Garten hindurch zu ihr fliegen. »Hat sie gesagt, warum?«

Marietta schüttelte den Kopf. »Ich erzähle dir nur, was ich gesehen habe, Schätzchen.«

Daz fragte sich, ob Marietta auch gesehen hatte, wie Abi bei ihm aus und ein ging, und ihre eigenen Schlüsse gezogen hatte.

Marietta schlang die Arme um den Oberkörper. »Wie auch immer, Sky ist schon vorgegangen zum Pub.«

»Alles klar.« Daz verkürzte seine Schritte, um sie an die der älteren Frau anzupassen, während sie auf die Hauptstraße zugingen, wo bescheidene Weihnachtsbäume in den Fenstern oder Kränze an den Haustüren im Vergleich zum Land der tausend Lichter in der Winter Street regelrecht unauffällig wirkten.

An der Tür zum *Three Fishes* hießen die Weihnachtsbäume und Stechpalmenbüsche sie willkommen. Der Kunstschnee auf allen Holzbalken reflektierte den Schein der Weihnachtsbeleuchtung. Die Tische waren wieder voll besetzt, und da es nur noch gut zwei Wochen bis Weihnachten waren, wurden überall festliche Pullover, glitzernde Haarbänder oder Ohrringe in Christbaumkugelform zur Schau getragen.

»Da ist Sky«, rief Marietta, die ihre Stimme über den Geräuschpegel des Pubs heben musste. Daz folgte ihrem Zeigefinger und entdeckte Sky, die geradezu zum Anbeißen aussah, in einem blasslila Pullover, der ihre Kurven betonte, und mit offenen Haaren, die ihr über den Rücken fielen.

Das Einzige, was das Bild störte, war die Tatsache, dass sie sich in einem ernsten Gespräch mit Bell zu befinden schien, der aussah, als hätte er sich frisch rasiert und ein neues Hemd gekauft.

Mist.

Daz blieb nichts anderes übrig, als Marietta zu dem Tisch zu folgen. Sky und Bell hoben die Köpfe, um sie zu begrüßen. Beide schenkten Marietta ein Lächeln und Sky umarmte sie. Bells Lächeln für Daz war gequält und Skys eisig. Ihre grünen Augen huschten über sein Gesicht, ohne Blickkontakt aufzunehmen, obwohl sie ein kurzes »Daz« von sich gab.

Es war weit entfernt von der Art und Weise, wie sie seinen Namen gesagt hatte, als sie nackt auf seinem Schoß gesessen hatte.

Marietta setzte sich neben Sky, die das Gespräch mit Bell wieder aufgenommen hatte, wobei sie Daz den Rücken kehrte. Ein wohlgeformter Rücken, in der Taille schmal zulaufend, von einem Strom aus Haaren bedeckt, die unter der Beleuchtung rotgold glänzten.

Dann tauchten Jess und Ruth auf. Sie zogen sich Stühle heran, die sie neben Daz platzierten, und plauderten über ihn hinweg mit Marietta. Jess platzte geradezu vor Neuigkeiten. »Wir haben eine E-Mail wegen der Beurteilung der Weihnachtslichter am 23. Dezember bekommen. Es wird jemand von der Lokalzeitung, jemand vom Radio und Vertreter der lokalen Wirtschaft und der Organisatoren kommen.«

Ruths Miene war wie üblich verbissen und sie lockerte ihren zusammengepressten Mund nur, um zu sagen: »Alle müssen in ihren Gärten sein, bereit, über ihre Dekoration zu sprechen.«

Marietta bedachte Ruth mit einem trügerisch süßen Lächeln. »Sag mal, hast du je daran gedacht, die Leute um etwas zu bitten, anstatt ihnen Befehle zu geben?«

Ruth zog finster die Augenbrauen zusammen. »Man muss die Leute dazu bringen, zuzuhören.«

»Mit Honig fängt man mehr Fliegen als mit Essig«, entgegnete Marietta.

Jessie unterbrach sie mit einem unbeholfenen Lachen. »Nun, wir wollen bestimmt keine Fliegen, oder? Wir wollen den Weihnachtsstraßen-Wettbewerb gewinnen! Ruth und ich werden wieder die Stände für Essen und Trinken organisieren.«

»Super Idee.« Mariettas Interesse war geweckt. »Ich könnte Esskastanien rösten.«

Daz beobachtete Sky, die immer noch ernst mit Bell redete, und tröstete sich damit, dass es kein lockeres, fröhliches Gespräch zu sein schien. Sky runzelte die Stirn und seufzte; Bell zuckte mit den Achseln und rieb sein stoppeliges Kinn. Daz holte Getränke für alle, die noch nichts hatten, und lehnte sich gelangweilt zurück.

Kurz bevor das Quiz begann, kam Carola bei ihnen vorbei. Ihre Miene war untypisch düster. »Ich nehme an, ihr kennt nicht zufällig einen anderen Ort, an dem wir den Wettbewerb für den ungewöhnlichsten Weihnachtsbaum abhalten könnten? Ich musste einer Trauergesellschaft das Bürgerhaus überlassen, und im hinteren Zimmer des *Angel*-Cafés sind am Samstag die Kunsthandwerker.«

Sky wandte ihre Aufmerksamkeit kurz von Bell ab. »Ist das nicht schon morgen? Ich habe Wilf geholfen, einen Baum aus aufgeblasenen Plastikhandschuhen zu basteln. Er und seine Mum wollen ihn heute Abend fertig machen.« Sie erwähnte Abi mit keinem Wort. Daz fragte sich, ob die beiden sich bei Courtney begegnet waren.

Carola lächelte traurig. »Morgen um drei Uhr nachmittags, ja.«

Sky starrte Carola nachdenklich an und senkte dann den Blick, als wäre sie sich unsicher, ob sie etwas sagen sollte. »Ähm … Das Eckhaus hat zwei große Zimmer, die mit Flügeltüren verbunden sind. Die kann man öffnen, dann hätte man einen Raum, der vielleicht halb so groß wäre wie das Bürgerhaus, denke ich. Wie wäre das?«

Carolas Gesicht explodierte geradezu in ein breites Lächeln.

»Oh, *bitte*, können wir es versuchen? Ich würde die Kinder nur ungern enttäuschen. Wir haben zwanzig Bewerbungen, und ich hatte schon Sorge, dass sie im Bürgerhaus ein wenig verloren wären, also wäre dein Haus vielleicht gerade richtig.«

»Aber ich habe keine Weihnachtsdekorationen.« Sky wirkte verunsichert, nun, da ihr Angebot angenommen worden war. »Ich bin erst vor ein paar Wochen eingezogen und habe mich auf den Außenbereich konzentriert, wegen des Weihnachtsstraßen-Wettbewerbs.« Sie warf Ruth einen Blick zu, als erwartete sie einen Kommentar von ihr.

»Das machen wir morgen früh«, bot Carola sofort an. »Ich werde meine Töchter zwingen, mir zu helfen, die Dekorationen aus dem Bürgerhaus rüberzubringen. Die Trauergesellschaft wird sie nicht vermissen.«

»Ich helfe auch.« Marietta hob die Hand.

»Ich auch«, meldete sich Daz, der eine Gelegenheit witterte, in Skys Nähe zu sein.

Jess und Ruth erklärten, sie hätten zu viel zu tun, und Bell musste arbeiten.

Sky und Carola machten aus, dass sie gleich nach dem Pubquiz zusammen ins Eckhaus gehen wollten, um sich den Raum anzusehen.

Daz trug nur wenig zum Quiz bei, er war nicht richtig bei der Sache. Selbst Sky wusste dieses Mal nicht alle Fragen zum Thema Natur, und am Ende wurden Mariettas Brainiacs dritte. Carola kam angesaust, um Sky einzusammeln, und die beiden machten sich auf den Weg. Für Daz fühlte es sich so an, als würde der Raum sein Leuchten verlieren, obwohl um ihn herum unzählige Lichter blinkten.

Da es zu stalkermäßig erscheinen würde, wenn er ihnen jetzt

gleich folgte, trank Daz noch sein Bier aus, während Marietta Jess über die Kunst des Esskastanienröstens unterrichtete. Bell gesellte sich zu seinen Kumpels, die um die Dartscheibe herumstanden. Als Daz sicher war, dass zehn Minuten vergangen waren, seit Sky durch die Tür verschwunden war, ohne ihm richtig gute Nacht zu sagen, hatte er das Gefühl, ebenfalls gehen zu können.

Ein eisiger Wind fegte durch den Ort, und Bürgersteige und Windschutzscheiben waren von Raureif überzogen. Er zog die Schultern hoch. Als er am Eckhaus vorbeiging und Sky durch ein Fenster erblickte, wie sie mit Carola lachte, wurde ihm noch ein bisschen kälter.

Sechzehntes Kapitel

Sky stand am Samstagmorgen früh auf. Sie hatte nicht gut geschlafen, die Erinnerung an Daz' traurigen Blick verfolgte sie. Sie war unhöflich und feige gewesen und hatte ihm keine Chance gegeben, ihr zu erklären, warum er mit seiner Ex-Freundin zusammenlebte, so kurz nachdem er mit Sky geschlafen hatte. Dabei wusste sie aus seinen Nachrichten, dass er es ihr unbedingt erklären wollte. Sky hatte kein gutes Gefühl dabei, dass sie sich ihm gegenüber so geöffnet hatte. Abi mit ihren Koffern im Flur, dann Abi in verführerischer Wäsche in seinem Schlafzimmerfenster waren eine schmerzhafte Erinnerung daran, dass die einzige Person, auf die sich Sky je hatte verlassen können, sie selbst gewesen war.

Sie redete sich ein, dass sie nicht wissen wollte, warum Daz im *Three Fishes* so trübsinnig gewirkt hatte oder warum Abi ihn nicht begleitet hatte. Die mit Abstand leichteste Art mit der Sache umzugehen war die, so zu tun, als wäre es ihr egal, dass er seine Beziehung wiederhergestellt hatte; so gut wie möglich so zu tun, als existierten weder Abi noch Daz. *So zu tun, als wäre er nicht kurz davor gewesen, die Mauern um ihr Herz einzureißen.* Aber da Daz heute mit den Weihnachtsdekorationen helfen wollte, wie der ewig hilfsbereite Nachbar, der er nun mal war, ging Sky davon aus, dass sie sich mit seiner Gesellschaft würde abfinden müssen, und vielleicht auch mit einem erneuten Anlauf seinerseits, sich zu erklären.

Sie versuchte, Daz aus ihren Gedanken zu verdrängen, landete aber stattdessen bei Ron Murray oder Überraschungsopa, wie sie ihn für sich inzwischen nannte. Doch an ihn zu denken löste nur die nächsten ungewollten Emotionen in ihr aus.

Um sämtlichen lästigen Grübeleien zu entkommen, stürzte sie sich ins Putzen des großen Raumes, um ihn für den Wettbewerb bereitzumachen. Sie schob ihren Staubsauger über ausgeblichene Teppiche, fegte den Holzboden und staubte die große Tür ab, die Carola Ziehharmonikatür genannt hatte. Dann widmete sie sich mit einer weichen Bürste den gusseisernen Verzierungen an den Fenstern und den feinen Stuckarbeiten an der Decke.

Der Raum roch immer noch muffig, obwohl sie sogar die Fensterbretter mit Zitronen-Möbelpolitur gewischt hatte, aber der glitzernde Frost, der vor dem Fenster den Garten überzog, hinderte sie daran, die Fenster zu öffnen. Zweifellos würden die zwanzig erwarteten Teilnehmer und ihre Begleitung genug frische Winterluft mit hereinbringen.

Carola kam pünktlich um neun Uhr mit ihren beiden erwachsenen Töchtern, Emily und Charlotte, die zwei große Kisten voller Dekoration, die sie eilig aus dem Bürgerhaus geholt hatten, hinter sich herzogen. Als die Mädchen kurz darauf zum Weihnachtsshopping aufbrachen, sah sich Carola in dem großen Zimmer um. »Ich habe gestern Abend noch jede Menge E-Mails und Textnachrichten an die Leute verschickt, um ihnen den Ortswechsel mitzuteilen. Lass uns alles auspacken, dann sehen wir schon, was wohin passt. Ich habe Klebeband mitgebracht, Reiszwecken und Powerstrips. Ich gebe mir Mühe, deine Einrichtung nicht zu ruinieren.«

Carolas Enthusiasmus war erheiternd, und Sky grinste unwillkürlich. »Ich hebe die dreißig Jahre alte Tapete für nichts Besonderes auf.«

Carola kicherte. »Vielleicht helfen wir dir aus Versehen dabei, sie abzumachen.«

Marietta traf als Nächstes ein. Sie hatte einen Teller Mince Pies dabei, um bei den Dekorierenden für frische Energie zu sorgen. Courtney, Wilf und Daz kamen gemeinsam. Sky brachte ein Lächeln in Daz' Richtung zustande, froh darüber, dass Abi wieder nicht bei ihm war.

Der Morgen verging wie im Flug – voller roter Luftballons, Leitern, grüner Girlanden, Kränze, Silberlametta, Christbaumkugeln, Gelächter und Geplauder. Wilf sauste unermüdlich die Leitersprossen empor, während Daz ihm geduldig die Dekorationen anreichte, die der übereifrige junge Helfer aufhängte.

Sky ließ sich nicht dabei ertappen, wie sie ihn beobachtete. Daz Moran war gefährlich. Sie war dabei gewesen, sich in ihn und sein explosives und doch zärtliches Liebesspiel zu verlieben, aber sie hatte noch rechtzeitig eine Erinnerung daran erhalten, warum sie ihre Arbeit immer den Männern vorgezogen hatte – ihre Mutter hatte ihr schon früh beigebracht, dass es nur zu einfach war, sie zu verlassen. Tja, sie würde sich Daz gegenüber nicht noch einmal öffnen. Das wäre, als würde sie ihr Herz in eine Mausefalle stecken … in die unmenschliche Sorte.

Zur Mittagszeit rief Carola beim *Angel*-Café an und bestellte etwas zu essen. Um halb drei tauchte die Jury auf, gutgelaunt und plaudernd. Sie bestand aus Tubb, der früher den Pub geführt hatte, und seiner Frau Janice; aus Gabe, der auf einem Hof voller Tiere lebte; Carola und Daz' Kumpel Ismael, der Sky und Daz begrüßte, als wären sie alte Freunde. Jeder Baum würde nach Aussehen, Originalität und Qualität der Konstruktion beurteilt werden. Carola hatte ein entsprechendes Bewertungsformular vorbereitet.

Die teilnehmenden Kinder würden eine Weihnachtstüte erhalten, gefüllt mit einer Safttüte, einem großen Engel-Keks vom *Angel*-Café, einem Schoko-Weihnachtsmann und einer Mandarine.

Carola hatte auch ein Schild mitgebracht, auf dem WC geschrieben stand, das Sky mit Powerstrips an der Tür zur Gästetoilette am Ende des Flurs anbringen sollte. Als Nächstes zauberte Carola noch Pappbecher, eine Dose Nescafé, eine Tüte mit Teebeuteln, Zucker, Milch und zwei Teekessel aus den Tiefen ihres Gepäcks hervor und sah Sky flehentlich an. »Meinst du, du könntest dich vielleicht um die Getränke kümmern? Die Mums und Dads werden dir auch gern ein Pfund pro Tasse bezahlen.« Wie um es zu beweisen, reichte sie Sky ein weiteres Schild, auf dem stand: *Ein Pfund für jede Tasse.*

Sky stöhnte. »Ich? Heilige Sch…«, da fiel ihr auf, dass Wilf in Hörweite war, und sie endete mit: »Heilige Schande.«

Daz hatte sich von Sky ferngehalten, während sie am Dekorieren waren, aber nun stand er plötzlich neben ihr. »Ich helfe dir. Zu zweit ist es einfacher.«

Am liebsten hätte sie erwidert: »Nein! Ich will nicht mit dir in der Küche gefangen sein.« Sie hatte keinerlei Bedürfnis, ihm und seinem frisch-männlichen Geruch nah zu sein, am Ende noch im Vorbeigehen seinen Körper zu berühren, der mit ihrem so grandios auf dem Boden des Wohnzimmers verschmolzen war.

Aber Carola klatschte bereits freudig in die Hände. »Vielen Dank, Daz.«

Also blieb Sky nichts anderes übrig, als ihm zuzuraunen: »Dann hilfst du mir jetzt besser dabei, den Tisch aus dem Schuppen reinzutragen.« Wenigstens würde sie so den Tisch ins Haus bekommen, was ihr allein nicht gelungen war.

Wilf hüpfte mit ihnen nach draußen zum Schuppen. Seine Haare flatterten im Wind, während er ihnen erzählte, dass sein Klassenlehrer gesagt hätte, es würde weiße Weihnachten geben, weil das immer der Fall sei, wenn an seinem Apfelbaum ein großes Bündel Misteln wuchs. Sein Geplauder bewahrte Sky davor, mehr Worte mit Daz wechseln zu müssen als »Okay, jetzt deine Seite« und »Wir müssen ihn seitlich drehen, um ihn durch die Haustür zu bekommen«.

Aufgeregte Kinder trudelten ein, unförmige Kreationen in Tüten und Kisten mit sich schleppend.

Ihre Eltern begrüßten das »Ein Pfund für jede Tasse«-Schild voller Begeisterung, und kurz darauf war Sky schwer beschäftigt, Pappbecher auf ihrem frischgewachsten Tisch aufzustellen, den sie in der Küchentür quer gestellt hatten wie einen Verkaufstresen. Daz füllte unermüdlich die Wasserkessel und stellte sie auf den Herd, stumm und effizient, und zu Skys Erleichterung initiierte er auch keine weiteren Gespräche.

Bestellungen kamen rein à la: »Schwarzer Tee, bitte, eher schwach, kein Zucker, und ein Milchkaffee – kann der bitte stark sein?«, gefolgt von: »Drei Milchkaffee mit Zucker, einfach so, wie sie ihn dahaben … außer, nicht zu stark und nicht zu viel Zucker und viel Milch, bitte.«

Die Schüssel, die Sky für die Pfundnoten bereitgestellt hatte, füllte sich rasant. Ihr Blick war auf ihren Job fixiert, aber sie war sich Daz' Anwesenheit nur zu bewusst. Jedes Mal, wenn er hinter ihr vorbeiging, um einen Kessel kochenden Wassers auf den Tisch zu stellen und den leeren mitzunehmen.

Das Bedürfnis nach heißen Getränken zu stillen schien eine endlose Aufgabe zu sein.

Dann rief Carola alle in den großen Raum zusammen, wo die Beurteilung stattfinden sollte. »Lass uns hier kurz dichtmachen, damit wir Wilf unterstützen können«, sagte Sky.

Sie wartete Daz' Antwort nicht ab, sondern verstaute die Schüssel voller Geld schnell in einem Küchenschrank, sprang über den Tisch und lief den Flur entlang bis zu dem großen Raum, der gefüllt war mit Menschen und Geplauder, um sich zu Courtney zu gesellen. Wilf hockte neben seinem Baum aus aufgeblasenen grünen Gummihandschuhen, die an einem Kegel aus Draht befestigt und mit Alufolie geschmückt waren. »Sieht phantastisch aus«, lobte Sky ihn aufrichtig.

Wilf errötete. »Viele der Kinder haben sich echt schlaue Sachen einfallen lassen.«

Hinter Sky ertönte Daz' Stimme. »Deiner ist auch schlau.« Sky versuchte, das Kribbeln in ihrem Nacken zu ignorieren und wünschte, Courtney und Wilf wären nicht auch seine Freunde.

Dann mussten alle von ihren Kreationen zurücktreten, damit die Jury zur Beurteilung schreiten konnte. Die Bewertenden gingen langsam durch den Raum, nickten und unterhielten sich mit gedämpften Stimmen. Ein Stückchen hinter ihnen folgten die Teilnehmer selbst, um sich auch die Beiträge der anderen anzusehen.

Zuerst kam ein gefalteter grüner Papierbaum mit weißen

Styropor-Kugeln, die kunstvoll an seinen Ästen verteilt waren. Der nächste bestand aus ausgestopften Stoffformen, die unten am größten und oben am kleinsten waren. Grün bemalte Eierkartons waren von goldenen Schleifen durchzogen, daneben hingen grüne Plastikflaschen wie von Zauberhand befestigt an einem Stamm. Ein aus Styropor geschnittener Baum strotzte nur so vor Schleifchen und Kugeln. Die Jurymitglieder blieben lange vor einem kleinen Weihnachtsbaum stehen, der kunstvoll aus Lagen weißen Wachses geformt war, die offenbar zum Schmelzen gebracht worden waren, um dann in phantastischen Formen wieder zu erhärten, so dass perfekte, verschneite Äste entstanden waren. Der nächste Baum bestand aus dem Stativ einer Kamera, das mit Perlen und Kugeln behängt war, gefolgt von einem Kunstwerk aus Weinkorken und Tannenzapfen. Ein weiterer Weihnachtsbaum bestand aus Knöpfen, die an einem Schaumkegel gefestigt waren. Skys Favorit war ein Baum aus Brokkoliröschen, der mit Cherrytomaten und Karottenstreifen geschmückt war. Wilfs neue Freundin Josie hatte ihn gebastelt.

Dann klatschte Carola in die Hände, um die Aufmerksamkeit auf sich zu lenken. »Die Jury wird ihre Punkte nun zusammenzählen und auswerten, Sie haben also noch zwanzig Minuten Zeit, um Fotos zu machen. Wir würden uns freuen, wenn Sie diese anschließend auf der Facebookseite von Middledip teilen. Oder sie gönnen sich noch ein heißes Getränk.«

Sky eilte zurück in die Küche. Sie wusste, ohne sich umzudrehen, dass die Schritte hinter ihr auf den Dielenbrettern zu Daz gehörten, und ihre Nackenhaare stellten sich erneut auf.

Es war eher eine halbe Stunde als zwanzig Minuten, als Carola erklärte, die Jury sei nun bereit. Die Schüssel mit den Einnahmen quoll über, und Sky wandte sich zum ersten Mal an diesem Tag an Daz, ohne dass sie es musste. »Ich bin total fertig, und die Milch ist alle. Lass uns die Küche schließen.«

»Die müssen eh alle abgefüllt sein«, stimmte Daz zu.

Sie kamen noch rechtzeitig im großen Raum an, um zu hören, dass Wilfs Handschuh-Baum den zweiten Platz belegte und der erste Preis an den Brokkoli-Baum ging. »Ja!«, rief Wilf mit hochrotem Kopf. Mitten in stürmischem Applaus wurde ihm eine Schachtel mit Schokolade überreicht, und die stolz grinsende Josie erhielt einen neuen Wasserfarbkasten.

Courtney strahlte übers ganze Gesicht. »Wie toll, dass Wilf einen Preis gewonnen hat! Vielen Dank für deine Hilfe, Sky.«

»Ja, danke, Sky«, stimmte Wilf zu. »Willst du eine Schokolade?«

»Behalte sie lieber für dich, Wilf«, erwiderte Sky heldenhaft. »Wenn du die Schachtel jetzt hier aufmachst, wirst du keine mehr übrig haben, bis du zu Hause ankommst.«

Wilf sah sie schockiert an und schaffte schnell Platz für die Schokolade in seinem Rucksack.

Die nächste Stunde verging in fröhlichem Geplauder, während ein ungewöhnlicher Weihnachtsbaum nach dem anderen abgebaut und nach Hause gebracht wurde – und in Josies Fall vielleicht auch im Kochtopf landete. Sky bekam die Gelegenheit, sich mit Hannah zu unterhalten, die sowohl Josies Stiefmutter als auch Nan Heathers Enkelin war. Sie empfand sofort Sympathie für die Frau, die offenbar gleichzeitig mit Sky reden und noch zwei unterschiedliche Unterhaltungen mit Josie und ihrer kleinen Schwester Maria führen konnte. Sie waren kurz vor der Abreise nach Schweden. »Mein Mann ist Schwede«, erklärte Hannah. »Er besucht im Dezember immer seine Familie.«

Schließlich machten sich auch die letzten auf den Weg. Daz zählte das Geld in der Schüssel und stellte fest, dass sie hundertfünfzig Pfund eingenommen hatten. »Die Leute konsumieren ihr eigenes Gewicht in Kaffee, immer wenn im Dorf eine Veranstaltung ist«, meinte Carola.

Auch Wilf und Courtney gingen nach Hause und so blieb es Daz, Sky und Carola überlassen, aufzuräumen und die Weihnachtsdekorationen abzunehmen, die ins Bürgerhaus zurückgebracht werden sollten.

Als die letzte Kiste in Carolas geräumigem SUV verstaut war, sah der große Raum mit einem Mal verlassen aus. Carola sah sich um. »Elisabetta hat hier ab und zu Tanzunterricht für Kinder gegeben und manchmal auch für erwachsene Dorfbewohner.«

»Ich habe mich schon gefragt, wofür der Raum genutzt wurde.« Sky lehnte sich an die Wand, als sie merkte, wie müde sie war. »Weißt du eigentlich alles über dieses Dorf, Carola?«

Carola errötete und lächelte geschmeichelt. »Ich gebe mir Mühe. Elisabetta war sehr nett. Es hätte ihr gefallen, dass du die neue Besitzerin bist. Sie war auch ein bisschen außergewöhnlich.«

Sie lachten. Sky machte es nichts aus, als außergewöhnlich bezeichnet zu werden. Der Tag war schön gewesen und hatte ihr geholfen, die Gedanken an Ron Murray zu verdrängen. Die an Daz dagegen weniger, immerhin war er die ganze Zeit bei ihr gewesen und starrte sie jetzt auch wieder mit diesem Blick eines Mannes an, der unbedingt etwas sagen wollte. Sie wusste, es war zwecklos, ihn wegschicken zu wollen, bis er es losgeworden war.

Nachdem Carola sich verabschiedet hatte und Daz' dunkle

Augen immer noch auf Sky ruhten, die Haare fielen ihm in die Stirn, schlug sie also vor: »Kaffee?« Sie schloss die Haustür, während Carola aus der Einfahrt zurücksetzte. »Ich habe noch meinen eigenen Milchvorrat.«

Etwas wie Erleichterung huschte über sein Gesicht. »Danke. Ich glaube, ich habe selbst gar keine Tasse abbekommen.«

Sie nickte. In der Küche wartete ihr neuer Tisch noch auf seine Stühle, die ebenfalls aus dem Schuppen geholt werden mussten, also blieb ihnen wohl nichts anderes übrig als sich ins Wohnzimmer zu setzen, auch wenn Sky sicher war, dass die Erinnerung an sie beide auf dem Teppich vor dem Kamin dort unvermeidlich war. Sie bereitete den Kaffee zu und ging ins andere Zimmer, wohin Daz ihr schweigend folgte.

Im Kamin brannte kein Feuer, und das würde auch so bleiben. Tanzende Flammen wären eine zu deutliche Erinnerung gewesen. Nachdem Daz gegangen war, würde sie noch schnell etwas essen und ins Bett gehen, um zu lesen.

Nach kurzem Zögern setzte er sich auf das Sofa ihr gegenüber. Er nahm nicht einmal einen Schluck Kaffee, sondern setzte gleich zu einer Erklärung an. »Abi ist unangemeldet bei mir aufgetaucht. Sie ist aus ihrer Wohnung geflogen, und auf der Arbeit gibt es auch Probleme. Es tut mir leid, dass du es ohne Warnung rausfinden musstest, aber ich will, dass du weißt, dass sie nicht eingeladen war. Ich würde nie … Was zwischen dir und mir passiert ist …« Stammelnd brach er ab.

Sie sank tiefer ins Sofa. Es war frustrierend, die beiden wundervollen Nächte mit Daz und den furchtbaren Moment, als Abi die Tür geöffnet hatte, im Kontrast zu sehen. Nicht zu vergessen, den Schock, als Sky sie in seinem Schlafzimmerfenster gesehen hatte. »Es ist nicht nur, dass sie in deinem Haus ist«, setzte sie an und spürte, wie Tränen in ihr aufstiegen, als sie an Abi in dem sexy Nachthemd dachte.

Daz unterbrach sie. »Sie wird nicht bleiben, Sky. Du bedeutest mir etwas. Ich kann nur noch an dich denken.«

Da ihn das offenbar nicht davon abgehalten hatte, Abi in sein Schlafzimmer zu lassen, kochte neue Wut in ihr auf. Vermutlich hatte er keine Ahnung, was Sky gesehen hatte. Oder hielt er es einfach nicht für wichtig? »Du lebst mit Abi zusammen.«

»Ich lebe *nicht* mit Abi zusammen. Sie ist bei mir untergekommen, bis sie sich sortiert hat. Sie auf die Straße zu setzen, ohne dass sie einen Ort hat, wo sie hinkann …«

»… wäre nicht Daz«, beendete Sky knapp. »Bitte, sag nichts mehr. Abi ist da. Auf Details kann ich verzichten.« Sie hatte sogar das Gefühl, Courtney nicht mehr so oft besuchen zu können, jetzt, da sie von Wilf wusste, dass Abi häufig bei ihnen war.

»Das ist nicht fair«, sagte er mit leiser Stimme.

Sie seufzte. »So ist das Leben.«

Eine Minute verstrich und sie schwiegen beide, als trauerten sie um das, was nie sein würde.

Daz bewegte sich. »Marietta meinte, dich betrübt etwas.«

Sky nippte an ihrem Kaffee und versuchte, den Kloß in ihrem Hals hinunterzuschlucken. »Nicht so wichtig.« Aber ihre Stimme war brüchig.

»Klingt nicht, als wäre es nicht wichtig.« Sein musternder Blick war unerbittlich. »Dir macht doch niemand Probleme, oder?«

Ach, verdammt nochmal, er würde doch nur wieder auf Bell rumhacken. »Nein. Mein Pflegebruder hat mir mitgeteilt, ein Mann sucht nach mir«, rückte sie unvermittelt mit der Wahrheit heraus. »Sein Name ist Ron Murray, und er behauptet, mein Großvater zu sein. Mum hat nie erwähnt, dass er existiert. Ich weiß nicht, ob er echt ist. Freddy hat mir seine Telefonnummer geschickt, aber ich kann mich nicht entscheiden, ob ich ihn kontaktieren soll. Was, wenn er genauso schrecklich ist wie Mum.«

Daz' Lippen formten ein stummes »O«.

Skys Finger umklammerten die Kaffeetasse. Die Vorhänge im Wohnzimmer waren aufgezogen, und die unzähligen Lichterketten im Vorgarten warfen tanzende Schatten auf die Holzdielen, obwohl der Kronleuchter an der hohen Decke eingeschaltet war.

Daz wechselte das Sofa und setzte sich mit einem knappen Meter Abstand neben sie. »Ich kann mir vorstellen, dass einen so was bedrücken kann.« Obwohl er am Morgen noch frisch rasiert gewesen war, zeigte sich jetzt ein Fünf-Uhr-Schatten aus Stoppeln auf seinen Wangen.

Sein Mitgefühl, trotz allem, ließ Sky wieder Tränen in die Augen treten. Sie drückte Zeigefinger und Daumen an die Augenlider, um die Tränen zurückzuhalten. »Yep.«

»Süße«, sagte Daz mit tiefer Stimme, als hätte ihre Auseinandersetzung wegen Abi nie stattgefunden. Sky spürte seine warme, tröstende Hand auf ihrem Arm. »Wenn du dir Sorgen machst, ruf ihn nicht an. Blockiere seine Nummer.«

Die Muskeln in ihrem Gesicht zuckten, als ein Schluchzen sie zu übermannen drohte. »Aber was, wenn er wirklich mein Großvater ist und er ganz in Ordnung ist? Ich hatte nie eine richtige Familie …« Ihre Stimme begann zu zittern. »Ich habe Nan Heather gefragt, und sie meinte, niemand außer mir könnte diese Entscheidung treffen. Bell ist sehr misstrauisch und denkt, wenn mein Großvater so lange gebraucht hat, um sich bei mir zu melden, würde er es jetzt sicher bloß tun, um etwas davon zu haben.« Plötzlich fiel ihr auf, dass sie irgendwie in Daz' Armen gelandet war. Sie schniefte lautstark und wollte sich von ihm losreißen, konnte sich aber nicht dazu bringen, den benötigten Trost abzuweisen.

Nach ein paar Minuten, in denen Sky ihre Tränen wieder unter Kontrolle bringen konnte, fragte Daz unvermittelt: »Hast du einen Din-A4-Block?«

Sie wich zurück, um ihn fragend anzustarren. »Ich habe Druckerpapier.«

»Super. Stifte?«

Sie nickte verwirrt und ging nach oben, wo sie sich zuallererst die Nase putzte. Sie brauchte einen Moment, um in einem der Schränke die Kiste mit dem Papier zu finden. Nachdem sie noch ein paar Stifte aus ihrer Laptoptasche gezogen hatte, lief sie wieder nach unten. Daz war inzwischen in der Küche, er hatte zwei Stühle aus dem Schuppen geholt.

Er nahm ihr das Papier ab und verteilte mehrere Blätter über dem Tisch. »Wenn ich ein Spiel entwerfe und entwickle, geht es immer um Entscheidungen«, erklärte er. »Ich denke alle Alternativen durch, die mir einfallen, alle Konsequenzen davon und wo Entscheidungen getroffen werden können. Dann analysiere ich, ob eine Entscheidung zu etwas führt oder nicht.« Oben auf das erste Blatt schrieb er: *Ron Murray ist Skys Großvater.* Auf das zweite: *Ron Murray ist nicht Skys Großvater.* Auf die nächsten beiden: *Sky will Ron treffen* und *Sky will Ron nicht treffen.*

Sky begriff, was er vorhatte, und schnappte sich ebenfalls einen Stift, um auf das erste Blatt hinzuzufügen: *Wie kann Sky herausfinden, ob Ron echt ist? Oder ob er ein Halunke ist?*

Daz nahm es ihr ab und schrieb unter ihre Worte: *Telefon? Textnachricht? Privatdetektiv?* Mit konzentriert zusammengezogenen Brauen sagte er: »Wenn ich denke, die Figur hat ein entscheidendes Ziel erreicht, erkläre ich das Level für geschafft, aber noch sind wir nicht annähernd an einer solchen Stelle.« Unter *Telefon?* listete er auf: *Beziehung nicht weiter vertiefen* und *Oder weitere Telefonate?*

Vor den Küchenfenstern war es inzwischen dunkel geworden. Sky hatte die Veranda noch nicht gänzlich aufgeräumt, und die Zweige eines Busches klopften leise an die Scheibe, als wäre Ron Murray gekommen und wollte bei ihr einbrechen. Der Gedanke ließ ihr einen kalten Schauer über den Rücken laufen.

Daz nahm ein neues Blatt Papier und schrieb: *Sky ist allein, wenn sie Ron anruft.* Dann: *Sky ist nicht allein, wenn sie Ron anruft.* Darunter kam: *Möglicherweise dabei? Courtney. Freddy. Bell. Nan Heather. Daz. Marietta. Jemand anderes.* Er hielt inne und betrachtete Sky nachdenklich. »Wenn du sagst, du hast Angst, dass dein Großvater ein Halunke sein könnte, was wären deine konkreten Befürchtungen?« Er begann ein frisches Blatt: *Ron ist ein Halunke.*

Sofort beschleunigte sich Skys Puls. »Er hat ein Alkoholproblem. Er ist hinter meinem Geld her. Er sucht mich im Auftrag meiner Mutter – wahrscheinlich, weil *sie* Geld braucht.« Den letzten Satz hatte sie leise hinterhergeschoben.

»Oh. Große Abzweigung, was den Pfad der Charakterentwicklung angeht.« Daz fing wieder eine neue Seite an. *Sky will mit ihrer Mutter Kontakt haben.* Dann: *Sky will keinen Kontakt mit ihrer Mutter haben.*

Sie fuhren fort, den Tisch und die Arbeitsfläche mit Papier

zu bedecken, machten nur kurz Pause, damit Daz von seinem Lieblings-Thai-Restaurant in Bettsbrough etwas zu Essen bestellen konnte und um es zu essen, als es geliefert worden war.

Es dauerte ein paar Stunden, bis Sky ihren Weg durch das »Spiel« gefunden hatte. Schließlich legte sie die Hände an die Schläfen. Ihr Kopf schien vor Konzentration und Anspannung zu rauchen. »Also, das ist es, womit ich es zu tun habe. Level eins: Ron Murray – alias der Überraschungsgroßvater – anrufen und versuchen rauszufinden, ob er echt ist. Wenn ja, mit ihm reden. Entscheiden, ob ich den Kontakt ausbauen möchte. Entscheidung lautet nein – Game Over. Entscheidung lautet ja – Level zwei, wo wir ein Videogespräch ausmachen können.« Sie sah Daz an, ihre Gedanken rasten, so dass ihr schon ganz schwindelig war. »Das kann dann zu Level drei führen, ihn persönlich auf neutralem Boden zu treffen. Und zu Level vier, wenn es dazu kommt, ihn bei ihm oder mir zu Hause zu treffen.«

»Und du kannst das Spiel zu jedem Zeitpunkt abbrechen«, erinnerte Daz sie sanft. Er lächelte und drückte sie kurz freundschaftlich an sich. »Wenn ich wirklich ein Spiel entwickeln würde, würde ich dir Waffen zur Verteidigung bereitstellen … eine extra widerstandsfähige Haut und ein gewisses Maß an Entschlossenheit. Vielleicht einen Freischein oder zwei, für Missverständnisse, während du und der Überraschungsgroßvater euch kennenlernt.«

Sie lachte zittrig. »Wie wäre es mit einer Kristallkugel? Die könnte ich jetzt wirklich gebrauchen.« Sie sank auf ihren Stuhl und ließ den Blick über das Chaos an Möglichkeiten und Konsequenzen schweifen. »Ich werde ihn jetzt anrufen, ehe ich es mir anders überlege, auch wenn es schon ziemlich spät ist.«

Und ausnahmsweise war dies etwas, das sie nicht allein tun wollte. Unbeholfen fuhr sie fort: »Zwischen dir und mir hat sich zwar einiges verändert, aber Courtney kann Wilf nicht allein lassen. Marietta und Nan Heather gehen beide früh ins Bett. Würdest du … würdest du bei mir bleiben, während ich den Anruf tätige?« Es erschien ihr die richtige Entscheidung zu sein, wo er sie doch schon bei jedem Schritt auf ihrer mentalen Reise begleitet hatte.

Ein Lächeln machte seine Stimme weicher. »Das würde ich sehr gern.«

Sie holte tief Luft. »Dann lass uns mal hoffen, dass er nicht vor zehn Uhr ins Bett geht.« Sie wischte sich die feuchten Handflächen an der Jeans ab, verbarg ihre eigene Nummer und wählte dann die Telefonnummer, die Freddy ihr gegeben hatte. Es klingelte einmal. Zweimal. Dreimal. Viermal. Fünfmal.

Er ging nicht dran.

Sie wusste nicht, ob sie enttäuscht oder erleichtert sein sollte.

Gerade als sie mit der mechanischen Stimme der Mailbox rechnete, wurde am anderen Ende abgenommen. »Hallo«, sagte ein Mann, im Tonfall von jemandem, der einen Anruf mit unterdrückter Nummer bekam und davon ausging, seine Zeit zu verschwenden.

Sky schluckte. Daz legte seine Hand auf ihre.

»Ja, bitte?«, sagte die Stimme ungeduldig.

»Ist da …« Skys Stimme bebte und brach fast ab. »Ist da Ron Murray.«

Eine winzige Pause entstand. Dann war die Stimme des Mannes plötzlich ein wenig freundlicher. »Ja. Ja, der bin ich.« Skys Kehle war wie zugeschnürt, sie konnte nichts sagen. Er fuhr fort: »Hallo. Hier ist Ron. Mit wem spreche ich denn?«

Sie musste noch einmal tief Luft holen, ehe sie die Worte hervorbrachte. »Hier ist Sky Terran.«

Der Mann am anderen Ende schnappte hörbar nach Luft. »Oh!«, sagte er mit heiserer Stimme. »Oh, Sky.« Seine Stimme bebte nun ebenfalls. »Ich kann dir gar nicht sagen, wie froh ich bin, von dir zu hören. Ich glaube, ich bin dein Großvater.«

Ihr Herz klopfte so sehr, als wollte es ihren Brustkorb sprengen. »Warum glauben Sie das?«

Sie meinte, ihm ein Lächeln anzuhören, als er antwortete. »Weil meine Tochter, Patricia Murray – Trish –, es mir gesagt hat.« Er zögerte. »Bist du am 23. Mai 1983 als Sky Murray geboren worden?«

»Ja.« Sky schloss die Augen. Sie wusste nicht, was sie denken oder fühlen sollte. Konnte dieser Mann es ehrlich meinen? Er klang … nett. Sie leckte sich über die trockenen Lippen. Daz ließ ihre Hand los und entfernte sich. Sie hörte, wie ein Schrank geöffnet wurde, dann das Laufen des Wasserhahns. Als sie etwas Kaltes an ihrer Hand spürte, öffnete sie die Augen. Daz schob ihr ein Glas Wasser hin. Sie lächelte dankbar, ehe sie ein paar kleine Schlucke nahm. »Die Sache ist«, sagte sie, jetzt weniger zittrig, »meine Mutter hat nie von ihrer Familie gesprochen.«

»Ah«, machte der Mann betrübt. »Unser Verhältnis mit Trish ist in die Brüche gegangen, als sie ein Teenager war.« Seine polternde Stimme klang traurig. »Meine Frau Stella und ich waren konservative, normale Leute, aber Trish war außer Kontrolle, von dem Moment an, als sie in die Pubertät gekommen ist – Rauchen, Trinken, Schnüffeln und was weiß ich noch alles. Mit Sechzehn ist sie einfach nicht mehr nach Hause gekommen.« Er sog zittrig die Luft ein. »Wir haben sie zweimal aufgespürt, aber sie ist uns immer wieder entwischt. Am Ende mussten wir akzeptieren, dass sie keinen Kontakt zu uns wollte.«

Das Bild passte zu der Trish, die Sky kannte. Es war bemerkenswert, dass sie auch mit Sechzehn ihr Zuhause verlassen hatte, genau wie Sky. Oder, nein, nicht wie Sky. Trish hatte Sicherheit und Spießigkeit abgelehnt. Sky war vor der Verantwortungslosigkeit ihrer Mutter geflohen.

Ron sprach weiter. »Vor einem Jahr etwa ist Trish aus heiterem Himmel wieder aufgetaucht. Stella – deine Großmutter – war ein paar Jahre zuvor gestorben, und ich war umgezogen. Da ich früher Anwalt war und Klienten hatte, die in der Öffentlichkeit standen, entfernte ich meine Profile im Internet, als ich in Rente ging. Aber Trish hat meinen Bruder über LinkedIn gefunden.«

»Bruder?« Skys Stimme zitterte wieder. Sie hatte einen Großonkel?

»Ja, genau. Perry.« Rons Stimme war sanft, als wüsste er, wie schwer es für Sky war, alles zu verarbeiten. »Da er wusste, dass uns Trishs Verschwinden immer belastet hat, gab er ihr meine Nummer. Sie rief an und sagte: ›Hi, Dad, ich bin's‹, als wären die letzten achtunddreißig Jahre nie passiert. Sie lebt jetzt in Thailand mit einer Frau namens Martha.«

»Sie sind ein Paar?«, fragte Sky geistesabwesend.

»Sie sind in einer Beziehung, ja«, antwortete Ron. »Offensichtlich war Martha eine Lehrerin in Thailand, als es Trish dorthin verschlagen hat. Sie sind zusammengekommen, und Martha hat ihr geholfen, einen Entzug zu machen. Es klingt, als hätte sie einen guten Einfluss.«

Sky konnte ihre Reaktion nicht filtern. »Dann wünsche ich ihr viel Glück. Wenn sie Mum ein paar hundert Mal betrunken in der stabilen Seitenlage ins Bett gesteckt hat, damit sie nicht an ihrem eigenen Erbrochenen erstickt, hinter ihr sauber machen muss und dann feststellt, dass Mum ihr ganzes Geld versoffen hat, überlegt es sich Martha vielleicht noch anders.«

Eine lange Stille entstand. Dann seufzte Ron tief. »War es so für dich? Du armes Mädchen. Ich kann mir kaum vorstellen, wie schlimm das gewesen sein muss.«

Tränen drohten Sky zu ersticken. All die Jahre des Widerstands und der Unabhängigkeit, von drei Worten zunichte gemacht. *Du armes Mädchen.* Sie schluchzte laut auf.

»Sky«, sagte die Stimme an ihrem Ohr sanft. »Sky, ich wollte dich nicht traurig machen. Es war für mich ein Schock, als ich erfuhr, dass es dich gibt, aber ich habe dich ausfindig gemacht, weil ich dich gern kennenlernen will. Ich bin keine Bedrohung für dich. Ich wollte dich auf keinen Fall zum Weinen bringen.« Er klang, als wäre er selbst den Tränen nahe.

Daz nahm ein leeres Blatt Papier und schrieb ein paar Worte darauf. Dann hielt er das Blatt so, dass sie es lesen konnte, zumindest, nachdem sie sich die Tränen aus den Augen gewischt hatte.

Sky führt das Gespräch weiter.

Sky beendet das Gespräch.

Sky macht aus, an einem anderen Tag weiterzusprechen.

Blind tippte sie auf die dritte Option, während ihr die Tränen über die Wange liefen.

Vorsichtig nahm er ihr das Handy ab. »Guten Abend, Mr. Murray. Ich bin Skys Freund, Darragh Moran. Sie würde sie gern ein anderes Mal wieder anrufen, wenn sie Gelegenheit hatte, die Neuigkeiten zu verarbeiten. Ist das okay für Sie? Danke. Ja, das mache ich. Ja, natürlich.« Er beendete das Gespräch und legte einen Arm um sie. »Er lässt ausrichten, dass er sich sehr gefreut hat, von dir zu hören, und dass er hofft, dass es bald wieder dazu kommt.«

Das Einzige, was Sky von sich geben konnte, war ein unkontrollierbares, überwältigendes Schluchzen.

Es dauerte zwanzig Minuten, in denen Daz sie im Arm hielt, ehe ihr wieder Abi einfiel. Abi. Die in seinem Haus auf ihn wartete. Vielleicht wieder in seinem Schlafzimmer. Sie musste all ihre Kraft zusammennehmen, um die Mauer zwischen ihnen wieder hochzuziehen – die Mauer, die ihr Herz beschützen sollte. »Danke«, sagte sie, während sie sich aufrichtete und ein letztes Mal über ihre Augen wischte. »Ich komme jetzt allein klar.«

Nach einem kurzen Moment sagte Daz: »Zeit, dass ich gehe?« Enttäuschung lag in seiner Stimme.

Sie nickte. Mit einem Mal konnte sie ihm nicht mehr in die Augen blicken. »Ich bin völlig erschöpft.« Erschöpft von dem Tag, den Gefühlen, der Verwirrung. Von Daz' Nähe. Es war erst eine Woche her, dass sie miteinander geschlafen hatten, aber sie waren zu schnell zu nah an die Sonne herangeflogen. Zurückzufallen ins kalte Wasser der Realität war schmerzhaft.

Sky brachte ein schwaches Lächeln zustande und wich etwas zurück. »Danke, Daz. Du warst wirklich eine große Hilfe.«

»Du hattest eine schwierige Zeit«, sagte er. »Und das mit Abi tut mir so unglaublich leid …«

Sie winkte ab. »Ich denke, der heutige Abend hat mir bewiesen, dass Freundschaft wertvoller ist als – als das andere. Wir sind Freunde. Okay?« Sie verhielt sich ungnädig und undankbar, aber sie fühlte sich einfach zu verletzlich, um einzuknicken.

Daz starrte sie ein paar Sekunden mit undurchschaubarer Miene an. »Okay.« Er stand auf. »Ich lasse dich mit deinen Gedanken allein. Ich helfe dir immer gern, wenn du beim nächsten Telefonat mit Ron wieder jemanden dabeihaben willst. Oder wenn du dich entschließt, doch über Abi sprechen zu wollen.«

»Ja. *Nein*. Danke.« Nachdem sie ihn zur Tür gebracht hatte, schleppte sie sich mit vom Weinen schmerzendem Kopf die Treppe hoch ins Bett, um über den Mann nachzudenken, den sie begann, als ihren Großvater zu sehen; über ihre Großmutter, die sie verloren hatte, ohne sie je kennenzulernen; über ihren Großonkel Perry – und vielleicht bedeutete das auch eine Großtante und Cousins? Außerdem musste sie an Trish Murray denken, die es offenbar endlich geschafft hatte, sich in den Griff zu bekommen, um in Thailand mit einer Lehrerin namens Martha zu leben.

Sie stellte die Gedanken an Trish hinten an, als ihr bewusst wurde, dass sie Ron gar nicht gefragt hatte, wo er wohnte oder ob er jemanden in seinem Leben hatte, nun, da Stella nicht mehr da war.

Sie würde ihn wieder anrufen.

Aber ihr letzter Gedanke, ehe sie einschlief, galt Daz, der heute Abend großartig gewesen war, auch wenn sie ihn am Ende weggestoßen hatte. Was wäre wohl aus ihnen geworden, wenn Abi nicht dazwischengekommen wäre?

Siebzehntes Kapitel

Daz war vergangene Nacht von Sky nach Hause gelaufen, ohne das Leuchten der Weihnachtslichter in der Straße wirklich wahrzunehmen, weil er so an seiner Enttäuschung zu knabbern hatte, dass sie einfach nicht bereit war, über die Sache mit Abi zu reden. Natürlich freute er sich, dass sie trotzdem seine Unterstützung angenommen hatte, während sie mit ihrem Großvater gesprochen hatte, von dessen Existenz sie nichts gewusst hatte. Sie hatte sich Daz geöffnet, auch wenn sie es später bereut hatte. Die Widersprüche und die Ungerechtigkeit der Situation beschäftigten ihn weiter, während er sich schlaflos durch die Nacht wälzte.

Dann plötzlich war er hellwach, als eine Idee sich in seinem Kopf zu formen begann.

Es hatte nichts mit Sky zu tun. Ihre Haltung konnte nicht deutlicher sein.

Es war etwas anderes, das mit diesem emotionalen Abend zu tun hatte, aber nicht mit seiner Reue. Es war eine Idee für ein Spiel. Solch eine Idee hatte er schon sehr lange nicht mehr gehabt. Das Schwerste daran, ein Computerspiel zu entwickeln, war eine frische Richtung zu finden. Bei seinem Surviver-Spiel hatte er Glück gehabt, bei seinen Youtube-Followern einen Nerv zu treffen, und danach hatte die Mundpropaganda den Rest erledigt.

Seit er in der Qualitätssicherung tätig war, hatte er Youtube völlig vernachlässigt. Das konnte er wieder ändern, aber zuerst musste er mit seiner brandneuen Idee experimentieren. Er lief nach unten, um sich etwas zum Frühstück zu holen und blieb abrupt stehen, als er Abi gegenüberstand. Es wirkte fast, als hätte sie auf ihn gewartet, in ihrem geöffneten Morgenmantel, der jede Menge Bein zeigte. Sie plauderte fröhlich drauflos über Wilfs Erfolg beim Wettbewerb um den ungewöhnlichsten Weihnachtsbaum.

»Er hat mir gestern beim Abendessen alles erzählt. Es ist so toll, sie immer besuchen zu können, wenn ich es möchte«, meinte sie zufrieden.

Daz runzelte misstrauisch die Stirn. Anstatt Pläne zu schmieden, wie sie weitermachen konnte, ließ sich Abi wieder hier nieder. Er war so abgelenkt gewesen vom Stress, den der Besuch bei Lewis verursacht hatte, dass er sie einfach hatte bleiben lassen. Er hatte ihr geglaubt, dass sie eine Atempause benötigte und keine anderen Anlaufstellen außer ihm hatte. Sein Mitgefühl hatte es ihm erlaubt, ihr nichts Böses zu unterstellen, als sie Sky die Tür geöffnet und alles verdorben hatte. Ihre Behauptung, Medikamente zu bekommen wegen einer Depression, hatte ihn eine offene Aussprache hinauszögern lassen. Er wollte nicht annehmen müssen, dass sie eine geistige Krankheit vortäuschen würde, um ihn zu manipulieren … aber es war nicht schwer festzustellen, dass sie nur dann unglücklich war, wenn er sie auf ihre Pläne für die Zukunft ansprach.

Sky hatte ihn gestern Abend wegen Abi zurückgewiesen.

Nun, Abi war nicht die Einzige, die manipulativ sein konnte. Sie war jetzt sechs Tage hier, und das waren fünf zu viel. Abrupt sagte er: »Ich glaube, ich habe dich vernachlässigt.« Er sah, wie sich ihr hübsches Gesicht aufhellte, ehe er klarstellte: »Ich habe dir nicht geholfen, Fortschritte mit deinem Arbeitgeber zu machen oder einen Ort zum Leben zu finden.«

Sie erblasste in dramatischer Bestürzung. »Das ist wirklich kompliziert …«

Wortlos machte Daz ihr eine Tasse Kaffee. In alten Zeiten hätten sie den Kaffee mit ins Bett genommen, aber diese Wünsche gehörten der Vergangenheit an. Als sie nach der Tasse griff, hielt er einen Moment lang daran fest und sah ihr in die Augen. »Morgen ist Montag. Eine Woche ist lang genug, damit sich die Wogen glätten können. Du solltest das Personalbüro anrufen oder die Gewerkschaft. Wir müssen dich mal wieder in die Spur bringen.«

Abis Gesichtsausdruck war plötzlich leidend. »Ich bin mir nicht sicher, ob ich mich schon danach fühle.«

Er hielt ihrem Blick stand. »Ich werde dir helfen. Morgen, okay?«

Auf dem Weg zur Treppe spürte er ihren Blick auf sich. Oben angekommen, sank er in seinen Bürostuhl, der sich, genau wie sein Spielsessel, anfühlte wie eine Erweiterung seines Körpers, und schrieb Sky eine Nachricht. *Wie geht es dir heute?*

Ihre Antwort kam umgehend. *Gut, danke. Gehe den Tag »entspannt« mit der Kettensäge an.*

Es war die Art oberflächlicher, scherzhafter Kommentar, wie ihn Freunde austauschten. Es tat weh, dass das Feuer zwischen ihnen darauf reduziert worden war.

Auch wenn sein kreativer Funke durch die Interaktionen mit

Abi und Sky – jede unzufriedenstellend aus unterschiedlichen Gründen – gedämpft worden war, setzte sich Daz hin, um seine Idee auf Papier zu bringen.

Seit er sich und sein Spiel verkauft hatte, hatte er keinerlei Inspiration mehr gehabt, bis zu dieser Idee für ein Rollenspiel, bei dem das Ziel war, emotionale Pfade zu entwirren. Das Setting wäre eine dysfunktionale Familie. Er war sich ziemlich sicher, dass die Sackgassen, Abgründe und Fallgruben in Familienangelegenheiten genauso spannend sein konnten wie die eines fiktiven Planeten. Es könnte das faszinierendste Lebenssimulationsspiel seit Sims werden.

Er würde es *Reimagined Family* nennen.

Er stutzte und runzelte die Stirn. Okay, er sollte vielleicht besser in seinem Vertrag nachsehen. Er war sich fast sicher, dass ihm darin untersagt war, neue Spiele zu entwickeln. Mit bangem Gefühl überflog er die Bedingungen. *Da.* Er las es gründlich bis zum Ende. Die Beschränkungen endeten, sobald der Vertag gekündigt war.

Na, dann. Ohne weiter darüber nachdenken zu müssen, tippte er seine Kündigung in ein Dokument und schickte sie an Al, seinen direkten Vorgesetzten. Während der Kündigungsfrist würde er in seiner Freizeit daran arbeiten, das Spiel aufzusetzen, und dann – zack – war er frei, das zu tun, was er mochte.

Das erste Mal seit Jahren wechselte er zu seinem Gaming-Arbeitsplatz und schaltete das Deckenlicht an, um sich besser in Szene setzen zu können für seinen Youtube-Kanal. Er teilte den Bildschirm in zwei Hälften, auf einem war sein Gesicht zu sehen, auf dem anderen ein Standbild aus seinem alten Spiel. »Hey, Leute, hier ist Daz«, legte er direkt los. »Ich habe eine Idee für ein neues Spiel, und ich glaube, es könnte etwas richtig

Gutes werden.« Beim Gedanken an das Spiel kam ihm wieder Sky in den Sinn, die er noch nie so nervös erlebt hatte wie gestern Abend, als sie ihren Großvater anrufen wollte. Er hatte sie einfach umarmen und halten müssen.

Und sie hatte es akzeptiert.

Zumindest zu Anfang.

Plötzlich fiel es ihm schwer, sich auf Youtube zu konzentrieren, aber er hatte sich schnell wieder unter Kontrolle und machte weiter.

Es war Montag. Daz klopfte an die Tür des Gästezimmers. Abi war ihm den ganzen Sonntag aus dem Weg gegangen, aber er hörte, wie sie sich im Zimmer bewegte. *Klopf, klopf.* »Hey, Abi.«

Stille. Dann rief sie missmutig: »Ich bin nicht angezogen und fühle mich nicht gut. Können wir später reden?«

Ja, klar. »In einer Stunde«, sagte er bestimmt. »Ich gehe so lange arbeiten.«

In seinem Computerraum schrieb er Sky eine Nachricht.

Mir geht's gut, antwortete sie. *Sonnenterrasse auf dem Schuppen ist jetzt wieder zugänglich. Im Sommer lade ich dich auf einen Drink ein.*

Er ließ den Blick durchs Fenster und über seinen Garten schweifen, wo die Weißdornhecke mit Reif überzogen war. Eisige Pfützen glänzten silbern. Die Landschaft sah aus wie einer Weihnachtskarte entsprungen.

Der Sommer schien noch eine Ewigkeit entfernt zu sein.

Sein Computer meldete eine neue E-Mail. Es war Als Antwort auf seine Kündigung. Er überflog eilig die Zeilen. *Es tut mir leid, dass du über eine Kündigung nachdenkst* – nachdenkst? Er dachte, er hätte bereits gekündigt. Bla, bla … *geschätzter Teamleiter* … würg. *Wann können wir die Sache über Teams besprechen?*

Er schrieb zurück, dass ihm jede Zeit innerhalb der regulären Arbeitszeit recht wäre. Die Antwort kam postwendend. *Al Silvester lädt sie zu einem Meeting ein.* Zwei Uhr am Nachmittag. Er klickte auf *Annehmen.*

Widerwillig wandte er sich wieder dem Monster-Spiel zu, das er testen sollte. In einem Monat wäre er diesen Mist endlich los.

Als er bemerkte, dass eine Stunde vergangen war, ging er nach unten, wo er wieder an Abis Tür hämmerte. Stille. Mit einem weiteren Klopfen betrat er das Zimmer. Ihre Sachen waren noch da, aber sie nicht. Er sah sogar im Badezimmer nach. Als er in seinem Schlafzimmer aus dem Fenster sah, stellte er fest, dass ihr Auto nicht mehr in der Einfahrt parkte. »Verdammt nochmal«, fluchte er. Sie musste sich rausgeschlichen haben, um ihm aus dem Weg zu gehen.

Um Punkt zwei Uhr trat er dem Team-Meeting mit Al Silvester bei, dessen Gesicht sofort auf seinem Bildschirm auftauchte. »Daz«, rief Al. »Schön, dich zu sehen, Kumpel.«

»Gleichfalls«, erwiderte Daz höflich, ohne zu erwähnen, dass Al seit ihrem letzten Treffen über Videochat deutlich gealtert wirkte.

Al grinste verschwörerisch. »Also, was kann ich tun, um dich zu halten?« Er zwinkerte, als wollte er sagen: »Ich habe Süßigkeiten in meiner Tasche, wenn du brav bist.«

Daz zuckte mit den Achseln. »Nichts eigentlich.« Da ihm Offenheit der schnellste Weg erschien, um die Sache hinter sich zu bringen, fuhr er fort: »Ich will wieder entwickeln. Ich wurde in die Qualitätssicherung abgeschoben, aber das ist auf Dauer nichts für mich, und eine Idee nagt an mir.«

In Als Blick blitzte es auf. »Dann teile deine Idee doch mit mir. Wenn sie Potenzial hat, kann ich mit den anderen in der Geschäftsleitung sprechen und dir eventuell eine Stelle als Entwickler besorgen.«

»Wirklich?« Daz streckte sich in seinem Sessel aus und sah wieder aus dem Fenster. In schattigen Ecken des Gartens herrschte immer noch Frost. »Als ich diese Stelle damals verlangt habe, wurde mir gesagt, Testen sei meine Stärke. Nicht ganz einleuchtend, da ich überhaupt erst eingestellt worden bin, weil ich ein Spiel entwickelt hatte, das ihr haben wolltet. Ein Spiel, das immer noch gut läuft«, fügte er hinzu.

Al wirkte reumütig. »Alle wollen als Entwickler arbeiten. Wir haben nicht genug Stellen. Aber wenn du von deiner Idee so überzeugt bist ...«

»Ich mache mich selbständig«, unterbrach ihn Daz.

Mit einem Zucken der Unterlippe setzte Al eine Miene auf, als hätte er schlechte Nachrichten zu überbringen. »Ich glaube nicht, dass dir das laut Vertrag gestattet ist, Daz.«

»Lies ihn«, riet ihm Daz knapp. Dann, mit dem Hauch eines Lächelns auf den Lippen. »Ich verkaufe euch das Spiel, wenn es fertig ist, falls das Angebot passt.«

»Warte, warte«, sagte Al mit versöhnlichem Lächeln. »Würdest du nicht lieber gemeinsam daran arbeiten? Mit den Ressourcen einer großen Firma im Rücken?«

Daz musste nicht eine Sekunde darüber nachdenken. »Wenn ich euer Angestellter bin, wird das Spiel geistiges Eigentum der Firma sein. Dann kontrolliert sie die Rechte und erhält die Lizenzgebühren.«

Als Lächeln gefror. »Wie ich sehe, hast du bereits darüber nachgedacht. Hättest du vielleicht Interesse an einer Kooperation? Unsere Ressourcen, deine Idee, geteilte Beteiligung …?«

Diese Mal antwortete Daz nicht gleich. Eine Kooperation könnte bedeuten, dass er weiterhin Gehalt bezog anstatt einen Pauschalpreis zu erhalten. Wenn das Spiel gut lief, würde es ein enormes Einkommen bedeuten. »Wenn ihr mir ein Angebot unterbreitet, das mich interessiert«, sagte er und machte sich eine mentale Notiz, sich einen Anwalt oder anderen Experten auf dem Bereich zu suchen, um sicherzugehen, dass er nicht über den Tisch gezogen wurde. »Aber keine Eile. Ich bin noch ganz am Anfang des Prozesses.«

»Lass mir doch einen Entwurf zukommen, damit ich weiß, was ich der Geschäftsleitung vorlegen kann«, sagte Al.

Daz lachte. »Du lässt mir eure Vorschläge für die Bedingungen der Kooperation zukommen, gesetzt der Tatsache, dass euch die Idee gefällt, falls wir je zu einer Einigung kommen.«

Nun war es an Al zu lachen. »Du kannst doch nicht erwarten, dass ich da mitmache, Daz.«

»Nein«, stimmte er leichthin zu. »Aber ich gebe euch nicht noch eine Idee, wenn ich keine bessere finanzielle Entschädigung erwarten kann als beim letzten Mal.« Er sah kurz auf sein Handy. »Es ist der 12. Dezember, also könntest du die Personalabteilung bitten, mir meinen letzten Arbeitstag zu bestätigen? Ich denke, ich habe noch eine Woche Jahresurlaub, in Anbetracht der paar Tage, die ich mich letzte Woche nicht eingeloggt habe.« Es gab eine Formel für »gearbeitete Tage«, basierend auf einer Siebenunddreißigstundenwoche.

»Du willst doch nicht kündigen, ehe die Details ausgearbeitet sind, oder?« Al runzelte die Stirn.

»Doch«, antwortete Daz lächelnd.

Nachdem das Gespräch beendet war, schmeckte ihm sein Mittagssnack, bestehend aus Käsetoast, besonders gut. Er verschwendete keine Energie darauf, nach Anwälten und Beratern zu suchen, die auf Copyright spezialisiert waren, da er nicht davon ausging, dass Al ihm ein wirklich verlockendes Angebot der Geschäftsleitung unterbreiten würde.

Pfeifend schlüpfte er in seine Jacke und trat vor die Haustür. Er wollte Sky besuchen und sehen, wie es ihr ging. Das machten Freunde doch so, oder? Als ein eisiger Windstoß ihn traf, ging er zurück ins Haus und holte sich einen Schal und Handschuhe.

Es war recht früh und die Schulkinder noch nicht zu Hause, deshalb war es ruhig in der Straße. Er blieb stehen, um ein funkelndes Einhorn zu bewundern, das auf dem Rasen von Nummer zwölf mit dem Vorderhuf scharrte. Dann überquerte er die Straße zur Nummer eins, dem Eckhaus, wozu er auch einfach dem Lärm des Häckslers hätte folgen können. An die Tür zu klopfen war offensichtlich zwecklos, also bog er um die Ecke in die Great Hill Road und kletterte über den Zaun, um in den Garten zu gelangen. Er fiel in ein Gestrüpp aus Brombeeren, die ihre Dornen durch seine Jeans bohrten und ihm fast ein Auge ausstachen.

Die klammernden, zähen Zweige verfluchend, trampelte er sie nieder und klopfte sich die dornigen Überreste von der Hose. Schließlich stolperte er auf einen gepflasterten Pfad zu und landete schmerzhaft auf einem Knie.

Sky und der Häcksler schrien gleichzeitig auf.

»Sorry«, rief er, rappelte sich hoch und rieb sich das brennende Knie. »Ich wusste, du würdest die Klingel nicht hören.«

Sky schaltete den Häcksler aus, und er verstummte mit einem letzten Stöhnen, während sie ihre Schutzbrille, die Ohrenschützer und den Helm auszog. Dabei rutschte ihr die dünne, pinke Strickmütze ebenfalls vom Kopf, so dass ihr die Haare um die Schultern fielen und im Sonnenlicht glänzten. Trotz der Abdrücke von der Schutzbrille im Gesicht fand er, dass sie noch nie schöner ausgesehen hatte. »Also, bist du durch den Hintereingang gekommen?«

»Eher den Hinterzaun«, gab er zu. »Ich muss dich was fragen.«

Sie schielte zum Himmel. »Nun, … es ist nur noch etwa eine Stunde hell.« Offensichtlich war sie nicht gerade neugierig, was er zu sagen hatte. Wahrscheinlich vermutete sie, er wollte sie wieder wegen Abi belästigen – was er durchaus tun würde, wenn sie ihm auch nur das kleinste Anzeichen geben würde, dass sie bereit war, seine Erklärung zu hören. Aber er versuchte, ihre Grenzen zu respektieren, auch wenn es sich unmöglich anfühlte. Er wünschte sich nichts sehnlicher, als sie in seine Arme zu ziehen.

Er betrachtete den Haufen Äste neben ihr, und den Platz, den sie freigeräumt hatte. Hinter ihr erhob sich eine Treppe aus Stein, die zum Dach des Schuppens führte, und die Kettensäge lehnte daran, als wartete sie nur darauf, wieder zum Einsatz zu kommen. »Wie wäre es, wenn ich die Äste zu Feuerholz verarbeite, während du das Buschwerk schredderst?«

Sie nickte achselzuckend. »Klar, wenn du Lust hast. Arbeitest du heute nicht?«

»Das ist auch Teil dessen, über das ich mit dir reden möchte«, erwiderte er. »Hast du noch eine Schutzbrille übrig?«

Die hatte sie, und so verbrachte er die nächste Stunde damit, sich mit der Kettensäge durch Äste zu kämpfen, ihr die Zweige für den Häcksler hinzuwerfen und Holzscheite zu stapeln.

Schließlich verklang der Lärm des Häckslers, und er ließ die Kettensäge sinken. Erst jetzt bemerkte er, wie schwer seine Arme geworden waren. Sky wischte sich die Holzspäne von der Jacke. »Lass uns alles in den Schuppen räumen.«

Ehe sie nach drinnen gingen, zeigte sie ihm noch die Sonnenterrasse. Als sie nebeneinander auf dem betonierten Dach des Schuppens standen, sah er sich um und genoss den ungewohnten Aussichtspunkt. In der Straße gingen die ersten Weihnachtslichter an. Skys Vorgarten funkelte, als wäre er mit Feenstaub besprenkelt. Im Gegensatz dazu lag der hintere Garten noch im Dunkeln und nur ein paar ineinander verschlungene kahle Bäume und unförmige Kiefern waren bisher bearbeitet worden. »Was für ein phantastischer Platz«, staunte er. Er atmete die eisige Luft ein, in die der Geruch nach frischem Holz gemischt war.

Sky sah zufrieden aus. »Ich liebe es auch hier oben.« Sie schauderte sichtlich. »Aber mir ist so kalt, dass meine Nase bald abfriert. Lass uns besser reingehen.«

Wieder auf dem Boden angelangt, bat sie ihn durch die Hintertür herein, wo sich ein kleiner Vorraum befand, an den er sich aus den Plänen erinnerte. »Der Matschraum«, sagte er.

»Ja. Man merkt wirklich, dass es mal ein Bauernhaus war. Es ist so funktional aufgebaut.« Sie hängte ihre Mütze auf, tauschte ihre Jacke gegen einen Fleece-Hoodie und kickte ihre Gummistiefel von den Füßen. Stattdessen steckte sie diese in ein paar flauschige Pantoffel in Form von Tigertatzen.

»Gefährlich«, scherzte er. »Was für Klauen.«

»Grr«, erwiderte sie, klang dabei aber eher süß als bedrohlich. Sie verließ den Vorraum und bog nach links ab, in Richtung Küche, wo sie Kaffee aufsetzte. »Was wolltest du denn mit mir besprechen?«

Er nahm am Küchentisch Platz, der neu und alt zugleich aussah. »Ich hatte eine Idee für ein neues Spiel, aber da ich darauf gekommen bin, direkt nachdem du deine Entscheidung bezüglich Ron Murray gefällt hast, wollte ich erst sichergehen, dass es dir nichts ausmacht.«

Sie brachte ihm eine Tasse und zog die Augenbrauen hoch, was er als Einladung betrachtete, es ihr zu erklären. Er gab auch seine Unterhaltung mit Al Silvester wieder. Sie hatte ihm gegenüber Platz genommen, die langen Finger um die Kaffeetasse geschlungen. »Es macht mir überhaupt nichts aus. Trotzdem danke, dass du gefragt hast.«

Er war nicht davon ausgegangen, dass sie etwas dagegen haben würde, aber sie erst zu fragen ließ ihn gut dastehen und lieferte ihm eine Ausrede, sie zu besuchen.

Plötzlich wirkte sie unsicher. »Ich habe Ron heute Morgen zurückgerufen, und ich denke, fürs nächste Mal werde ich vorschlagen, dass wir es mit einem Videocall versuchen. Vielleicht dieses Wochenende.« Sie zog nachdenklich die Nase kraus. »Ich habe das Gefühl, es besser langsam angehen zu lassen. Mir selbst Zeit zu geben, mit der Veränderung klarzukommen.«

Er freute sich sehr für sie. »Läuft es denn gut?«

Ihr Haar wippte, als sie nickte. »Er wohnt in Norfolk, direkt an der nördlichen Küste in einem Dorf namens Nelson's Bar, mit Seeblick und einem Pub in Laufweite. Er war Anwalt für Strafrecht, hat sich aber vor zehn Jahren zur Ruhe gesetzt. Die Familie hat früher näher an Norwich gewohnt, wo Mum zur Schule gegangen ist, aber er und meine Großmutter Stella sind an die Küste gezogen. Nach ihrem Tod hat es ihn dann nach Nelson's Bar verschlagen.«

Daz lächelte. »Du klingst, als hättest du akzeptiert, dass er der ist, für den er sich ausgibt.«

Sie riss die Augen auf, als wagte sie kaum, es zu glauben. »Ich denke schon. Er hat angeboten, einen DNA-Test zu machen, aber ich hoffe, dass ich es wissen werde, wenn ich ihn sehe, auch wenn es nur auf dem Bildschirm ist und auch wenn er meinte, Mum käme mehr nach Stella als nach ihm. Er hat mir Fotos geschickt von Mum als Kind, und es ist eindeutig sie. Er will mir noch mehr Familienfotos einscannen.«

Er lächelte über ihre Ungläubigkeit. »Ich freue mich unglaublich für dich.«

Aber dann verfinsterte sich ihre Miene. »Offenbar hat Mum ihn gebeten, einen Videoanruf zwischen ihr und mir zu arrangieren.«

»Das ist ...« Er hatte sagen wollen »beängstigend« oder »gefährlich«, aber er versuchte, sich in ihre Lage zu versetzen. »... unverhofft.«

Sie verzog das Gesicht. »Und kann mir um die Ohren fliegen, ja. Ich habe noch nicht zugesagt. Aber das wäre doch eine neue Möglichkeit für dein Spiel – sobald eine Beziehung aufgebaut ist, führt das zu einem nächsten riskanten Schritt.«

Er überlegte, die Möglichkeit zu nutzen und als weitere Gefahr eine manipulative Ex-Freundin vorzuschlagen, die aus heiterem Himmel aufkreuzt und an einem klebt wie ein Kaffeefleck, entschied sich dann aber dagegen, aus Angst, ihr wieder aufgetautes Verhältnis zu gefährden.

Sie spielten ein paar Ideen für *Reimagined Family* durch und lachten über die absurdesten. Als Daz schließlich nach Hause aufbrach, fühlte er sich glücklicher – auch wenn ihm ihre neue Beziehung nicht ganz schmeckte. Freundschaft.

Nicht gerade das, was er sich vorstellte.

Nichtsdestoweniger und obwohl er die Sache mit Abi noch nicht geklärt hatte, fühlte er sich besser, bis er ins Haus kam und einen Brief von Lewis auf der Fußmatte vorfand, leicht zu erkennen an der Gefängnisadresse als Absender. Widerwillig öffnete er ihn und las die finsteren Zeilen, die er enthielt.

Hab gestern mit Courtney gesprochen, und sie redet immer noch übers Ausgehen. Kann an nichts anderes mehr denken. Es bringt mich um. Hast du nicht mit ihr geredet, Daz? Wirklich, Kumpel, ich ertrage es nicht.

Daz wurde schwer ums Herz. Nein, er hatte nicht mit Courtney gesprochen. Seit Abi aufgetaucht war, um sein Leben durcheinanderzbringen, hatte er Courtney kaum gesehen, und wenn dann nicht allein. Sie hatte klar gemacht, dass das, was zwischen ihr und Lewis passierte, ihn nichts anging. Deshalb, wegen seiner Verärgerung über Abis Einmischung und seiner Frustration über die Sache mit Sky hatte er es geschafft, Lewis' Bitte vorerst zu verdrängen.

Seine gute Laune war verpufft und er stapfte missmutig in die Küche. Von Abi war keine Spur zu sehen. Er machte den Kühlschrank auf und nahm sich eine Dose Bier heraus. Sie zischte, als er sie öffnete. Er nahm ein paar große Schlucke. Dann setzte er sich an den Küchentresen und schrieb Abi mit einer Hand eine Nachricht. *Wir müssen reden. Hör auf, mir aus dem Weg zu gehen.*

Er wollte gerade einen weiteren Schluck Bier nehmen, als

das Handy in seiner Hand klingelte, was ihn so erschreckte, dass ihm die Dose aus der Hand rutschte, die einen Salto durch die Luft machte und einen großen Spritzer Bier auf seinem Sweatshirt verteilte. *Großartig*, dachte er wütend. Als er sah, dass es Al Silvester war, der wieder anrief, ließ er die Mailbox drangehen.

Er trank das, was in der Dose noch übrig war, aus und nahm sich eine frische Dose aus dem Kühlschrank. Er brauchte Zeit zum Nachdenken.

Achtzehntes Kapitel

Am Dienstag zur Mittagszeit überlegte Sky gerade, ob Abi einen Job in der Gegend angenommen hatte und ihr Auto deshalb so regelmäßig nicht in Daz' Einfahrt stand, als sie eine Nachricht von Courtney erhielt. *Wäre es irgendwie möglich, dass du heute Abend auf Wilf aufpassen könntest? Clark, mein Chef im Hotel, will seinem Team zu Weihnachten einen ausgeben. Ich bin eh bald weg und würde gern noch mal mitgehen. Clark zahlt uns sogar das Taxi vom* The Crown *in Bettsbrough! Wir müssen ihm wohl einen Bonus verdient haben. x*

Sky zögerte keine Sekunde. Sie hatte Wilf in letzter Zeit kaum gesehen, weil sie nicht mehr einfach so bei Courtney vorbeischauen wollte, da sie nun wusste, dass Courtney und Abi befreundet waren. Sie erwiderte: *Natürlich, solange es für Wilf okay ist. x* Sie fühlte sich übertrieben geehrt, dass Courtney sich an sie wandte.

Courtneys Antwort tauchte auf ihrem Bildschirm auf. *Danke dir! Wilf wird es lieben.:)x*

Sky lächelte. Es würde Courtney bestimmt guttun, mal einen Abend auszugehen.

Als sie am frühen Abend pünktlich bei Courtneys kleinem

Haus ankam, war die Gießkanne mit der Lichterkette angekommen, und Wilf brannte darauf, sie ihr zu zeigen. »Phantastisch«, sagte Sky bewundernd. »Das sieht toll aus, wie du die Kanne hingestellt hast, so als würde sie Wasser in den stiefelförmigen Blumentopf gießen.«

»Gut, was?«, fragte er, stolz auf sein Werk. Dann fügte er hinzu: »Hab meine Hausaufgaben schon gemacht.« Wilf hatte vor kurzem einen Haarschnitt bekommen, und seine typische Tolle kringelte sich wie eine kleine Schmachtlocke auf seiner Stirn.

Die tiefere Bedeutung seiner Feststellung ging nicht an Sky vorbei. »Das heißt, wir können etwas Lustiges machen.«

Sie fand Courtney im Wohnzimmer, wo sie sich prüfend im Spiegel über dem Kaminsims betrachtete. In der Zimmerecke funkelte ein Weihnachtsbaum in Regenbogenfarben. Courtney hatte die schwarzen Haare mit einer glänzenden Spange zusammengefasst, und eine grasgrüne Tunika und eine schwarze Samtjeans betonten ihre schlanke Figur. »Du siehst super aus«, rief Sky aus.

Courtney wirkte erleichtert. »Tue ich das? Ich konnte mir nichts Neues leisten.«

»Ist doch perfekt so.« Sky umarmte sie, und Courtney erwiderte die Umarmung lachend. Sie freute sich ganz offensichtlich auf ihren freien Abend. Ihr Taxi kam zehn Minuten später, und sie gab Wilf einen Kuss, ehe sie nach draußen lief und in den Wagen sprang.

Wilf sah Sky hoffnungsvoll an. »Magst du Computerspiele?«

Sky schüttelte den Kopf. »Nicht wirklich. Ich dachte, wir könnten im Internet mal nach Ideen für Vogelhäuschen schauen. Wenn wir sie dann noch mit Stechpalmenzweigen und so dekorieren, können wir sie in meinem Vorgarten aufhängen, für den Weihnachtsstraßen-Wettbewerb. Ich habe keine Ahnung, ob beim derzeitigen Zustand meines Gartens überhaupt Vögel einziehen würden, aber sie fangen sowieso erst in ein paar Wochen mit dem Nestbau an. Die Weihnachtslichter werden bis dahin verschwunden sein.«

»Cool.« Wilf holte seinen Laptop – ein etwas älteres Modell, was aber noch funktionierte – und sie setzten sich nebeneinander aufs Sofa. Sie durchsuchten Webseiten und diskutierten, welche Singvögel sie anziehen wollten.

»Die Werkzeuge habe ich schon«, sagte Sky. »Wir müssen noch ungiftige Farbe bestellen.«

Wilf schaute sich ein Youtube-Video an, in dem ein bärtiger Mann ein Häuschen für Spatzen bastelte. »Kann ich den Bohrer bedienen? Nächstes Schuljahr werden wir im Werkunterricht mit dem Standbohrer arbeiten.«

Sky hatte keine Ahnung, ob einem Elfjährigen ein elektrischer Handbohrer anvertraut werden konnte, auch wenn es unter Aufsicht war. »Das muss deine Mum entscheiden.«

Wilfs Augen funkelten rebellisch. »Wenn du keinen Dad hattest, woher weißt du dann, wie man mit Bohrern und Sägen umgeht?«

»Von meinem Pflegebruder«, antwortete Sky, während sie ein Lesezeichen an eine Internetseite setzte, auf der die Maße für ein Spatzennest angegeben waren.

»Warum kannst du es dann nicht mir zeigen? Ist ja nicht so, als hätte ich einen Dad«, murmelte Wilf.

»Du hast aber einen Dad«, stellte Sky vorsichtig fest.

Der Junge schnaubte. »Was bringt mir das, wenn er im Gefängnis sitzt?«

Schweigend schauten sie die restlichen Videos über Vogelhäuschen an. Dabei arbeitete es in Skys Kopf. »Weißt du«, setzte sie zögerlich an, als der bärtige Mann stolz sein fertiggestelltes Spatzenhäuschen präsentierte, »dein Dad hat etwas Falsches getan, aber er hat es nicht getan, um dir weh zu tun. Ich bin mir sicher, es tut ihm sehr leid, dass es dich auf diese Weise betrifft.«

Wilf zog einen Schmollmund. »Er hat alles nur für so eine Frau gemacht, die ich nicht kenne, die krank war und dann doch gestorben ist. Mum sagt, sie waren früher mal gut befreundet, aber sie ist traurig darüber. Ich weiß es, auch wenn sie versucht, es zu verstecken und Dad besuchen geht und so.« Er klang den Tränen nahe.

Sky legte ihm den Arm um die schmalen Schultern und drückte ihn an sich. »Ich weiß. Er hat sich von seiner Leidenschaft leiten lassen – so wie ich mit dem Haus. Ich wollte es, weil ich nicht wollte, dass jemand anders es verändert, aber ich habe nicht darüber nachgedacht, was ich auf lange Sicht damit vorhabe. Leidenschaft ist etwas Komisches, sie bringt einen dazu, Dinge zu tun, die man sonst nie tun würde.«

»Kann sein.« Wilf schniefte lautstark.

Sky überlegte, was sie Tröstendes zu ihm sagen konnte. »Ich verstehe, wenn du dich hilflos fühlst. Etwas Schlimmes ist passiert und du kannst es nicht ändern. Aber es gibt immer eine Zukunft. Normalerweise können wir diese für uns selbst bestimmen.« Sie strich ihm über die Haare. »Ich habe mich früher auch hilflos gefühlt, wenn meine Mum betrunken war oder mich allein gelassen hatte, aber tatsächlich konnte ich etwas tun, zum Beispiel indem ich mir Geld von ihr besorgt habe, um Lebensmittel einzukaufen.« Sie sagte ihm besser nicht, dass sie das Geld dafür aus Trishs Handtasche hatte stehlen müssen.

Schweigend klickte Wilf ein weiteres Youtube-Video an.

Sky hoffte, sie hatte nichts gesagt, was Courtney missbilligen würde. Sie würde ihr später alles erzählen, nur um sicherzugehen. Wow, Kinder zu haben war bestimmt nicht einfach. Vögel und Fledermäuse waren viel leichter zu handhaben als kleine Menschen.

Als es ein paar Minuten später an der Tür klingelte, sah sie überrascht auf. Courtney hatte nichts von weiteren Besuchern gesagt.

Wilf schob seinen Laptop beiseite und lief zum Fenster, um nachzusehen, wer da war. »Es ist Daz.« Er rannte zur Haustür. Sky hörte Daz' dunkle Stimme und Wilf, der sagte: »Sky ist hier, weil Mum ausgegangen ist.«

Daz tauchte im Türrahmen auf. Er sah sie lächelnd an. »Das ist eine schöne Überraschung. Ich habe Courtneys Auto draußen gesehen, deshalb bin ich davon ausgegangen, dass sie hier ist.«

Wilf ließ sich wieder aufs Sofa plumpsen. »Clark hat ein Taxi geschickt. Sie gehen im *The Crown* in Bettsbrough was trinken.«

»Oh.« Daz setzte sich in einen Sessel und musterte Sky stirnrunzelnd.

Sie zögerte und versuchte, seinen seltsamen Gesichtsausdruck zu entziffern. War er sauer, dass Courtney ausgegangen war? Courtney musste sich ihm gegenüber nicht rechtfertigen.

Wilf plauderte fröhlich weiter. »Wir haben uns angeschaut, wie man Vogelhäuschen baut. Und Sky sagt, ich sollte an Dad und die Zukunft denken.«

»Ach, ja? Und was empfiehlt Sky?«, fragte Daz.

Genervt von seinem zynischen Tonfall, schaltete sich Sky ein. »Ich habe gar nichts empfohlen. Das steht mir nicht zu.«

»Nein«, stimmte Daz langsam zu.

Sie runzelte verwirrt die Stirn. Als er reingekommen war, hatte er normal gewirkt, aber jetzt war er voll brodelnder Anspannung, die Augenbrauen eng zusammengezogen. Was hatte den Stimmungswandel verursacht? Sie schliefen nicht mehr miteinander, jetzt, da Abi zurück war, aber er sollte sie bestimmt nicht so finster anstarren.

Und dann kam ein Hauch von Alkohol bei ihr an.

Sie versuchte, sich nicht zu versteifen, aber sie hatte vor langer Zeit gelernt, einen Betrunkenen zu erkennen – und seltsame Gesichtsausdrücke und Stimmungsschwankungen standen ganz oben auf der Liste der Erkennungsmerkmale. Der Biergeruch verstärkte sich im warmen Zimmer. Sky fühlte sich zunehmend unwohl, und es fiel ihr schwer, sich noch an Wilfs unbekümmertem Geplauder zu beteiligen, besonders als Daz immer mürrischer wurde. Aber er ging nicht.

Als es Zeit war für Wilf, ins Bett zu gehen, was unter der Woche um neun Uhr der Fall war, ging Sky mit ihm nach oben. Sie erinnerte ihn daran, sich die Zähne zu putzen. »Deine Mum hat gesagt, du darfst noch lesen, aber dein Laptop bleibt unten.« Er verdrehte in gespielter Dramatik die Augen, so dass Sky ein Lächeln unterdrücken musste.

Nachdem sie ihm gute Nacht gesagt hatte, ging sie wieder nach unten und fragte sich, ob Daz inzwischen seine finstere Stimmung überwunden hatte, denn sie würde sich lieber allein vor dem Fernseher zusammenrollen, als sich weiter seine launische Miene anschauen zu müssen.

Doch in dem Moment, als sie ins Wohnzimmer zurückkam, erhob sich Daz und schloss leise die Tür hinter ihr.

Sie zuckte zusammen. Jetzt war er ihr so nah, dass der Biergeruch noch viel stärker war. Verdammt, er stank, als hätte er in dem Zeug gebadet. Ihr stockte der Atem. »Was zum Teufel ist los mit dir?«, fragte sie und unterdrückte das Bedürfnis, vor ihm zurückzuweichen.

Sein Blick war düster. »Ich bin enttäuscht, dass du babysittest, während Courtney ein Date hat.« Ehe Sky sich überlegen konnte, ihm zu erklären, dass Courtney gar kein Date hatte, fuhr er schon fort: »Weißt du, dass ich letzte Woche Lewis im Gefängnis besucht habe? Und es war ein furchtbarer Ort.«

Er hatte die Stimme vermutlich gesenkt, um Wilf nicht zu wecken, aber es bewirkte, dass sie unangenehm nach einem Knurren klang. Dennoch empfand sie Mitgefühl für ihn, trotz der schrecklichen Bierausdünstungen. Sie wusste, wie schlecht er sich fühlte, dass sein Freund hinter Gittern schmorte, und wegen der Ereignisse, die ihn dahin gebracht hatten. Deshalb verhielt er sich Courtney gegenüber so hilfsbereit. »Ich bin mir sicher, das ist furchtbar«, setzte sie an und versuchte, ihre Stimme ruhig zu halten, obwohl sie innerlich nervös war. »Ich wusste nicht, dass du ihn besucht hast.«

Daz schüttelte den Kopf. »Ich wollte nicht darüber reden und auch nicht mehr als nötig daran denken. Aber ich musste dasitzen und mitansehen, wie Lewis weinte, weil er fürchtet, Courtney zu verlieren. Dass du es ihr ermöglichst, einen anderen Mann zu treffen, ist, ehrlich gesagt, nicht hilfreich.«

»Warte mal«, protestierte sie. Der Biergestank bereitete ihr Übelkeit und sie musste nun doch einen Schritt zurückgehen. Sein Atem war zu nah.

»Courtney ist noch verheiratet«, unterbrach er sie.

Skys Atmung beschleunigte sich. Sie versuchte, sich daran zu erinnern, dass Daz falsche Schlüsse zog und dass der Alkohol seinen emotionalen Zustand beeinflusste, aber sie konnte nur noch den Alkohol riechen. Einen Moment lang flackerte ihr Blick. Sie wusste, dass es Daz war, der vor ihr stand, aber es fühlte sich an, als wäre es Trish, die sie beschimpfte und herumschubste. Sky wich noch einen Schritt zurück. Und noch einen.

»Findest du nicht, sie haben eine Chance verdient, ihre Ehe zu retten?«, fragte Daz.

Ihr Herz hämmerte in ihrer Brust. Sie konnte keinen klaren Gedanken mehr fassen. Ihr Gehirn war wie umnebelt.

»Lewis braucht seine Familie«, fuhr Daz ungerührt fort. »Und ich weiß nicht, was du Wilf über seinen Dad gesagt hast. Du kannst das doch gar nicht verstehen.«

Sky musste hier weg. Sie musste durchatmen. Das Hämmern weitete sich auf ihren Kopf aus. Sie hob die Arme und stieß gegen Daz' breite Brust. Sie hatte den Faden verloren, hatte keine Ahnung, warum er noch über Courtney redete. Stattdessen stürzte sie sich auf seinen letzten Satz. »Weil ich nie einen Vater hatte?« Sie schubste ihn blind, um ihn von sich wegzuschieben. »Was weiß ich schon über Familie, wo ich doch nie wirklich eine hatte und die Familie anderer Leute ausleihen musste, wie ein kleiner Kuckuck, der erst in einem und dann im anderen Nest hockt?«

Daz wich zurück, sein Gesicht spiegelte nun Bestürzung wider. »Das habe ich noch nicht einmal gedacht.«

»Nein, *natürlich* nicht.« Sky duckte sich panisch, im Versuch, von ihm wegzukommen. Etwas in ihr zerbrach. »Hör auf, dich auf mich zu stürzen und dich an mir abzureagieren. So arrogant und abgehoben schaust du auf Leute ohne echte Familie herab, wie Bell und mich. Du kannst mich mal, du Scheißkerl! Hau ab!«

Er wich weiter zurück. »Sky?« Er klang schockiert, erstaunt.

Ihre Augen brannten. Sie war kurz davor zu weinen. Kurz davor, sich zu übergeben. Kurz davor, ohnmächtig zusammenzubrechen. »*Raus*. Raus, jetzt. Hau ab, hau ab, *hau ab*.«

Schweigend drehte er sich um, nahm seine Jacke und ging zur Haustür. Eine Sekunde später fiel sie hinter ihm ins Schloss.

Zitternd sank Sky aufs Sofa, Tränen liefen ihr über die Wangen. Sie war wütend, aufgewühlt, atemlos. Verdammt, sie hatte seit Jahren nicht mehr so die Beherrschung verloren. Sie war sich nicht mal sicher, was passiert war, außer dass sie wohl die vulgäre Ausdrucksweise ihrer Jugend wiedergefunden hatte.

Sie nahm an, sie hatte überreagiert, weil Daz in so einer seltsamen Stimmung gewesen war, aber was genau er gesagt hatte, dass sie so ausgeflippt war, lag im Nebel. Mann, er war betrunken gewesen.

Sie wischte sich über die Augen und sah auf die Uhr. Courtney würde in ein paar Stunden wieder zurück sein. Sie würde sie warnen, dass Daz dachte, sie sei mit einem Mann ausgegangen, und den Rest ihr überlassen.

Als Courtney hereingeschlichen kam und mit müdem, aber glücklichem Gesicht ihre High Heels von den Füßen kickte, hatte Sky ihre Wangen mit kaltem Wasser gewaschen, eine große Tasse heiße Schokolade getrunken und schaute *Unser blauer Planet* im Fernsehen.

»Alles okay? Ist Wilf ohne Probleme ins Bett gegangen?«, fragte Courtney. »Vielen, vielen Dank, Sky. Das habe ich wirklich gebraucht.«

Sky schaltete den Fernseher aus, auf dem sich gerade ein Schwarm Sardinen zu einem wogenden, silbernen Ball formte, und rang sich ein Lächeln ab. »Wilf war toll. Aber …« Schnell und so neutral wie möglich fasste sie erst ihr Gespräch mit Wilf über Lewis zusammen und dann das mit Daz, so gut sie sich erinnern konnte, wobei sie die Einzelheiten über ihren vermeintlichen Mangel an Erfahrung mit Familie ausließ. »Wir haben uns gezofft, und er ist abgezischt mit der Vorstellung, dass du dich mit einem Mann getroffen hast. Es tut mir leid«, schloss sie reumütig.

Courtney ließ sich der Länge nach aufs Sofa fallen. »Männer! Ich nehme an, Lewis hat Daz unter Druck gesetzt, dafür zu sorgen, dass ich sauber bleibe. Als ginge ihn das irgendetwas an. Denk nicht mehr darüber nach.«

Trotz dieses Ratschlags konnte Sky auf dem Heimweg an nichts anderes denken.

Daz lag völlig schockiert im Bett.

Sky hatte ihn *geschlagen*. Oder geschubst und mit den Armen nach ihm gerudert, wie auch immer. Nichtsdestotrotz bereute er seinen gedankenlosen Kommentar zutiefst, der so leicht misszuverstehen war. *Und ich weiß nicht, was du Wilf über seinen Dad gesagt hast. Du kannst das doch gar nicht verstehen.* Er hatte damit gemeint, dass sie Lewis nicht kannte und die Brown-Familie nie zusammen gesehen hatte – als sie noch glücklich gewesen waren. Aber sie hatte gedacht, er würde sich auf ihre Vergangenheit beziehen und war ausgerastet.

Sollte er sich entschuldigen und es ihr erklären?

Sky hatte *instabil* gewirkt. Unvernünftig. Er dachte an Abi, die vor einer Stunde endlich nach Hause gekommen war. Er hatte sie schluchzend die Treppe hochkommen hören. Daz war in seinem Bett geblieben, weil er sich nicht sicher war, ob die Tränen ihn hervorlocken sollten, damit er sie tröstete, oder ein Signal waren, dass sie allein sein wollte.

Er hatte Abi immer für launisch und theatralisch gehalten, aber heute Abend hatte sich Sky genauso irrational verhalten wie Abi zu ihren schlimmsten Zeiten.

Wollte er wirklich noch eine so impulsive Frau – eine, deren Reaktionen nie vorherzusehen waren? Er stellte fest, dass Abi – sowohl die Abi der Vergangenheit als auch die der Gegenwart – in ihm den Wunsch nach einem weniger unberechenbaren Leben geweckt hatte.

In der Dunkelheit des Zimmers klingelte sein Handy. Nach seinem Streit mit Sky war es nicht verwunderlich, dass Courtney ihn anrief. »Hey«, ging er dran.

Am anderen Ende seufzte Courtney tief. »Hat Lewis dich gebeten, mich davon abzuhalten, Dates zu haben?«

Er dachte über die beste Antwort nach, während er selbst nicht wusste, ob Lewis es von ihm hatte verlangen dürfen. Aber er schuldete es seinem Freund, es Courtney nicht zu verraten.

»Dein Schweigen ist Antwort genug«, sagte sie. »Tut mir leid, dass er dich in diese Position gebracht hat. Ich schlage vor, du sagst ihm, es geht dich nichts an. Wie auch immer«, fuhr sie in spitzem Tonfall fort, »solltest du wissen, dass ich kein Date hatte. Ich war mit einer Gruppe Kollegen was trinken, als eine Art Weihnachtsfeier. Okay?«

»Oh«, machte Daz stumpfsinnig und fragte sich, warum um alles in der Welt Sky ihm das nicht einfach gesagt hatte – obwohl er dann nicht erfahren hätte, dass sie schon bei Kleinigkeiten ausrasten konnte.

Courtney beantwortete seine unausgesprochene Frage. »Sky war dir keine Erklärung schuldig, genauso wenig wie ich. Gute Nacht, Daz.«

»Ciao, Courtney.« Daz stellte sein Handy auf »Nicht stören«.

Fühlte er sich erleichtert? Er war sich nicht sicher. Courtneys Enttäuschung und ihre Verärgerung über Lewis hatten nicht gerade zu seinem Trost beigetragen, so viel stand fest.

Die Meteorologen warnten vor Schnee, Eis und überfrierender Nässe. Die Schlagzeilen titelten: »Sibirischer Schneesturm im Anmarsch« oder »Arktische Weihnachten« oder machten Witze über Schlittenhunde. Schulen erstellten Notfallpläne für extremes Winterwetter und Buchmacher senkten die Quoten für weiße Weihnachten.

Sky hatte die ganze Woche tapfer gegen das Chaos in ihrem Garten angekämpft, aber jetzt war Freitag, und als sie morgens in den winterlichen Garten hinausblickte, beschloss sie, sich einen Tag frei zu nehmen. Die kahlen Bäume waren so mit Frost überzogen, dass sie alle aussahen wie die Weißbirke. Es war sowieso eine blöde Woche gewesen. Ihre Enttäuschung über Daz schien ihr wie eine graue Wolke über dem Kopf zu hängen.

Sie hatte Freddy gerade eine E-Mail geschrieben, um ihm von ihrem Gespräch mit Ron Murray zu erzählen, als ihr Handy klingelte. Sie sah Courtneys Namen auf dem Display und ging sofort ran. »Solltest du nicht bei der Arbeit sein?«

»Arbeit?« Courtney klang, als hörte sie das Wort zum ersten Mal. »Unser Boiler ist kaputt. Es ist wie in einem Gefrierschrank hier drinnen. Ernsthaft, deshalb kauft man einen Neubau, um diese Art von Mist zu vermeiden.«

Sky konnte das gut nachfühlen. »Soll ich auf den Heiztechniker warten, damit du zur Arbeit gehen kannst? Ich kann mich warm einpacken.«

»Von wegen Heiztechniker«, entgegnete Courtney spöttisch. »Ich habe schon bei vier angerufen. Nur zwei sind überhaupt drangegangen, und keiner kann vor Weihnachten noch kommen.«

»Ach herrje.« Sky verzog das Gesicht. »Ich kenne jemanden, der vielleicht kommt, um mir einen Gefallen zu tun. Überlass mir den Schlüssel, und ich versuche es mal. Geht Wilf nach der Schule zu Daz, damit er wenigstens nicht frieren muss?« Sie hatte Daz nicht mehr gesehen, seit sie so aneinandergeraten waren. Abi fuhr weiterhin in ihrem kleinen Auto durch die Winter Street. Courtney hatte Sky erzählt, dass sie Daz erklärt hatte, wo sie an dem Abend wirklich gewesen war. Daz hatte Sky eine Textnachricht geschickt, dass es ihm leidtat, die Sache in den falschen Hals bekommen zu haben, aber dass sie seine anderen Kommentare missverstanden hatte. Sie hatte ihm zurückgeschrieben: *Vergiss es.* Das war drei Tage her, und seitdem hatten sie keinen Kontakt mehr gehabt.

»Daz fährt nach Birmingham, um seinen Vorgesetzten zu treffen. Sie haben ihn eingeladen, um mit ihm über seine neue Idee für ein Spiel zu sprechen.« Courtney klang verzagt. »Ich rufe an, um zu fragen, ob Wilf nach der Schule zu dir kommen könnte. Er will nicht, dass ich seinen Großvater Graham frage, weil er immer so griesgrämig ist. Außer du glaubst, dein Heiztechniker kann es bis dahin repariert haben?«

»Vielleicht. Wilf kann aber auf jeden Fall zu mir kommen.«

»Oh, Sky, du bist die Beste«, rief Courtney erleichtert aus.

Sky fühlte sich geschmeichelt. »Du weißt doch noch gar nicht, ob ich deine Heizung wirklich reparieren kann.« Sie hatte vor, eine alte Beziehung zu einer Heiztechnikerin namens Dee zu nutzen, die von Sky in der Vergangenheit immer einen ordentlichen Batzen Arbeit zugeschoben bekommen hatte.

Allerdings klang Dee alles andere als ermutigend, sobald sie die Details kannte. »Ich kann am späten Vormittag vorbeikommen, aber diese Art von Boiler hat oft eine fehlerhafte Zündung.«

Sky seufzte. »O nein. Aber könntest du trotzdem kommen und es dir ansehen?«

Zur abgemachten Zeit ging Sky auf rutschenden Sohlen den vereisten Bürgersteig entlang zu Courtneys Haus, um auf Dee zu warten. Als sie bei Daz vorbeikam, wanderte ihr Blick unweigerlich zu seinem Haus. Sein Auto stand nicht in der Einfahrt, und Frost hatte das Rechteck überzogen, wo es normalerweise parkte.

Dee kam pünktlich, eine kräftige Frau in rotgestreifter Mütze und schwarzem Overall. Ihre Füße steckten in dicken Arbeitsstiefeln. »Huch«, machte sie und schlang die Arme um den Körper, als Sky sie in Courtneys kleines, modernes Heim ließ. »Saukalt, was? Schön, dich zu sehen. Eine Schande, dass du Freddy Walker verlassen hast. Diese Minnie kann nicht mal ihren Arsch von ihrem Ellenbogen unterscheiden.«

Sky grinste über diese offene Zusammenfassung von Minnies Fähigkeiten. »Danke, dass du hier rausgefahren bist. Meine Freundin, die das Haus bewohnt, ist alleinerziehende Mutter mit einem Jungen, deshalb …«

»Verstehe schon«, winkte Dee ab. Aber als sie Sky in die Küche folgte und die Abdeckung des Boilers entfernte, konnte sie nicht mit guten Neuigkeiten aufwarten. »Wie erwartet, es liegt an der elektronischen Zündung.«

»Kannst du Ersatzteile besorgen?«, fragte Sky hoffnungsvoll.

Dee schüttelte den Kopf, noch bevor sie etwas sagte. »Mit denen haben wir alle Probleme. Der Hersteller hätte sie zurückrufen sollen. Ich werde die Einheit bestellen, aber ich würde mich wundern, wenn sie vor Neujahr noch käme. Wenn deine Freundin eine andere Möglichkeit hat, wo sie über Weihnachten bleiben kann, würde ich ihr empfehlen, sie zu nutzen.«

»Oh. Danke trotzdem, dass du die Zeit gefunden hast«, sagte Sky mutlos, während Dee ihre Werkzeuge wieder einpackte. Doch dann sprießte plötzlich eine Idee in ihr, und sie konnte es kaum erwarten, dass Dee zu ihrem nächsten Job aufbrach, damit sie Courtney schreiben konnte. *Die Heiztechnikerin sagt, es ist die elektronische Zündung. Hat Ersatzteile bestellt, aber ist nicht optimistisch, dass vor Neujahr was ankommt. Warum ziehst du über Weihnachten nicht mit Wilf zu mir?* Ihre Pläne, wegzufahren für einen Feiertagsurlaub, waren nie weiter gediehen, und sie hatte sich auf eine ruhige Zeit eingestellt – besonders nachdem Abi wieder aufgetaucht war. Doch jetzt erfüllte sie die Vorstellung, Weihnachten mit Wilf und Courtney zu verbringen, mit Vorfreude.

Nur Momente später klingelte ihr Handy. »Bist du dir sicher wegen Weihnachten?« Courtney klang den Tränen nahe. »Das ist so unglaublich nett von dir.«

»Natürlich«, erwiderte Sky, die sich schon vorstellte, wie das Haus mit Lachen und Geschenken und wunderbarem Festessen erfüllt sein würde. »Hier ist genug Platz, so dass ihr beide ein eigenes Zimmer haben könnt.«

Courtney brach in Tränen aus.

Wilf kam nach der Schule bei Sky vorbei, eine Peterborough-United-Mütze tief über die Ohren gezogen, die Augen wässrig vom eisigen Wind. Sie erzählte ihm die Neuigkeiten, dass er und Courtney Weihnachten bei ihr verbringen würden.

»Ist das dein Ernst?«, fragte er mit großen Augen. »Wow, Sky. *Krasse* Sache.«

»Wir können eigentlich gleich anfangen, deine Sachen zu packen«, sagte sie und zog ihm spielerisch die Mütze über die Augen. »Weihnachten wird ein *Spaß*.«

Als sie Wilfs Haus wieder verließen, Sky mit einer Reisetasche voller Kleidung über der Schulter und Wilf mit seiner Playstation im Arm, sahen sie, wie Daz auf der anderen Straßenseite in seine Einfahrt einbog.

»Wir ziehen bei Sky ein«, rief Wilf fröhlich, als Daz aus dem Auto stieg.

Um sich gegen den eisigen Wind zu schützen, der durch die Straße fegte und an den Lichterketten zerrte, schlug Daz den Kragen hoch. Wilf eilte zu ihm, um die Boiler-Geschichte zum Besten zu geben, während Sky sich unbeholfen im Hintergrund hielt. Daz sah normal aus heute, wie sie erleichtert feststellte – keine Anzeichen von Alkoholkonsum.

Wilf beendete seine Story mit: »Wir müssen noch mal zurück, um meinen Fernseher zu holen, damit ich was habe, worauf ich Playstation zocken kann.«

Daz sah Sky an, sein Blick war nicht zu deuten. »Hast du denn genügend Betten?«

Sky verlagerte die schwere Tasche, die allmählich ihre Arme schmerzen ließ. »Courtney hat Luftmatratzen.«

Er nickte und wandte sich zum Gehen.

Elender Mistkerl, dachte Sky in Richtung seines geraden Rückens.

Als Courtney nach Hause kam, war Wilfs Bett aufgeblasen und gemacht, und Sky legte gerade ein Set Bettwäsche auf die Luftmatratze, die für Courtney bestimmt war.

Gefährlich nahe am nächsten Gefühlsausbruch, umarmte Courtney sie wortlos und ging schnell nach Hause, um auch ihre Sachen zu packen.

Ein paar Stunden später hatten sie es sich im Eckhaus warm und gemütlich gemacht und bestellten Essen, das Courtney unbedingt bezahlen wollte, um Sky für alles, was sie für sie und Wilf tat, zu danken. Sky hatte vor, um acht zum Pubquiz zu gehen. »Ich habe es Marietta versprochen, und es ist das letzte Quiz vor Weihnachten, weil nächsten Freitag die Bewertung des Weihnachtsstraßen-Wettbewerbs stattfindet, und Bell kann nicht kommen, weil das Darts-Team ein Auswärtsspiel hat.« Sie fragte sich, ob Daz kommen würde. Sie hoffte nicht, weil sie befürchtete, die Kombination aus ihm und dem Geruch von Alkohol könnte unangenehme Erinnerungen an Dienstagabend wecken. Sie war froh, dass es vorerst das letzte Pubquiz sein würde, dann konnte sie den Pub in nächster Zeit meiden.

»Natürlich«, sagte Courtney. »Wilf, du kannst schon mal deine Hausaufgaben erledigen, dann hast du sie hinter dir, und ich packe weiter aus und genehmige mir danach ein himmlisches Bad in Skys riesiger Wanne.«

Sky marschierte los zum Pub, eingemummelt in ihre dicksten, wärmsten Wintersachen. Wow, war das kalt. Sie musste ihre Ohren reiben, die sogar durch die Mütze taub gefroren waren. Der Ort sah wunderschön aus, wie aus einem Märchen, und sie blieb kurz stehen, um einen Springbrunnen zu bewundern, der eine freischwebende Eisskulptur geschaffen hatte. Sie sah aus wie eine Welle, bevor sie brach. Wenigstens war es warm, als sie die Tür aufdrückte und den überfüllten Pub betrat. Sie setzte sich zu Marietta an den Tisch, die mit Jessie und Ruth schon etwas früher hergekommen war. Sky zog ihre Mütze aus und erklärte den Grund für ihre Verspätung.

»Arme Courtney«, meinte Marietta mitfühlend. »Dieses Mädchen hat auch immer Pech.«

Ruth reckte das Kinn in die Luft. »Ich hoffe, sie lässt ihre Weihnachtsbeleuchtung an. Die Bewertung ist in einer Woche, und wir können es nicht gebrauchen, dass ein Haus unbeleuchtet ist, das würde aussehen wie ein fehlender Zahn.«

»Hast du heute ein Haus ohne Beleuchtung gesehen, als ihr hergelaufen seid?« Sky verdrehte die Augen, und Ruth besaß den Anstand, den Blick zu senken. Sky sah sich um. »Sieht der Pub nicht weihnachtlich aus?«

Eine Frau tauchte an ihrem Tisch auf, gerade als Sky ihren Satz beendet hatte. »Es freut mich zu hören, dass Sie in Weihnachtsstimmung sind«, sagte sie schüchtern. »Denn ich bin eine völlig Fremde und ich bin gekommen, um Sie um einen Gefallen zu bitten. Mein Name ist Fallon. Sie sind Sky, oder? Was für ein schöner Name.« Fallon war jung, vermutlich Mitte zwanzig, und aktuell hatte sie einen hochroten Kopf.

Sky blinzelte sie amüsiert an. »Hallo. Schieß los. Und du kannst ruhig Du sagen.«

Fallon spielte nervös an ihrem dünnen blonden Pferdeschwanz herum. »Carola meinte, ich sollte dich fragen«, fuhr sie hastig fort. »Also, gibt es vielleicht eine Möglichkeit, dass ich den großen Raum nutzen könnte für eine Geburtstagsfeier? Ich habe Zwillingsmädchen, weißt du, und sie werden an Heiligabend acht. Ich habe ihnen gesagt, ich würde versuchen, Geld zu sparen für eine Feier in einem Burgerrestaurant in Bettsbrough, aber mit Weihnachten vor der Tür und so …«

»Ähm …« Sky war doch ein wenig verdutzt, von einer Fremden so etwas gefragt zu werden. Aber dann sah sie das hoffnungsvolle Leuchten in Fallons Augen und dachte an die Nächstenliebe, die an Weihnachten gefeiert wurde. Ihr ging das Herz auf, wenn sie die Anspannung und Unsicherheit auf dem Gesicht dieser jungen Mutter sah, und sie stellte fest, dass es sich nicht seltsam anfühlte zu sagen: »Ja, okay.«

»Wirklich? Oh, *vielen* Dank. Ich bringe Essen und Getränke und alles mit«, sprudelte es aus Fallon heraus, die aussah, als würde sie gleich weinen. »Wäre der 21. Dezember okay? Das ist der erste Ferientag. Wenn wir es an Heiligabend machen, wird keiner ihrer Freunde kommen können.«

»Das passt«, stimmte Sky zu. »Wir werden nur schauen müssen, wie wir es mit den Sitzgelegenheiten machen, denn ich habe nur sechs Küchenstühle und einen Tisch.«

»Ihr könnt von mir Tisch und Stühle leihen«, schaltete sich Marietta ein. »Daran haben vier Platz.«

»Ich habe noch ein Set aus Klappstühlen«, bot Jessie an. »Wie viele Kinder werden denn kommen?«

Fallons Lippe bebte verdächtig. »Oh, danke euch allen! Vielleicht zehn, plus die Zwillinge, Zelda und Zara.«

»Lade ruhig mehr ein, wenn du sie alle satt bekommst«, meinte Sky leichthin. »Es ist ein großes Zimmer.«

Fallon warf sich auf Sky, was leicht war, da sie stand und Sky saß. »Danke, danke, danke«, schniefte sie. »Du bist die Beste.«

Sky lachte über den überschwänglichen Dank. Sie sagte

nicht, dass sie immer die Sorte Kind gewesen war, deren Mum sich keine Party hatte leisten können. Zumindest nicht so einfach wie Bier und Wein.

Sky tat ihr Bestes beim Quiz, aber in Gedanken war sie schon bei der Weihnachtsvorbereitung. Gut, dass sie Fragen, wie die nach einem Säugetier, das Eier legte, im Schlaf beantworten konnte. Schnabeltier, schrieb sie auf den Antwortbogen.

Nach dem Quiz – Mariettas Brainiacs belegten wieder den dritten Platz – steckten Jess und Ruth kurz die Köpfe zusammen, ehe sie sich an Sky wandten. »Ich nehme an, wir können nicht zufällig morgen deinen Raum benutzen, oder?«, fragte Jess vorsichtig. »Wegen des Weihnachtsstraßen-Wettbewerbs soll morgen ein Treffen stattfinden, und wir werden so zwölf Leute sein. Wir hatten vor, uns bei Ruth ins Wohnzimmer zu quetschen, aber dieses Wochenende hat sie ihre Tochter samt Familie zu Besuch, und in meinem Haus gibt es keinen Raum, der groß genug wäre.« Ruth lächelte fast, als Jess ihre Tochter erwähnte. Es war nur ein unmerkliches Zucken der Mundwinkel, aber es war da.

»Äh …«, machte Sky wieder, während sie sich vorstellte, wie die Organisatoren des Weihnachtsstraßen-Wettbewerbs in das Haus einfielen. Aber sie nahm an, sie musste auch mal in den sauren Apfel beißen, wenn sie in der Gemeinschaft Fuß fassen wollte. »Okay. Ist doch schön, wenn der Raum genutzt wird«, sagte Sky. Schnell fügte sie hinzu: »Also, vorausgesetzt, ich muss dem Komitee nicht beitreten.«

Jessie wirkte tatsächlich ein wenig enttäuscht. »Aber du hast dich schon so sehr eingebracht, seit du in die Straße gezogen bist.«

Sky brachte sich gerne ein, aber sie würde auf keinen Fall

Mitglied eines Komitees sein, in dem Ruth saß. »Wilf und ich basteln morgen Vogelhäuschen«, sagte sie bestimmt.

Eine Stunde später machte sie sich auf den Heimweg. Die Luft war so eisig, dass sie versuchte, mit dem Atem Ringe zu formen. Zum ersten Mal wurde sie von beleuchteten Fenstern im Eckhaus empfangen, die ihr sagten, dass schon jemand zu Hause war. Es war ein überraschend gutes Gefühl. Sie bog in den Garten ein und bewunderte die beleuchtete Gießkanne. Sie hatte noch eine Schale mit Wasser darunter platziert, für die Tiere, und sie musste das Eis jeden Morgen wieder auftauen. Die Meisenknödel in den Bäumen waren längst nicht mehr als Weihnachtsbäume oder Glocken zu erkennen, da die Vögel fleißig daran gepickt hatten. Sie machte sich im Geist eine Notiz, für den Bewertungstag des Wettbewerbs ein paar neue zu machen.

Sie schloss die Tür auf und betrat das Haus. Courtney lag zusammengerollt auf dem Sofa, der Fernseher lief, aber sie hielt ihr Handy in der Hand. »Konnte Wilf gut einschlafen in dem fremden Bett?«, fragte Sky.

Courtney nickte. »Überraschend gut. Auch wenn er ›vergessen‹ hat, seine Hausaufgaben zu machen, also muss er das morgen früh erledigen. Du bist echt eine Heldin, dass du uns aufgenommen hast. Ich kann es noch gar nicht glauben, dass wir Weihnachten hier verbringen werden.«

»Es wird bestimmt toll.« Sky zog ihre Jacke aus und warf sie auf das andere Sofa. »Als ich noch in Beziehungen war, sind wir an Weihnachten immer zu anderen Leuten gegangen, deshalb finde ich es schön, auch mal Freunde bei mir zu haben. Ein richtiges Dorf-Weihnachten! Ihr werdet euren Truthahn allerdings selbst kochen müssen.«

»Ja, na klar.« Courtney hatte den Blick auf ihr Handy gesenkt. Sie errötete. »Äh … würde es dir etwas ausmachen, am Montagabend auf Wilf aufzupassen? Dieses Mal wäre es tatsächlich für ein Date. Ich habe über die Dating-App diesen Typ kennengelernt, Otis, aber wir haben uns bisher nur geschrieben. Ich würde ihn wirklich gern treffen.«

»Mir macht es nichts aus«, sagte Sky, ohne zu zögern, auch wenn ihr bewusst war, welch großer Schritt es für ihre Freundin war. Dann, nach einem kurzen Moment, fragte sie: »Wirst du Wilf sagen, dass es ein Date ist? Und … Daz?«

Courtney verzog das Gesicht und warf ihr Handy auf den Couchtisch. »Wilf nicht«, antwortete sie. »Aber selbst wenn Lewis und ich offiziell getrennt wären, würde ich meinem Sohn nicht von einem Mann erzählen, den ich date, außer ich würde denken, die Beziehung hält länger. Daz dagegen …« Sie pustete die Wangen auf. »Daz ist ein wunderbarer Freund, aber er kann nicht über mein Leben bestimmen. Genauso wenig wie Lewis.«

Sky stimmte ihr zu. Aber sie hoffte, Daz würde nicht wieder auftauchen, wenn sie babysittete. »Sag mal … Betrinkt sich Daz öfter?«, fragte sie möglichst beiläufig.

Courtney starrte sie an. »Nicht öfter als andere Leute, würde ich sagen. Was für eine seltsame Frage.«

Sky rümpfte die Nase. »Ja. Ich weiß auch nicht, warum ich gefragt habe.« Sie hatte Courtney nicht erzählt, in welchem Zustand er gewesen war, als sie den Streit in ihrem Haus gehabt hatten. Es hatte sich herausgestellt, dass Daz ein anderer Mann war, wenn er betrunken war, und es wäre für Sky sicherlich das Beste, diesen Abend zu vergessen. Und Daz gleich mit.

Neunzehntes Kapitel

Am Samstagmorgen traf Daz zufällig Courtney und Sky vor Courtneys Haus.

Courtney winkte mit einer Papiertüte. »Wir räumen meinen Kühlschrank aus und nehmen die Sachen mit zu Sky.«

»Okay«, erwiderte er automatisch. Sky stand wie erstarrt da, als hätte man sie über Nacht draußen vergessen und sie wäre eingefroren. Dabei fixierte sie ihn mit ihrem Blick. Er hoffte, sie würde nicht wieder auf ihn losgehen, und wollte sich gerade auf den Weg zum Dorfladen machen, um ein paar Dinge für seinen eigenen Kühlschrank zu besorgen, doch Courtneys Stimme ließ ihn innehalten.

»Es gibt da noch etwas, das ich dir gern sagen würde.«

»Ach, ja?« Er vergrub die Hände noch tiefer in den Taschen. Sky betrachtete ihn immer noch, ohne zu blinzeln. Aus irgendeinem Grund ärgerte ihn ihr Hase-im-Scheinwerferlicht-Ausdruck.

Courtney errötete. »Da es letztes Mal Spannungen gegeben hat, was das Thema angeht, wollte ich offen mit dir sein. Ich habe mich mit jemandem verabredet, und Sky wird auf Wilf aufpassen. Ich sage es Lewis, wenn ich ihn am Sonntag besuche.«

Jetzt fühlte sich Daz wie der Hase im Scheinwerferlicht. Oder vielleicht waren es sogar zwei Scheinwerfer – Lewis' und Courtneys, so dass er keine Ahnung hatte, wohin er hoppeln sollte.

Dann tauchte plötzlich Abi in der Einfahrt auf. Sie stürmte auf Courtney zu und schlang die Arme um sie und drückte sie freudig. »Courtney, ich dachte, ich hätte deine Stimme gehört.« Sie war so oft außer Haus gewesen, dass Daz sie kaum noch gesehen hatte, seit er ihr gesagt hatte, es wäre an der Zeit, die Personalabteilung zu kontaktieren, und seit der Auseinandersetzung mit Sky war er zu geschockt gewesen von deren unkontrolliertem Verhalten, dass er Abi nicht weiter gedrängt hatte.

Jetzt bemerkte er über die Köpfe der beiden Freundinnen, wie sich Skys Gesichtsausdruck verschloss, während sie von einer zur anderen schaute.

»Kann ich auf einen Kaffee reinkommen?«, fragte Abi, als wären Sky und Daz gar nicht da.

»Wir sind zu Sky gezogen.« Courtney erklärte ihr die Sache mit dem kaputten Boiler.

Abi drehte sich schwungvoll zu Daz um. »Aber sie sollten doch Weihnachten mit uns verbringen, oder?«

Mit »uns«? Er starrte seine Ex-Freundin mit einer Mischung aus Verärgerung und Entsetzen an. Dann bemerkte er, wie Bestürzung und Schock in Skys Blick aufblitzten, ehe sie kurz darauf wieder dichtmachte.

Courtney lachte unbeholfen. »Abi! Wir sind schon bei Sky.«

»Oh. Oh, ja.« Abi kicherte. Zum ersten Mal sah sie Sky an. »Hallo, auch.«

»Hallo«, erwiderte Sky regungslos.

Abi und Courtney begannen zu plaudern. Daz wäre gern

einkaufen gegangen, aber Skys Blick ließ ihn zögern. Sie wirkte so enttäuscht.

Daz war ebenfalls enttäuscht. Enttäuscht von Courtney, die nun doch eine Verabredung hatte, die Sky ihr ermöglichte; enttäuscht von Abi, weil sie Sky so plump hatte ausschließen wollen; enttäuscht von Sky, weil sie dastand wie ein Eisblock, seinem Blick auswich, während er das Gefühl hatte, seine Entschuldigung per Textnachricht hätte mit einer von ihr erwidert werden sollen. Aber andererseits hatte sich Abi auch nie für ihre Ausraster entschuldigt.

Dann rührte sich Sky doch noch. »Ich gehe nach Hause, Courtney. Wilf brennt darauf, mit den Vogelhäuschen anzufangen.«

Courtney sah sich um. »Ich bin direkt hinter dir.« Während Sky mit großen Schritten davonging, drückte sie die volle Tüte an die Brust und folgte ihr. »Ich schreibe dir, Abi, und wir können uns später treffen. Vielleicht heute Abend, falls Sky bereit ist, wieder zu babysitten.«

»Das wäre toll.« Abi strahlte.

Daz hatte das Gefühl, seine Kopfhaut würde sich zusammenziehen, als Abi einfach so tat, als wäre sie wieder in der Winter Street zu Hause. Dann fiel sein Blick auf eine grüne, grob gestrickte Mütze auf dem Boden. Er hob sie auf. Er wusste, dass sie Sky gehörte. Sie passte zu ihren Augen.

Als Courtney zu Sky aufgeschlossen hatte, schlug Daz seine Einkaufspläne in den Wind und folgte Abi über die Straße zu seinem Haus.

Drinnen angekommen, wollte Abi sich nach oben verdrücken, aber Daz hielt sie auf. Mit ruhiger Stimme sagte er: »Du hättest nicht deutlicher sein können, selbst wenn du ein Plakat mit der Aufschrift *Ich bin hier, um mir meinen alten Freund und meine alte Freundin zurückzuholen* in der Hand gehalten hättest.«

Abi machte auf unschuldig und verletzt. Doch dann änderte sich ihr Gesichtsausdruck. »Ist sie was für dich? Sky?«

»Nicht wirklich«, antwortete er, und seine Stimme klang selbst in seinen eigenen Ohren verbittert, denn das entsprach nur wegen Abi der Wahrheit. Oder vielleicht auch nicht, denn vermutlich wäre Sky auch so irgendwann ausgerastet. Ihm fiel auf, dass er immer noch Skys Mütze in der Hand hielt, und warf sie auf den Esstisch. »Aber als du so getan hast, als wäre es klar, dass Courtney und Wilf Weihnachten hier feiern, hast du ihre Gefühle verletzt. Sie sind ihre Gäste. Unabhängig davon«, fügte er hinzu, »ist es verdammt übergriffig, Leute in *mein* Haus einzuladen und *meine* etwaigen Pläne für Weihnachten völlig zu ignorieren.« Er hatte zwar nicht wirklich welche, aber das war nicht der Punkt.

Sie sagte leise »Sorry«. Aber er hatte die Erleichterung in ihrem Blick aufflackern sehen, als er gesagt hatte, Sky wäre nichts für ihn.

»Und es ist Zeit, dass wir uns unterhalten«, setzte er an. Hinter ihm klapperte der Briefschlitz, und die Post fiel auf die Fußmatte. Daz erstarrte, als er nach unten schielte und einen Umschlag mit Zellen- und Blocknummer des Gefängnisses erblickte. Seufzend nahm er ihn und öffnete ihn mit dem Finger. Ihm entging nicht, dass Abi sich die Treppe rauf davonstahl.

Lieber Daz,
ich hoffe, alles ist gut und so.
Hasse es, dich zu nerven, aber Courtney besucht mich am Sonntag, den 18. An Weihnachten ist uns leider kein Besuch gestattet, was wirklich

ätzend ist. Ich werde sie bitten, zu ihr zurückkommen zu dürfen, wenn ich auf Bewährung rauskomme – und NICHT nur, um nicht in einem Hostel zu enden. Ich liebe sie, auch wenn ich das nicht besonders gut gezeigt habe. Also, wenn du eine Chance haben solltest, ein gutes Wort für mich einzulegen, bitte, tue es.
Ich vermisse sie und meinen kleinen Jungen so sehr! Es bringt mich um.
Tausend Dank.
Lewis

Daz steckte den Brief in die Tasche. Er hatte schreckliches Mitleid mit Lewis wegen seiner zerbrochenen Beziehung. Courtney besuchte ihn tatsächlich am Sonntag – morgen. Sollte er sie warnen, dass Lewis sie bitten würde, ihn zurückzunehmen?

Oder sollte er sich für den E-Mail-Dienst des Gefängnisses registrieren lassen, da keine Zeit blieb für einen Brief, und Lewis warnen, dass Courtney vorhatte, ihm zu sagen, dass sie sich mit einem anderen Mann treffen würde? Und dass sie deutlich gemacht hatte, dass sie nicht auf Daz hören würde?

Er hatte keine Ahnung. Und er war sich ziemlich sicher, Abi oben weinen zu hören. Immer dieses Drama. Nun, sie hatte Glück. Er war nicht mehr in der Laune, sich mit ihr anzulegen.

Das Weihnachtsstraßen-Komitee war im Eckhaus angekommen, jeder trug seinen Stuhl in den großen Raum. Marietta war darunter, strahlend und jeden mit Küsschen begrüßend. Sky zog sich in den Schuppen zurück, wo sie Wilf zusah, wie er akribisch ein Rechteck aus einem Stück Sperrholz sägte. Laut der Vorlage, die sie runtergeladen und ausgedruckt hatten, brauchten sie fünf Rechtecke – zwei für das Dach des Vogelhäuschens, zwei für die Wände und eine für den Boden – und zwei fünfeckige Teile für die Giebel. Sie hatte eine kleine Motorsäge und wollte mit dem ersten Fünfeck anfangen, wenn sie sich sicher war, dass Wilf wusste, wie er die Finger von der Säge fernhielt.

Sie trugen Jacken und Mützen, selbst im Schuppen, immerhin herrschte gerade eine Kälte, die die Medien als »den großen Frost« betitelten. Sky hatte ihre Lieblingsmütze irgendwo verloren und musste die tragen, die sie eigentlich nur zur Arbeit aufhatte.

Wilfs Gesicht wurde jedes Mal rot und verwirrt, wenn die Säge sich im Sperrholz verkantete oder die Klinge von der mit Bleistift vorgezeichneten Linie abwich. Sie hatte ihm zweimal gezeigt, dass er beim Hochziehen keinen Druck ausüben sollte, aber er hatte es noch nicht verinnerlicht. Man lernte aber nicht durch Aufgeben.

Während sie ihn beobachtete, kam ihr ein Bild von Abi an diesem Morgen in den Sinn. Hatte sie Daz genauso beiläufig zurückgefordert, wie sie versucht hatte, sich Courtney und Wilf anzueignen? Abi war so mädchenhaft und hübsch, mit ihrer zierlichen Figur und dem winzigen Rosenblütenmund. Immer wenn sie an Abi dachte, hatte Sky ein furchtbares, bitteres, brodelndes Gefühl von Eifersucht im Bauch, was keinen Sinn ergab, da jetzt sowieso nichts mehr zwischen ihr und Daz sein konnte. Nicht, seit er ihr die betrunkene Version von sich gezeigt hatte.

Courtney war vorhin mit Sky im Eckhaus angekommen und hatte die Augen verdreht. »Ich bin echt eine Zumutung, Sky«, hatte sie gesagt, und für einen Moment hatte sie erwartet, Courtney wollte ihr sagen, dass sie und Wilf doch Abis Einladung für ein Weihnachtsfest bei Daz im Haus annehmen würden. Ein Schauer war ihr über den Rücken gelaufen. Stattdessen hatte Courtney aber gesagt: »Du hast Wilf schon morgen, damit ich Lewis besuchen kann, und Montagabend, damit ich mit Otis ausgehen kann. Aber meinst du, es besteht trotzdem die Möglichkeit, dass du heute Abend auch auf ihn aufpasst, damit ich mich mit Abi treffen kann?« Sie hatte Sky ein gewinnendes Lächeln geschenkt.

»Klar«, war Skys Antwort gewesen. Sie war einfach erleichtert gewesen, dass es nicht um die Weihnachtsfeiertage ging. »Ich werde hier sein, Wilf wird hier sein, also kein Problem.«

Jetzt sagte sie ermutigend zu Wilf: »Du hast langsam den Dreh raus. Ein langer, langsamer Strich nach unten. Gut. Du hast schon fast eine ganze Seite ausgesägt.«

Wilf schnaufte und stöhnte noch ein paar Minuten über seiner Aufgabe, dann gab er ein triumphierendes »Geschafft« von sich, während ein Stück Sperrholz klappernd zu Boden fiel und er den Rest in die Luft reckte. »Die Wand ist fertig.«

»Phantastisch.« Sky klopfte Wilf auf die Schulter. »Willst du noch eins mit der Laubsäge schneiden? Oder sollen wir die Teile mit der Stichsäge zuschneiden, und du kannst schon mit dem Kleben loslegen?«

»Stichsäge«, entschied er prompt. Seine braunen Augen funkelten. »Ist es nicht lustig, dass die Laubsäge Laubsäge heißt, aber gar kein Laub sägt?«

Sie grinste. »Da hast du recht. Schutzbrille an, wenn du zuschauen möchtest«, befahl sie und platzierte das Sperrholz auf der Werkbank.

Plötzlich ging die Schuppentür auf und Daz trat ein, dampfende Tassen in der Hand. Es war so unerwartet, dass Sky zusammenzuckte, als hätte er sie mit einer Stecknadel gepikst.

Falls es ihm aufgefallen war, ließ er sich nichts anmerken. »Courtney schickt euch einen heißen Kakao. Du hast heute Morgen deine Mütze verloren, Sky.« Er stellte jeweils eine Tasse für Wilf und Sky auf die Werkbank und behielt eine für sich selbst.

»Danke«, sagte sie.

Wilf begann begeistert von den Vogelhäuschen zu erzählen und erklärte Daz genau, wo welches Teil hingehörte. »Und wir werden sie auch anmalen.«

Daz grinste den begeisterten Jungen an. »Phantastisch. Übrigens habe ich auch Schokokekse mitgebracht, sie liegen aber noch auf dem Küchentisch. Magst du sie vielleicht schnell holen?«

»Wow, wie cool, Schokokekse«, freute sich Wilf und sauste durch die Schuppentür davon.

Daz wandte sich Sky zu. »Tut mir leid wegen Abi.«

Sie versteifte sich. »Dass sie versucht hat, mein Weihnachtsfest zu stehlen, meinst du? Nicht deine Schuld.«

»Ich weiß«, sagte er ebenfalls kurz angebunden.

Sky wurde flau im Magen, als sie an Abi im Schlafzimmerfenster denken musste, und ihr fiel auf, dass Daz gar nicht eingeschritten war, als Abi so dreist ihre Einladung ausgesprochen hatte. Vertuschte er es endlich nicht mehr, dass er Sex mit der Ex hatte? Oder noch genauer, war Abi gar nicht mehr seine »Ex«?

Es schien ihr Schicksal zu sein, es nie zu erfahren, denn in diesem Moment kam Wilf wieder in den Schuppen gerauscht, mit der Kekspackung in der Hand. Als sie jeder ein paar gegessen und ihren Kakao ausgetrunken hatten, ging Daz genauso sang- und klanglos wieder, wie er gekommen war. Sky versuchte sich auf das Ausschneiden von Rechtecken und Fünfecken zu konzentrieren, konnte aber nicht verhindern, dass ihre Gedanken immer wieder zu Daz und Abi gemeinsam in seinem Bett wanderten, in dem er kurz zuvor auch mit ihr geschlafen hatte.

Als Courtney abends mit Abi im Pub war, spielte Wilf auf seiner Playstation. Auf dem Kopf hatte er ein Headset, damit er mit einem Freund reden konnte, der ebenfalls spielte. Er rief immer wieder aufgeregt in sein Mikro, während seine Hände geübt den Controller bedienten.

Sky fühlte sich immer noch seltsam, weil Daz wieder mit Abi zusammen war, und genervt, dass es ihr überhaupt etwas ausmachte, nun, da sie den wahren Daz kennengelernt hatte.

Würde Courtney wohl heute Abend nach Hause kommen und ihr mit schlechtem Gewissen erklären, dass sie beschlossen hatte, doch Weihnachten mit ihnen zu verbringen? Sky würde wieder allein sein. Genau genommen, fühlte sie sich jetzt schon einsam.

Marietta besuchte Freunde im Dorf, und als Sky vorhin bei Nan Heather angerufen hatte, hatte diese gerade darauf gewartet, von Mo zum Abendessen bei ihnen zu Hause abgeholt zu werden. Da kam ihr plötzlich noch ein anderer Name in den Sinn: Ron Murray. Sie hatten ausgemacht, es das nächste Mal mit einem Videoanruf zu versuchen – also, warum nicht jetzt?

Nachdem sie ihm eine Nachricht geschrieben hatte, um zu sehen, ob es ihm gerade zeitlich passte, stellte sie ihr Handy auf dem Küchentisch auf, holte tief Luft und bereitete sich darauf vor, ihren Großvater zum ersten Mal in ihrem Leben zu sehen.

Und mit schockierender Geschwindigkeit war er plötzlich da. Sah sie vom Bildschirm aus an.

Falls sie doch noch Zweifel gehabt haben sollte, was ihre Beziehung zueinander anging, waren diese nun wie weggeblasen. Seine Augen hatten den gleichen blassgrünen Farbton wie die, die sie selbst jeden Tag im Spiegel sah. Er hatte eine beginnende Glatze und einen gepflegten weißen Vollbart. Sofort musste sie wieder an Freddys Kommentar über den Weihnachtsmann denken.

Er strahlte sie an, und Sky traten unwillkürlich Tränen in die Augen. »Hi«, brachte sie mit erstickter Stimme hervor. Ihr wurde warm ums Herz, als sie sah, wie er sich freute.

Ihr Großvater musste sich erst räuspern, ehe er sprechen konnte. »Wie schön, dich zu sehen, Sky. Was für eine wunderschöne Frau du bist.« Er beugte sich nach vorne, um sie besser betrachten zu können. »Du kommst viel mehr nach meiner Seite der Familie als nach Trish. Meine Haare waren deinen sehr ähnlich, als ich noch welche hatte.« Er strich sich grinsend über die glänzende Glatze.

Sie lachte und genoss den Anblick seines gutmütigen, fröhlichen Gesichts und seine offensichtliche Aufregung. »Ich finde es auch schön, dich zu sehen«, erwiderte sie und bemerkte, wie sehr sie die Worte auch meinte. Sie begannen sich zu unterhalten. Er erzählte ihr von seiner Karriere, bevor er in Rente gegangen war, und wie Stellas Tod die vergangenen Jahre für ihn sehr einsam gemacht hatte. Sie meinte, einen Hauch von Hoffnung in seiner Stimme zu hören, als hoffte er, sie würde ihn zu einem Besuch einladen, aber sie zögerte.

Seine nächsten Worte klangen besorgt. »Ich weiß, du bist dir noch nicht sicher, ob du mit deiner Mutter sprechen möchtest, aber sie hat mich gebeten, dir trotzdem ihre Kontaktdaten weiterzugeben«, sagte er. »Ich denke, sie möchte sich für ihr Verhalten in der Vergangenheit entschuldigen.«

Sky konnte einen gewissen Zynismus nicht verbergen. »Entschuldigen? Das wäre mal was ganz Neues.«

Ron zögerte. »Umso mehr ein Grund, ihr die Chance zu geben, es zu tun, oder nicht?«

»Vielleicht. Du kannst mir ihre Nummer schicken, schätze ich.« Sie sagte nicht, dass sie auch etwas damit tun würde.

Dann hörte sie Wilfs donnernde Schritte auf der Treppe, und kurz darauf kam er atemlos in der Küche an. »Hat Daz die restlichen Kekse hiergelassen? Mit wem redest du?« Ohne jegliche Rücksicht auf ihre Privatsphäre schob er sich auf den Stuhl neben ihr und linste in den Bildschirm.

»Das ist mein Großvater, Ron«, erklärte Sky. »Ich habe dir schon von ihm erzählt. Es ist das erste Mal, dass wir uns über Video sehen.«

»Cool«, meinte Wilf. »Hallo, Ron.«

Es war unmöglich, Wilfs Wuschelkopf und seiner welpenhaften Freundlichkeit zu widerstehen, und Ron lächelte auch gleich. »Guten Abend, junger Mann. Hunger auf Kekse, was?«

»Immer.« Wilf grinste und wandte sich Sky zu. »Kann ich welche haben?«

»Vier«, entschied Sky, weil sie mitbekommen hatte, wie Courtney ihm auch schon mal so viele erlaubt hatte. Sie erklärte Ron, wer Wilf und Courtney waren, und Wilf holte die Kekse, die er dann fröhlich knabberte, während sie alle miteinander plauderten. Skys Herz machte einen kleinen Sprung vor Freude, als Wilf ihr einen Arm um die Schulter legte, während er Ron erzählte, dass sie fünf Vogelhäuschen gebastelt hatten.

Als das Gespräch schließlich vorbei war, sagte Wilf: »Dein Opa scheint cool zu sein. Warum triffst du dich nicht mal mit ihm?« Er schielte hoffnungsvoll auf die übrig gebliebenen Kekse.

Sky beschloss, dass sie heute das Sagen hatte, und reichte ihm noch einen. »Warum triffst du dich nicht mal mit deinem? Er wohnt gleich hier im Dorf.«

Wilf wirkte überrascht. »Aber er ist ein alter Griesgram. Obwohl er früher nicht so war«, gab er zu.

Sie zuckte mit den Achseln und nahm sich selbst noch einen Keks. »Er ist traurig über die Sache mit deinem Vater.«

»Ha«, schnaubte Wilf. »Ich mache es, wenn du es auch machst.«

»Was?«, sagte sie, mehr um sich selbst Zeit zu verschaffen, als dass sie ihn nicht verstanden hatte.

»Ich werde meinen Großvater treffen, wenn du deinen triffst. Wir könnten sie beide zum Weihnachtsstraßen-Wettbewerb am Freitag einladen.«

Sky musterte Wilfs fragendes kleines Gesicht und dachte, dass noch niemand versucht hatte, ihn dazu zu bringen, mit seinem Dad zu sprechen, ohne selbst auch nur etwas ansatzweise so Angst Einflößendes zu tun. »Abgemacht«, sagte sie mit plötzlicher Entschlossenheit. »Wir gehen morgen gemeinsam zum Haus deines Großvaters, um ihn einzuladen. Also, wenn deine Mum einverstanden ist.« Sie zog ihre dicke Strickjacke enger um sich und beschloss, ein Feuer im Kamin zu entzünden, auch wenn es sie an Daz erinnern würde.

»Okay, aber er kommt eh nicht«, verkündete Wilf. Er sah zum Küchenfenster hinaus, vor dem sich weiße Flocken in der Dunkelheit abzeichneten. »Cool, es schneit! Zeigst du mir morgen wieder die Tierspuren im Schnee?«

Sky versprach es ihm, wenn sie Zeit finden würde. »Wir werden viel zu tun haben, wenn wir die Vogelhäuschen anmalen wollen. Und ich muss noch ein paar Weihnachtsgeschenke einkaufen.«

»Lass uns das doch gleich im Internet machen«, schlug Wilf vor und unterdrückte ein Gähnen. »Ich freue mich auf Weihnachten, jetzt wo wir es hier bei dir feiern.«

Sky hatte plötzlich einen Kloß im Hals, also umarmte sie Wilf nur stumm. Wenn sie dabei geholfen hatte, dass sich dieses tolle Kind auf Weihnachten freute, dann hatte sich der Kauf des Eckhauses schon gelohnt.

Zwanzigstes Kapitel

Sky gewöhnte sich allmählich daran, im Eckhaus auch andere Stimmen zu hören und Menschen um ihren Tisch sitzen zu haben. Wilf hielt mit dem Löffel voller Müsli auf dem Weg zu seinem Mund inne. »Wann gehen wir denn heute in den Schnee, Sky? Es ist Sonntag, also ist keine Schule.«

»Bald«, versprach Sky.

Courtney war noch im Bademantel. Sie strich ihm über den Kopf. »Bist du dir sicher, dass du nicht mitkommen willst, um Dad zu besuchen?«

Wilf schüttelte stumm den Kopf.

Sie seufzte. »Wenigstens kann ich ihm erzählen, dass du Opa besuchst, nehme ich an. Wie wäre es, wenn du Dad zu Weihnachten eine Karte malen würdest?«

Wieder ein Kopfschütteln.

Courtney holte eine gekaufte Weihnachtskarte. Darauf war ein Weihnachtsbaum vor einem Kaminfeuer abgebildet. »Okay. Aber ich will, dass du die hier unterschreibst. Keine Diskussion. Ich werde sie abgeben müssen, aber Dad wird sie später bekommen.«

Schweigend schrieb Wilf seinen Namen auf die Karte. Kein

»Frohe Weihnachten« oder »Alles Liebe«. Courtney verzog das Gesicht, umarmte ihn aber trotzdem.

Während Courtney nach oben ging, um sich anzuziehen, hüllten sich Sky und Wilf in Jacken und Mützen und traten in den Schnee hinaus, der unter ihren Stiefeln knirschte. »Cool«, staunte Wilf und sah zu den weißen Spitzen der Bäume hinauf. Der Schnee bedeckte sogar die Weihnachtsbeleuchtung, so dass es aussah, als hätte jemand über Nacht die Äste mit weißen Schnüren verbunden. Dann kicherte Wilf. »Schnee – cool. Wie kalt, verstehst du?«

Sie stapften die Winter Street entlang, an Wilfs Zuhause vorbei und an Daz' auf der anderen Seite. Wilf hüpfte fröhlich durch den Schnee. Sky sah nicht zu Daz' Haus, weil sie verhindern wollte, die Schlafzimmervorhänge zugezogen zu sehen und dann spekulieren zu müssen, was dahinter vor sich ging.

Die Winter Street wurde zur Top Farm Road. In Hilary Close bogen sie in einen Fußweg ab, der zum Carlysle Estate führte. Schon bald waren sie ganz versunken darin, Tier- und Vogelspuren zu entdecken und zu identifizieren.

Wilf hatte sich alle Spuren gemerkt, die Sky ihm beim letzten Mal gezeigt hatte. »Keine Rehe«, sagte er seufzend. »In deinem Garten habe ich auch keine Spuren gesehen.«

»Sie suchen sich im Winter geschützte Orte und harren dort aus«, erklärte Sky. »Wahrscheinlich sind sie im Wald beim See.« Sie hatte den See kürzlich wiederentdeckt, aber heute wäre es ein zu langer Fußmarsch, wenn sie noch vorhatten, seinen Großvater zu besuchen.

Andere Dorfbewohner wanderten auf dem knirschenden Schnee an ihnen vorbei, Kinder warfen Schneebälle oder bauten Schneemänner. Wilf traf Eiran und noch einen anderen Jungen aus der Schule, die gemeinsam einen riesigen Schneeball vor sich her rollten und eine breite Spur aufgedeckte Erde hinterließen. Er half ihnen zehn Minuten lang und Sky sah ihnen zu, froh, dass er andere Kinder getroffen hatte. Als die Schneekugel etwa einen Meter hoch war, konnten die Jungs sie nicht mehr rollen, weil sie zu schwer geworden war, also machte Sky Fotos von ihnen mit ihrem Werk. Wilf versuchte, hinaufzuklettern, fiel aber mit einem lauten »Uff!« wieder runter.

Kichernd nutzte er die Gelegenheit, um einen Schneeengel zu machen, und sogar Sky machte mit, legte sich auf den Rücken in den Schnee und spürte, wie die eisigen Kristalle sich zwischen ihren Schal und ihre Mütze schieben wollten. Als sie wieder standen, machte Sky noch Fotos von den Engeln und den schneebedeckten Rückseiten der Jungs.

Danach liefen die anderen beiden nach Hause, und Wilf ließ sich bereitwillig in Richtung Port Road lenken, wo sein Großvater Graham wohnte. »Opas Haus liegt in der Nähe der Grundschule«, erklärte Wilf, ohne große Begeisterung. Dann hellte sich seine Miene auf. »Da ist Daz.«

Sky erblickte seine hochgewachsene Gestalt mit einer Mischung aus Verärgerung, Eifersucht und Enttäuschung, die sich einfach nicht in Akzeptanz verwandeln wollte, dass es keine Zukunft für sie geben konnte, nicht mal für die Freundschaft, die sie versucht hatte zu retten, nachdem Abi aufgetaucht war.

»Hey«, grüßte er, als sie näher kamen. »Ich war gerade zum Brunch bei meinen Eltern. Ihr seht aus wie wandelnde Schneemänner.«

Sky klopfte sich den Schnee vom Mantel. »Haben Schneeengel gemacht«, erklärte sie knapp und überließ es Wilf, von den Tierspuren und der riesigen Schneekugel zu berichten.

Dann verdrehte Wilf die Augen. »Wir gehen zu Opa. Ich und Sky haben eine Abmachung, dass ich ihn zum Weihnachtsstraßen-Wettbewerb einlade, wenn sie dafür ihren Opa einlädt.«

Daz warf ihr einen raschen Blick zu. »Läuft es immer noch gut mit Ron?« Als sie nickte, zupfte er Wilf freundschaftlich am Schal. »Ist es okay, wenn ich zu Graham mitkomme?«

Sky dachte, er hätte das auch mit ihr abklären sollen, aber sagte nichts dagegen, nachdem Wilf mit »Ja, super«, begleitet von einem erleichterten Lächeln, zustimmte.

Grahams Haus besaß einen kleinen, quadratischen Vorgarten und ein quietschendes Gartentörchen. An der Veranda blieb Wilf unsicher stehen.

Daz legte ihm einen Arm um die Schultern. »Soll ich für dich klopfen?«

Wilf nickte.

Klopf, klopf. Dann, als niemand aufmachte, erneut: *Klopf, klopf, klopf.* Wilf wirkte hoffnungsvoll. »Vielleicht ist er nicht da.«

Wenn ja, dann wäre er vor dem Einsetzen des Schneefalls fortgegangen, dachte Sky, da ihre eigenen Fußspuren die einzigen auf dem verschneiten Pfad waren. Doch dann öffnete sich ganz langsam die Tür. Ein älterer Mann schaute heraus, sein dünnes Haar stand vom Kopf ab, und die trüben Augen wanderten von Daz zu Wilf und dann zu Sky.

»Hallo, Graham«, grüßte Daz freundlich. »Wilf wollte nach dir sehen, ob du bei diesem Wetter alles hast, was du brauchst.«

Graham schenkte Wilf ein Lächeln, aber es wirkte, als kostete es ihn einige Mühe. »Hallo, Wilford. Mir geht es gut, danke.« Er hielt inne, offensichtlich, weil er nicht wusste, was er noch sagen sollte.

Wilf grüßte ihn mit einem leisen, höflichen »Hallo«.

Es war Daz, der das Gespräch am Laufen hielt und Sky hatte plötzlich eine Ahnung, warum er sich selbst eingeladen hatte, sie zu begleiten. »Das ist Sky, die das Eckhaus gekauft hat. Courtney und Wilf wohnen vorübergehend bei ihr, weil die Heizung ausgefallen ist.«

Zumindest diese Nachricht konnte Graham eine kurze Regung entlocken. »Keine Heizung? In diesem modernen Haus?«

Wilf schaltete sich ein. »Es war eiskalt. Die Ersatzteile brauchen ewig, deshalb hat Sky uns über Weihnachten zu sich eingeladen. Mum ist heute Dad besuchen.« Er hielt inne und sah seinen Großvater an, ehe er den Blick senkte. »Ich wollte nicht mit.«

»Nein.« Graham seufzte. Offensichtlich hatte er Verständnis für Wilfs Haltung.

Sky stupste Wilf sanft an. »Wolltest du deinen Grandpa nicht zu was einladen?«

»Ja.« Wilf räusperte sich. »Am Freitag ist die Bewertung für den Weihnachtsstraßen-Wettbewerb. Willst du auch kommen? Ich und Daz haben an unserem Haus Lichterketten aufgehängt und an seinem Haus und an Mariettas und Skys. Und ich und Sky haben Vogelhäuschen für ihren Garten gebastelt, und heute Nachmittag dekorieren wir sie noch.«

Sky betete stumm, dass Graham sehen würde, was für einen großartigen Enkel er hatte, und dass er positiv reagieren würde.

Graham starrte Wilf an. Schließlich räusperte er sich ebenfalls. »Ich weiß nicht.«

Wilf wandte sich zum Gehen. »Schon okay. Ich weiß, wegen Dad bist du ein verbittertes Arschloch, das verstehe ich.«

Sky starrte Wilf mit offenem Mund an.

Daz sah weg und hustete.

Graham zog die Augenbrauen zusammen. »Wie hast du mich gerade genannt, junger Mann?«

Langsam wurden Wilfs Augen groß, als würde ihm jetzt erst bewusst, was er gesagt hatte. Dann reckte er das Kinn in die Luft. »Ich habe dich ein verbittertes Arschloch genannt, Opa. Tut mir leid, dass es ein Schimpfwort ist, aber das bist du nun mal. Früher warst du nie so«, fügte er hinzu. »Aber wir sind alle traurig, weißt du. Nicht nur du.«

Graham gab einen schnaubenden Laut von sich. Sky musterte ihn eingehend, um herauszufinden, welche Emotion dieses seltsame Geräusch hervorgerufen hatte. Dann sah sie, wie seine Augen blinzelten, und entspannte sich. Er zog trotzdem wieder die Augenbrauen zusammen. »Da du mich so ... nett gefragt hast«, sagte er trocken. »Um wie viel Uhr?«

Wilfs Gesicht erhellte sich, und er lachte. »Die Bewertung fängt um sieben Uhr an, aber ab sechs gibt es schon Essen und Trinken.«

Zum ersten Mal schenkte Graham seinem Enkel ein echtes Lächeln. »Ich werde da sein, mein Junge.«

Graham bat sie nicht herein, aber als sie einen Blick auf sich stapelnde Zeitungen und tote Zimmerpflanzen im Flur hinter ihm erhaschte, tat es Sky nicht leid. Während sie den Pfad durch den Garten zurückgingen, wies keiner der Erwachsenen Wilf für seine Ausdrucksweise zurecht, und Sky nahm an, dass Daz – genau wie sie selbst – sich ein Lachen verkneifen musste.

Sie stapften durch den Schnee, Wilf redete fröhlich mit Sky und Daz, aber Sky und Daz sagten kein Wort zueinander. Als sie beim Eckhaus ankamen, ging Daz, ohne zu zögern, weiter, zu was auch immer oder wem auch immer. Wilf sah Sky an.

»Sollen wir noch nachsehen, ob Marietta mit dem Schnee zurechtkommt?«

»Gute Idee«, erwiderte Sky, die annahm, dass Wilf eher daran interessiert war, Mariettas Keksdose zu inspizieren.

Auch wenn sie ihre Besucher mit Zimtkeksen und Tassen voller dampfender Schokolade empfing, schien Marietta abgelenkt zu sein. Selbst ihre Cowboystiefel standen in der Ecke, als würden sie ihr Gesicht verbergen.

»Ist alles okay?«, fragte Sky vorsichtig, als sie bemerkte, dass Marietta mehr in ihren heißen Kakao starrte als davon zu trinken.

Marietta seufzte. »Ich will dich nicht damit belasten, Schätzchen.« Aber in ihren Augen schimmerte es plötzlich verdächtig.

»Das tust du nicht«, erwiderte Sky sanft.

Marietta seufzte unglücklich. »Ira, mein Sohn, wollte eigentlich mit seiner Frau und den Kindern über Weihnachten aus Indonesien zu mir zu Besuch kommen. Aber jetzt haben die Kinder die Masern bekommen. Und das übliche Weihnachtsessen im *Three Fishes* für diejenigen, die an Weihnachten allein sind, wurde dieses Jahr abgesagt, weil Elvis' Mum krank ist und er sie besuchen will.«

Sky nahm Mariettas Hand. Sie fand den Gedanken unerträglich, dass diese freundliche Frau an Weihnachten alleine sein sollte. »Dann komm doch an Weihnachten zu uns ins Eckhaus. Wilf und Courtney sind auch da. Ein großes Weihnachtsfest wird bestimmt Spaß machen.«

Marietta sah sie unsicher an. »Ach je, ich wollte mich doch nicht selbst einladen.«

»Das hast du auch nicht. Bitte, komme zu uns«, versicherte Sky ihr schnell. »Wir würden uns sehr freuen. Es wird nichts

Besonderes, weißt du – nur festliches Essen, Weihnachtsfilme und gute Gesellschaft.«

»Und Geschenke«, fügte Wilf hinzu, als wäre das das beste Lockmittel, und nahm sich noch einen Keks.

Ein leises Lächeln spielte um Mariettas Mundwinkel. »Wirklich?«

»Wirklich«, bestätigte Sky. »Du warst meine erste Freundin hier in der Winter Street. Wärst du nicht gewesen, hätte ich mich nie so schnell in Middledip zu Hause gefühlt.«

Als sie eine Stunde später wieder gingen, sah Marietta schon wieder mehr wie sie selbst aus.

Sky war auch glücklich, bis sie Abi in ihrem kleinen Auto erblickte, wie sie die Winter Street entlangdüste. Sie fragte sich unwillkürlich, ob sie zu Daz nach Hause eilte.

Wilf stellte sich als willkommene Ablenkung heraus. »Sollen wir nach drinnen gehen, damit du deinen Opa auch zum Wettbewerb einladen kannst?«

Sky verdrängte Daz und Abi aus ihrem Kopf. »Ja, das machen wir.«

Abi war in der Küche und kochte. Als Daz den Flur durchquerte, konnte er hören, wie die Musik aus ihrer kleinen Box plärrte, und er fragte sich, warum ihm früher nie aufgefallen war, dass sie das Haus mit der Musik ihrer Wahl beschallte, ohne sich zu fragen, ob andere das hören wollten.

Aber zumindest war sie im Haus, also konnte er ihr endlich sagen, dass es für sie an der Zeit war zu gehen. Er würde sie einschließen und zum Zuhören zwingen, wenn es nötig sein sollte.

Da fiel ihm ein Flackern auf der anderen Seite des Milchglases in der Haustür auf. Da er nur zwei Schritte von der Tür entfernt war, griff er nach der Klinke und öffnete dem Besucher. »Courtney«, sagte er, als er sie erblickte. »Komm doch rein.«

»Danke.« Sie trat lächelnd ein, aber als sie hörte, wie Abi in der Küche zu Ariana Grande sang – und die hohen Töne nicht wirklich traf –, verzog sie das Gesicht. »Ach, Mist. Ich habe vergessen, dass sie hier sein würde.«

»Lass uns nach oben in mein Arbeitszimmer gehen«, schlug er vor, genervt, dass er in seinem eigenen Haus keine private Unterhaltung mehr führen konnte.

»Danke.« Courtney ging vor ihm die Treppe hoch und zog währenddessen ihre Jacke aus.

Auf dem Dachboden nahm sie auf seinem Schreibtischstuhl Platz, die Hände unter die Oberschenkel geschoben und nervös wippend. »Ich habe Lewis besucht«, sagte sie ohne Umschweife. »Ich habe ihm gesagt, dass ich eine Verabredung habe.«

Daz ließ sich in seinen Gamerstuhl fallen. Er verspürte den vertrauten Schauer, der ihn immer überkam, wenn er an Lewis dachte, der so unglücklich hinter Gittern saß. Jetzt bestimmt noch unglücklicher. »Okay.«

Ein Seufzen entfuhr Courtney, und ihre hellbraunen Augen fixierten ihn mit festem Blick. »Daz, ich will nicht, dass das ein Problem wird zwischen uns. Lewis hatte kein Recht, dich da mit reinzuziehen. Er ist wild entschlossen, seine Hoffnungen für die Zukunft nicht aufzugeben, aber ich habe ihm nie etwas anderes versprochen, als dass ich Wilf weiterhin ermutigen werde, den Kontakt mit ihm zuzulassen. Ich denke, er versteht meine Lage«, fügte sie leise hinzu.

Daz versuchte, dieses vermeintliche Verständnis mit dem zusammenzubringen, wie er den verzweifelten Lewis erlebt hatte und was er ihm in seinem letzten Brief geschrieben hatte. Hatte sein Freund für die Dauer von Courtneys Besuch tapfer die Fassade aufrechterhalten? War er in seine Zelle zurückgegangen und hatte sich erst dort erlaubt, zusammenzubrechen?

Courtney stupste Daz mit ihrem Fuß an, als wüsste sie, was in ihm vorging. »Es ist wirklich etwas, das nur Lewis und mich angeht.«

»Ich verstehe. Ich halte mich in Zukunft raus«, brachte er mühsam hervor.

Ihr ganzer Körper spiegelte ihre Erleichterung wider. »Danke. Du warst die ganze Zeit mein Held, und ich habe ein schlechtes Gewissen, dass du zwischen die Fronten geraten bist.« Nach ein paar Sekunden neigte sie den Kopf, als konnte sie die Musik von der Küche hören. »Abi ist noch hier. Du weißt schon, dass sie hofft, dass ihr …?«

»Ich werde nicht wieder mit ihr zusammenkommen«, sagte er, da er davon ausging, dass sie das meinte. »Ich hatte das Gefühl, keine Wahl zu haben, als ihr Zeit zu geben, bis sie sich sortiert hat, aber sie treibt es zu weit.«

»Gestern Abend, als wir zusammen im Pub waren, hat sie immer wieder gefragt, was zwischen dir und Sky läuft«, erwiderte Courtney nachdenklich.

Er zuckte innerlich zusammen. Sky hatte so schön ausgesehen, als er sie morgens mit Wilf gesehen hatte, auch wenn sie so wenig wie möglich mit Daz gesprochen hatte. Er versuchte, sich selbst einzureden, dass es so das Beste war, angesichts dessen, dass sie so … instabil war, wie sie ihn angeschrien und ihn an jenem Abend aus dem Haus geschubst hatte. Er zwinkerte

Courtney zu. »Aha. *Das* ist etwas, aus dem *du* dich raushalten musst.«

Während er am Montag Übergabeprotokolle für seinen Nachfolger verfasste, ließ Daz die Tür zu seinem Arbeitszimmer auf dem Dachboden offen stehen, damit er Abi hörte. Und tatsächlich öffnete sich die Tür, und er vernahm ihre leisen Schritte, als sie die Treppe runterschlich. Entschlossen, sie dieses Mal nicht mit ihrer Verdrängungstaktik davonkommen zu lassen, sauste Daz hinter ihr nach unten.

Er erwischte sie, wie sie sich gerade einen Müsliriegel nahm. Sie hatte die Jacke schon über dem Arm, als hatte sie vorgehabt, sich wieder mal zügig aus dem Staub zu machen.

»Hey«, sagte er und stellte zwei Tassen neben die Kaffeekanne, als stilles Signal, dass er erwartete, dass sie blieb. »Du wirst heute mit deinem Chef reden.«

Sie zuckte sichtlich zusammen. »Nein, ich denke nicht …«

»Es ist an der Zeit, Abi.« Daz schielte auf das Handy in ihrer Hand, das aufleuchtete, weil ein Anruf einging. Es musste auf lautlos gestellt sein, aber der Name auf dem Display war gut zu erkennen. *Kremena.* »Und es sieht so aus, als würde dich deine Mitbewohnerin anrufen«, stellte er fest. »Mit ihr kannst du auch gleich reden.«

Abi wandte den Blick ab, ihre Unterlippe bebte. »Bin mir nicht sicher, ob ich mit ihr reden will.«

Daz kannte diese Abi, deren Wangen gerötet waren und die seinem Blick auswich. Es ließ in ihm die Alarmglocken schrillen. »Aber du musst mit ihr reden.« Alle Regeln der Privatsphäre missachtend, positionierte er sich mit verschränkten Armen an der Wand, so dass der einzige Weg aus der Küche versperrt war.

Mit deutlich zur Schau getragenem Widerwillen und roten Flecken auf beiden Wangen ging Abi an ihr Handy. »Kremena«, sagte sie knapp.

Obwohl Abi das Handy am Ohr hatte und Daz ein paar Schritte entfernt stand, konnte er Kremenas Stimme am anderen Ende ohne Probleme hören. »Abi«, rief sie. »Warum gehst du denn nicht dran, wenn ich dich anrufe? Ich habe Spiros dabei erwischt, wie er eine andere angebaggert hat. Er ist offensichtlich Abschaum. Ich hätte ihm nie mehr glauben sollen als dir. Ich habe so ein schlechtes Gewissen. Andrew auf der Arbeit habe ich es auch erklärt, und ich glaube nicht, dass er noch will, dass du kündigst. Ich will das auch nicht. Und was ist mit Weihnachten? Wir hatten doch so viele gemeinsame Pläne. Komm nach Hause, und wir können alles klären. Es tut mir so leid, Abi.«

Daz zog fragend eine Augenbraue hoch.

Abis gesamtes Gesicht war nun krebsrot. »Ich weiß nicht …«

Daz stand immer noch mit verschränkten Armen da und zog nun auch die zweite Augenbraue hoch, um ihr unmissverständlich zu verstehen zu geben, dass er jedes Wort mithörte. Wenn er je Zweifel daran gehabt hatte, ob diese Konfrontation so schlau war, dann waren sie hiermit verpufft. Sie hatte den Streit mit Kremena ganz offensichtlich als Ausrede benutzt, um seine Großzügigkeit auszunutzen, weil sie sich irgendetwas erhoffte. Vermutlich hatte sie sich die Depression und die Tabletten ebenfalls ausgedacht, was absolut *nicht* in Ordnung war.

Abi schielte zu ihm und schien in sich zusammenzusacken.

»Ähm, okay«, sagte sie resigniert. »Ich rufe Andrew an. Wenn das gut läuft, dann komm ich heute noch zurück.« Sie ließ die Schultern hängen. »Ich nehme an, mein Leben findet jetzt in London statt.«

Während Abi das Gespräch beendete, setzte Daz Kaffee auf und als sie das Handy weglegte, reichte er ihr eine Tasse. »Dann ist ja alles geklärt«, meinte er ruhig, zu erleichtert, sie auf die Tatsache anzusprechen, dass sie ihn ganz offensichtlich viel zu lange zum Narren gehalten hatte. Sie dafür verantwortlich zu machen, dass die Sache zwischen Sky und ihm zerbrochen war, war nicht mehr aktuell.

»Ja.« Sie wirkte beschämt und ließ den Blick in Richtung Fenster schweifen, vor dem der Schnee unter einem blauen Himmel glitzerte.

Er konnte nicht widerstehen, zu unterstreichen, dass er sie und den ganzen Mist, dass sie nirgendwo sonst hinkonnte, durchschaut hatte. »Ich hoffe, du hast ein schönes Weihnachtsfest mit deinen Freunden.«

»Ja«, sagte sie wieder. »Wünsche ich dir auch.«

Daz dachte, dass dieses Jahr die Feiertage eher etwas sein würden, was man durchstehen musste und weniger genießen, aber er erwiderte trotzdem ein »Danke«.

Einundzwanzigstes Kapitel

Den Montag verbrachte Sky in Bettsbrough, um ihre letzten Weihnachtseinkäufe zu erledigen. Sie hörte der Band der Heilsarmee auf dem Marktplatz zu und bewunderte die riesigen silbernen Christbaumkugeln, die an Seilen über der Straße hingen und in denen sich die Menschen darunter spiegelten.

Als sie wieder zu Hause ankam, war sie ziemlich erschöpft vom Weihnachtstrubel in der Stadt. Trotzdem setzte sie sich noch hin und packte die Geschenke in hübsches Schneemann-Geschenkpapier ein. Das Eckhaus sah im Inneren genauso festlich aus wie von außen, dank der grünen mit Kugeln behängten Girlanden überall. Sky hatte einen Weihnachtsbaum in einem Topf gekauft, damit sie ihn nach den Feiertagen draußen einpflanzen konnte, und er verschwand beinahe unter einer Lawine aus Lametta, mit der Wilf ihn geschmückt hatte. Er hatte Courtney überredet, mit ihm gemeinsam ihren Weihnachtsbaum aus dem Haus zu holen und ebenfalls bei Sky aufzustellen.

Am Abend ging Courtney mit Otis aus, dem Mann von der Dating-App. Sie schrieb Sky immer mal wieder eine Textnachricht, dass alles okay war und als sie sich auf den Heimweg machte.

Sky blieb so lange auf, bis sie zurück war, aber Courtney war seltsam still und sagte nur: »Er war ganz nett, denke ich«, ehe sie gähnte und ins Bett ging. Sky fühlte mit ihrer Freundin. Sie tat sich offensichtlich schwer damit, einen Weg zu finden, ihr Leben nach der Inhaftierung ihres Mannes wieder auf die Reihe zu bekommen. Es klang nicht so, als wäre Otis dafür die magische Zutat.

Der Kindergeburtstag am Mittwoch erfüllte den großen Raum mit einer Menge Lärm. Wilf, der am letzten Schultag früher zu Hause war, bot an, zu »helfen«, was im Klartext bedeutete, dass er vor den Achtjährigen den großen Herrn spielte und dabei half, die Party-Snacks zu verputzen.

Nan Heather verbrachte den Donnerstag mit Sky und Wilf im Eckhaus – Courtney war bei der Arbeit –, weil sie in der Rotten Row wegen einer defekten Hauptleitung kein fließendes Wasser hatte. Mo war an dem Tag zu beschäftigt, um sich zu kümmern, aber Sky genoss Nans Gesellschaft. Wilf verbündete sich sofort mit ihr, so wie es jedes Kind zu tun schien, und sie plünderten die Dose mit den Weihnachtsplätzchen und spielten Karten, die Wilf normalerweise links liegen lassen würde, solange er seine Playstation hatte.

Am Nachmittag ging Wilf zu Daz, um bei ihm Computer zu spielen, und Sky war froh, dass er mit elf Jahren alt genug war, den Weg die Winter Street entlang allein zu gehen.

Die ganze Woche über gab es immer wieder Schneeschauer, die den bereits liegenden Schnee neu bedeckten, wie ein Dekorateur, der der Welt mit weißer Farbe einen neuen Anstrich verlieh.

Allen war bewusst, dass andere Straßen in Cambridgeshire bereits für den Weihnachtsstraßen-Wettbewerb bewertet wurden, und Jessie schrieb in die Whatsapp-Gruppe, dass alle die Daumen drücken sollten, dass der Schnee liegen blieb, da sie sich sicher war, eine schneebedeckte Straße würde besser abschneiden als wenn nur noch brauner Schneematsch übrig war. Der Moderator des Lokalradios Chatty Charlie würde ein Mitglied der Jury sein, genau wie Janette Meredith-Parker von der Lokalzeitung. Ein Organisator und ein Repräsentant aus dem Wirtschaftsbereich würden die Jury komplettieren. *Wie müssen das gewinnen, Team!* schrieb sie als letztes.

Skys Vogelhäuschen waren aufgehängt, und am Freitag, dem Tag der Bewertung, hängte sie mit der Hilfe von Wilf, Eiran und Josie die neuen glockenförmigen Meisenknödel und die in Form eines Weihnachtsbaums in die Bäume und entfernten die fast leer gepickten. Sie benutzten verschiedenfarbige Folienschleifen, die das Licht der Weihnachtsbeleuchtung reflektieren würden, sobald sie anging. Sky kletterte immer wieder auf das Dach des Schuppens, um den Schnee von den Solarzellen zu fegen, damit sie auch ordentlich aufgeladen waren.

Der Schnee rieselte zur Erde wie weiße Federn, verwandelte die Baumwipfel in Richterperücken und dämpfte alle Geräusche, so dass Sky überrascht war, als sie die Straße raufschaute und dort bereits die Stände mit Essen und Getränken erblickte. Daz half Marietta einen Stand für ihre gerösteten Maronen aufzustellen, und Wilf und Eiran beteiligten sich, indem sie die Stangen des Baldachins wie Zuckerstangen in rote und weiße Bänder einwickelten.

Sky war den ganzen Tag schon furchtbar aufgeregt, weil ihr Großvater kommen würde. Es war für sie immer noch surreal, dass er überhaupt existierte, ganz davon abgesehen, dass er bald vor ihr stehen würde, in Fleisch und Blut.

Courtney kam von der Arbeit nach Hause. Auch sie würde nun endlich Weihnachtsurlaub haben. Ihre Wangen waren rosig von der Kälte, nachdem sie von der Hauptstraße zu Fuß gegangen war, wo sie ihr Auto geparkt hatte. »Ich habe mich kaum getraut, Fußspuren im Schnee zu hinterlassen, weil ich keinen Ärger mit dem Weihnachtslichter-Komitee bekommen wollte.« Lachend warf sie ihre Jacke über die Couch. »Sieht die Winter Street nicht bezaubernd aus? Ich muss mir mal schnell was Wärmeres anziehen.« Wilf war von Marietta zurückgekommen, und Courtney zog ihn an sich. »Zieh zwei Paar Socken an und deine dicken Stiefel.«

Wilfs Augen glänzten vor Aufregung. »Sieht Skys Garten nicht toll aus? Und es schneit immer noch. Es ist wie in der Schweiz.« Er rannte nach oben.

Sky befolgte Courtneys Rat und zog sich ebenfalls ein zweites Paar Socken an, obwohl sie dicke Schneestiefel hatte. Wieder unten angekommen, fand sie einen Handschuh, der hinter den Heizkörper gerutscht war, als es an der Haustür klopfte. Ein Schauer durchfuhr sie, der schon fast schmerzhaft war. Sie holte tief Luft und öffnete die Tür.

Auf der Türschwelle stand ein Mann mit weißem Bart und Fleecemütze, der ebenfalls nervös wirkte. »Sky«, sagte er heiser.

Sie standen sich regungslos gegenüber und musterten sich eingehend. Ron Murray. Ihr Großvater, in dessen grünen Augen Tränen glitzerten. Dann befand sie sich plötzlich in seinen Armen, fühlte sich gewollt und geliebt – und ein wenig erdrückt –, während er ihr wortlos den Rücken tätschelte.

Dann ertönte Wilfs Stimme hinter ihr. »Ich bekomme immer Ärger, wenn ich die Tür so offen stehen lasse. Da geht die ganze Wärme verloren.«

Lachend bat Sky Ron herein. »Danke, dass du gekommen bist.«

Rons Stimme war die Rührung anzuhören. »Das hier ist wie alle meine Weihnachten zusammengenommen.«

Wilf, der mit Ron schon per FaceTime gesprochen und über Kekse diskutiert hatte, behandelte ihn wie einen alten Freund, und als Courtney von oben dazukam, tat sie es ihm gleich.

Um sechs Uhr eilten sie in die Winter Street hinaus, um sich zu den Nachbarn zu gesellen, alle dick eingepackt in Schals, Mützen, Handschuhe, Jacken und Stiefel. »Das ist ja *eisig*«, rief Wilf und schlang theatralisch die Arme um den Oberkörper. Doch dann kamen Josie und Eiran angelaufen, und die Kinder rannten zusammen die Straße rauf, um eine Rutschbahn auf dem Bürgersteig zu bauen.

Courtney tänzelte auf den Zehenspitzen, um sich warm zu halten. »Ich nehme an, ich sollte sie aufhalten, weil sie ausrutschen und sich verletzen könnten, aber ich will keine Spielverderberin sein. Und seht mal, wie viele Kinder dabei sind. Das ist sicher gut für Wilf.«

Sky lachte. »Ich habe auch Rutschen gebaut, als ich klein war. Jede kostenlose Beschäftigung war eine gute Beschäftigung.« Sie zog sich die Mütze tiefer über die Ohren und starrte dann eine Gestalt an, die sich ihnen näherte. »Ist das nicht dein Schwiegervater?«

Courtney stutzte. »Verdammte Axt. Ich hätte nicht damit gerechnet, dass er wirklich kommt, als ihr erzählt habt, dass Wilf ihn eingeladen hat.« Sie straffte die Schultern. »Ich sollte ihn willkommen heißen, nicht wahr?«

»Es könnte den Weg zu einer besseren Beziehung zwischen euch ebnen«, meinte Sky. Plötzlich hatte sie eine wunderbare

Vision des großen Weihnachtsfestes, das sich nach und nach ergab, und sie fügte vorsichtig hinzu: »Du kannst ihn auch für Weihnachten ins Eckhaus einladen, wenn du magst. Sag ihm, Marietta kommt auch.«

Courtney sah sie verdutzt an. »Meinst du das ernst?«

Sky zuckte mit den Achseln. Sie gewöhnte sich allmählich daran, Teil der Gemeinschaft zu sein. »Lass ihn nicht allein sein.« Sie sah Courtney nach, die durch den Schnee stapfte, um Graham abzufangen. Er hatte einen Schal um die Filzkappe gewickelt, die er auf dem Kopf trug. Sky fühlte sich plötzlich schüchtern, als sie sich an Ron wandte. »Wie ist es mit dir? Du hast wahrscheinlich jede Menge Pläne für Weihnachten, aber wenn nicht, wärst du natürlich sehr willkommen.«

Rons grüne Augen leuchteten. »Das fände ich schön«, erwiderte er. »Freunde haben mich eingeladen, aber ich bin mir sicher, dass es ihnen nichts ausmachen würde, wenn ich absage.« Dann sagte er hastig, als wollte er seine Gefühle übertünchen. »Sieht aus, als gäbe es dort drüben Streit.«

Sie gingen zu Mariettas Maronenstand, wo sich Marietta in angeregter Diskussion mit Ruth befand.

»Stell dich doch nicht so an«, schmetterte ihr Marietta gerade entgegen.

Ruth starrte sie finster an. »Es ist wichtig …«

»Was ist denn los?«, fragte Sky. Dann lief ihr ein Schauer über den Rücken, der nichts mit den kalten Temperaturen zu tun hatte. Daz trat aus Mariettas Garten hervor, zweifellos ebenfalls angezogen von dem Streitgespräch.

Marietta blinzelte ein paar Tränen weg. »Ruth will nicht, dass ich den Grill für die Esskastanien anschmeiße, weil sie Angst hat, der Schnee könnte schmelzen.«

Ehe Sky Mariettas Feststellung, dass Ruth sich anstelle, wiederholten konnte, sagte Daz beiläufig zu Ruth: »Der Whatsapp-Gruppe zufolge sind die Jurymitglieder gerade in der Top Farm Road angekommen und machen sich bereit, mit dem Fotografen die Straße runterzugehen.«

Sofort vergaß Ruth die Esskastanien und eilte davon.

Sky legte den Kopf schief und musterte Daz. Wäre er nicht so seltsam, wenn er betrunken war, wäre Daz echt ein toller Kerl. Aber … in vino veritas. Ein Betrunkener zeigte seinen wahren Charakter.

Dennoch, da er ihr geholfen hatte, als sie nicht gewusst hatte, was sie wegen Ron tun sollte, stellte sie ihn vor. Die Männer musterten sich eingehend, während sie sich die Hände schüttelten.

Courtney trat zu ihnen, ihren Schwiegervater im Schlepptau. Er hielt sich hinter ihr, als wäre er sich nicht sicher, ob er willkommen sei. »Graham würde sich freuen, wenn er zum Weihnachtsfest ins Eckhaus kommen dürfte.« Dann fiel ihr Blick auf Daz. »Was ist mit dir? Du kommst doch auch, oder?«

Dass Courtney jemanden zu ihr ins Haus einlud, ohne sie vorher zu fragen, ärgerte sie insgeheim, aber da es komisch wäre, die Einladung zurückzuziehen, sagte Sky höflich: »Ich nehme an, du hast schon Pläne für Weihnachten, aber Marietta, Ron und so, wie es aussieht, auch Graham werden mit Courtney, Wilf und mir feiern. Du und Abi seid willkommen, auch vorbeizukommen. Ich glaube, wir haben genug Essen eingekauft, um eine ganze Armee zu versorgen.«

Ein finsterer Blick huschte über Daz' Gesicht. »Abi und ich werden nicht …« Dann unterbrach ein lauter Knall, was auch immer er hatte sagen wollen.

Marietta sprang von ihrem Ofen zurück. »Ach, herrje. Ich glaube, ich habe das Gas zu lange aufgedreht gelassen, ehe ich die Zündung gedrückt habe.«

Während Daz überprüfte, dass der Ofen auch sicher brannte, war Sky froh, mit Graham plaudern zu können, auch wenn sie vermutete, dass Daz kurz davor gewesen war, die Einladung auszuschlagen.

Sie und Ron, Courtney und Graham schlenderten die Straße entlang und fanden einen Stand mit Weihnachtspunsch und Glühwein. Sie schlürften die warmen Getränke und hielten an, um den Kindern dabei zuzusehen, wie sie ihre Eisrutsche genossen, vor Triumph quietschend, wenn einer den ganzen rutschigen Weg auf den Füßen schaffte.

Ein älterer Mann, der in seinen Schal gehüllt war, grummelte vor sich hin, dass es eine Gefahr für Fußgänger darstellte.

Ein anderer sagte das Gleiche wie Sky zuvor, als er bemerkte: »Ich habe das früher auch gemacht. Sie nicht?«

»Aber jetzt sind wir älter und schlauer«, entgegnete der erste Mann. »Wir sollten das unterbinden.«

Es war Graham, der unerwartet beisprang. »Das sind doch nur Kinder. Lassen wir ihnen ihren Spaß. Weiße Weihnachten gibt es schließlich nicht jedes Jahr.« Daraufhin beschwerte sich niemand mehr.

Während Courtney sich mit Graham an einen Familienurlaub im verschneiten Schottland erinnerte, als Wilf noch so klein gewesen war, dass er in einem Schlitten gezogen wurde, unterhielt sich Ron angeregt mit Sky. Er betonte immer wieder, wie sehr er sich freute, dass sie ihn zum Weihnachtsstraßen-Wettbewerb eingeladen hatte. »Es ist so unterhaltsam. So schön. Ich kann gar nicht glauben, dass ich hier bin«, wiederholte er, bis Sky ihm schließlich glaubte, dass er es erst meinte und sich entspannte.

Sie schaffte es sogar, sich ihm so weit zu öffnen, leise zu ihm zu sagen: »Neununddreißig Jahre sind eine lange Zeit, um auf ein Treffen mit meinem Großvater zu warten, aber ich glaube, das Warten hat sich gelohnt.« Ron nahm ihre behandschuhten Hände in seine und strahlte mit den Lichtern um ihn herum um die Wette. Sky hatte das Gefühl, ihr Herz müsste zerspringen vor Glück.

Eine Prozession aus Leuten bewegte sich nun die Straße runter, Jess an der einen und Ruth an der anderen Seite, während eine junge Frau Fotos von den flackernden, pulsierenden Weihnachtslichtern schoss. »Das muss die Jury sein«, meinte Sky. »Jessie hat mich gebeten, mich in meinen Garten zu stellen, damit ich die Solarlichter, die Meisenknödel und die Vogelhäuschen erklären kann. Da mein Haus das letzte in der Straße ist, ist es eine Art Schlusspunkt für die Tour der Jury.«

Ron, der gerade mit Graham ein Gespräch begonnen hatte, winkte ihr zu. »Mir geht es gut, ich unterhalte mich mit deinen netten Freunden.«

Sky machte sich auf den Weg. Sie nahm sich noch eine Tüte heißer Maroni von Marietta mit, um sich die Hände warm zu halten, während sie neben ihrem geöffneten Gartentörchen wartete, das sie mit Wilf zusammen mit Tannenzweigen geschmückt hatte.

Daz stand neben dem Glühweinstand.

Sie seufzte. Ihre beiden gemeinsamen Nächte waren unglaublich schön gewesen, aber in betrunkenem Zustand hatte er sich schrecklich benommen. Wütend. Über ihr thronend. Stinkend. Sie schauderte, froh, dass er ihre Weihnachtseinladung abgelehnt hatte, egal wie unhöflich es gewesen war. Wenn er sich gern betrank, wäre Weihnachten die ideale Zeit dafür. Nicht auszumalen, wenn er wieder so drauf wäre.

Die Prozession der Jury rückte näher. Vage erkannte sie den Moderator des Lokalradios, Chatty Charlie, der bekannt war für seine Morgenshow voller Anzüglichkeiten, mit denen er irgendwie durchkam, weil es lustig war. Janette Meredith-Parker, die Reporterin, ging neben ihm. Ein Pärchen gehörte noch zu der Gruppe, die Frau hing am Arm des Mannes. Dann blieb der Mann stehen. »Hallo, Sky.«

Sky wurde aus ihren Gedanken an Daz gerissen. »Freddy?« Die Frau – natürlich Minnie – starrte in Skys Richtung. Sky starrte verwirrt zurück. Freddy und Minnie wussten selbstverständlich, dass sie in der Winter Street wohnte, aber sie hatte ihr Auftauchen völlig kalt erwischt.

Jessie kam angeschwirrt. »Kennt ihr euch etwa? Freddy repräsentiert die Gruppe der lokalen Wirtschaft, die den Wettbewerb gesponsert hat, Sky. Er hat mir erzählt, dass er als Kind in Middledip gewohnt hat.«

Minnies Miene war finster. »Sky ist eine ehemalige Angestellte.« Irgendwie ließ sie es so klingen, als wäre Sky dabei erwischt worden, wie sie das Firmenkonto geplündert hatte.

Sie errötete, sagte aber möglichst ruhig. »Freddy und ich kennen uns schon seit unserer Kindheit. Er ist mein Pflegebruder. Wir waren beide bei Heather Elsworth in Pflege und haben sie vor kurzem gemeinsam besucht.«

Minnie sah ihren Verlobten mit offenkundiger Überraschung an. Das passte zweifellos nicht zu ihrem Ziel, Freddy, so gut es ging, von seinen Wurzeln zu lösen.

Freddy hielt den Blick höflich auf Jess gerichtet. »Es war ein

Zufall, dass ich für Middledip eingeteilt worden bin. Ich wusste es bis heute Nachmittag selbst nicht.«

Chatty Charlie unterbrach das Gespräch und wandte sich an Sky. »Wir haben gehört, ihr Garten sei etwas Besonderes. Ähm …«

»Sky Terran«, stellte sie sich vor. »Für die Winter Street wollte ich natürlich bei dem Wettbewerb mitmachen, aber ich interessiere mich auch für die Natur und ökologische Aspekte.« Sie fuhr fort, die solarbetriebenen Lichterketten zu erklären, die Wasserschale für die Tiere und die Meisenknödel in Weihnachtsformen für die Vögel. »… die übrigens auch Eichhörnchen ernähren, wenn sie sich in die Kälte trauen. Schließlich wissen sie nicht, dass die Meisenknödel eigentlich nicht für sie bestimmt sind«, schloss sie. Die ganze Zeit hatten sowohl Janette Meredith-Parker als auch Chatty Charlie ihr ein Mikro vor die Nase gehalten. Die Fotografin bat um ein Foto von ihr, wie sie einen Meisenknödel in Weihnachtsbaumform hochhielt.

Sky spürte Minnies Verärgerung unterschwellig, aber sie zuckte innerlich die Achseln darüber. Wenn Minnie nicht damit umgehen konnte, dass Sky im Rampenlicht der Nachbarschaft stand, war es ihr Problem.

Dann schaltete sich Jessie ein. »Nun, werte Jurymitglieder, darf ich Sie in mein Haus einladen, wo wärmender Kaffee und Kuchen auf sie warten?«

Als hätte jemand einen Schalter umgelegt, war die Aufmerksamkeit wieder von Sky abgelenkt.

Minnie begann ein Gespräch mit der Journalistin. Jessie und Ruth scheuchten ihre VIP-Gäste wie Schäferhunde die Schafe vor sich her, die eine übereifrig, die andere grimmig wie immer.

Marietta verteilte Tüten mit heißen Maroni, als die Gruppe bei ihr vorbeikam.

Plötzlich war Sky sehr müde. Es war ein Schock gewesen, Freddy zu sehen, und die Leichtigkeit, mit der er und Minnie sich von ihr abgewandt hatten, machte sie traurig. Der schöne, federleichte Schnee war in winzige, harte Flöckchen übergegangen, die auf der Haut piksten. Der Weihnachtspunsch hatte einen komischen Geschmack in ihrem Mund hinterlassen, und sie sehnte sich nach einem heißen Kakao. Sie wandte sich um.

»Sky, Kumpel. Hast du 'nen Moment Zeit?« Es war Freddys Stimme, untypisch zaghaft und unsicher.

Überrascht fuhr sie herum. Da stand er, in ihrem Garten, mit seiner großgewachsenen Statur in dem langen Wollmantel, den er normalerweise über einem Anzug trug, die Hände in den Taschen vergraben. »Klar«, sagte sie vorsichtig, während sie sich fragte, was er ihr dieses Mal sagen wollte.

Er zog fröstelnd die Schultern hoch. »Ich musste gerade daran denken, wie wir gemeinsam in Middledip gewohnt haben.«

Sie lächelte. »Gute Zeiten.« Das war sicherer Boden. Sie waren beide glücklich gewesen bei Nan Heather.

Er grinste und wirkte plötzlich jungenhaft. »Minnie war nicht gerade erfreut, als wir erfahren haben, dass unser Juryeinsatz in Middledip sein sollte, aber ich schon. Fühlt sich gut an, wieder hier zu sein.« Er räusperte sich. »Ich denke, ich verstehe jetzt, warum du getan hast, was du getan hast, um das Eckhaus zu bekommen.«

Ihre Stirn fühlte sich an, als müsste sie zerplatzen, als sie sie in der Kälte runzelte. »Was ich getan habe?« Ihre Gedanken wanderten zurück zu der Auktion und wie miserabel sie sich gefühlt hatte. »Alles, was ich getan habe, war ein Haus zu kaufen, dessen Preis deine Obergrenze überstiegen hatte. Hätte ich es nicht gekauft, hätte es jemand anderes getan.« Jemand wie Daz.

Freddy wirkte zerknirscht, als wäre ihm dieses wichtige Detail entfallen. »Kann sein. Aber du wusstest, wie sehr ich es haben wollte. Du hättest mich auch anrufen und fragen können, ob ich höher gehen will.«

Ein Schnauben entfuhr ihr. »Damit du mir wieder sagst, ›nicht jetzt, verdammt‹, wie du es getan hast, als ich meine Kündigung mit dir besprechen wollte? So oder so, die Intervalle zwischen den Geboten dauern nur Sekunden, wie du weißt. Du hättest am Telefon dabei sein müssen, aber das warst du nicht, weil du dich mit Minnies Familie getroffen hast.« Aber etwas an dem Gespräch und an der Art, wie er versuchte, ihr die Schuld zuzuschieben, und an seiner Reaktion darauf, dass sie das Eckhaus gekauft hatte, machte sie stutzig. Zum ersten Mal sah sie hinter die Zwietracht, die Minnie so kunstvoll gesät hatte. Langsam dämmerte es ihr. »Oh, Freddy, du wolltest das Haus mehr als mir bewusst war. Wolltest du auch nach Middledip zurückkehren?«

»Nun … Kann sein.« Er klopfte die Handschuhe aneinander und sah weg. »Ich hätte mich nicht von Minnie überreden lassen dürfen, die Obergrenze so niedrig anzusetzen.«

Das war das letzte Puzzleteil, das noch gefehlt hatte. »Ach so.« Vorsichtig sagte sie: »Minnie ist nie begeistert von Erinnerungen an deine Kindheit.«

Er seufzte. »Nein. Sie denkt, es ist nicht gut für mich.«

Sky hoffte, dass Minnies bedauerliche Einstellung wirklicher Liebe entsprang. Hinter den Bäumen ging das fröhliche Treiben in der Winter Street weiter, Sky hörte mit halbem Ohr zu, wie

Marietta mit jemandem plauderte und die Kinder ein Stückchen weiter die Straße runter johlten und lachten. Gesprächsfetzen trieben zu ihnen herüber, über Glühwein, Mutmaßungen darüber, ob irgendwelche der O-Töne benutzt werden würden, wenn die Ergebnisse des Weihnachtsstraßen-Wettbewerbs in Chatty Charlies Sendung an Heiligabend verkündet würden. Ob die Winter Street möglicherweise gewinnen würde.

Dann ertönte eine hohe Stimme mit gewählter Ausdrucksweise über dem allgemeinen Geplauder. »Wo um alles in der Welt ist Fred-Fred hin? Er war gerade noch hinter mir, und dann ist er verschwunden.«

Als Nächstes war Ruths Stimme zu vernehmen. »Vielleicht ist er bei Sky, wenn er ihr Bruder ist?«

Minnie ließ ein Seufzen hören. »Er ist nicht ihr Bruder. Sie waren für kurze Zeit bei der gleichen Pflegemutter, das ist alles. Sie war eine Göre mit Alki-Mutter, und er war so nett, sich um sie zu kümmern.«

»Wirklich?«, fragte Ruth, sie klang fasziniert von diesem neuen Tratsch.

»Wirklich«, bestätigte Minnie. »Sie hat sich an Fred-Fred gehängt und er hat ihr einen Job verschafft.« Sky war wie erstarrt, in mehrerlei Hinsicht, und konnte Freddy nicht einmal ansehen, während Minnies herablassendes Gerede weiterging. »Sie hat die Firma ziemlich plötzlich verlassen. Ich hatte keine Ahnung, dass Fred-Fred sie seitdem gesehen hat.« Minnies kultivierte Stimme senkte sich. »Genauso wenig wusste ich, dass er diese komische alte Dame getroffen hat, die sich damals um sie gekümmert hat. Ich nehme an, er hatte das Gefühl, nach ihr sehen zu müssen und ihr Geld für Weihnachten zu geben oder etwas in der Art.«

Sky zuckte zusammen, als Freddys Brüllen ihr fast das Trommelfell zerfetzt hätte. *»Minnie!«*

Auf der anderen Seite der Bäume entstand eine eisige Stille.

Freddy stapfte den Pfad entlang und ging um die Bäume herum. »Was zur verdammten Hölle, Minnie? Alles, was du gerade gesagt hast, war entweder Bullshit oder heillos übertrieben.«

»Oh«, machte Minnie leise.

Ruth beeilte sich, zu sagen: »Nun, dann lasse ich euch beide mal alleine.«

Durch eine Lücke in den Bäumen sah Sky, wie Freddy und Minnie gemeinsam die Winter Street zurückgingen, in Richtung Top Farm Road, mit steifer Körperhaltung und die Gesichter schief einander zugewandt. »Wow«, sagte sie laut. Sie sollte ein Gefühl des Triumphes empfinden, dass Freddy Minnie mal von ihrer schlechtesten Seite kennengelernt hatte, aber sie hoffte dennoch, dass es Freddy jetzt nicht schlechtging. Er hatte sehr aufgebracht gewirkt.

Ron kam die Straße entlang, die Lichter erhellten seinen Bart. »Meine Güte, gab es hier einen Aufruhr?«

Sie brachte ein Lächeln zustande. »Eine kleine Auseinandersetzung.«

Er trampelte mit den Füßen, um sich aufzuwärmen. »Ich werde jetzt mal wieder aufbrechen, Liebes. Bei dem Schnee muss ich langsam fahren. Aber ich komme an Weihnachten wieder.«

Das Wort »Liebes« wärmte sie besser auf, als es jeder heiße Kakao hätte tun können, und – aus einer spontanen Eingebung heraus – umarmte sie ihn. »Kommst du denn zurecht? Es ist auch noch ein Schlafzimmer frei, wenn du lieber hierbleiben willst.«

Ron grinste. »Ich komme zurecht, mein Mädchen. Ich bin zu alt, um ohne Zahnbürste oder frische Kleidung irgendwo zu übernachten.« Er erwiderte ihre Umarmung voller Herzlichkeit und verschwand dann in die Nacht.

Alles, was Sky sich wünschte, war ein heißes Bad, bevor die anderen nach Hause kamen, und etwas Zeit für sich selbst, um sich an die Vorstellung eines netten und liebevollen Großvaters in ihrem Leben zu gewöhnen. Darüber quälte sie die Gewissheit, dass Skys bloße Existenz und ihr Hintergrund, für den sie nichts konnte, Minnie, die in einem guten Elternhaus mit allen Vorteilen aufgewachsen war, dazu brachte, sie auf diese so geschmacklose Weise zu beschreiben, und das auch noch einer quasi Fremden gegenüber.

Solch gegensätzliche Gefühle zu erleben konnte ganz schön erschöpfend sein.

Zweiundzwanzigstes Kapitel

Die Neuigkeiten wurden in Chatty Charlies Morgensendung an Heiligabend verkündet, gleich nach dem Elf-Uhr-Wetter und den Verkehrsmeldungen.

Den ganzen Morgen hatte Charlies plappernde Stimme das Ereignis angedeutet. »Welche Straße in Cambridgeshire hat wohl den großen Weihnachtsstraßen-Wettbewerb gewonnen? Welche wohltätige Organisation wird zehntausend Pfund erhalten? Bleiben sie dran …« O-Töne aus jeder Straße, die teilgenommen hatte, wurden eingespielt. Courtney, Marietta und Sky lauschten dem Radio, während sie Mince Pies und lecker duftende Zimtsterne in Skys warmer, Zucker beladener Küche zubereiteten. Wilf, der seinem Großvater gegenüber etwas aufgetaut war, besuchte Graham, um mit ihm den Weihnachtsbaum aus einem staubigen Schrank hervorzukramen und zu schmücken.

»Ich wünschte, Chatty Charlie würde jetzt endlich mit dem Ergebnis rausrücken«, grummelte Marietta, während sie Zuckerguss über das frische Blech Zimtsterne verteilte.

Dann, kurz bevor die Elf-Uhr-Nachrichten anstanden, wurde noch ein O-Ton gespielt und Courtney quietschte. »Das bist du, Sky!«

Sky hielt inne, das Glas mit der Gebäckfüllung in der Hand, ihr Nacken kribbelte, als sie sich selbst sagen hörte: »Ich interessiere mich auch für die Natur und ökologische Aspekte.« Dann sprach sie weiter über Meisenknödel und Vogelhäuschen. »Wow«, machte sie entsetzt. »Ich klinge doch wie eine unfassbare Klugscheißerin.«

Die anderen brachen in Gelächter aus. »Tust du nicht«, widersprach Courtney und drückte ihr freundschaftlich den Arm, wobei sie Mehl auf Skys Weihnachtspullover verteilte. »Du klingst interessant und fürsorglich.«

Es folgten Nachrichtenbeiträge. Die Straßen in Cambridgeshire waren immer noch mit Schnee bedeckt. In den Einkaufsstraßen herrschte weihnachtlicher Hochbetrieb. Dann wurden die Verkehrsmeldungen und der Wetterbericht verlesen – eisige Temperaturen, die die Straßenverhältnisse noch rutschiger machen würden in Anbetracht des bereits gefallenen Schnees – und schließlich kam Chatty Charlie zum Punkt.

»Mein heutiger Gast ist Janette Meredith-Parker von der Zeitung, die, wie Sie alle wissen, Teil des Weihnachtsstraßen-Wettbewerbs gewesen ist, genau wie unser wundervoller Radiosender.« Und sie gingen das ganze Prozedere des Weihnachtsstraßen-Wettbewerbs noch einmal durch, als hätten sie nicht schon den ganzen Tag darüber gesprochen.

»Plappermäuler«, moserte Marietta und stellte die Zimtsterne zum Abkühlen beiseite.

»Mir war gar nicht bewusst, dass es so viele Teilnehmer waren«, meinte Courtney. »Es klingt, als wären es Dutzende. Da hat die Winter Street doch keine Chance.«

Endlich rief Chatty Charlie: »Also, Janette, erlöse uns und verrate uns, welche Straße in Cambridgeshire den großen Weihnachtsstraßen-Wettbewerb gewonnen hat und damit *zehn … tausend … Pfund* für den angegebenen wohltätigen Zweck.«

Ein theatralisches Rascheln von Papier war zu hören. Janette Meredith-Parker räusperte sich. Dann rief sie schließlich aus: »Nun, Charlie, werte Zuschauer, der Gewinner ist …«, es folgte eine dramatische Pause, »… die Winter Street aus dem Ort Middledip!«

Sky, Courtney und Marietta erstarrten und sahen sich entgeistert an. Dann brüllte eine nach der anderen: »Wir haben gewonnen!« Und sie schlangen die Arme umeinander, dass Mehl und Puderzucker nur so flogen.

Janette Meredith-Parker fuhr fort. »Ihre wohltätige Organisation ist das Chester's House in Bettsbrough, ein Hafen für junge Erwachsene, die einen Ort zum Bleiben brauchen. Also dann: herzlichen Glückwunsch an die Winter Street und ihre Bewohner, die so hart gearbeitet haben. Für mich war es der Öko-Garten, der den Ausschlag gegeben hat, Charlie.«

»Das war mal etwas anderes«, stimmte Charlie zu. »Macht einem Dinge bewusst, über die wir alle nachdenken sollten.«

Marietta und Courtney fuhren herum und grinsten Sky freudig an.

Sky schlug sich die Hände vors Gesicht. »Es ist nur eine gute Geschichte in einer guten Geschichte, mehr nicht. Aber wir haben gewonnen, oder?« Dann begannen ihre Handys zu piepsen mit aufgeregten Nachrichten der Weihnachtsstraßen-Wettbewerb-Whatsapp-Gruppe, und es dauerte zehn Minuten, bis Sky wieder die Mince Pies im Ofen einfielen.

Ein paar Minuten später stürmte Wilf ins Haus, gefolgt von einem etwas gemächlicheren Graham. »Wir haben gewonnen!«, kreischte Wilf. »Wir haben es bei Opa im Radio gehört.

Ist das nicht toll? Zu schade, dass wir nichts von dem Geld behalten dürfen. Oh, kann ich einen Keks haben?«

Courtney umarmte ihn. »Ich fürchte, ich werde den Ausdruck ›wohltätigen Zweck‹ noch mal erklären müssen«, sagte sie mit gespielter Strenge. »Aber du kannst auf jeden Fall einen Keks haben, da du mit den Lichtern von mindestens vier Häusern in der Straße geholfen hast. Du hast es dir verdient.«

Dann zogen alle ihre Jacken an und gingen nach draußen, wo die Anwohner der Winter Street umhergingen und sich gegenseitig gratulierten oder triumphierend abklatschten. Jessie sah aus, als könnte sie es immer noch nicht fassen, als sie eine Tüte mit Schokobonbons herumreichte. Marietta holte Plätzchen und Sky die Mince Pies, während Ruth ihre große Thermoskanne mit Tee nach draußen stellte und allen bewies, dass selbst sie ab und zu lächeln konnte.

Die Anwohner der Winter Street waren langsam geübt darin, Mini-Straßenfeste zu schmeißen.

Am Weihnachtstag erwachte Sky noch vor den anderen – was seltsam war, immerhin warteten unter dem Weihnachtsbaum ein Haufen Geschenke auf den noch schlummernden Wilf. In ihren Bademantel eingehüllt, stand sie an ihrem Schlafzimmerfenster und beobachtete, wie die Wintersonne den Himmel mit nebligem Violett, Apricot und Blau überzog. Darunter glitzerte der Schnee, als bestünde er aus einer Million winziger Lichter.

Wunderschön.

Welches Glück es doch war, wieder in Middledip zu sein. Der Ort war schon einmal gut für sie gewesen, und jetzt hatte sie Nachbarn und Freunde, mit denen sie Weihnachten verbringen konnte. Kein Luxusurlaub konnte damit konkurrieren.

Als sie Wilfs aufgeregte Stimme vernahm, band sie sich die Haare flüchtig auf dem Kopf zusammen und eilte nach unten, um den Kamin anzuzünden, den sie am Abend schon vorbereitet hatte, und die Lichter am Weihnachtsbaum anzuschalten.

Wilf stürmte ins Wohnzimmer, sein Bademantel flatterte offen über einem roten Pyjama. »Mum kommt auch runter und wir können unsere Geschenke aufmachen.« Er schnappte sich ein Päckchen, steckte es dann aber hastig wieder in den Haufen zurück. »Aber sie hat gesagt, ich darf nichts anfassen, bis sie da ist, sonst muss ich bis Ostern warten«, flüsterte er.

Sky lachte über seine Bestürzung. »Lass uns einen heißen Kakao machen«, flüsterte sie zurück. »Das wird sie sicher nach unten locken.«

»Cool.« Wilf sprang auf und sauste durch den Flur.

Der Duft der Schokolade funktionierte tatsächlich, denn kurz darauf tauchte Courtney gähnend auf. »Frohe Weihnachten.« Sie umarmte Sky und band dann Wilfs Bademantel zu.

Schon bald rissen sie Geschenkpapier auf. Wilf hatte Sky neue Gartenhandschuhe gekauft und Courtney eine Schachtel mit nach Lavendel duftenden Badartikeln. »Oh, danke, Liebling«, sagte Courtney und gab ihm einen Kuss auf die Nasenspitze.

Sky umarmte ihn. »Du hättest dein Taschengeld nicht für mich ausgeben sollen. So ein tolles Geschenk habe ich gar nicht erwartet.«

Wilf sah sie verwirrt an. »Das habe ich doch auch nicht. Daz hat mir Geld für die Geschenke gegeben, so wie es Dad früher immer getan hat.«

»Wie nett von ihm.« Sky bedauerte einmal mehr, dass Daz nicht immer so nett sein konnte.

Courtney hatte Sky eine neue Kaffeemaschine gekauft, die sie sich eigentlich nicht leisten konnte, wie Sky vermutete. Courtney wischte ihre Einwände beiseite. »Du bist es mir wert. Sieh doch nur, was du für eine wunderbare Freundin für Wilf und mich bist.«

»Oh.« Sky schluckte und überreichte ihr im Gegenzug ihr Geschenk – ein luxuriöses Pflegeset.

Nachdem sie sich von Courtney hatte beraten lassen, hatte sie Wilf einen Gutschein für ein Computerspielgeschäft besorgt, aber da sie das ein wenig langweilig fand, hatte sie ihm auch noch ein Insektenhotel aus Holz gebastelt, das mit Tannenzapfen und abgeschnittenen Bambusrohren gefüllt war.

Wilf bedachte jedes Geschenk mit einem »Wow, cool, danke!« und sah dabei genauso freudig und strahlend aus, wie jedes Kind an Weihnachten aussehen sollte. Schließlich waren alle Geschenke ausgepackt, und Wilf zog sich in sein Zimmer zurück, um das Playstationspiel auszuprobieren, das Courtney ihm geschenkt hatte. Courtney schob den Truthahn in den Ofen, während Sky duschte und ihre Haare föhnte. Dann machte sich Sky an die Zubereitung des Gemüses.

Als Marietta ankam, sauste Wilf nach unten, um seine Geschenke entgegenzunehmen, eine Tafel Schokolade, einen Pullover und eine Dose mit Schokokeksen. »Wie cool, danke«, sagte er atemlos.

Als es wieder an der Tür klingelte, stand ein herausgeputzter Graham davor. »War nicht sicher, ob Sie das ernst gemeint haben, dass ich vorbeikommen kann«, sagte er zaghaft zu Sky. »Aber ich habe eine Schwäche für Truthahn.«

Sky bat ihn herein. »Frohe Weihnachten! Natürlich habe ich das ernst gemeint.«

Er schenkte jedem von ihnen eine Schachtel mit Schokolade in Familiengröße, die er vermutlich noch schnell im Dorfladen gekauft hatte, aber als er noch zwei Karten hervorzog, die Geld für Wilf und Courtney enthielten, hatte Sky das Gefühl, er hatte sich mehr Mühe gegeben, als noch vor ein paar Tagen vorherzusehen gewesen war.

Sie schielte auf ihre Armbanduhr. Bisher noch keine Spur von Ron, und keine Nachricht. Aber gerade als der verwundbare Teil in ihr sich fragte, ob er beschlossen hatte, Weihnachten doch nicht mit ihr zu verbringen, tauchte er vor der Tür auf und erklärte: »Die verdammten Straßen sind eine Zumutung. Ich habe das Essen doch nicht verpasst, oder?« Und ehe Sky sich versah, fand sie sich erneut in den Armen ihres Großvaters wieder. Es fing allmählich an, sich … nun, schon fast normal anzufühlen.

Ron hatte sechs Pralinenschachteln dabei. »Wusste nicht, wie viele Leute hier sein würden«, meinte er fröhlich.

Mit leuchtenden Augen fügte Wilf eine weitere Packung Schokolade zu seinem Stapel hinzu.

Ron wandte sich an Sky. »Ich habe noch etwas für dich, Liebes.« Schüchtern hielt er ihr ein quadratisches Päckchen hin, das in rotes Papier eingeschlagen war.

»Oh, danke«, sagte Sky überrascht und nahm es entgegen. »Das ist ganz schön schwer.« Sie wickelte das Päckchen aus, während die anderen sie beobachteten. Zum Vorschein kam eine abgewetzte Holzschatulle, in der sich – zu Skys Entsetzen – jede Menge Schmuck befand, der im Licht des Baumes stumpf glänzte. Das meiste war aus Gold und eher altmodisch. Wortlos starrte sie Ron an.

Er lächelte schwach. »Das ist der Schmuck deiner Großmutter. Ich hoffe, es macht alle anderen Weihnachtsfeste wett, die wir verpasst haben.«

Sky fand sich in einer weiteren Umarmung wieder, die ewig anzuhalten schien. »Das ist tausendmal besser, als das, was ich für dich habe«, sagte sie mit erstickter Stimme.

Aber als er die zwei dicken Pullover auspackte, die sie für ihn gekauft hatte, strahlte er über beide Ohren. »Perfekt! Meiner Garderobe fehlt der weibliche Touch – seit deine Großmutter nicht mehr da ist«, fügte er mit rauer Stimme hinzu.

Sky ging in die Küche, um den vegetarischen Braten aus Nüssen und Gemüse fertig zu machen, und ließ die anderen am Feuer zurück. Während sie den Küchentisch deckte, dachte sie, dass es gut war, dass Daz nicht mit Abi hatte kommen wollen. Sie hatten nur sechs Stühle und so wären sie acht Leute gewesen.

Das Mittagessen bestand aus einer traditionellen Mischung leckerer, reichhaltiger Festtagsgerichte, Knallbonbons mit schlechten Witzen auf Zettelchen und Papierhüten, die schief auf den Köpfen saßen. In Skys Knallbonbon war außerdem ein grüner Plastikring, in Wilfs ein gelber Gummifrosch. »Nicht anfassen«, warnte Sky in gespieltem Schreck. »Das ist ein goldener Giftpfeilfrosch und du verbringst am Ende noch Weihnachten im Krankenhaus.«

Wilf wirkte beeindruckt. »Du kennst dich mit giftigen Fröschen aus?«

Ron und Graham schüttelten beide ein Puzzle aus ineinander verschlungenen Ringen aus ihren Bonbons und machten einen Wettbewerb daraus, wer sie am schnellsten entwirren konnte. Mariettas kleine Überraschung bestand aus einem roten Plastikherz, das sie sich gleich an ihre Weihnachtsstrickjacke steckte, an deren Saum aufgestickte Rentiere entlanggaloppierten.

Am Nachmittag, als der Weihnachtspudding verzehrt war und die Spülmaschine eingeräumt, sah Courtney auf die Uhr. »Ich habe einen Anruf mit Lewis ausgemacht.«

Graham hatte plötzlich feuchte Augen. »Ich würde gern dabei sein, bitte.«

Dann warfen beide Wilf einen hoffnungsvollen Blick zu.

Wilfs Lächeln erlosch sofort. Sky fühlte mit ihm. Aber ihr tat auch Lewis leid, den sie noch nie getroffen hatte und der verwerfliche Dinge getan hatte, aber der Weihnachten an einem unwirtlichen Ort, getrennt von seiner Familie, verbringen musste. Deshalb freute sie sich insgeheim, als Wilf mit einem genervten »O-kay. Ich spreche mit ihm« antwortete.

Courtney drückte Wilf so fest, dass Sky schon fast Angst um ihn bekam. Sie musste schlucken, ehe sie sagte: »Geht doch rauf, um den Anruf zu machen. Wenn ihr fertig seid, mache ich den Kaffee.«

Sobald sie weg waren, erklärte sie Ron, wer Lewis war und wie Wilf sich deshalb fühlte.

»Ach herrje«, machte Ron seufzend. »In solchen Situationen gibt es keine Gewinner.« Er schwieg einen Moment lang.

Sie musste daran denken, dass er Anwalt gewesen war und vermutlich öfter solche »Situationen« miterlebt hatte. »Auf jeden Fall trifft Lewis' Familie keinerlei Schuld. Es ist stark von Wilf, an Weihnachten mit seinem Dad zu sprechen. Er hat ein gutes Herz, nicht wahr, Marietta?«

»Oh, ja, dieser Junge ist ein tolles Kind«, stimmte Marietta zu. Sie sah aus, als bräuchte sie ein Nickerchen.

Ron rieb sich den Bart und schielte zu Sky rüber. »Weißt du, in Thailand ist es gerade erst kurz nach zehn.«

Sie brauchte einen Moment, bis sie verstand, was er damit sagen wollte. Sie schluckte schwer. Ron dachte, dass, wenn Wilf mit seinem Dad sprechen konnte, Sky vielleicht auch mit ihrer Mutter Kontakt aufnehmen würde. Ihr wurde schlecht.

Ron nahm ihre Hand in seine faltige, aber warme und starke. »Es würde viel bedeuten, wenn du mit Trish reden könntest.«

Sky musterte ihren Großvater. »Wem würde es viel bedeuten? Dir oder ihr?«

Er wirkte nachdenklich. »Mir auf jeden Fall. Und ich nehme an, ihr auch, da sie mich gebeten hat zu versuchen, den Kontakt zu arrangieren.«

Marietta rappelte sich auf. »Und ihr erinnert mich daran, dass ich mit meinem Ira und seiner Familie zum Skypen verabredet bin. In Jakarta ist es etwa die gleiche Uhrzeit. Soll ich in die Küche gehen, Sky?«

Seufzend beugte sich Sky den Erwartungen der anderen. »Nein, bleib ruhig hier. Mein Laptop ist sowieso in der Küche, und Ron und ich können uns an den Tisch setzen, wenn wir mit meiner Mutter reden.« Wenn sie das schon tun musste, würde sie wenigstens ihren Großvater – der jetzt freudig strahlte – an ihrer Seite haben.

Es dauerte ein paar Minuten, bis sie sich gesetzt hatten und FaceTime geöffnet war. Mit steifen Fingern tippte Sky die Kontaktdetails ein und lehnte sich zurück, den bangen Blick auf den Bildschirm geheftet. Es juckte ihr in den Fingern, den Laptop einfach wieder zuzuklappen, während alte Bilder der mageren, zornigen Trish auf sie einstürmten, die Dinge warf und Gift und Galle spuckte.

Ron nahm ihre Hand, als hätte er ihre Gedanken gelesen.

Der Bildschirm flackerte.

Sky umklammerte Rons Finger, als erneut Panik in ihr aufstieg.

Dann plötzlich war da das Bild einer Frau, die sie aus dem Bildschirm anstarrte, und Sky schrak zurück. Sie konnte weder schlucken noch sich über die Lippen lecken. Die hohlen Wangen der Frau hatten sich gefüllt und ihr zu einem Bob geschnittenes Haar war gekämmt und hatte Strähnchen. Ihre Augen waren dezent geschminkt. Neben ihr saß eine andere Frau, mit einem flotten, silbernen Kurzhaarschnitt. Einen Moment lang starrten sich alle nur an.

Es war wie ein verstörender Traum, einer, in dem man nicht wirklich verstand, was los war, außer, dass die Atmosphäre bedrohlich war. Sky wollte aufwachen und es beenden.

Ron räusperte sich als Erster. »Trish, Martha, frohe Weihnachten.«

Dann drang eine allzu vertraute Stimme an Skys Ohr. »Frohe Weihnachten, Dad.« Dann etwas zaghafter: »Sky. Es ist so schön, dich zu sehen.«

Sky war wie gelähmt, und ihr Herz klopfte, als wollte es ihren Brustkorb sprengen.

Ron drückte wieder ihre Hand. »Sie ist zu einer schönen Frau herangewachsen, wie ich es dir gesagt habe, Trish. Sie ist ein wunderbarer, herzlicher Mensch.« Als niemand auf seine gutgemeinte Ermutigung einging, fügte er hinzu: »Trish, ich glaube, du wolltest Sky etwas sagen, oder nicht?«

Sky bemerkte Trishs Gesichtsausdruck. Sie wirkte in die Enge getrieben. Panisch. Sky wusste, wie sie sich fühlte.

Dann legte Martha ihren Arm um Trish und küsste sie auf

die Schläfe. Es war seltsam zu beobachten, wie Trish so zärtlich behandelt wurde, und Sky fiel auf, dass sie das noch nie zuvor gesehen hatte. Trish räusperte sich. »Tut mir leid, Sky«, sagte sie. »Ich war die mieseste Mutter der Welt. Ich war egoistisch und vernachlässigend. Ich fühle mich schrecklich. Ich erwarte nicht, dass du mir verzeihst, aber ich will, dass du weißt, dass ich mich meinem Verhalten gestellt habe. Ich bin Alkoholikerin.« Sie warf Martha ein Lächeln zu. »Erst in den vergangenen Jahren, seit wir zusammengekommen sind, habe ich angefangen, mich in Ordnung zu bringen. Martha ist übrigens meine Lebenspartnerin.«

Martha lächelte freundlich. »Hallo, Sky.«

Sky nickte steif.

Trishs Lippe bebte. »Ich würde dir gern sagen können, dass ich völlig trocken bin und mich im Griff habe, aber das stimmt nicht. Ich sage einfach, dass ich mich gebessert habe.«

Martha starrte in den Bildschirm und sah Sky, so gut es eben ging in einem Videoanruf, in die Augen. »Trish wollte unbedingt wieder Kontakt zu dir haben, Sky.«

Da offensichtlich irgendeine Reaktion von ihr erwartet wurde, krächzte Sky mühsam »Frohe Weihnachten«.

Alle antworteten mit einem »Frohe Weihnachten«, als hätten sie es noch nicht gesagt. Sky erkannte Enttäuschung im Blick ihrer Mutter, aber die Erinnerung an die boshafte, kreischende Trish war noch zu frisch und ließ die wohlgenährte, aufgeräumt wirkende Frau hinter sich verblassen. Sky wollte immer noch den Laptop schließen und damit die Vergangenheit hinter sich lassen.

Während sie einen inneren Kampf austrug, erzählte Ron Trish und Martha von ihren weißen Weihnachten in der Winter Street, und Trish und Martha berichteten von gegrilltem Fisch am Strand. Martha sprach von ihrem Leben als Lehrerin in einer Sprachschule. Ron beschrieb seine Fahrt aus Norfolk heraus durch den Schnee. Martha sagte, das Meer hätte wunderbare achtundzwanzig Grad gehabt, als sie am Morgen schwimmen waren.

Mutter und Tochter starrten sich wortlos an.

Sky betrachtete die Holzwände des Hauses, in dem ihre Mutter und ihre Freundin lebten, ihre vertraute Art miteinander umzugehen, das Glück in Trishs Augen.

Dann hörte sie voller Erleichterung Stimmen aus dem Wohnzimmer: Wilfs hohe Stimme, Grahams tiefes Brummen. Die anderen mussten wieder nach unten gekommen sein, nachdem sie das Gespräch mit Lewis beendet hatten. Ron schien es auch gehört zu haben, da er das Gespräch allmählich beendete, als wäre es nichts weiter gewesen als ein gewöhnlicher Familienanruf. »Also, ich weiß, für euch in Thailand ist Weihnachten fast vorbei, aber Sky hat noch Gäste. Wir müssen sie wieder zu ihnen lassen.«

Martha sagte etwas ebenso Höfliches und Freundliches. Trish sagte: »Tschüs, Dad. Tschüs, Sky.« Und nach kurzem Zögern fügte sie hinzu: »Ich hoffe, wir sprechen uns mal wieder.«

Sky sagte nur »Ciao«.

Und dann konnte sie endlich die Hand ausstrecken und den Deckel des Laptops schließen.

Ron legte den Arm um sie. »Das war hart für dich, ich weiß, Liebes. Danke, dass du es versucht hast. Ich hoffe, ich bin nicht zu weit gegangen, als ich dich darum gebeten habe.«

Sky war zu erleichtert, dass es vorbei war, um mehr zu tun

als seine Umarmung zu erwidern. »Ich habe noch gar nicht den Kaffee aufgesetzt.«

Ron wirkte plötzlich angespannt, aber wenn er enttäuscht war, dass Sky nichts über ihre Mutter zu sagen hatte, dann erwähnte er es nicht. »Für mich wird es einer zum Mitnehmen. Ich habe noch eine weite Reise vor mir.«

Als sie sich wieder zu den anderen gesellten, schien es so, als wären deren Telefonate gut gelaufen. Marietta plauderte fröhlich über ihre »Enkelbabys«, wie sie sie nannte, und auch wenn Courtney, Wilf und Graham aussahen, als hätten sie ein Tränchen verdrückt, so lächelten sie jetzt.

Wilf wandte sich leise an Sky. »Dad klang so wie immer.« Er sagte es so, als könnte nur Sky verstehen, dass er damit gerechnet hatte, dass Lewis sich verändert hätte, und Sky konnte nicht anders, als ihn fest zu umarmen. Sie wollte ihm gern mitteilen, dass sie verstand, wie es war, von demjenigen, der einen eigentlich beschützen sollte, verletzt zu werden.

»Ich habe mit meiner Mum gesprochen«, flüsterte sie. »Sie klang nicht so wie immer.« Sie dachte an die früheren Wutausbrüche. »Sie klang besser.«

Wilf blickte sie weiser an, als er in seinem Alter sein konnte. »Verrückt, oder?«

Sky konnte nur nicken.

Wilf wand sich aus ihrer Umarmung heraus. »Daz ist vorbeigekommen, als du in der Küche warst. Er hat mir Kopfhörer auf einer Halterung fürs Computerspielen geschenkt und Mum und Marietta Parfüm. Und er hat auch etwas für dich hiergelassen.«

»Für mich?« Geschockt nahm Sky ein weiches Päckchen von Wilf entgegen. Daz hatte nicht auf ihrer Liste fürs Weihnachtsshopping gestanden. Seit jenem Abend, als er sich betrunken hatte, war sie davon ausgegangen, dass sie sich nicht so nahstanden. Als ihr auffiel, dass alle sie erwartungsvoll ansahen, öffnete sie das Päckchen und zog einen wunderbar weichen Pullover in Blassblau hervor. Auf die Vorderseite waren die Worte *Bee happy, bee friendly* gestickt, und um die Worte herum schwirrten schwarze und goldene Filz-Bienen mit silbernen Flügeln. »Oh«, murmelte sie. »Ich muss mich bei ihm bedanken.«

»Kann ich mitkommen?«, fragte Wilf und hüpfte auf und ab.

Sky war wie vor den Kopf gestoßen. Sie hatte gemeint, sie wollte sich irgendwann bei Daz bedanken, nicht sofort. »Wir können seine Weihnachten doch nicht stören. Er hatte sicher Pläne.«

»Er wollte von hier aus nach Hause gehen«, erwiderte Courtney. »Er hat den Tag bei seinen Eltern verbracht, aber sie sind abends bei Freunden eingeladen.«

»Ich will nicht bei ihm und Abi reinplatzen.« Sky strich den Pullover glatt, der sich wunderbar weich an der Haut anfühlte. »Ich werde ihn morgen oder in den nächsten Tagen mal anrufen.« Sie stellte ihn sich vor, wie er mit Abi auf einem der großen Sofas kuschelte, Filme anschaute und Schokolade aß. Vielleicht trug Abi wieder den seidenen Morgenmantel.

Wilf nahm die letzte Schachtel Schokolade, die Ron mitgebracht hatte und die noch keinen Besitzer gefunden hatte. »Also, ich gehe auf jeden Fall. Ich bringe die zu ihm und sage ihm, dass sie von dir sind. Morgen oder in den nächsten Tagen ist kein Weihnachten mehr.« Er klang enttäuscht von Sky.

Courtney rümpfte die Nase. »Ich fände es besser, wenn Sky dich begleiten würde, es ist schon dunkel.«

Sky starrte sie finster an. Warum begleitete Courtney Wilf nicht selbst, wenn sie sich solche Sorgen machte?

Aber dann fuhr Courtney fort: »Ich würde Graham gern nach Hause bringen und mich ein bisschen mit ihm unterhalten.«

Aha. Sie wollte offenbar über Lewis sprechen. Sky unterdrückte ein Seufzen. Der Pullover, so unerwartet er auch war, konnte einen Olivenzweig darstellen. Sie hatten immerhin gemeinsame Freunde, und wenn sie weiterhin kaum noch miteinander sprachen, würde das auch die anderen betreffen. Sie konnte als Reaktion auch den Spruch auf dem Pullover wählen – »bee friendly«. »Okay, Wilf. Du kannst die Schokolade für mich einpacken, während ich die anderen nach draußen begleite, und dann gehen wir los. Du hast recht. Weihnachtsgeschenke sollte man auch an Weihnachten bekommen.«

Ron hatte sich seine Jacke schon zugeknöpft und hielt nun Marietta ihren roten Mantel hin. An der Tür umarmte Sky Ron herzlich. »Tut mir leid, dass der Anruf nicht so verlaufen ist, wie du gehofft hattest.«

Er erwiderte die Umarmung. »Ich weiß, dass es schwer war. Ich bin stolz auf dich, dass du den Kontakt zugelassen hast. Bis bald, hoffe ich.«

Der letzte Satz wäre für die meisten eine normale Verabschiedung für einen Großvater gewesen, aber Sky trieb er die Tränen in die Augen, und sie konnte nur noch winken und lächeln, während Ron Marietta seinen Arm anbot, um sie über den rutschigen Pfad durch den Vorgarten zu führen. Beide riefen ihr noch ein Danke für den schönen Tag zu und wünschten ein letztes Mal frohe Weihnachten.

Courtney und Graham gingen als Nächste, wobei Graham glücklicher und entspannter aussah, als Sky ihn je erlebt hatte.

Sie schloss die Tür hinter ihnen und fühlte sich für einen kurzen Moment allein … bis Wilf mit schier unerschöpflicher Energie durch den Flur auf sie zugehüpft kam. »Hier ist dein Mantel. Ich trage die Schokolade.«

Dreiundzwanzigstes Kapitel

Sky ließ Wilf noch kurz warten, während sie sich ihre Stiefel anzog und Handschuhe, Mütze und Schal zu ihrem Outfit hinzufügte. Sie brachte ihn dazu, ebenfalls seine Mütze zu suchen. Das Dorf sah aus wie eine einzige Eisskulptur, und sie hatte nicht vor, sich der Eiseskälte zu stellen, ehe sie nicht beide entsprechend angezogen waren.

Die Winter Street lag so ruhig da, dass es schon fast gruselig war. Nur das Knirschen des Schnees unter ihren Sohlen war zu vernehmen. Offenbar waren alle in ihren Häusern und genossen die weihnachtlichen Süßigkeiten und Geschenke. Nur Weihnachtsmänner und Schneemänner grinsten aus den Gärten, die beleuchtet waren wie … nun, wie in einer Weihnachtsstraße.

Wilf rannte voraus, die Schachtel mit der Schokolade, die jetzt in blaues Sternenpapier eingepackt war, rappelte. »Ich wette, unsere Rutsche ist total rutschig.«

»Sei vorsichtig«, warnte ihn Sky, die schon selbst fast den Halt verloren hätte, weil sie in Gedanken bei Daz war und sich fragte, welche Version von ihm sie heute antreffen würde – den netten Daz, den schlecht gelaunten oder den in Abi verliebten.

An den betrunkenen wollte sie gar nicht denken. Sie bemerkte etwas Blaues im Schnee, und sie bückte sich, um Wilfs dicke, blaue Wollmütze aufzuheben. »Dir frieren noch die Ohren ab«, rief sie ihm hinterher und wedelte mit der Mütze.

Doch Wilf sauste auf die Eisrutsche zu, die wie ein Streifen blankes Metall an der Seite des Bürgersteigs glitzerte. Er rief: »Schau zu, das wird bestimmt mega krass.« Seine Haare wehten und seine Füße trippelten wie verrückt, um Halt zu finden. Mit einem Schrei sprang er in die Luft und landete auf dem polierten Eis. Aber … »Waaa!« Anstatt auf den Füßen über die Rutsche zu gleiten, flogen Wilfs Beine nach vorne.

Wie in Zeitlupe setzte sein kleiner Körper zu einem Rückwärtssalto an.

Das Krachen, als sein Kopf auf dem Eis aufkam, drang durch die stille Straße bis zu Sky.

»Wilf«, schrie sie entsetzt und versuchte zu ihm zu laufen, was auf dem rutschigen Schnee gar nicht so einfach war. »Wilf, ist alles okay?«

Es war nicht alles okay. Wilf lag regungslos auf dem Rücken, den Mund halb geöffnet, ein Arm zur Seite geworfen. Sein Gesicht war kreidebleich.

»Wilf?«, rief Sky und fiel auf die Knie. Sie tätschelte sein Gesicht und betete, dass er nur unter Schock stand und seine Augen gleich wieder aufschlagen würde. Aber es war, als wäre Wilf ein Teil der dörflichen Eisidylle geworden, gefroren und weiß.

»Wilf, wach auf, Schatz, oh, verdammt, Wilf, bitte, bitte, *bitte* wach auf. Sei nicht verletzt, Wilf, *bitte*«, flehte sie stammelnd.

Dann kam plötzlich jemand auf sie zugelaufen, auf der vereisten Straße rutschend. »Was ist passiert?«, fragte Daz, als er bei ihnen angekommen war.

»Er ist ausgerutscht und hat sich den Kopf angeschlagen«, schluchzte Sky. Sie zerrte ihr Handy aus der Manteltasche. »Courtney ist bei Graham.«

Daz' Atem ging schnell und bildetet weiße Wölkchen vor seinem Gesicht. »Du holst sie. Ich rufe einen Krankenwagen und hole von drinnen eine Decke, um ihn warm zu halten. Du weißt, dass man ihn nicht bewegen darf, oder?«

Sie nickte abwesend, während sie das Telefon ans Ohr presste. Courtney ging gleich dran und fragte fröhlich: »Hey, Sky. Ist alles okay?«

»Nein«, heulte Sky. »Wilf ist ausgerutscht und ist mit dem Kopf aufgeschlagen. Er ist bewusstlos. Daz ruft gerade einen Krankenwagen.«

Die nächste halbe Stunde verging wie im Nebel. Courtney, in Panik und aschfahl vor Sorge. Daz, der Decken über Wilf türmte. Sky, die sich entschuldigte, erklärte, noch mal erzählte, und sich selbst kläglich sagen hörte: »Wenn er doch nur seine Mütze nicht verloren hätte. Vielleicht hätte sie den Sturz gedämpft.«

Eine weinende Courtney, die Wilf anflehte, aufzuwachen. Wilf, der nicht aufwachte. Nachbarn, die aus ihren Häusern gelaufen kamen und fragten, ob sie etwas tun könnten. Sky hatte das Gefühl, die Tränen würden ihr auf den Wangen festfrieren, aber sie war nicht in der Lage, sie zurückzuhalten.

Endlich tauchte das blinkende blaue Licht auf, heller als alle Weihnachtslichter. Ein Mann und eine Frau in grüner Sanitäterkleidung stellten Fragen und versuchten zu trösten. Wilf wurde auf eine Trage gelegt und Courtney kletterte ihm in den Krankenwagen hinterher.

Als Daz sagte: »Ich folge euch mit dem Auto.«, lief Sky ihm

hinterher, so unter Schock, dass sie den Schnee unter ihren Füßen kaum wahrnahm. Sie stieg auf der Beifahrerseite in sein Auto, ohne zu fragen und ohne dass er sie davon abhielt. Auf der Straße nach Bettsbrough holten sie den Krankenwagen ein, dessen Blaulicht noch blinkte, der aber nicht besonders schnell fuhr.

Als würden sie eine Ladung Eier transportieren, dachte Sky verzweifelt.

Dann ging es in Richtung Peterborough über die Schnellstraße und schließlich zum Krankenhaus. Daz parkte und nahm ihre Hand, während sie über den Parkplatz gingen, nicht aus einer zärtlichen Geste heraus, sondern weil er vermutlich nicht wollte, dass er sich auch noch um sie kümmern musste, wenn sie stürzte.

In der Notaufnahme stellte Sky fest, dass sie immer noch Wilfs blaue Mütze in der Hand hielt, und sie brach erneut in Tränen aus. Daz legte einen Arm um sie, während er mit der Frau am Empfang sprach. Er nickte und sagte dann: »Okay, wir warten hier drüben.« Er zog Sky zu ein paar Stühlen. »Setz dich.« Er ließ sie einen Moment allein, um dann mit Papiertüchern zurückzukehren, mit denen sie ihre Tränen trocknen konnte.

Er drückte ihr tröstend die Hand, ließ sie dann aber gleich wieder los. »Courtney ist bei ihm.«

Sky nickte. »Es ging alles so schnell«, flüsterte sie.

Die Hand griff wieder nach ihrer, und dieses Mal blieb sie dort. »Es war nicht deine Schuld. Es war ein Unfall.«

Aber es fühlte sich an, als wäre es Skys Schuld gewesen.

Sie warteten. Leute kamen und gingen, manche benötigten eine Behandlung, andere suchten nach Angehörigen, die mit dem Krankenwagen gekommen waren. Unangemessen fröhliches Lametta war um den Empfangstisch gewickelt, und auf einem auf stumm geschalteten Fernseher an der Wand lief ein Weihnachtsfilm, Untertitel liefen am Fuß des Bildschirms mit.

Der Warteraum stank nach Erbrochenem, und nachdem eine Frau angekommen war, die einen Unfall mit einem Tranchiermesser gehabt hatte, gesellte sich der Eisengeruch von Blut dazu. Zwei Krankenwagen fuhren mit Blaulicht an der Tür vorbei.

Schließlich trat eine Krankenschwester zu ihnen. »Darragh Moran?«

»Der bin ich.« Daz sprang auf, und Sky wollte es ihm gleichtun, doch ihre Beine fühlten sich an wie aus Butter.

»Sie sind hier wegen Wilford Brown? Ich soll Ihnen von seiner Mutter ausrichten, dass er wieder bei Bewusstsein ist. Es werden aber noch Untersuchungen gemacht.«

»Oh, vielen Dank«, sagten sie wie aus einem Mund, obwohl die Nachricht, die sie ihnen übermittelt hatte, nur teilweise positiv war.

»Wofür genau sind die Untersuchungen?«, wollte Daz wissen.

Die Krankenschwester lächelte. »Das ist leider alles, was ich Ihnen sagen kann.«

Die Dunkelheit vor den Fenstern passte zu Skys Verfassung, als sie wieder auf den Stühlen Platz nahmen. Sie schauderte, obwohl sie noch ihren Mantel anhatte. Daz' Jacke lag neben ihm über einer Stuhllehne. Eine Erinnerung tauchte in ihrem Kopf auf, wie er über die verschneite Straße zu ihr und Wilf gelaufen kam. »Warum bist du zu uns rausgekommen?«

Er hatte nicht wieder ihre Hand genommen. »Ich habe oben

gerade die Vorhänge zugezogen, als ich gesehen habe, wie du neben ihm kniest.«

»Danke. Es war eine riesige Erleichterung.« Sie fragte sich, was er zu Hause zurückgelassen hatte. »Sorry, wenn es deinen Abend ruiniert hat.«

»Hatte nichts vor«, erwiderte er tonlos.

Sie konnte es nicht lassen zu fragen: »Macht es Abi nichts aus, dass du weg bist?«

Sie spürte mehr als sie sah, dass er sich zu ihr umwandte. »Abi ist schon am Montag zurück nach London gefahren.«

Sky dachte über diese Information nach und stellte fest, dass sie Abi tatsächlich seit ein paar Tagen nicht mehr in ihrem kleinen Auto durch die Winter Street hatte flitzen sehen. »Nicht wegen eines Streits, weil Courtney und Wilf Weihnachten bei mir verbracht haben, oder?«

Er lachte bellend. »Weil es Zeit war, dass sie zu ihrem Leben zurückkehrt.« Er sah sie an. »Sie war bei mir aufgetaucht und behauptete, in einer Notlage zu stecken. Das war der einzige Grund, warum ich zugelassen habe, dass sie bleibt. Wir sind nicht wieder zusammengekommen.«

Sie zog misstrauisch eine Augenbraue hoch. »Ich habe sie aber in deinem Schlafzimmerfenster gesehen, mit nichts als einem sexy Nachthemd an. Und ich weiß, welches Fenster zu deinem Schlafzimmer gehört«, erinnerte sie ihn spitz.

Schock flackerte in seinem Blick auf, aber er entgegnete mit Nachdruck: »Dann muss das gewesen sein, als ich nicht zu Hause war, denn solange ich in dem Zimmer war, hat sie es nicht betreten.« Er hielt kurz inne, ehe er fortfuhr. »Ich will nicht schlecht von ihr sprechen, also sage ich bloß, dass mir irgendwann klarwurde, dass sie Hintergedanken hatte.«

Skys Herz machte einen Sprung. »Und die hatten mit dir zu tun?« Als er nickte, fragte sie sich, ob es stimmen konnte, dass Abi den Anschein von Intimität erzeugt hatte, während sie versuchte, Daz zurückzugewinnen … aber dann fiel ihr wieder Daz' unentschuldbares Verhalten ein, als er betrunken gewesen war, und ihr Herz hüpfte wieder an seinen Platz zurück. Das Gesicht ihrer Mutter, wie sie es am Nachmittag gesehen hatte, kam ihr in den Sinn. Trish war offenbar längst nicht mehr die boshafte, fluchende Alkoholikerin, die Sky in ihrer Kindheit gekannt hatte, aber dennoch war es Sky nicht gelungen, ihr zu vertrauen, sondern sie wäre am liebsten weggelaufen, obwohl zwei Computerbildschirme und etliche tausend Kilometer zwischen ihnen gelegen hatten.

Sie seufzte.

Nach einer weiteren Stunde, in der sie nichts tun konnten, außer Fernsehen mit Untertitel zu verfolgen oder die Patienten zu beobachten, die den Wartebereich füllten, musste Sky mal wohin. »Ich such mal nach den Toiletten«, murmelte sie.

Auf dem Rückweg fand sie einen Kaffeeautomaten, und sie nahm einen Becher für Daz und einen für sich mit. Die Plastikbecher waren so weich, dass sie mit der heißen Flüssigkeit darin schwierig zu tragen waren. Sky konzentrierte sich so darauf, sie nicht fallen oder überschwappen zu lassen, dass ihr die Gruppe Männer, die vor dem Empfang versammelt war, kaum auffiel, bis einer von ihnen, ohne hinzusehen, einen Schritt zurück machte und ihr beide Becher aus der Hand schlug. Der Kaffee ergoss sich über die Beine einer Frau, die unglücklicherweise auf dem Stuhl daneben saß.

»Autsch«, rief die Frau.

»Das tut mir so leid«, sagte Sky entsetzt. »Ich wollte nicht …«

Sie sah den Mann an, in der Erwartung, dass er sich auch entschuldigen würde. Er hatte sie immerhin angerempelt.

Aber was sie sah, war eine Gruppe wankender Männer mit stumpfem Gesichtsausdruck. Der Mann, der sie geschubst hatte, zischte: »Verpiss dich.«

Sky brach am ganzen Körper der Schweiß aus.

Der Mann wedelte mit der Hand vor ihrem Gesicht. »Ich hab gesagt, verpiss dich! Sei nicht so verdammt ungeschickt, dumme Kuh.«

Sky begann zu zittern. Er blickte sie finster an. Als wäre ihre Erstarrung eine Bedrohung, trat er noch näher, so dass sein Gesicht dicht vor ihrem war, eine eindeutige Einschüchterungstaktik. »Ich hab gesagt …«

Der Alkohol brannte in ihrer Nase und auf einmal flogen ihre Arme in die Luft, als hätten sie einen eigenen Willen, und sie schlug wie wild um sich. »Lass mich in Ruhe! Aufhören! Geh weg! Stopp!«

»Aua.« Der Mann taumelte rückwärts in seine Kumpel hinein, die ihn sofort wieder in Skys Richtung schubsten. Ihre Hände waren bereits ausgestreckt und sie wehrte ihn ab, kämpfte gegen seine sie überragende, schwankende Aggression und den Biergestank an. »Nein! Nicht«, schrie sie.

Dann war Daz plötzlich bei ihr, stellte sich zwischen sie und den Betrunkenen, schob sie sanft zurück, umschlang sie mit starken Armen. »Es ist in Ordnung, Sky«, raunte er ihr zu. »Alles ist okay. Du bist okay. Ich bin hier, und alles ist gut. Atme einfach tief ein und aus.«

Dann füllte sich der Raum mit weiteren Leuten. Sicherheitsdienst, dachte Sky zitternd, als sie die Männer in den dunklen Uniformen sah. Sie wiesen die Gruppe Betrunkener an, sich ruhig hinzusetzen oder zu gehen. »Wir wollen nicht die Polizei rufen, denn die sind immer ziemlich schlecht gelaunt, wenn man sie von ihrem Weihnachtspudding wegholt«, sagte einer der Sicherheitsmänner mit falscher Gutmütigkeit.

Die Männer zogen sich zurück, maulend und grummelnd wie ein Rudel Hunde.

Ein Sicherheitsmann trat zu Sky, die immer noch in Daz' Armen zitterte. »Können Sie mir sagen, was passiert ist?«

Das konnte Sky nicht. Sie war zu beschäftigt damit, ihren stoßweise gehenden Atem und ihren galoppierenden Herzschlag unter Kontrolle zu bekommen. Es war Daz, der erklärte, wie der Mann Sky angerempelt und sie mit seiner aggressiven Haltung erschreckt hatte. Die Frau, die das Pech gehabt hatte, zwei Tassen Kaffee übergeschüttet zu bekommen, stützte seine Geschichte.

Mit lautem Lästern über das »beschissene Gesundheitssystem« torkelten die Männer durch die automatische Glasschiebetür nach draußen, nachdem sie offenbar entschieden hatten, dass das, was auch immer sie in die Notaufnahme geführt hatte, nicht dringend genug war.

Der gesamte Raum schien aufzuatmen.

Sky sackte auf einen Stuhl. Irgendein netter Mensch ging zum Automaten und besorgte ihr einen frischen Kaffee, aber sie zitterte zu sehr, als dass sie den Becher an den Mund hätte führen können. Daz musste seine Hand um ihre legen.

Als sie ein paar Schlucke geschafft hatte, sagte er leise: »Das war eine ausgewachsene Panikattacke.«

Ihre Zähne klapperten. »Kann sein.« Sie kam sich lächerlich vor und fühlte sich schlecht, dass sie so ausgerastet war, wo doch an diesem Abend nur Wilf zählte.

Daz strich ihr über den Rücken. »Du warst … so wie an jenem Abend in Courtneys Haus.«

Ihre Hand zitterte erneut, und ihre Stimme klang erstickt. »An dem Abend, als du betrunken warst, meinst du?«

»Ich war nicht betrunken.« Er erwiderte ihren Blick, als sie ihn ungläubig anstarrte. »Das war ich wirklich nicht, Sky«, beharrte er sanft. »Ich hatte nicht mal zwei Bier intus. Eines hatte ich mir fast vollständig über den Pullover gegossen, ein weiteres getrunken.« In seinen Augen blitzte etwas auf, als verstünde er. »Aber du dachtest, ich wäre betrunken, nicht wahr? Ich habe nach Bier gerochen.«

Sie nickte ruckartig. »Du hast dich betrunken *verhalten*. Du hast die Tür hinter dir geschlossen und mich in die Enge getrieben. Du hast dich über mir aufgebaut …«

»Nein«, widersprach er langsam, die Stimme voller Mitgefühl. »Ich habe mich *wütend* verhalten. Ich habe die Tür geschlossen, damit Wilf uns nicht hört, und dann bist du vor mir zurückgewichen. Was das Über-dir-Aufbauen angeht, na ja, ich bin größer als du, mehr nicht. Es tut mir leid, dass es sich für dich einschüchternd angefühlt hat.« Seine Hand strich ihr weiter beruhigend über den Rücken. »Ich war aufgewühlt von meinem Besuch bei Lewis und habe mich aufgeregt, weil ich dachte, du würdest babysitten, während Courtney sich mit einem Mann traf. Lewis hatte mich angefleht, ihr das Dating auszureden, und ich war hin und her gerissen und verzweifelt. Ich war wütend, aber ich habe nach Bier gestunken, und du hast das als betrunken interpretiert.«

Mühsam schaffte sie es, einen Schluck Kaffee zu trinken. Sie dachte über seine Hypothese nach. »Vielleicht«, gab sie unsicher zu. »Ich war mir sicher, dass du betrunken bist. Menschen verhalten sich immer ihrem wahren Charakter entsprechend, wenn sie betrunken sind. Manche werden besonders anhänglich … andere werden aggressiv.«

Er nahm ihr den Becher ab und stellte ihn zu seinem zwischen seine Füße, damit er ihre Hände nehmen und ihr in die Augen schauen konnte. »Du dachtest, du würdest mich sehen, so wie ich wirklich bin – aggressiv – und du musstest dich verteidigen.«

»Ja«, flüsterte sie und bemühte sich, die Szene vor ihrem inneren Auge noch einmal abzuspielen, um zu überprüfen, ob seine Version der Ereignisse der Wahrheit entsprechen konnte. »Mum wurde immer verbal aggressiv, wenn sie betrunken war. Ich war ein Kind. Ihr Schimpfen und Schreien waren für mich sehr beängstigend. Vielleicht …« Sie holte tief Luft. »Vielleicht kehren diese Gefühle von Angst und Panik in ähnlichen Situationen zurück. Ich … ich dachte, du wärst eine Bedrohung.«

Er fluchte in sich hinein und hob dann die Arme, um sie sanft an sich zu ziehen. »Ich war nicht betrunken, aber es tut mir leid, dass ich dich erschreckt habe. Tut mir leid, dass ich meine Wut an dir ausgelassen habe. Mir war nicht bewusst, dass du eine Panikattacke hattest. Ich dachte, du würdest versuchen, mich anzugreifen. Ich habe es nicht verstanden. Ich dachte, es sei nur eine unbegründete Überreaktion.«

Irgendwie fand ihr Kopf den Weg an seine Schulter. »Ich habe dich nicht angegriffen. Ich habe dich nur weggeschoben.«

»Es hat sich *angefühlt* wie ein Angriff«, erwiderte er leise. Er fügte ernst hinzu: »Abi war als Freundin ziemlich anspruchsvoll, wie meine Mutter es genannt hat. Ich wollte mich nicht noch einmal auf eine unberechenbare Frau einlassen.«

»Oh.« Sie versuchte, es zu verarbeiten. »Tut mir leid«, sagte sie unbeholfen. »Ich habe schon immer Betrunkenen gegenüber überreagiert, aber bisher hat noch niemand eins und eins zusammengezählt.«

»Ich denke, man spricht da von einem Trigger.« Er küsste sie auf den Scheitel, und sie saßen eine Weile schweigend da.

Obwohl der Wartebereich kühl und voller unglücklicher, verletzter oder kranker Leute war und obwohl sie sich immer noch schreckliche Sorgen um Wilf machte, empfand Sky eine Art inneren Frieden.

Schließlich fielen ihr die Augen zu.

Dann plötzlich bemerkte sie, dass Courtney vor ihnen hockte. Ihr Gesicht war blass und tränenverschmiert, aber sie lächelte. »Wilf ist schon im Krankenwagen wieder zu sich gekommen, aber ich konnte ihn nicht allein lassen, bis er die Computertomographie hinter sich hatte. Er hat eine Gehirnerschütterung, aber keinen Schädelbruch.« Sie hielt inne, um sich über die Augen zu wischen. »Er bleibt noch vierundzwanzig Stunden zur Überwachung hier, weil nach einem solchen Schlag wohl noch ein paar Sachen passieren könnten. Ich bleibe bei ihm.« Sie lachte kurz auf. »Und ich war noch diejenige, die gesagt hat, Kinder sollten Spaß haben dürfen, als die Leute meinten, die Rutsche sei zu gefährlich.«

Ein enormes Schuldgefühl breitete sich in Sky aus. »Das habe ich auch gesagt.« Sie schlug die Hände vor die Augen. »Sollen wir dir eine Tasche mit Sachen zum Übernachten bringen?«

Courtney richtete sich auf und schüttelte den Kopf. »Es ist schon fast zwei Uhr nachts. Ich werde eh nur auf dem Stuhl an seinem Bett ein kurzes Nickerchen machen, und ihr seht erschöpft aus. Es wäre toll, wenn ihr morgen früh etwas vorbeibringen könntet.«

Sky fühlte sich tatsächlich völlig ausgelaugt von Schock und Emotionen und widersprach ihr nicht. Nachdem Courtney zu ihrem Sohn zurückgekehrt war, ließ sich Sky wieder von Daz über den vereisten Parkplatz führen. Sie hatte ihre Handschuhe irgendwo verloren, aber seine Hand war warm.

Er wies sie an, sich schon mal zu setzen, während er die Windschutzscheibe frei kratzte, und sie war zu erledigt, um zu protestieren. Als er schließlich zu ihr ins Auto stieg, umarmte er sie erneut. »Ich habe es wirklich nicht verstanden.«

»Ist schon okay, ich ja auch nicht«, erwiderte sie und gab ihm einen Kuss auf die Wange.

Seine Arme umfassten sie fester. »Es ist nicht okay … außer wir machen dort weiter, wo wir aufgehört haben«, sagte er mit rauer Stimme.

Eine Welle aus Freude überkam sie und spülte ihre Müdigkeit fort, die gerade noch übermächtig gewesen war. »Wo haben wir denn aufgehört?«, fragte sie, nur um sicherzugehen, dass sie sich keine falschen Hoffnungen machte.

Seine Bartstoppeln waren rau an ihrer Wange. »Bevor die verdammte Abi aufgetaucht ist und vor unserer Auseinandersetzung, war ich gerade dabei gewesen, etwas Richtiges mit dir anzufangen. Uns von der Stufe des phantastischen Sex' auf die Stufe einer echten Beziehung zu heben.« Er löste sich aus der Umarmung, um sie mit fragendem Blick anschauen zu können.

Sie strahlte ihn glücklich an. »Du willst den phantastischen Sex nicht?«

»Doch, den will ich«, erklärte er, »unter anderem.« Er gab ihr einen Kuss auf die Nasenspitze. »Aber alles, was ich heute Abend mit dir im Bett tun möchte, ist, dich im Arm zu halten und dankbar zu sein, dass wir zusammen sind und dass es Wilf gutgeht.«

»Das«, meinte Sky mit dem Gesicht an seinem Hals, »klingt perfekt.« Dann fügte sie nach kurzem Nachdenken hinzu: »Aber bist du dir sicher, was das ›alles‹ angeht?«

Sein Lachen war tief und voller Wärme. »Du kannst mich wecken, wann immer du möchtest.«

Vierundzwanzigstes Kapitel

Es war noch dunkel, als Sky merkte, wie sich Daz im Schlafzimmer bewegte. Sie hob den Kopf und kniff die Augen zusammen, um die Uhrzeit auf dem Digitalwecker erkennen zu können. »Es ist noch nicht mal sieben. Hast du vor, dich klammheimlich aus dem Staub zu machen?«, scherzte sie verschlafen.

Daz war mit einem Satz wieder am Bett, küsste sie auf den Hals und ließ eine Hand unter die warme Decke gleiten, um ihr den Rücken zu streicheln. »Ich habe versucht, dich nicht zu wecken. Ich will noch schnell was über diese Rutsche streuen, damit sich nicht noch jemand verletzt. Ich glaube nicht, dass ich den Anblick von Wilf, wie er da so reglos lag, je vergessen werde.«

Sky schauderte bei dem Bild, das sie auch gleich wieder vor Augen hatte. »Ich auch nicht. Warte mal. Ich begleite dich. Ich habe haufenweise Sägespäne, die dafür genau richtig sind.«

Sie waren inzwischen daran gewöhnt, alle Lagen Outdoorkleidung anzuziehen in dieser Kältewelle, aber dennoch sogen beide bibbernd den Atem ein, als sie in die gefrorene Morgenluft traten. Die Masse an Lichterketten, die Bäume und Sträucher schmückte, begann gerade in der stahlgrauen Dämmerung zu verblassen.

Sie holten Schaufeln und Eimer aus dem Schuppen und kratzten im Garten den Schnee weg, um die gefrorene Kruste auf dem Haufen Sägespäne zu zerhacken und zum pulverförmigen Inneren zu gelangen. Sie füllten beide Eimer und schlitterten kurz darauf wieder die Winter Street entlang.

Als sie die Rutsche der Kinder erreichten, verteilten sie die Sägespäne mit langen, gleichmäßigen Schwüngen der Schaufel, bis das, was unter einer frischen Frostschicht so hübsch geglitzert hatte, nur noch braun und matschig aussah. Hässlich, aber dafür sicher. Sie hörten erst auf, als die Eimer leer waren.

Sky zog ihren Mantel enger um sich. »Ruth wird sich beschweren, dass wir den schönen Schnee ruiniert haben.«

»Soll sie ruhig versuchen«, meinte Daz angriffslustig.

Als sie wieder zu Daz' Haus zurückgingen, fanden sie die Schachtel Schokolade, die Wilf für Daz eingepackt hatte, auf der Türschwelle. Sky musste ein paar Tränen wegblinzeln, als sie den kleinen Anhänger las, auf dem in Wilfs kindlicher Handschrift geschrieben stand: *Für Daz von Sky*. »Jemand muss das Päckchen gefunden haben, wo er es verloren hat, und es hierhergebracht haben. Sind die Leute in der Winter Street nicht toll?«

Sobald sie im warmen Haus waren, schrieb sie Courtney, um zu fragen, wie es Wilf ging. Ihre Antwort lautete: *Scheint okay heute Morgen, abgesehen von Kopfweh und dicker Beule am Kopf. Muss richtig wach sein und etwas gegessen haben, ehe sie ihn entlassen. Xx*

»Puh«, machte Sky erleichtert.

Zurück im Eckhaus packten sie ein Set Wechselkleidung und

einen Kulturbeutel für Courtney und fuhren damit zum Krankenhaus. Courtney kam von der Station nach unten, um sie zu treffen, immer noch blass und erschöpft. »Ich habe Graham auf dem Laufenden gehalten, und er kommt vorbei, um selbst zu sehen, dass es seinem Enkel gutgeht. Aber heute Abend sollte Wilf schon wieder nach Hause können, wenn nichts dazwischenkommt. Sie haben mir ein Informationsblatt gegeben, wo genau beschrieben ist, worauf man bei Kopfverletzungen achten muss.«

»Ruf uns an, wenn wir euch abholen sollen.« Daz umarmte Courtney.

Sky und Daz fuhren nach Hause, um einen ruhigen zweiten Weihnachtsfeiertag zu verbringen. Als sie abends ins Krankenhaus kamen, wurde Wilf entlassen, auch wenn er noch ziemlich angeschlagen wirkte. Seine unnatürliche Blässe und seine vorsichtigen Bewegungen wurden noch dadurch unterstrichen, dass er die zerknitterten Kleider von gestern trug. Er brachte ein Lächeln für sie zustande, aber als er in Skys Auto stieg, seufzte er erleichtert. Courtney setzte sich zu ihrem lädierten Jungen auf den Rücksitz.

Zu Hause angekommen, schrieb Courtney Lewis eine E-Mail, um ihm zu berichten, was passiert war, und rief dann im Gefängnis an, um darum zu bitten, dass die E-Mail ausgedruckt und ihm, unter diesen Umständen ohne Verzögerung, gebracht wurde. Als sie das Handy weglegte, runzelte sie die Stirn. »Es war nur fair, Lewis Bescheid zu sagen, dass Wilf im Krankenhaus gewesen ist, aber ich habe ihn gebeten, heute nicht mehr anzurufen. Wilf kann keine Aufregung gebrauchen. Ich werde versuchen, ihn dazu zu bringen, dass er bald wieder mit seinem Dad spricht. Lewis wird sich sicher große Sorgen machen.«

Dann begann ihre Unterlippe zu beben, und Sky zog ihre Freundin in eine feste Umarmung. »Warum esst ihr zwei nicht schnell was und geht dann ins Bett?«

Courtneys Kopf lag schwer auf Skys Schulter. »Ich glaube, ich könnte genau hier im Stehen einschlafen, um ehrlich zu sein.« Aber sie rang sich ein Lächeln ab und rief: »Wilf, Schlafenszeit.« Ausnahmsweise protestierte er nicht.

Da sie den zweiten Weihnachtsfeiertag alle irgendwie verpasst hatten, erklärte Sky einfach den 27. Dezember zum Weihnachtstag. »Immerhin haben wir noch jede Menge zu essen.«

Wilf war etwas fröhlicher, aber begnügte sich damit, auf dem Sofa zu bleiben und sich über eine der vielen Schachteln mit Schokolade herzumachen, bis er zum Essen gerufen wurde.

Es war nach dem Mittagessen, als Sky ein Auto vorfahren hörte. Sie warf einen Blick durchs Fenster und stutzte, als sie ein vertrautes Gesicht mit kurz geschnittenen Haaren und entschlossener Kinnpartie erkannte. »Da ist Freddy«, sagte sie leise zu Daz, während Courtney ein Nickerchen auf dem Sofa machte und Wilf vor dem Fernseher hing, auf dem ein Star-Wars-Film lief.

Daz zog die Augenbrauen hoch. »Wirklich?« Sie beobachteten gemeinsam, wie Freddy die Autotür zuschlug und durch Skys Gartentor schritt.

Sie ging etwas skeptisch zur Tür und öffnete sie mit einem Lächeln. »Hi, willst du auf einen Kaffee reinkommen?«, fragte sie freundlich, ohne auf der Türschwelle Antworten von ihm zu verlangen.

Freddy zog die Augenbrauen hoch, als wäre er überrascht von diesem herzlichen Willkommen. »Danke, Kumpel.«

Da die anderen alle im Wohnzimmer waren, ließ sie ihn am Küchentisch Platz nehmen, während sie die heißen Getränke zubereitete. »Schön, dich zu sehen.«

Freddy rieb sich beschämt die Nase. »Nachdem Minnie am Freitag so unverschämt gewesen ist?«

Das schien ihr ewig her zu sein. »Minnie hat die Sachen gesagt, nicht du. Und du hast dein Missfallen deutlich zum Ausdruck gebracht«, fügte sie mit leisem Lächeln hinzu, als sie an sein wütendes Brüllen dachte.

Er nippte schweigend an seinem Kaffee. »Ich war gestern schon hier, aber du warst nicht da«, erklärte er.

»Wir hatten hier einen kleinen Unfall.« Sie erzählte ihm von Wilfs Sturz. Dann, weil es Freddy war und er sich aus dem gleichen Höllenloch hatte herauskämpfen müssen wie sie, berichtete sie ihm auch noch von den betrunkenen Männern im Krankenhaus und wie sie herausgefunden hatte, dass sie ein Problem damit hatte, wenn Wut und Alkohol zusammen kamen.

Er nickte, runzelte die Stirn, aber sah auch mitfühlend aus. »Das ergibt Sinn.«

Sie verzog das Gesicht. »Es hat zu einem Missverständnis geführt.« Sie erzählte ihm, wie unterschiedlich Daz und sie die gleiche Situation interpretiert hatten.

Freddy hörte aufmerksam zu. »Daz ist der Grund, warum ich gestern gekommen bin.«

Sie starrte ihn an. Er hatte seine Jacke über die Stuhllehne gehängt, und darunter trug er eine graue Jeans und ein rotes Sweatshirt, was ihm gut stand. Sie hatte ihn seit Ewigkeiten nicht mehr in legerer Kleidung gesehen. Sie hatten immer nur gearbeitet. »Daz?«

»Yep.« Er trank einen Schluck Kaffee. »Ich und Minnie hatten einen verdammt heftigen Streit, nachdem wir mit diesen beiden Frauen Sherry getrunken hatten – wie hießen sie noch, Jessie und Ruth? Minnie ist zu meinem Auto gestürmt, während ich versucht habe, mich etwas abzukühlen. Offensichtlich stand ich vor Daz' Haus, und er kam nach draußen, um ein bisschen zu plaudern. Meinte, er kenne dich und hatte sich wohl zusammengereimt, wer ich war. Er hat mir erzählt, du hättest dich in der Winter Street gut eingelebt, aber …« Ein beschämter Ausdruck huschte über sein Gesicht. »Er meinte, du vermisst mich. Und dass ich dich mal besuchen solle.«

Skys Gesicht glühte. »Daz hat das am Freitag zu dir gesagt?« Zu diesem Zeitpunkt war ihr Verhältnis noch kompliziert und ungeklärt gewesen – sie hatte ihn für einen gemeinen Alkoholiker gehalten und er dachte, sie hätte Probleme mit Wut – und doch hatte er etwas Nettes für sie getan. Sie musste schlucken. »Ich hoffe, du hast die Sache mit Minnie wieder klären können.«

»Nein, hoffst du nicht.« Er grinste. »Und das werde ich nicht.« Er seufzte. »Als sie mich damals abgeschleppt hat, dachte ich bloß, manche vornehmen Ladies mögen es auch mal etwas wilder. Das war okay für mich.« Er zuckte mit den Augenbrauen. »Ich stehe auf vornehme Ladies. Aber sie wollte meine Vergangenheit auslöschen, und selbst wenn sie wirklich dachte, es sei zu meinem Besten, so funktioniert das nicht.« Er seufzte tief. »Es tut mir leid, dass ich mich auf ihre Seite gestellt habe, Sky. Ich schätze, ich konnte nicht klar sehen zu der Zeit. Du bist eine gute Freundin, und ich war ein schlechter Freund. Das war es, was ich dir sagen wollte, als ich heute hierhergekommen bin. Und weil Weihnachten ist und ich nirgendwohin kann«, fügte er lachend hinzu, als wollte er signalisieren, dass er nun lange genug ernst gewesen war.

Sky grinste schief. »Wir haben den zweiten Weihnachtsfeiertag verpasst, weil Wilf im Krankenhaus war, deshalb feiern wir ihn heute. Warum bleibst du nicht hier?«

Er rieb sich mit der Hand über das dunkle, lockige Haar. »Auch wenn ich kein guter Bruder gewesen bin?«

Sie drückte seine Schulter. »Ein Bruder ist nicht immer perfekt, aber er ist immer dein Bruder.«

Nachdem Sky sichergestellt hatte, dass Courtney von ihrem Nickerchen aufgewacht war, ging sie mit Freddy ins Wohnzimmer. Zu Daz sagte sie: »Ich habe gehört, ihr kennt euch schon.« Leise fügte sie hinzu: »Danke.«

Der Film war zu Ende, und Wilf fühlte sich fit genug, aufzustehen und Kekse für alle zu holen.

Nach einer Weile wandte sich Freddy an Sky. »Besteht irgendeine Chance, dass du wieder mit mir arbeitest? Es gäbe da eventuell einen Posten als Geschäftsführer zu besetzen.« Er grinste.

Sie schnaubte. »Diese Stelle ist ein Mythos.« Ehe er etwas erwidern konnte, fügte sie ernsthafter hinzu: »Vielleicht. Aber noch nicht jetzt, Freddy. Ich werde erst noch etwas aus dem Eckhaus machen. Ich war hin und her gerissen, weil ich gern hierbleiben wollte, es aber eigentlich zu groß ist für eine Person. Ich habe es in letzter Zeit ab und zu anderen Leuten für ein paar Anlässe überlassen, genauer gesagt die zwei mit der Flügeltür verbundenen Zimmer auf der anderen Hausseite.« Sie zeigte mit einem Schokokeks in die entsprechende Richtung.

»Ist das der große Raum?«, fragte Wilf.

Sky nickte. »Ich würde mit dem Haus gern etwas machen, damit es nicht nur für mich ist, aber noch mit mir drin.«

»Partys schmeißen?«, schlug Wilf hoffnungsvoll vor.

Sie lachte. »Ich bin mir nicht sicher, ob es in Middledip genügend Menschen gibt, die ständig Party machen wollen.« Sie wandte sich an Freddy. »Ich könnte das Obergeschoss in eine Wohnung für mich umbauen, die auf die Sonnenterrasse über dem Schuppen hinausgeht, und das Erdgeschoss und den Schuppen in drei separate Wohneinheiten verwandeln, vielleicht für betreutes Wohnen.«

»Wieder hilfsbedürftige junge Leute?«, fragte Freddy durch einen Butterkeks.

»Ich denke nicht«, entgegnete Sky nachdenklich. Sie hatte in den letzten Monaten in Middledip ein paar Beobachtungen gemacht. »Was das Dorf braucht, sind eher kleine Wohneinheiten für ältere Menschen. Menschen wie Nan Heather. Es ist okay für sie im Erdgeschoss ihres Hauses zu wohnen, aber die Türrahmen sind nicht breit genug, sollte sie mal einen Rollstuhl benötigen. Sie könnte zu ihrer Tochter ziehen, aber wenn sie eine angemessene, betreute Wohneinrichtung möchte, muss sie das Dorf verlassen.«

»Und sie würde Middledip nie verlassen«, sagte Freddy sofort. »Klingt nach einem perfekten Plan, Kumpel. Du könntest aber ein bisschen Beratungsarbeit für mich übernehmen, während du das angehst, oder?«

»Deine verrückten Arbeitszeiten mache ich nicht mehr mit«, erwiderte sie grinsend. »Ich habe jetzt noch was anderes im Leben als nur Arbeit.« Und was anderes als Freddy. Ihr Blick wanderte zu Daz.

Ihre Blicke trafen sich, und er warf ihr einen Luftkuss zu.

»Igitt«, protestierte Wilf. »Willst du etwa Sky küssen, Daz?«

Daz grinste und streckte die Hand aus, um Wilf über die Haare zu wuscheln, aber dann zog er den Arm wieder zurück, als ihm offenbar die Beule wieder einfiel. »Zu jeder Gelegenheit, die sich bietet«, bestätigte er.

»Oh, wie schön«, strahlte Courtney.

»Ich dachte mir schon so was in der Art«, meinte Freddy.

Am Abend spazierten Sky und Freddy durch das Narnia-hafte Middledip zu Mos Haus in der Hauptstraße, um Nan Heather frohe Weihnachten zu wünschen. Sie hatte die Feiertage bei ihrer Tochter verbracht. Jeder brachte ein Geschenk für ihre ehemalige Pflegemutter mit – ein schön eingepackter warmer Cardigan von Sky und Pralinen von Freddy. Mo und ihre Familie wollten sie die Geschenke nicht einfach an der Tür abgeben lassen, sondern baten sie herein, wo sie ihnen gleich ein paar Mince Pies aufdrängten.

Dann ließen sie sie mit Nan Heather im Wohnzimmer allein, angeblich, um die Küche aufzuräumen. *Wie verständnisvoll*, dachte Sky. *Was für eine tolle Familie*. Und sie schämte sich dafür, dass sie einmal gedacht hatte, Mo würde sie hassen, weil sie Nan mit ihren Pflegekindern teilen musste. Die Wahrheit aber war, dass Mo genauso freundlich und gutherzig war wie ihre Mutter.

Sky erzählte Nan Heather von ihrem Plan, das Erdgeschoss des Eckhauses umzubauen, damit dort Menschen »über sechzig« – wie sie es diplomatischerweise ausdrückte – wohnen konnten.

Nan sah begeistert aus. »Dafür ist auf jeden Fall Bedarf«, erklärte sie und drückte Skys Hand mit ihrer fragilen, trockenen. »Ich bin stolz auf dich, Küken.«

Sky wusste nicht, ob Nan jemals ins Eckhaus einziehen würde, schließlich konnten Planung und Genehmigung ewig dauern, und dann stand noch der tatsächliche Umbau an, aber im Geiste reservierte sie ein Zimmer für Nan – nur für den Fall.

Schließlich verabschiedeten sie sich wieder und kehrten zum Eckhaus zurück, das genauso hell erleuchtet war wie die Bäume in seinem Vorgarten. Courtney und Daz hatten inzwischen festgestellt, dass heute noch keine richtige Mahlzeit auf den Tisch gekommen war und schnell zwei Currys, einen Truthahn und eine vegetarische Alternative gekocht oder aufgewärmt.

»Riecht köstlich«, verkündete Freddy fröhlich und warf seine Jacke über den Pfosten des Treppengeländers.

Und dann, als sie gerade anfangen wollte, den Reis zu kochen, ertönte Skys FaceTime-Klingelton.

»Ob das Ron ist?«, überlegte sie und zog ihr Handy hervor. *»Oh.«* Der Name auf dem Display lautete: Trish Murray.

Daz warf einen Blick über ihre Schulter, und als er den Namen erblickte, überließ er das Kochen den anderen und schob sie ins Wohnzimmer. »Es ist deine Entscheidung, ob du den Anruf entgegennehmen willst«, erinnerte er sie, als sie sich nebeneinander aufs Sofa setzten. Sein Blick war voller Mitgefühl und Liebe.

»Ich weiß.« Aber Sky holte tief Luft und drückte auf den grünen Knopf. Als Daz Anstalten machte, gehen zu wollen, griff sie nach seiner Hand und zog ihn wieder zu sich. Trishs Gesicht erschien auf dem Bildschirm. Sie war heute allein, offenbar befand sie sich an einem wunderschönen Strand mit weißem Sand und sich im Wind wiegenden Palmen. Es schien endlos weit entfernt von einer weißen Weihnacht in der Winter Street.

Trish lächelte. »Hi«, sagte sie unbeholfen. »Ich wusste nicht, ob du drangehen würdest.«

»Hi«, erwiderte Sky zaghaft.

Trishs Haare wehten ihr ums Gesicht, und sie strich sich eine Strähne hinters Ohr. Sie wirkte immer noch klar und sonnengebräunt, wie vorgestern auch. War es wirklich erst zwei Tage her? Es war so viel passiert seitdem. Trish räusperte sich. »Ich war letztes Mal ziemlich nutzlos. Wusste nicht, was ich sagen sollte.«

Sky schluckte. »Ging mir genauso.«

Über Trishs Gesicht huschte ein Lächeln. »Die Schuldgefühle haben mich erdrückt. Dad hat aber recht, du bist wirklich zu einer wunderschönen Frau herangewachsen.« Sie räusperte sich wieder. »Um genau zu sein, habe ich meine Familie hauptsächlich deswegen kontaktiert, weil Martha es gern wollte und weil ich sie liebe. Sie hat noch nicht bemerkt, was für eine Niete ich bin«, fügte sie mit gequältem Lächeln hinzu. »Aber jetzt, da ich dich wieder gesehen habe … will ich wissen, wie es dir geht. Kannst du mir etwas über dein Leben erzählen? Wer du jetzt bist und was du tust?«

Sky pustete kurz die Wangen auf, überrumpelt von solch unerwarteter Ehrlichkeit vonseiten ihrer Mutter. Sich zu weigern erschien ihr zu hart, angesichts der Überwindung, die es Trish mit Sicherheit gekostet hatte, also schlug sie eine Kurzfassung ihres Lebens an. Es ging mehr um ihre Rückkehr nach Middledip als um die Jahre, in denen sie ihre Ausbildung gemacht und dann mit Freddy gearbeitet hatte, oder um ihre vergangenen Beziehungen zu Marcel und Blake.

Trish hörte konzentriert zu. Als Sky endete, sagte sie: »Du wärst nie so erfolgreich geworden, wenn du bei mir geblieben wärst. Zu gehen war die richtige Entscheidung.«

Sky nickte. Das konnte sie nicht bestreiten. Sie hatte ihre Kindheit so fest hinter sich verschlossen wie die Tür zu ihrer Wohnung, in der die betrunkene Trish schnarchte. Sie hatte keinerlei Schuldgefühle gehabt, jegliche Verantwortung für Trish abzuschütteln und sich darauf zu konzentrieren, sich ein Leben aufzubauen, das möglichst anders war als das ihrer Mutter, und sie verspürte auch jetzt kein schlechtes Gewissen. Zum ersten Mal allerdings war sie neugierig. »Hast du dich je gefragt, was aus mir geworden ist?«

»Das habe ich«, lautete Trishs unerwartete Antwort. »Ich bin immer wieder durch die Innenstadt von Peterborough gelaufen und habe nach dir gesucht. Ich habe Kinder in deinem Alter gefragt, ob sie dich gesehen hätten. Falls das der Fall gewesen war, haben sie es nicht zugegeben. Ich habe sogar die Namen der Kinder aufgeschrieben, von denen du manchmal gesprochen hattest, damit ich sie nicht vergesse. So wie Freddy Walker. So hat Dad dich am Ende auch gefunden.«

»Ich weiß.« Sie versuchte, jene Jahre durch die Augen ihrer Mutter zu betrachten. »Warst du wütend?« Sie spürte, wie sich Daz' Hand um ihre schloss.

»Natürlich.« Trish seufzte. »In meinen Augen war damals nichts meine Schuld, und ich habe dich als Verräterin gesehen. Wir hatten ein beschissenes Leben zusammen, und du bist rausgekommen und hast mich damit alleingelassen.« Sie verzog das Gesicht. »Alkohol kann einen dazu bringen, sich selbst als Heiligen und alle anderen als Sünder zu sehen. Es war ein großer Bestandteil meiner Therapie, zu verstehen, dass das nicht wahr ist, und es hat lange gedauert, nüchtern genug zu werden, um zu erkennen, dass ich es war, die dieses beschissene Leben erschaffen hatte.« Sie räusperte sich. »Ich hoffe, dir geht es gut, so wie mir mit Martha.«

»Ja, das tut es.« Dann hatte Sky plötzlich das Bedürfnis, etwas Wichtiges mit der Frau zu teilen, die ihre Mutter war, zumindest biologisch, und doch nicht mehr die Mutter, die sie gekannt hatte. Sie veränderte den Winkel des Bildschirms, so dass auch Daz zu sehen war. »Das ist Daz.«

Er lächelte. »Hallo, Trish.« Dann, als wollte er Trish einen Hinweis geben, wie die Dinge zwischen ihnen waren, hob er Skys Hand und küsste sie.

Lachfalten zeigten sich um Trishs Augen, als sie lächelte. »Schön, dich kennenzulernen, Daz. Martha ist mehr meine Geschmacksrichtung, aber du wirkst sehr nett.«

Sky lachte.

Sie beendeten das Gespräch, ohne das Versprechen, in Kontakt zu bleiben. Sie hatte noch nicht entschieden, ob sie das wollte. Es brauchte mehr als ein paar Anrufe, um ein Leben voller Misstrauen und Enttäuschung auszugleichen.

Daz zog sie in seine warmen, starken Arme. »Alles okay?«

Sie nickte an seiner Brust. »Wenigstens habe ich jetzt auch ein positives Bild von meiner Mutter, neben all den negativen Erinnerungen.« Sie blieb noch ein paar Minuten an ihn gelehnt und lauschte dem Klopfen seines Herzens, während sie versuchte, ihre Gefühle in Bezug auf Familie und Freunde zu sortieren. Die meisten Menschen stellen die Familie automatisch über die Freunde, aber in ihrem Leben hatte die Familie nie eine große Rolle gespielt. Im Moment war es wahrscheinlicher, dass Ron ihr näherstehen würde als Trish.

Ihr war bewusst, dass sie während des Abendessens auffällig ruhig war. Courtney hatte die Töpfe und Pfannen in die Mitte des Eichentisches gestellt und alle bedienten sich daraus. Nach dem Essen fuhr Freddy wieder. Er tätschelte Sky freundschaftlich die Schulter. »Bis bald, Kumpel. Danke für … alles.«

Aber Sky sprang auf, umarmte ihn wortlos und hoffte, dass er die Bedeutung verstand, die lautete: Ich bin so froh, dass du wieder in meinem Leben bist.

Courtney schickte Wilf wieder früher ins Bett, auch wenn sie ihm erlaubte, noch so lange Netflix zu schauen, bis er müde war. Sky musterte Courtneys erschöpftes Gesicht. »Wir machen den Abwasch. Du kannst auch einen frühen Abend gebrauchen. Nimm doch noch ein heißes Bad.«

»Das wäre toll«, erwiderte Courtney dankbar.

Nachdem sie aufgeräumt hatten, ließen sich Sky und Daz aufs Sofa fallen. Sky sah auf die Uhr. »Es ist erst neun Uhr.« Gähnend kuschelte sie sich an ihn, passte sich der Kontur seines Körpers an.

Daz rieb das Gesicht an ihren Haaren. »Ich kann dich gern allein lassen, wenn du müde bist.«

Sky drehte ihr Gesicht so, dass sie mit den Lippen seinen Dreitagebart berühren konnte. Sie ließ den Mund zu einem Punkt hinter seinem Ohr gleiten, von dem sie wusste, dass es ihn zum Schaudern brachte, wenn sie ihn dort küsste. »Willst du denn gern gehen?«

»Nein«, antwortete er mit tiefer Stimme. »Ich will gern bleiben. Ich wollte dir bloß die Wahl lassen.« Seine Lippen folgten der Kurve ihres Halses.

Die Welle an Lust war so intensiv, dass ihr Kopf nach hinten gegen das Sofa sank. »Bleib«, hauchte sie.

»Ich will dich wieder vor dem Feuer lieben.« Seine Hand glitt unter ihren Pullover, und es fühlte sich an, als würden seine Finger eine Spur aus Funken auf ihrer Haut verteilen. »Aber, mit Wilf im Haus …«

Sie drückte den Rücken durch, damit seine forschende, liebkosende Hand ihren BH-Verschluss erreichen konnte, und murmelte: »Das Schöne an diesen alten Türen ist, dass sie Schlösser mit Schlüsseln haben.« Eine Sekunde später saß sie allein auf dem Sofa, während Daz mit großen Schritten das Zimmer durchquerte. Ein knirschendes Klicken des Türschlosses und er war wieder bei ihr, hob sie vom Sofa und trug sie zum Teppich. Dann legte er Holz nach, und das Feuer im Kamin loderte auf, ehe er ihr den Pulli auszog und das Haargummi gleich mit, so dass ihr die Haare locker um die Schultern fielen.

»Ich glaube, ich habe mich noch gar nicht bei dir für den schönen Pullover mit den Bienen bedankt«, sagte sie und ließ die Hände unter sein Hemd gleiten, um die Muskeln auf seinem Rücken nachzufahren. Sie spürte die feinen Haare seines Körpers an ihrer Haut, als seine Kleidung nach oben geschoben wurde. »Es war eine Überraschung.«

»Ich denke, ich habe noch mit mir gerungen, was aus unserer Beziehung werden würde«, gestand er. »Und ich wollte ein ›nichts‹ nicht akzeptieren.«

Sie seufzte und spürte, wie die kühle Luft im Zimmer eine Seite ihres nackten Oberkörpers berührte, während die andere sanft vom Feuer gewärmt wurde. »Tut mir leid, dass ich das nicht auch getan habe.«

Er zog sie an sich und hob mit der Hand ihr Kinn, so dass er ihr in die Augen schauen konnte. »Es gibt nichts, was ich mehr will als das«, sagte er. »Dich.«

Sie hob eine Hand, um ihm übers Gesicht zu streichen. »Betrachte mich als dein. Ich fand es in der Vergangenheit immer schwer, jemandem all meine Liebe zu schenken. Ich glaube, ich habe sie für dich aufgespart.«

Epilog

Ein Jahr später

Im Vergleich zu vergangenem Jahr war Weihnachten in der Winter Street eine ruhige Angelegenheit. Nur wenige hatten wieder beim Weihnachtsstraßen-Wettbewerb teilnehmen wollen. Einige nannten die hohen Ausgaben als Grund dagegen, andere den Aufwand – es war zwar schön und gut gewesen, die Lichter in einem Anflug von Enthusiasmus aufzuhängen, aber sie dann wieder abzunehmen und einen Platz zur Aufbewahrung zu finden, war eine andere Sache. Jemand hatte sogar behauptet, das Blinken der Lichterketten hätte seiner Tochter Migräne beschert. Die Winter Street hatte ihren Teil zu einem wohltätigen Zweck beigetragen, und dieses Jahr wünschten sich die Anwohner einfach eine entspannte Weihnachtszeit.

»Nun denn«, meinte Sky, die mit Daz Hand in Hand auf Grahams kleines Häuschen bei der Grundschule zuging. »Ich war noch nie auf einer ›Rauskomm-Party‹.«

Daz lachte. »Es klingt irgendwie nach Debütantinnenball, oder? Graham hat offensichtlich seinen Sinn für Humor wiederentdeckt, wenn er die Willkommensparty für Lewis so nennt.«

Lewis war am Tag zuvor wieder ins Dorf zurückgekehrt. Mit einer elektronischen Fußfessel am Knöchel war er vorzeitig auf Bewährung entlassen worden.

Nach längerem In-sich-Gehen hatte Courtney die Ehe beendet, und es war Graham, der die notwendige permanente Wohnadresse bereitstellte. Courtney hatte Lewis nicht durch einen anderen Mann in ihrem Leben ersetzt, aber sie genoss es, hin und wieder auf Dates zu gehen und lebte sonst glücklich in ihrem kleinen Haus und nahm rege am Dorfleben teil.

Wilf sprach wieder mit seinem Dad, obwohl Courtney Sky erzählt hatte, dass das Vertrauen noch nicht ganz wiederhergestellt war. Wie auch immer, ihr Verhältnis untereinander war freundschaftlich genug, dass Wilf und Courtney den Morgen bei Graham verbracht hatten, um beim Zubereiten des Lunch-Buffets zu helfen.

Sky und Daz wohnten derzeit in Daz' Haus, da die Umbauarbeiten am Eckhaus begonnen hatten. Im Februar sollten sie fertiggestellt sein – was, selbst mit Skys Fähigkeiten auf dem Gebiet, vermutlich März bedeuten würde. Der Garten sollte als Wildblumenwiese angelegt werden, mit entsprechendem Platz zum Draußensitzen und Frische-Luft- Schnappen. Sky und Daz konnten es kaum erwarten, in die Wohnung im ersten Stock zu ziehen, mit der Sonnenterrasse auf dem Schuppendach. Sky hatte es nicht über sich gebracht, die Terrasse für eine Solaranlage zu opfern, aber die Heizung sollte nun von einer umweltfreundlichen Wärmepumpe betrieben werden.

Daz war im Gespräch mit einer Computerspielfirma – nicht seine alte – und rechnete mit einem guten Angebot für *Reimagined Family* im neuen Jahr. Der Stress, seinen alten Job zu hassen, lag hinter ihm.

Sie drückte Daz' Hand. Es wäre das erste Mal, dass er Lewis traf, seit er ihn im Gefängnis besucht hatte, wozu er sich in den vergangenen Monaten immer wieder gezwungen hatte. Sky selbst war etwas hin und her gerissen, was Lewis anging. Was sie aus zweiter Hand von ihm wusste, war, dass seine Handlungen das Leben seiner geliebten Menschen auf den Kopf gestellt hatten, und doch war er für Daz immer ein sehr wichtiger Mensch gewesen. Er könnte erwarten, dass Sky Lewis mochte, wie es Abi getan hatte … aber was, wenn Sky das nicht tat?

Der Gedanke bereitete ihr große Sorge, denn sie hatten am Vorabend Verlobungsringe getauscht. Ein intimer Moment im sanften Schein des Weihnachtsbaums, ehe das eigentliche Fest begann, an dem so viele andere Menschen beteiligt waren. Daz hatte ihr eine Woche zuvor einen Antrag gemacht, als sie aneinandergekuschelt auf dem Sofa saßen. Der Dorfchor, The Middletones, sang draußen auf der Straße »White Christmas«, und er hatte sie geküsst und gesagt: »Ich bin so unglaublich glücklich mit dir hier in der Winter Street. Willst du mich heiraten, Sky? Ich will, dass es für immer so weitergeht.«

Zum ersten Mal in ihrem Leben hatte Sky keinerlei Zweifel daran, dass sie geliebt wurde. »Das will ich auch. Ja, lass es uns tun«, war ihr die einzig richtige Antwort erschienen. Kein romantisch inszenierter Antrag hätte ihnen mehr bedeuten können. Die Reihe zierlicher Saphire fühlte sich noch ungewohnt an Skys Haut an, aber jedes Mal, wenn sie mit den Fingern wackelte und den Ring dort spürte, wurde ihr warm ums Herz. Es war ein Symbol für Daz' Liebe, genau wie jede Berührung von ihm und wie jeder Blick, den er ihr zuwarf.

Sky beschloss, dass, selbst wenn sie Lewis nicht mögen sollte, sie für Daz so tun würde als ob.

An Grahams Haustür wurden sie von Wilf empfangen, der inzwischen ein größerer, selbstbewussterer Junge war, der seine Haartolle über der Stirn mit Haargel bändigte. »Hey, Leute«, sagte er hastig. »Die anderen sind schon alle da.«

»Hey, Wilf«, grüßten sie im Chor und betraten das warme – und jetzt auch saubere – Haus.

»Die anderen« waren Daz' Eltern, Len und Sara, die Daz mit einer Umarmung begrüßte, und Marietta, deren Freundschaft zu Graham gewachsen war, seit sie ihn davon überzeugt hatte, dass das Dorf ihn nicht für die Verbrechen, die Lewis begangen hatte, verurteilte.

Daz ließ Skys Hand los und ging auf einen Mann zu, den Sky bisher nur auf Fotos gesehen hatte. »Lewis«, rief er und umarmte ihn. Dann klopfte er ihm auf die Schulter und drehte sich um. »Darf ich vorstellen, das ist Sky.«

»Hi«, grüßte Sky möglichst freundlich.

Doch dann wurde sie von Sara und Len in Beschlag genommen, die zwar von der Verlobung gewusst hatten, aber den Ring noch nicht kannten. »Willkommen in der Familie«, rief Sara und zog Sky stürmisch in die Arme.

Sky musste einen Kloß im Hals hinunterschlucken. »Danke«, sagte sie erstickt und erwiderte die Umarmung.

»Darragh«, rief Sara noch lauter. »Herzlichen Glückwunsch, unser wundervoller Sohn. Hast du auch einen Ring?«

Grinsend ließ Daz seine Eltern den schlichten Ring aus Titan begutachten, in den nur ein winziger Stein eingelassen war, der zu Skys auffälligeren Saphiren passte, die mit winzigen Diamanten umrahmt waren. Es folgte ein Sturm aus Glückwünschen und Ausrufen, als sich alle um sie sammelten, um die Ringe zu bestaunen.

Auch wenn sie bei den freudigen Umarmungen und Küssen mitmachte, war sich Sky die ganze Zeit über bewusst, dass Lewis allein danebenstand.

Dann holten Courtney, Graham und Wilf ein paar Platten mit Fingerfood aus der Küche, und alle nahmen sich Teller, die sie mit dem leckeren Essen beluden, das die Gastgeber zubereitet hatten. Wer keine Sitzgelegenheit mehr fand, ließ sich auf einer Armlehne nieder. Daz saß neben Lewis und schon bald sprachen sie miteinander über Ereignisse, die vor Skys Rückkehr in Middledip lagen, was ihr die Gelegenheit gab, Lewis zu mustern. Er sah aus wie ein netter Kerl, aber auch wie eine Pflanze, die lange kein Licht abbekommen hatte, dünn und blass – das Hemd schlackerte um seinen Oberkörper. Es musste eine doppelte Umstellung für ihn sein, wieder in einem normalen Haus zu sein, das aber nicht ihm selbst gehörte.

Sky fiel auf, dass Daz immer von »wir« sprach, wenn er sich und Sky meinte, und »du«, wenn es um Lewis ging. Sie wusste nicht, ob Lewis den feinen Unterschied bemerkte, aber sie stellte fest, dass er ihr ein wenig leidtat. Sie hatte selbst oft genug ungewollte Veränderungen in Kauf nehmen müssen und sich als Außenseiterin gefühlt. Ob es jetzt ein Mann war, der aus dem Gefängnis kam und im Haus seines Vaters leben musste, oder ein Kind, das in eine Pflegefamilie gebracht wurde, eine erschütternde Veränderung war eine erschütternde Veränderung.

Und sollten anständige Leute nicht ehemaligen Häftlingen dabei helfen, nach vorne zu schauen anstatt zurück? Sie holte Luft. »Wir treffen uns heute Abend im Pub, um was zu trinken. Hast du vielleicht Lust, dich uns anzuschließen?«, sagte sie und fügte schnell »Lewis« hinzu, als sie sah, dass er nicht sicher war, ob die Einladung ihm galt. »Mein Pflegebruder Freddy wird auch kommen.«

Er lächelte unbeholfen. »Ähm, danke. Weiß noch nicht.«

Vielleicht war er sich bewusst, dass der Pub eine harte Nuss werden konnte. Schließlich versammelte sich dort das halbe Dorf und alle wussten, dass er im Gefängnis gewesen war. Oder vielleicht, dachte Sky plötzlich, beschränkte ihn die elektronische Fußfessel an seinem Knöchel auch abends auf seine eingetragene Wohnadresse.

Marietta hatte das offensichtlich auch nicht bedacht, denn sie stimmte ein: »Nach Weihnachten kannst du gern bei Mariettas Brainiacs mitmachen, unserem Pubquiz-Team. Wir sind fast immer erster oder zweiter.«

Daz lachte und zog Sky von ihrem Sitz hoch, um sich selbst zu setzen und sie auf den Schoß zu nehmen. »Das wird sich ändern, wenn Haden die Naturfragen rausnimmt, wie er es angedroht hat. Sky reißt alles auf dem Gebiet.«

»Bell ist dafür echt gut bei den Sportfragen«, protestierte Sky und kuschelte sich in Daz' Arme. Daz hatte seine Einstellung zu Bell verändert, sobald er eingesehen hatte, dass Bell für Sky nicht mehr war als ein Freund. Außerdem verstand Daz nun besser, dass man eine schwierige Kindheit nicht so einfach hinter sich lassen konnte.

»Bin ich nicht auch gut in irgendwas?«, fragte Marietta mit gespielter Kränkung.

»Im Keksebacken«, rief Wilf mit vollem Mund.

Als alle lachten, sah Lewis nachdenklich aus. Sky konnte sich nur vorstellen, wie schwer es sein musste, festzustellen, wie viel er verpasst hatte: zwei Jahre von Wilfs Leben, Courtney, die auf eigenen Füßen stand, Daz, der sich verliebt hatte. Selbst der Erfolg von Mariettas Brainiacs war an ihm vorübergegangen.

Marietta musste seine Bedrückung ebenfalls bemerkt haben, denn sie versuchte, ihn miteinzubeziehen. »Wusstest du schon, dass Sky im Eckhaus Zimmer für ältere Menschen bauen lässt? Elisabetta, die dort vorher gewohnt hat, hätte sich sehr gefreut, denn es war am Ende schwer für sie, dort allein zu leben. Und Heather, die früher Skys Pflegemutter gewesen ist, wird ein Zimmer bekommen.«

Sky wurde warm ums Herz, wie jedes Mal, wenn sie daran dachte. »Sie hat mir als Kind ein Zuhause geschenkt. Es fühlt sich gut an, dass ich ihr nun auch eines geben kann.«

»Wie schön«, meinte Lewis. »Nichts ist so wichtig wie ein gutes Zuhause.« Und sein Blick wanderte zu Courtney, die gerade quer durch den Raum mit Wilf redete. Der wehmütige Blick in seinen Augen sagte ihr, dass ihm bewusst war, dass sein und ihr Zuhause von nun an getrennt sein würden. Sky musste schlucken.

Später, nach der Party und bevor sie sich zu den anderen im *Three Fishes* gesellten, spazierten Sky und Daz Hand in Hand durchs Dorf, um Nan Heather frohe Weihnachten zu wünschen, die über die Feiertage wie immer bei ihrer Tochter Mo war. »Ich habe nie wirklich verstanden, warum Häftlinge für ihre Verbrechen im Gefängnis ›bezahlen‹ sollen. Der Preis für Lewis war verdammt hoch«, sagte Sky nachdenklich.

Daz seufzte tief. »Ich fürchte, du hast recht.« Dann lächelte er und in seinen Augen reflektierte der Schein der Lichterketten, die über den Dorfstraßen im Winterwind wehten. »Aber das ist Vergangenheit. Es liegt nun an ihm, das Beste daraus zu machen. Lass uns Nan Heather die Ringe zeigen und sie über die Fortschritte im Eckhaus informieren. Das ist unsere Zukunft. Das Haus, das uns alle zusammengebracht hat.«

Sky blieb stehen und zog ihn in eine feste, glückliche Umarmung. »Ich hoffe, du hast mir den Antrag nicht bloß gemacht, damit du doch noch das Eckhaus bekommst?«, fragte sie neckend.

Daz lächelte, doch er spann den Scherz nicht weiter. Er sah sie nur mit seinen dunklen Augen an. »Ich habe dir doch gesagt – ich will dich für immer hierbehalten.«

Und sie küssten sich, um es zu besiegeln, während die Weihnachtslichter von den Straßenlaternen blinkten und leuchtende Weihnachtsbäume in den Fenstern der Häuser schimmerten.

Zu Hause in Middledip. Gemeinsam.

Danksagung

Danke, dass Sie *Winterglücksträume* gelesen haben.

In *Zimtsternträume*, dem fünften Band der WinterWeihnachts-Zauber-Reihe haben wir Nan Heather kennengelernt, die lange Zeit Pflegemutter gewesen ist. Meine Lektorin hat mir zugestimmt, dass es toll wäre, eines der Pflegekinder nach Middledip zurückkehren zu lassen, und so war Sky Terran geboren.

Natürlich brauchte ich einen Grund für ihre Rückkehr in den Ort, der ihr in ihrer Kindheit eine kurze, glückliche Zeit beschert hatte. Die Idee kam mir durch eine Fernsehsendung, in der alte Häuser aufgekauft und renoviert werden. Es ging um ein großes Haus, das für so lange Zeit leer gestanden hatte, dass es schon fast hinter dem verwahrlosten Garten verschwunden war. Vieles von dem, wie ich das Eckhaus beschrieben habe, kam darin vor, inklusive der zurückgelassenen Gummistiefel. In meiner Phantasie hatte ich diese, noch während die Sendung lief, in eine Geschichte eingebaut.

Es hatte *all* seinen Charme verloren!

Man hatte die Bäume entwurzelt und die Fassade verändert, das schöne, alte Mauerwerk im Inneren war verputzt worden und die gusseisernen Verzierungen vor den Fenstern entfernt.

Es sah enttäuschend aus wie ein Block Vanilleeis. Ich beschloss, dass Sky nach Middledip zurückkehren würde, um das Eckhaus vor dem gleichen Schicksal zu bewahren.

Wie immer würden aus den vielen Ideen, die meinem regen Geist entspringen, niemals Romane werden, die Leser erreichen können, ohne die Hilfe vieler verschiedener Menschen. Ich würde mich gern bedanken bei:

Meinem Bruder Trevor Moorcroft, der den Löwenanteil der Recherche für dieses Buch übernommen hat. Sein Ruf eilt ihm inzwischen voraus, seit er auch schon etlichen meiner Schriftstellerfreunden geholfen hat.

Mark Lacey, pensionierter Detective Superintendent und Mitglied des Bewährungsausschusses, der mir geholfen hat, das Gefängniserlebnis von Lewis Brown zu entwerfen; und Keith Martin, ein alter Kollege aus der Bank, mit dessen Hilfe ich Lewis Betrug konstruiert habe.

David und Julia Roberts, die mir mit ihrer Erfahrung als Pflegekräfte Informationen zu Wilfs Unfall und Verletzung geben konnten.

Mark West, der meine Bücher Korrektur liest und immer noch etwas findet, das sonst niemandem aufgefallen ist, und mich mit seinen Kommentaren sehr amüsiert. Ich würde außerdem gern an dieser Stelle Graham West gedenken, Marks Vater, der so viele meiner lokalen Veranstaltungen besuchte, dass er meine Texte auswendig gekannt haben muss, und doch lachte er immer genau an der richtigen Stelle und hatte stets Fragen parat, um den Frage-und-Antwort-Teil ins Rollen zu bringen. Die Welt ist ein wenig ärmer, nun da Graham von uns gegangen ist.

Pia Fenton und Myra Kersner, die ihren Lesern als Christina Courtenay und Maggie Sullivan bekannt sind, für ihre unschätzbare Freundschaft, geteilte Schreiberlebnisse und die wöchentlichen Sonntagabend-Whatsapp-Anrufe.

Angela Britnell für ihre Hilfe mit Marietta, einer britischen Frau, die einen Amerikaner geheiratet hat und den Großteil ihres Lebens in den Vereinigten Staaten verbracht hat.

Der Agentin von Wonder, Juliet Pickering, und dem Team der Blake Friedmann Literary Agency dafür, dass sie meine Karriere mit Goldstaub besprenkelt haben und die mir die größte Unterstützung waren.

Das Team Avon HarperCollins, das meine Bücher so hochwertig produziert und mit seinem Enthusiasmus vorantreibt. Immer freundlich und hilfsbereit, ist das Team nicht aus der Ruhe zu bringen.

Meinen Verlagsteams in aller Welt, die so viel Mühe darauf verwenden, meine Bücher auf die bestmögliche Art zu veröffentlichen, um sie für ihre Leser attraktiv zu machen.

Team Sue Moorcroft – Hurra! Eine Gruppe wundervoller Leute, die meinem Street-Team beigetreten sind, nicht nur um zu plaudern und Namen für Figuren auszuwählen oder an exklusiven Wettbewerben teilzunehmen – so wie dem Wettbewerb, dem sich dieses Buch widmet –, sondern weil sie meine Arbeit so sehr mögen, dass sie anderen davon berichten wollen. (Seht es euch an auf www.suemoorcroft.com/street-team – vielleicht wollt ihr auch gern Mitglied werden.)

Allen meinen Freundinnen und Freunden sowie meinen Leserinnen und Lesern, die mir auf Social Media folgen, den fabelhaften Buch-Bloggerinnen und Bloggern, die meine Blog-Touren begleiten und mich einladen, auf ihren Seiten zu posten – Facebook-Buchgruppen, Bookstagrammer, Booktokker und Tweeter. Ihr verleiht der Liebe zu Büchern und Schriftstellern einen besonderen Glanz.

Jedem, der eine nette Rezension über eines meiner Bücher schreibt!

Und natürlich euch, meinen geschätzten Leserinnen und Lesern. Ich hoffe, ihr habt es genossen, in *Winterglücksträume* alte und neue Figuren kennenzulernen. Ich schreibe meine Bücher für euch.

Sue Moorcroft

Zimtsternträume

Roman

Warum kribbelt es in Hannahs Bauch, als sie Nico nach vielen Jahren wiedersieht? Damals, in ihrem kleinen englischen Dorf, waren sie gute Freunde. Als sie sich jetzt in der winterlichen Altstadt von Stockholm begegnen, werden Gefühle wach, die für beide neu sind. Bisher hat Hannah in der Liebe eher Pech gehabt. Und Nico versucht als alleinerziehender Vater Kind und Job unter einen Hut zu bringen. Während Weihnachten näher rückt, müssen sich beide fragen: Haben sie den Mut, zusammen einen Neuanfang zu wagen? An diesem Weihnachtsfest entdecken sie, was im Leben wirklich zählt.

Aus dem Englischen
von Sylvia Spatz
448 Seiten, broschiert

Weitere Informationen finden Sie auf
www.fischerverlage.de

AZ 596-70643/1

Sue Moorcroft
Schneeflockenglitzern

Ihren Vater hat Lily nie kennengelernt. Aber jetzt will sie mehr über ihre Herkunft herausfinden – und ihre Halbgeschwister in der Schweiz. Wie soll sie das anstellen bei ihrem Job im Pub von Middledip? Jetzt, vor Weihnachten, ist Hochbetrieb. Und Isaac, ihr attraktiver Chef, braucht sie. Da kommt ein Trip des Middledip-Chors zum Weihnachtsmarkt in den Schweizer Bergen gerade recht. Doch Lilys Abenteuer droht ins Chaos abzugleiten. Und warum geht ihr Isaac nicht mehr aus dem Kopf, der ihr Herz nach vielen Jahren endlich wieder höher schlagen lässt? Auf Lily wartet ein Weihnachtsfest, das alles verändern kann …

Aus dem Englischen
von Sylvia Spatz
400 Seiten, broschiert